삼대록계 국문장편소설

# 임씨삼대록
## 4

**역주자 서정민**(徐禎敏)은 대구 출생으로 서울대 국어국문학과를 졸업하고 동대학원에서 박사학위를 받았다. 조선 후기 소설, 여성, 한글이 가지는 주변성에 관심을 가지고 공부하고 있으며, 현재 공주대학교에서 재외동포들에게 한국어를 가르치고 있다. 논문으로는 「명행정의록 연구」 등이 있다.

이화한국문화연구총서 12

# 임씨삼대록 4

**초판 인쇄** 2010년 2월 20일  **초판 발행** 2010년 2월 25일
**역주자** 서정민  **펴낸이** 박성모  **펴낸곳** 소명출판  **출판등록** 제13-522호
**주소** 서울시 서초구 서초동 1621-18 란빌딩 1층
**전화** 02-585-7840  **팩스** 02-585-7848  **전자우편** somyong@korea.com  **홈페이지** www.somyong.co.kr

값 21,000원

ISBN 978-89-5626-465-3 93810
ISBN 978-89-5626-445-5 (세트)

ⓒ 2010, 서정민

이 저서는 2005년 정부의 재원으로 한국연구재단의 지원을 받아 수행된 연구임(KRF-2005-078-AS0041)

이화한국문화연구총서 12

삼대록계 국문장편소설

# 임씨삼대록

## 4

서정민 역주

소명출판

## 가. 현대어역 및 주해

1. 현대어 번역문은 한글 맞춤법 체계에 의거해 자연스러운 현대 한국어 문장이 되도록 하였다.
2. 띄어쓰기와 관련해 한 인물에 대한 관직명이 연달아 나올 때는 붙여 썼다.
3. 띄어쓰기와 관련해 '공'이나 '부인'과 같은 호칭이 성(姓)과 연이어 나올 경우, 원래는 띄어 써야 하나 독서의 편의를 위해 예외적으로 붙여 썼다.
4. 현대어로 번역한 표현이 작품 원문의 형태와 많이 달라졌을 경우, 각주에서 원문의 표현을 밝혔다.
5. 현대어로 번역한 본문에서 어려운 한자어는 한자를 병기했다.
6. 판독(判讀)이 어려운 어휘나 문장은 이본을 참조하여 보완하고 주석을 달아 그 사실을 밝혔다.
7. 이본을 참조해도 판독이 어려울 경우 그 사실을 각주에서 밝혔다.
8. 면이 바뀔 때는 바뀐 부분의 첫 글자 위에 방점( ˙ )을 찍고 원문의 면수를 표시하였다.
9. 주해는 다음과 같은 경우에 하였다.
    1) 관직명, 인명과 같은 고유명사.
    2) 전고(典故)가 있는 한자어 및 지금은 사용하지 않는 한자어.
    3) 어학적 주석이 필요한 근대 국어 어휘나 표기 체계.
    4) 등장인물 및 그들 간의 관계, 앞 줄거리를 환기시킬 필요가 있을 경우.
10. 주석의 표제어는 현대어로 번역한 본문을 대상으로 하였다.
11. 문장 부호의 사용은 다음과 같다.
    1) 큰 따옴표(" ") : 직접 인용, 대화, 장명(章名).
    2) 작은 따옴표(' ') : 간접 인용, 인물의 생각, 독백.
    3) 『 』 : 책명(冊名).
    4) 「 」 : 편명(篇名)
    5) 〈 〉 : 작품명
    6) ( ) : 한자어의 한자를 드러낼 경우.
    7) [ ] : 표제어와 그 한자어의 음이 같은 경우는 '( )'를, 음이 다른 경우는 '[ ]'를 사용함.
    8) { } : 원문 표현을 그대로 옮긴 경우.

## 나. 원문

1. 현대 맞춤법 체계에 의거해 띄어쓰기를 했다.
2. 한자는 병기하지 않았다.
3. 면이 바뀌는 곳은 면수 표시를 했다.
4. 판독이 불가능한 경우에는 □ 표시를 했다.

## 임씨삼대록 해제

『임씨삼대록』은 18, 19세기 조선에서 널리 읽힌 국문장편소설로서 『성현공숙렬기』의 후편이다. 『성현공숙렬기』가 성현공을 위시한 그 형제들의 이야기를 그린 작품이라면 『임씨삼대록』은 성현공 형제들의 여러 자녀를 주인공으로 하는 이야기를 그린 작품이다. 그래서 『임씨삼대록』은 성현공 세 형제 자녀들의 이야기 정도토 풀이할 수 있는 "성현공 삼곤계 자녀 별전"이라는 부제(副題)를 가지고 있기도 하다.

『임씨삼대록』은 현재 2종의 완질 이본이 전한다. 40권 40책본과 39권 39책본이 그것으로 모두 한국학중앙연구원 장서각에 소장되어 있다. 최근에 나온 『임씨삼대록』연구(최수현, 이화여자대학교 박사학위논문, 2010)에 의하면 두 이본의 이같은 분량 차이는 39권본의 경우 필사자의 일정한 관점에 따라 40권본의 일부 서사가 축약된 결과라고 한다. 이 책에서도 40권 40책본을 중심대상으로 하여 현대어 번역을 하였다.

『임씨삼대록』의 이본이 2종에 불과하므로 향우 당시 크게 인기가 없었던 작품인가 여길 수도 있겠다. 그러나 조선후기 국문장편소설 작품으로서 이처럼 완질의 이본을 남기고 있다는 점 자체만으로도 『임씨삼대록』은 당대 독자들로부터 상당한 인기와 관심을 끌었던 작품이라 할 수 있다. 왜냐하면 국문장편소설 작품들은 우선 작품 그 자체의 분량이 적지 않아 단편소설들이 무수한 이본을 지니고 있는 것과 단순 비교될 수 없다는 점, 더불어 국문장편소설 대부분이 전편에서 후편으로 이어지는 연작소설인데 특히 『임씨삼대록』처럼 어떤 선행 작품의 후편인 경우 그것이 이본을 산출하기 위해서는 그 작품 자체뿐만 아니라 전편에 대한 풍부한 독자층까지도 전제되어야 한다는 점 등을 고려할 필요가 있기 때문이다. 여기에 더하여 국문장편소설 관련 향유 기록들이 풍부하지 못한 상황임에도 불구하고 『임씨삼대록』의 향유 관련 기록이 적지 않다는 점도 당대 이 작품의 인기를 방증한다고 할 것이다.

『임씨삼대록』은 18세기 국문장편소설의 전성기에 향유되었던 작품이다. 이 시기 국문장편소설은 『소현성록』처럼 국문장편소설 발흥 초기 작품들이 보여준, 시대에 대한 고심과 그 시대에 대한 인간적 대응이라는 진지한 소설적 모색을 넘어서서 훨씬 폭넓은 서사세계를 보여준다. 그래서 선악이 대결하는 가운데 절체절명의 위기와 그로부터의 구원이 가져다주는 전아한 미감에서부터 선악의 대결이 일상다반사(日常茶飯事)로 내려앉아 잔잔한 흥미와 이야깃거리로 자리 잡은 것까지 다양하다.

『임씨삼대록』은 처첩갈등이나 부부갈등 중심의 혼사장애담을 주로 형상화하고 있다는 점에서 국문장편소설의 장르적 속성을 공유하고 있다. 그러나 『임씨삼대록』의 혼사장애담은 여타의 국문장편소설들과 변별되는 개성적 면모를 보인다. 일반적으로 혼사 장애 사건이 형상화될 경우 혼인 당사자 여성의 시련과 고난, 그리고 그 극복에 서술의 초점이 놓인다. 그런데『임씨삼대록』은 가문의 어른들, 특히 여성들이 자녀세대 혼인 당사자 여성이 겪게 될 위기나 고난을 미연에 예측하고 이를 방비하는 과정에 서술의 초점을 맞추고 있다. 그래서 아찔한 위기감이 주는 긴장감이나 선악 대결의 결과에 독자의 관심을 모으기보다는 이기는 게임의 과정 자체를 느긋한 마음으로 즐기며 그러한 과정에서 구현되는 천의(天意)의 실현을 체감하게 한다. 더불어 이러한 서사적 특징은 여성의 활약이 특히 두드러진다는 개성적 면모로 귀결된다.

　『임씨삼대록』은 이같은 서사적 특징과 더불어 창작 배경에 있어서도 주목할 만한 작품이다. 연작 관계에 있으므로『임씨삼대록』이 전편『성현공숙렬기』의 서사적 설정을 수용한 것은 재론의 여지가 없다. 그런데『임씨삼대록』은『성현공숙렬기』외에도『구운몽』이나 중국소설『평요전』에 대한 독서 경험을 적극적으로 활용하여 작품을 그리고 있다. 국문장편소설의 중요한 장르적 특징 가운데 하나는 선행 작품의 설정을 작중에 활용하는 경우가 적지 않다는 것이다. 이런 점에서『임씨삼대록』은 국문장편소설의 장르적 속성에 충실한 작품이라 할 수 있는데, 여기서 특히 주목할 것은 그것이『구운몽』과『평요전』이라는 점이다. 국문장편소설 대부분은 작자미상의 작품들이다. 따라서 그 창작 배경에 대한 직접적인 정보는 상당히 제한적이다. 이러한 상황 속에서『임씨삼대록』의 작가가 국문장편소설은 물론이고 중국소설까지 섭렵하고 이를 소설 창작에 적극 활용하고 있다는 점은 국문장편소설 연구자들에게 여러 가지로 시사하는 바가 크다.

　『임씨삼대록』이 완질의 이본을 남기면서 당대 큰 인기와 관심을 끌 수 있었던 것은 이러한 개성적 서사와 특징적인 창작 배경을 가지고 있었기 때문은 아닐까 생각된다. 이러한 『임씨삼대록』의 의의가 이 책을 통해 현대 독자들에게도 온전히 전해지기를 바란다.

처음에 번역은 1권~10권 17면은 김지영, 10권 18면~19권 25면은 최수현, 19권 26면~28권 50면은 한길연, 28권 51면~ 37권은 서정민, 38권~39권은 조혜란, 40권은 정언학이 담당하였다. 이 과정에서 정기적인 회의를 통해 무수한 상호 검토와 교정이 있었다. 이후 이를 총 5책의 현대어본으로 출간할 계획을 세우면서 1책(1~8권)은 김지영, 2책(9~16권)은 최수현, 3책(17~24권)은 한길연, 4책(25~32권)은 서정민, 5책(33~40권)은 조혜란과 정언학이 다시 재검토를 하면서 수차례의 상호 교정 작업을 거쳐 현대어 번역을 마무리하였다.

앞으로의 해결 과제로 남긴 부분이 없지 않아 세상에 내어놓기 주저되는 마음 감출 수 없다. 하지만 본 작업의 결과물이 세상에 나아가 고전소설 연구자는 물론이고 오늘날 일반 독자들에게도 우리 고전소설의 정수를 체험하게 할 소중한 계기가 되기를 조심스레 소망한다.

2010년 1월
서정민

임씨삼대록 해제 / 3

# 현대어역

25권 ——————— 11

26권 ——————— 43

27권 ——————— 75

28권 ——————— 109

29권 ——————— 141

30권 ——————— 173

31권 ——————— 203

32권 ——————— 233

# 원문

권지이십오 ——— 261

권지이십뉵 ——— 279

권지이십칠 ——— 299

권지이십팔 ——— 318

권지이십구 ——— 337

권지삼십 ——— 356

권지삼십일 ——— 374

권지삼십이 ——— 393


임씨삼대록 가계도 ——— 413

임 씨 삼 대 록

**25권**

1 차설(且說).[1] 남씨가 급히 환옥을 말리며 말하였다.

"이미 끝난 일이니 아우는 그만두게. 비록 법적인 아내라도 죽으면 어쩔 수 없다. 아마 너는 성소저와 아무런 인연이 없는 모양이구나. 아까운들 설마 어찌하겠느냐? 부질없이 공연히 시체를 붙들고 이러고 있다가 소문이 나면 큰 화를 당할 것이다."

환옥이 누이의 말을 옳게 여겨 눈물을 거두고 말하였다.

"우리 공연히 애만 쓰고 헛되게도 시체만 얻어와 근심거리가 되니 어
2 찌 애달프지 않으리오."

남씨는 손을 저어 만류했다. 그리고 성소저의 몸을 이불에 싼 채로 가지고 공중에 올라가 낭자산(狼子山) 남강에 던지고 돌아왔다. 아는 사람이 없었다. 즉시 곽교란에게 가서 이 사연을 전하자, 곽교란이 매우 기뻐하여 사례하고 심복을 보내어 성소저의 소식을 탐문하였다. 남씨가 성소저를 제거하고 소소저를 없애지 못하여 그 계교를 깊이 생각하던 중, 소소저가 다음다음날 임씨 집안으로 돌아간다는 소식을 알아냈다. 그래서 자신 또한 부모에게 시댁으로 가기를 고하였다. 남어사 부부가 말하였다.
3 "너를 박대하는 곳에 가는 것이 만만 불가하니, 아예 의절하고 새로 옥같은 군자를 가리는 것이 마땅하다."

남씨가 속으로는 간교한 계략을 생각하면서 겉으로는 가장 착한 듯이 대답하였다.

"충신은 두 임금을 섬기지 않고 열녀는 남편을 두 번 바꾸지 않는다고 합니다.[2] 사람을 한 번 좇았으니 어찌 다시 바꿀 수 있겠습니까? 다른

---

1) 차설(且說) : 화제를 돌리려 할 때 그 첫머리에서 쓰는 말. 각설(却說)이라고도 함.
2) 충신은 ~ 합니다 : {충신[忠臣]은 불수이군[不事二君]이요 녈녀[烈女]는 불경이뷔[不更二夫 ]라}. 이 말은 중국 전국시대 제(齊)나라의 왕촉(王燭)과 관련된 고사에서 연유함. 연(燕)나라의

사람이 저를 저버릴지언정 제가 다른 사람을 저버리겠습니까? 저는 결단코 임씨 집안에 가고자 합니다."

남어사 부부는 딸이 자신들이 바라던 바에서 더하자, 매우 기뻐하여 칭찬하면서 말하였다.

"어질구나. 내 딸이여! 임재홍이 복이 많아 너를 만났는데 집을 그르치려고 너를 박대하는구나."

남씨가 부모의 말을 듣고는 자신이 감당하기 어렵다며 겸손한 척 사례하고 환옥에게 은밀한 계교를 가르쳐 아무 날 황혼녘에 임상부 후원(後園)으로 오라고 하고 자신은 즉시 임씨 집안으로 갔다. 시조부모님과 시부모님을 뵙는데, 살펴보니 집안사람들이 다만 흔쾌히 말을 나눌 따름이었다. 남씨가 집안의 기색을 살피며 소소저가 오기를 기다리고 있는데, 다음날 소소저가 돌아오고 곽씨 또한 돌아왔다. 그런데 성소저의 사생(死生)에 관한 말이 없자 남씨는 매우 궁금해 하며 기색을 살폈다.

환옥과 더불어 계략을 실행하기로 한 날이 다다르자 남씨는 시녀들을 다 치우고 초조하게 밤이 되기를 기다렸다. 밤이 삼경(三更)3)에 이르러 환옥이 변신법(變身法)으로 뒷담을 넘어 들어오자 남매가 서로 반겼다. 남씨가 환옥을 협실에 감추고 자신은 변신하여 소소저 침소로 나갔는데, 이날 소소저는 마침 태부인을 모시고 잠자고 있었다. 남씨가 깜짝 놀라 바삐 돌아와 환옥을 보고 계획이 실패로 돌아갔음을 알려주면서 말하였다.

"오늘은 어쩔 수 없으니 다음다음날 밤에 다시 오너라."

---

장수 악의(樂毅)가 제나라를 정벌하였을 때, 제나라의 화읍(畫邑)에 왕촉이라는 현자가 살고 있다는 소문을 듣고, 왕촉에게 사람을 보내어 연나라에 귀순하여 장수가 되면 1만 가구를 봉하겠노라고 제안하였다. 왕촉이 거절하자 악의는 말을 듣지 않으면 화읍 사람들을 학살하겠다고 협박하자, 악의는 바로 이 말을 하면서 자결하였다고 함.

3)　삼경(三更) : 하룻밤을 오경(五更)으로 나눈 셋째 부분. 밤 11시에서 새벽 1시 사이임.

환옥이 깜짝 놀라 역정을 내면서 말하였다.

"누이는 늘 빈 말뿐이로군. 처음에 성소저를 도적하여 준다고 하더니 송장을 업혀 밤새도록 분주하게 하고 오늘 또 속이네. 이런 인정 없는 일이 어디 있으리오?"

6 이에 환옥이 밖으로 나가자 남씨 또한 면목 없으나 환옥을 굳이 붙잡지는 않았다. 환옥이 역정 내며 나오다가 내원 중문(中門)을 지나면서 문득 돌아보니 멀지 않은 곳에 한 건물이 있었다. 비단 창문에 촛불 그림자가 맑고 아름다운데, 현판에 유화당이라고 쓰여 있었다. 환옥이 문득 깨달아 생각하였다.

'누이가 유화당은 곽씨의 침소라 말하였지. 이제 나는 흥이 깨져 돌아가는 길이요, 곽씨 또한 임천홍의 미움과 박대를 받아 아름다운 얼굴로 슬퍼한다 하니 내가 한 번 나아가 정을 맺어야겠다.'

7 이에 쾌히 나아가 창틈으로 엿보았다. 이 깊은 밤 곽교란은 촛불을 끄지도 않고 옷을 다 벗은 채 이불로 옥 같은 가슴을 반만 덮고서는 아련히 촛불을 바라보고 있었다. 희미한 등불이 적막하고 원앙이불이 쓸쓸함을 슬퍼하여 교태로운 눈썹에는 근심이 만 가지로 맺혔고 샛별 같은 눈찌에는 구슬 같은 눈물이 샘솟아 꽃 같은 보조개를 적시니 촛불 그림자 아래 교태로운 용모가 아리땁고 어여뻐 진(晉)나라 시절 진주 석 섬으로 값을 헤아리던 녹주(綠珠)[4]와 비견할 수 있을 것 같았다. 환옥은 한 눈에 사랑에 빠졌다.

8 이에 다시 인적을 살펴보니 모든 시녀들이 다 장막 밖에서 깊이 잠들어 있었다. 환옥이 기뻐하며 지게문을 썩 열고 방안으로 들어갔

---

4) 진(晉)나라 ~ 녹주(綠珠) : 녹주는 진(晉)나라 석숭(石崇)의 애첩. 석숭이 굉장한 부자로 호화를 누릴 때 녹주라는 애첩을 두었는데, 그 몸값이 진주 석 섬에 해당할 만큼 비쌌다 함.

다. 곽교란은 남편인 임천흥이 들어오는가 하여 반겨 일어나고자 하였다. 이때 갑자기 환옥이 달려들어 곽씨의 손을 잡고 가슴을 누르면서 말하였다.

"낭자는 놀라지 말고 괴이하게 여기지 마시오. 나 또한 재상가의 공자로 풍모와 재주가 떨어지지 않소. 낭자 또한 재상가 규수로 임천흥 괴물의 첩이 되어 비오는 밤 푸른 등불 아래 박명함을 슬퍼한다 하니 내가 불쌍함을 이기지 못하여 이르렀습니다. 낭자 또한 사양하지 않을 것입니까?"

곽교란이 대경실색하여 보니 이는 임천흥이 아니었다. 아름다운 얼굴과 붉은 입술을 지닌 미남자였으나 어찌 임천흥의 태양 같은 풍채를 당하겠는가? 그러나 다정한 마음이 없지 않아 얼굴을 붉히고 대답하지 못하였다. 환옥이 매우 기뻐하여 촛불을 끄고 곽교란과 함께 잤다. 만고의 탕자와 만고의 음녀가 같은 이부자리에 함께 누웠으니 그 음란한 모습은 이루 다 말로 옮기기 어려웠다. 오래지 않아 닭이 새벽을 알리자, 탕자와 음녀는 연연해 하면서 울었다.

환옥이 다음에 만날 것을 기약하고 변신법(變身法)으로 황급히 뒷담을 넘어가는데, 일이 공교로워 미친개를 만나 딴준에 걸려 엎어져 어깨를 물리고 급히 달아나다가 똥간에 빠져 온 몸에 똥을 흥건하게 묻혔다. 천방지축으로 집에 돌아와 급히 옷을 없애고 몸을 씻은 후에 온 몸이 아픔을 견디지 못하여 침대에 엎어져 크게 앓았다. 환옥이 변신법(變身法)을 행하는 일을 누가 알겠는가? 남어사 부부는 갑자기 환옥이 병에 걸린 것을 걱정하여 약으로 간호했지만 남모르는 미친개에게 물린 병인 줄은 또 누가 알겠는가? 집안이 자못 소란하였다.

9

10

11

남씨가 환옥을 보낸 뒤 매우 겸연쩍어 하더니 여러 날 아우가 오지 않는 것을 의심하고 괴이하게 여겼다. 하루는 하인이 이르러 환옥의 병이 대단하다고 전하자 남씨는 깜짝 놀랐다. 이 날 밤에 변신하여 친정집 남씨 부중(府中)5)으로 가서 바로 환옥이 있는 병실에 이르렀다. 이미 야심한데 환옥은 홀로 누워 신음하고 있었다. 남씨가 들어가자 환옥이 누이를 보고 놀라고 반기는 한편 또 화가 나 불쾌한 기색으로 말하였다.

"내가 이처럼 병든 것이 다 누구의 탓입니까?"

남씨가 놀라고 의아해 하면서 말하였다.

"네가 그 날 계책이 실패하여 돌아간 후 소식이 없어 괴이하게 여겼더니 이렇게 병에 걸린 것은 의외로구나. 미인을 사모하는 병인가? 증세를 말하거라."

환옥이 다만 미친개에게 물린 사실을 말하고 상처를 보였다. 남씨가 놀라 급히 몽환단(夢幻丹)을 붙이고 주문을 외우자 그토록 심한 상처가 순식간에 나아 아물었다. 환옥이 매우 기뻐하여 사례하기를 마지않았다. 남씨 또한 기뻐하며 날이 저물면 다시 오라고 말하고 돌아갔다. 환옥은 병이 낫자 황혼을 틈타 임승상 댁으로 나아갔다. 남씨가 환옥을 협실에 머물게 하고 합륜당에 나아가 소소저의 침소6)를 살피며 돌아와 매우 기쁘게 말하였다.

"이번에는 소소저가 반드시 우리 계교에 빠질 것이니 빨리 계획을 실행하자."

환옥은 환희에 넘치고 즐거워하며 밤이 깊기를 기다렸다가 합륜당을

---

5)  부중(府中) : 부(府)라는 행정구역의 안이나 재상이 집무하던 관아 혹은 높은 벼슬아치의 집안을 말함.
6)  침소 : {침슈}. 이는 '침쇼[寢所]'의 오기인 듯함.

향했다. 도중에 길이 유화당을 지나기에 문득 곽씨를 생각하고는 걸음을
돌이켜 유화당에 이르렀다. 곽씨가 홀로 있으면서 백두음(白頭音)[7]을 읊
더니, 갑자기 환옥이 온 것을 보고 매우 반기며 손을 잡고 춘심(春心)을 자
아내자 환옥이 말하였다.

"그대의 아름다운 모습을 그리워하여 오고자 했지만 번화한 땅에 자주
출입하지 못하여 그간 오지 못했소. 오늘밤에 소소저를 겁탈하고자 이
르렀으나, 어찌 그대를 찾지 않을 수 있겠소? 먼저 그대와 더불어 운우
(雲雨)의 즐거움[8]을 이루고 남은 풍류로 소소저를 겁탈할 것이오."

곽교란은 환옥이 온 것을 놀라워하며 반기고 서로 정을 통해 기뻐하던
중에 소소저를 겁탈하러 간다는 말을 듣자 문득 마음 가득 시샘이 일어났
다. 곽교란이 마음속으로 헤아렸다.

'임천홍이 나를 박대하는 것을 슬퍼하다가 이 사람을 만나 정을 맺어
우리 두 사람 사이가 지극한데, 만일 이 사람이 소소저를 겁탈한다면
나를 생각하지 않을 것이다. 이 기미를 알려 소소저를 겁탈하지 못하
게 해야겠다.'

환옥이 일어나 나아간 후 곽교란은 황급히 뒷창을 열고 달음질쳐 합인
당에 이르렀다. 촛불 그림자가 밝게 빛나는 가운데 군계 부인이 자지 않
는지 작은 목소리가 미미하게 들렸다. 곽교란이 급히 창을 두드리며 경복
루의 노숙한 사환인 노유마의 목소리로 새된 소리를 내어 말하였다.

14

15

---

7)  백두음(白頭音) : 전한(前漢)의 사마상여(司馬相如)의 부인 탁문군(卓文君)이 지은 것으로 상여
    가 첩을 얻으려고 하자 이 시를 지어 결별의 뜻을 밝혀 상여가 첩 얻는 것을 단념하였다고 함.
    그 노래 가운데 "한 마음 한 뜻이 되어 흰 머리가 될 때까지 서로 떨어지지 않기를 바랐네[願得
    一心人, 白頭不相離]."라는 구절이 나옴.
8)  운우(雲雨)의 즐거움 : 남녀가 육체적으로 관계하는 즐거움. 중국 초나라 혜왕(惠王)이 운몽(雲
    夢)에 있는 고당에 갔을 때 꿈속에서 무산(巫山)의 신녀(神女)를 만나 즐겼다는 고사에서 유래
    함. 흔히 '운우지락(雲雨之樂)'이라고 함.

"군계 부인께서는 지금 합륜당9)에 향을 훔치는 도적이 들려 하니 바삐 가셔서 소소저가 화를 피하게 하소서. 저는 변소에 가기 급하기에 모시지 못합니다."

하고는 엎어질 듯 넘어질 듯 달려가니 군계 부인이 무심중에 놀라 문을 열고 누구냐고 물었으나 벌써 간 곳이 없었다. 군계 부인이 의심스러웠지만 이 또한 변이라 반드시 사연이 있다고 여겨 4~5명의 시비를 데리고 합륜당에 이르렀다. 원래 군계 부인은 소소저와 가까운 곳에 있기에 난간을 통해 이르렀으니 합인당에서 합륜당은 지척이었다. 환옥은 벌써 갔을 것이나 길이 낯설어 휘돌아 가게 되니 그 가는 길이 매우 멀게 되었다. 이윽고 군계 부인은 도착했지만 환옥은 아직 반도 미치지 못했다. 소소저는 오히려 아직 자지 않고 촛불 아래에서 『예기(禮記)』10)를 읽고 있다가 군계 부인이 이른 것을 보고 맞으며 놀라 물었다.

"이미 야심한 지 오래인데, 서모(庶母)11)께서는 어찌 자지 않고 오셨습니까?"

군계 부인이 미소 짓고 말하였다.

"제가 마침 잠이 없어 심심함을 이기지 못하오나 이미 밤이 깊어 각 전(殿), 각 당(堂)에서 취침하시니 갈 곳이 없었습니다. 그런데 소저는 부지런하시니 아직 자지 않으실 줄 알고 담소나 나누며 잠시 근심을 풀고자 이르렀습니다."

소소저가 사례하고 함께 이야기를 나누는데, 문득 보니 군계 부인이 활

---

과 화살을 가져왔다. 소소저는 이상하게 여겨 물었다.

"서모께서는 어찌 활과 화살을 가지고 오셨습니까?"

군계 부인이 웃으면서 말하였다.

18

"제가 본래 소시 적부터 여자의 행실은 알지 못하고 한평생 사랑하는 것이 무기입니다. 이제까지 잊지 못하여 때때로 인적 없는 데 가서 시험하곤 하니 소저는 이상하게 여기지 마세요."

그리고는 군계 부인이 활과 화살을 곁에 놓고 창틈으로 간간이 밖을 살폈다. 소소저는 이를 괴이하게 여겼지만 군계 부인이 즐겨 사연을 말하지 않는데다가 여러 번 물을 수도 없어서 그 행동을 살펴보기만 했다. 군계 부인이 바야흐로 밖의 인기척을 감지했다. 인적은 보이지 않았지만 희미한 달빛 아래 무슨 괴이한 기운이 어른어른하여 점점 가까이 오더니 촛불이 밝은 것을 보고 문득 창밖에서 머뭇거리는 것이었다. 군계 부인은 요

19

사한 사람이 변을 일으킬 줄 알고 급히 활을 들고 살을 먹여 창구멍을 뚫고 시위를 당겼다. 화살은 유성(流星)같이 날아 요사한 자의 가슴을 맞혔다.

이때 환옥은 합륜당에 이르러 여러 사람의 음성이 들리고 촛불이 밝게 켜져 있는 것을 보고는 창밖에서 바야흐로 머뭇거리고 있었다. 그러다가 뜻밖에 날랜 화살이 난 데 없이 날아와 가슴을 맞추자 매우 놀라 소리 지르고 거꾸러졌다. 한편 남씨는 환옥을 보낸 후 이윽히 앉았다가 궁금함을 이기지 못하여 생각하였다.

'아우가 간 지 오래 되었으니 거의 계교를 이루었겠지. 만일 실패했으

20

면 이리 오래 걸리겠는가?'

그리고는 와 봤다가 이 광경을 보고 매우 놀라 급히 요술로 환옥을 거

두어 돌아왔다. 군계 부인은 바야흐로 요사한 자를 화살로 맞춰 거꾸러뜨린 뒤 쫓아 생포하려 하였더니 문득 공중에서부터 검은 안개가 일어나며 요사한 자를 거두어 돌아가자 매우 애달파하고 분통함을 이기지 못하였다. 소소저는 너무 놀라 얼굴빛이 잿빛으로 변했다. 좌우 시녀들도 놀라지 않는 사람이 없었다. 군계 부인이 이에 소소저와 함께 자고 다음 날 존당(尊堂)12)에 아침 문안을 드리면서 간밤의 괴변을 아뢰었다.

21

"급한 상황을 알리던 시녀는 경복루 노유마의 목소리였으니 경복루 태군부인 명으로 이르렀다고 하였습니다."

집안사람들이 모두 놀라워하였다. 여부인이 노유마를 돌아보고 말하였다.

"간밤에 어미는 내 곁을 떠나지 않았으니 어찌 이런 괴이한 일이 있으리오?"

좌우 사람들이 더욱 괴이하게 여겨 집안의 여러 하인들을 다 불러 어젯밤에 급변을 고한 자를 찾았으나 하나같이 모른다고 하였다. 태부인이 묵묵히 탄식하고 상국(相國)13) 임상국은 이마를 찌푸리고 탄식하여 말하였다.

22

"집안에 괴변이 연달아 많이 생겨나는 것은 다 여알(女謁)14)이 번성하기 때문이고, 우리 자손들이 재주와 외모가 유명한 탓이니 누구를 원망하고 누구를 한하리오? 그러나 고삐가 길면 잡히고 물이 가득하면 빠지는 환란이 있으니 요사한 자가 어찌 매번 득세하겠는가?"

---

12) 존당(尊堂) : 상대방을 높여 그의 부모를 이르는 말이나 여기서는 자신의 조부모 혹은 부모를 지칭하는 말로 쓰임.
13) 상국(相國) : 관리들이 오를 수 있는 최고의 관직. 영의정·좌의정·우의정을 통틀어 부르는 말.
14) 여알(女謁) : 군주의 총애를 믿고 권세를 농단하는 궁녀를 가리키는 말로 일반 사대부가의 경우에도 쓰임.

태청선생 임한규가 대답하였다.

"형님의 말씀이 옳습니다. 얼마 지나지 않아 원흉의 단서를 찾을 것입니다. 이것은 다 집안에서 빚어낸 변란이니 금세기에 우리 집안에서 경궁(瓊宮)15)을 꾸미고 녹대(鹿臺)16)를 세우는 일 없이 매희(妹喜)와 달기(妲己)17)의 무리가 웅거하고 있으니 집안이 어찌 무사하리오?"

좌중에 앉아 있던 사람들이 이 말을 듣고 탄식하면서 말이 없었다.

이때 남씨는 환옥을 구하여 돌아와 환옥의 가슴에 박힌 화살을 빼내고 상처가 아무는 요괴로운 약을 붙이면서 환옥을 간호하며 세월을 보냈다. 그리고 곽교란과 더불어 초왕 임희린 부자가 오기 전에 소소저를 없애고자 하였다.

남씨는 이 날 황혼에 합륜당에 나아가 창밖에서 몰래 살펴보니, 한림 임재홍이 들어와 자고 있었다. 밝은 촛불 아래 부부가 마주하였는데 맑고 깨끗한 모습이 한 쌍의 밝은 달과 같았다. 군자는 엄숙하고 숙녀는 단정하니 매우 고요하였다. 한림 임재홍이 소소저의 손을 잡고 말하였다.

"이미 밤이 깊었으니 쉬어야 하지 않겠소? 오늘도 어제와 같은 변이 또 있을까 근심하시오? 어떤 괴이한 변란이 있다 해도 내게 참요검(斬妖劍)18)이 있으니 무슨 근심이 있겠는가마는 부인의 미간에 액운이 비치

23

24

---

15) 경궁(瓊宮) : 옥으로 장식한 궁전이란 뜻으로 호화로운 궁전을 달함. '경궁요대(瓊宮瑤臺)'라는 말로 많이 쓰였음. 경궁요대란 원래는 옥황상제가 거처하는 화려한 천상궁궐을 가리키는 말. 중국 은(殷)나라의 마지막 왕 주왕(紂王)이 이를 만들어 그 사치스러움을 자랑하다가 민력(民力)을 피폐시켜 결국 주(周)나라에 의해 멸망당함.

16) 녹대(鹿臺) : 은(殷)나라의 마지막 왕 주왕(紂王)이 총희(寵姬)인 달기(妲己)의 환심을 사기 위해 세운 화려한 별궁. 거기에서 술로 연못을 채우고, 나무마다 고기를 매달아 숲을 만들고, 벌거벗은 남녀들이 서로 쫓아다니며 놀게 하는 '주지육림(酒池肉林)'의 연회를 즐겼음.

17) 매희(妹喜)와 달기(妲己) : {미달(妹妲)}. 매희는 폭군의 대명사인 하(夏)나라 걸왕(桀王)의 왕비이고, 달기는 폭군의 대명사인 은(殷)나라 주왕(紂王)의 왕비임. 이 두 사람은 음탕하고 포악한 여자로 유명하며, 걸왕과 주왕이 각각 이 여자들에게 침혹되어 폭군이 되었다고 함. 망국(亡國)의 악녀로 불림.

니 재앙이 멀지 않음을 알겠소."

소소저가 나직하게 대답하였다.

"성인(聖人)도 오는 액(厄)을 면치 못하셨으니 저 같은 소소한 여자야 말해 무엇 하겠습니까? 오는 액은 오히려 염려할 바 없으나 재앙이 연달아 일어난다면 양가 어르신들께 걱정을 끼칠까 근심됩니다.

25 　한림 임재홍은 위로한 뒤 촛불을 끄고 소소저를 권하여 침상에 나아가자 두 개의 옥이 완전한 듯, 두 사람이 매우 친밀하니 그 정이 하해(河海)가 얕고 건곤(乾坤)이 좁은 듯하였다. 창 밖에서 몰래 살펴보는 음녀는 간이 마르고 부화가 끓어올라 즉시 소소저를 끌어내고 싶었지만 어찌할 도리가 없었다. 남씨가 화가 잔뜩 나 얼굴빛이 붉으락푸르락 변하면서 탄식하였다. 그러다가 남씨는 훤칠한 남자로 변신하여 방 안으로 돌입하고자 했는데, 문득 방 안에서부터 한 줄기 서광이 일어나며 구름 관과 안개 옷을 착용한 자가 파리채를 들고 꾸짖어 말하였다.

"오늘 성스런 부부가 한 방에 모였기에 하늘이 특별히 천상선녀를 내
26 려오게 하여 군자숙녀의 영화로운 복록을 더하려 하는데 패악한 음녀가 어찌 방에 들어올 수 있겠느냐?"

　말을 마치자 한바탕 광풍이 남씨를 끼고 들어오렸다가 대청 아래에 그루박았다. 남씨는 속절없이 층층 계단 아래로 굴러 연한 살가죽이 떨어지고 비린 피가 홍건하였다. 남씨는 아픔을 이기지 못하고 감히 "애고" 소리도 못한 채 어린 듯 취한 듯 침소에 돌아와 촛불을 밝히고 요술로 상처를 아물게 하였다. 정신을 차리자 분한 마음이 가득하였다. 다시 훤칠한 남
27 자가 되어 비수를 끼고 바로 취성전으로 돌입하였다. 밤이 깊어 아무 소

18)　참요검(斬妖劍) : 요괴를 베는 칼을 말함.

리도 없이 취성전이 매우 고요하였다. 숙직하는 모든 시비들은 다 장막 밖에서 깊이 잠들었고, 태부인도 잠이 깊이 들어 있었다. 소파가 태부인을 곁에서 모시고 자다가 마침 복통이 있어 한잠을 자고 변소에 가고자 일어났다. 그런데 문득 낯선 사람이 거침없이 다니는 것을 보고 말하였다.

"너는 누구길래 함부로 들어오느냐?"

남씨가 소리 질러 말하였다.

"너는 늙은 종년에 불과하다. 무엇을 아는 체하며 참견하느냐? 나는 천하 협객 주한19)이다. 임한주 부자조손(父子祖孫)이 나와 원수가 없는데도 나의 애인 소씨를 데려갔으니 내가 맹세코 임씨 가문을 짓밟을 것이다."

28

말을 마치고는 비수를 들어 넌지시 소파의 가슴을 찌르자 소파가 뜻밖의 일을 당해 크게 소리 지르고 거꾸러졌다. 장막 뒤에서 숙직하던 하인들은 잠결에 소파가 "사람 죽인다."고 말하는 소리를 듣고 다 놀라 급히 도적이 정전에 들었다고 소리 지르며 나와 보았다. 그러나 순식간에 그 도적의 간 곳을 알 수 없었다. 태부인이 잠결에 놀라 모든 하인들을 불러 말하였다.

"도적이 멀리 갔으니 요란히 굴지 말고 불을 밝히고 소파의 상처를 살펴 보거라."

29

이러구러 아침이 되자 집안사람들은 간밤의 변란을 듣고 빠진 사람 없이 다 모였다. 이에 태부인께서 많이 놀라셨는가 안부를 묻고 소파의 상처가 다행히 깊지 않기에 급히 금창약(金瘡藥)20)을 바르며 간호하였다. 소

---

19) 주한 : {유한}. 앞의 24권에는 '주한'으로 나오기에 '주한'으로 통일함.

파가 이윽고 정신을 차려 사람들이 모인 자리에 나아가자 모두 소파가 놀란 것을 위로하였고 도적의 말이 흉악한 것에 더욱 놀라 소소저에게 재액이 생긴 것을 불쌍하게 여겼다.

이때 소소저는 이런 일도 모르고 한림 임재홍과 자면서 큰 꿈을 꾸었다. 한 선관(仙官)[21]이 선녀를 데리고 와 소소저에게 밀치자 그 선녀가 문득 둥근 달이 되어 소소저의 품속으로 들었다. 소소저가 놀라 어찌 할 줄 모르자 선관이 말하였다.

"문곡성(文曲星)[22]과 부인은 놀라지 마시오. 이 옥진낭랑은 바로 동해 용왕의 딸로 옥황상제가 양녀를 삼으시고 낭랑에 봉하셨으니 금문진인의 아내이오. 옥황상제가 옥진낭랑을 총애하시는 것이 8명의 친딸 공주보다 더 하시니 자매 사이에 시기와 질투 때문에 변란이 일어났소. 그러다 여덟 번째 공주와 다툰 죄로 인간 세상에 귀양 오게 되었소. 금문진인은 도 높은 신선이라 황가에 태어나고, 옥진낭랑은 부인께 잉태되었소. 오늘 재앙이 임박하였으나 옥진낭랑을 잉태하였기에 큰 화를 면하였소. 그러나 앞으로의 일이 염려가 되오."

한림 임재홍과 소소저가 미처 대답하지 못하였는데, 문득 대청 아래 무엇인가 거꾸로 박히는 소리에 놀라 깨달으니 한 꿈이었다. 딸을 낳을 경사가 있을 것을 짐작하였다. 그런데 문득 정전에 도적이 돌입하여 소파를 찌르고 달아나며 "소씨의 맑은 절개를 훼방한다."고 외치는 소리를 듣자 이미 재액을 짐작하면서도 깜짝 놀라 일어나서는 세수하고 존당에 나갔

---

20)  금창약(金瘡藥) : 칼, 창, 화살 따위로 생긴 상처에 바르는 약. 석회를 나무나 풀의 줄기와 잎에 섞어 이겨서 만듦.

21)  선관(仙官) : 신선의 세계에서 벼슬살이 하는 신선.

22)  문곡성(文曲星) : 구성(九星) 가운데 넷째 별로 주로 글과 관련된 문운(文運)을 관장하며, 일명 문성(文星), 문창성(文昌星)이라고도 함.

다. 소소저는 머리에 쓴 관과 노리개를 풀고 장복(章服)<sup>23)</sup>을 벗은 뒤에 비실(鄙室)<sup>24)</sup>에서 석고대죄(席藁待罪)<sup>25)</sup>하였다. 집안 전체가 떠들썩하더니 상국 임한주가 근심하며 탄식하여 말하였다.

"오늘 밤의 변고는 다른 사람들이 듣게 해서는 안 된다. 소씨 누이<sup>26)</sup>가 칼에 찔린 것도 놀랍거니와, 간인이 요사하고 패악하여 어진 사람을 이렇듯 모함하니 죄가 있든 없든 간에 소소저가 어찌 무사하겠느냐? 내 마음은 아득하기만 하니 아우의 뜻은 어떠한가?"

태청선생 임한규가 묵묵히 생각하다가 대답하였다.

"형님의 말씀이 곧 제 마음과 같습니다. 소소저가 비록 무죄하나 원흉의 단서를 잡지 못하였습니다. 일이 극히 지엄하니 묵묵히 보고 있지만 못할 것입니다."

소파가 바야흐로 정신을 차렸다가 상국과 선생의 문답을 듣고 행여 소소저를 조금이라도 의심하는가 하여 깜짝 놀라 말하였다.

"소소저는 결단코 이렇지 않습니다. 소소저가 어렸을 때부터 높은 절개와 맑은 마음이 공강(共姜)의 열렬한 정조<sup>27)</sup>와 백희(伯姬)의 고집<sup>28)</sup>

<sup>33</sup>

---

23) 장복(章服) : 직품을 가진 신하 혹은 그 부인의 예복(禮服).
24) 비실(鄙室) : 누추하고 작은 방.
25) 석고대죄(席藁待罪) : 거적을 깔고 엎드려 벌 주기를 기다린다는 뜻으로, 죄과에 대한 처분을 기다리는 것을 말함.
26) 소씨 누이 : 소파를 말함. 소파는 상국 임한주의 서매(庶妹)임.
27) 공강(共姜)의 열렬한 정조 : 공강은 위(衛)나라 희후(僖侯)의 아들 공백(共伯)의 아내임. 공백이 요절하자 그녀는 남편에 대한 굳은 절개를 지키면서 부모의 재가 권유를 끝까지 물리침. 공강은 자신의 이러한 마음을 〈백주(栢舟)〉라는 시를 지어 나타낸 바 있음. 『시경(詩經)』 「용풍(鄘風)」편에 전하는 이 시는 "두둥실 잣나무 배가 황허강 가운데 떠 있네. 늘어진 다팔머리 그이만이 진정 내 남편이었으니 죽어도 딴 마음 갖지 않을 것이네. 어머님은 하늘 같은 분이신데 어찌하여 제 마음을 그토록 몰라주십니까?汎彼栢舟, 在彼中河, 髧彼兩髦, 實維我儀, 之死矢靡他, 母也天只, 不諒人只."라는 내용임. 이로부터 남편을 일찍 여읜 아내가 잣나무처럼 굳건히 절개를 지켜 재혼하지 않고 정조를 지키는 것을 '백주지조(栢舟之操)'라고 함.
28) 백희(伯姬)의 고집 : 백희는 송(宋)나라 공공(恭公)의 부인임. 그녀는 불이 났음에도 불구하고 보모(保姆) 없이는 밤에 당을 내려갈 수 없다 하여 보모가 오기를 기다리고 있다가 불에 타 죽

이 있으니 그 좌우 시녀라도 예의를 잃지 않아 곡반(哭班)29)과 진신(搢

紳)30) 같이 예법이 바르고 가지런합니다. 그러니 어찌 그 시녀들이라

34    도 이런 상식에서 벗어난 행실이 있겠습니까? 분명히 어느 곳에 요악

한 사람이 있어 소소저를 모함하는 것입니다."

임상국이 고개를 끄덕이며 말하였다.

"우리들 또한 헤아림이 없겠는가? 다만 아직 소소저를 누추하고 작은

방에 두었다가 초왕 임희린 부자가 이르거든 결정할 것이다."

좌중 사람들이 묵묵히 말이 없었다. 그런데 한림 임재홍은 임상국을

모시고 서 있으면서 안색이 화평할 따름이요, 전혀 마음 쓰거나 걱정하지

않으니 그 마음을 측량할 수 없었다. 소소저가 명을 받들어 누추하고 작

은 방에서 석고대죄하자 유모와 시비들이 눈물을 흘리며 슬퍼하였다.

한편 남씨는 지극히 교묘한 계략을 비밀스럽게 실행하였으나 소소저

35    가 오히려 무사하자 더욱 분하여 이 밤에 비수를 끼고 효장궁으로 갔다.

이 날은 부마 임세린이 취침하는 때이기에 촛불 아래에서 공주와 더불어

자녀와 즐겁게 지내다가 야심한 후 자리에 나아갔다. 그런데 문득 뒤 창

문에서 인기척이 나고 작게 탄식하며 말하는 소리가 들렸다.

"원수 임세린은 자는가 깨었는가? 내가 다만 적의 괴수인 임재홍 부자

만 죽여 나의 미인을 빼앗은 분을 씻으려 했는데 임세린이 본래 나와

36    무슨 원수가 있길래 나의 미인 소씨를 빼앗아 두었는가? 오늘날 분을

풀고 소씨를 찾아가리라."

그러고는 방 안에 갑자기 들어왔다. 공주는 벌써 간악한 사람이 요사

---

였음. 규방의 법도를 잘 지킨 여인으로 유명함.

29)  곡반(哭班) : 국상(國喪) 때 곡을 하던 벼슬아치의 반열.

30)  진신(搢紳) : 모든 벼슬아치를 통틀어 이르거나 지위가 높고 행동이 점잖은 사람을 말함.

한 변을 일으키는 것인 줄 알고 요괴를 물리치는 주문을 외우며 태양 같은 눈동자를 바르게 하여 노려보니 어찌 요얼이 감히 가까이 올 수 있겠는가? 물러나 내다르며 말하였다.

"으마으마, 임세린이 자는 줄 알았더니 아직 안 잤는가 보다."

이렇게 물러나자 공주는 구태여 요란하게 시녀들을 부르지 않았으나 부마 임세린은 대경실색하여 말하였다.

"세상일을 예측하기가 어렵소. 소소저의 일이 아니 괴이합니까?"

공주가 길게 탄식하고 말하였다.

"낭군의 소탈하신 성품은 안 지 오래지만 오늘의 말씀은 의외입니다. 집안에 요악한 사람이 오래 머물러 변을 일으키는 줄 어찌 모르십니까?"

부마 임세린이 말하였다.

"그런 줄을 왜 모르겠소마는 괴이한 일이 많으니 어찌 이상하지 않으리오?"

공주가 묵묵히 말이 없었다. 다음 날 아침에 부마 임세린이 상부(相府)31)에 나아가 존당께 아침문안을 올리고 간밤의 일을 고하자 집안 어른들 모두가 실색하였다. 부마 임세린이 다시 소소저를 엄하게 가두기를 고하자 선생이 정색하면서 꾸짖어 말하였다.

"내 아이가 어찌 이렇듯 명철하지 못하고 어리석은가? 소소저는 성스럽고 맑은 여자이니 손자에게도 과분한 아내이다. 네가 어리석어 숙녀를 알지 못하니 저런 식견으로 사위와 며느리를 어찌 보리오?"

부마 임세린이 당황스럽고 부끄러워 다시 말을 못하자 상국 임한주가

---

31)  상부(相府) : 재상의 관사(官舍)를 말함. 여기서는 임상국 집안을 말함.

탄식하여 말하였다.

"진실로 요악한 사람의 악착같은 모략 때문이니 어찌 부주의한 세린을 책망하겠는가? 아우는 세린을 꾸짖지만 내가 생각하기에는 세린의 말이 쓸모가 있으니 죄가 있든 없든 간에 소소저를 각별히 엄히 가둬 요악한 사람의 지극히 교묘한 계책으로도 소소저의 신상을 마음대로 범하지 못하게 할 것이다."

이에 상국 임한주는 즉시 명령을 내려 소소저를 엄하게 가두고 내외를 엄하게 금하니 그 뜻을 알 수 없었다. 소부인은 부마 임세린이 명철하지 못한 것을 한탄하였다.

이때 남씨는 모든 사람들이 주의 깊게 살피는 것도 모르고 또 각별히 계책을 행하려 하였다. 남씨는 집안의 상황을 살피니 아무도 성씨의 생사에 대해 말하지 않았다. 남씨는 그것이 매우 괴이하여 이날 밤에는 성씨 집안에 가서 살폈으나 또한 알 길이 없었다. 무안하여 돌아오다가 길에서 한 거지 여자를 만났다. 나이가 13~14세 정도 된 계집아이가 담 밑에서 자고 있기에 문득 계교 하나를 생각하고 나아가 보니 벙어리였다. 더욱 다행스럽게 여겨 그 거지 여자아이를 달래어 데리고 자기 침소에 돌아와 허름한 장롱 속에 넣어두고 좋은 음식을 먹이면서 대소변 볼 그릇까지 주고 그곳에서 나오지 말라고 하였다. 그 거지아이는 먹고 자는 것이 안정되자 매우 기뻐하였다.

이러구러 여러 날이 지나자 문득 초왕 임회린이 돌아온다는 선문(先文)32)이 이르고 연이어 하관 한복이 초왕 임회린의 글을 존당에 올리면서 아뢰었다.

---

32)  선문(先文) : 미리 통지하는 글.

"초왕 전하께서 저로 하여금 부운사라 하는 도인 등 십여 인을 거느려 집안의 그윽한 동원에 두고 여러 어르신께 아뢰라 하셨습니다. 그리고 초왕께서 집에 돌아오신 후 이를 처리한다그 하십니다."

41

상국과 선생이 깜짝 놀라고 의아하게 여겨 빨리 편지를 열어보라 하였다. 대개 앞부분은 할머니와 네 분의 부모에게 평안하신지를 물어보고 조부모와 부모 슬하를 떠난 동안 그리워하는 마음이 가득하다는 내용 등이었다. 뒤에는 설선봉의 병으로 인해 부운사 등 10여 인을 만나 사사로이 많이 도움이 되었다는 사연이며, 이 부운사 등의 내력이나 거처가 반드시 일의 실마리가 될 것이기에 먼저 한복을 시켜 호위하여 돌려보내는 연유를 아뢰면서 이들을 별원에 머물게 하여 편히 쉬게 하면 자신이 돌아갈 날이 며칠 남지 않았으니 돌아가서 선처할 것이라고 아뢰었다.

42

상국이 글을 다 보자 기뻐하는 표정이 얼굴에 일어나며 말하였다.

"대장부가 할 말은 아니지만 지난 밤 꿈이 마우 길하고 아침에 길조(吉鳥)인 까치가 노닐더니 이런 기쁜 편지를 얻었소. 이 가운데 집안의 경사가 많을 줄 아는가?"

선생 역시 근엄한 얼굴에 기쁜 기색이 가득하여 고개를 끄덕이며 칭찬하였다. 부마 임세린은 무심하여 다만 부친과 숙부께서 형님인 초왕 임희린이 경성으로 돌아온다는 것을 경사로 알아 저같이 말하시는가 보다 생각하였다. 그러나 소부 임유린만은 형님의 글을 재삼 어루만지며 화락한 기운이 가득하여 부친과 숙부께 고하였다.

43

"부운사 일행을 후원 깊은 곳에 거처하게 하고 형님과 창홍 조카가 돌아온 후 처치하기를 기다리시지요."

상국이 고개를 끄덕이며 말하였다.

"네 말이 마땅하니 내원 별당 죽설루에 머물게 하겠다."

소부 임유린이 절하면서 사례하였다. 선생이 한복에게 음식과 술을 풍성하게 대접하고 부운사 일행을 인도하여 후원 죽설루에 가서 쉬게 하였다. 그런 뒤에 인홍, 경홍 등 어린 공자 5명을 보내어 부운사 일행을 영접하게 하니, 날이 벌써 어두워졌다.

44 이때 설소저, 임소저 두 사람은 무사히 임상부에 이르렀다. 수레 안에서 황성을 보고 반가워하면서 주변경관을 보고 감상에 젖었다가 마음을 진정하여 공자들이 인도하는 대로 대원문을 들어서서 별루(別樓)에 들어갔다. 인경 등 나이 어린 공자가 푸른 색 비단 옷을 나부끼며 맞이하였다. 죽설루로 돌아가 인사를 나눈 뒤 앉아 손님과 주인의 예법으로서 상대하니 두 소저는 공자들을 보고 더욱 옛일을 슬퍼하였다. 임소저가 남동생들을 보고 슬프고 반가움을 이기지 못하나, 설소저의 난처한 마음을 생각하여 45 여 말을 삼가고 또한 먼 길을 달려와서 몸이 피곤하기에 적이 쉬고 난 뒤 존당 부모를 뵈려고 하였다.

이윽고 모든 공자들이 들어가고 내당 시녀가 저녁식사를 갖춰 내오면서 촛불을 밝혔다. 이에 두 소저가 자신들의 시녀들과 더불어 저녁식사를 한 뒤, 각각 존당께 글을 올려 수 년 간의 불효를 사죄하고 전후 변란에 대해 대강 고하였다. 서간을 심부름하는 시녀가 매우 놀라고 기뻐하여 넘어질 듯이 급히 걸어서 취성전에 들어가 두 소저의 글을 올렸다.

이때 집안의 상하노소가 다 정당에 모였더니 시녀가 서간을 올리기에 46 모든 사람들이 함께 열어보았는데, 이 문득 생각하지 않은 바의 천고에 기이한 이야기며 만고의 드문 일이었다. 한 장은 무고하게 멀고 먼 곳,33)

---

33)  멀고 ~ 곳 : {천애인각[天涯涯角]}. 이는 하늘의 끝이 닿은 곳과 멀리 떨어져 있는 외지고 먼 땅

깊은 산 속에 귀양살이하여 사생과 존망을 판별할 수 없었던 설씨의 글이 었다. 봉한 것을 떼자 바르고 공손한 뜻과 완곡한 문체가 주옥이 어지럽게 떨어지는 듯하고 귀신이 웃는 듯하였다. 그 글은 다음과 같았다.

불초하고 죄 많은 저 설씨는 머리를 조아려 백 배 절하면서 천지에 가득한 불효를 무릅 쓰고 아룁니다. 제가 어질지 못하고 누추한 자질로 덕이 박하고 재주가 없어 천지신명의 그릇 여기심과 다른 사람의 믿게 여김을 입어 여자 홀몸으로 살인했다는 악명을 무릅쓰고 해외 귀양객이 되었습니다. 다시 중도에서 변을 만나니 저의 슬픔과 괴로움은 말할 것도 없고 존당과 친족에게 불효가 막대합니다. 저의 한 가닥 잔명이 험난하고 기괴한 가운데 다시 이어져 뜻밖에 월혜 아가씨를 상봉하였습니다. 그리고 아버님께서 반란군을 치시고 승전하여 집에 돌아오시는 후거(後車)를 좇아 다시 황성에 돌아왔습니다. 존전에서 벌을 받고자 하나 의복이 평상시와 다른 까닭에 지체되는 이유를 먼저 글로 아룁니다.

47

48

또 한 장은 평범하게 지내다가 곡절 없이 사라진 후, 그 사생을 몰라 밤낮으로 슬프게 했던 월혜 소저의 필적이었다. 그 글은 다음과 같았다.

불초 손녀는 눈물을 흘리고 머리를 조아려 몇 년 동안 불효한 일을 청죄합니다. 지난 바의 기구한 환란은 뜻밖에 일어난 재앙이며 눈앞에 닥친 액이었습니다. 그간의 사건들을 짧은 시간에 어찌 다 아뢸 수 있겠습니까? 다만 설씨 형님과 저의 의복이 평상시와 다르니, 저는 오히려 신경쓰지 않으나 설씨 형님은 존전에 알현하지 못할 것이기에 먼저 갈아입을 의복을 보내시면 옷차림을 고치고 존당과 부모와 숙부

49

이란 뜻으로, 서로 멀리 떨어져 있음을 이르는 말임. 흔히 '천애지각(天涯地角)'이라 말함.

모, 자매들을 다 반기고자 합니다.

집안 어른들이 두 소저의 글을 보고 얼굴에 기쁜 빛이 일어나며 이것이 오히려 꿈인가 의심하였다. 관태부인이 바삐 좌우 사람들로 하여금 두 소저가 갈아입을 의상과 두 소저의 시녀들이 갈아입을 청의(靑衣)[34] 여러 벌을 갖추어 보내라 하고 진파로 하여금 두 소저를 데려오라고 하였다. 진파가 명을 받들고 일어나자 군계 부인 또한 아뢰었다.

50 "제가 또한 서파를 모시고 가 두 소저를 모시고 오겠습니다."

관태부인이 고개를 끄덕이셨다. 군계 부인이 진파와 더불어 여러 시녀들을 거느리고 죽설루에 이르니 서로가 반가워함을 붓 하나로 이루 다 기록할 수 없었다. 시녀가 구슬로 장식한 함에서 의복을 내어 드리자 두 소저가 갈아입은 뒤 집안 어르신들께 차례로 절하고 좌석에 꿇어앉아 불효를 사죄하며 몇 년간의 안부를 물었다. 존당 태부인과 여부인, 이부인 두 부인이며 주숙렬, 소부인 등은 기쁜 마음이 매한가지였다. 자리에 가득한

51 모든 사람들이 얼굴에 기쁜 빛을 띠고 있으니 어찌 그 절하기를 기다리겠는가? 사람들마다 두 소저의 손을 잡고 아름다운 검은 머리를 쓰다듬어 한편으로 기뻐하고 한편으로 슬퍼하니 이것이 생시인지 꿈인지를 깨닫지 못하였다. 집안 어른들이 모두 기쁨을 이기지 못하여 두 사람을 바삐 바라보았다. 두 소저의 맑고 깨끗한 모습이 그 동안 더욱 새로이 맑고 곱고 어여쁘니 인간 만물 어디에 비하리오? 두 사람의 미모가 막상막하였다. 어루만져 사랑하며 이별했던 회포를 펴느라 밤이 다하는 줄 모르더니, 문득 오경(五更)[35]을 알리는 북소리가 들렸다. 상국 형제가 놀라 말하였다.

---

34) 청의(靑衣) : 시녀들이 입었던 푸른 색 옷을 말함.

"오늘은 초왕 부자가 돌아오는 날입니다. 천자가 난여(鸞輿)36)를 갖추어 문 밖으로 행하시리니 만조백관이 오경을 알리는 북소리가 끝나기 전에 우리 집 문밖에서 모일 것입니다."

상국이 이에 부마 임세린과 재흥, 천흥 두 손자를 거느려 궐로 향하고 선생은 여러 손자들을 거느려 문 밖으로 나갔다. 설소저, 임소저 두 소저가 태부인을 모시고 자니 태부인이 설소저의 쌍둥이 아들을 데려다가 모자가 서로 만나 반기게 하였다. 그 아이들이 4살이니 총명함이 유달랐다. 어른들의 가르침을 좇아 모친을 부르고 울면서 반겼다. 설소저 또한 반기며 흐느끼니 슬픈 마음이 마찬가지였다. 두 아이가 모친 슬하에서 2번 절하는데 봉황 같은 눈에 맑은 눈물이 연달아 떨어졌다. 손을 받들어 울면서 말하였다.

"저희들이 태어난 지 몇 년이 되었지만 다만 아버지께서 저희를 낳아주신 줄만 알고 어머니께서 저희를 기르신 줄을 알지 못하니 땅을 모르는 죄인이었습니다. 오늘 어머니께서는 어느 곳에 계시다가 돌아오셨어요? 지금 이후로는 저희의 지극한 원통함이 풀어져 인륜이 완전하게 되었습니다."

말을 마치자 아름다운 목소리로 오열하면서 말을 하지 못하니, 비교하건대 한 쌍 아름다운 봉황새가 부르짖는 듯, 달 같은 이마와 아름다운 눈썹과 붉은 뺨과 입술에 흰 이가 하얗고 깨끗하여 두루두루 기이하니 완연히 작은 임창홍이었다. 설소저가 비록 나이가 젊고 부끄러움이 많으나 자식을 사랑하는 마음은 인지상정이었다. 어린아이들을 겨우 낳아 강보에

---

35) 오경(五更) : 하룻밤을 오경(五更)으로 나눈 다섯째 부분. 새벽 3시에서 5시를 사이를 말함.
36) 난여(鸞輿) : 난조(鸞鳥)라는 새의 울음소리를 모방한 방울이 달렸다 하여 유래한 말로, 임금이 타는 가마를 말함.

쌓여 있을 때 이별하고 사방으로 떠돌다가 오늘 비로소 만나니 그 마음이 어떠하겠는가? 자식을 바라보는 아름다운 눈에 진주 이슬이 맺히는 것을 깨닫지 못하고 손으로 어린 자식들의 삭총(鑠葱)37) 같이 여리고도 여린 손을 잡고 이끌어 아이들을 무릎 위에 올리고 뺨을 비비고 어루만지며 슬프게 탄식하여 말하였다.

"너희들 어린애로 하여금 강보에 쌓인 갓난아기 때부터 이 같은 지극한 원통함을 품게 한 것은 다 이 어미의 명이 기구한 까닭에 남은 액이 너희들에게까지 미친 것이다. 그러나 하늘이 도우시어 이 어미가 구사일생으로 돌아왔는데, 너희 어린 것들이 무엇을 안다고 이상하게 굴어 어르신들의 마음을 슬프게 만들고 어미 심사를 어지럽게 하느냐?"

두 아이가 비록 나이가 어리나 일처리와 행동거지는 세상일에 노련한 나이 든 어른과 같았다. 모친의 얼굴을 우러러 슬픈 기색이 가득한 것을 보고 문득 불효가 됨을 깨달았는지, 즉시 눈물을 거두고 꽃 같은 뺨과 별 같은 눈에 맑고 아름답게 웃는 기색을 띠고 호수같이 빠져들 듯한 눈동자에 부드러운 목소리와 온화한 기색이 명랑하며 고사리 같은 손으로 어머니의 손을 어루만지면서 밝게 웃고 말하였다.

"저희가 매우 어려 아무 철도 없이 유모를 어머님으로 여겨 어머님 그리운 줄을 모르더니 요새는 적잖이 문자를 알면서 사람이 세상에 태어남에 사람이 되는 것이 매우 중요하고 천지간에 천륜이 중요한 줄을 알게 되었어요. 어머님께서 저희들을 낳으신 초기에 떠나신 것을 알게 된 후에는 어머님의 얼굴이 어떠한지 보고 싶어 어머님을 부르짖으면서 슬픈 회포를 억제하기 어려웠어요. 더욱 근래에 할아버님과 아버님

---

37) 삭총(鑠葱): 윤기 나는 파.

께서 나가실 적 어머님을 데려다 준다고 하셨기에 저희들이 밤낮으로 어머님을 기다린 지 오래더니 오늘에야 돌아오시니 저희들이 이후에 무슨 근심이 있겠어요? 원컨대 어머님께서 머무시던 곳이 어디였기에 돌아오시는 것이 그토록 더디었는지요? 또 할아버님과 아버님께서는 언제 돌아오시나요?"

말이 낭랑하고 질문이 차례가 있으니 어찌 서너 살 어린아이의 미숙한 행동이 있겠는가? 설소저가 이 모습을 보자 천륜의 자애가 샘솟는 것을 깨닫지 못하여 근심스레 슬퍼하면서 아이들의 손을 어루만져 말이 없었다. 관태부인 또한 애련함을 이기지 못하여 두 아이를 무릎 앞에 나오게 하여 더부룩한 머리를 쓰다듬고 붉은 입술을 맞대고 말하였다.

"오늘 날이 채 저물지 않아 너희 할아버지와 아버지가 돌아올 것이다. 이제는 모든 일이 다 좋게 되었으니 근심 마라."

두 아이가 웃으며 기뻐하였다. 임소저, 설소저 두 사람이 남씨, 곽씨 두 여자를 보자 먼저 마음이 놀라웠으니 화란이 또 다시 일어날까 근심하였다. 설소저가 문득 밖으로 나와 매송의 귀에 대고 한 계교를 가르쳐 준 뒤 비밀스럽게 일을 처리하라고 하니 이것이 무슨 일인가? 그에 관한 사건이 다음 책에 있기에 다음 회에 기록한다.

다음날 첫새벽에 황제는 만조 문무백관을 거느리시고 남쪽 교외에 나아가 초왕인 임원수를 맞았다. 초왕이 이끈 대군은 남쪽 교외에 이르러, 용과 봉황이 새겨진 깃발이 움직이고 황제를 위한 군악대가 연주하는 북소리가 은은한 것을 보고 황제의 어가(御駕)가 친히 임하셨음을 알았다. 이에 삼군의 병사들이 더욱 힘이 솟아 즐거워하는 소리가 진동하였다. 두 원수가 말에서 내려 임금 앞에 나아가 8번 절한 뒤 머리를 조아리자 황제

는 얼굴에 기쁜 빛을 띠고 가까이 불러보셨다. 그러고는 전쟁터에서 말달

60 리며 싸운 것을 치하하시며 위로하시니 성은이 하늘과 같았다. 초왕이

황송함을 이기지 못하여 머리를 조아리고 성은에 감사하였다.

　황제는 이에 군정사(軍政司)의 공신록(功臣錄)[38]을 들여다보시고 초왕

부자의 훌륭한 무예와 용맹을 칭찬하셨다. 그리고 여러 간사하고 교활한

무리들의 흉한 일들에 대로하시어 대리시(大理寺)[39]에 엄하게 가두라 하

셨다. 또 전쟁터에 참여한 장수와 졸병의 직책을 돋우시어 초왕 임희린을

보국추성전 금자광록태후 충정후에 임명하시고 녹봉을 후하게 하여 사십

호(戶)를 더하시며, 단서철권(丹書鐵券)[40]을 주시어 비록 형옥(刑獄)이나 역

모에 관여한 일이라도 연좌하지 말라고 하셨다. 임상국과 임선생에게는

61 비단과 보석으로 크게 상을 내리시고 각별히 연회를 내리시어 관태부인

이 기이한 손자를 둔 것을 치하하셨다. 부원수 주원광을 우승상 한정백

에, 선봉 성연수를 대사도 형부상서에, 장원룡을 용문대장 직금오에 임명

하시고, 목선봉을 금의대장 좌사마에, 설희광을 병부상서 대사마에, 임창

홍을 이부상서 문연각태학사 추밀부사에 임명하셨다. 그 밖의 장수와 병

졸들은 다 공을 따져 벼슬을 내려주시고 상방(尙房)[41]의 진수성찬을 내려

62 주시며 수천 항아리의 술과 1만 마리의 소를 잡아 삼군을 먹이며 전쟁터

에서 말 타고 여기저기 다니면서 힘들게 애쓰던 일을 위로하시니, 황제의

은혜가 융성하였다. 장수와 병졸의 즐기는 소리가 광풍에 흔들리는 대나

무 잎 소리 같았다. 임초왕 부자와 성공, 주공, 설공 모든 공들이 머리를

---

38) 공신록(功臣錄) : 나라에 큰 공을 세운 신하들에 관한 내용을 기록해 놓은 책.

39) 대리시(大理寺) : 형옥(刑獄) 즉 형벌과 감옥에 관한 일을 맡아보던 관아.

40) 단서철권(丹書鐵券) : 공신을 표창하던 문권(文券)과 쇠로 만든 표지.

41) 상방(尙房) : 대궐의 각종 음식, 의복, 기물(器物)을 관리하던 곳. '상의원(尙衣院)'이라고도 함.

조아리고 사양하면서 벼슬이 과도하다고 힘써 말하나 황제는 허락하지 않으시고 대궐로 돌아가려 하셨다. 모든 공들이 어쩔 수 없이 문무백관과 함께 어가를 호위하여 궁으로 돌아가 조회를 마친 후 각각 집으로 돌아갔다.

초왕이 부친을 모시고 자식과 조카들을 거느려 집에 돌아와 먼저 문묘(文廟)에 배알(拜謁)하고 존당 부모께 절하였다. 태부인 이하 사람들이 반가워하는 것은 붓 하나로 이루 다 옮길 수 없었다. 태부인이 왼손으로 손자인 초왕의 손을 잡고 오른손으로 증손자인 임창홍의 손을 잡고 반기시며 기뻐하시니 그토록 화락한 웃음은 이 날이 처음이었다. 초왕은 화락한 기운을 가득 내어 전쟁터에서 싸우던 일과 옥선 등 여러 요물을 다 잡아온 일, 설생의 병으로 인해 부운사 등을 만나던 일 등의 전말을 세세히 고하였다. 좌중에 앉아 있던 사람들은 모두 신기하다고 하였다.

설소저, 임소저 두 사람이 나와 방석에서 물러나 땅에 엎드려 사례하였다. 초왕은 몸을 편히 하라고 일렀다. 설소저가 자신의 남편인 이부상서 임창홍을 향해 나직하게 예의를 표하자 이부상서 임창홍 또한 답례하고 반김이 지극하나 할머님과 부모님 앞이라서 기색을 숙연하게 하였다. 남씨, 곽씨 두 여자가 나아와 초왕 부자에게 절하자, 군자인 초왕 부자가 한눈에 그 요악함을 알아보고 놀라면서 다시 눈을 들어 보지 않았다. 두 여자가 초왕 부자를 보고는 스스로 크게 낙담하였다.

다음 날 임상국 부자와 숙질(叔姪) 그리고 손자들이 궐하에 문안한 후 황제를 모시고 있으니 황제는 새롭게 그간의 노고를 위로하셨다. 이 날 대옥(大獄)을 처결하는 날이라 만조백관이 빠진 사람 없이 다 참여하였다. 이때 달융국은 모반한 일이 없으므로 황제께서 사신을 보내어 위로하셨

63

64

65

다. 달융이 비록 오랑캐나 겁이 많고 순박하며 나약하기에 천자의 사신이 이른 것을 보고 겁내어 기이하고 진기한 보배로 조공하며 옥선이 자신들을 부추겼던 말을 다 이르고 옥선의 자식 남매를 바쳤다. 황제는 다시 달융국에게 죄를 묻지 않으시고 옥선의 자식 남매를 하옥하라 하시며 죄인들을 처형하기를 기다리셨다. 이날 대옥(大獄)을 열어 크게 형벌을 쓰시면서 차례로 초사(招辭)⁴²)를 받으시니 여러 요물들이 비록 간악하나 엄한 형벌 아래 어찌 견디겠는가? 초사를 각각 올리니 묘월의 초사는 다음과 같았다.

식견이 낮은 승려, 저 묘월은 본래 장사성(張士誠)⁴³)의 딸이었습니다. 제 부친이 처음에 태조황제와 나란히 세상에 서서 넓고 넓은 천하를 다투다가 명나라 황실이 하늘 가득한 복으로 온 세상을 통일하셨으니 세상의 군웅들이 누가 아니 사망하겠습니까? 저의 부친 또한 나라가 망하고 신하들이 죽으니 그 때에 제 나이가 불과 3~4세로 강보에 쌓인 어린아이였습니다. 장차 나라가 망하고 집이 망하니 혈혈단신의 어린 여자가 누구를 의탁하겠습니까? 죽을 것이 분명한데, 요행히 유모가 저를 거두어 산사를 떠돌았습니다. 그런데 유모마저 죽고 10여 세 된 여자가 사방에 의탁할 곳이 없었습니다. 그러다가 서촉(西蜀) 청성산(靑城山)에서 수도하던 금선법사가 저를 거두어 제자로 삼아 천만 가지 변화를 가르쳤습니다. 이미 재주를 다 배우고 나자 나이가 차고 지각이 났습니다. 문득 부모의 철천지원수를 갚고자 하여 드디어 스승을 배반하고 천하를 떠돌며 온 나라를 방황하였습니다.

---

42) 초사(招辭) : 죄인이 범죄 사실을 진술하던 것. 공초(供招).
43) 장사성(張士誠) : 원나라 말기 반란군의 지도자(1321~1367). 군사를 모아 반란을 일으켜 소주(蘇州)를 도읍으로 하고 나라 이름을 대주(大周)라 하며 자신을 성왕(誠王) 또는 오왕(吳王)이라 칭하였음. 그러나 명나라 군의 총공격에 대패함.

그러다가 능운을 만났는데 능운이 저를 제자로 삼아 술법을 가르쳐 주었습니다. 능운의 근본을 물어보니 그 사람은 진우량(陣友諒)[44]의 손녀였습니다. 또한 명나라 황실에 원수를 갚고자 함에 저와 의기상합하였습니다. 하산하여 산동(山東)에 가서 한왕을 사귀며 목지형을 만나 가만히 초왕 집안에 왕래하여 허다 괴이한 변을 저지 르고 또 진궁에 가서 한 날 한 시에 태어난 쌍둥이 남매를 데려다가 남씨 집안에 버 리게 하였습니다. 능운은 임승상 집안에 가 변란을 일으키다가 초왕의 집안사람이 다 신성한 사람들이라서 여러 계책을 끝내 이루지 못했습니다. 그러고는 마침내 귀 신굴에 떨어져 죽게 되었습니다. 이에 제가 짐작하고 구해내자 더욱 일을 도모하기 를 힘썼습니다. 세 권 비서(秘書)를 남씨 집안의 연랑에게 주고 옥경을 회왕의 딸로 삼아 함께 임씨 집안을 없애려다 일이 이루어지지 않자 다시 계책을 꾸몄습니다. 옥 경은 병부상서 설희광을 사모하여 사혼(賜婚)의 교지를 얻고, 옥선은 이부상서 임창 홍을 사모하여 사혼의 교지를 각각 얻어 시댁에 들어가서는 기괴한 변란을 이리이 리하다가 일이 다 낭패가 되자 달아나 한왕을 꾀어 병사를 일으키려 하였습니다. 옥 선은 이리이리하여 융왕에게 가 오랑캐 왕비가 되었습니다.

이렇듯 모든 사연을 낱낱이 아뢰었다. 능운의 초사는 다음과 같았다.

저의 할아비가 명나라 황실에 의해 죽었기에 저의 아비 또한 원방을 떠돌다가 마 저 죽었습니다. 제가 어찌 원한이 없겠습니까? 이러므로 임씨 가문을 없애고자 하 는 옥선과 설씨 가문을 해치려 하는 옥경과 함께 모의하여 임씨, 설씨 두 가문에 원 수를 갚고 명나라 황실을 없애고자 허다 계교를 이리이리 시작하였다가 계책을 이

68

69

70

---

44) 진우량(陳友諒) : 원나라 말기 군웅(群雄)의 한 사람(1316~1363). 서수휘(徐壽輝)의 휘하에서 차츰 세력을 키우다가, 1360년에 서수휘를 죽이고 강서(江西) · 호광(湖廣) 일대에 위세를 떨쳤 음. 1363년에 번양호(鄱陽湖) 싸움에서 명나라 황실을 세운 주원장(朱元璋)에게 패하여 전사함.

루지 못하고 잡혔습니다.

또 목지형의 초사는 다음과 같았다.

천한 저 목지형은 주사 목준의 손자입니다. 부모가 다만 저희 남매를 두고 일찍
죽으니 조부모에게 양육되어 자라났으나 집이 가난하고 할아비가 늙고 병들어 보리
밥과 채소반찬도 때를 어기는 일이 많았습니다. 종조모(從祖母) 목태부인[45]의 보살
핌을 많이 입어 장성한 후 그윽이 목태부인의 전하는 말로부터 설씨의 아름다움에
대해 익히 알고 외람된 생각을 내어 설태사가 저를 사위로 선택하기를 바랐습니다.
그러나 설태사가 씩씩한 기색으로 조금도 저를 눈여겨보지 않았습니다. 종조모인
목태부인을 대하여 말로써 돋우어 보나 도무지 설태사가 대답하지 않으니 제가 감
히 바랄 수 없었습니다. 이에 문득 방해를 하고자 하여 계교를 쓰다가 누이까지 죽
이고 신검수 등을 사귀어 한왕과 이리이리 계책을 세워 설씨를 도적하려다가 신명
이 돕지 않아 두 팔을 잃었습니다. 능운 등과 체결한 것은 설씨, 임씨 두 가문에 복
수하고자 한 것이었고 나라의 일에는 간섭하지 않았습니다.

이 밖에도 목지형의 초사에는 옥경과 옥선이 행한 일들도 낱낱이 들어
있었다. 옥선의 초사는 다음과 같았다.

제가 처음 일을 행한 것은 묘월 등이 한 말과 같습니다. 달융국에 가 오랑캐 왕비
를 찔러 죽이고 스스로 오랑캐 왕비가 되어 한왕과 동모하였으며, 또 묘월의 요술을

---

45)  목태부인 : {셜티부인}. 이는 곧 설씨 가문의 목태부인을 말하기에 이와 같이 옮김. 앞서도 계
     속해서 목태부인이라 나왔음.

배우고 무예의 재주를 익혔습니다. 달융왕을 달래어 나올 적에 한왕이 만약 대업을 이루면 다시 모일 것을 거짓으로 언약하였으나 실제는 달융왕의 흉한 모습에 염증이 났으니 뜻을 이루면 다시 군자호걸을 가리려 하였습니다.

옥경[46]의 초사에는 설회광을 사모하여 병이 나 굳이 인연을 이루고자 하다가 뜻을 이룰 수 없기에 능운을 사귀어 요술을 배워 회왕의 딸이 되었던 일과 사혼의 교지를 얻어 설씨 가문에 들어갔으나 괴이한 꿈을 꾸고 흉한 병을 얻어 발광하던 일, 설회광이 쌍연을 취하던 일, 설씨 가문을 엎치려다 일을 이루지 못하고 임월혜를 해쳤던 일, 결국에는 지금에 이르게 된 일이 낱낱이 담겨 있었다.

---

46)  옥경 : 앞서 설회광이 옥경을 목 벤 것으로 나오는데, 여기서 옥경이 살아 있는 것으로 설정되어 있어 앞뒤가 잘 맞지 않음.

임 씨 삼 대 록

# 26권

1 　차설(且說). 모든 초사가 오르자 전(殿) 위에 있던 사람이든 아래에 있던 사람이든 깜짝 놀라 통탄스러움을 이기지 못하였다. 황제께서는 옥선의 음란하고 패륜한 행실을 더욱 더 통탄하시어 모든 나졸로 하여금 달융의 남녀를 데려다가 옥선을 보이며 대질하라고 하셨다. 옥선이 자신의 두 자식 남매를 보고 깜짝 놀라고 실색하여 하늘을 바라보며 눈물을 흘려 말하였다.

　"하늘이 어찌 나를 돕지 않으시는 것이 이와 같습니까? 내가 이전의 죄악을 스스로 다 고하나 오직 오랑캐 땅에 자녀가 있는 것을 자백하지
2 　않은 것은 다행히 저 아이들이 타고난 것이 오랑캐의 풍모를 닮지 않았기에 훗날 요행히 자라나 어미의 원수를 갚을까 하였더니 어떤 까닭으로 여기에 이르렀는가?"

　말을 끝내자마자 옥선이 피를 토하고 거꾸러졌다. 두 아이 또한 어미를 보고 반겨 울면서 어미한테 가고자 하였다. 황제는 옥선의 요악함에 더욱 진노하시어 말씀하였다.

　"두 아이가 비록 중국 사람이라도 음녀(淫女)의 자식을 밝은 세상에 머물게 하지 못할 것인데 하물며 오랑캐의 피를 이었으니 빨리 내어다가 목 잘라 죽여라."

　그러고는 회왕과 진왕을 불러 보시고 모든 사람들의 초사를 보이셨다.
3 　두 왕이 초사를 보자마자 얼굴빛이 흙빛이 되었다. 진왕이 아뢰었다.

　"신(臣)의 처가 과연 예전에 궐 안에 들어갔다가 퇴궁할 때 길에서 역적가의 남매가 도륙당하여 흉하게 죽는 것을 보고 놀라 돌아왔더니 그 밤에 이러이러한 꿈을 꾸고 인하여 잉태하여 쌍둥이 남녀를 낳게 되었습니다. 그런데 그 타고난 바가 매우 괴이하여 영웅의 상이 아니기에 신

의 부부가 전혀 관심이 없어 다만 유모에게 맡겨 길렀습니다. 그 아이
들은 4~5세가 되자 그 행실이 더욱 요악하기에 신이 밤낮으로 우려하
며 앞일을 살펴 자애를 끊고 조용히 죽일 뜻을 두었습니다. 그런데 모
년(某年) 모일(某日)에 문득 난 데 없는 푸른 새가 두 아이를 물어갔으니
그 이후 10년이 지났습니다. 소식을 알 길이 없더니 어찌 이런 요사스
런 변이 태평성대에 있을 줄 알았겠습니까?"

황제가 또 남어사에게 물으시니 남어사가 어찌 감히 숨기겠는가? 즉시
아뢰었다.

"소신(小臣)에게 비록 처첩이 있으나 남자아이든 여자아이든 간에 자식
이 없으니 소신의 부부가 밤낮으로 슬퍼하였습니다. 그런데 모월(某月)
모일(某日)에 과연 이러이러한 승려가 남녀 두 아이를 데려다 주니 신의
부부는 그 아이들이 뉘 집 자식인 줄은 모르나 다만 두 아이의 인물이
아름답고 입고 있는 의복이 천한 사람들이 입는 것이 아니기에 속으로
'반드시 사족의 소생이겠구나. 적국(敵國)[47] 사이에 혹시 다른 이의 자
식을 해치려 하여 버린 것인가?'라고 생각했습니다. 그런데 어찌 이런
변괴가 있을 줄 알았겠습니까? 이미 친자식같이 사랑하여 길렀으니 딸
은 현직 한림 임재홍의 부인이 되고 남은 자식은 아직 아내를 얻지 않
았습니다."

회왕이 또 아뢰었다.

"신이 또한 자식이 없어 슬퍼하더니 모월(某月) 모일(某日)에 묘월법사
라 하는 자가 이르러 아름다운 여자를 천거하였습니다. 신의 부부가
그 요악함을 어찌 알겠습니까? 다만 사랑할 줄간 알았더니 근본이 한

---

47)  적국(敵國) : 남편의 또 다른 아내를 말함.

왕(漢王)의 천한 소생인 줄을 꿈에나 생각했겠습니까?"

황제는 모든 사람들이 아뢰는 말을 듣자 이번 일을 더욱 요악하게 여기시어 급히 남씨 가문에 가 환옥을 잡아오라 하셨다. 잠시 후에 환옥이 옥계단 아래 다다라 머리를 조아리고 땅에 엎드려 남씨 가문에서 얻어 기른 자식이라고 하면서 울며 고하였다.

"소신이 어려서 세상일을 채 알지 못하거늘, 누이와 더불어 우연히 연정(蓮亭)[48] 아래에서 놀고 있는데 요괴가 저희들을 잡아다가 남씨 집에 버리고 갔습니다. 신의 남매가 밤낮으로 부모를 그리워하여 서러워하나 나이가 어려 누군 줄을 기억하지 못하니 어디를 가서 부모를 찾겠습니까? 오늘 천행으로 부모의 소식을 들으니 천륜이 완전하게 되었습니다. 지금 죽는다 하더라도 한이 없습니다."

말을 마치자 억지로 애써 흘리는 눈물이 비같이 떨어졌다. 이는 하랑(何郞)[49]의 분 바른 얼굴이요, 단사(丹沙)를 찍은 입술이며, 눈썹이 푸르고 눈이 샛별 같아 양기(陽氣)와 정기(精氣)가 말긋말긋하여 말이 물 흐르는 듯하고, 신장이 살대[50] 같으며, 그 행동이 빼어났다. 뭇사람의 눈으로 평범하게 본다면 가히 일세(一世)의 옥인군자라 할 것이니 누가 이 자가 이임보(李林甫)의 구밀복검(口蜜腹劍)[51]과 같은 성품을 지녔음을 알겠는가?

---

48) 연정(蓮亭) : 연꽃을 구경하기 위해 지어 놓은 정자.

49) 하랑(何郞) : 하안(何晏)을 말함. 삼국(三國) 때의 위(魏) 나라 사람. 미남인데다가 늘 얼굴에 흰 분을 바르고 다녀, 한때 유행이 되기도 함.

50) 살대 : 기둥이나 벽 따위가 기울어지는 것을 받치거나 바로잡기 위하여 버티는 나무.

51) 이임보(李林甫)의 구밀복검(口蜜腹劍) : 이임보는 당(唐)나라 현종(玄宗) 때의 재상. 뇌물로 환관과 후궁들의 환심을 사는 한편 현종에게 아첨하여 재상이 되어서는, 당시 양귀비(楊貴妃)에게 빠져 정사(政事)를 멀리하는 현종의 유흥을 부추기면서 조정을 좌지우지했음. 바른말을 하는 충신이나 자신의 권위에 위협적인 신하를 가차 없이 제거했는데, 이때 먼저 상대방을 한껏 추켜 올린 다음 뒤통수를 치는 표리부동(表裏不同)한 수법을 썼기 때문에 『십팔사략(十八史略)』에서는 "이임보는 현명한 사람을 미워하고 능력 있는 사람을 질투하여 자기보다 나은 사람을 배척하고 억누르는, 성격이 음험한 사람이다. 사람들이 그를 보고 '입으로 꿀 같은 말을 하지만

---

황제를 모시고 있던 사람들 중에는 혹 환옥을 가련하게 여기는 사람도 있었다. 황제 또한 보시고 그 사람됨이 군자의 덕스런 기질에서 벗어난 줄은 아나 아직 다 자라지 못한 아이인데다가 드러난 잘못이 없기에 다만 진실로 요괴로운 비구니에 홀려간 것으로 짐작하였다. 그러니 부모나 찾아주는 밖에 어찌 하겠는가? 이에 조서를 내려 달하였다.

"네 말이 매우 선하니 부모를 잃고 흩어지게 된 것은 요괴로운 비구니가 한 일이오, 너희들 남매의 죄가 아니구나. 남어사가 너희들을 얻은 날과 진왕이 너희를 잃은 날이 일치하니 빨리 천륜 부모와 함께 만나고 너희 누이에게도 부녀가 함께 모이게 하여라. 분명히 요승(妖僧)에게서 배운 술법이 있을 것이니 진실을 숨기지 마라. 내가 따로 처리할 것이다." 9

환옥이 머리를 조아리고 은혜에 감사하며 말하였다.

"어찌 이런 일이 있겠습니까? 요괴로운 비구니가 훤한 대낮에 남의 인륜을 어지럽게 하고 요악한 말을 하여 누이까지 아주 죽이려 하는 것입니다. 신의 남매는 집을 잃은 후로 밤낮으로 울었습니다."

진왕은 기색이 씩씩하여 조금도 친자식이라 하여 유념함이 없으니 환옥은 무안하여 속으로 진왕을 원망하였다. 묘월을 다시 심문하려 하니 이미 독한 형벌을 받아 반쯤은 죽은 목숨이어서 다시 묻지 못하였다. 이 또한 하늘의 뜻이니 임씨 가문의 환란이 다하지 않은 까닭이었다. 이에 황제가 법전을 고찰하시어 한왕은 사사(賜死)하고 묘월, 능운, 옥선, 옥경, 목지형, 춘교는 토막토막 몸을 자른 뒤에 그 목을 장대에 걸어 길거리에 10

---

뱃속에는 무서운 칼이 들어 있다[口蜜腹劍].'라고 말했다.[李林甫, 妬賢嫉能, 性陰險, 人以爲, 口有蜜腹有劍]고 평하고 있음.

두고 뭇사람들에게 본보기로 보이게 하시고, 그 밖에는 묻지 않으셨다. 그리고 설소저, 임소저 두 사람이 절행을 행하고도 애매하게 요약한 사람의 독수(毒手)를 받아 하나는 죽고 하나는 그 거처를 알지 못하므로 특별히 온 나라에 반포하여 찾게 하고 품계를 높여 정표(旌表)하여 저승에서 흐느끼는 원통함이 없게 하라고 하시고 다시 말씀하셨다.

"짐이 한왕을 사사하는 것을 안타까워 하는 것은 아니나 어제 한 꿈을 꾸니 돌아가신 황제께서 말씀하시기를 '고구 한왕이 아직 천명이 다하지 않았으니 마땅히 옛사람이 칠종칠금(七縱七擒)하던52) 대의를 생각하여라.'라고 하시었다. 꿈속의 일이 선명하기에 다시 관대한 은전(恩典)을 드리워 한왕을 사사하라는 명령을 거두고 원방으로 귀양가게 하겠다. 목지형은 극한 역모에 해당하는 죄가 아니기에 죽여 봐야 별 쓸모가 없으니 시골로 내쳐 남은 인생을 마치게 하여라."

만조백관이 황제의 관대하신 명령을 기쁜 마음으로 복종하였다. 임상국이 머리를 조아리고 절하면서 설소저, 임소저가 살아 있어서 이번 출정(出征) 때에 이리이리하여 데려왔음을 아뢰자, 임창홍이 또 아뢰었다.

"진실로 죽은 자가 생존함이 있거니와 그 간의 괴이한 변란이 많았습니다. 엎드려 바라건대 폐하는 다만 설씨의 생존함만 말하십시오."

임상국은 임창홍의 말을 듣고는 손자 임창홍이 설희광을 속이려 하는 뜻이 있는 줄 깨달아 아뢰었다.

"이는 젊은이들이 한바탕 기이한 광경을 보고자 하는 것이니, 폐하께서

---

52) 칠종칠금(七縱七擒)하던 : 일곱 번 잡았다가 일곱 번 풀어준다는 뜻으로, 상대를 마음대로 다룸을 비유하거나 인내를 가지고 상대가 숙여 들어오기를 기다린다는 말. 제갈량(諸葛亮)이 맹획(孟獲)을 사로잡은 고사에서 비롯된 것으로, '마음대로 잡았다 놓아주었다 함'을 비유하여 이르는 말로 '칠금(七擒)'이라고 줄여서 부르기도 함.

는 아직 자세한 일들은 말하지 마시고 허다한 사연은 세린에게 조용히
물으십시오."

황제 또한 유희를 즐겁게 여기시므로 알아들으시고 미소를 머금으셨   13
다. 날이 늦자 죄인들에게 법을 쓰는 것은 다음 날 실행하기로 하고 금의
옥(錦衣獄)53)에 가두어 두고 조회를 마치셨다.

이때 설태부 부자가 이 날에서야 딸이 살아있다는 소식을 듣고 매우 기
뻐 급히 사마(駟馬)54)를 돌려 임상국 부자와 숙질을 좇아 임상국 집안으
로 나아갔다. 설공 부자는 외헌으로 들어가고 임상국 부자(父子) 및 손자
는 존당에 들어가 알현하고 저녁식사를 다한 뒤 천천히 조정에서의 일을
고하면서 남씨의 친부모가 실제와 다른 사실을 말하였다. 관태부인이 고
개를 끄덕이는 한편 눈썹을 찡그리며 말하였다.                              14

"그러나 국법이 지극히 엄하고 성상의 판결이 어질고 밝으시니 사사로
이 논할 바 없구나. 다만 오늘은 남씨가 종일토록 병이 났다고 밖에 나
오지 않으니 그 까닭을 모르겠구나."

이부상서 임창홍이 놀라 고하였다.

"이 중에 반드시 무슨 변이 있을까 합니다."

초왕이 또한 놀라며 말하였다.

"종일 남씨를 찾지 않으셨습니까?"

선생이 말하였다.

"하늘이 재앙을 내리시니 인력으로 어찌 할 수 있으리오?"

관태부인이 갑자기 깨달아 즉시 시녀를 시켜 남씨를 부르라 하셨다.

53)  금의옥(錦衣獄) : 명나라 때 금위군(禁衛軍)의 하나인 금의위(錦衣衛)에 딸린 감옥으로, 특히 정
     치범을 가두는 곳으로 유명함.
54)  사마(駟馬) : 네 필의 말이 끄는 수레 혹은 한 채의 수레를 끄는 네 필의 말.

잠시 후에 시녀가 급히 보고하였다.

"남소저가 어제부터 복15면)통이 급하다 하더니 거의 죽게 되어 목숨
이 곧 끊어질 지경에 이르렀다 합니다."

초왕은 이미 짐작한 바이기에 새롭게 놀라지 않았으나 다른 사람들은
다 놀랐다. 알지 못하겠구나. 이 무슨 일이 또 일어날까? 다음 회를 보라.

이때 남씨, 곽씨 두 여자가 초왕 부자의 태양 같은 정대한 광채를 보자
스스로 담이 떨어지는 듯이 놀랐다. 또 임소저, 설소저 두 사람의 만고에
독보적인 미모와 한 번 쳐다보는 태양 같은 눈빛을 보자 조마경(照魔鏡)[55]
을 보는 듯하여 스스로 몸이 떨리고 등에 땀이 났다. 자기 침소로 돌아와
서는 마음 속 가득 시기심이 일어나 절치부심하기를 마지않았다. 남씨가
생각하였다.

'이제 초왕 부자가 조회를 마치고 오지 않았으니 소씨를 죽여 없앤 뒤
저 거지 여자를 죽여 소씨의 자리에 두고 스스로 병이 나 죽은 모양을
만들어 뭇사람들이 의심하지 않도록 해야겠다.'

남씨가 또 다시 생각하였다.

'이런 일은 각별하여 곽씨에게도 알리지 못할 것이다. 사부의 사생거처
(死生居處)를 모르니 궁금해 견디지 못하겠고, 초왕 부자의 말을 들으니
이번에 잡은 무리의 모사(謀士) 두 명은 비구니로서 변신을 무궁하게 할
수 있다고 하니 이 아니 우리 사부가 한왕을 섬겨 큰일을 도모하다가 행
여 잡힌 것이 아닐까 궁금하구나. 아무튼 거지 여자를 내 대신을 삼아
여기에 두고 나는 변신하여 궐 안에 들어가 오늘 천자가 국청(鞫廳)[56]을

---

55) 조마경(照魔鏡) : 마귀의 본성을 비추어서 그의 참된 형상을 드러내 보인다는 신통한 거울.
56) 국청(鞫廳) : 조선 시대에, 역적 등의 중죄인을 신문하기 위하여 설치하던 임시 관아.

설치하고 모든 죄인들을 엄히 문책한다 하니 그 말을 들어야겠다.'

이에 가만히 협실 다락에 감춰둔 거지 여자를 나오게 하여 개용단(改容丹)[57])을 먹여 자신의 얼굴을 만들고 또 가슴 앓는 약을 먹인 뒤, 저의 화려한 의복을 벗어서 입히고 침상 위에 이불로 낯을 싼 후 눕혔다. 그런 후 자기는 작은 새가 되어 밖으로 나가니 아무도 그 종적을 몰랐다. 거지 여자, 즉 가짜 남씨가 오랫동안 병으로 누워 있다가 문득 가슴이 아프자 편히 누워있지 못해 눈물을 흘리고 사지를 뒤틀면서 자리에 제대로 있지 못하였다. 그 유모와 시녀들이 매우 놀라 진짜 남씨인 줄만 알고 황급히 붙들어 간호하면서 그 동정을 몰라 증세를 물어보았다. 그러나 본래 벙어리이기에 무슨 말을 하리오? 다만 흐르는 눈물이 비와 같아 고개를 끄덕이며 손으로 가슴을 가리킬 따름이니, 모든 시녀들이 그 진가(眞假)를 어찌 알겠는가? 다만 너무 아파 말을 못하는 지경에 이른 줄로 아니 남씨의 간교하고 요악함이 이와 같았다.

시녀의 무리가 정당에 고하는 한편 남씨 집안에도 알리고 지성으로 간호하나 어찌 조금이나 효험이 있겠는가? 또한 임상부에서는 이 날 경사가 연달아 있으니 이런 일을 무슨 큰일이라고 염려하겠으며, 남씨 집안에서는 이러구러 날이 정오가 지났으니 남어사와 환옥은 입궐하였고 육씨 홀로 놀라나 한 때의 배앓이로만 알았다. 곽교란이 홀로 춘매와 더불어 와서 보살피며 손을 잡고 문병하였으나 벙어리가 두슨 말을 하겠는가? 한갓 입만 벙긋벙긋하고 말이 없으니 곽교란이 깜짝 놀랐으나 어쩔 수 없어 돌아갔다.

이때 요녀(妖女) 남씨는 나는 새가 되어 궐 안에 날아 들어가 보았다.

18

19

20

---

57) 개용단(改容丹) : 사람의 모습을 자신이 원하는 대로 바꾸어주는 약.

만조백관이 빠진 사람 없이 다 입조하여 허다한 거륜(車輪)과 무수한 백월 (白鉞)58)이 너른 뜰에 자욱하기에 나는 새도 날아들지 못할 지경이었다. 남씨가 다시 파리가 되어 공중에 수십 장(丈)이나 날아 황극전(皇極殿) 아래로 들어가니 장려한 위엄이 다 보기 어려울 정도였다. 요녀가 비록 담이 크나 마침내 나이가 어리기에 처음으로 형벌 받는 모습을 보고는 너무나 두려워 가만히 난간59) 밑에 엎드려 국청(鞫廳)에서의 말들을 몰래 엿

21 들었다. 그런데 보니 능운은 자기 남매를 데려다가 남씨 집안에 버린 비구니며, 묘월은 자기에게 책을 주고 간 비구니가 분명하였다. 남씨는 친부모를 찾은 것이 불행하였다. 자기가 본래의 근본을 찾으면 임씨 가문에 머물지 못할 것이니 차라리 일이 다 드러나기 전에 도망하리라 결심하였다.

다시 국청을 여는 것을 살피니 문득 옥선의 두 자식을 데려다 목매어 죽이려 하였다. 두 아이를 보니 남자는 미모가 매우 아름다우나 아주 어렸을 때 천벌을 받을 상이고, 여자는 가는 허리와 반달 같은 눈썹60)이 매

22 우 아름다워 급히 죽을 상이 아니었다. 남씨는 그윽이 살피며 날이 저물어 옥사를 아직 처리하지 않은 채 조정에서 조회가 끝나는 것을 보고 급히 변신하여 돌아왔다.

때가 바야흐로 황혼이기에 가만히 독약을 내어 거지 여자에게 먹이고 급히 소소저가 있는 비실(鄙室)에 이르렀다. 남씨가 자연 마음이 놀랍고 급하기에 소소저가 진짜인지 가짜인지를 알아보지도 않고 들이닥쳤다.

---

58) 백월(白鉞) : 흰색 도끼를 말함.
59) 난간 : {월앙}. 이는 '월함(月檻)'의 오기인 듯함. 월함은 달을 감상하는 난간을 말함.
60) 가는 ~ 눈썹 : {쵸요월미[楚腰月眉]}. 초요는 미인의 가느다란 허리를 이르는 말로, 초(楚)나라의 영왕(靈王)이 허리가 가는 미인을 좋아하였다는 데서 유래함.

살펴보니 소소저는 완연히 이불 사이에 누워 있고 유모의 무리가 난간 밖에서 경황없이 다니고 있었다. 남씨가 기뻐하며 평생의 힘을 다해 소소저를 이불에 싼 채 거두어 올려 검은 안개 가운데로 훌훌 검은 기운이 되어 날아갔다. 난간 밖의 시녀들이 일시에 요괴가 들어와 우리 소저를 앗아간다고 외치자 요녀가 더욱 황급하고 난처하여 바삐 구름 사이에 사무치도록 높이 날아 순식간에 성 밖 10여 리를 가서 소소저를 싼 뭉치채로 남강에 던졌다. 만 길이나 되는 강물이 흉흉하고 물살이 세니 순식간에 소소저를 싼 뭉치가 떠내려가 그 간 곳을 알 수 없었다. 소소저가 분명 죽은 것인가 아니면 설소저의 비밀한 계책에 남씨가 속은 것인가? 다음 회를 보라.

남씨는 소씨를 없애고 거지 여자를 죽이고 난 뒤 제 침소로 가 금은보배를 다 싸가지고 바로 날아 금의옥(錦衣獄)으로 갔다. 이곳에서 옥선의 딸을 훔쳐 품에 품고 훌훌 구름과 같이 높이 떠서 달아나니 그 거처를 알 수 없었다.

이때 임승상 집안에서는 시녀들이 다급하게 들어와 남씨는 죽고 소씨는 요괴가 물어갔다고 보고하였다. 집 안팎이 진동하며 모두들 깜짝 놀라 얼굴만 물끄러미 바라볼 뿐이었다. 초왕 부자, 주비, 설소저는 짐작한 일이기에 묵묵히 있었고 관태부인은 슬퍼하여 말하였다.

"가란(家亂)이 점점 불어나 소씨를 잃으니 잔약한 여자가 어찌 견디겠는가? 반드시 죽을 것이다."

상국과 선생이 위로하여 아뢰었다.

"소씨는 길한 상이니 마침내 요절할 자가 아닙니다. 심려하지 마십시오."

초왕이 아뢰었다.

"남씨가 진짜인지 가짜인지 모르나 죽었다 하니 구태여 시체를 검사할 필요 없이 무엇이든지 장사지내게 하십시오. 소씨는 비록 액을 당했다 하나 반드시 누군가가 벌써 구하여 편히 있을 것이고 앞으로는 재앙이 다 없어져 편안하기가 반석과 같을 것입니다. 집안에 있는 냄새나는 간악한 사람은 올해 혹은 내년 사이에 다 없어질 것이니 앞으로는 다른 아이들에 대한 염려는 있겠지만 재흥, 천흥 두 아이에게는 마가 끼지 않을 것입니다."

26  선생과 상국은 고개를 끄덕이고 의열비 설소저는 그 신명하심에 탄복하며, 곽교란은 심신이 떨려 편안히 앉지 못하고 침소로 돌아갔다. 초왕이 즉시 군관에게 명하여 남씨의 주검을 염하여 장례지내라 하고 남씨 집안에 통보하였다.

이때 환옥이 진왕을 따라 궁에 이르러 부모와 자식 간의 예의절차를 끝내고 형제자매와 골육의 정을 이었다. 왕비와 세자, 공주는 환옥을 한 번 보고 그 어질지 못함을 알고 매우 불행하게 여기나 마지못하여 자식이며 형제라 하고 학문을 권하였다. 환옥이 구태여 남씨를 찾지 않더니 문득

27  남씨의 시녀가 남씨가 복통으로 위중하더니 즉석에서 죽었다고 보고하였다. 진왕 집안에서는 다행히 여겨 구태여 장례식에 참석하지 않고 남어사 부부도 친자식이 아닌데다가 본래 남씨의 시댁에서 남씨를 밉게 본다 하여 가보지 않았으며, 환옥 또한 병이 났다 핑계대고 가지 않았다. 진왕만이 홀로 초왕을 찾아보고 서로 웃었다. 이미 거지 여자의 시신으로 장례지내니, 집안사람들이 시원스럽게 여기나 초왕 부자는 뒷일을 염려하였다.

곽교란은 초왕 부자의 정대하고 올곧은 기운을 대하여 간담이 떨렸다. 즉시 돌아와 춘매를 대하여 가슴을 두드리며 길게 탄식하여 말하였다.

"나 곽교란은 부모의 만금과도 같이 소중한 아이로 자라나 전생의 업 때문에 임낭군과의 인연을 도모하여 겨우 결혼하였다. 그런데 낭군의 얼굴도 보지 못하고 모든 사람들의 업신여김만을 당하는가? 이제 남소저가 죽었으니 유비(劉備)[61]가 와룡선생(臥龍先生)[62]을 잃은 것과 같다. 이제 누구와 함께 대사를 도모해야 하나?"

춘매가 말하였다.

"일이 이미 이 지경에 이르렀으니 이 집안에 있지 못할 것입니다. 독약으로 시험하고자 하나 태부인 이하로 한 명도 평범한 사람이 없고 주비의 법도가 엄숙하여 음식을 만들고 차릴 때에 심복 시녀들을 잠시도 그 곁에서 떠나지 않게 하니 섣불리 하다가는 계교를 이루지 못할 것입니다. 차라리 틈을 얻어 우리 노주(奴主)가 비수를 끼고 밤을 타 태부인 이하 모두를 해치고 달아나는 것이 상책일 것입니다."

곽교란이 말하였다.

---

61) 유비(劉備) : {한쇼열[漢昭烈]}. 한은 유비가 세운 나라이고, 소열은 유비의 묘호(廟號)임. 삼국시대 촉한(蜀漢)의 제1대 황제(재위 221~223). 관우(關羽)·장비(張飛)와 결의형제하였으며, 삼고초려(三顧草廬)로 제갈량(諸葛亮)을 맞아들임. 221년 제위에 올라 한(漢)의 정통을 계승한다는 명분으로 국호를 한(漢 : 蜀漢)이라 함.

62) 와룡선생(臥龍先生) : 제갈량(諸葛亮)의 별명. 자(字)는 공명(孔明). 제갈량은 남양땅에 엎드려 밭 갈고 나아가 은거하며 벼슬하지 않아 사람들이 복룡(伏龍)이라 불렸는데 와룡강(臥龍江)이라 불리는 곳 주변 융중(隆中)에 살아서 와룡선생이라고도 불림. 이후 위(魏)의 조조(曹操)에게 쫓겨 형주(荊州)에 와 있던 유비(劉備 : 현덕(玄德)로부터 '삼고초려(三顧草廬)'의 예로써 초빙된 뒤 오(吳)의 손권(孫權)과 연합하여 남하하는 조조의 대군을 적벽(赤壁)의 싸움에서 대파하고, 형주(荊州)·익주(益州)를 점령하는 등 수많은 전공(戰功)을 세웠고, 한(漢)의 멸망을 계기로 유비가 제위에 오르자 재상이 됨. 유비가 죽은 뒤에는 어린 후주(後主) 유선(劉禪)을 보필하여 재차 오(吳)와 연합하여 위(魏)와 항쟁하였으며, 생산을 장려하여 민치(民治)를 꾀하고, 운남(雲南)으로 진출하여 개발을 도모하는 등 촉(蜀)의 경영에 힘썼으나 위(魏)와의 국력 차이는 어쩔 수 없어, 국세가 기울어 가는 가운데 죽음을 맞이하게 됨.

"그것도 어려운 일이니 내가 차차 생각해 봐야겠다."

앞서 설소저는 태양 같은 눈길을 한 번 흘려 벌써 남씨, 곽씨 두 여자의 속을 환히 다 꿰뚫었다. 이에 매송에게 계교를 가르쳐 보내자, 매송이 나아가 소소저를 보고 이 일을 알린 뒤 풀로 사람을 만들어 소소저의 옷을 입히고 소소저와 함께 협실로 피하였더니 과연 야심한 후 괴이한 기운이 들어오며 소소저를 이불에 싸가지고 달아났다. 시녀의 무리는 온몸을 떨었으나 소소저는 생각이 없는 듯이 놀라지도 않고 겁내지도 않으니 실로 성스럽고 현명한 부인이었다. 매송이 설소저의 지시를 따라 요악한 사람을 일부러 놓아 보내고 시녀들에게 소소저를 잃었다고 널리 알리게 한 뒤, 소소저를 데리고 숙렬비에게로 갔다. 설소저가 벌써 이르러 숙렬비에게 이 일을 고하고는 기다리고 있었다. 소소저가 나아가 기구한 목숨을 구해주신 것을 사례하자 숙렬비와 설소저가 소소저의 놀랜 마음을 위로하고 인하여 협실에 두었다.

날이 밝자 황제는 조회를 열었다. 만조백관이 다 모여 입시(入侍)하였다.[63] 이 날 모든 죄인을 내어 죽이라 하시자 모든 옥관(獄官)이 아뢰었다.

"다른 죄인은 다 있으나 다만 달융국 오랑캐 왕비의 딸 어린 것 하나가 그 간 곳을 알지 못하겠습니다."

황제와 만조백관은 모두 놀라기를 감추지 못했다. 황제는 초왕을 돌아보시고 말씀하였다.

"이는 달융국 오랑캐가 요악한 사람을 보내어 이 여자를 데려가게 한 게 아닌가?"

---

63) 입시(入侍)하였다 : 대궐에 들어가서 임금을 뵙던 일.

초왕이 아뢰었다.

"그렇지 않습니다. 달융국 왕이 비록 오랑캐지만 실은 선량하고 순박하니 그 자식들이 죽는 것에 관계치 않습니다. 또 만약 달융왕이 데려갔다면 차라리 남자 아이를 데려갔지 여자아이를 데려가지 않았을 것입니다. 이는 묘월 등이 전파한 술법이 오히려 다 없어지지 않았기에 그 무리들이 데려간 것이나 얼마 지나지 않아 잡힐 것입니다. 성상께서는 이 일로 심려하지 마시고 죄인을 다 속히 죽이게 하십시오."

황제는 옳다 하시고 감형관(監刑官)[64]에게 즉시 죄인을 베라 하셨다. 한왕과 목지형은 원방으로 쫓겨나가고 묘월, 능운, 옥선, 옥경, 춘교는 다 저자거리에서 목이 베이니 구경하는 자가 통쾌하게 생각하지 않는 사람이 없었다. 날이 늦어지자 조회를 마치고 황제는 내전에 들어가시고 모든 신하들은 각자 자신의 집으로 돌아갔다.

초왕 부자는 승상인 임상국을 모시고 집안에 돌아와 조정에서 있었던 일을 고하면서 죄인들을 죽인 일과 옥선의 딸이 달아난 일을 말하였다. 집안사람들이 모두 탄식하는 한편 시원스럽다고 하였다. 날이 저물자 저녁식사를 마치고 밤들도록 이야기를 나누다가 각각 침소로 돌아갔다. 초왕은 외헌으로 나오면서 상서 임창홍을 돌아보고 말하였다.

"오늘 저녁에 간악한 사람이 출몰하는 일이 있을 것이다."

상서 임창홍이 벌써 알고 명을 받들어 즉시 궁관(宮官) 하리(下吏)를 불러 귀에 대고 계책을 가르쳤다.

이 날 밤 곽교란이 춘매와 더불어 개용단(改容丹)을 삼키고 훤칠한 남자가 되어 각각 비수를 들고 먼저 태부인 정전을 범하려 하였다. 걸음을 가

32

33

34

---

64) 감형관(監刑官) : 형(刑)의 집행을 감시하고 감독하는 관리.

만가만히 하여 정전에 다다랐다. 두 요녀(妖女)가 창 밖에서 몰래 살펴보니, 촛불이 꺼져있었다. 태부인이 잠들었음이 분명하였다. 둘은 매우 기뻐하여 홀쩍 중계(中階)[65]로 올라갔다. 그런데 문득 난간에 처진 붉은 줄 올가미에 걸려 "애고" 소리를 내며 거꾸러졌다. 군관 하리가 즉시 두 여자를 단단히 결박하여 외헌으로 나왔다.

초왕 부자가 승상 형제와 여러 형제들을 모시고 나와 죄인 잡아오기를 기다리니 넓은 방에 촛불 그림자가 휘황하고 범 같은 나졸들이 뜰아래 대령하고 있었다. 이윽고 죄인을 잡았다고 고하자 초왕이 임승상께 고하였다.

"이 죄인을 구태여 문초할 것이 없으니 가까이 불러 그 진짜 모습을 알아보겠습니다."

승상이 고개를 끄덕였다. 초왕이 하인들로 하여금 죄인들을 가까이 부르라 하였다. 죄인들이 이르러 초왕이 쳐다보니 두 명의 훤칠한 남자였다. 눈매가 사납고 각각 손에 비수를 들었다. 초왕이 이들을 가까이 앉히고 두어 번 살피니 태양 같은 밝은 광채가 요악한 사람들의 눈을 비추었다. 그러자 마치 태양이 빛나는 듯하여 두 요인이 눈을 바로 뜨지 못하더니 문득 "애고" 소리를 내며 매미가 껍질을 벗듯 변신한 허물이 벗겨지며 남자가 변하여 두 명의 요사스런 여자가 되었다. 하나는 만고의 음란한 여자인 곽교란이요, 하나는 천고의 간악한 시비인 춘매였다. 좌우 사람들이 깜짝 놀랐다. 초왕은 이들에게 다시 물을 것이 없기에 좌우 사람들로 하여금 죽교(竹轎)를 대령하라 하였다. 죽교가 이르자 초왕은 학사 임천홍을 돌아보았다. 학사 임천홍은 이미 들어가 혼서(婚書) 납빙(納聘)[66]과 곽

---

65) 중계(中階) : 집을 지을 때에, 기초가 되도록 한 층을 높게 쌓아 올린 단.

씨 집안에서 거느리고 온 시녀들을 다 갖추어 대기하고 있었다. 초왕이 곽씨를 무릎 꿇리고 바른 목소리로 꾸짖어 말하였다.

"패륜녀를 대하여 긴 말 하는 것이 부질없으니 대강 꾸짖어 내친다. 네 죄를 말하지 않아도 알 것인데, 갈수록 큰 화란을 일으켜 여자가 칼을 뽑아 존당을 범하고자 아니 그 죄 마땅히 머리를 동쪽 저자거리에 매 <sup></sup> 37 달 것이지만 만에 하나의 관대한 처벌로 목숨을 붙여 네 친가로 돌려보 내니 다시는 우리 집안에 뜻을 두지 마라."

말을 마치자 임천홍[67]은 시동에게 불을 가져오라 하여 혼서와 납빙을 불태웠다. 그러고는 매서운 태도로 하인으로 하여금 곽씨를 죽교 안에 몰 아넣게 하고 곽씨 집안에서 온 하인들도 모두 다 휘몰아 곽씨 집안으로 돌려보내면서 그간에 있었던 한 편의 사건들을 곽씨 집안에 전했다. 곽씨 집안에서도 어쩔 수 없어 아무 말도 못하고 딸을 꾸짖지도 않은 채 거두 어 집에 들이고 타인이 알까 겁을 내어 일절 요란히 굴지 않으면서 은근 히 아름다운 남자를 구하였다. 이른바 인면수심(人面獸心)이 아니겠는가? 38

차설(且說). 임승상 집안에서 초왕은 곽교란을 서둘러 친가로 거두어 보내고 춘매를 잡아내리라 하여 심한 형벌을 준 뒤에 절도(絶島)에 끌어 내치라 하였다. 궁관과 시노(侍奴), 나졸들이 춘매에게 엄형을 가하자 춘 매가 반쯤 죽은 목숨이 되었다. 이에 만리 해변에 끌어 내치니 그 사생을 알 수 없었다.

이러구러 오경(五更)[68]을 알리는 북소리가 나며 닭소리가 요란하자 사

---

66) 납빙(納聘) : 혼인 때 신랑 집에서 신부 집으로 보내는, 주로 푸른 비단과 붉은 비단 예물, 또는 그 예물을 보내는 일.
67) 천홍 : {지홍}. 이는 '텬홍'의 오기인 듯함. 곽씨의 남편이 천홍이기에 이와 같이 옮김.
68) 오경(五更) : 새벽 3~5시 사이를 말함.

람들이 취침하지 못하고 승상을 모셔 말씀하다가 아침문안 때에 모든 집
안사람들이 일시에 정당에 들어갔다. 각 당의 부인네들이 다 모였으나,
오히려 간밤에 있었던 변고는 다들 모르고 있었다. 남자는 왼쪽에, 여자
는 오른쪽에 자리를 나누어 앉아 관태부인에게 아침문안을 드리자 승상
이 간밤 일의 자초지종을 태부인에게 고했다. 모든 사람들이 놀랐다. 태
부인은 놀라시는 중에도 기쁜 기색을 띠고 말씀하셨다.

"여년이 얼마 남지 않은 늙은이를 너무 심하게 죽이려 하다가 도리어
해를 보니 어찌 우습지 않느냐? 또 희린이 눈이 밝으므로 나라의 역신
을 소탕하고 집안의 간인을 없애니 이후로는 변란이 없을 것이 기쁘구
나. 그러나 소씨, 성씨 두 손자며느리의 사생을 모르니 이것이 근심이
된다."

초왕이 이에 설소저를 돌아보자 설소저가 주비께 나아가 손을 공손히
맞잡고 명을 기다렸다. 이에 주비가 태부인께 나아와 손을 공손히 맞잡고
무릎 꿇고 앉아 말하였다.

"예전에 성씨가 반드시 화를 당할 줄 알고 시녀를 시켜 편지를 보냈습
니다. 풀로 사람을 만들어 대신하도록 하여 요물을 속이게 한 것이지
요. 또 이번에 소씨는 설씨 며느리가 남씨, 곽씨 두 여자의 인물됨을 보
고 변을 일으킬 것을 헤아려 매송을 보내어 이리이리 하였습니다. 진
작 존당께 고하지 못한 것은 간인이 혹 엿들을까 걱정되어 아뢰지 못한
것입니다. 이제 간인을 없애어 집안에 거리낄 일이 없으니 두 사람을
다 데려오고자 합니다."

좌중 사람들이 듣고 나서 얼굴빛을 바꾸고 주비 등을 칭찬하였다. 태
부인이 매우 기뻐하시면서 말씀하셨다.

"어질고 맑고 다시 밝은 것이 일월과 같구나. 주비의 신명함도 기이하고 이상한데, 다시 설씨가 있으니 어찌 덕을 쌓은 집안이 받게 되는 경사가 아니겠느냐?"

승상과 모든 사람들이 다 기뻐하여 넓은 대청에 화락한 기운이 넘쳤다. 이윽고 시녀들을 보내어 성소저를 데려오고 소소저도 불렀다. 두 사람이 함께 이르는 길에 서로 만나 반기면서 가지런히 들어와 태부인에게 4번 절한 뒤 차례대로 어른들에게 절하기를 다하였다. 태부인이 왼손, 오른손으로 소씨, 성씨 두 사람의 손을 잡고 탄식하여 말하였다.

"집안에 변란이 중첩하였으니, 요악한 사람들이 변고를 일으켜 너희 같은 어린 사람들을 못 견디도록 보채고, 필경은 사지(死地)에 몰아 놓으니 어찌 애석하지 않느냐? 앞으로는 요악한 사람들에게 해코지당하는 일 없이 기쁜 영화를 두루두루 누리도록 하여라."

두 소저가 황공하여 몸을 움츠리고 이마를 숙여 명을 들을 따름이니, 아리땁고 어여쁜 모습이 전보다 두 배나 더 하였다. 존당과 시부모가 예뻐하면서 기뻐하고 좌중에 화락한 기운이 무르녹아 한 점 근심이 없었다. 태부인이 또한 손녀딸인 임소저 즉 임월혜의 손을 잡고 말하였다.

"네가 어렸을 때에 다른 젊고 아름다운 며느리들이 없어 너만 귀중하게 알았더니 연달아 들어오는 며느리마다 다 아름다우니 너 귀한 줄을 잊었다. 그러다가도 너를 보면 다시 귀중해 하더니 네가 만고풍상을 다 겪고 이제야 무사하게 돌아와 친가에 있으니 너의 귀중함이 전보다 배나 더한 듯하구나. 그러나 여자는 한 번 남편을 따르면 부모형제를 멀리해야 하기에 머지않아 시가(媤家)에 돌아가야 할 것이니 내 마음이 지금부터 서운하구나."

42

43

임상국이 흔쾌히 아뢰었다.

"엊그저께 용탑 아래에서 성상께서 설성염, 임월혜 두 사람의 사생존망을 모르시고 이를 불쌍하게 여기시어 온 나라를 뒤져 찾으려 하시니 신하의 도리로 임금을 기망하지 못하여 이리이리 아뢰었습니다. 그런데 창홍이 문득 이리이리 성상께 아뢰기에 이 아이가 반드시 전일 설희광이 월혜를 박대하던 일에 노하여 월혜가 살아있는 사실을 숨겨 한바탕 속이고자 한 것인 줄 알고 이런 사연을 성상께 아뢰었더니 성상께서 한껏 웃으셨습니다. 이런 까닭에 한동안 월혜가 모친 슬하에서 모실 것입니다."

태부인이 웃으시면서 말씀하였다.

"그러나 설생이 예전과 달라 지금은 쾌히 과거를 뉘우쳤는데 애간장을 심하게 태우게 할 것까지 있으며, 만약 설생이 그리 애를 태운다면 부녀자의 덕을 갖춘 월혜가 어찌 마음이 편하겠느냐? 설생을 조금만 애태우고 심하게는 마라. 만일 일이 더디면 아이를 낳는 일이 늦어질 것이다."

좌중 사람들이 모두 웃고 종일토록 즐겼다. 여러 소저가 각각 옛 침소로 찾아갔다. 상서 임창홍은 설소저와 화락하며 전일에 겪은 변란들이 일장춘몽처럼 옛일 같다고 말하고, 학사 임천홍은 소소저와 화락하며, 한림 임재홍은 성소저와 화락하니 집안에 화락한 기운이 당마다 가득하였다. 그러나 그 중 월혜만은 태부인을 모시고 있으면서 자신이 살아 있음을 시댁에 고하지 못하고 있기에 부녀자의 도리에 어긋날까 하여 몹시 불안해하였다.

이때 설씨 부중에서 또한 집안에 환란이 없이 지내나 목지형이 죽을 죄인이 되어 목숨을 기약할 수 없으니 목씨 한 가문이 망하기에 이르렀다. 그러나 황제의 관대한 은택으로 연좌제를 쓰지 않았기에 천은이 망극하였다. 그럼에도 목태부인은 슬픈 마음이 없지 않았다. 또 병부상서 설희광이 비록 작위가 높으나 조강지처의 자리가 비어 있으니 설태사 부부가 애를 태우는 중이었다. 그러나 다시 임월혜 같은 며느리를 얻지 못할 줄 알고 설희광의 재취에 대한 생각이 없고, 혹시 임월혜가 살아있을까 바라고 있었다.

그런데 문득 나라에서 여러 죄인을 처결한 후에 자신의 딸 설성염이 살아 있다는 소식을 듣자 설태사는 기뻐 하늘로 솟아오를 듯하였다. 설태사 부자가 초왕을 좇아 임승상 집안에 이르러 외헌에 앉아 있었더니 이윽고 임상서가 나와 행각(行閣)[69]의 별당으로 인도하였다. 그곳에 이르자 설소저가 엎어질 듯 넘어질 듯 나와 부친 설태사에게 절하고 오라버니 설희량 등과 인사를 마친 뒤에 존당과 조모와 모친의 안부를 묻고 별회를 펴며 불효를 사죄하였다. 설태사가 딸의 손을 잡고 탄식하며 말하였다.

"나의 죄악이 크나커서 남은 액이 너에게까지 미치게 하였구나. 그러나 고진감래(苦盡甘來)니 다시 무슨 일이 있으리오마는 네 모친은 너를 그리워하다 애간장이 말라 재 되기에 이르렀으니 빨리 귀녕(歸寧)[70]하여 네 모친을 만나 반기어라."

설소저가 고개를 숙여 명을 받들었다. 내당이 가깝기에 설공 부자가 오래 있지 못하여 외헌으로 나와 초왕과 이야기를 나누었다. 병부 설희광은 내당에 들어가 태부인과 그 밖의 모든 데에 두루두루 절하면서 문안드

47

48

---

69)  행각(行閣) : 궁궐, 절 따위의 정당(正堂) 앞이나 좌우에 지은 줄행랑.
70)  귀녕(歸寧) : 친정나들이.

린 후에 임소저의 사생을 알 수 없는 것을 은근히 근심하여 넓은 이마에 근심이 가득하였다. 좌중에 있는 사람들이 실소하고 태부인은 위로하여 말하였다.

"지난 일은 이미 다 끝난 것이기에 다시 말할 바 없으니 마음에 두지 말게. 상말에 이르기를 '딸 없는 사위는 불 없는 화로 같다.'하니 우리 마음은 그렇지 않으나 자네는 전에 아내가 있어도 탐탁지 않아 하였는데 지금 아내마저 없으니 더욱 자취를 끊을까 걱정이네. 그러니 그런 생각을 두지는 말게."

설병부가 유쾌하게 대답하였다.

"제가 배움이 미숙하여 사부의 어진 교훈을 저버리고 성스런 아내를 박대하여 죽을 지경에 이르게 하였습니다. 이제 죽는다 하여도 무슨 원한이 있겠으며 무슨 면목으로 존댁에 이르겠습니까마는 오늘에서야 비로소 전일의 허물을 뉘우치게 되었습니다. 아내가 있든 없든지 간에 존댁에만 이르러도 아내에게 미안한 마음이 조금 덜하오니 오지 말라고 휘몰아 내치셔도 날마다 오겠습니다."

태부인은 그 활달한 말이 기뻐 시녀로 하여금 술과 과일을 내오게 하여 설병부에게 권하였다. 설병부가 다 먹고 나서 몸을 일으켜 외헌에 나오자, 설태사는 어사 등을 거느려 먼저 가고 없었다. 이에 임씨 가문의 여러 젊은이들과 더불어 한가로이 이야기를 나누었다. 임씨 집안의 젊은이들이 웃고 말하였다.

"그대가 부모를 받들어 모시면서 무슨 근심이 있기에 양 미간이 수척한가?"

설병부가 탄식하며 말하였다.

"내가 명철하지 못하기에 숙녀를 저버리니 어찌 마음이 쾌하겠는가? 차라리 벼슬을 버리고 산수 간에 노니는 것이 나의 소원이네."

임씨 집안 모든 젊은이들이 웃었다. 이때 원홍이 미소를 머금고 말하였다.

"다들 모르시나 봅니다. 설씨 형님이 수심이 깊은 것은 옥경 같은 미인을 잃어 그것 때문에 마음에 화병이 일어난 것 아닙니까?"

임상서가 정색하여 말하였다.

"희롱할 말이 따로 있으니 옥경은 천지간 음녀요, 만대의 역적이다. 비록 집안에 있어도 가까이 못할 것인데, 이제 이미 역률(逆律)에 죽은 요물을 추켜세워 희롱하느냐?"

원홍이 웃고 실언(失言)한 것을 사죄하였다. 임상서가 설병부를 향해 웃고 말하였다.

"의첨71)이 나이가 어리지 않네. 전에는 요괴로운 기운에 쌓여 일시 운수가 막히므로 실덕(失德)한 일이 있으나 이미 깨우쳤으며, 구경(九卿)72)의 지위에 있으면서 이만한 일로 마음을 상해 부모를 버리고 산간에서 떠돌 것인가? 이런 생각은 꺼내지도 말고 마땅히 어질고 귀한 가문의 요조숙녀를 취하여 반생의 즐거움을 쾌히 하게."

설병부가 탄식하여 말하였다.

"부모가 모두 살아 계시나 여러 형님들과 아우가 있으니 저는 있으나 마나 합니다. 아내를 다시 얻지 않아도 별 상관없습니다."

---

71) 의첨 : 병부상서 설희광의 자(字)임.
72) 구경(九卿) : 아홉 사람의 장관(長官)이란 뜻으로 중국에서는 영의정·좌의정·우의정 3정승 다음가는 9관청의 대신을 총칭하는 말이었으며 조선에서는 중국의 예에 따라 정승 버금가는 고관들을 총칭하는 말로서 의정부의 좌참찬(左參贊)·우참찬, 육조(六曹)의 각 판서 및 한성판윤(漢城判尹)을 지칭하는 말이었음.

말을 마치고는 설병부가 이곳에 온 지 오래 되었다면서 돌아가려 하자 모두들 웃었다.

재설(再說).[73) 황제께서 설성염, 임월혜 두 소저가 살아 있다는 말을 들으셨으나 임씨 가문 사람들이 임월혜가 살아 있다는 사실을 숨겨 설희광을 놀리고자 함을 아시고 이에 교지(敎旨)를 내리시기를, 임상서 부인 설씨가 기특하게 생존한 것을 치하하시고 특별히 '재성절효 의열부인' 직첩을 내리시며 금으로 글씨 쓴 정려문(旌閭門)[74)에 어필로 쓰시어 문려(門閭)를 높이라 하시고, 임씨로 '지성열의 성렬부인' 명덕비(明德碑)를 내리시며 천하를 다 찾아 살았으면 설희광의 거문고 줄을 완전히 하여[75) 숙녀의 평생이 매몰치 않게 하라고 하셨다. 초왕 부자가 황제의 은택이 너무 과하시다고 사양하였으나, 황제께서 끝내 허락하지 않으셨다. 예부가 초왕궁에 이르러 동네 어귀에 금으로 글씨 쓴 정문을 높여 황제의 명을 받들고 임소저의 정려문은 날 임소저가 생존한 것을 안 연후에 설씨 집안 문려(門閭)에 높이려 하였다. 이러므로 설소저, 임소저 두 소저의 꽃다운 이름이 멀리 이웃나라에까지 떠들썩하였다.

이때 설소저가 존당 어르신께 귀녕할 것을 청하자 태부인과 상서가 쾌히 허락하였다. 설소저가 존당 어르신께 하직인사를 드리고 협실에 들어가 시누이인 임소저와 작별 인사를 하자 임소저가 설소저의 손을 잡고 말하였다.

"제가 어찌 시부모님의 봄 햇살 같은 은혜를 잊어 생존해 있음을 즉시

---

73) 재설(再說) : 이미 한 이야기를 다시 할 때 쓰는 말.
74) 정려문(旌閭門) : 충신 · 효자 · 열녀 들을 표창하기 위하여 그 집 앞에 세우던 붉은 문.
75) 거문고 ~ 하여 : 부부간의 즐거움을 '금슬지락(琴瑟之樂)'이라 하는 것과 관련되어 부부가 다시 화합하는 것을 거문고 줄을 완전히 한다고 표현을 한 것임.

아뢰지 않겠습니까마는 오라버니들이 존당을 부추겨 한 바탕 설낭군
을 희롱하고자 하니 이것은 저의 본심이 아니고 훗날 시부모님 앞에 뵐
면목이 없습니다. 훗날 존당을 뵌 후에는 제게 생각이 있으니 형님께
서는 아마 짐작하실 것입니다. 그때 극력 주선해 주시고 설낭군으로
어진 가문의 숙녀를 아내로 맞게 하시고 저는 다만 부모를 곁에서 모시
게 해 주십시오."

설소저가 겸손하게 사양하며 말하였다.

"오라버니가 명철하지 못하여 어진 조강지처를 많이 저버렸으니 제가
감히 아가씨를 깨우칠 낯이 없으며 무슨 말을 할 수 있겠습니까? 다만
아가씨는 통달하고 명철하니 너무 마음 쓰지 마세요."

이윽고 이별하여 중당에 나와 금을 칠한 바퀴에 아름답게 색칠한 가마
에 오르니 숱한 부귀와 아름다운 영광이 비길 데가 없었다.

이때에 설소저가 존당에 하직하고 가마에 오르자 두 사환이 가마를 받
들어 뒤에서 좇고 여러 아역(衙役)이 앞뒤에서 옹호하여 길을 다 덮었으니
구경할 만하였다. 이윽고 친정인 설씨 집안에 이르게 되었다. 설소저의
모친인 상부인은 딸이 생존해 있다는 설공의 말을 들은 뒤부터 보고 싶은
마음이 한시가 급하여 아침에 까치만 지저귀어도 "내 딸이 오는가?" 기다
리며 설공을 밤마다 졸라 딸의 귀녕을 청하라 하면서 시시각각으로 기다
리는 마음이 예전에 딸이 죽었다는 말을 듣고 넋을 잃었을 때보다 백배나
더하였다. 딸을 보고 싶어 하는 마음이 타는 듯하더니 임상서가 이르자
매우 간절히 반기며 기뻐하는 가운데 딸의 귀녕을 간절히 청하였다. 임상
서가 쾌히 허락하고 돌아가자 딸이 올 날을 더욱 기다리더니 이 날 시비
가 넘어질 듯 황급하게 들어오며 설소저가 온다고 하였다. 상부인이 모

든 며느리들을 거느려 뜰에 내려가기를 4~5차례나 하고 목태부인 또한 궁금해 하는 마음이 급하여 방안에서 일어나 몸이 저절로 지게문 밖으로 나기를 10여 차례씩 하였다.

사람들 소리가 떠들썩한데, 무수한 시녀들이 모시며 하관(下官)들이 금으로 된 가마를 호위하여 중계(中階)에 이르자 상부인은 버선발로 뜰에 내려갔다. 그리고 가마의 문을 열고 딸을 붙들어 손을 잡아 당에 오르게 하였다. 설소저가 미처 절할 틈도 없이 상부인이 얼굴을 맞대고 뺨을 비비면서 천 줄기 눈물이 앞을 가리니 설소저 또한 모친의 손을 받들어 오열하고 눈물을 흘리면서 말을 제대로 할 수가 없었다. 이윽고 정신을 차려 모친 가슴에 머리를 대고 수년 간 떨어져 있어 부모에게 극심한 불효를 끼친 것을 사죄하면서 말하였다.

"부모님께서 덕을 쌓은 덕택으로 제가 한 목숨을 보전하여 다시 슬하에 절할 수 있게 되었으니, 엎드려 바라건대 어머니께서는 근심하지 마십시오."

상부인이 딸의 손을 잡고 구름 같은 머리를 어루만지며 기리 슬퍼하여 말하였다.

"내가 죄악이 너무나 커서 너를 머나먼 곳에 이별하였구나. 내가 목석이 아니니 어찌 참고 견디며 더욱이 네 오라비 희광이 도중에 너를 잃고 돌아오니 너의 사생존몰(死生存沒)을 아득히 모를 적에 어찌 이승에서 다시 만나기를 기약하였겠느냐? 게다가 네가 자식을 낳았으니 그 어여쁜 모습을 보며 사위가 오는 때가 되면 마음이 찢어지고 부서지는 듯하니 실로 참기 어려웠다. 이승에서 내 딸을 만나 반기지 못한다면 죽어도 눈을 감지 못할 것이었는데 오늘 우리 모녀가 산 낯으로 반길 수 있으니 지금 죽어도 여한이 없구나.”

말을 마치자 눈물이 얼굴에 가득하고 기운이 막히니, 모든 며느리들이 재삼 좋은 말로 상부인에게 마음을 진정하시기를 청하였다. 설소저도 모친이 이같이 지나치게 상심하는 것을 초초해 하면서 불효를 일컬으며 눈물을 거두고 천천히 부드러운 목소리와 즐거운 낯빛으로 위로하여 아뢰었다.

“지나간 일은 이미 끝난 일이나 지금 생각해도 심장이 떨립니다. 그러나 불행 중 제가 무사히 살아 돌아왔으니 지금부터는 평생 부모님을 영화롭게 하면서 효도할 것입니다. 엎드려 바라건대 어머니께서는 근심하지 마십시오.”

설태사 또한 정색하며 말하였다.

“딸아이와 서로 떨어져 그 죽고 살았는지를 알 수 없을 때에도 오히려 오늘까지 견디었는데 이제 딸아이가 완연히 생존하여 돌아왔으니 무엇이 슬프겠소? 마음을 진정하여 수년 동안 서로 떨어져 있던 딸아이와 더불어 회포나 푸는 것이 어떠하오?”

목태부인 또한 방울 같은 눈에 눈물을 어지럽게 흘리면서 두 손으로 눈물을 뿌리듯이 훔치고, 푸른 입술을 비죽거리며 우니 그 목소리가 격렬하였다. 높은 산 깊은 골짜기에 승냥이가 웅얼거리는 듯한 소리로 지저귀면서 설소저의 손을 잡고 말하였다.

“하늘이 높아도 세상일을 밝히 알지만 이토록 밝고 밝을 줄은 어찌 알았겠나? 목지형 남매가 되지 못할 흉계로 너의 일생을 휘젓고자 하다가 천지신명이 흉인을 돕지 않아 목지형 흉인이 남을 만 길 함정에 넣으려고 제 누이동생 하나마저 죽이고 공교한 계책이 아니 미친 데가 없

62

63

어 구태여 악한 역모에 동참하였지. 시체가 분분히 찢기고 집안이 망하게 되었으니 어찌 하늘의 살핌이 밝지 않겠느냐? 더욱이 너의 기이한 자질로 흉인의 해를 받아 이역만리에서 사생(死生)을 알지 못하니 네 부모가 상심하고 슬퍼함을 볼 적마다 내가 무안하고 너의 기이한 자질을 아껴 살아서 너를 만나지 못하고 죽으면 눈을 감지 못할 뿐 아니라 무슨 면목으로 선군(先君)을 보겠는가 하고 탄식하였다. 내가 살아서는 설씨 가문에 죄 많은 여자요, 죽어서는 낯을 들고 소나무가 둘러싼 무덤에 돌아갈 면목이 없으니 살아 있든 죽어서든 죄를 지은 계집이 될까 염려하였다. 그런데 오늘이 어떤 날이기에 사랑하는 손녀딸이 무사히 생존하여 빛나게 돌아왔느냐? 지금 이후로는 내가 먹고 자는 것이 편하리니 너는 오래오래 장수하고 영화로운 복록으로 탈 없이 잘 살기를 바란다."

설소저가 왼쪽을 보고 오른쪽을 돌아보면서 존당 부모와 모든 형제, 모든 조카들이 자신을 반기는 것을 보고는 만일 자기가 변란 중에 죽어 돌아오지 못했다면 불효를 이루 다 쌓을 곳이 없을 줄을 헤아리자 감회가 남달랐다. 이에 아름다운 목소리와 화평한 말로 할머니와 부모를 위로하였다. 두 아이의 유모가 아이들을 안고 나와 내려놓으니 모친이 없을 때보다 귀함이 10배나 더 하였다.

이러구러 설씨 집안 일가 남녀노소가 다 이르러 반기고 담화를 오래도록 나누며 떠들썩하였다. 종일 잔치하여 즐기면서 일가 남녀노소가 돌아갈 줄을 잊고 3일을 연달아 즐겼으니, 희희락락 웃는 소리에 귀가 솔고 입이 아프도록 이야기를 나누었다. 화앵 등과 매환관 등이 설공 부부에게 2번 절하면서 문안을 드리니 좌중 사람들이 딸과 함께 고생한 시녀들이라 감히 천대하지 못하고 사례가 분분하니 여러 시녀들이 황공하여 몸 둘 곳을 몰랐다. 이러구러 설소저가 귀녕한 지 4~5일이 지나자, 설태사 부부가 딸의 옛 침소를 수리하고 임상서를 청하여 새롭게 생관(甥館)76)을 열어 딸 부부가 쌍으로 어울려 화락하게 지내는 것을 보고 기뻐하였다. 설소저가 친정에 머문 지 1달 후에 시댁으로 돌아오고, 때때로 설씨 집안에서 귀녕을 청하면 자주 친정에 갔다.

하루는 설공이 임상부에 이르러 딸을 보고 반가워하며 눈물이 나는 것을 깨닫지 못하여 길게 탄식하며 말하였다.

"내 딸이 비록 어여쁘나 출가외인(出嫁外人)이기에 눈앞의 기이한 꽃이 못 되니 나의 며느리는 살았는가? 근심으로 애가 타니 병이 날 지경이다. 만일 살았다면 눈을 부릅뜨고 볼 것이요, 죽었다면 내가 곧 죽어 지하에 가서나 서로 만날까 싶구나."

이어 설공은 슬프게 탄식하기를 그치지 않았다. 초왕 형제가 희롱으로 병부 설희광은 속이나 저 같은 시아버지를 어찌 오래 애를 태우게 하겠는가? 초왕이 아들 임상서에게 존당에 고한 뒤 임소저를 나오게 하라고 명하였다. 이윽고 임소저가 오라버니인 임상서를 따라 설소저의 침소에 이르러 설공께 절하고 속인 것은 오라버니의 희롱이었음을 말하면서 사죄하였다. 설공은 전혀 뜻밖에도 꿈에도 그리던 천금 같은 며느리를 보자, 넋이 어린 듯이 이윽히 바라보다가 눈물을 무수히 흘리면서 임소저의 손을 잡고 슬퍼하며 울면서 말하였다.

"이것이 꿈이냐 생시냐? 내가 죽어 너를 본 것이냐? 곡절을 모르겠구나."

---

76)　생관(甥館) : 사위가 거처하는 집을 말함.

부마 임세린이 설공의 며느리 사랑이 이와 같은 것을 보자, 자기는 이에 미치지 못할 것이기에 크게 감동하여 자기가 설공을 원망하던 일을 도리어 부끄러워하고 길게 탄식하였다. 드디어 부마가 자신의 딸이 살아 있었던 일을 말하였다. 청운사 자허진군의 신기한 술법으로 자신의 딸을 데려다가 도관(道觀)에 몇 년 동안 숨겨 두고 끊어진 청낭술(靑囊術)77)의 묘방으로 사위 설희광의 화살 맞은 상처를 고쳐 죽어가는 목숨을 살려냈으니 부운사라고 칭탁한 인물이 자신의 딸이었음을 자세히 이야기하고 설소저와 더불어 상봉하여 한가지로 공을 이뤄 돌아온 전후사연의 자초지종을 상세히 알려 주었다. 또 부마가 말하였다.

"딸아이가 살아 있음을 어찌 감히 형님께 숨기겠습니까마는 여러 조카들과 아이들이 댁의 아드님 호승(好勝)을 밉게 여겨 딸이 생존한 사실을 이르지 않았습니다. 저 역시 자애에 구구하여 어린 소년들에 가깝기에 또한 사실을 숨긴 것인데 제 딸이 매우 불안해하며 큰 근심거리로 여겼습니다. 오늘 형님을 만났기에 딸아이를 나와 뵙게 한 것이니 형님도 우리 틈에 끼어 제 딸아이가 살아 있음을 발설하지 말고 댁의 아드님 거동을 구경하는 것이 어떠시겠습니까?"

설공이 앞일을 훤히 이해함에 말마다 기특하였다. 넓은 눈썹에 기쁜 기색이 가득하니 도리어 넋이 어린 듯하여 말하였다.

"우리 며늘아기의 행동은 일마다 기특하다. 그러나 심하도다! 부마78)

---

77) 청낭술(靑囊術) : 화타가 저술한 의학서인 『청낭서(靑囊書)』에 적혀 있는 병을 고치는 기술. 푸른 주머니 안에 있다 하여 『청낭서』라고 불렀다 함. 위왕(魏王) 조조(曹操)가 심한 두통으로 고생할 때, 화타가 조조에게 마취산(痲醉散)을 먹인 후 도끼로 머리를 쪼개어 뇌 속의 바람을 잡아야 한다고 하자 조조는 화타가 자신을 암살하려는 것으로 의심하여 그를 옥에 가두었고 그 이후 당대의 최고 의서였던 『청낭서』가 전해지지 않게 되었다 함. 청낭술은 바로 이 책에 실려 있던 치료기법으로 주로 수술을 한 뒤 침으로 병을 고치는 기술이었다고 할 수 있음.
78) 부마 : {군후}. 이는 부마이자 북후인 임세린을 말함.

의 마음 씀이 극히 탐욕스럽고 사납도다. 설사 내 아들에게 숨긴다 해
도 나에게조차 속이는 것은 인정이 아닌 것이 아니오? 이제 나의 며늘
아기가 무사히 살아 돌아왔고 저희 청춘이 멀었으니 내 아들 희광을 속
을 대로 속여 보시오. 나도 아는 체 않겠소."

드디어 임소저의 손을 잡고 구름 같은 머리를 쓰다듬으며 그 남편의 위
독한 병을 신기하게 고친 것을 말하면서 칭찬하고 어루만져 사랑하기를
강보에 쌓인 어린 아이같이 하니 임소저가 황공함을 이기지 못하면서 시
아버님의 은혜에 감사하였다. 초왕과 부마 또한 설공의 모습에 감탄하였
다. 이윽히 담화를 나누다가 상서 임창홍이 아름다운 얼굴과 봉황 같은
눈썹에 웃음이 가득하여 아뢰었다.

"의첨의 전후 행동이 실로 얄미워 일부러 시험하고자 하는데, 장인어
르신께서 저희들을 따르시겠습니까?"

설태사가 기쁘게 웃으면서 고개를 끄덕이고 말하였다.

"네 마음대로 하여라."

임상서가 또 고하였다.

"한 가지 일이 또 있으니 회왕이 처음에 정궁에서 아들이건 딸이건 간
에 자식이 없기에 요괴로운 비구니에게 속임을 당하였고 왕비 또한 어
리석은 까닭에 옥경 음녀(淫女)를 양녀로 삼아 의첨의 아내를 삼을 적에
그 좇은 시비 중 한 여자가 의첨을 섬겼습니다. 그런데 그 여자가 원래
회왕의 궁녀가 아니라 회왕이 한 명의 궁녀에 정을 두어 낳은 딸이기
에 왕비가 알고 투기하여 그 어미를 매우 쳐서 내치고 그 딸은 옥경의
시녀로 주어 보냈는데 의첨이 문득 그 여자에게 정을 둔 것입니다. 이
에 옥경이 투기하여 가만히 그 여자를 죽이려 하였는데, 그 밤에 자허

관 진인이 신기한 술법을 행하여 사촌누이 임월혜와 그 여자, 그리고 홍매, 춘앵, 영아 등 다섯 여자를 다 데려갔다가 이제 또 함께 돌아왔습니다. 그 여자가 비록 명호(名號)가 낮으나 노류장화(路柳墻花)의 무리가 아니요, 진실로 회왕의 딸입니다. 의리와 예법 상 가히 저버리지 못할 것입니다. 또 아내와 사촌누이의 말을 들으니 그 여자가 재주와 용모가 매우 빼어나고 성품과 행실이 어질다 하니 장인어르신께서는 고집하지 마시고 의첨의 첩으로 삼는 것을 허락해 주십시오."

설태사가 말을 다 듣고 나서 눈썹을 찌푸리고 기분이 좋지 않았다. 다음 회에서 어찌 될 것인지를 살펴보라.

1 　차설(且說). 설태사는 임상서의 말을 듣고 나자 눈썹을 찌푸리며 기분이 좋지 않아 근심스레 침묵하고 있었다. 이에 초왕이 설태사의 마음을 풀어주며 말하였다.

"나무꾼도 처 하나와 첩 하나가 있다 하니 회광의 장부다운 풍모와 기개로 어찌 내 조카딸 한 명과 더불어 규방에서 적막하게 늙겠는가? 자연 팔좌(八座)79)의 지위를 좇아 처첩이 절로 모일 것이니 사람의 힘이 미칠 수 있는 바가 아니오. 형님은 한 말로 쾌히 허락하고 지체치 마십시오."

설태사가 눈썹을 찌푸리고 탄식하여 말하였다.

"제 며느리로 하여금 온갖 괴이한 변고를 겪게 한 것은 다 제 아들이 호
2 방한 것이 빌미가 되었소. 이제 다행히 며느리가 구사일생으로 돌아왔으니 어찌 다시 적국(敵國)을 들여 그 심사를 어지럽게 하겠소마는 사정이 괴이한 것이 이와 같으니 이미 그릇된 일을 되돌릴 수가 없구려. 부득이 회왕의 딸을 제 아들의 첩으로 허락하지만 이런 일이 다 불초자식이 호색하고 방탕하여 여자를 그냥 지나치지 않은 까닭입니다. 근본을 생각함에 다시금 통탄스럽습니다."

모든 사람들이 위로하며 말하였다.

"이 또한 지나간 일이니 다시 말하지 마십시오."

이윽고 좋은 술과 맛있는 음식을 내어 와 주인과 손님이 술을 주고받았
3 다. 설공이 모든 일이 뜻대로 되자 10잔을 마시며 종일 즐겁게 담소하니 술이 가득 취한 것을 깨닫지 못했다. 설소저가 임소저와 함께 존당에 가고 설공은 대취한 채 사람들에게 부축을 받아 수레에 올라 자기 집으로

---

79)　팔좌(八座) : 좌우(左右) 복야(僕射)와 육상서(六尙書)를 통틀어 일컫는 말.

돌아가니 모든 자식들과 손자들이 모시고 내당에 들어갔다. 설공이 매우 취하였기에 감히 목태부인에게 저녁 문안을 드리지 못하게 되자 자식들에게 자신이 취해 저녁 문안을 드리지 못한 것을 목태부인에게 대신 사죄 드리라 하면서 사람들의 부축을 받고 내당에 들었다. 이에 부인이 맞이하여 말하였다.

"상공께서는 쇠약해져 늙어가는 나이가 된 후 일찍이 잔뜩 취한 것을 보지 못하였더니 오늘 어느 곳에 가서 이토록 과음하셨습니까?"

설태사가 웃으며 말하였다.

"내가 근래에 며늘아기를 잃어버린 이후로 술을 과음하지 않은 것은 취한 중에 슬픈 회포가 일어나 모친과 부인에게 근심을 끼칠까 스스로 조심한 것이오. 이제 내 딸이 반석같이 생존하여 있으니 무슨 근심이 있겠소? 이런 까닭에 저녁에 초왕의 궁전에 가서 딸을 보고 사돈과 더불어 과음한 것이오."

말을 마치고는 옷과 갓을 벗고 침상에 올라 잠이 깊이 들었기에 부인이 다시 묻지 못하였다.

화설(話說).[80] 초왕이 본래 어질고 현명하여 타인에게 관대하게 대하고 큰 도를 행하니, 은(殷)나라 탕왕(湯王)[81]의 덕이 초목금수(草木禽獸)에까지 이른 것과 같았다. 이에 그윽이 회왕의 서녀 쌍연의 사정을 불쌍하게 여겼다. 이유를 말하지 않고 회왕궁으로 돌려보내고자 하나 회왕비의 투기가 심하다 하니 또 다시 용납하지 않을까 근심되었다. 이에 한 계교를 생

---

80) 화설(話說) : 이야기의 첫머리 또는 말. 각설(却說).
81) 탕왕(湯王) : {성탕(成湯)}. 이는 탕왕의 별칭임. 중국 전설상의 은(殷)나라 왕조(王朝)를 세운 임금. 본명(本名)은 이(履) 또는 천을(天乙)로, 하(夏)나라의 걸왕(桀王)을 내쫓고 천자(天子)의 자리에 올랐으며, 제도(制度), 전례(典禮)를 잘 정돈함. 성군(聖君)으로 유명함.

각하고 부마에게 효장공주가 입궐할 때 이리이리 태후께 여쭈어 수조(手詔)[82]를 얻어 회왕 딸의 평생을 구원하게 하라 하였다. 부마가 응낙하고 이에 효장공주와 상의하였다.

6 　이러구러 때가 음력 5월 단오일이 되자 외조(外朝) 외의 황친국척(皇親國戚) 부인네와 여러 왕의 공주들이 다 입궐하여 조회하였다. 태후 윤씨는 인종황후(仁宗皇后)[83]이시니 지금 황제의 생모이시고, 인종황제는 효장공주의 오라버니였다. 윤태후가 각별히 조서를 내리시어 주비 효문공주와, 효장공주에게 다 며느리들을 거느리고 조현(朝見)하라 하셨다. 이에 주비와 효장공주가 위의(威儀)를 차려 설소저, 소소저, 성소저 등과 더불어 입궐하여 조현하였다. 태후는 주비와 효장공주를 보시고 매우 반기시며 그간 떨어져 있었던 회포를 푸셨다. 또 태후가 설소저, 소소저, 성소저 세

7 사람의 꽃 같고 옥같이 아름다운 자질을 처음으로 보시고는 그 용모와 재주가 세상에 희한한 것에 감탄하셨다.

　특히 설소저의 만 가지 아름다운 태도와 억 가지 아름다운 색채는 천지의 특별한 기운을 받았으니 인간만물로 비교하지 못할 것이었다. 다만 그 시어머니 주비와 시작은어머니 효장공주가 거의 대두할 것이나 이미 두 사람이 젊은 홍안이 지났으니 어찌 바야흐로 청춘인 설씨의 아름다운 모습에 비하겠는가? 다음으로 소소저, 성소저 두 사람의 한결같이 빼어난

---

82)　수조(手詔) : 천자가 친필로 쓴 조서(詔書).

83)　인종황후(仁宗皇后) : 중국 명(明)나라의 제4대 황제(재위 1424~1425)인 인종(仁宗)의 왕비. 인종은 성조(成祖) 영락제(永樂帝)의 장자로, 어릴 때부터 문무(文武)에 빼어났고, 성조가 황위 찬탈전·만주경략(滿洲經略)·몽골정벌 등으로 외정(外征)을 하였을 때, 궁정을 잘 다스려 영재(英才)의 풍모를 보였음. 즉위한 후에는 명신(名臣) 양영(揚榮)·양사기(楊士奇)·양단(楊薄)을 중용하여, 영락제의 대외적극책(對外積極策)에서 비롯된 흩어진 내치를 회복하였고, 관기의 숙정, 민생의 복리를 도모하는 한편, 황위를 빼앗긴 후에 냉대를 당하던 건문제(建文帝) 일파의 사회적 복귀를 실현시켜 국내 감정의 융화에도 힘썼음. 연호는 홍희(洪熙).

용모와 풍성하고 아름다운 기질이 계궁(桂宮)84)의 흰 달이요, 선녀의 아름다운 태도였다. 태후는 한 번 보고 매우 칭찬하시고 육궁(六宮)85)의 비빈(妃嬪)들과 삼천 궁녀가 진심으로 갈채를 보내며 칭송하는 소리가 요란하였다.

태후가 국척(國戚)의 모든 부인들과 공주들에게 자리를 주어 차례로 앉게 명령하시고 주비 및 그 며느리를 포함한 세 사람, 효장공주 및 그 며느리를 포함한 두 사람은 각별히 자리를 가까이 하게 하시고 목소리가 온유하시니 주비와 설소저, 소소저 두 소저를 각별히 대하는 것이 효장공주와 그 며느리 성소저를 대하는 것보다 못하지 않았다.

원래 공주는 며칠 전 글을 매영전에 올려 회왕의 딸 쌍연의 일을 일일이 아뢰었고, 오늘 또 쌍연을 데리고 입궐하였다. 회왕비 또한 태후를 모셔 그 자리에 있었고 쌍연은 궁녀의 무리에 섞여 효장공주를 모시고 뒤에 대기하고 있었다. 태후가 보시니 쌍연의 구름 같은 머리와 꽃 같은 얼굴이 매우 빼어나니 가냘픈 모습에는 비단 빨던 서시(西施)86)와 수정 쟁반에 오르던 조비연(趙飛燕)87)의 가벼운 풍모가 두루두루 있었다. 태후가 짐

84) 계궁(桂宮) : 항아(姮娥)가 산다는 달 속의 궁전.
85) 육궁(六宮) : 중국의 궁중(宮中)에서 황후(皇后)의 궁정(宮庭)과 부인(夫人) 이하의 다섯 궁실(宮室).
86) 비단 ~ 서시(西施) : {완스[浣紗]ᄒᆞ던 서시[西施]}. 서시는 중국 춘추시대 월국(越國)의 미녀. 저라산(苧羅山) 근처에서 나무장수의 딸로 태어났는데, 절세미녀였기 때문에 그 지방의 여자들은 무엇이든 서시의 흉내를 내면 아름답게 보일 것이라 생각하외, 병이 들었을 때의 서시의 찡그리는 얼굴까지 흉내를 냈다고 함. 또 오(吳)나라에 패망한 월왕(越王) 구천(句踐)의 충신 범려(范蠡)가 서시를 데려다가, 호색가인 오왕(吳王) 부차(夫差)에게 바치고, 서시의 미색에 빠져 정치를 태만하게 한 부차를 마침내 멸망시켰다고도 전해지고 있음. 비단 빨던 서시란, 서시가 비단을 세탁했다는 '완사계(浣紗溪)'가 절강성(浙江省), 소흥현(紹興縣) 남쪽에 위치한 약야산(若耶山) 아래에 있기에 이와 같은 말이 전해짐.
87) 수정 ~ 조비연(趙飛燕) : {빅연}. 이는 '비연'의 오기인 듯함. 조비연(趙飛燕)은 한(漢) 나라 성양후(成陽侯) 조임(趙臨)의 딸. 가무(歌舞)를 배워 몸이 가볍기가 나는 제비 같았으므로 본명인 선주(宜主)보다 비연(飛燕)으로 많이 불림. 절세의 미인으로서 여동생 합덕(合德)과 함께 성제(成帝)의 후궁이 되었으며, 뒤에 황후(皇后)가 되었다가 평제(平帝) 때에 서민으로 내침을 받고

작하시고 물으셨다.

"이 아이는 어떤 사람인가?"

효장공주가 대답하였다.

"신이 모월(某月) 모일(某日)에 이 아이를 얻었으니, 상궁 노씨가 제 친척이 지시하여 궁중에 들였다 하였기에 데려왔습니다. 그런데 살펴보니 재주와 용모가 독보한 까닭에 그 근본을 물어보았는데, 평범한 천출(賤出)이 아니라 회왕의 서녀(庶女)였습니다. 회왕이 처음에 궁녀 화취아에게 정을 두어 이 아이를 낳게 되었습니다. 화취아가 왕비의 투기를 두려워하여 이 아이를 감춰 기르다가 나이 10세가 되자 바야흐로 회왕에게 고하였습니다. 회왕은 대대로의 기업(基業)을 유지하기 위한 자식이 없기에 이 아이가 비록 궁녀의 몸에서 태어났으나 재주와 용모가 공교하고 아름다운 것을 사랑하여 왕비와 상의하였습니다. 그런데 왕비가 노하여 화취아를 멀리 내치고 쌍연을 앗아 궁녀의 무리에 두었다가 드디어 옥경 패륜녀를 양녀로 삼고 이 아이를 그 밑에 두었던 것입니다. 이 아이가 옥경을 따라 설씨 가문에 갔다가 설회광의 나비 잡는 그물에 걸린 바 되니, 요악한 옥경이 가만히 몰래 죽이려 하기에 도망하여 인가에 걸식하다가 노씨의 친척을 만나 신의 궁중에 들어온 것입니다."[88]

태후가 효장공주의 말을 듣고 나서 몹시 놀라 말하였다.

"투기는 칠거(七去)[89]로서 경계하는 것이다. 짐이 일찍 들으니 회왕은

---

자살함. 몸이 얼마나 가냘프던지 수정으로 만든 소반을 시녀들에게 들리고 그 위에서 춤을 추었을 정도였다고 함.

88) 요악한 ~ 것입니다 : 앞의 내용과 모순되는 부분. 앞에서는 쌍연이 임소저와 함께 위진인이 구해내어 선계에 있다가 다시 임씨 가문에 귀환한 것으로 나옴.

89) 칠거(七去) : 여자가 시댁에서 쫓겨날 7가지 항목. 시부모에게 순종하지 않는 것, 아들을 못 낳는 것, 음란한 것, 투기(妬忌)하는 것, 나쁜 병이 있는 것, 말이 많은 것, 남의 물건을 훔치는 것을 말함.

어진 황친이요, 왕비는 양순한 부인이라 하더니 어찌 집안을 해괴하게
다스리는 것이 이와 같은가?"

다시 회왕비를 돌아보고 그 사연을 물었다. 회왕비는 본래 흉악한 인 12
물이 아니고 단지 투기 많고 사나운 여자일 뿐이었다. 그 남편된 사람이
적이 제대로 사람이 되었으면90) 어찌 왕비를 제어하지 못하겠는가마는
회왕이 중심이 없고 어질고 약하기만 하기에 왕비를 제어하지 못한 것이
었다. 처음에는 옥경의 본말을 알지 못하고 다만 그 교언영색(巧言令色)을
어여삐 여겨 딸로 삼고 구차히 사혼(賜婚)의 은명(恩命)을 청하여 설생과
혼인시켰는데, 갑자기 옥경이 죽으니 풀로 된 인형일 뿐이었다. 그러나
그것으로나마 옥경으로 여겨 장례 지내고 설씨 집안이 신의 없다고 원망 13
하면서 세월이 갈수록 슬퍼하였다.

그런데 천만 뜻밖에 옥경 패륜녀가 본래 한왕의 딸로서, 역모죄에 걸려
이전의 악한 행실이 다 드러나 수족이 몸에서 떨어지고 몸이 토막토막 잘
린 채 죽었기에, 회왕이 천자의 꾸짖는 말을 듣고 돌아와 얼빠진 마음에
과도하게 뉘우치고 부끄러워하며 왕비를 탓하였다. 왕비 또한 옥선, 옥경
이 매우 음란하고 간악하며 독한 무리로, 고금 이래의 드문 음녀이자 패
륜녀인 것을 들어 알게 되었다. 왕비가 비록 투기로 마음이 좁았으나 마
음 한 구석은 맑고 깨끗하여 조금은 부녀의 행실이 있었기에, 이렇듯 더 14
럽고 음란하며 천박한 행실을 듣자 뼈가 놀라고 심장이 떨려 스스로 침을
뱉고 욕하기를 마지않으며 괴이하고 부끄러워하였다. 행여 황상께 죄를
받을까 근심하고 또 쌍연의 행방을 알지 못하니 요악한 옥경이 죽였는가

90)  적이 ~ 되었으면 : {계기 스롬이면}. 의미가 명확하지 않으나 기본인 한국학중앙연구원 소장 39
     권본에는 '져기 엄슉졍대[嚴肅正大] 호면'으로 되어 있기에 이와 같이 옮김.

하여 조금 불쌍히 여기는 마음도 없지 않았다. 그러다가 오늘 뜻밖에 효장공주가 쌍연을 데리고 이르러 태후를 보시고 이렇듯 말씀하시는 것을 보자 황공하여 봉관(鳳冠)[91]을 숙이고 얼굴빛이 흙빛이 되어 한참 후에야 겨우 땅에 엎드려 아뢰었다.

15 "신첩(臣妾)이 과연 일시 세속의 투기를 면치 못하여 명교(名敎)[92]에 죄를 얻었습니다. 당초의 일들을 뉘우치나 어쩔 수 없고 쌍연의 생사를 몰라 바야흐로 우려하였더니 이제 다행히 쌍연을 만났으니 데려다가 부모가 자식을 사랑하는 하늘이 내려주신 마음을 완전하게 하며 화취아를 찾아 회왕의 빈실을 삼아 두 번 그르게 하지 않겠습니다."

이렇게 아뢰고는 부끄러운 빛이 얼굴에 가득하고 말씀이 순박하여 진
16 심이 나타났다. 태후 또한 기뻐하시는 한편 그것이 진심인가를 주의 깊게 살펴보셨다. 회왕비가 태후의 말 한 마디에 개과하여 덕을 닦음이 이와 같고 그 말이 가식이 아니라 진심인 것을 보고 효장공주가 매우 기뻐하며 이에 자리에서 일어나 태후에게 고하였다.

"예로부터 개과하는 것은 성인도 허락하신 바입니다. 회왕비의 개과하는 덕이 이와 같으니 이 또한 우리 만세 성덕이 온 나라를 교화하신 덕택입니다."

그리고 효장공주는 회왕비를 돌아보고 칭찬하며 말하였다.

"어질도다! 그대가 몸을 삼가고 덕을 닦음이 이와 같으니 옛말에 이르
17 기를 '사람이 처음 그르나 나중에 뉘우쳐 바른 도에 돌아가면 처음부터 어진 사람보다 낫다.' 하니 이는 다 화취아 모녀의 복일 뿐만 아니라 실

---

91) 봉관(鳳冠) : 고관(高官)의 부인들이 머리에 쓴, 봉으로 장식한 예관(禮冠).
92) 명교(名敎) : 사람이 마땅히 지켜야 할 바를 가르침 또는 그런 가르침.

로 국가가 흥성할 근본이니 반드시 명응(冥應)93)이 응답함이 있을 것입니다."

효장공주의 말이 끝나자 자리에 앉아 있던 사람들이 다 머리를 조아리고 만세를 부르며 성스런 태후의 교화를 일컫고 회왕비를 위로하였다. 어리석은 성품의 회왕비였으나 그녀 또한 기뻐하였다. 태후가 이에 쌍연을 부르시어 회왕비에게 인사하라 하시고는 회왕비에게 화평하게 있도록 권하셨다. 회왕비가 다만 성은에 감사하면서 쌍연의 손을 잡고 눈물을 흘리며 말하였다.

"내가 진실로 어리석어 하마터면 너로 하여금 원통하게 죽게 할 뻔 했 ·18
으니 어찌 놀랍지 않느냐? 이제야 비로소 개과하여 후회함을 이기지 못하다가 오늘 태후의 은택을 입으니 어찌 다행스럽고 영화롭지 않느냐? 오늘부터 너를 데려다가 너의 모친을 찾아 정을 펴게 해 주겠다."

쌍연이 회왕비의 말을 듣자 은혜에 감격하고 황공하여 눈물을 떨어뜨리며 고개를 조아리고 사례하여 말하였다.

"태후마마께서 천한 저에게 이와 같은 혜택을 드리우시니 이는 죽은 뼈에 다시 살이 붙게 할 정도의 은혜입니다. 어미와 제가 어찌 성덕을 뼈에 새기지 않겠습니까?"

태후 또한 쌍연의 재주와 용모가 특출한 것을 기특하게 여기시어 기이 ·19
한 보배를 상으로 내리시고 회왕비에게 또 옥액(玉液)94)을 상으로 내리시어 회과한 덕을 칭송하였다. 회왕비와 쌍연이 머리를 조아리고 태후의 은혜에 감사하였다. 효장공주 또한 기뻐하여 엎드려 아뢰었다.

---

93) 명응(冥應) : 눈에 보이지 않지만 신령과 부처가 감응하여 이익을 주는 일.
94) 옥액(玉液) : 옥에서 나는 즙. 마시면 오래 산다고 하여 도가에서는 선약으로 침.

"쌍연이 비록 어미가 천하나 회왕의 서녀이니 왕가의 혈통입니다. 금지옥엽은 어미가 천하다 하여도 국법이 손상됨이 없으니 성상(聖上)께 아뢰어 특별한 은명을 내리시기를 청하시고 또 의리와 예법 상 쌍연을 다른 가문에 가게 하지 못할 것이니 설희광과의 인연을 완전히 이루게 하십시오."

태후가 고개를 끄덕이며 말하였다.

"너의 간청을 짐이 어찌 좇지 않겠는가마는 설연창 부자가 성지(聖旨)에 쉽게 응하지 않을 것 같구나."

효장공주가 또 아뢰었다.

"황명으로 회왕의 딸을 새롭게 사혼(賜婚)하시면 설씨 부자가 명을 거역하는 것이 괴이하지 않겠지만, 그간의 사정이 이리이리 한 것을 이미 태후마마께서 아실 터이니 설씨 부자가 설사 불안하여도 마지못해 성지에 응할 것입니다."

태후가 고개를 끄덕이며 허락하셨다. 이러구러 날이 늦어지자 온갖 기이한 음식을 내와 군신이 종일토록 즐기다가 석양 무렵 모든 황친 부인네와 공주들이 하직하고 대궐에서 물러났다. 이에 쌍연이 효장공주 앞에서 4번 절하고 머리를 조아렸다. 이처럼 여러 번 절하고 사례하면서 하직한 후 회왕비를 모시고 작은 가마를 타고 회왕궁으로 돌아갔다.

재설(再說). 효장공주가 큰동서인 주비를 모시고 며느리, 조카며느리 등을 거느려 집으로 돌아오니 벌써 날이 저물었다. 다 함께 존당에 저녁 인사를 올렸다. 모두들 궐에서의 일, 특히 쌍연에 관한 전말을 듣고 효장공주 및 태후가 지극한 성심으로 그 천륜을 완전하게 해 주신 것을 기뻐하였다.

## 22

이때 회왕비는 쌍연을 데리고 돌아와 회왕에게 궐에서 있었던 일을 낱낱이 전하고 탄식하여 말하였다.

"예전에 신첩이 어리석고 시기심이 많아 진실로 칠거(七去)의 죄를 얻었습니다. 이제 스스로 헤아려 보니 어찌 브끄럽지 않겠습니까마는, 다행히 대왕의 관대하고 어질며 두터운 덕으로 인해 신첩이 폐출당하는 화를 면하였고 오히려 부족한 신첩이 왕비의 부귀를 누리었으니 어찌 감격하지 않겠습니까? 이제 쌍연을 찾아 돌아왔으니 바야흐로 천륜이 완전하게 되었습니다. 화취아를 찾아 대왕의 빈희(嬪姬) 자리를 주어 부귀를 한가지로 누리고자 합니다."

회왕이 매우 기뻐하여 왕비의 성덕을 크게 칭찬하고 화취아를 찾아 데려왔다. 화취아는 처음에 왕비로부터 박대를 받그 내쫓김을 당한 뒤에 제 오라비 집에 가 있다가 이에 돌아오니 왕비가 흔쾌히 지난 일을 사과하고 왕에게 권하여 화취아를 서궁 숙희에 봉하게 하였다. 태후 또한 황제에게 권하여 쌍연의 본말을 알게 하니, 황제 역시 쌍연에게 군주(郡主)95)의 지위를 주시고 '진선군주'라 이름을 내리셨다. 회왕 부부와 숙희 화취아가 매우 기뻐하였다. 회왕비가 즉시 유모, 보모(保姆)를 정하고 십여 쌍 시녀를 뽑아 진선군주 쌍연을 모시게 하며 높은 당에 거처하게 하였다. 이에

진선군주가 너무 성대함을 꺼려, 높은 당을 사양하여 낮은 처소에 머무르고 좌우에 두어 쌍 시녀를 두고 사치한 것을 물리치며, 정성스런 효성이 극진하였다. 회왕 부부가 매우 사랑하였으며, 궁중 상하 사람들이 칭찬하는 소리가 멀리까지 들렸다.

다음날 황제께서 설희광 부자를 부르시어 말씀하셨다.

---

95) 군주(郡主) : 왕세자의 정실(正室)에게서 난 딸.

"짐이 일찍이 들으니 경(卿)의 거문고 줄이 끊어진96) 지 이미 오래 되었다지. 아직 임씨녀의 사생존망을 알지 못하나 경(卿)의 부친이 혹 고집하여 경으로 하여금 다른 가문에서 아내를 취하게도 못할 듯하네. 그러나 자네 부친이 자네가 첩을 얻어 홀아비의 적막한 심사를 위로하는 것까지 하지 말라고 하겠는가? 더욱이 회왕의 서녀는 경이 이미 잘 아는 사람이네. 애초 회왕의 딸이 이러이러한 사연으로 옥경의 시녀로 종사하여 경의 집에 들어가 경으로 이미 인연을 이루자, 옥경이 살해하고자 하기에 피신하였다 돌아왔네. 또 회왕비가 예전의 잘못을 깨달아 천륜이 완전하게 되었네. 이 여자의 근본이 이러이러하여 회왕의 빈회화씨의 소생이라네. 비록 아내로 취하지는 못하겠으나 의리와 예법 상다른 가문에 가지 못할 것이네. 경은 짐이 이곳저곳에 다사하게 신경쓰는 것을 비웃지 말고 빨리 회왕의 딸을 거두어 그녀가 한을 품어 오뉴월에 서리가 내리는 일이 없게 하게."

또 황제는 설태사에게도 회왕의 딸에 관한 자초지종을 자세히 이르시며, 애초에 설희광과 인연을 맺은 바 있음을 말하시면서 회왕녀를 버리지 말라고 당부하셨다. 설공이 감히 사양하지 못하고 아들이 호방한 것을 다시금 통탄하여 기색이 준엄하였다. 병부상서 설희광은 오늘에서야 바야흐로 쌍연이 살아 있음을 알고 한편으로 기특하게 여기나 부친의 기색을 두려워하며 임소저를 찾기 전에는 신생(申生)의 어리석음97)을 본받을 뜻

---

96) 거문고 ~ 끊어진 : {금현이단(琴絃已斷)호}. 부부간에 함께 즐기며 화락하는 것을 '금슬지락(琴瑟之樂)'이라고 하는 데서 연유한 것으로, 거문고 줄이 끊어졌다 함은 부부간에 함께 즐기는 일이 없어졌음을 비유한 것임.

97) 신생(申生)의 어리석음 : 신생은 진(晉)나라 헌공(獻公)의 태자로 헌공의 총비(寵妃) 여희(驪姬)가 자신의 아들을 태자로 삼기 위하여 그를 참소하자 신원하지도 않은 채 자살하였음. 융통성 없이 너무나 우직한 인간을 표현할 때 씀.

이 있었다. 쌍연이 살았음을 기뻐할지언정 다시 합치라고 하는 것은 원하는 바가 아닌데다가, 부친의 엄한 기색을 보고는 더욱 황공하여 머리를 조아리고 땅에 엎드려 아뢰었다.

"소신이 방탕하여 꽃과 달을 지나쳐 보지 않은 까닭에, 우연히 회왕의 서녀에게 정을 둔 적이 있었습니다. 저의 근본이야 어찌 알았습니까마는 신이 아직 정실 자리가 비어 있기에 먼저 첩을 들여 가법을 어지럽게 하겠습니까? 수삼 년을 기다려 조강지처(糟糠之妻)가 요행이 살아 돌아오면 가사를 맡긴 후에 회왕의 서녀를 거두어도 늦지 않을까 합니다."

설태사가 문득 정색하고 아뢰었다.

"이미 형세가 회왕의 서녀를 버리지 못할 것이기에 언제라도 거두어 취할 것이니 어찌 2번 의논하는 일이 있겠습니까? 삼가 성교(聖敎)를 따라 회왕의 서녀를 거두어 태평성대에 여름에 서리가 내리는 원통함이 없도록 하겠습니다."

황제가 고개를 끄덕이시니 병부상서 설희광은 한 마디 말도 못하고 조정에서 물러났다. 설태사 부자가 집으로 돌아왔다. 설태사가 내당에 들어갔는데, 그 기색이 매우 평안치 못하였다. 부인이 의아하여 나직하게 물어보았다.

"상공께서 어찌 낯빛이 불평해 보이십니까?"

설태사가 드디어 조정에서 있었던 일을 전하면서 말하였다.

"대개 이 여자의 인품은 어질다 하지만 나는 끝내 관심이 없소. 이것이 다 내 아이가 호색하고 방탕하기 때문이니, 생각할수록 어찌 통탄스럽지 않겠소?"

부인이 놀라 말하였다.

"의리와 예법 상 회왕의 서녀를 버리지 못할 것이나, 회왕의 서녀가 진실로 유순한 줄을 어찌 알 수 있습니까?"

설태사는 생각에 잠겨 침묵하였다. 이러구러 날이 저물어 저녁식사를 물리자 좌우가 고요하였다. 이에 설태사는 부인을 대하여 가만히 임소저가 살아 돌아왔다는 말을 이르고 이러이러하므로 아들 설희광을 속이려 한다고 말하였다. 부인이 매우 기뻐하여 하늘에 감사하며 즉시 며느리를 보지 못한 것을 한탄하고 딸조차 자신들을 속인 것을 애달파 하였다.

이때 회왕궁에서는 황명을 얻어 즉시 혼인 날짜를 가려 설씨 집안에 알렸다. 설태사는 기쁘지 않으나 마지못해 작은 잔치를 열어 일가친척을 모으고 죽교(竹轎) 하나를 보내어 진선군주를 데려왔다. 진선군주가 자리에 앉아 있는 여러 사람들에게 차례로 예법대로 인사하는데 먼저 옷과 장식이 간략하고 정결하여 정실과 첩의 분수를 지극하게 차렸고, 구름 같은 귀밑머리에는 한 개의 옥비녀를 바르게 눌러 꽂았으며, 분을 별로 바르지 않고, 향수를 뿌리지 않았으니 봄에 웃는 꽃과 같았다. 행동거지가 유한하고 기질이 온순하여 숙녀라고 높여 말하지는 못하나 또한 간음하고 교만하고 방자한 것으로부터는 벗어났으니 올바르게 인사(人事)를 처리할 만하였다. 설태사 부부는 불행 중 다행으로 여겼다.

이때 병부상서 설희광은 조정에서 갓 돌아왔기에 바로 내당에 이르렀다. 설태사가 명하여 진선군주에게 예를 행하라 하니 진선군주가 좌우 사람들에게 일시에 부축을 받아 설병부에게 4번 절하는 예로써 뵈었다. 설병부는 다만 길게 읍(揖)할 뿐 절하지 않고 자리에 나아가 가만히 눈을 들어 부친의 기색을 살폈다. 부친의 기색이 매우 화평하기에 마음속으로 몰래 기뻐하였다. 날이 저물자 진선군주의 처소를 전일 옥경의 침소였던 비설각으로 정하였다. 진선군주가 절하면서 인사하고 침소에 돌아와 주변의 익숙한 물건들을 보고 옛일을 슬퍼하였다. 이 밤에 야심토록 설병부가 신방에 갈 뜻이 없자 설병부의 형들이 웃으며 말하였다.

"속담에 이르기를 '추한 아내와 악한 첩이라도 함께 있는 것이 홀로 지내는 것보다 낫다.'고 하였으니, 하물며 오늘 신부는 곧 아우의 정인(情人)이지. 전에 구차히 풍정을 걷잡지 못하여 비설각 안에서 음녀의 침실을 빌려 구차하게 인연을 맺었으나 오늘은 네가 진실로 회왕의 딸로 비록 육례(六禮)98)는 없었지만 예법에 의거하여 돌아왔으니 어찌 오늘 밤 아름다운 때를 허송하느냐?"

설병부가 갑자기 불쾌해 하면서 눈썹을 찌푸리며 말하였다.

"지나간 일을 생각할수록 한심한데 두 분 형님께서는 어찌 아름답지 않은 옛일을 들추어내십니까? 제가 지금에 이르러서는 마음이 죽은 재 같으니 제게 여자는 꿈만 같습니다. 형세가 부득이하여 이 사람을 집 안에 들였으나 실로 기쁘지 않거늘, 형님들은 어찌 저를 조롱하십니까?"

큰형인 설추밀이 설병부의 말과 행동이 예전과 비교했을 때 두 명의 다른 사람처럼 전혀 딴판으로 바뀐 것을 기뻐하여 흔쾌히 웃으면서 말하였다.

---

98) 육례(六禮) : 혼인의 여섯 가지 의식. 곧 납채(納采)·문명(問名)·납길(納吉)·납징(納徵)·청기(請期)·친영(親迎)을 말함. 납채는 신랑집에서 청혼을 하고 신부집에서 허혼(許婚)하는 의례이고, 문명은 납채가 끝난 뒤에 남자집의 주인(主人)이 처신을 갖추어 사자를 여자집에 보내어 여자의 생모(生母)의 성(姓)을 묻는 의례며, 납길은 문댄 한 것을 가지고 와서 가묘(家廟)에 점쳐 얻은 길조(吉兆)를 다시 여자집에 보내어 알리는 의례이고, 납징은 남자집에서 여자집에 빙폐(聘幣)를 보내어 혼인의 성립을 더욱 확실하게 해주는 절차이며, 청기는 성혼(成婚)의 길일(吉日)을 정하는 의례이고, 친영은 신랑이 신부집에 가서 신부를 맞이하여 신랑집에 돌아오는 의례임.

"우리들이 아까 한 말은 형제간에 한 일시 농담이거니와 고인이 말씀하시기를 '누가 허물이 없으리오마는 고침이 귀하다.'[99] 하니 아우가 개과하여 수신(修身)함이 이와 같으니 이 어찌 가문의 경사가 아니겠느냐? 그러나 아까 혼례식 때 신부를 보니 숙녀라고 높여 부를 수는 없으나 또한 요조하고 아름다운 사람이었다. 군자의 의리를 말할 바는 아니나, 신부가 첩이라는 한 이름을 빌렸으니 욕되지 않고 또 이미 거두어 집안에 머물게 하였으니 오뉴월에 서리가 내리는 원통함이 없게 함이 옳다. 또 아버님의 기색이 화평하시고 두 아내를 얻는 것이 세상에 흔한 일이니 굳이 아버님께 훈계를 받을 일도 아니라고 생각한다."

설병부가 큰형님의 말을 들으니 진실로 그 말이 옳았다. 이에 속으로 생각하였다.

'내가 아직 마음이 즐겁지 않으나 저 여자가 새로운 사람이 아니오, 또 비록 미천하나 회왕의 골육이며 내가 예전부터 정을 두었던 사람이다. 이제 온갖 환란을 겪고 돌아왔으니 내가 한 번 보고 위로하는 것이 무방하다.'

이에 천천히 일어나 비설각에 이르렀다. 4~5명의 시비들이 주인을 모시고 있다가 바삐 물러났다. 진선군주가 자연스럽게 일어나 설병부를 맞이하자 설병부가 자리에 나아갔다. 설병부가 편안한 침석에 비스듬히 앉아 있다가 오히려 진선군주가 앉지 않는 것을 보고 천천히 말하였다.

"그대는 자리에 앉으시오."

진선군주는 다시금 부끄러워 붉은 소매를 바르게 하고 멀리 앉았다.

---

99) 누가 ~ 귀하다 : 공자(孔子)의 『춘추(春秋)』를 노(魯)나라 좌구명(左丘明)이 해석한 책인 『춘추좌씨전(春秋左氏傳)』에 나오는 구절임. "허물이 있으되 고친다면 선이 이보다 큼이 없다[過而能改, 善莫大焉]."라는 대목이 나옴.

설병부가 눈을 들어 보면서 그 교묘한 용모를 새로이 어여삐 여기나 지금
에 이르러서는 완연한 군자이기에 눈으로 살펴보면서 비로소 천천히 말
하였다.

"당초 우리가 인연을 맺은 것이 기괴하니 다시 지금에 이르러 말을 하
는 것이 부끄럽소. 그러나 지난 일을 이미 어쩔 수 없으니 다시 말하여
부질없거니와 그대가 능히 요악한 사람의 독수를 피해 오늘날이 있으
니 이는 진실로 현명하게 몸을 보호하였기 때문이오. 내가 어찌 감동
치 않겠는가마는 아직 조강지처가 어디에 있는지, 또 살아 있는지 죽었
는지를 모르니 마음이 매우 울적하여 다른 생각이 없소. 그런 까닭에
옛정을 펴지 못하겠소. 그대 또한 가히 부녀자의 행실을 알 것이니 이
를 괴이하게 여기지 말고 고요히 머물러 행실을 닦아 우리 가문에 기
리 종신할 것을 생각하시오. 내가 또 마땅히 조강지처의 거처를 찾아
그 정실자리를 빛내고 부부간의 즐거운 낙을 완전히 한 후에 또 그대를
저버리지 않을 것이오."

진선군주는 머리를 조아리고 공경하여 들을 따름이고 말이 없었다. 뺨
에는 자연스레 붉은 빛이 감돌면서 부끄러운 기색이 은은하게 비치니 미
인의 아리땁고 고운 태도가 촛불 아래 더욱 아름다웠다. 설병부가 저 거
동을 보니 또한 애련한 마음이 들어 밤이 깊었으나 편히 쉬라 하고 스스
로 겉옷을 벗고 허리띠를 풀고 침상에 나가 쾌히 취침하였다. 진선군주는
불안하고 부끄러워 감히 자지 못하고 고요히 장막 밑에서 바르게 앉아 있
었다.

이윽고 닭이 울자 설병부가 일어났다. 진선군주는 장막 밑에 의지하여
조용히 앉아 있으니 밤새 자지 않았음을 알 수 있었다. 설병부가 다시 아

는 체 않고 천천히 겉옷을 입고 허리띠를 매고 밖으로 나갔다. 진선군주는 그제야 겉옷을 벗고 침석에 나아가 잠깐 대충 눈을 붙이고 다음 날 아침 존당에 문안하였다. 진선군주가 설씨 집안에 머물면서 행동이 매우 온순하고 민첩하여 손윗사람에게 정성되고 당 아래 천한 시비들에게도 행동이 온순하니 집안의 상하 사람들이 기리는 소리가 진동하였다.

하루는 임상서가 이르러 내당에 들어와 장인장모께 절하면서 인사하고 설추밀 형제와 더불어 한가하게 이야기를 나누었다. 그러다가 문득 설병부를 돌아보고 웃으면서 설태사에게 말하였다.

"의첨이 요새 요조숙녀를 얻어 신혼의 단꿈에 빠져있다 하니 옳습니까?"

설태사가 미소 짓고 말하였다.

"이 아이가 과연 이번에야 진실로 회왕의 서녀를 얻으니 또한 숙녀이기에 불행 중 다행이네."

임상서가 웃고 말하였다.

"의첨이 소소한 서생과 달리 작위가 상서(尙書)[100]에 이르니 의복을 계절마다 준비하고 손님들을 접대하는 일 등이 번다하여 하루도 아내 자리가 비어서는 안 될 것이요, 제 사촌누이 월혜의 종적은 아득하니 비록 번화한 것을 즐기지 않으시나 남자가 여러 번 아내를 취한다고 별상관있겠습니까? 마땅히 한 숙녀를 천거하고자 합니다."

설태사가 웃으면서 물어보았다.

"형세가 실로 자네의 말과 같으니 내 마음에도 역시 어느 곳에 숙녀가

---

100) 상서(尙書) : {츈경[春卿]}. 춘경은 예부(禮部)의 장관 즉 예부상서를 말하나, 설희광은 병부상서임. 따라서 여기서는 문맥상 장관 정도의 의미로 쓰였기에 이와 같이 옮김.

있으면 내 아이로 하여금 먼저 취하여 임시방편으로 집안일을 맡기고 며늘아기가 살아 돌아오면 차례를 정하는 것이 옳을까 생각하네. 반드 시 자네가 천거하는 사람은 평범하지 않을 것이니 혼사를 주선하고자 하는 집이 뉘 집인가?"

임상서가 대답하였다.

"혼처는 다른 곳이 아니라 저의 진외조(陳外祖)[101] 쪽의 재종숙(再從叔) 관태우의 막내딸이니 비록 매우 빼어나다고는 못하나 사덕(四德)[102]을 갖추어 부녀자의 행실은 임강(任姜),[103] 마등(馬鄧)[104] 등과 나란히 할 만합니다. 금년 16세니 시집갈 나이가[105] 늦어지기에 이르렀습니다. 관씨 누이는 한날 여중군자요, 비녀 꽃은 영웅이라. 당숙이 늘 말하시 기를 '내 아이는 현철한 사군자요, 여중장부니 가히 용렬하고 속된 남 자의 배필이 아니다.'라고 하셨습니다."

이는 일부러 설병부를 속여 일시 희롱하려고 관태우에게 이 일을 이르 고 혼수를 준비하게 한 것이니 한바탕의 가관이 일어날 것이었다. 설공 또한 일부러 기뻐하며 술과 음식을 내오게 하니 임상서가 먹고 돌아와 존 당, 부모, 숙부께 뵙고 전후수말을 아뢰었다. 모든 사람들이 또한 웃었다. 그러고는 즉시 관태우를 불러 이 사연을 달하고 혼인날에 월혜 소저를 관

42

43

---

101) 진외조(陳外祖) : 아버지의 외조를 말함.
102) 사덕(四德) : 부인의 네 가지 덕이란 뜻으로 부언(婦言)·부덕(婦德)·부공(婦功)·부용(婦容) 을 말함.
103) 임강(任姜) : 주(周)나라 문왕(文王)의 모친 태임(太任)과 주나라 선왕(宣王)의 비인 강후(姜后) 를 말함. 두 사람 다 어진 덕으로 유명함.
104) 마등(馬鄧) : 한(漢)나라 명제(明帝)의 마황후(馬皇后)와 화제(和帝)의 등황후(鄧皇后)를 말함. 둘 다 현명함으로 이름 높았음.
105) 시집갈 나이가 : {도요쌍년[桃夭祥年]이}. 도요는 『시경(詩經)』의 편명으로 "싱싱한 복숭아나무 탐스러운 열매 맺었네[桃之夭夭, 有蕡其實]."라는 구절이 나오는데 이는 복숭아꽃이 필 시기라 는 뜻으로 여자가 시집갈 때가 되었음을 상징하는 것임.

## 44

씨 집안으로 보내려 하였다. 관씨 집안에서 혼인 날짜를 택하여 별도로 사람을 보내어 설씨 집안에 알리니 혼인날짜가 촉박하여 다음다음날이 었다. 설씨 집안에서 급히 혼사 준비를 하여 길일에 잔치자리를 열고 모든 손님들을 초청했다. 설소저 또한 귀녕했고 임상서도 이르러 장인장모께 뵈고 문득 아뢰었다.

"관숙부께서 말씀하시기를 '내 막내딸이 어른이 됨에 존당께서 막내딸 부부가 신방에서 쌍으로 노니는 것을 보고자 하시고 의첨 또한 정실을 맞이하는 예를 알 것이니 설공께 아뢰고 3일 후에 친영(親迎)106)의 예를 이루게 하라.'고 하셨습니다."

설태사가 쾌히 허락하여 말하였다.

"그리 하겠다고 말하여라."

이에 설소저의 큰오라버니인 설추밀의 부인이 그윽이 의아해 하여 설소저에게 신부가 어진지 어질지 않은지를 물었다. 설소저가 이미 자신의 오라버니인 설병부를 속이려 하는 모든 계책을 들었기에 어렴풋하게 대답하였다.

"자세히 알지는 못하나 신부가 부녀자의 법도와 도리가 지극하다 하나, 외모는 아름답지 않은가 합니다."

이렇게 설소저가 대답할 적에 설추밀의 어린 자식 영은 나이가 6세인데 사람됨107)이 극히 총명하고 호탕하였더니, 고모와 모친의 문답을 들

---

106) 친영(親迎) : 신랑이 신부집에 가서 신부를 맞이하여 신랑집에 돌아오며, 이후 신부는 신랑집에서 살게 되는 혼례방식의 한 종류. 이는 남자가 여자 집으로 혼례를 치르러 가서 결혼 후 여자 집에서 오랫동안 살게 되는 남귀여가혼(男歸女家婚)과 대조되는 혼례방식임. 이러한 남귀여가혼은 중국에는 없었고, 한국에는 고대로부터 내려와 조선중기까지도 통용되던 혼례방식이었음.
107) 사람됨 : {위인}. 앞뒤 문맥상 '위인(爲人)'을 말하는 듯하기에 이와 같이 옮김.

고 매우 놀라 바삐 나와 중당에 이르러 설병부를 만났다. 설병부가 어린 조카가 놀란 기색으로 바쁘게 나오는 모습을 보고 조용히 불러 물어보았다.

"너는 어디를 저리 급히 가느냐?"

설영이 숙부가 물어보자 문득 낯을 붉히고 말하였다.

"제가 누구를 보러 가겠습니까? 놀라운 말을 듣고 지금 숙부님을 뵈러 나온 것입니다."

설병부가 놀라 말하였다.

"무슨 일이냐?"

설영이 드디어 모친과 고모의 대화를 전하면서 말하였다.

"시숙모가 박색인가 싶으니 임씨 고모부가 아니 짓궂고 사나우십니까?

설병부가 이 말을 듣고 나서 어린아이의 말을 믿지는 않으나 또한 마음속으로 의혹하여 말을 하지 않았다. 이미 날이 늦어지자 혼례복을 가지런히 하고 존당 부모에게 하직한 뒤, 금 안장을 얹은 흰 말 위에 앉아 위의(威儀)를 갖춰 관씨 집안에 이르렀다. 옥으로 된 상에 붉은 기러기를 전하고 천지신령께 참배하기를 마치자 내당에 들어갔다. 먼저 모든 어린아이들이 분분히 수군거리는데, 신랑의 기특한 풍채를 기리면서 신부의 곱지 않음을 말하며 한탄하는 소리였으니 설병부가 이를 다 알아들을 수 있었다. 설병부가 마음속으로 더욱 의심하였다. 이미 대청에 나아가 교배석에 임하니 향기가 진동하며 패옥 소리가 낭랑한 가운데 두 줄 붉은 빛깔의 옷을 입은 시녀들이 신부를 끼고 부축하여 나아왔다. 설병부가 이미 의심하는 바가 있기에 얼른 얼굴을 들어 바라보니 문득 해괴하게도 신부의 낯 위에 면사포를 드리우고 있었다. 바삐 예를 치르고 자하상(紫霞觴)[108]을

46

47

48

나누는데 또 신부가 넓은 소매를 높이 들어 얼굴을 가려 끝내 신랑의 눈에 그 모습을 보이지 않았다. 설병부가 마음속으로 생각하였다.

'신부가 우두나찰(牛頭羅利)[109]인 까닭에 행여 신혼 첫날 내가 놀라 박절하게 대할까 두려워 이와 같이 한 것이니 긴 날에 나의 눈을 어찌 피하리오? 원백[110]은 나와 무슨 혐의가 있기에 이런 흉하고 괴상한 인간을 나의 아내로 천거하였는가?'

하고는 외당에 나오니 당에 가득히 손님들이 줄 지어 앉아 있었다. 손님들은 신랑이 화락한 기운이 없는 것을 괴이하게 여기고, 임씨 가문 사람들은 실소함을 이기지 못하였다. 임소부가 설병부의 손을 잡고 탄식하여 말하였다.

"네가 내 조카 같은 숙녀를 박대하여 그 생사를 알지 못하고 오늘 새롭게 아내를 맞이하니 관씨 조카가 비록 용모는 곱지 않으나 촉융부인(蜀隆夫人)의 누른 머리카락과 검은 얼굴[111]은 아닐 것이다. 여자의 미색은 중요하지 않으니 덕을 중시하여라."

관태우가 몰래 듣는 체하고 물어보았다.

"현양[112]아, 그것이 어인 말이냐?"

임소부가 말하였다.

---

108) 자하상(紫霞觴) : 자줏빛 안개 같은 빛깔의 술잔. 자줏빛 안개는 신선이 사는 곳에 떠돈다는 운기(雲氣)임. 여기서는 신랑, 신부가 주고받는 좋은 술잔이라는 의미로 쓰였음.
109) 우두나찰(牛頭羅利) : 쇠머리 모양을 한 악한 귀신.
110) 원백 : 상서 임창홍의 자(字)임.
111) 촉융부인(蜀隆夫人)의 ~ 얼굴 : {흄늉부인[蜀隆夫人]의 황발흑면(黃髮黑面)}. 촉융부인은 황승언(黃承彦)의 딸이자 제갈공명(諸葛孔明)의 아내임. 촉(蜀)나라 융중(隆中) 땅에 살았기에 촉융부인이라 함. 제갈공명이 늦도록 장가를 가지 않았더니, 황승언이 자신의 딸이 머리털이 누르고 얼굴이 검기에 시집보내지 못하고 있던 차 제갈공명이 어진 사람인 줄을 알고 그의 딸을 주었음. 두 사람의 금실이 지극하였다 함.
112) 현양 : 소부 임유린의 자(字)임.

"옛적 촉한(蜀漢) 때에 융중(隆中)113) 땅에 성명이 황승언(黃承彦)이라는        50
사람이 있었는데 딸 하나를 두었으나 머리가 누렇고 얼굴이 검어 능히
시집가지 못하였습니다. 황승언이 제갈공명을 만나자 그가 어진 사람
인 줄을 알고 '내 딸이 머리가 누렇고 얼굴이 검은데, 그대가 아내로 삼
을 수 있겠소?'라고 말했습니다. 제갈공명이 흔쾌히 허락하고 황승언
의 딸을 아내로 취하여 금실이 극진하였다고 합니다. 이는 곧 만세(萬
歲)의 미담입니다. 신부가 아름답지 않기에 신랑의 눈을 가려 혼인한다
한들 긴 날에 마침내 숨기지 못하리니 관씨 형님은 황승언만 못하십니
까?"

관태우가 이 말을 듣고 화락한 기운이 꺾여 정색하며 말하였다.        51

"내 딸이 비록 세상에 독보한 의첨의 풍모와 광채에는 미치지 못하나
또한 황부인의 누런 머리와 검은 얼굴도 아니고, 맹광(孟光)의 퍼진 허
리114)도 아니오. 현양은 어찌 실언을 하는가?"

임소부가 흔쾌히 말하였다.

"제가 적이 실언하였으니 형님은 저의 직언을 그릇 여기지 마십시오."

관태우가 노기를 띠고 대답하지 않자 관한림이 흔쾌히 아뢰었다.

"숙부님께서 일시 실언하셨으나 아버님께서는 어찌 이런 소소한 일에
화락한 기운을 잃으십니까?"

그러고는 관한림이 설병부를 향해 말하였다.        52

"제 누이가 진실로 곱지는 않으나 신체가 극히 아담하며 균형 있으니

───────────────

113) 융중(隆中) : 남양(南陽)을 말함. 제갈공명(諸葛孔明)의 집이 남양(南陽) 등현(鄧縣)에 있었는
데, 사람들이 융중(隆中)이라고 불렀다 함.
114) 맹광(孟光)의 ~ 허리 : 맹광은 후한(後漢) 시절 양홍(梁鴻)의 처. 자(字)는 덕요(德曜). 힘이 세고
허리가 굵은 추녀였으나 덕행이 매우 뛰어났음. 밥상을 눈썹까지 들어올려 남편에게 바칠 정도
로 남편을 지극하게 공경한 '거안제미(擧案齊眉)'의 고사로 유명함.

맹광(孟光)의 퍼진 허리와 다르고, 검은 머리에 흰 얼굴이니 또 황부인의 누런 머리와 검은 얼굴이 아닙니다. 제 누이동생이 어렸을 때는 타고난 특이한 용모가 매우 아름다웠는데, 3~4세 때에 마마를 심하게 앓아 좋은 얼굴이 얽게 되었으나 검은 머리와 흰 낯으로 또한 박색이 아닙니다. 겸하여 여자의 덕을 갖춘 것이 임사(任姒),[115] 번월(樊越)[116]과 흡사하니 가히 의첨의 집안이 창성할 것입니다. 훗날 임씨 누이가 살아 돌아와도 또 반드시 황영(皇英)의 고사[117]를 본받아 진희(晉姬)의 수신하는 덕[118]이 가지런할 것입니다. 원래 여자의 미모는 팔자에 해롭습니다."

설병부는 모든 사람들의 기색과 문답을 듣고 어이가 없었으나 억지로 웃으면서 말하였다.

"신부가 미운지 고운지 공론하는 것은 아직 이르니 바삐 말하여 무엇하리오?"

이처럼 설병부가 아무렇지도 않은 듯 사람들의 말을 쓸어버리고 대답은 했지만, 그 기색을 살펴보면 안색이 참담하였다. 모든 사람들이 미소 짓기를 마지않았다. 문득 설병부가 하직하고 돌아가고자 하자, 관태우가

---

115) 임사(任姒) : 주(周)나라 문왕(文王)의 모친인 태임(太任)과 왕비 태사(太姒)를 말함. 이들은 부덕이 훌륭했던 여성들로 후세에 칭송을 받음.

116) 번월(樊越) : 초(楚)나라 장왕(莊王)의 비인 번희(樊姬), 월은 미상.

117) 황영(皇英)의 고사 : 황영은 아황(娥皇)과 여영(女英)을 말함. 두 사람 모두 요(堯)임금의 딸로 함께 순(舜)임금의 아내가 되어 매우 사이좋게 지냈음. 아황은 상군(湘君), 여영은 상부인(湘夫人)이 되었다고 함.

118) 진희(晉姬)의 ~ 덕 : 진희는 조(趙)나라 진문공(晉文公)의 누이동생이자 조최(趙衰)의 부인을 말함. 진헌공의 공자인 중이(重耳)를 좇아 19년의 망명 끝에 보위에 올라 진문공이 되었을 때 망명생활 동안 자신을 보좌하면서 큰 공을 세운 조최의 공로를 인정하여 그에게 자신의 누이동생을 시집보냈음. 조최는 이미 포로로 잡은 적(翟)나라 여자와 결혼한 몸이었으나, 군왕의 누이를 아내로 맞이하였으므로 감히 데려올 수 없었음. 그러나 진희는 어진 덕으로 조최가 적녀를 데려오기를 원하였기에 결국 진문공은 누이동생의 마음을 알고 적녀를 데려오는 것을 허락함.

황급히 만류하며 말하였다.

"자네의 지위가 재상에 있으니 출입하는 것이 보통의 어린 신랑과 같지 않고 이제 이미 날이 저물었네. 내 또 조카인 창홍으로 하여금 그대 아버님께 아뢰어 오늘밤에 합친(合親)의 예를 우리 집에서 이루고자 하였으니 자네가 어찌 지금 돌아가는가?"

관태우가 재삼 만류하기를 마지않고 자리에 있던 모든 손님들도 이어서 만류하니 설병부가 마지못해 관씨 집안에 머물렀다. 이날 종일토록 잔치를 베풀어 손님도 주인도 즐거움을 지극히 즐기면서 잔뜩 취하였다가 석양에 흩어졌다. 임씨 집안 모든 사람들이 다 돌아가나 홀로 관태부인 은 관씨 집안에 머물러 있었다.

이밤 신방을 수리하고 설병부를 신방으로 인도하였다. 설병부가 신방에 나아가니 진열해 놓은 기물들이 매우 정제하였다. 야심토록 신부는 나오지 않고 관씨 집안 젊은이들이 모두 이르러 한담하면서 술을 몇 차례나 기울이니, 설병부가 매우 불안하나 마지못해 권하는 대로 먹고는 대취하였다. 한밤중이 되자 시비들이 분분히 떠들면서 소저가 나오신다고 전하였다. 관생 등이 일어나며 말하였다.

"자네는 우리 집의 입막지빈(入幕之賓)[119]이네. 모름지기 평안히 쉬시 게."

하고는 일시에 관생 등이 흩어진 후 허다한 시녀들이 소저를 붙들어 서쪽 벽 아래 등을 돌려 앉혔다. 설병부가 더욱 이상하게 여겨 일부러 크게 취한 척하고 각별히 아는 체 없이 원앙금침에 쓰러져서 넓은 소매로 낯을

---

119) 입막지빈(入幕之賓) : 침실에 드리운 장막(帳幕) 안에 있는 손님이란 뜻으로, 특별히 가까운 손님 혹은 기밀(機密)에 속하는 일을 의논하는 사람을 말함.

덮었다. 그러고는 다시금 임소저의 성스런 자질과 빛나는 모습을 생각하자, 저절로 심장이 뛰놀고 간장이 마디마디 찢어지는 듯했다. 마침내 자기가 처궁(妻宮)의 복이 적어 임소저처럼 자질과 미모를 두루 갖춘 숙녀를 음란하고 패륜한 여자 때문에 보전치 못하고 마침내 관씨 같은 박색을 만나 골치가 아프니 어찌 잠이 오겠는가? 밤새도록 번뇌하다가 닭이 새벽을 알리는 소리를 듣고 몸을 뒤쳐 일어나 다시 신부를 아는 체도 않고 소매를 떨쳐 외당에 나와 관씨 집안 젊은이들에게 말하였다.

"내가 어젯밤에 과음하여 잠을 그릇 자 병이 났으니 일찍 돌아가겠네."

다시 다른 사람들이 말하는 것도 기다리지 않고 설병부가 훌쩍 돌아가자 사람들이 웃기를 마지않았다. 날이 밝자 관씨 집안 젊은이들이 내당에 들어가 설병부의 기색과 동정을 고하자 관태우가 크게 웃으며 말하였다.

"진실로 사위가 이같이 성을 낸다면 겁나겠지만 일시 희롱이니 상관할 것이 없다."

설병부가 일찍 자기 집으로 돌아오니 임상서가 그곳에 머물러 있었다. 설추밀 형제가 놀라 설병부에게 일찍 온 까닭을 묻자, 임상서는 웃으며 말하였다.

"어이, 놀랍도다! 관씨 누이가 사람됨이 세차니, 의첨이 반드시 신랑 소임을 잘못하다가 신혼초야에 내소박을 맞고는 하도 부끄러워 일찍 쫓기여 왔도다."

설병부가 하도 어이가 없어 마음에 화증이 나 정색하며 말하였다.

"내가 오고 싶으면 오고, 가고 싶으면 갈 것이니 누가 나의 거취를 간섭하는가?"

임상서가 거짓 노하는 체하면서 말하였다.

"내가 일시 농담으로 한 말이나 본래 그대에게 해롭지 않은 말이거늘 어찌 이토록 성을 내는가? 관씨 누이가 기묘한 절색은 아니지만 우리 눈에는 가장 수수하고 좋아 보였으니, 그대의 높은 눈에는 어떠하던가?"

설병부가 괴로움을 이기지 못하여 억지로 웃으면서 말하였다.

"성낼 것이 무엇이 있겠나? 내가 근래에 옛날의 호탕한 기운이 전혀 없 60 어 여자는 꿈같이 관심이 없던 중에 어제 이리이리 대취하여 아무 것도 모르고 돌아왔네. 신부가 조비연(趙飛燕)이나 서시(西施)이든, 무염(無鹽)120)이나 나찰녀(羅刹女)121)이든 내가 어찌 알겠나?"

말을 마치고는 천천히 일어나 앉았다가 들어가니 임상서가 웃기를 마지않았다. 바야흐로 임상서가 설추밀 형제를 대하여 사실의 자초지종을 처음부터 다 말하자, 설추밀 형제가 놀라고 기특함을 이기지 못하여 또한 크게 웃으면서 임상서에게 간사스럽고 교묘하다 하였다. 이러구러 3일이 61 지나자 관씨 집안에서 다시 신랑을 청하지 않고 설병부 또한 관씨 집안에 가지 않았다. 이 날 설씨 집안에서 큰 잔치를 열고 설태사가 부인에게 말하였다.

"임씨 며늘아기가 구사일생으로 온갖 변란 중에 기특하게 살아서 맑고 열렬한 마음으로 신기한 묘방을 배워 소소한 예법에 구애치 않고 대의를 굳게 잡아 규방 속의 아리따운 발122)로 만군(萬軍)과 화살 가운데로

120) 무염(無鹽) : 중국 제(齊)나라 무염(無鹽) 땅 출신의 추녀 종리춘(鍾離春)을 말함. 모습이 추하여 혼기가 지나도 결혼할 수 없었으나 후에 선왕에게 간언하○ 정부인이 되었음. 추녀의 대명사로서 통용됨.
121) 나찰녀(羅刹女) : 푸른 눈과 검은 몸, 붉은 머리털을 하고서 사람을 잡아먹으며, 지옥에서 죄인을 못살게 구는 귀신을 나찰(羅刹)이라고 하는데, 그 중 여자귀신을 나찰녀(羅刹女)라 함.

들어와 내 아들의 위독한 병을 고쳐 절(節)과 의(義)를 두루 보전하니 어찌 평범한 며느리와 같겠소? 임씨 며늘아기가 신부는 아니나 오늘 손님을 초대하여 경사로움을 드러낼 것이오."

부인 역시 기뻐 하늘에 날아오를 듯하니 순순히 응낙하였다. 설추밀 부인인 한부인이 이때서야 비로소 임소저가 살아 돌아온 줄을 알고 기쁨을 이기지 못하였다. 이날 진선군주의 기뻐함 또한 붓 하나로 옮길 수가 없었다.

설태사가 화려하고 좋은 가마로 신부를 맞아오게 하니 설병부가 불평하면서 부친 앞에 고하였다.

"관씨는 소자의 조강지처가 아닙니다. 잠시 임시방편으로 정실의 자리를 빌린 것입니다. 만일 임씨가 살아있다면 관씨는 자연히 그 다음이 되리니 이제 신부를 맞이하는 절차를 이렇듯 부귀하고 화려하게 하여 신부의 교만한 마음을 돋운다면 훗날 임씨가 돌아왔을 때 불평한 일이 있을까 생각됩니다."

설태사가 말하였다.

"관씨는 명문대가의 어진 며느리요, 인자한 부모에서 태어나 가르침을 받았으니 정숙하고 현철한 숙녀다. 내영123)의 정숙하고 맑은 풍모와 진희(晉姬)의 겸손한 덕이 있다 하니 결단코 임씨가 돌아와도 친한 친척의 정의로 후대할 따름일 것이다. 무슨 유해함이 있을 것이라 하여 오늘날의 위의(威儀)로 마음이 동요된다고 명문가의 귀한 규수를 굴욕스

---

122) 규방 ~ 발로 : {규리금년[閨裏金蓮]}. 규리는 규방 안을 말하고 금련은 미인의 아름답고 정숙한 걸음걸이 혹은 그 걸음을 걷는 발을 말하며 '금련보(金蓮步)'라고도 함. 제(齊)나라의 동혼후(東昏侯)가 그 총희(寵姬) 번비(潘妃)가 걷는 길에 황금으로 만든 연꽃을 깔고 그 위를 걸어가게 하면서 "이 걸음걸음마다 연꽃이 피어난다[此步步生蓮花也]."라고 한 데서 유래한 말.

123) 내영 : 미상.

럽게 맞이하겠느냐?"

설태사가 아들 설병부의 말을 듣지 않자 설병부는 감히 다시 말씀드리지 못하고 물러났다.

차설(且說). 관씨 부중에서는 신혼 3일이 지났는데도 신랑이 한 번 돌아간 후 다시 오지 않자 모든 사람들이 웃기를 마지않았다. 그러더니 이날 신부가 시부모를 뵙는 예식을 치르는데 임소저가 스스로 불안하고 황송하며 부끄러움을 이기지 못하였다. 이에 관태우 부인이 임소저의 손을 이끌어 대청 안에 세우고 성대하게 장식하면서 옥패(玉佩)와 주머니[124]를 채워주고 웃으면서 말하였다.

"이 신부가 시집에 가기가 가장 수줍어 이토록 부끄러워하는 것이 과도한 것이냐?"

임소저는 더욱 부끄러워 흰 연꽃 같은 두 뺨에 붉은 빛이 감돌았다. 그리고 구름 같은 머리를 숙이자 봉관(鳳冠)이 자연히 나직하게 되고 옥패는 자연 기울었다. 기이한 풍모와 윤택한 기질이 더욱 깨끗하고 빛이 나니, 배꽃이 백설처럼 깨끗한 향기를 머금고 아침이슬에 젖어있는 듯하고, 두 뺨에 찬란한 붉은 빛이 기묘하고 기묘하여 인간만물에 견주어 비길 곳이 없으니 서왕모(西王母)의 복숭아꽃[125] 1천 점이 서로 다투어 붉게 피어 있는 듯하였다.

관부인이 마음 가득 기특하고 사랑스러워 재삼 연연해 하다가 이별하자, 임소저가 채색한 화려한 가마에 올랐다. 설씨 집안으로 향하는 위의

---

124) 주머니 : 이 주머니에는 신부가 시댁에 가서 조심해야 할 사항 등을 적어 넣었다고 함.
125) 서왕모(西王母)의 복숭아꽃 : 서왕모는 『산해경(山海經)』에서는 곤륜산에 사는 인면(人面)·호치(虎齒)·표미(豹尾)의 신인(神人)이라고 하나, 일반적으로는 불사(不死)의 약을 가지고 있는 아름다운 선녀로 전해짐. 서왕모가 가지고 있는 불사약이 천도복숭아라는 일설이 있을 정도로 복숭아꽃과 관련이 깊음.

(威儀)가 휘황찬란하니 크고 큰 영광은 비길 데가 없었다. 구경하는 자들이 길에 가득했다. 어느덧 설씨 집안에 이르니 숱한 하인들이 나와 임소저를 모시고 막차(幕次)[126]에서 쉬게 하였다. 임소저가 차림새[127]를 단정히 하고 예를 행하여 당에 오르자 시부모가 기쁘게 눈을 들어 그 성스런 자질과 빛나는 모습을 반기며 기특해 하는 것을 이루 다 묘사할 수가 없었다. 목태부인은 한낱 둔탁한 육안이니 무슨 총명으로 옛 얼굴을 분간할 수 있겠는가? 신부가 이토록 기특한 것을 보니 입이 동그랗게 벌어지고 눈이 휘둥그레져 사람인지 귀신인지를 분별치 못하고 훤한 대낮에 선녀가 내려온 듯이 여겼다. 이에 생각 없이 두 주둥이에 침을 흘리고 말이 나오는 것을 깨닫지 못하여 어지럽게 떠벌리며 말하였다.

"하늘이 내린 보물이여! 진정한 보물이여! 산천의 신령스런 기운이여! 사람 중에 빼어나고 빼어난 인물이도다! 문중에서 빼어나고 빼어난 인물이도다! 금세에 내 손녀 성염의 빼어나고 아름다운 자질이 독보일까 여겼더니 이후 임씨 손자며느리의 재주와 용모가 세상에 드문 것을 보고 놀랐었지. 그런데 뜻밖에 임씨의 거처와 생사를 알지 못하니 내가 홀로 헤아리기를 내 손녀와 임씨 모두 세상의 드물고 드문 미인들이기에 예부터 미인은 해를 입는 것을 면치 못한다 하더니 손녀는 살아 돌아왔으나 임씨 손자며느리는 끝내 그 거처를 알 수 없던 중 또 새로운 손자며느리를 얻었는데 이토록 기이할 줄 알았겠는가? 이번 신부의 윤택하고 풍성한 모습은 옛날 임씨 손자며느리보다 두어 배나 더하니 실로 세간에 절색이 흔한가 보구나."

126) 막차(幕次) : 의식(儀式)이나 거동(擧動) 때에 임시(臨時)로 장막을 쳐서, 왕세자(王世子)나 고관(高官)들이 잠깐 머무르는 곳.
127) 차림새 : {장쇼}. 문맥상 '장속(裝束)'의 오기인 듯하기에 이와 같이 옮김.

이런 말을 하니 어찌 우습지 않은가? 이는 전에 임소저가 나이가 어린 까닭에 꽃봉오리가 벌어지지 못하고 초승달이 둥글지 못하였으니, 미처 그 얼굴이 윤택하지 못하고 옥 같은 얼굴이 되지 못하였기 때문이었다. 이제 어찌 한 사람의 얼굴이 다를 리 있을까마는 지금에 이르러 임소저의 나이가 바야흐로 이팔청춘에 연꽃이 피어나고 달이 보름이 찼으니 윤택하고 깨끗함이 예전보다 나았기 때문이었다. 목태부인의 범상한 눈으로 어찌 순식간에 깨달을 수 있겠는가? 좌우 모든 손님들 가운데 자리 가득 연지와 분으로 화장하고 앉아 있는 여인들이 기운이 빠져 빛을 잃고 놀라서 입을 떡 벌린 채 상심하여 말을 못하다가 한참이 지나서야 한결같은 목소리로 칭찬하는 소리가 분분하고 축하하는 소리가 요란하였다. 시부모가 다만 입을 벌리고 있고, 모든 시누이와 백브인, 사부인 두 사람이 바야흐로 신부가 구면임을 깨달아 각각 반기는 웃음이 옥 같은 얼굴과 별 같은 눈에 가득하였다.

종일토록 잔치한 후에 모든 손님들은 각자 흩어져 자기 집으로 갔다. 신부의 숙소를 옛날 임소저의 침소인 선희각으로 정하자, 유모와 시녀가 소저를 모시고 침소로 돌아갔다. 이 날 설추밀 형제 세 사람이 설태사를 모시고 외헌에 나왔고, 설병부는 본부 마을의 관청일로 바빠 종일 공사(公事)를 마치고 저물어서야 돌아왔는데 친구를 만나 취하여 왔다. 이에 존당 부모를 감히 뵙지 못하고 서재에서 저녁식사를 끝내고 희필 공자로 하여금 존전에 저녁문안을 불참할 것을 고한 뒤 옷을 벗고 편히 쉬려고 하였다. 그런데 조카 설영이 곁에 와 앉으며 웃으면서 말하였다.

"숙부, 속담에 말하기를 '열 번 듣는 것은 거짓 것이요, 한 번 보는 것이 옳다.' 하는 것이 정말 옳습니다."

설병부가 말하였다.

"무슨 일이 있느냐?"

설영이 미소 지으며 대답하였다.

"오늘 시숙모를 보니 진실로 예로부터 지금에 이르기까지 드물고도 드문 아름다운 용모와 덕스런 자질이셨습니다. 존당이 기뻐하시는 것은 말하지도 말고 증조할머가 이리이리 이르시고 전일 임숙모보다도 낫다 하셨습니다. 제 눈에도 하도 기특하시니 마치 의열 숙모와 같았습니다. 이러하니 듣던 말과 전혀 다르지 않습니까?"

드디어 관소저의 빼어난 모습을 옮겨 전하니, 설영의 붉은 입술이 열리는 곳에 흰 이가 가지런하고 논리가 명백하였다. 설병부는 듣기를 마치고 전후의 말이 다른 까닭에, 반신반의하여 고개를 숙이고 생각에 잠겼다.

그런데 문득 희필 공자가 나와 부친이 설병부에게 신방에 가라 했다고 전하였다. 설병부 또한 신부의 모습을 보고자 하여 선뜻 일어나 다시 의관을 바르게 한 후 신방에 이르렀다. 주렴 앞에 청의(靑衣)를 입은 무수한 시녀들이 자수를 놓은 매미날개같이 얇은 소매로 주군(主君)을 영접하여 방으로 들었다. 방 안에 향 연기가 농염하고 촛불이 휘황한데, 한 명의 옥인이 푸른 저고리와 붉은 치마를 가볍게 입고 명월 모양의 패옥을 울리며 나직이 일어나 설병부를 맞은 후 동서로 자리를 나누어 앉았다. 먼저 방 안에는 향기가 솔솔 나 코를 움직이게 했다. 설병부는 바야흐로 눈길을 주어 소저를 자세히 살펴보았다. 가히 이른바 명문세가의 기이한 혈맥이요, 빼어나게 꽃다운 모습은 옥같이 빛났다. 아름다운 광염과 휘황한 용모가 방 안에 환히 비치고 두 눈이 빛나니 항아(姮娥)128)가 수정 창문에

___
128) 항아(姮娥) : 항아는 상희(嫦羲)라고도 하는데 『산해경(山海經)』에 의하면, 태양신인 제준(帝

비스듬히 있는 듯하였다. 이에 묵은 눈이 상쾌해졌다. 설병부가 한 눈에 쳐다보고 깜짝 놀라 속으로 생각하였다.

'내 누이의 타고난 특이한 용모가 고금에 독보일까 싶었고, 임씨 또한 용모가 조금도 떨어지지 않는데, 오늘 신부는 오히려 내 누이에게 전혀 뒤떨어짐이 없고 오히려 임씨에게는 한 층 더 나음이 있으니 어찌 이런 기특한 미인이 있으리오마는 내가 처음에 어리석어 임씨 같은 숙녀로 하여금 원한이 하늘에까지 미치게 하였으니 후회막급이로구나. 다만 평생토록 의를 지켜 숙녀를 저버린 죄를 스스로 벌하려 했는데 일이 내 뜻과 같지 않아 이제 새롭게 아내를 취했으니 이는 나의 소원이 아니었다. 저 신부의 인물이 떨어짐이 없으니 불행 중 기쁘지 않으냐? 마땅히 천하를 다 뒤지더라도 임씨를 찾아 나의 정실자리를 바르게 하여 부부 간의 낙을 이룬 후에 다시 여색을 마음에 두어야겠다.'

75

俊)의 아내 상희가 달덩이 같은 알 12개를 낳고 대황(大荒)의 일월산(日月山) 골짜기에서 목욕을 하는 이야기가 나옴. 『회남자(淮南子)』에는 서왕모(西王母)르부터 불사약을 구해온 예(羿)에게서, 항아가 그 불사약을 훔쳐 달로 달아나 두꺼비가 되었다고도 하고, 『초사(楚辭)』 등에는 두꺼비가 아니고 토끼가 되었다고도 함. 일반적으로 달에 사는 아름다운 여신을 뜻함.

1 　차설(且說). 설병부는 이렇듯 생각하자 마음이 썩 좋지 않아 넓은 눈썹을 찌푸리고 오랫동안 묵묵히 있었다. 밤이 깊어지자 다시 눈을 들어 신부를 보았다. 붉은 소매를 바르게 꽂고 그린 듯이 앉아 있었다. 달 같은 아름다운 이마는 봉관(鳳冠)[129] 아래 가지런하고 연꽃 같은 귀밑머리에 입술은 붉은 빛을 머금었으니 향기롭고 고운 모습이 볼수록 기이하였다. 설병부가 천천히 말하였다.

2 　"그대는 어질고 법도 있는 가문의 인자한 부모에게서 태어나 가르침을 받았으니 거의 사리와 부덕(婦德)을 알 것이오. 또한 나의 조강지처 임씨의 전후 사건을 모르지 않을 것이니 내가 저버려서는 안 될 주의사항이 있소. 내 생전에 임씨와 다시 합쳐 집안의 도를 바르게 하기 전에는 다른 사람과 즐기지 못할 것이오. 그대의 용모와 재주를 나쁘게 여기는 것이 아니라 실로 본뜻이 이와 같아 그런 것이니 그대는 괴이하게 여기지 말고 편히 쉬면서 약한 몸에 병이 나지 않도록 하시오."

3 　말을 마치자 소저를 재삼 권하여 편히 쉬게 하고 자기 또한 침상에 나아갔다. 그러나 마음이 복잡하여 밤새도록 탄식하기를 마지 않으며 한잠도 자지 못하였다. 소저는 이럴수록 불편함을 이기지 못하였다.

　이날 밤 열파와 매파, 두 노파가 임상서의 명으로 신방을 엿보더니 설병부와 임소저 사이의 사사로운 말을 몰래 듣고 외당에 가 자세히 고하였다. 설씨 집안 모든 사람들과 임상서가 설병부의 총민하지 못하고 부주의한 것을 그윽이 웃었다. 설병부가 이후 다시 선희각에 이르지 않으니 설태사 부부 또한 그 거동을 마저 보려 하여 다시 권하지 않았다. 임소저는 인하여 설씨 집안에 머물면서 효로써 존당을 섬기고 모든 시누이, 동서들

───────

129) 봉관(鳳冠) : 고관(高官)의 부인들이 머리에 쓴 봉을 장식한 예관(禮冠).

과 화목하게 지냈다. 그래서 새로운 성덕이 〈관저(關雎)〉〈규목(樛木)〉[130]
의 남은 풍모가 있었다. 존당과 시부모는 애지중지함을 이기지 못하고 하
인들도 임소저를 기리는 소리 자자하였다.

　며칠이 지나 설소저가 존당 부모께 하직하고 시가로 돌아갔다. 시가에
서 존당과 시부모가 매우 반겨 다시금 사랑하였다. 관태부인이 관씨 집안
에서 집으로 돌아왔다가, 설병부의 행동을 재삼 묻고 그 밝지 못함을 웃
는 가운데 한편으로 탄식하여 말하였다.

　"월혜의 용모와 자질로 일시 설병부를 희롱하는 미끼를 삼으나 마침내
남편에게 박대를 받으니 하늘의 뜻을 알지 못하겠구나."

　임상국이 웃으며 아뢰었다.

　"어머님께서는 조금도 근심하지 마십시오. 의첨이 밝지 못함이 심하나
이제 옛일을 자책하여 아무 때라도 월혜를 찾아 조강의 지위를 완전히
한 후 집안일을 맡기겠노라고 말했습니다. 허나 진실로 자기가 만난
사람이 바로 자기가 찾고자 하던 사람임을 알지 못할 것이겠지요. 밝
지 못함이 이와 같지만 진심으로 뉘우치는 것이 분명하니, 월혜가 어찌
끝내 홍안(紅顏)에 한을 맺겠습니까?"

　관태부인이 웃으며 말하였다.

　"나 또한 어찌 이를 생각지 못하겠냐마는 내가 이제 여년이 서산에
임박했으니 자손이 흠 없이 화락함을 보는 것이 바쁘기에 염려를 놓지
못하는 것이다."

　임상국이 모친의 가르침을 듣고 지극한 효심에 깊이 깨달아, 이에 딸을

---

130) 〈관저(關雎)〉〈규목(樛木)〉: 모두 『시경(詩經)』 「주남(周南)」에 실린 노래로, 후비(后妃)가 아
　　랫사람에게 덕을 드리워 집안이 화평한 것을 칭송하였음.

곧 데려오고 설병부를 자신의 집으로 청하려 하였다. 열흘 남짓 지나자 임상서가 가만히 시녀를 보내어 관태부인 말씀으로 임소저의 귀녕을 청하였다. 설태사가 흔쾌히 허락하자 효장궁에서 거교(車輢)를 준비하여 소저를 데리고 와 임씨 집안에 이르렀다. 집안사람들이 새로이 반기며 사랑하였다. 임소저가 존당, 부모께 절하면서 인사하는데 아리따운 뺨에는 화락한 기운이 가득하였다.

며칠이 지나가자 관태부인이 선생을 바삐 청하여 생관(甥館)의 재미를 보고자 하였다. 임상서가 바야흐로 계교를 써서 설병부를 자신의 집으로 청하고자 하였다. 그런데 이 날 설병부가 조정에서 바로 와서 오운전에 들어와 상국과 선생께 알현하고 초왕 삼형제께도 절하여 인사하니 초왕과 부마 등이 매우 반기며 말하였다.

"자네가 어찌 며칠 동안 기척이 없었는가?"

소부가 웃으며 말하였다.

"의첨이 요사이 신혼의 단꿈에 빠져있으니 어찌 옛 부인을 꿈에나 생각하겠습니까? 이 때문에 근래 우리 집에 이르는 일이 드물었던 것입니다."

설병부가 미소를 머금고 대답하였다.

"존공의 말씀이 옳습니다. 그러나 제가 관청일이 매우 많아 집에도 들어간 때가 적으니 어느 겨를에 생각이 규방에 미치겠습니까?"

초왕이 미소 지으며 말하였다.

"이랬든 저랬든 자네는 이미 실절(失節)하였으니 변명하여도 쓸데없네. 그러나 오늘은 자네 아버님께 하인을 보내어 자네의 이와 같은 뜻을 고하고 우리 집에서 머물고 가게."

설병부가 대답하여 아뢰었다.

"제가 또한 이런 뜻이 있었기에 부친께 고하고 여기에 온 것입니다. 원백131)은 어디 갔습니까?"

초왕이 고개를 끄덕이며 말하였다.

"창홍이는 모든 아우들을 데리고 팔룡당에 가 있는가 싶네."

설병부가 즉시 몸을 일으켜 팔룡당에 이르니 임상서 삼형제가 여러 종형제(從兄弟)들과 더불어 강학(講學)하고 있었다. 바야흐로 여러 소년 공자의 책 읽는 소리가 낭랑하여 한 무리 학떼가 우는 소리 같았다. 설병부를 보고는 임씨 집안 젊은 서생들이 일시에 책을 덮고 벌떼처럼 달려들어 어지럽게 앞에서 끌고 뒤에서 밀면서 방으로 들어오게 하였다. 학사 천홍이 얼굴 가득히 노한 기색을 띠고 차가운 낯빛에 눈길은 지는 태양빛같이 길게 흘려 한참 동안 바라보다가 혀를 차며 말하였다.

"자고로 남자의 신의 없음은 예부터 있었던 일이지만 형님같이 신의 없는 사람이 있겠습니까? 언제는 우리 누이에 대한 의리를 지킨다 하더니 어느 사이에 그간 했던 말을 다 잊고 옥같이 아름다운 아내와 꽃같이 아름다운 첩을 얻어 신혼의 단꿈에 깊이 빠져서는 근래에는 우리 집에 자주 오지도 않으니 옛 부인을 잊었을 뿐 아니라 우리들과도 겉으로만 친하고 속으로는 소원한 것이지요. 어찌 신의(信義) 없다고 하지 않겠습니까?"

한림 재홍이 정색하여 말하였다.

"다만 그 얼굴만 볼 따름이지 말은 해서 무엇 하겠는가? 관씨 숙부가 들으시면 우리들이 이처럼 말 많은 것을 괴이하게 여기실 것이네."

---

131) 원백 : 상서 임창홍의 자(字)임.

9

10

11

소공자 인홍이 말하였다.

"설씨 형님의 신의 없는 일을 생각하니 우리들 남자의 마음에도 이리 애달프거든 구천에서 떠도는 누이의 망령은 아니 노하여 원통한 혼백이 되지 않겠습니까?"

임상서가 문득 넓은 눈썹을 찡그리고 정색하며 말하였다.

"너희들은 우환은 염려치 않고 어느 틈에 희롱할 마음이 나느냐?"

이에 설병부를 돌아보며 설병부의 넓은 소매를 이끌어 방에 들어가 자리를 잡고 탄식하여 말하였다

"여보게, 내가 자네에게 허다한 괴변을 말하고자 하나 매우 허탄하기에 가깝고 또 군자가 할 말이 아니기에 입 밖에 내서는 안 되지만, 대개 이 것으로부터 사촌누이의 사생을 판단할 수 있네. 존당이 슬퍼하며 침통해 하심과 숙부와 숙모의 역리지통(逆理之痛)132)이 자하(子夏)의 상명(喪明)133)과 한자사의 울음134)보다 더한 것은 사촌누이의 아름다운 몸을 땅에 장사지내지 못했기 때문이네. 존당에게 근심을 더 끼쳐 드릴 수 없어 숙부, 숙모가 마음을 넓게 가져 슬픈 생각을 억제하시나 그 서하(西河)의 참담한 경색135)이 결코 다른 사람의 일이 아니네. 진실로 기이하고 괴이한 일들이 많으니 인심에 놀라울 뿐 아니라 존당과 부친, 숙부가 놀라시고 슬퍼하시는 중 그 허탄함을 기뻐하지 않으시어 일절 허

13

---

132) 역리지통(逆理之痛) : 자식이 먼저 죽어 겪는 부모의 고통.
133) 자하(子夏)의 상명(喪明) : 자하는 공자의 제자이며 상명은 눈이 멀다는 뜻임. 자하가 자식이 죽자 그 슬픔으로 눈이 멀었다는 고사에서 온 말로 '상명지통(喪明之痛)'이라는 고사성어가 전함.
134) 한자사의 울음 : 미상.
135) 서하(西河)의 ~ 경색 : 부모가 자식을 잃은 슬픔을 흔히 서하지통(西河之痛)이라 함. 공자의 제자 자하(子夏)가 서하(西河 : 하남성(河南省) 안양(安陽)에 있을 때 자식을 잃고 너무 슬피 운 나머지 소경이 된 고사에서 온 말임. 서하의 참담한 경색이란 부모가 자식을 잃고 슬퍼하는 모습을 말함.

탄한 일을 입 밖에 내지 않으시나 자네는 남이라 말할 수 없으니 어찌 숨기겠는가?"

그러고는 드디어 비밀스런 일을 말하였다.

"전에는 사촌누이가 혹 숙부모 꿈에나 보이나 자세하지 않기에 그 생사를 자세히 알지 못하더니 관씨 누이의 혼인에 존당과 숙부가 다 참여하시고 온 후 어느 날 밤에 한 꿈을 얻었는데 존당, 숙당, 여러 친척 상하노소의 꿈이 한결 같았네. 사촌누이의 혼백이 말하였네.

'내가 설생을 만난 까닭에 12세의 젊은 나이에 요녀(妖女)의 독수(毒手)에 빠지니 부모가 주신 몸을 요괴에 흘려 강의 물고기 뱃속을 채우고 연약한 혼백이 만 길 물결로부터 솟아나지 못하였습니다. 그렇기에 꿈을 빌어 부모님께도 제가 죽었다는 사실을 고하지 못했는데 금년 대보름날에야 바야흐로 옥황상제가 천하의 죄 지은 자들을 다 사면하심에 천하 팔부(八部),[136] 사해 용신과 각처 팔만 사천 신령이 다 옥황상제께 조회하게 되었습니다. 이에 용왕이 내 청춘 원혼을 어여삐 여겨 옥황상제께 아뢰었고 바야흐로 옥황상제께서 간절한 소원을 들어주시고 제도해 주셔서 저를 밖으로 나오게 하여 서방 극락세계로 보내시니 자허관 진군의 제자가 되었습니다. 이름이 선계(仙界)의 문서에 있고 선계가 청청하고 한가하나 그간 겪은 인간 세상의 고통과 참변을 생각하니 그 중 부모형제도 알지 못하게 목숨을 마친 것이 하늘에서도 눈을 감지 못할 한이었습니다. 선계의 영광과 복록을 누리는 가운데도 인간 세상에서 겪었던 온갖 환란과 고통을 생각하면 뼛속이 시리고 떨렸습

14

15

---

136) 팔부(八部) : 사천왕에 딸린 여덟 귀신. 건달바(乾闥婆), 비사사(毘舍闍), 구반다(鳩槃茶), 아귀, 제용중, 부단나(富單那), 야차(夜叉), 나찰(羅利). 천룡팔부(天龍八部)라고도 함.

니다. 이는 다 설생이 호색하고 탐욕스러워 요녀음부(妖女淫婦)를 받아
들인 탓이니 나는 청춘의 원혼(冤魂)이 되어 천대(千代)의 한을 머금고
구천에 슬픈 혼백이 아득히 떠돌거늘, 설생은 아름다운 아내로 연회를
열어 즐기니 구천의 영혼이지만 어찌 한이 없겠습니까? 이런 까닭에
잠깐 괴이한 변란을 일으켜 설생을 한번 만나보고 묵은 한을 조금이나
마 푼 후 저승세계로 돌아가겠습니다.'

이렇게 말하면서 슬프게 통곡하며 음운(陰雲)과 광풍 속에서 출몰하였
네. 집안의 모든 사람들이 깨어나 꿈을 말하는데 한 입에서 나온 것같
이 똑같았네. 집안에서 의심스럽고 괴이하게 여기는 것은 이루 다 측
량할 수 없는 중에도 비통함을 이기지 못하였네. 과연 그날로부터 사
촌누이가 자기의 옛 침소에 와 훤한 대낮에도 그 모습을 보이니 그 용
모와 신체가 완연히 사촌누이 월혜였네. 여보게, 세상천지에 이런 괴
이한 변도 있는가? 요사이 이런 괴이한 변으로 어른들은 경악하고 비
통함이 더하나 어린아이들과 실없는 시녀의 무리들은 이런 변란을 떠
벌리고 그 중 얼뜬 아이들은 화봉각 근처에는 가지도 않으니 세상에 이
런 우환이 없을 것이네."

설병부가 임상서의 말을 듣고 나서 믿는 듯 마는 듯 희미하게 미소를
지으면서 말하였다.

"사람이 한 번 죽으면 반드시 삼혼(三魂)137)이 몸에서 떠나고 칠백(七
魄)138)이 사방으로 흩어지니 죽은 후에 무엇을 알 수 있겠는가? 자네가

---

137) 삼혼(三魂) : 사람의 마음에 있는 세 가지 영혼. 태광(台光) · 상령(爽靈) · 유정(幽精)을 이름.
138) 칠백(七魄) : 죽은 사람의 몸에 남아 있는 일곱 가지의 정령(精靈). 불교에서는 귀, 눈, 콧구멍이
   각기 둘이고 입이 하나임을 가리키며, 도교에서는 몸 안에 있는 탁한 영혼으로서 시구 · 복시 ·
   작음 · 탄적 · 비독 · 제예 · 취폐를 말함.

날을 희롱하는 것인가? 나는 자네를 정인군자로 알았는데 근래에 크게 허랑하여 갑자기 서시(西施)로 무염(無鹽)이라고 나를 시험하더니 또 사람이 죽어 신령이 있다 하니 이 아니 가소로운가?"

임상서가 마음속으로 실소하나 문득 거짓으로 화난 체하며 정색하여 말하였다.

"내가 비록 자네와 처남, 매부의 관계로 맺어졌으나 어렸을 때부터 자네와 더불어 같은 젖을 먹고 자랐으며139) 장인장모님께서 가르쳐주시고 먹여주실 때 자네와는 형제와 같은 정이 있었으니 어찌 맹랑한 거짓말로 속여 실없는 모습을 보이겠나? 자네가 실로 믿기 어렵거든, 오늘밤에 나와 함께 화봉각에 가보는 것이 좋겠네."

설병부는 임상서의 말을 다 듣고 저의 말이 이같이 명백함을 보고는 아주 허언은 아닌 듯 싶었다. 역시 의심스럽고 황탄한 것을 측량하기 어려워 눈썹을 한참 동안 찌푸리다가 달 같은 아름다은 눈에 근심이 가득하고 강산 같은 두 눈썹에 처량한 기색이 어리어 슬피 길게 탄식하며 말하였다.

"대체로 요망하고 허탄하기에 가까우나 옛날에 무안왕(武安王)은 만고의 영웅호걸이나 임저(臨沮)에서 원망을 품고 폅살 당함에 영혼이 흩어지지 않았다 하니140) 이 또한 괴이하지 않네. 그러나 실로 내가 신의가

19

20

---

139) 같은 ~ 자랐으며 : 상서 임창홍이 어렸을 때 계조모(繼祖母) 여태부인의 독수를 피해 설씨 가문에서 병부 설희광과 함께 자라난 것을 말함.

140) 무안왕(武安王)이 ~ 하니 : 무안왕은 삼국 시대 촉한(蜀)의 명장 관우(關羽)를 말함. 자(字)는 운장(雲長). 장비, 유비와 의형제를 맺고 적벽전에서 조조의 군대를 격파하는 등 많은 공을 세웠음. 뒤에 형주(荊州) 임저현(臨沮縣)에서 위(魏)나라와 오(吳)나라의 동맹군에게 패한 뒤 살해되었다고 함. 그가 죽은 뒤에 촉(蜀) 나라 사람들이 제사하였는데, 그 후로 천하에 보급되어 송(宋) 나라 때에는 추봉(追封)하여 무안왕(武安王)으로 삼고 묘호(廟號)를 '의용(義勇)'이라 했으며, 도가(道家)의 유파(流派)에서는 다시 받들어 신장(神將)으로 삼고 높여서 진군(眞君)으로 삼았다 함.

없는 것이 아니라 회왕의 서녀를 맞이한 것은 일의 형편상 마지못함이요, 관씨를 취한 것은 실없는 자네 탓이네. 내가 이미 나의 조강지처 임씨로 하여금 원통함을 품고 죽어 구천에 한이 맺히게 하였으니 어찌 새 신부와 즐기겠는가? 혹시 천우신조하여 생전에 자네 누이를 만나면 나의 옛날 그른 행동을 사죄하고 다시 예로써 맞아 정실자리에 있게 한 후 다음에 처첩으로 화락하고자 하였네. 그런데 불행하여 이와 같은 일이 일어나니 누구를 한하고 누구를 원망하겠는가? 첫째는 나의 운명이 기구함이요, 둘째는 회왕의 서녀 진선군주와 예전부터 정을 맺었으니 어쩔 수 없거니와, 새로 맞이한 관씨가 미인인데도 박명함이요, 셋째는 관태우가 부질없이 나를 사위 삼은 까닭에 딸의 박명을 스스로 취한 것이니 단지 내 탓만은 아니네. 모든 일이 하늘의 뜻이고 운명이니 설마 어찌하겠는가? 이승과 저승이 다르지만 이미 이런 일이 있다면 임씨를 한 번 보아도 해롭지 않으리니 구태여 밤에 가서 무엇 하겠나? 자네가 이제 나와 함께 가보시게."

임상서가 탄식하여 말하였다.

"이럴 줄 알았다면, 관씨 숙부께선들 기이한 꽃과 같고 밝은 달과 같은 딸을 두고 어디 가 사위를 못 얻어 구태여 자네에게 마음을 두었겠으며 나인들 중매를 했겠는가? 관씨 숙부 내외가 이 소문을 들으시고 역시 심란하여 관씨 누이가 친가에 온 지 오래나 감히 자네를 청하여 생관(甥館)의 재미를 못 보겠다고 하셨네. 그러나 밝을 때는 신령의 모습을 드러내다가도 사람의 자취를 느끼면 문득 사라지고, 밤이면 예전과 같이 있어 혹 사람을 만나면 말도 하고자 하는 기색이나 사람이 두려워 피한다네. 자네가 무섭지 않다면 나와 밤에 가보세."

설병부가 처연하게 말하였다.

"군자가 어찌 귀신을 두려워하겠나? 내가 오늘 밤에 이곳에 머물 것이니 그리 하겠네."

이에 관한림이 눈살을 오만 살이나 찌푸리고 귀밑을 긁으며 우는 소리로 시름에 잠긴 듯 말하였다.

"이 일이 우리 집에서는 실로 한 우환이 되어 부모님께서는 누이동생의 일생을 아주 망쳤다 하시니 우리들 종형제 모든 사람들과 하인배들에 이르기까지 남모르는 근심이 되었네. 이 집에 오면 이런 호기로운 말 듣기 싫네. 임씨 누이가 벌써 청춘 원귀가 되어 원한이 의첨에게 맺히고 맺혔으니 반드시 고이 둘까 싶은가? 내달아 신기한 용력을 분발하여 상투를 끊어 물고 두 뺨을 탁탁 치며 곤장 만 대를 때리거나 그렇지 않으면 의첨 자네가 귀신 들려 만수[141]를 받고 묻는 대로 거침없이 대답하다가 번번이 홀리어 도깨비 들릴 것이니 어찌 하고자 하여 자네가 저런 사리에 맞지 않는 말을 하는가? 생심도 그런 딴 생각을 하지 말고 부디 알고 싶거든 우리가 여럿이 자네를 둘러싸고 가서 멀리 산 뒤에 숨어 그 임씨 누이 혼백이 왕래하는 종적이나 보고 오는 것이 좋을 것이네."

관한림이 정색하고 이렇게 말하자 모든 젊은이들이 웃음이 나오는 것을 이기지 못하나 행여 사실이 탄로 날까 두려워 각자 웃음을 참았다. 그러나 그 중 어린아이들은 잘 참지 못하여 웃는 모습을 잠시 보였다. 그러나 설병부는 소탈한 성품이라 모든 사람들이 옛이야기 하듯 천연스레 유

24

25

---

141) 만수 : 토속 신앙에서, 무당이 굿을 할 때 한 사람이 소리하면 다른 사람이 따라서 같은 소리를 받아 하는 일.

창하게 하는 말과 무섭게 만들려고 위협하는 말을 곧이들으며 탄식하여
말하였다.

"신령이 비록 영험하나 마침내 이승과 저승이 다르니 헛기운이라네.
세간의 보잘 것 없고 평범한 무리들이나 귀신을 두려워하다가 스스로
기운이 허약하여 미치게 되는 것이지, 대장부가 어찌 당당하고 정대한
기운으로 신령의 허탄한 것을 두려워하겠나?"

관한림이 말하였다.

"자네가 내 말을 믿지 않고 굳이 가려 하니 내가 말리지는 않겠으나 저
녁밥이나 실하게 먹고 신변에 붉은 글씨로 된 귀신 쫓는 부적이나 지니
고 도깨비 쫓는 주문이나 익혀 가지고 가게. 그리 않고 갔다가는 틀림
없이 큰일이 날 것이니 가장 조심하고 나중에 내 말을 듣지 않은 것을
후회하지 말게."

이러구러 날이 저물자 모든 젊은이들이 설생과 한가지로 팔룡당에서
저녁식사를 하고 내당에 가 태부인 등을 뵈었다. 태부인 이하로 모든 부
인들이 다만 설병부를 보나 예사 말씀이요, 각별히 다른 말은 없었다. 설
병부가 또 임상서와 그 밖 젊은이들의 말을 곧이들었으니 이런 기괴한 말
을 다시 묻는 것이 괴이하여 아는 체를 하지 않았다. 소부인은 마침 병이
있어 침소에서 조리하고 있었다. 설병부는 장모가 자리에 없는 것을 보
고, 반드시 딸이 죽은 탓에 상심하고 슬퍼하여 두문불출하는 것이라 생각
했다. 좋은 술과 맛있는 찬을 내와 자주 설병부에게 권하니 설병부가 근
심하는 중 10여 잔을 들이켜 대취하였다.

당 안에 촛불을 밝히고 이윽고 야심하자 모든 젊은이들이 설병부를 에
워싸고 물러나 서당으로 돌아오고 임상서 등은 큰아버지, 아버지, 작은

아버지의 궤장(几杖)[142]을 받들어 침소에서 편히 쉬시게 한 후 저녁문안을 마치고 일시에 팔룡당에 이르렀다. 다 옷을 벗고 평복으로 갈아입은 뒤에 임상서는 설병부의 손을 이끌고 일어섰다. 모든 젊은이들이 일시에 설병부를 둘러싸고 섰다. 설병부와 임상서 두 사람은 앞에 서고 그 밖의 나머지 모든 젊은이들은 뒤에 멀리 서서 따라와 층층이 굽은 난간과 화단을 지나 화봉각에 이르렀다. 임상서가 모든 아우들에게 말하였다.

"너희 어린아이들은 여기 머물러 있거라. 내가 의첨과 더불어 방 안에 들어가 보겠다."

모든 공자들이 따라가 보고 싶었지만 수상하게 굴면 설병부가 괴이하게 여길까 응낙하고 모두 가산(假山)[143] 아래 머물렀다. 상서 임창홍은 한림 임재홍과 학사 임천홍을 난간 밖에 있으라 하고 병부 설희광의 손을 이끌어 지게문을 열고 방 안에 들어섰다.

임소저는 바야흐로 존당에서 갓 돌아와 예복을 벗고 단의홍군(丹衣紅裙)[144]으로 촛불 아래에서 『예기(禮記)』[145]를 읽고 있었다. 좌우에는 홍매, 영아, 춘앵 등의 시녀가 임소저를 모시고 있었다. 문득 인기척이 나더니 비단 지게문이 열리는 곳에 사촌오라버니 임상서가 설병부의 손을 이끌고 들어서는 것이었다. 임소저는 깜짝 놀라며 당황스럽고 부끄러웠지만 천연스레 일어섰다.

---

142) 궤장(几杖): 궤장연(几杖宴) 때에 임금이 나라에 공이 많은 70세 이상의 늙은 대신에게 하사하던 궤(几)와 지팡이를 아울러 이르는 말.
143) 가산(假山): 정원 따위에 돌을 모아 쌓아서 조그마하게 만든 산으로 석가산(石假山)이라고도 함.
144) 단의홍군(丹衣紅裙): 붉은 옷과 붉은 치마.
145) 『예기(禮記)』: 오경의(五經)의 하나. 예법의 이론과 실제를 풀기한 책. 공자(孔子)와 그 후학들의 저적을 한나라의 제후인 헌왕(獻王)이 131편으로 정리하여 엮은 것을 뒷날 유향(劉向)과 대덕(戴德)·대성(戴聖)의 형제들이 잇따라 증보하거나 간추린 것으로 전함.

설병부는 아직 자신이 속임수와 달변에 넘어갔음을 깨닫지 못하고 다
31 만 임월혜의 혼령이 구천 밤하늘에 흩어지지 않을까 하여 비록 이승과 저
승의 거리가 멀지만 그 아름다운 모습을 다시 보려는 마음이 급하였다.
황급히 눈을 들어보니 이 문득 꿈에서도 그리고 그리던 고인(故人) 임소저
가 아니고 누구이겠는가? 그런데 눈을 흘기어 다시 보니 이는 곧 새로 맞
은 관소저였다. 설병부가 지극히 소탈한 가운데 옛날 임소저는 나이가 어
렸을 때 만났기에 꽃봉오리가 벌어지지 않고 초승달이 뚜렷하지 않은 것
과 같았다. 그러다가 설병부가 요악하고 패륜한 여자의 흉계에 빠져 신혼
첫날밤 한 종지 약물에 하늘이 정해준 인연을 베어버리니 임소저의 고운
32 용모가 문득 밉고 어진 행실이 더욱 천하게 여겨져 눈엣가시같이 보였었
다. 지금에 이르러 스스로 뉘우쳐 임소저를 사모함이 깊으나 이별한 지
4~5년이 되어 임소저의 나이가 차고 얼굴이 윤택하니 바야흐로 꽃봉오리
가 피어나고 보름달이 찼기에, 전일 여리고 여리던 기질이 풍염하고 윤택
하게 바뀌었고 키가 많이 자랐다. 이에 설병부가 미처 깨닫지 못하였던
것이다. 그러나 엊그제 갓 본 관씨야 몰라보겠는가?

미처 한 번 다 보기도 전에 깜짝 놀라 실색하고, 두 번 다시 쳐다보고는
의심과 괴이함을 이루 다 헤아릴 수 없었다. 이에 도리어 술에 취하고 정
33 신이 없는 듯하여 눈을 부릅뜨고 섰다. 설병부는 눈만 뚜렷하여 임상서
와 임소저를 자세히 보고 말을 못하였다. 임소저가 이 모습을 보자 반드
시 까닭이 있음을 깨닫고는 마음이 불안하고 근심되며 어지러움을 이기
지 못했다. 그래서 설병부가 서 있는 곳에 앉지 못한 채 봉관(鳳冠)146)을
저절로 숙이며 얼굴빛이 붉은 색으로 변해 흰 눈에 복숭아꽃이 붉은 듯,

---

146) 봉관(鳳冠): 고관(高官)의 부인들이 머리에 쓴 봉을 장식한 예관(禮冠).

아름다운 모습이 더욱 찬란하였다. 임상서는 저 부부의 모습을 보고 포복절도하기를 참기가 어려웠다. 그래서 자기도 모르게 손바닥을 치면서 크게 웃는 것을 깨닫지 못하고 말하였다.

"여보게, 나의 한없는 신기한 술법이 과연 어떠한가? 죽궁(竹宮)[147]의 환혼단(還魂丹)[148]을 수고롭게 얻지 않았으나 양귀비(楊貴妃)[149]의 넋을 능히 불러왔으니 그 외모는 관씨 누이나 그 전신은 나의 누이 월혜[150]이네. 자네가 능히 생각할 수 있겠는가? 잘 살펴보게. 누구 같은가?"

설병부는 아직도 사실을 파악하지 못하고 묵묵히 있기를 한참 동안 하다가 말하였다.

"진실로 내가 어리석고 미혹되어 순식간에 깨닫지 못하겠으니 청컨대자네는 내게 가르쳐 주게."

임상서는 설병부가 이토록 부주의한 것을 웃고는 드디어 설병부와 임소저를 앉으라 청하고는 자기 또한 앉아 한바탕 탄식하고 사촌누이의 일을 말해주었다. 처음에 당초 요괴로운 비구니가 변란을 일으킬 때 자허진군이 이를 알고 하룻밤 사이에 제자를 보내어 소저 노주(奴主) 다섯 사람과 회왕의 서녀 진선군주를 아울러 데려다가 몇 년 동안 산사(山寺)에 머물게 했다. 또 형산의 옥허부인이 진궁에 왕래한 일이 있기에 옥허부인

34

35

---

147) 죽궁(竹宮) : 한(漢)나라 무제(武帝)가 감천(甘泉)에 있는 환구(圜丘)의 사단(祠壇)에 모여드는 유성(流星)과 같은 귀신의 불빛들을 보고 망배(望拜)했다는 궁실 이름인데, 대나무를 써서 만들었으므로 죽궁이라고 하였음. 후대에는 사단(祠壇)을 가리키는 말로 쓰임.
148) 환혼단(還魂丹) : 사람의 혼백을 불러오는 약.
149) 양귀비(楊貴妃) : {옥진(玉眞)}. 당(唐) 현종(玄宗)의 귀비(貴妃)인 양귀비(楊貴妃)를 말함. 백거이(白居易)가 〈장한가(長恨歌)〉에서 양귀비가 죽어 '옥진(玉眞)'이라는 선녀가 되었다고 한 것에서 유래함. 〈장한가〉는 당(唐)나라 현종(玄宗)이 양귀비를 그리워하는 심정(心情)을 읊은 시임.
150) 월혜 : {최강}. 채강은 월혜의 또 다른 호칭이기에 이와 같이 옮김.

은 설소저에게 천서비결(天書秘訣)과 만물지리(萬物地理)를, 자허진인은 사촌누이에게 화타(華陀)[151]의 청낭술(靑囊術)[152]이라는 묘방을 가르쳐 주었으며, 자신들이 산동을 정벌하러 갔을 때 찾아온 한 무리의 도사가 다 설소저와 사촌누이, 그 시녀들이었음을 이르고는 또 말하였다.

36

"그 때 자네가 음녀의 독한 화살을 맞아 속수무책일 때 부운사라고 이름을 칭하고 뼈를 긁어내고 독을 치료하던 신기한 술수로 그대의 독한 병을 낫게 한 자가 곧 사촌누이였네. 그대가 명철하지 못하고 무식하기 짝이 없어 우리들이 적이 희롱하고자 하여 회왕의 서녀를 먼저 그대에게 돌려보내어 인연을 잇게 하고 다음으로 누이동생을 관씨 누이라 가짜로 칭탁하여 자네를 시험하였으니 이 실로 우리가 주장한 일이요, 누이동생의 탓이 아니네. 장인장모님도 다 아시는 일이니 그대는 행여 누이동생에게 기분나빠하지 말고 스스로 명철하지 못하고 부주의한

37

것을 자책하게."

설병부가 이 말을 듣고 나자 몇 년 동안의 봄꿈에서 깬 듯하여 기쁜 듯, 즐거운 듯, 노한 듯, 애달픈 듯, 부끄러운 듯 아무 말도 못하였다. 설병부는 자신을 어리석게 여기는 것이 이와 같으니 분한 마음이 전혀 없지는 않으나, 자기가 먼저 저지른 잘못이 크고 커서 숙녀로 하여금 숱한 기이한 변란을 겪게 한 것이 다 자신 때문이기에 할 말이 없었다. 전후에 숙녀

---

151) 화타(華陀) : 중국 후한(後漢) 말기에서 위나라 초기의 명의(名醫). 약제의 조제나 침질, 뜸질에 능하고 외과 수술에 뛰어났으며, 일종의 체조에 의한 양생 요법인 '오금희(五禽戲)'를 창안하였음.
152) 청낭술(靑囊術) : 화타가 저술한 의학서인 『청낭서(靑囊書)』에 적혀 있는 병을 고치는 기술. 푸른 주머니 안에 있다 하여 『청낭서』라고 불렀다 함. 위왕(魏王) 조조(曹操)가 심한 두통으로 고생할 때, 화타가 조조에게 마취산(痲醉散)을 먹인 후 도끼로 머리를 쪼개어 뇌 속의 바람을 잡아야 한다고 하자 조조는 화타가 자신을 암살하려는 것으로 의심하여 그를 옥에 가두었고 그 이후 당대의 최고 의서였던 『청낭서』가 전해지지 않게 되었다 함. 청낭술은 바로 이 책에 실려 있던 치료기법으로 주로 수술을 한 뒤 침으로 병을 고치는 기술이었다고 할 수 있음.

인 임소저를 저버린 것이 이와 같은데, 임소저는 규방 속 아리따운 발로 전쟁터를 밟아 자신의 죽어가는 몸을 살려내었으니, 약한 몸으로 천리를 떠도는 고초를 감심하며 신기한 묘방을 배워 죽어가는 자신을 살려낸 은 공이 있는 것이었다. 자신이 싸움에 반드시 이기고 공격함에 반드시 취하여 오늘날 지위가 육경(六卿)[153)에 있으면서 부모와 조상에게 영화로움을 보이고 부부가 다시 만나는 경사가 있을 수 있는 것은 다 임소저의 어진 덕 덕분이었다. 도리어 은혜가 깊으니 그 높은 절개와 맑은 뜻을 마땅히 금석에 새겨 후세에 전할 만한데 자신이 장차 무엇이라 꾸짖을 말이 있겠는가? 다만 넋이 어린 듯 한참 후에야 도리어 길게 탄식하며 말하였다.

"누구를 한하고 누구를 원망하겠나? 이것이 모두 내가 명철하지 못하고 어리석기 때문이네. 어진 아내를 한하지 않고 임상서가 나를 매우 심하게 속인 것을 원망하지 않을 것이니, 나의 행동이 용렬하기에 가깝도다."

말을 마치자 설병부의 안색이 매우 처량하니 임상서가 재삼 위로하였다. 학사와 한림, 모든 공자들이 들어와 비로소 한바탕 웃고 임상서와 함께 방에서 나갔다. 설병부가 다시 눈을 들어 부인을 보니 임소저가 봉관(鳳冠)을 숙이고 붉은 소매를 가지런히 한 채, 단정하고 공손하게 앉아 있으니 얼굴이 담홍빛이고 온갖 근심되고 어지러운 기색을 띠어 몸 둘 바를 모르고 있었다. 설병부는 그런 임소저를 애련하게 여겨 다급히 손을 잡고 슬피 탄식하여 말하였다.

"내가 처음에 어리석어 어진 처를 저버림이 많았소. 부인이 능히 요

38

39

40

---

153) 육경(六卿) : 주(周)나라 때에는 천관(天官)·지관(地官)·춘관(春官)·하관(夏官)·추관(秋官)·동관(冬官) 여섯 장관을 말했으나 명대에는 이부·호부·예부·병부·형부·공부 등의 육부(六部)의 우두머리인 상서를 통틀어 이르는 말.

녀154)의 독수를 벗어나 현명하게 몸을 보전하고 또 신기한 묘방으로 나의 죽을 병을 고쳐내었으니 어찌 맑은 덕행과 명철한 행동이 아니겠소? 실로 오늘 기쁘고 기특함을 측량할 수 없소. 이번에 두 번 혼례식을 치른 것은 부인의 탓이 아니라 원백 등의 희롱이니 사람을 지독히 속이려 한 잘못은 원백에게 있고 또 내가 부주의한 탓이기도 하오. 부인은 조금도 불안한 마음을 두지 말고 화평한 기운을 열어 몇 년 동안 이별했던 회포를 풀게 하시오."

임소저가 더욱 부끄러워 말을 못하자, 설병부가 정색하고 말하였다.

"우리 부부가 만난 것이 그 몇몇 세월인가? 처음에 괴이한 액운을 만나지 않았다면 그 사이 벌써 자식을 낳았을 터인데 이토록 부끄러워함이 지나쳐 묻는 말에 대답하지 않을 것이오? 알지 못하겠소. 세정(世情)을 알지 못한다 하면, 진실로 인륜의 대의와 부부간의 윤리를 모르면서 3척 어린 여자가 어찌 감히 화살이 쏟아지는 많은 군사들 사이를 출입하여 남편을 구하였겠소? 이는 반드시 예전 나의 야박했던 행실과 신의 없음을 마음속으로 비난하는 것이니 이것이 가히 부녀자의 온순한 사덕(四德)이라 할 수 있으랴?"

드디어 임소저에게 대답하기를 재촉하자 임소저가 진실로 부끄럽고 불안한 중 한편으로 남자의 능청스런 달변과 기백이 좋은 것을 괴이하게 여겼다. 그러나 이렇듯 집요하게 묻는 것에 대답하지 않는 것도 옳지 않기에 마지못하여 이에 앉은 자리를 피해 옷깃을 여미고 나지막한 목소리로 사죄하며 말하였다.

"제가 비루하고 천박한 자질로 분에 넘치게 성대한 가문에 들어와 군

---

154) 요녀 : { 우녀 }. 앞뒤 문맥상 '요녀'의 오기인 듯함.

자의 정실이 됨에 실로 그 자리를 감당하기 어려웠습니다. 그런 까닭에 하늘이 재앙을 내린 것이니 어찌 인력으로 바꿀 수 있으며 또 남을 원망하겠습니까? 여자의 몸으로 규중의 예법을 고요히 지키지 못하여 뜻밖에 멀고 먼 곳을 떠돌며 산사에 깃들이는 욕을 보고 다시 부녀자의 미약한 몸으로 군대 중에 돌입하여 예법에 벗어난 복색으로 군자 앞에 ·

뵌 죄가 있는데다가 다시 생사를 숨긴 죄가 있습니다. 진실이 다 드러남에 마땅히 서방님의 다스림을 받을까 하였는데 도리어 이 같은 은혜로운 대우를 해 주시니 제가 비록 지혜롭지 못하나 어찌 감사하지 않겠습니까? 그러나 서방님께서 묻는 바를 대답하지 못하는 것은 제 성정이 옹졸한 까닭입니다. 바라건대 서방님께서는 아녀자의 옹졸함을 관대히 용서하십시오."

말이 끝나자 옥과 눈같이 하얀 귓불 위에 붉은 기운이 더욱 무르녹고 아름다운 목소리가 맑고 깨끗하여 단산(丹山)155)에서 채봉(彩鳳)이 우는 듯, 옥쟁반에 큰 구슬 작은 구슬을 굴리는 듯하였다. 설병부가 더욱 기쁨

을 이기지 못하여 얼굴 가득 화락한 기운을 띠고 흔쾌히 위로하고 야심함을 일컬어 옥으로 된 촛대를 비단 장막 밖에 물리고 비단 병풍을 닫았다. 그러고는 임소저를 이끌어 침상 위에 나아가니 원앙금침에 잠자리를 같이 하는 것이 오늘이 처음이었다. 설병부의 하해(河海)와도 같은 애틋한 정은 묻지 않아도 가히 알 수 있었다. 임소저의 아름다운 몸에서 나는 맑은 향기가 방에 가득하고, 엉긴 기름 같고 백설 같은 피부가 으깨지며 미어질 듯 온유향(溫柔鄕)156)이 따스하니 정을 둔 군자가 기쁘고 쾌락함을

155) 단산(丹山) : 단사(丹沙)가 나는 산으로, 곧 신선들이 사는 산을 말함.
156) 온유향(溫柔鄕) : 따뜻하고 부드러운 곳이라는 뜻으로, 미인여 처소나 미인의 부드러운 살결을 이르는 말.

46 이기지 못하였다. 임소저가 약하디 약한 몸으로 풍류장부의 풍운이 모두 모이는 듯한 조화를 만나니 깜짝 놀람을 이기지 못하여 만신(萬神)이 침대 위에 이른 듯 여겼다. 설병부가 가을밤이 짧음을 오히려 한하였다.

다음 날 아침 임소저가 먼저 일어나 경대 아래서 화장과 옷매무새를 다스리니 밝은 광채와 옥 같은 태도가 더욱 비교할 것이 없어 방의 벽이 환해졌다. 설병부가 바삐 일어나 나아가 임소저의 손을 잡고 팔을 보니 붉은 복숭아 한 점 같은 앵혈(鸞血)이 간 데 없었다. 설병부가 기뻐 크게 웃으면서 말하였다.

47 "어제는 규수였는데 하룻밤 사이 어른이 되었으니 부인이 가히 대장부의 능란하고 교묘한 수단을 아는가?"

임소저는 매우 부끄럽고 또 노하여 무늬가 있는 소매를 떨치고 정색하여 말하였다.

"『예기(禮記)』에 이르기를 '군자는 즐기되 음란하지 않고 노닐되 희롱하지 않는다.'157) 하였습니다."

임소저가 말을 마치고는 낯빛이 냉담하자 설병부는 웃으며 실언했다고 하였다. 임소저는 내당으로 들어가고 설병부가 외전으로 나가자 임씨 집안 여러 젊은이들이 난간머리에 마중 나와 설병부를 기다리고 있었다. 그러다가 설병부를 보자 관한림은 붉은 먹을 흠뻑 묻힌 붓을 손에 쥐고, 성학사는 한 뭉치 부적을 쥔 채 좌우에서 달려들며 말하였다.

48 "자네가 오늘 밤새도록 신령과 말하였으니 반드시 본성을 잃었을 것이

---

157) 군자는~않는다: {군직(君子)는 낙이불음(樂而不淫)ᄒᆞ고 유이불희(遊而不戲)라}. 이 구절이『예기(禮記)』에는 나오지 않음. 오히려 이와 비슷한 구절로『논어(論語)』에서『시경(詩經)』〈관저(關雎)〉 시는 즐거우면서도 음란하지 않고 슬퍼하면서도 화(和)를 손상하지 않는다[關雎, 樂而不淫, 哀而不傷]."라는 대목이 있음.

다. 신기(神氣)가 채 몸에 들기 전에 고쳐야 하니, 이 부적은 태상노군 (太上老君)158)의 급급여율영(急急如律令)159) 축사(逐邪)160) 방문(方文)이 니 가슴과 배 사이에 눌러 붙이면 어떤 귀신도 범접하지 못하네."

관한림이 말하였다.

"나도 한 가지 특별한 묘방이 있네. 비록 귀신과 밤낮으로 함께 있었어 도 몸이 상하지 않는 법이 있으니 이를 묻혀 보면 알 것이네."

설병부가 두 사람을 한 번씩 밀치면서 말하였다.

"너희 나이 어린 무리들이 옥당(玉堂)161)의 말직 관리로 상부의 어른을 거슬리게 하여 노하게 하면 그 벌이 어떠하겠나? 걱정이로다."

말을 마치고 크게 웃자 관한림이 달려들어 틀어잡고 말하고자 하였는 데, 설병부가 소매를 떨치니 관한림이 헛되이 땅에 거꾸러졌다. 관한림이 다시 일어나 여러 젊은이들과 함께 오운전에 이르렀다. 임상국 형제 또한 세 아들과 더불어 취성전162)에서 아침문안을 끝내고 나왔다. 좌우 사람 들이 바야흐로 아침상을 올렸다. 임상국이 설병부를 보고 웃으며 말하였 다.

"우리가 손녀를 잃어버리고 네가 향방(香房)에서 아내와 더불어 쌍으로 노니는 재미를 보지 못했던 까닭에 관씨 아이를 데려다가 동방을 열었 더니 네가 반드시 의심되고 괴이한 일이 있을 터이다."

설병부가 공경하여 임상국의 묻는 말을 듣고 난 뒤에 웃으면서 대답하

49

50

---

158) 태상노군(太上老君) : 노자(老子)를 높여 부르는 말.
159) 급급여율영(急急如律令) : 『황정경(黃庭經)』에 나오는 귀신 쫓는 주문임.
160) 축사(逐邪) : 요사스러운 기운이나 귀신을 물리쳐 내쫓음.
161) 옥당(玉堂) : 한(漢)나라 때 금마문(金馬門) 옥당전(玉堂殿)은 문학(文學)하는 선비가 출사(出 仕)하는 관아(官衙). 후세에 한림원(翰林院)을 일컫는 이름이 됨.
162) 취성전 : {취젼}. 이는 전후 문맥상 '취성전'의 오기인 듯하기에 이와 같이 옮김.

였다.

"원백의 종형제들이 극성맞고 드세서 어디에 가서 기백 좋은 선광대 들린 관유보를 체결해서는 친누이로 성이 다른 누이라 하며 생사람으로 귀신이라 하여 사람을 속이는 것을 능사로 압니다. 저도 감식안이 밝지 못하여 어리석고 미혹됨이 있지만 원백 등이 간교한 술수로 남을 부정하게 속이니 마침내 군자라 하지 못할 것입니다."

51   임상국이 말을 다 듣고는 흰 소매 자락으로 희고 아름다운 수염을 어루만지며 웃으면서 말하였다.

"그만두어라. 창흥은 빼어난 아이로 군자의 큰 기질에 덕성과 어진 행실이 공맹(孔孟)163)과 이부(伊傅)164) 같은 큰 선비도 흠잡지 못할 것인데, 너희가 어찌 나무라느냐? 관흥은 과연 저의 할아비와 아비로부터 내려온 선광대니 정히 그 말은 네 말이 옳구나."

설병부는 임상국이 상서 임창흥을 나무라는 말을 가장 싫어하는 것을 보고 웃을 뿐 말이 없었다. 상서 임창흥은 할아버지의 말씀에 더욱 황공했다. 상서 임창흥 등은 이에 어제 일과 조금 전 설병부와 관한림 등의 일

52   을 말씀드렸다. 상국 형제와 초왕 삼형제 또한 이를 듣고 크게 웃지 않을 수 없었다.

사람들이 서로 권하여 아침을 함께 먹고, 설병부는 마침내 돌아갈 것을 아뢰었다. 그러고는 함께 대궐로 가 조회를 마치고 본부로 돌아가 존당 부모를 뵈었다. 부모님 눈가에 온화한 기색이 가득하였다. 여러 형들이 물었다.

---

163) 공맹(孔孟) : 공자와 맹자.
164) 이부(伊傅) : 은나라의 전설상 인물로 탕왕을 도와 하나라의 걸왕을 멸망시키고 선정을 베푼 이윤(伊尹)과 은나라 고종(高宗) 때의 재상 부열(傅說).

"요즘 아우가 어르신 앞에서는 마지못해 좋은 낯빛을 보이면서도 물러나서는 근심하며 울컥하는 행동을 보이기에 안타까웠는데, 오늘은 어째 지난날의 활달한 행동이 돌아왔는가?"

설병부가 미처 대답하기 전에 희필 공자가 웃으며 말했다. <sup>53</sup>

"어젯밤 세 형이 임씨 집안에 갔다고 하시지만 반드시 관씨 집안에 가 계셨던 게 아닌가 싶습니다."

설병부가 웃으며 말했다.

"이 아이가 가장 영리한 척을 하는구나. 얼토당토않게 누구 집이라고 갔겠느냐? 원백의 흉한 술책에 빠져서는 한 번 가서 기러기를 전하고 두 번 가서 장인장모를 뵌 것만도 끔찍하고 열없어 남이 웃을까 싶은데 또 무엇 하러 갔겠느냐? 비록 그렇다고 해도 두 형님과 아우는 반드시 알았을 듯 싶은데 원백과 마음을 합쳐 나를 속이실 줄 알았겠습니까?"

희필 공자가 웃으며 답했다.

"저는 참으로 억울합니다. 형수를 뵈오니 바야흐로 예전 안면과 거의 <sup>54</sup> 비슷하여 깨달은 것이지, 그 전에는 알지 못했습니다."

장형이 크게 웃으며 말했다.

"아우는 임씨 형수와 한 방에 함께 머물렀던 부쿠로 안면이 그리도 익숙하지 못하며, 또 진중(陣中)에서 은인 부운사의 신선 같고 도사 같은 풍골을 익히 보았노라고 하면서 늘 그 청고한 풍고를 칭찬하더니 동방화촉 아래서는 두 눈을 감고 있었던가? 우리는 여전에야 수숙(嫂叔) 사이에 예의가 엄격하여 여러 사람들이 보는 바에 공경하며 우러러 보았을 뿐이고 그 후 헤어진 4~5년에 또 성을 관씨라 하며 친영할 때나 보았 <sup>55</sup> 으니 부운사를 또 누가 알아보았겠느냐? 기세 좋게 잠자코나 있거라."

설병부 또한 순진하고 소탈하기 짝이 없어 그저 열없이 부끄럽고 미안해하며 웃을 뿐 말이 없었다. 집안 아이들과 계집종, 사내종들은 바야흐로 설병부의 신부 관소저가 옛날 임소저가 살아 돌아온 것임을 알게 되자 기뻐하지 않는 이가 없었다. 설태사 부부도 기쁜 빛이 얼굴에 가득하였다. 목태부인은 이 말을 듣고 마음씨 넓고 부드러운 체하며 말하였다.

56 "내가 새 사람을 보니 이 늙은 눈에도 안면이 많이 비슷하더라마는 너희 부자가 이런 기색이 없는데 쓸모없는 늙은이가 아는 체하고 나섰다가 공연한 말을 내뱉어 핀잔이나 들을까 두려워 아무 말도 못했었다."

날이 저물자 설병부는 또 참지 못하고 임씨 집안으로 갔다. 사람들은 설병부를 반갑게 맞으며 에워싼 채 괴롭게 보채어 밤 깊도록 놓아 보내지 않았다. 설병부가 괴로워 갖은 방법으로 막아보지만 사람들이 단단히 잡고서는 놓지 않고 말했다.

57 "오늘밤에 또 갔다가는 그대 부인 신령이 달려들어 만장으로 원수를 갚을 것이니 가지 마라."

그러면서 놓아 주지 않았다. 설병부가 괴로움을 이기지 못하던 중에 임상서가 나와 보고는 말했다.

"여러 형님들은 의첨165)과 나이 어린 친구들끼리나 하는 장난, 잡담이 이상치 않지만, 우리집안으로서는 의첨이 백년손님이므로 여러 아우가 가히 홀대하지 못할 것이니 그만 희롱을 그치십시오."

사람들이 임상서의 말을 듣고 비로소 손을 놓고 일어섰다. 설병부는 몸을 일으켜 화각으로 갔다.

58 이미 밤이 깊었다. 임소저는 단정히 옷을 끄르고 침상에 오르려 하다

---

165) 의첨 : 설희광(17권부터는 설희량으로 나옴)의 자(字).

가 설병부가 들어오는 것을 보았다. 숙직하는 시녀들은 바삐 물러나고, 임소저는 옷매무새를 만진 후 침상에서 내려와 설병부를 맞았다. 머리의 관과 비녀가 흘러내리고 옷이 적이 흐트러져 더욱 아름다웠다. 관음(觀音)이 칠보를 벗고 연대(蓮臺)에서 내려서는 듯, 천손(天孫)이 비단옷을 떨치며 광한루(廣寒樓)로 내려오는 듯, 옥 같은 자태와 타고난 아름다움이 볼수록 빼어났다. 설병부는 이 거동을 보고 더욱 심신이 취한 듯, 뜻은 운몽(雲夢)166)으로 내달렸다. 설병부는 정신없이 나아가 임소저를 바삐 붙들며 말하였다.

"이미 밤이 깊었는데 다시 일어나 무엇 하겠는가?"

59

말을 마치고는 의관을 벗고 임소저를 이끌어 한 이불 속으로 들어갔다. 새로운 사랑은 양왕(襄王)의 꿈이 무산(巫山)으로 나아가는 것 같았다.

이튿날 아침, 부부가 일어나 문안을 올리자 집안사람들 가운데 기뻐하지 않는 이가 없었다. 소부인은 사위가 날마다 찾아와 딸과의 금실이 조화로이 어울리며 한 쌍의 새가 서로 화답하며 우는 듯 사이좋게 지내자 비로소 기뻐하였다. 그래서 딸의 부부를 보면 곧 뺨에 기쁜 빛이 돌아 동서들이 서로 놀리며 웃었다. 이후 설병부는 매일 찾아와 한 때도 떨어지지 않으려고 하였다. 사람들은 이를 비웃었고, 임소저도 몹시 부끄러워하며 얼굴을 붉혔다. 열흘이 지나 설부에서 임소저를 데려가자, 집안사람들이 모두 섭섭함을 금할 수 없었다.

60

설씨, 임씨 두 집안에서 바야흐로 설병부 부부가 다시 만난 사연을 황제께 아뢰었다. 황제는 임상서 등이 올린 글을 통해 설병부와 관한림의

---

166) 운몽(雲夢) : 중국 초나라 양왕(襄王)이 운몽(雲夢)에 있는 고당에 갔을 때 꿈속에서 무산(巫山)의 신녀(神女)를 만나 즐겼다는 운우지락(雲雨之樂)의 고사를 함축한 표현.

기이한 이야기를 듣고 크게 웃으며 설병부의 순진하고 소탈함을 재삼 웃
61 었다. 그러고는 예부(禮部)에 명을 내려 바야흐로 성녀찬(聖女讚)을 짓고
설씨 집안 마을 어귀에 정문(旌門)을 높이도록 하였다. 또 소황문(小黃
門)167)을 보내어 예복을 하사하였다. 임소저는 황제의 표장을 받들어 일
품(一品) 장복(章服)168)을 갖추어 입고 시댁 어른들을 뵈었고, 시부모는 임
소저를 새로이 사랑하고 귀하게 여겼다.

이후로 무사태평하여 설병부는 임소저와 화락하는 틈틈이 진선군주를
찾았다. 병부의 인연은 여러 곳에 매어 있어 능히 사람의 힘으로 어찌지
못하였으니, 이후 태상경(太常卿)169) 박유의 차녀와 어사중승 이명승의 딸
을 잇달아 맞았다. 박씨와 이씨 모두 생김새나 덕성이 숙녀여서 한결같이
62 후대하였고 그래서 집안이 맑은 것이 거울 같았다.

화설. 설태사의 막내 희필은 자(字)가 명첨으로 생긴 것이 범상치 않았
다. 옥 같은 모습과 골격에 글재주 또한 뛰어났다. 나이 13세에 풍채가 늠
름하고 기상도 호탕하고 굳세어 푸른 물결에 상서로운 구름이요, 꽃밭의
송죽(松竹)이었다. 가슴 속에 품은 재주와 학식은 세상에서 뛰어나 온갖
일에 최선을 다하는 것이, 비록 남녀로 성별은 다르지만 누이 의열부인과
닮았다. 그래서 부모는 아들을 매우 사랑하며 어진 며느리를 널리 구하였
는데, 그 딸로 인하여 임소저의 덕성을 익히 알게 되었다. 그래서 재삼 청
63 혼하자 초왕이 또한 허락하였다. 다만 초왕은 셋째 연홍의 혼례를 먼저
치르고 싶었다. 초왕은 할머니 관태부인의 나이가 많고 또 부모님의 뜻을

---

167) 소황문(小黃門) : 나이 어린 환관(宦官). 황문(黃門)은 중국 후한(後漢) 시대에 금문(禁門)을 맡
    아보는 관리였는데 이를 환관이 맡아보면서 환관의 칭호로 바뀌었음.
168) 장복(章服) : 옛날 벼슬아치들의 공복(公服).
169) 태상경(太常卿) : 태상시(太常寺)의 으뜸벼슬로 의례와 제사 등을 맡아봄.

따르고자 하여 자녀의 혼사를 한 번에 이루어 자녀들이 쌍쌍이 부부침실에 깃들도록 하려 하였다.

초왕의 셋째 연흥의 자(字)는 원형으로 한씨의 큰 아들이었다. 또한 덕 있는 집안의 어진 부모가 낳고 기른 사람이라서 나이 13세에 옥 같은 얼굴, 버들 같은 풍모요, 성품이 훌륭하고 깨끗하며 재주와 학식이 높아 집 안 어른들이 몹시 사랑하였다. 경참정의 딸과 이미 정혼하였으므로 경부에 소식을 넣어 혼례를 재촉하였다.

이때 참지정사 경유는 어진 재상이고, 그 부인 요씨도 아름다운 외모에 덕성을 갖추어 부부가 서로 공경하고 화락하며 2자 3녀를 다 혼인시켰다. 막내딸 선교는 태어날 때부터 사랑스러운 모습이 빼어나고 행실이 정숙하여 부모가 사랑하기를 손안의 보배같이 하였다. 경참정이 임씨 집안에 갔다가 연흥 공자의 특출함을 아껴 구혼하자 초왕이 흔쾌히 허락하였다. 이에 약혼하고 납빙(納聘)하였다. 임씨 집안에서 혼례일을 재촉해 오자 경참정이 서둘러 택일하였는데 수십 일 후였다. 임씨 집안에 이를 알리고 혼수를 준비하였다.

초왕의 장녀 빙혜 소저는 그 자(字)가 선강으로 숙렬부인 효문공주 주씨가 낳은 딸이다. 그러니 타고난 기질이 어찌 범상하겠는가? 나이 열한 살에 기이하게 빼어난 모습은 흰 달이 자태 없어 보이고 예쁜 꽃이 무색할 지경으로 수국(水菊)에 난초(蘭草)요, 선원(仙苑)의 계수나무 꽃이었다. 백 가지 자태와 천 가지 아름다움을 갖추지 않은 것이 없고, 길고 짧은 몸 놀림과 수단이 도에 부합하며 언뜻 보는 것도 핵심을 놓치지 않는 것이170) 그 성덕과 법도에 성녀(聖女)의 유풍(遺風)이 있었다. 이에 설공자와

---

170) 언뜻 ~ 것이 : {능섬이 득중후여}. '능섬(能贍)이 득중(得中)하여'로 보아 옮겼음.

약혼하고 혼인날을 정하였는데 한 달 후였다.

시간이 지나 혼례일이 되자 임씨, 경씨 두 집안에서 잔치를 열어 하객을 청했다. 연홍 공자는 옥 같은 얼굴에 영걸스러운 풍채로 예복을 단정히 입었다. 흰말에 비단 안장 등 허다한 위엄 있는 차림으로 경씨 집안으로 가서는 옥으로 만든 상에 기러기를 전하고 신부를 맞아 돌아왔다. 부부가 된 두 사람이 혼인의 예로서 서로 절을 하고 자하주(紫霞酒)171)를 따라 잔을 나누었다. 연홍이 잠깐 눈을 들고 신부를 보았다. 아름다움과 덕성이 바라던 것보다 훨씬 뛰어났다. 눈가에 기쁜 빛을 띠며 밖으로 나갔다. 신부가 존당과 시부모님께 예를 올리는데, 모든 자리의 여러 눈이 일시에 바라보았다. 달이 무색하고 꽃이 부끄러워할 자태에 물고기가 숨고 기러기가 달아날 듯한 아름다움, 복덕이 완전한 상이었다. 어른들은 몹시 기뻐했고 손님들의 축하 소리도 분분하였다. 종일토록 즐기다가 날이 저물어 손님들은 흩어졌다.

신부의 숙소를 명륜당으로 정하자 어린 시비가 소저를 모시고 물러갔다. 이 밤에 연홍은 존당의 명을 받들어 신방으로 갔으니 오매불망(寤寐不忘) 바라지 않고도 아름다운 숙녀를 만나 동방화촉(洞房華燭)에 부부 화합을 이루었다. 이튿날 아침 부부가 존당께 문안을 올리자 존당은 새로이 사랑이 샘솟았다. 경소저가 시댁에 머물며 존당을 잘 섬기고 시부모를 효로 받들며 지아비에게 순종하고 형제자매와 우애 있게 지내자 경소저를 기리는 소리가 자자했다.

시간이 흘러 설씨 집안의 혼례일이 다가왔다. 임씨와 설씨 두 집안에서 잔치를 크게 열고 손님을 청하자 넓은 집이 좁은 듯, 곳곳이 요란하였

---

171) 자하주(紫霞酒) : 신선이 마신다는 자줏빛의 술.

다. 정오 즈음 설공자는 예복을 입고 은은히 빛나는 백마에 위엄을 갖추어 초왕궁에 이르렀다. 옥으로 만든 상에 기러기를 전하고 물러나 신부가 가마에 오르기를 기다리는데, 옥 같은 모습에 영걸스런 풍채가 더욱 깨끗하여 축하객의 치하하는 소리가 어지러웠다. 태부인 이하 사람들은 빙혜 소저 부부가 서로 어울리는 것을 기뻐하며 소저에게 단장하기를 재촉하여 가마에 오르게 하였다. 주비가 손을 잡고 여자의 행실과 사덕(四德)을 경계하자 소저는 명을 받들어 공손히 예를 표하고 가마에 오르는데 문득 가을 물결 같고 별 같은 두 눈에 두 줄기 새로운 시내가 흘렀다. 주비와 설의열은 크게 놀랐다. 주비가 정색을 하여 꾸짖었다.

"애야, 어찌 이리 아둔하냐? 자고로 여자가 자라서 예를 올리고 지아비를 따르는 것은 법도의 당연한 일인데, 니가 어찌 이런 미련한 짓을 하느냐?"

설의열 또한 사리(事理)로 경계하였다. 소저는 맑게 부끄러움을 머금어 옥 같은 뺨이 달아올랐다. 그러나 새로운 상황을 맞이하는 마음에 슬픔을 억제하지 못하자 주비가 더욱 놀라 설의열을 돌아보며 말했다.

"딸아이의 슬픔이 이같은 것이 참으로 이상하구나. 어진 며느리 네가 잠깐 존당께 고하고 딸아이의 뒤를 따라 친정으로 가 3~4일 머물며 딸아이가 불의에 당할 화를 방비할 도리를 생각하도록 하여라."

설의열이 한동안 말이 없다가 대답했다.

"시누이가 아직 십여 세 어린아이로 몸가짐이 금옥(金玉) 같아 사람에게 원망을 산 것이 없으니 누가 해치겠습니까마는 간악한 인간들을 놓친 적이 있으니 그들이 조용한 가운데 어디 숨어 화란을 일으키려는 것인가 싶습니다. 다만 화와 복은 운수에 매여 있는 것이어서 오는 액운

(厄運)은 성인도 면치 못한다 합니다. 그러니 제가 친정나들이를 한다고 해서 요사한 변란을 막을 수 있을까 싶지만 그저 삼가 명을 받들겠습니다."

주비가 고개를 끄덕이는데 그 마음은 좋지 않아 보였다. 손님들은 그 이유를 몰라 아주 이상하게 여기고 한씨, 소씨, 풍씨 세 부인과 효장공주도 크게 근심하여 반드시 재앙이 곧 닥쳐오리란 걸 분명히 알았다. 신부가 가마에 오르자 설공자가 순금 자물쇠를 가져와 가마 문을 잠그고 호송하며 위엄에 찬 행렬을 돌이켰는데 어찌될는지…….

설의열은 존당께 하직을 고하고 차비를 하여 시누이의 뒤를 따르려 했다. 그런데 갑자기 복통이 심해지면서 아이를 낳을 듯했다. 원래 설의열이 임신하여 달이 찼는데 존당과 시부모가 알지 못한 것이었다. 이날도 오후 늦도록 행동거지가 평소와 다름없어 조금도 불평한 기색이 없다가 갑자기 15분 내로 아이를 낳을 듯 산기(産氣)가 급했다. 이는 가히 설의열도 말한 것처럼 성인도 오는 액운은 면치 못한다 하는 경우에 속한 것이니 임소저가 이미 액을 당할 운명이었던 것이다. 그러니 어찌 인력으로 바꿀 수 있겠는가? 설의열이 급히 안으로 들자 좌중이 놀라는 가운데, 존당과 시부모는 비로소 산기(産氣)인 줄 알고 급히 좌우 시녀에게 침소로 모시고 가 보살피라 명하였다. 설의열이 겨우 처소로 돌아오자 산통이 대단했다. 시녀가 보살피는 가운데 잠시 후 문득 일척(一尺)172) 길이의 백옥 같은 아기를 낳았다. 산실(産室)에는 향기로운 구름이 일었다. 아이의 기골이 굵고 크며 울음 소리는 집에 말이 우는 듯하고 큰 번개 소리 같았다. 유모와 시녀가 아주 기뻐하며 황급히 강보를 거두고 국과 밥을 차려 설의

---

172) 일척(一尺) : 약 한 자로 30.3cm 정도.

열을 보살피는 한편 존당께 아뢰었다. 설의열이 바야흐로 정신을 차려 열매 등 두 사람에게 말하였다.

"내가 시누이 뒤를 따라 친정으로 가 불의의 사건을 방비하려 했는데 뜻밖에 산통이 급하여 분만을 하니 날이 벌써 저물었구나. 반드시 일이 크게 잘못 되었을 것이다. 그러나 시누이는 좋은 운수에 영화와 복록을 타고난 사람이다. 한때 시운(時運)이 좋지 않은 때에 요사한 나찰녀(羅刹女)173)가 일으킨 난리가 가볍지 않으나 자고로 우리에 갇히는 봉황이 없고 환란에서 벗어나지 못하는 성현(聖賢)이 없다. 시누이는 하늘이 유의하여 태어나게 한 성녀이니 어찌 요사한 무리가 감히 해치겠는가? 다만 한때 사나운 운수를 떼는 것은 이상한 일이 아니다. 내 이미 때와 운수를 헤아려보니 시누이가 벌써 변을 당하였을 것이다. 그러니 너희는 설부로 가지 말고 화앵 등 넷을 거느리고 옷차림을 바꾸어라. 설부와 자운산 사이가 가까우니 악인이 오늘밤 반드시 시누이를 잡아다가 자운산 암혈로 가 해칠 것이다. 그러니 황급히 자운산 상봉에 올라 기다렸다가 잘 처리하여라. 혹 괴이한 짐승이 있더라도 녹난, 벽완이 있으니 놀라지 마라."

열매 등이 이 말을 듣고 크게 놀랐다.

75

76

---

173) 나찰녀(羅刹女) : 악귀의 이름으로 야차(野次)와 함께 비사문천(毘沙門天)의 권속(眷屬)이라 하며 혹은 지옥에 있는 귀신이라고도 하는데, 여성을 나찰녀라고 함.

1 차설. 열매 등이 이 말을 듣고 크게 놀라 얼굴이 창백해졌다. 급히 여섯 사람 모두 옷을 갈아입고 다시 아뢰었다.

"만일 소저를 구하면 어디로 갈까요?"

설의열이 대답했다.

"소저는 올해 뜻밖의 불행을 당할 운수가 있으니 일 년만 깊이 피하는 것이 옳다. 그러니 바로 뒷동산 도은곡 별당으로 모셔라."

여러 여자들이 명을 받들어 원문을 나섰다. 벌써 석양이 물들어 있었다.

이때 존당과 시부모는 설의열이 아들을 낳은 것을 기뻐하며 친히 이르

2 러 시녀들에게 약을 잘 써서 보호하도록 하였다.

화표(話表).174) 이때 설공자 희필은 백량천승(百兩千乘)175)으로 임빙혜를 맞아 부부가 되는 맞절을 마쳤다. 신랑이 눈을 들어 신부를 보았다. 옥 같은 귀밑머리에 꽃 같은 얼굴이 기묘하고 성스러운 덕과 아녀자의 풍모가 어리었으니 보지 않아도 신랑의 얼굴에는 기쁜 빛이 가득했음을 알 수 있을 것이다. 이에 단장을 고치고 진주부채를 치우자, 대추와 밤을 높이 들어 존당과 시부모께 올리는 것을 여러 이목(耳目)이 지켜보았다. 이는 진실로 곤륜산(崑崙山)176)의 한 가지요, 푸른 바다의 근원이며, 하늘과 땅

3 의 바른 혈맥이었다. 그래서 소문으로 듣던 것보다 세 배는 더 뛰어나 보였다. 아름다운 눈에 선명한 눈동자, 어여쁜 웃음에 예쁜 보조개는177) 장

---

174) 화표(話表) : 소설에서 이야기를 새로 시작할 때 쓰는 말.

175) 백량천승(百兩千乘) : {녜이우귀[禮以于歸]ᄒ여 빅냥쳔승[百兩千乘]의 빗닉 마ᄌ온}. 백대, 천대의 수레. 백량우귀(百兩于歸)라 하여 백대의 수레로 신랑이 신부를 지극하고 성대하게 맞이함을 의미함.

176) 곤륜산(崑崙山) : 중국 전설상의 높은 산으로 중국 서쪽에 있으며, 옥(玉)이 난다고 함. 전국(戰國) 시대 말기부터는 서왕모(西王母)가 살며 불사(不死)의 물이 흐른다고 믿어졌음.

177) 아름다운 ~ 것은 : {미목변혜(美目盼兮)며 교쇼쳔혜[巧笑倩兮]눈}. 『논어』 「팔일편(八佾篇)」의

강(莊姜)[178]과 닮았고, 단정하고 정중하며 조용하고 품위 있는 것은 동가녀(東家女)[179]와 방불했다. 그런가 하면 성격이 조용하고 침착하며 뛰어난 것은 낙신(洛神)[180]이 부끄러워할 정도이고, 서시(西施)[181]의 느릿함은 없으면서 또한 조비연(趙飛燕)[182]이나 양귀비(楊貴妃)[183]와 비교하면 그들이 지나치게 가볍거나 뚱뚱한 것은 아닌가 의심스러울 지경이어서 천지만물에 비길 것이 없었다. 미인 가운데 으뜸이요, 덕성스러운 여인 가운데 지존이니 어찌 범상한 세속의 여자가 연분방택(鉛粉芳澤)[184]으로 화장한 얼굴을 미색이라 할 수 있을 것이며, 또 사사롭게 진주나 옥, 화류(樺榴)[185]에 비기거나 천하게 봄날 피는 도리화(桃李花)[186]에 낮추어[187] 비

---

구절임.

178) 장강(莊姜) : 중국 춘추시대 위(衛) 장공(莊公)의 비(妃)로 이름난 미인이었음.

179) 동가녀(東家女) : 동쪽 이웃집의 딸, 미인을 이름. 송옥의 〈등도자호색부(登徒子好色賦)〉에 나오는 말로 다음과 같은 구절이 있음. "천하의 아름다운 사람은 초나라만 한 곳이 없고 초나라에서 아름다운 사람은 신의 마을만한 곳이 없습니다. 신의 마을에서 아름다운 사람은 그러나 이 여자는 담장을 넘어 신을 삼 년 동안 엿보았으나 신의 동쪽 이웃집 딸만한 사람이 없습니다. 저는 지금까지 허락하지 않았습니다〔天下之佳人, 莫若楚國, 楚國之麗者 莫若臣里. 臣里之美者, 莫若臣東家之者, 然此女登牆窺臣三年. 至今未許〕."

180) 낙신(洛神) : 중국 삼국시대 위(魏)나라의 조식(曹植 : 192~232)이 지은 〈낙신부(洛神賦)〉에 등장하는 미인.

181) 서시(西施) : 중국 춘추 시대 월나라의 미인(?~?)으로 늘 얼굴을 찡그리고 있었는데 그 모습조차 너무나 아름다웠다고 함. 오나라에 패한 월나라 왕 구천이 서시를 부차에게 보내어 부차가 그 용모에 빠져 있는 사이에 오나라를 멸망시켰음.

182) 조비연(趙飛燕) : 중국 한(漢)나라 성제(成帝)의 후궁으로, 성제는 처음에는 반첩여를 매우 총애했지만 시간이 흐르자 조비연에게로 사랑이 옮겨 갔음. 이에 조비연은 혹시라도 성제의 마음이 다시 반첩여에게 되돌아갈 것을 염려하여 반첩여를 무고(誣告)하여 그녀를 옥에 가두게 했음. 나중에 반첩여의 혐의는 풀렸지만 그녀의 처지는 예전 임금의 총애를 한 몸에 받던 때와 같지 않았고 그래서 그녀는 장신궁(長信宮)에 머물면서 과거 임금의 사랑을 받던 일을 회상하고 현재 자신의 처지를 돌이켜보며 〈원가행(怨歌行)〉이라는 시를 지음.

183) 양귀비(楊貴妃) : 당나라 현종(玄宗)의 비(妃)로 절세미인에 총명하여 황제의 마음을 사로잡아 황후와 다름없는 대우를 받았으나 안사의 난으로 죽임을 당함.

184) 연분방택(鉛粉芳澤) : 연분(鉛粉)은 납을 원료로 만들어진 분으로 백분(白粉)이라고도 하고, 방택(芳澤)은 향택(香澤), 즉 머리에 윤이 나도록 하는 머릿기름을 말함.

185) 화류(樺榴) : 자단(紫檀)의 목재(木材)로 붉은빛을 띠고, 결이 곱고 몹시 단단하여, 건축(建築)이나 가구, 미술품 등의 고급 재료로 많이 쓰임.

186) 도리화(桃李花) : 복숭아꽃과 자두꽃.

187) 낮추어 : {놋가이}. '낮게'의 고어임.

교하겠는가?

4　　이마에는 칠보자옥관(七寶紫玉冠)[188]을 가지런히 쓰고 팔화구란난봉차[189]로 귀밑머리를 가다듬었으니 초대(楚臺)[190]에 구름이 엉긴 듯, 나는 봉황 같은 어깨에는 붉은 비단의 적의(翟衣)[191]를 입었으니 경홍(驚鴻)[192]이 나는 듯하였다. 가녀린 초요(楚腰)[193]에 여덟 폭 능라비단의 치마가 적성안개[194]를 새로이 펼친 듯, 어린 용이 하늘을 날며 노니는 듯하였다. 좌우 자리를 가득 메운 미녀들은 안색이 변했고, 여러 손님들은 입을 다물지 못한 채 눈이 휘둥그레져 능히 축하의 말도 하지 못했다. 목태부인

5　　은 어질어질 눈이 부셔서 능히 쳐다보지도 못하였다. 그래서 수건을 들고 수없이 눈을 씻으며 두 눈을 깜박이고, 윗입술은 위로 들려 이가 드러났는데[195] 입가로 침을 흘리며 말하였다.

　　"으마으마, 임승상 집안에는 절색미인(絶色美人)도 쌓였구나. 인간의 몸이 저리 곱디곱게 갖춰 생겼는가? 저런 가문에 지란 같은 못난 것이 들어가 좋이 한 순간일망정 붙박여 지냈던 것이 이상하네."

　　그러고는 슬픈 생각에 감회가 새로워 또 말하였다.

　　"저런 위차(位次)[196]에 인심 좋고 덕스러운 문중에 들어가 잘 있는 것을

188) 칠보자옥관(七寶紫玉冠) : {칠스즈옥관}. 이본은 '칠보자옥관'으로 되어 있어 그를 취함. 칠보와 자줏빛 옥으로 장식한 관.
189) 팔화구란난봉차 : {팔화구란봉츠}. 이후로는 '구란차(九鸞釵)'로 나옴. 문맥상 아홉 마리의 난새가 장식된 비녀인 것은 분명하나 나머지 수식은 정확히 알 수 없음.
190) 초대(楚臺) : 초(楚)나라 무산(巫山)의 양대(陽臺)를 가리키는 것으로 송옥(宋玉)의 〈고당부(高唐賦)〉에서 초왕(楚王)이 무산신녀(巫山神女)와 하룻밤 사랑을 나누었다는 누대.
191) 적의(翟衣) : 옛날 황후가 입던 옷으로 붉은 비단 바탕에 청색으로 꿩을 수놓고 깃고대 둘레에 붉은 선을 두르며 선 위에는 용(龍)이나 봉(鳳)을 그린 옷.
192) 경홍(驚鴻) : 놀라 날아오르는 기러기로 미인의 모습이나 행동이 가벼운 것을 의미함.
193) 초요(楚腰) : 초나라 영왕(靈王)이 허리가 가는 미인을 좋아했다는 고사에서 유래한 것으로 가는 허리를 의미함.
194) 적성안개 : {덕셩안기}. 이본에는 '졍셩안기'로 되어 있는데, 둘 다 미상.
195) 윗입술은 ~ 드러났는데 : 건순노치(乾脣露齒)를 말함.

그 원수라 제 오라비놈, 천번만번 죽일 놈 지형이 곧 아니었다면 좋이 이때까지 살아 혹 임상서의 후은을 입어 기특한 자녀나 낳았을 것을……." 6

이 말에 좌객들이 그 거동을 조용히 손가락질하며 비웃기를 마지않았다. 문득 임씨 집안에서 시녀가 이르러 설의열이 아들을 낳았음을 고하였다. 태사 부부가 몹시 기뻐하고 좌객들은 거듭 영화를 축하하였다. 이윽고 해가 저물어 손님들이 돌아가고, 신부 숙소를 선향정으로 정하자 유모와 보모 등이 소저를 모시고 침소로 돌아갔다.

이날 임소저가 침소로 돌아오자 유모와 시녀 등이 예복을 벗기고 홑옷 7 의 상의와 붉은 치마를 받들었다. 임소저는 옷을 갈아입었다. 여러 시녀들이 임소저를 모시고 있었는데 문득 주방 시녀가 술과 음식을 잔뜩 차려 소저에게 올리고 여러 시녀들과 유모에게도 권하였다. 소저는 조금 맛보았고, 여러 시녀들은 실컷 먹었다. 이런 가운데 요악하고 음란한 악마 같은 여자가 숨어들어 화란을 만들었다. 사람이 한 번 먹으면 아주 죽지는 않지만 정신을 차리지 못하게 되는 독약이었다. 다행히 소저는 적게 먹어 아주 정신을 잃지는 않았지만 문득 정신이 어지러워 침병(枕屛)197)에 기 8 댄 채 유모를 불러 쉬려고 하였다. 그런데 유모부터 여러 시녀들이 모두 한꺼번에 거꾸러지며 정신을 잃고 아무리 불러도 깨어나지 못했다.

임소저 스스로도 이상히 여기던 가운데 문득 뒤의 창문이 열리며 한 여자가 들어오는데 완전히 자기 모습이었다. 그 뒤에 또 한 노파가 들어와 순식간에 소저를 끌어 누르며 입에 무엇을 억지로 퍼붓는 한편 손발을 묶

---

196) 위차(位次) : 위계의 고하에 의한 차례. 여기서는 재덕을 두루 갖춘 아름다운 설성염이 상서 임창홍의 첫째부인으로서 목지란보다 위차가 높은 것을 이름.
197) 침병(枕屛) : 머릿병풍.

었다. 그 여자는 소저의 옷을 빼앗아 입고 소저에게는 홑옷만 입혀 노파에게 주며 가만가만 소곤거렸다. 소저는 뜻밖의 변고를 당해 연한 내장에 독약이 가득 퍼지자 말을 할 수가 없었다. 그러고는 부질없이 한 밧줄에 묶였으니 훗날은 아득하여 알 수 없었다. 그 노파는 소저를 바삐 묶어 끼고 급히 뒤 창문 밖으로 나갔다. 날은 벌써 황혼녘이었다. 요악한 노파는 처음에는 멀리 가려 했으나 임소저의 정기(精氣)가 떳떳하여 능히 멀리 옮기지 못해 겨우 자운산에 이르러 생각했다.

'내 그윽한 바위굴로 가 소저를 죽여 그 정기를 마시고 얼굴을 빌린 후 세상으로 나가 남자들을 후려야겠다.'

하고는 궁벽진 곳으로 들어갔다.

이때 설공자는 존당의 명을 받들어 신방으로 갔다. 아주 고요한 것이 시녀들은 하나도 눈에 보이지 않았다. 이런 무례함을 이상히 여기며 한동안 말이 없다가 문을 열고 들어가 보았다. 휘장 밖에는 여러 시녀가 어지럽게 거꾸러져 있었다. 설공자는 몹시 의심스러워하며 휘장 안으로 들어갔다. 신부란 것이 녹의홍상(綠衣紅裳)으로 촛불 아래 앉았다가 총망히 일어나 맞으며 교태를 머금었다. 설공자는 그 거동이 불쾌했지만 짐짓 자리에 앉으며 쳐다보았다. 이 어찌 혼례식에서 예를 올리며 백량천승(百兩千乘)에 빛내 맞아온 임소저이겠는가? 보통의 평범한 사람 눈이야 속이겠지만 설공자는 도학군자(道學君子)이니 어찌 요사스러운 것을 분변치 못할까? 한눈에 크게 놀라며 생각하였다.

'나와 임소저 모두 나이 어려 남에게 원한을 산 일이 없는데 어느 곳의 간사한 인간이 무슨 이유로 이런 변을 짓는가?'

놀라고 이상히 여기며 석양빛 같은 밝은 눈을 두세 번 거듭 떴다. 눈빛이 요악한 여자의 몸을 비추는 것을 깨닫지 못한 가운데, 순간 만고에 아름다운 숙녀를 맞아 부부 사이 화락할 것이 기쁘고 스스로 아내 복이 있음을 기뻐했던 즐거운 마음이 사라졌다. 안색이 흙같이 변하면서 문득 노여운 마음이 생기니 어찌 한때나마 앉아있겠는가? 분연히 소매를 떨쳐 밖으로 나갔다.

요악한 여자는 정히 군자의 아름다운 인연을 방해하고 태연히 설공자의 옥 같은 외모에 영웅 같은 풍모를 함께 할까 했다가 천만 뜻밖에 매몰차게 떨치고 나가는 것을 보자 몹시 놀라며 얼굴색이 창백해졌다. 그러나 차마 무슨 염치로 붙들 수 있겠는가? 헛되이 놓아버리고는 애통하고 분함을 이기지 못했다. 알 수 없구나, 이 어떤 요사한 인간인가? 다음을 보라.

화설. 앞서 남씨 연랑은 옥선의 딸을 품에 품고 달아나 정처 없이 다니면서 그윽이 마음을 함께 할 사람을 만나 다시 사건을 만들고자 했다. 하루는 절강 소흥부에 이르렀는데 문득 사람들이 요즘 청원암에 한 여도사가 있는데 관상을 귀신같이 본다고 하였다. 남연랑이 아주 기뻐하며 청원암을 찾아갔는데, 과연 한 여도사가 있었다. 나이는 팔십 정도 되었고 모습은 기괴한 것이 머리에는 황건(黃巾)을 쓰고 몸에는 얼룩덜룩한 옷198)을 입고 있었다. 남연랑이 나아가 만복(萬福)을 기원하며 인사했다. 여도사가 눈을 들어 보고 몹시 기뻐하며 손님자리에 앉히고는 말하였다.

"어여쁘구나, 낭자야. 본래 옥 나무에 구슬 꽃일 것을, 운명이 기박하여 부모와 인연이 없고 사방으로 떠돌 팔자로다. 몸은 비록 여자이나 뜻

---

198) 얼룩덜룩한 옷 : {아로롱 옷}. 얼룩바지를 의미하는 '아롱바지'나 얼룩지다는 의미의 '아롱지다' 등을 고려하였음.

을 품은 것은 호걸(豪傑)이구나. 낭자의 지혜는 넓지만 하늘이 돕지 않네."

남연랑이 대답했다.

"과연 사부님의 말이 옳습니다. 제가 이렇게 찾아온 것은 팔자를 묻고자 하는 것이 아니라 그저 사부님의 높은 명망을 우러러 온 것입니다. 내 한 몸 머물 데 없어 이제 사부를 찾아 생사고락(生死苦樂)을 함께 하고자 하는데 허락하시겠습니까?"

여도사가 한동안 생각하다가 흔쾌히 대답했다.

"저 또한 낭자 같은 이를 만나고자 했습니다."

하고는 이날부터 서로 뜻이 통하여 살든 죽든 떨어지지 않으려 하였다. 원래 이 여도사는 안문산(雁門山) 구도동에서 수천 년 득도(得道)한 백여우였다. 그래서 스스로 이르기를 '백면도고'라 했다. 남연랑이 드디어 그간 배운 요술과 변화술을 시험해 보였다. 백면도고도 요술과 변화술이 무궁하였다. 서로 기뻐하며 말하였다.

"우리 마땅히 서울 가까이에 집을 마련하고 모녀지간이 되자."

두 여자가 마침내 결의하고 어린아이를 데리고 요술로써 서울에 이르렀다. 이들은 동문 밖 자운산에 네댓 칸 초당을 마련하였다. 도고는 쉰, 예순 정도 된 노파로 변하여 이름을 '호과모'라 하였고, 남연랑은 작은 딸이라 하며 어린아이는 죽은 딸이 낳은 외손녀라 하였다. 남연랑은 도고와 함께 밤이면 변신하여 파리도 되고 새도 되어 성 안을 두루 돌아다니면서 몰래 임씨 집안의 기미를 엿보았다. 아주 없애버린 줄 알았던 소씨, 성씨 두 소저가 완연히 살아 화려한 누각에서 옥 같은 군자와 화락하며 명부(命婦)[199]의 지위를 누리는 것을 보자 분통 터지는 것을 참지 못했다. 그래서 다시 잡아다가 없애려 했지만 사악한 기운을 쫓는 부적을 각 건물 문과 창마다 붙여 놓아 요사한 여자가 감히 들어갈 엄두를 내지 못했다.

초왕의 자녀가 혼인한 것을 보니 연홍 공자는 한부인 소생으로 원수를 갚을 일이 없지만, 빙혜 소저는 주비가 낳은 딸로 전생의 원한이 깊었다. 그래서 앞길을 망쳐놓으리라 결심하고 즉시 모기로 변하여 동정을 살피며 위엄을 갖춘 설공자의 입장 행렬을 따라 임씨 집안으로 들어갔다. 기러기를 전하는 시종들을 보다가 분통이 치밀어 올랐다. 남연랑은 황급히 돌아가 백면도고에게 사정을 말하고는 계교를 의논하였다. 백면도고는 임소저가 미인이라는 말을 듣고 몹시 기뻐하며 말하였다.

"그러하면 내가 낭자와 더불어 저 곳으로 가 임씨를 쳐내고 낭자가 그 모습을 빌려 저 곳에 머물면 나는 임씨를 잡아오겠습니다."

남연랑이 기뻐하며 이에 옷을 고쳐 입고 얼굴을 바꾼 후 사악한 도사와 함께 임씨 집안 시종(侍從)의 모습으로 설씨 집안으로 들어갔다. 시녀들 무리 속에 섞여 구경하며 몰래 신방(新房)을 알아두고 선향각 난간 아래 숨어 어둡기를 기다렸다. 주방 시녀가 신부와 모든 시녀들에게 음식상을 올리는 것을 보고 즉시 독약을 그릇마다 넣었다. 그러고는 작은 시녀로 변하여 음식상을 올리며 존당의 명을 전하고는 동정을 살폈다.

마침내 모든 시녀가 거꾸러지자 두 요악한 여자는 뛸 듯이 기뻐하였다. 백면도고는 임소저를 훔쳐 자운산으로 도망치고 남연랑은 임소저로 변신하여 신랑을 기다렸다. 설공자가 들어왔다가 진실을 깨닫고는 표연히 나가는 것을 보자 남연랑은 아연실색했다. 그러고는 온갖 걱정거리가 떠올라 좌불안석이었다. 남연랑은 스스로 촛불을 끄고 쉬파리가 된 후 가

18

19

20

199) 명부(命婦) : 봉작(封爵)을 받은 부인을 통틀어 이르는 말로 내명부와 외명부의 구별이 있었음.

만히 날아 문틈으로 나와서는 설공자를 따라갔다.

이때 설공자는 신방에서 나와 바로 대서헌에 이르렀다. 그러나 부친은 벌써 잠자리에 들었다. 설공자는 들어가지 못하고 소서당으로 갔다. 여러 조카들은 아직 자지 않고 서로 문학을 토론하다가 설공자를 보고는 놀라 말하였다.

"숙부님께서 어찌 주무시지 않고 밤늦도록 분주하십니까?"

설공자가 넓은 미간을 찡그리며 말하였다.

"내 신기(身氣) 불편하여 능히 신방을 찾지 못하고 조카들과 평안히 쉬고자 하여 왔다."

여러 공자들이 웃으며 대답했다.

"숙부께서 오늘 향기로운 방의 아리따운 새 숙모를 무단히 피하시고 이 독서당의 적막하고 찬 이부자리를 생각하시니 몹시 이상합니다."

설공자는 짜증이 나 관을 벗어던지고는 자리에 쓰러지며 말하였다.

"너희들은 잡말 마라. 내가 바야흐로 망측한 변을 목격하여 심히 심란하고 아득하여 아무 정신이 없으니 너희들은 짜증나는 말 그만하여라."

설공자는 말을 마치자 긴 한숨을 쉬고는 넓은 소매로 낯을 덮은 채 벽으로 돌아누웠다.

설추밀의 큰 아들 운의 나이 열 살인데 아주 총명하고 아는 것이 많았다. 숙부의 말씀을 듣고 몹시 놀라 여쭈었다.

"숙부님, 이 무슨 말씀이십니까? 혼례식에서 숙모를 보니 한갓 용모나 안색뿐만 아니라 덕성도 가지런하신 요조숙녀이셨습니다. 그간에 무슨 사건이 있었습니까?"

설공자가 말없이 탄식만 하자 운이 다급히 물었다.

"숙부께서는 어찌 저와 내외하십니까?"

설공자는 조카가 이유를 몰라 답답히 여기는 것을 보고 할 수 없이 일어나 앉아 공자의 손을 잡고 길이 탄식하며 말했다.

"내가 혼례식에서 임씨를 맞아 부부 되는 예로 서로 맞절을 할 때 두 눈이 병들지 않았는데 어찌 고운 얼굴과 아름다운 덕성을 갖춘 여자인 줄 몰라보았겠느냐? 그런데 조금 전 신방에 가 마주대하고 다시 보니 그 좌우 시녀들의 무례함은 이같고 신부란 것이 분명히 임씨가 아니라 한 낱 여우 맵시에 쥐 장식이니 하루저녁 사이에 은나라 주나라가 바뀐 변고가 있구나. 이런 때문에 요악한 모습이며 태도를 바로보지 못하여 즉시 나왔구나."

운이 이 말을 듣고 몹시 놀라 안색이 변하며 말하였다.

"이는 적지 않은 사건입니다. 마땅히 할아버지와 아버지, 숙부께 아뢰고 일찍 처리하는 것이 옳겠습니다."

설공자가 대답했다.

"나 역시 이런 생각이 없지 않으나 이미 밤이 깊어 아버님과 여러 형님들이 모두 잠자리에 드셨으니 어찌 능히 고하겠느냐? 날이 새기를 기다릴 수밖에."

운이 또한 옳다 여기며 재삼 탄식하였다. 숙질(叔姪)[200]이 베개를 나란히 하였으나 능히 잠을 이루지 못했고, 다른 공자들도 큰 사건이라며 역시 잠들지 못했다.

이때 남연랑은 이 말을 다 듣고 놀라며 간담이 서늘하여 급히 침소로

---

200) 숙질(叔姪) : 삼촌과 조카.

돌아왔다. 설공자가 모습으로 다시 변신한 후 갖은 생각을 해보았지만 좋은 계교가 없었다. 제 이미 의심을 품었으니 이 밤이 새면 반드시 시녀들을 가만 두지 않고 진실을 추궁할 것이었다. 그러면 일이 탄로 날 것이고, 임왕 부자(父子)가 알면 기필코 그 딸의 종적을 찾아 일이 어그러지기 쉬웠다. 이곳에 있다가는 반드시 큰 화를 당할 것이라는 생각에 삼십육계 달아나는 것이 최고라 여겨 방안에 벌려둔 값진 물건들과 그릇에 소복이 담긴 금은보화를 싹 챙긴 후 벽 위에 두어 줄 편지를 쓰고는 날이 밝기도 전에 도망쳤다.

날이 밝자 희필이 여러 조카들을 거느리고 존당께 아침 문안을 올리고 자리를 살폈다. 제수(弟嫂)와 조카들이 모두 모였는데 오직 신부가 참여하지 않았다. 임성렬은 몹시 의심스러웠다. 그래서 시녀를 시켜 선향각에 가 알아오게 하였다. 잠시 후 시녀가 돌아와 아뢰었다.

"선향각에 가보니 창문을 꼭꼭 닫은 채 인기척이 없어 불러보았으나 아무리 불러도 대답이 없었습니다."

좌우 사람들이 이를 듣고 몹시 놀랐다. 설공자는 비로소 부친 앞에서 지난 밤의 의심스러웠던 것을 아뢰었다. 좌중은 깜짝 놀라고, 태사부부도 안색이 변하였다. 그래서 급히 좌우에 명하여 선향각에 가 소저를 불러오도록 하였다. 임성렬도 또한 놀라 황급히 춘앵 등에게 먼저 가도록 명령하였다. 급한 탓에 평소 진중하던 걸음걸이가 변하여 신발이 자주 끌렸다.

선향각에 이르니 과연 비단 지게문이 고요한 가운데 여자들의 우는 소리는 우레 같았다. 경악하기를 금치 못하고 급히 문을 열었다. 유모 등은 장 뒤에 구부러져 단잠이 한창인데, 방 안에 소저는 그림자도 없었다.

시녀가 당황하며 이 사정을 존당에 고하였다. 태사 부부가 며느리들을 거느리고 친히 이르러 소저를 찾았으나 어찌 그림자나 있겠는가? 집안 상하노소 모두가 경황이 없었다. 시녀를 시켜 아무리 흔들어 깨워도 여자들은 의식이 몽롱하여 능히 제정신을 차리지 못하였고 눈도 뜨지 못했다. 임성렬은 경황없는 가운데도 여자들이 이런 것은 반드시 독을 먹은 탓인 것을 알았다. 그래서 급히 홍도, 영아 등을 시켜 해독약을 먹이도록 했다. 29

잠시 후 여자들은 독한 물을 흥건히 토하고 비로소 일어나 앉았다. 그러나 능히 정신을 차리지는 못했다. 다시 따뜻한 차와 몸을 보호할 미음을 내와 한 그릇씩 먹였다. 그제야 여자들은 정신을 차리고 집안사람들이 모두 기겁한 것을 보고 크게 놀랐다. 임성렬은 비로소 사정을 이르고는 무슨 이유로 잠만 잤느냐고 물었다. 여자들은 어릿어릿한 가운데 소저는 어디 갔는가 묻자 몹시 놀라 한꺼번에 울음을 터트리며 말하였다.

"저희들은 지난밤 소저를 모시고 있다가 주방에서 올린 저녁 음식을 30 먹었습니다. 그 후 어질어질 정신을 차리지 못하다가 이제야 깨어났으니 소저가 어디 계신 줄 모르겠습니다. 참으로 몹쓸 음식을 먹은 탓입니다."

태사 부부와 추밀 형제들, 그리고 여러 부인들은 다 어이가 없었다. 그러고는 살펴보니 그릇마다 장신구와 값나가는 물건들은 하나도 없고, 벽 위에 두어 줄 글이 씌어 있는데 다음과 같았다.

"진여옥은 천하의 풍류협객(風流俠客)이다. 어찌 나의 요조숙녀 임빙혜를 어린 원수놈에게 헛되이 빼앗기리오? 너를 한 칼에 벨 것이지만 한 31 조각 어진 마음으로 남은 목숨을 허락하고 다만 나의 미인은 데려가겠다."

설공자 운이 먼저 보고 존당 부모께 고하였다. 사람들도 이를 보고 경악하고, 설태사는 분노에 휩싸여 말하였다.

"어느 곳에 요악한 것이 숨어 어떤 원한이 있기에 이런 음란하고 도리에 벗어난 상스러운 말로 내 며느리의 얼음 같고 옥같이 향기로운 몸을 욕되게 하며 또 어느 곳으로 잡아갔느냐? 아깝다, 내 며느리! 반드시 옥이 깨어지고 꽃이 떨어지는 것 같을 것이니 이 어찌 나의 박복함이 아니며 우리 막내의 처복이 박한 것 아니리오?"

말을 마치자 눈물이 솟아나 흰 수염에 잇따라 흘렀다. 부인은 실성통곡하여 슬픈 눈물이 천 줄기요, 다른 사람들도 다 비같이 눈물을 쏟았다. 집안 사람들 모두 깜짝 놀라 경황이 없고 어쩔 줄 몰랐다.

이때 문득 초왕부에서 보낸 시비가 와서 편지 한 통을 올렸다. 이는 곧 설의열의 편지였다. 내용은 대강 다음과 같았다.

"아우 부부가 액운을 만났고 집안 운수가 한 때 불리하여 이같이 해괴한 변고가 있지만 길인(吉人)은 본래 하늘이 돕습니다. 조용한 가운데 하늘이 도우실 것이니 지레 가벼이 굴지 마시고 유모 등을 본부로 보내십시오."

사람들이 모두 보고는 그같이 미리 아는 것을 신기하게 여겼다. 유모와 시녀 등을 모두 모아201) 임씨 집안으로 보내고 침당 문을 잠갔다.

이때 열매와 양파는 화앵 등 네 여자와 함께 옷을 갈아입은 후 몽롱한 달빛을 타고 동문 밖 자운산으로 갔다. 벌써 삼경(三更)202)이었다. 꼭대기에 올라 멀리 살펴보니 문득 성안에서 괴이한 기운이 점점 가까이 오며

---

201) 모두 모아 : {것셔려져}. 문맥을 고려하여 옮김.
202) 삼경(三更) : 하룻밤을 오경(五更)으로 나눈 셋째 부분으로 밤 11시에서 새벽 1시 사이.

비린 바람이 일었다. 그 기운이 문득 열영 등이 앉은 암혈로 들어갔다. 이
들은 혼비백산하여 동시에 소리를 지르고는 바위 아래로 내달려 암혈로
갔다. 홀연 암벽 아래 붉은 빛이 찬란한 것이 대낮보다 더했다. 자세히 보
니 눈같이 흰 여우가 거꾸러져 있고 한 미인이 석혈에 버려져 있었다. 비
록 홑옷만 입혔으나 어찌 임소저를 몰라보겠는가? 경황없이 목 놓아 울며
열영 등이 급히 소저를 들쳐 업고 매송 등은 붙들어 나오는데, 그 여우는
오히려 살아 벌떡이며 애걸하였다.

"신선님, 내 죄를 압니다. 잘못 모르고 낭원선자 귀한 몸을 범하였으니
만일 목숨만 살려주시면 깊은 굴로 돌아가 자취를 세상 밖에 내지 않고
도를 닦겠습니다."

녹난 등이 대답했다.

"이 요괴를 살려두었다가는 이후 백성들에게 끼칠 해로움을 헤아리기
어려울 것이니 만난 김에 아주 무찔러 없애 가히 세상에 머물지 못하게
할 것이다."

하고는 각각 가져온 수중의 철편(鐵鞭)으로 마구 때리고 벌하며 근본을 물
었다.

이때 요악한 백면도고는 임소저를 업고 정히 굴로 들어가고자 했는데
문득 한 무리 상서로운 구름이 일어나며 붉은 옷을 입은 선관(仙官)[203]이
구름관에 안개옷을 입고 왼손에는 파리채를 들고, 오른손으로는 요괴를
사로잡을 밧줄을 던져 백면도고를 옭아매어 던지고 임소저를 앗아 바위
위에 편히 뉘였다. 그러고는 파리채를 들어 백면도고를 가리키며 벼락같
은 소리로 꾸짖었다.

---

203) 선관(仙官) : 신선의 세계에서 벼슬살이 하는 신선.

"너, 작은 짐승이 석굴을 지키며 목숨이나 보전할 도리를 생각하지 않고, 무단히 산을 내려가 천고의 음란하고 행실 나쁜 여자를 도와 백일 아래 이같이 흉한 사건을 저지르고 방자하게도 낭원선자의 천금 같은 몸을 더럽히려 했으니 그 죄 죽여도 시원찮다. 만일 너, 작은 짐승을 이제 죽이지 않으면 훗날 반드시 백성들에게 미치는 해가 적지 않을 것이니 이제 요괴를 사로잡는 밧줄로 먼저 옭아매어 옥허궁(玉虛宮)[204] 도동(道童)의 처치를 받게 할 것이다."

말을 마치자 선관의 몸이 사라졌다. 그러고는 문득 7~8명 여자가 하나같이 도복(道服)을 선명히 입고 선풍도골(仙風道骨)이 아주 비범한데 일시에 이르러 큰 소리로 꾸짖으며 임소저를 구해 갔다. 백면도고가 비록 달아나고자 했으나 요괴를 옭아맨 선관의 철석같은 밧줄이 손과 발에 단단히 얽혀있고 좌우에 늘어선 도인들이 다 바른 기운이 당당하기에 몸이 얼어붙어 요술을 드러내 보일 길이 없었다. 할 수 없이 고개를 끄덕이며 공중을 우러러 애걸하기를 마지않았다. 녹난과 벽난이 나비 같은 눈썹을 치켜뜬 채 큰 철편(鐵鞭)을 들고 마구 치며 근본을 추궁했다. 백면도고가 망극하여 눈물을 흘리며 고개 조아려 아뢰었다.

"저는 안문산 구도동에서 살던 여우입니다. 일찍이 수천 년 도를 닦아 사람 모습을 얻었는데 문득 절강 땅에 이르러 어느 날 이러이러한 아이를 만났습니다. 근본이 사족(士族)으로 임씨 집안에 원수 갚기를 맹세하며 저를 데리고 이 땅에 왔습니다. 이러저러하여 자기가 신부가 되고 진짜 신부는 훔쳐내 저에게 맡겼습니다. 저는 신부에게 원한이 없으니 어찌 해를 입히겠습니까마는 제가 겨우 사람 모습을 이루었으

---

204) 옥허궁(玉虛宮) : 신선이 사는 궁전.

나 참으로 예쁜 얼굴을 얻지 못한 까닭에 신부의 절세미모가 탐났습니다. 그래서 그 모습을 빌려 지극히 존귀한 곳에 들어가 옛 달기(妲己)205)를 본받고자 했는데 하늘이 돕지 않았습니다. 신부의 바르고 밝은 기운을 겨우 참으며 여기에 와 미처 손도 쓰지 못하고 이러이러한 신인(神人)을 만나 결박만 당하고 또 여러 선관을 만난 것입니다. 엎드려 바라건대 여도선(女道仙)께서는 저의 목숨을 살려주십시오."

애걸하기를 마지않았다. 그러나 녹난 등이 본래 지혜가 원대하였으니 어찌 이같은 요악한 짐승을 살려두어 훗날 민폐를 끼치겠는가? 다만 스스로 죽이지는 못할 일이었다. 여자 된 몸일 뿐만 아니라 비록 요괴라 하더라도 살생(殺生)은 금지된 것이므로 이에 주문을 외웠다. 삽시간에 두 황건역사(黃巾力士)206)가 앞에 이르렀다. 녹난 등 두 사람이 소리 높여 외쳤다.

"그대들은 빨리 이 요악한 짐승을 잡아다가 옥허부인(玉虛夫人) 명을 들은 후 왕사성(王舍城)207)으로 가 풍도옥(酆都獄)208)에 가두어 천만 겁(劫)209) 윤회(輪廻)210)에서 다시 벗어나지 못하게 하라."

역사(力士)가 머리를 조아려 명을 듣고는 즉시 백면도고를 묶어 바람 가운데로 몰아 동남쪽으로 갔다. 열매 등은 바로 왕궁으로 가지 않고 도은

---

205) 달기(妲己) : 은나라 주왕(紂王)의 비(妃)로 왕의 총애를 믿고 포악한 짓을 일삼다가 주나라 무왕(武王)에게 처형됨.
206) 황건역사(黃巾力士) : 신장(神將)의 하나.
207) 왕사성(王舍城) : 석가모니가 살던 시대의 강국인 마가다의 수도 라자그리하(Rajagriha)의 한문식 표현임.
208) 풍도옥(酆都獄) : 도가에서의 지옥.
209) 겁(劫) : 어떤 시간의 단위로도 계산할 수 없는 무한히 긴 시간을 의미하는 것으로 하늘과 땅이 한 번 개벽한 때부터 다음 개벽할 때까지의 동안을 뜻함.
210) 윤회(輪廻) : 수레바퀴가 끊임없이 구르는 것처럼 중생이 번뇌와 업에 의하여 삼계육도(三界六道)의 생사세계를 그치지 않고 돌고 도는 것을 이름.

곡 비밀 처소에 이르러 임소저를 편히 누이고 약으로 보살폈다. 임소저가 한참 후 숨을 내쉬며 정신을 차렸다. 임소저는 주위를 둘러보며 어찌된 일인지 이유를 물었다. 열매 등은 자초지종(自初至終)을 상세히 아뢰었다.

"혹 간악한 인간의 술수가 있을까 하여 이리 왔습니다."

임소저가 듣기를 마친 후 경악하며 말하였다.

"내 어려서부터 일찍 원한을 맺은 곳이 없는데 이런 변고를 만나 부모님 주신 몸이 바스라지는 모욕을 당하고 백골이 산골짜기에 버려질 뻔 했구나. 올케언니의 신기하고 묘한 헤아림과 그대들의 충성스러움이 아니었다면 내 어찌 살기를 바라겠는가? 생각이 어렴풋한 것이 너무 놀라워 마음이 차갑고 뼈가 굳는 듯하구나."

열매 등이 임소저를 위로하며 그럭저럭 날이 밝았다. 봉륜당 시녀가 서찰을 하나 올렸는데 설의열이 벌써 임소저가 이곳에 있을 줄 알고 보낸 것이었다. 서간을 보니 다음과 같았다.

소저가 당한 봉변은 천만 뜻밖의 일이니 듣고 보는 사람들이 어찌 놀라지 않겠는 가마는 이 또한 하늘의 뜻입니다. 예부터 영웅호걸은 명(命)이 박(薄)하고 숙녀가인 (淑女佳人)은 시운(時運)이 불리하니 시누이의 빼어난 자질로 어찌 홀로 홍안박명 (紅顔薄命)[211]을 면하겠습니까? 소저는 모름지기 한때 액운에 놀라지 말고 아직은 깊은 곳에 1~2년 머물면서 재액이 없어지도록 기다리십시오. 만일 작은 괴로움을 참지 못하고 부모님 곁을 떠난 슬픔에 연연하신다면 또다시 헤아릴 수 없는 화가 닥칠 것이니 그때는 뉘우쳐도 소용없을 것입니다.

---

211) 홍안박명(紅顔薄命) : 얼굴이 예쁜 여자는 팔자가 사나운 경우가 많음을 이름.

임소저가 다 읽고는 길이 머리를 조아리며 말하였다.

"올케언니의 말씀이 금옥(金玉) 같으시구나. 나를 낳은 자는 부모요, 구한 자는 올케언니니 내 비록 죽고자 하나 어찌 올케언니의 이같이 정답고 친절함을 저버리겠는가? 이제 내가 살아있는 것을 부모님은 모르시니 깊이 마음 쓰실 것이고, 시댁에서는 다 알고 계시느냐?"

시녀가 대답하였다.

"태부인 이하 집안사람들이 어찌 모르겠습니까마는 설의열 부인이 이르시기를, '소저의 액운이 보통이 아니니 가땅히 여러 해 깊은 골짜기에 숨어 지내며 온갖 재액을 없애야 예전처럼 집안에서 그 자취를 머물게 할 것이다.' 하셨습니다. 그러니 집안 부인네와 나이든 상공들께서는 아실 것이지만 어린 공자들과 소저들, 그리고 하인들은 소저가 이곳에 계신 줄 모릅니다."

임소저가 듣고 나서 홀연 한숨을 내쉬었다.

"하늘이 정하신 것을 어찌 면하겠느냐?"

열매와 양파가 아뢰었다.

"소저께서는 전국칠웅(戰國七雄)212) 시절 손빈(孫賓)과 방연(龐涓)의 고사를 잊으셨습니까? 방연(龐涓)이 간사한 계교로 기어코 손빈(孫賓)을 해치려 했을 때 손빈(孫賓)은 백 가지 천 가지 수단으로 피하여 수레 아래 몸을 감추고 더러운 곳에 숨으며 미친 듯 돌아다니는 가운데 몇 번이나 죽을 뻔하고도 또 몇 번이나 살아나 원수를 갚았습니다. 이처럼 지극한 모사(謀士)도 이런 권도(權道)213)로 원수를 갚았는데 소저께서는 어

---

212) 전국칠웅(戰國七雄) : 산동을 차지한 제(齊), 남방의 패자로 등극한 초(楚), 서방에서 꾸준히 세력을 기르던 진(秦), 북방민족과의 대립을 계속하던 연(燕), 그리고 진(晉)이 분열된 후 나타난 위(魏), 한(韓), 조(趙) 세 나라를 이름.

찌 한 번 액운을 피하여 은거하는 것을 이리 괴롭게 여기십니까?"

소저가 탄식하였다.

"그대들의 말이 옳다. 그러나 옛말에 이르기를 '남이 나를 저버릴지언정 내가 다른 사람을 저버리지 마라' 했으니 나 역시 손빈(孫賓)이 권도(權道)로써 열 번 죽고 열 번 살아나 명철보신(明哲保身)[214]한 것을 그르다 하는 것이 아니다. 다만 원수 갚기를 지나치게 하여 방연(龐涓)으로 하여금 화살로 자결하게 한 것을 참혹하다 여기는 것이니, 내 늘 이 글을 보면 이 구절은 읽지 않는다."

47 좌우 사람들이 이 말을 듣고 임소저의 성덕을 감탄하였다. 임소저의 유모와 시녀들이 다 돌아와 소저를 모시게 하고 열매 등은 돌아갔다. 소저는 섭섭함을 이기지 못했고, 유모와 시녀들은 살아서 소저를 만나게 되어 뛸 듯이 기뻤다.

임소저가 변을 당한 후 임승상 집안사람들은 자손들이 이같이 남에게 원한을 산 일도 없는데 혼인하는 족족 재앙이 잇따르는 것을 크게 근심하였고, 설씨 집안에서는 늦게 얻은 막내아들이 임소저 같은 천고의 성스러운 여자를 얻었는데 앉았던 자리가 데워지기도 전에 이런 마장(魔障)[215]

48 을 만나 천금 같은 며느리의 거처를 모르게 되자 집안 분위기가 가라앉았다.

이즈음 남연랑은 자운산 제 집으로 도망쳤다. 돌아와 보니 사환 노파

---

213) 권도(權道) : 목적을 달성하기 위해 그때 그때의 형편에 따라 임기응변으로 일을 처리하는 방도.
214) 명철보신(明哲保身) : 『서경(書經)』의 「설명편(說明篇)」과 『시경(詩經)』의 「대아(大雅) 증민편(烝民篇)」에서 비롯된 말로 명철이란 '천하의 사리에 통하고 누구보다도 앞서 깨닫는 사람을 뜻하고, 보신이란 '나오고 물러남에 있어 이치에 어긋남이 없음'을 의미하는 것으로 이치에 밝고 분별력이 있어 적절한 행동으로 자신을 잘 보전한다는 뜻임.
215) 마장(魔障) : 일이 진행되는 중 당하는 뜻밖의 방해.

한 사람이 그저 어린아이를 안고 깊이 잠들어 있고 백면도고는 없었다. 남연랑은 이상했지만 신부를 바다 가운데 버리려고 멀리 갔는가 여기면서 날이 밝도록 기다렸다. 그러나 종적이 없었다. 사흘을 기다려도 종적이 묘연하자 이상한 생각이 들었다. 조심스레 점을 쳐 보니 아주 불길했다. 속으로 아주 놀라며 집안 하인을 불러 말했다.

"늙은 어머니가 홀연 간 곳이 없으니 깊은 측간에 빠졌느냐, 범이 물어 갔느냐?"

하인들이 대답하였다.

"반드시 호랑이에게 화를 당하셨을 것입니다. 마땅히 찾아보겠습니다."

남연랑은 즉시 하인들을 거느리고 인근 산을 헤매며 찾아보았다. 그러나 풍도(鄷都) 지옥에 든 백면도고를 어디가 찾을까? 어쩔 수 없이 다시는 찾지 못했다. 하루는 남연랑이 밤 깊은 후 가만히 뒤뜰에 가 향을 피워놓고 기도하며 주문을 외웠다. 삽시간에 검은 옷을 입은 귀신 사졸이 앞에 와 물었다.

"낭자는 무슨 일로 불렀는가?"

남연랑이 대답했다.

"다른 일이 아니라 스승 백면도고의 거처를 알고자 한다."

귀신 사졸이 대답했다.

"낭자는 모르고 계시냐? 모월일(某月日)에 백면도고가 낭원부인 임씨를 잡아다가 본산 바위굴에 와 죽이려 했는데 옥허진인(玉虛眞人)이 황건역사(黃巾力士)를 보내 잡아다가 풍도(鄷都) 왕사성(王舍城) 아미대지옥 (阿彌大地獄)에 넣어 천만 겁(劫) 윤회(輪廻)에서 벗어나지 못하게 만들었

49

50

다. 그러니 백면도고는 지금 지옥에 빠져 온갖 형벌을 받으며 낭자를 원망하고 있지."

말을 마친 후 간 곳을 알 수 없었다. 남연랑이 이 말을 듣고 몹시 놀라 창백해졌다.

그러나 별 수 없어 세월만 보냈는데, 남연랑의 나이 18세가 되자 외모가 예쁘장하였다. 동구 밖에 장석자라 하는 놈이 살고 있었는데 집이 가난하고 또 아내를 잃은 지 얼마 안 되었다. 그러나 자식은 많아서 10세 아래로 충층이 자라난 아이들이 딸, 아들 여덟이었다. 장석자의 나이는 마흔이었다. 장석자는 남연랑이 재물도 많고 혼자 지내며 얼굴이 예쁜데 아직 서방을 맞지 않았다는 말을 들었다. 남연랑 집에 있는 할미가 마침 장석자의 오촌 아주머니였다. 그래서 장석자가 중매하도록 하자, 할미는 머리를 가로저으며 말했다.

"조카는 그리 망령된 말을 마라. 제 비록 선비집안 규수는 아니지만 우리는 빈천(貧賤)한 데다 조카가 나이 많고 자식도 여럿이니 우선 마다 할 것이다. 하물며 내가 의지할 데 없어 제 집에 붙어 있는데 이런 말을 언감생심 할 수 있겠는가? 제 비록 처녀지만 성품이 표독스러워 아예 안 될 말을 했다가는 생판잔만 들을 것이다."

장석자는 어이없었다. 그러고는 돌아가 한 가지 계교를 생각하고는 제 어린 딸 섭랑을 불러 이리이리하도록 가르쳤다. 섭랑은 나이 11세인데 아주 총명하였다. 아비의 명을 듣고 날마다 놀기만 일삼으며 제 어린 아우를 업고 남연랑의 집에 왕래하였다. 할미는 제 친척이라며 밥을 먹였고, 남연랑도 적막하던 중이라 아이를 좋아하였다. 날이 오래되자 친숙해져서 데리고 자기도 했다. 하루는 저물녘 섭랑이 울며 왔다. 남연랑이 놀라며 이유를 묻자 아이가 대답했다.

"아비가 어린 동생을 잘 돌보지 못한다며 내쫓았습니다."

남연랑은 아이를 달래며 자도록 하였지만 섭랑이 자지 않았다. 남연랑은 더 이상 달래지 못하고 어린아이를 데리고 잤다. 밤이 깊은 후 장석자가 이르러 문을 두드리자 섭랑이 급히 일어나 문을 열어주며 남연랑의 숙소를 가리켰다. 장석자가 급히 달려들어 겁탈하자 남연랑이 잠결에 몹시 54 놀라며 깨어났다. 일어나 보니 한 흉악하고 건장한 놈이 거드름을 피우며 자기의 가녀린 몸을 덮쳐 한 몸이 되어 있었다. 남연랑이 비록 요술과 변화술이 무궁하지만 이미 이 지경에 이르러서는 도마 위의 고깃덩어리일 뿐 어찌 면할 수 있겠는가? 그저 도적이 나를 겁탈한다며 크게 소리를 질러댈 뿐이었다. 할미는 저의 조카 일인 줄 알고 있으니 어찌 들은 체나 할까? 장석자는 미인이 발악하는 것을 듣고는 더욱 흥분하여 흉악하고 건장한 몸으로 지그시 누르며 흔연히 웃고 달래어 말했다. 55

"내 비록 나이 많고 집안이 낭자만 못하지만 또한 남의 집 천한 노비는 아니니 그토록 치욕스럽지는 않을 것이네. 옛 초공주는 백정의 아내가 되었으니 낭자가 비록 존귀하나 공주만 못할 것이고, 내 미천하나 백정보다는 나을 것이니 낭자는 별나게 굴지 마라."

이렇게 핍박하여 정을 통하였다. 이에 이르러는 일의 형세가 어쩔 수 없는 지경이었다. 남연랑은 단지 자신의 근본을 생각하며 이런 추한 천인의 계집이 된 것이 뼈에 사무치도록 서러워 눈물이 꽃 같은 뺨에 줄줄 흘렀다. 장석자가 위로하며 밤새도록 정을 맺기를 마지않았으나 남연랑은 56 털끝 하나 받아들이지 않았다.

날이 밝자 남연랑은 새 신랑을 바라보았다. 큰 눈망울과 검은 낯에 창대 같은 수염이 보기에 끔찍하였다. 남연랑은 애달프고 서럽지만 어쩔 수 없었다. 게다가 장석자가 한 때도 떨어지지 않고 날마다 즐기고자 하여 괴롭고 통한이 서렸다. 그래서 몰래 도망칠 계교를 생각하고 음식에 독약을 넣어 장석자와 할미를 먹였다. 그러고는 변신하여 널리 다니면서 은신할 곳을 찾았다.

57  화설. 임승상 집안에서는 모든 자녀 손자들의 기쁨과 슬픔이 상반하는 가운데 공자, 소저들이 층층이 자라났다. 북평후 효장도위 임공의 둘째 경홍은 자(字)가 원보로, 둘째 부인인 소부인의 맏이었다. 산천의 맑은 기운과 천지의 정기를 아우르며 자라서 옥 같은 외모와 꽃 같은 풍채를 가졌으니 반악(潘岳)216)이 세상에 다시 태어난 것 같았다. 글재주며 학문과 덕행도 세상에 뛰어났으나 다만 성품이 매몰차고 강렬하였다. 존당과 부모는 지극히 사랑하지만 그 기상이 가파르고 제멋대로 함부로 날뛰기에 가까워 군자로서의 자질에는 미치지 못하는 것을 늘 경계하였다. 나이 열셋에 성숙하고 눈치가 빠르며 민첩하여 모든 일에 환히 통달한 장부의 모

58  습이 드러났다. 특별히 숙녀를 가리지 않고 어려서 맺은 약속대로 주씨 집안에 혼례를 재촉하였다.

이때 주총재는 작위가 참정에 이르러 우각노(右閣老)로 있었다. 각로(閣老)217)가 유부인과 화락하여 3남 3녀를 두었는데 위로 2남 1녀는 혼인하였다. 다음으로 둘째딸 난벽이 자라 나이 열둘이 되었는데 빼어난 자질이 결코 범상한 사람이 아니었다. 아름다운 모습은 세상에 뛰어나고 재주와 슬기는 민첩하였다. 주후 부부와 참정 부부, 각로 부부는 난벽을 몹시 사

---

216) 반악(潘岳) : 중국 서진의 문인으로 용모가 수려하여 이름을 떨쳤음.
217) 각로(閣老) : 명나라 때 재상을 이르던 말.

랑하였고 또 임경홍의 아름다움을 사랑하여 약혼을 했었다. 시간이 물처럼 흘러 13년이 되자 즉시 혼례 날을 잡아 알렸다. 혼례를 올리는 날이 되자 임씨, 주씨 두 집안에서는 잔치를 열어 손님을 청하고, 경홍 공자는 옥 같은 얼굴에 영웅 같은 풍모로 극진히 예를 갖추어 주소저를 맞아왔다. 존당과 부모는 주소저의 아름다움과 자태를 몹시 사랑하였고 여러 손님들의 치하하는 소리도 대단했다. 그러나 경홍 공자는 눈을 들어 주소저를 보고는 속으로 생각하였다.

"이 여자의 아름다운 자태가 만고에 짝이 없을 정도이지만 온순하고 인품이 그윽한 여자는 아니니 내가 바라던 바가 아니구나."

하고는 좋아하지 않았다. 그래서 이날 신방 촛불 아래에서 서로 마주 했으나 본 척도 않고 홀로 누웠다가 나갔다. 이 어찌 주소저의 홍안박명(紅顔薄命)이 아니겠는가? 이밤에 소씨,218) 진씨 두 노파가 신방을 살피다가 돌아와 공자의 매몰참을 존당에게 고하였다. 태부인과 여러 사람들이 모두 놀라며 주소저를 몹시 가여워하였다. 소씨와 진씨 두 노파가 신방 훔쳐보기를 사흘을 하였으나 경홍 공자의 행동은 변하지 않았고 그래서 몹시들 걱정하였다. 주비는 아직 나이가 어리다 ㅎ여 별 말이 없었다. 주소저는 시댁에 머물면서 시부모를 효성으로 봉양하고 사덕(四德)을 온전히 하자 집안에서 주소저를 기리는 소리가 자자했다.

이 해 가을, 황제는 과거를 시행하여 인재를 고았다. 임연홍과 임경홍이 과거를 보아 뽑혔는데 장원(壯元)은 설희필이고, 해원(解元)219)은 임연홍이며 탐화(探花)220)는 임경홍이었다. 그 나머지는 주씨, 소씨, 관씨, 성

218) 소씨 : {손}. '소씨'의 오기임.
219) 해원(解元) : 당나라 때 주현예시의 일등을 가리키는 말로 여기서는 과거 2등 합격자를 의미함.
220) 탐화(探花) : 과거 3등 합격자.

씨 네 집안 자제들이었다. 모든 집안이 경사를 한가지로 즐겼으나 설태사 부부는 임소저를 생각하며 슬퍼하였다. 삼일유가(三日遊街) 후 황제는 특별히 설희필을 동궁시강학사(東宮侍講學士)[221] 금문사인으로, 임연홍을 한림수찬(翰林修撰)으로, 임경홍을 금문직사(金門直士)[222]로 임명하셨다. 그리고 나머지 네 집안의 여러 자제들은 모두 옥당한원(玉堂翰苑)이 되었다. 모두들 황제의 은혜에 감사하며 각자 맡은 직무를 수행하였는데 임금을 섬기고 임무를 살피는 것이 옛사람을 능가하여 온 조정이 칭찬하였다.

이때 간의태우[223] 공희겸은 교목세가(喬木世家)[224] 출신으로 명문거족(名門巨族)이었으나 사람됨이 충직하고 온순하며 소박하였다. 부인 노씨와 화락하여 1남 1녀를 두었는데 딸 춘영은 열네 살로 약간의 재주와 용모가 있었고 아들 춘강은 다섯 살로 아직 어렸다. 태우가 어진 사윗감을 구하여 딸의 평생을 기쁘게 하려 했는데 공춘영이 홀연 병을 얻고는 며칠 만에 죽었다. 공태우 부부는 몹시 슬퍼하며 장례를 치른 후 세월을 보냈다.

어느 가을날, 바람이 소슬하고 밝은 달은 대낮 같았다. 이를 보고 잠들지 못한 부부는 뜰안을 거닐며 우연히 후원(後園) 가산(假山)[225]에 올라 달 아래 풍경을 완상하였다. 그런데 홀연 바위 위에서 구슬픈 곡소리가 들려왔다. 그 소리는 아주 비통한 것이 사람 마음을 움직였다. 그래서 좌우의 시녀를 가보게 했다. 시녀들이 명을 받들어 찾아가 보니 동쪽 울타리 밖

---

221) 동궁시강학사(東宮侍講學士) : 태자의 공부를 보조하는 관직.
222) 금문직사(金門直士) : 금문에 소속된 직사. 금문은 금마문(金馬門)의 준말로서 한나라 미앙궁의 문 가운데 하나로 문 앞에 동제(銅製)의 말이 있었으므로 금마문이라 칭해짐. 후에 금마와 옥당(玉堂)이 함께 쓰여 한림원(翰林苑)의 이칭이 됨. 직사는 주로 과거에 갓 급제한 이에게 내려진 벼슬로 사관(史官)의 역할을 함.
223) 간의태우 : 간의태부(諫議太夫)를 가리키는 것으로 임금의 잘못을 간하는 벼슬.
224) 교목세가(喬木世家) : 여러 대에 걸쳐 중요한 벼슬을 지내 나라와 운명을 같이하는 집안을 이름.
225) 가산(假山) : 정원 따위에 돌을 모아 쌓아서 조그마하게 만든 산으로 석가산(石假山)이라고도 함.

에 한 여자가 있었다. 나이는 열 서넛 정도 된 처녀가 소복(素服)을 입은 채 네다섯 살 정도 된 어린아이를 안고 슬피 통곡하는데, 달빛 아래 모습이 매우 아름다웠다. 시녀들이 놀라며 앞으로 가 우는 이유를 묻자, 그 아이가 오열하며 말하였다.

"나는 본래 선비집안 규수입니다. 부모님께서는 공명(功名)을 구하지 않고 깊은 산에 숨어살며 도학(道學)이 높았습니다. 그러나 불행히도 부모가 모두 돌아가시자 시골에는 본래 친척이 없어 의탁할 곳이 없었습니다. 겨우 부모님의 첫 번째 제사를 지낸 후 노복과 함께 집안 재산을 팔아 재물을 싣고 서울로 와 먼 친척에게 의지하고자 했습니다. 그런데, 도중에 도적을 만나 노복은 모두 흩어져 도망치고 재물은 잃어버려 어린 아우를 데리고 길거리를 떠돌았습니다. 이러다가는 반드시 사나운 욕을 당할 것 같아 깊은 곳을 찾아 자결하려고 마음먹고는 여기까지 이르렀습니다."

시녀들은 이 말을 곧이듣고 불쌍히 여기며 황급히 돌아와 이대로 아뢰었다. 공태우와 부인은 어진 사람들이었다. 마땅히 거두어 그 평생을 보살펴주어야겠다 생각하고 시녀로 하여금 불러오게 하였다. 이 시녀들의 이름은 여의, 여매로 자매지간이었는데 공소저가 부리는 시녀들이었다. 잠시 후 그 여자를 데리고 왔는데 이는 누구인가?

익설(益說).[226] 남연랑이 장석자가 아름답지 못한 것을 피하여 도망칠 때를 엿보던 중 뜻밖에 공태우 집안이 자운산과 멀지 않고 공태우 부부가 딸을 잃은 후 서러워하는 것을 들었다. 그래서 긍교한 뜻을 내어 이 밤에 변용단(變容丹)을 먹어 얼굴을 바꾸고 어린아이도 모습을 바꾸었다. 그러

---

226) 익설(益說) : 이미 일어났던 사건을 다시 자세하게 말할 때 쓰는 말.

고는 남연랑은 12~13세 정도, 어린아이는 5~6세 정도로 변신한 후 몸에 소복(素服)을 걸치고 공태우 부부께 절을 했다. 공태우 부부가 눈을 들어 보니 외모가 뛰어나고 꽃 같은 자태 또한 기묘하였다. 공태우 부부는 황홀하여 남연랑을 몹시 사랑했고, 부인은 손을 잡으며 이름과 근본을 물었다. 요악한 여자는 얼굴에 교태를 머금고 눈물을 흘리며 대답하였다.

"저희 둘은 한 어미에게서 난 자매로 이름은 월계, 월화라 합니다. 성은 주가로, 선비 주완의 딸입니다. 일찍 부모를 잃고 서울로 올라오던 중 봉변을 당하여 거의 죽을 지경이 되었는데 어르신과 부인을 만나 이같이 물으심을 당하오니 성덕이 하늘같습니다. 원컨대 두 어른께서는 저희를 불쌍히 여겨 거두시어 시녀 무리에 두시면 사나운 욕을 면할까 합니다."

말을 마치고는 요악한 눈물을 뚝뚝 흘렸다. 공태우 부부가 어찌 그 속을 알겠는가? 한 번 보고 듣자 슬프고 참혹하여 안색이 변하며 위로했다.

"낭자의 근본이 원래 그러하구나. 나는 태우 공씨라, 우리 부부가 늦게 딸 아들을 두었는데 올해 딸을 잃고 참담함을 이기지 못하다가 그대 자매를 얻으니 이 어찌 시녀 무리 사이에 두겠는가? 부녀모녀지간이 되는 것이 어떠하냐?"

남연랑이 묘한 기회를 얻었다. 황급히 머리를 조아리며 은혜를 칭송하자, 공태우 부부는 인하여 요악한 여자로부터 여덟 번 큰 절을 받았다. 그러고는 아들 춘경을 불러 남매의 예로써 보게 하고 죽은 딸의 처소를 청소하여 머물게 하였다. 두 여자가 기뻐하며 효성스럽게 부모로 섬기자 더욱 사랑하였다.

자운산 장석자는 이튿날 일어나 남연랑과 어린아이가 없어진 것을 보고 두루 수소문하였으나 끝내 찾지 못했다. 그러자 호랑이에게 죽었다 하고는 벗어 둔 의복을 가져와 초혼(招魂)[227]하며 아주 슬퍼하다가 그에 어울리는 계집을 얻어 잘 살았다.

남연랑은 공태우 집에 고요히 머물면서 그윽이 설씨 집안으로 다시 시집갈 뜻이 급했다. 그래서 용모며 자태를 더욱 화려하게 꾸몄다. 공태우 부부는 남연랑에게 심하게 홀려 사랑하며 옥 같은 사윗감을 구하려고 하였다. 남연랑은 염치 불구하고 아뢰었다.

"이 말씀을 아뢰는 것이 규방 여자의 할 말은 아니지만 죽은 부모의 유언이 분명하므로 부득히 아룁니다. 제가 어렸을 때 부모가 한 꿈을 꾸었습니다. 꿈 속 신선이 말하기를, '그대의 딸 월계의 배필은 서울 설태사의 아들이다.' 하고는 한 폭 그림을 주었습니다. 부모는 허탄히 여기면서도 그림을 간수하였는데 돌아가신 후로는 제가 그림을 그저 가지고 있습니다."

공태우 부부는 신기하게 여기며 그림을 보자 하였다. 남연랑은 즉시 내어왔다. 그림은 흰 비단에 나이 어린 미남을 그린 것인데, 검은 관에 푸른 적삼을 입고 누에 같은 눈썹에 봉황 같은 눈, 달 같은 이마에 붉은 입술이 이 시대 빼어난 남자였다. 공태우 부부는 크게 칭찬하였고, 이후로 공태우는 널리 방문하며 그림 속 남자를 찾았다. 그러다가 장원급제한 설회필을 한 번 보고는 과연 그림 속 사람임을 알았다. 공태우는 부인과 요악한 여자에게 설학사의 풍모를 말하며 하늘이 낸 인연이라 여겼다. 그러고는 말 잘하는 매파를 설씨 집안으로 보내 청혼했다. 설태사 부부가 어

70

71

227) 초혼(招魂) : 사람이 죽었을 때 죽은 사람이 살아서 입던 저고리를 왼손에 들고 오른손은 허리에 대고는 지붕에 올라서거나 마당에 서서 북쪽을 향해 '아무 동네 아무개 복(復)'이라고 세 번 부름으로써 그 혼을 부르는 일.

찌 듣겠는가마는 사람이 액운을 당하면 사람 힘으로는 어쩌지 못한다. 설
태사 부부가 그저 혼인을 허락하나 둘째 부인을 들이는 예법으로 맞이하
도록 일렀다. 공태우 부부는 섭섭했지만 이미 하늘이 낸 인연이므로 즉시
날을 잡았다. 좋은 때가 멀어 네댓 달 후였다. 남연랑은 마음이 급해 손꼽
아 날을 헤아렸다.

이때 임승상 집안에서는 상국(相國)의 서녀(庶女) 미주의 나이가 15세로,
기묘하게 예뻤으니 진파의 딸이었다. 대장군 성유기의 서자(庶子) 성관과
혼인하였는데 부부가 서로 잘 어울려서 두 집안에서 기뻐하기 이를 데 없
었다.

화설. 이때 진왕이 환옥을 서당에 두고 학문을 가르쳤으나 환옥은 귓
전으로 흘려들을 뿐이었다. 그러고는 술에, 계집질에, 허랑방탕한 것이
아침에 동쪽 집 과부를 겁탈하고 저녁에 서쪽 집 규수를 다투는 식이었
다. 진왕은 몹시 화가 났다. 환옥을 잡아 곤장 오십 대를 치고는 후원(後
園) 집 한 칸에 가둔 후 밖으로는 가시를 둘러쳤다. 그러고는 하루 한 때
씩 밥을 주어 죄를 뉘우치도록 했지만, 환옥은 끝내 고칠 줄 모르고 진왕
을 원망하며 세상에 나갈 길 없음을 한탄했다. 그러다가 문득 공교한 꾀
를 내어 밥 가져오는 시녀 추란을 은근히 달랬다.

"훗날 마땅히 너를 아내로 삼을 것이니 너는 가히 내 뜻에 순종하겠느냐?"
추란이 생각하였다.

'공자가 비록 벌을 받고 있지만 혹여나 용서를 얻는다면 천한 나를 생
각하겠는가? 그러나 이제 궁한 때에 찾는 것을 보니 지금이 내 앞길이
열리는 때로구나.'

추란은 흔쾌히 명을 받들어 구차히 가시덤불을 헤치고 들어갔고, 환옥

은 흔연히 추란을 이끌어 정을 맺었다. 이후로 날마다 즐기면서 환옥은
추란에게 계교를 가르쳐 미혼단(迷魂丹) 한 쌈을 주며 말하였다.

"진왕 부부의 식사에 넣어 올려라. 이 일이 성공하면 네가 마땅히 부귀  75
영화를 누리게 해 주겠다."

추란은 아주 기뻐하며 허락했다. 알 수 없구나, 이놈이 어느 때 죽는지
다음을 살펴보라.

## 30권

차설(且說). 추란은 몹시 기뻐하며 말마다 따르겠다고 했다. 그러고는 돌아와 이날 저녁밥에 미혼단(迷魂丹)을 섞어 올렸다. 왕비는 마침 갑작스런 복통에 식사를 하지 못했고 진왕만 식사를 다 했다. 진왕은 두어 날을 앓다가 나았는데 심성이 크게 변했다. 문득 환옥이 생각나서는 그를 용서한다며 불러오라고 했다. 이에 왕비와 여러 동기들은 아주 이상히 여겼다. 왕비가 언짢아하며 말했다.

"환옥은 생각이 간사하고 교활한 아이여서 쉽게 개과할 인물이 아니니 용서하는 것이 적절치 않습니다."

진왕이 대답하였다.

"그렇지 않다. 이 아이 이제는 반드시 개과하였을 것이니 여러 말 마라."

진왕은 환옥을 불러오라고 좌우에 명령하였다. 환옥은 아주 기뻐하며 나아와 진왕 부부께 절을 올렸다. 그러고는 눈물을 비처럼 쏟으며 머리 숙여 용서를 빌었다. 왕비는 볼수록 마뜩찮으나 진왕은 환옥이 불쌍해서 견딜 수 없었다. 그래서 환옥을 위로하고 편히 하라 하며 진왕은 환옥의 손을 잡고 등을 쓸며 말했다.

"사람이 세상에 태어남에 천륜의 정은 인지상정이다. 너의 아비인 내가 어찌 자녀 가운데 너만 홀로 사랑하지 않겠느냐? 다만 너희 남매가 초씨의 요괴에게 홀려 우리 슬하(膝下)를 떠난 후 변변찮은 남가에게 가 예의범절을 못 배우고 자란 탓에 너의 누이는 스스로 자취를 감추어 천륜을 끊어버리기를 태연히 하고, 너 홀로 돌아왔으나 문득 아름답지 않은 행실이 우리 귀에 들리더구나. 부모로서 어찌 자식의 패행(悖行)이 이웃228)에 자자히 소문나서 금지옥엽(金枝玉葉)같은 자식에게 허물이 생기는 것을 걱정하지 않겠느냐? 이 때문에 너의 누이를 잃었으니 한층 더 한스러워 부모로서의 자애로움을 접고 너를 가두어 두고는 살아서는 용서할 뜻이 없었다. 그러나 다시 생각해 보니 사람이 처음에 잘못해도 후에 뉘우치면 처음보다 낫다 하니 너가 이후로 마음을 닦고 개과하여 다시 성교(聖敎)에 죄를 짓지 않는다면 우리가 어찌 여러 자식 가운데 너에게만 차등을 두겠느냐?"

환옥은 엎드려 들으면서 머리 숙여 죄를 빌었다. 그리고 말했다.

"불초자는 이미 지난 일을 후회하고 어진 마음을 숭상하니 어찌 두 번 잘못을 하겠습니까?"

진왕은 말마다 불쌍하여 재삼 경계하고 특별히 사랑하였다. 환옥은 몹시 기뻐하며 부왕의 마음을 공교로이 농락했다.

진왕이 이후로 환옥을 더욱 아껴 밤낮으로 눈앞에 두면서 도타운 사랑을 비길 곳 없이 했다. 환옥은 더욱 기세등등했다. 그러나 왕비는 환옥을 꺼려 아침저녁 문안 때에 기색이 엄정했다. 다른 자녀를 대해서는 온화하기가 봄바람 같다가도 문득 환옥이 오면 가을밤 찬 달같이 변하니 환옥의 원한이 골수에 사무쳤다.

이때 곽교란이 시집에서 쫓겨나 친정으로 돌아왔다. 부모형제는 오히려 임씨를 원망하며 곽교란이 임씨 집안과 의절한 후 병으로 죽었다는 소문을 퍼뜨렸다. 그 소문이 성안에 자자했으나 임씨 집안에서는 이를 믿지 않았다. 이즈음 진궁에서는 환옥을 위하여 며느릿감 고르기에 심혈을 기울였으나 환옥에 대해 좋지 못한 소문이 자자하니 선뜻 딸을 주려는 사람이 없었다. 무수한 중매쟁이가 곳곳으로 흩어져 몇 개월을 허비했지만 한

---

228) 이웃: {사린(四隣)}. 사방의 이웃 나라를 뜻함.

곳 혼처(婚處)를 구하지 못해 민망하였다.

7    이러던 중, 이 소식을 곽교란과 마음을 터놓고 지내는 시녀 혜옥이 듣고 곽교란에게 전했다. 곽교란 또한 환옥을 깊이 사모하여 이 소식에 기뻐하였다. 이에 부모에게 진궁의 며느리가 되겠다고 하였다. 곽상서는 즉시 말 잘하는 매파를 진궁으로 보내 청혼하고, 진왕 또한 기쁘게 허락하여 즉시 날을 잡고 혼례를 치렀다. 환옥이 곽교란을 맞아 진궁으로 돌아오니 이날 남어사와 육씨 또한 혼례식에 참석하였다. 손님들은 곽교란의 실상은 모른 채 아리따운 외모만 보고 집안을 번성시킬 며느리라고 칭송했지만 왕비는 한 눈에 곽교란의 면모를 알아보고 깜짝 놀랐다. 그래서 화기애애하지 못했다.

8    이럭저럭 날이 저물고 잔치를 마치자 곽교란의 처소를 우환당으로 정하여 보냈다. 환옥은 곽교란과 마주하여 예전 면식이 있음에 기쁨을 이기지 못했지만, 다만 왕비가 흡족히 여기지 않는 것을 속으로 불만스러워했다. 이날 황혼에 환옥은 진왕에게 저녁 문안을 드리고 왕비께도 문안을 드리려고 내전(內殿)으로 들어오다가 문득 지게문 밖에서 왕비의 탄식을 들었다. 환옥은 무슨 말인지 알아보려고 걸음을 멈추고 들었다. 왕비가 탄식하며 말하였다.

9    "환옥의 사람됨이 특히 이상하여 그저 바라기는 단아한 여자를 얻어 어질지 못한 아이가 혹 내조의 덕이라도 볼까 했는데, 오늘 신부를 보니 가히 하늘이 환옥의 짝으로 내리신 별종이구나. 고운 가운데 살기 등등하고 아름다운 가운데 교묘한 속임이 나타나니 외모가 이러하고서 그 여자의 현숙함을 어찌 믿을 수 있겠느냐? 너희의 배필들은 비록 다른 사람들보다 뛰어나다고 하지는 못해도 평범한 것이 사람들 사이

에 낄 얼굴은 되니 비록 환옥 남매를 낳지 않아도 괜찮았을 것을…. 늙
어서 이상한 남매가 생겨 이렇듯 근심거리가 되는구나. 연랑의 거처를
알 수 없는 것은 특별한 사단이 있는 것일 텐데 이후 끝을229) 알지 못
하니 염려를 놓지 못하겠구나. 눈앞의 환옥이 거동이 이상하고 해괴하
니 너희 어미 비록 말을 않으나 환옥을 볼 때마다 마음이 놀랍고 정신
이 산란하다. 억지로 그리 않고자 해도 문득 보면 마음이 놀라니 어찌
이상하지 않으냐. 차마 할 말은 아니지만 내 환옥을 보면 스스로 심신
이 산란하여 죽을 듯하니 정말 이상하지 않느냐?"

## 11

세자는 왕비의 말을 듣고 온화하게230) 위로하며 아뢰었다.

"막내아우가 진실로 군자의 행실에서는 벗어났으나 설마 왕가의 핏줄
로 부왕모비(父王母妃)의 가르침을 받고 이토록 근심을 끼치겠습니까?
부모님께서 여러 자녀를 두시니 자연 자애가 똑같지 못하신 가운데 환
옥 남매 어려서 잃어 다른 집안에서 자라다가 이제 돌아오니 어머님께
서 기르신 정이 깊지 못한 탓입니다."

왕비가 이 말을 듣고 또한 탄식하고 웃으며 말하였다.

"아이의 말이 가히 우습다. 모자지간의 천륜(天倫)은 인지상정이다. 승
냥이나 여우라도 새끼 귀한 줄 알고 날짐승 들짐승도 새끼를 살뜰
히231) 품으니 너의 어미 또한 사람의 마음으로 다 같은 자식인데 환옥
을 따로 미워하겠느냐마는 내 마음이 이러니 스스로 참기 어렵구나."

이어서 왕비는 예전 궐중에 진하(進賀)하고 나오던 길에 역적죄인(逆賊
罪人) 반관옥과 음녀(淫女) 반년화의 형(刑) 집행을 보았는데 이때 홀연 이

---

229) 끝을 : {둥미롤}. '둥닉[終乃]'의 오기로 보이기에 이와 같이 옮김.
230) 온화하게 : {이셩화괴 후여}. 이성화기(怡聲和氣)는 밝은 목소리에 화목한 분위기 라는 의미임.
231) 살뜰히 : {ᄌᄀ아}. 문맥을 고려하여 옮김.

상한 음기(淫氣)가 수레에 달려들어 자기가 놀라 하얗게 질려 돌아온 후
그 밤에 흉몽을 꾸고 환옥 남매 쌍둥이를 낳았다는 것과 이 둘은 날 때부
터 거동이 이상했다고 말하면서 탄식했다.

"이 두 아이 반드시 집안과 나라를 어지럽히고 너희와 우리 부부에게
더할 수 없는 근심을 끼칠 것이니 너희들은 두고 보면 알 것이다. 늙은
어미 요즘 심사가 불편하니 내 마음에 세월이 오래지 아닐 듯싶구나.
모든 일이 하늘의 뜻이니 사람의 힘이 미칠 바 아니지만 요즘 너희 부
왕의 마음이 변하신 것을 보니 그윽이 이상함을 이기지 못 하겠구나."

말을 마치자 근심스럽고 울적하여 눈물이 옷깃을 적셨다. 여러 자녀와
며느리들은 좋은 말로 왕비를 위로하였다.

환옥이 이 말을 들은 후 원통함과 분노를 금할 길이 없었다. 하지만 별
수 없어 눌러 참으며 헛기침을 한 후 밖에서 들어오는 체하며 방으로 들
어갔다. 모두가 말을 멈추었다. 환옥은 거짓으로 얼굴색을 고치고 모친인
왕비가 평안한지를 여쭙고 가만히 눈을 들어 기색을 살폈다. 왕비의 안색
은 엄했는데 눈가에 그 엄함이 묻어났다. 환옥이 우러러 말을 붙이기 어
려웠다. 환옥이 비록 담대하지만 감히 우러러 보지 못하고 기운이 꺾여
겨우 문안을 마치고 돌아 나왔다. 환옥은 혼자 생각하였다.

'내 나이 17세에 재능과 외모가 남보다 못하지 않고 또한 부모께 불효
한 것이 없는데 모비는 어찌하여 이토록 나를 싫어하실까? 부왕이 비
록 요즘 신통한 약의 효험으로 잠시 부자의 윤리와 기강을 허락하셨지
만 실은 본정이 아니니 만일 시간이 지나 옛 마음이 돌아오면 어찌 나
와 곽씨를 좋아하실 리 있겠으며, 이런 가운데 모비가 이 같으시고 여
러 형과 누이 또한 좋아하지 않으니 특별히 나를 모함하는 간사한 말이

## 16

없을 줄 어찌 믿겠는가? 이렇게 되면 내 한 몸 진퇴양난일 것이니 마땅
히 때를 타 신통한 약을 골고루 맛보여야겠다.'

교묘한 생각이 미치지 않은 곳 없이 이렇듯 중얼거리며 환옥은 신방(新
房)에 이르렀다. 무수한 종들이 색색 비단옷에 촛불을 들고 맞았고, 곽교
란은 교만한 얼굴에 칠보로 온갖 장식을 하고는 부끄러운 듯한 낯빛에 교
태를 머금고 환옥을 맞았다. 자리에 앉자 만고의 탕자(蕩子)와 음녀(淫女)
가 동방화촉(洞房華燭) 아래 마주한 것이었다. 피차 구면임을 어렴풋하니
느끼고 반가워하며 기쁨을 감추지 못했다. 바삐 촛불을 장 밖으로 물리고
비단 병풍을 닫았다. 탕자음부(蕩子淫婦)가 벌거벗은 허리를 한가지로 하
니 음란한 모습이 말로 하기 어려울 지경이었다. 밤이 깊어지자 두 사람
은 지난 날 면식이 있는 것이며 옛 일들을 일컬으며 즐겁게 대화를 나누
어 밤새는 줄 몰랐다. 곽교란이 교태로운 목소리를 낮추어 말했다.

"처음에 첩이 임천흥의 헛된 문명을 받았을지언정 실은 그의 면목도
자세히 아지 못하고, 팔 위 한 붉은 점232)은 낭군이 지웠으니 실제는
처녀와 다름없는 줄 아시죠?"

환옥은 웃으며 대답했다.

"그대는 염려 마오. 곽국구의 손녀요, 곽상서의 딸이니 그 이름난 집안
의 문벌이 대단하오. 진승상 부인이 다섯 번 개가했지만233) 이를 허물
이라 하지 않았고 그대 어깨의 앵혈(鸚血)은 곧 내가 씻은 것이니 그대
는 나를 하찮게 여기지나 마오. 내 어찌 허물을 삼겠는가?"

---

232) 팔 ~ 점 : 앵혈(鸚血)을 말함. 앵혈은 여자의 팔 위에 찍는 앵므새 피로, 순결한 처녀일 때는 이
핏자국이 선명하게 보이고 남자와 동침하게 되면 이 핏자국이 없어지게 된다고 함. 남자의 경
우에도 이는 똑같이 적용됨.
233) 진승상 ~ 개가했지만 : 한나라 승상 진평(陳平)의 아내가 다섯 번 개가하고 다시 진평과 혼인한
일을 가리킴.

곽교란이 기뻐하며 부리는 천 가지 만 가지 교태는 형언하기 어려우니 남녀의 은밀한 의논이기 때문이었다. 이튿날 아침 환옥과 곽교란은 함께 정전으로 나아가 문안했다. 진왕은 몹시 사랑하지만 왕비는 괴로운 듯 눈썹을 찡그리며 사색이 불안했다. 환옥은 마음에 더욱 분을 품었다. 곽교란은 인하여 진궁에 머물렀는데 행동거지가 음란하고 교활하여 궁중 상하가 불행함을 견디지 못했다.

이때 설씨 집안에서는 공씨 집안과의 혼례일이 되자 희필 공자가 간략히 예를 갖추어 공녀를 맞아 왔다. 태사 부부와 여러 친척들이 신부를 보고 놀라기를 금치 못하며 걱정주머니[234]라 일컬었다. 설직사는 비록 나이 어리지만 안목이 있어 한 눈에 신부가 마음이 밝은 사람이 아닌 것을 알았다. 그러니 어찌 한 때나마 집안에 머물 뜻이 있겠는가? 하지만 미리 초를 치는 것은 철인(哲人)의 명견(明見)이 아니라 여기며 깊이 헤아렸다. 그래서 무심한 듯 개의치 않으며 다만 대소사에 가옹(家翁)의 눈 어둡고 귀 먹음을 본받았다.[235] 그리하여 비록 부모의 명으로 요녀(妖女)를 집안에 두었으나 한 번도 그 발길을 요녀의 처소로 가져가지 않았을 뿐 아니라 여러 사람이 볼 때도 눈 한 번 들어 쳐다보지 않았다. 요녀는 천신만고 끝에 세상 사람들이 생각지 못할 교묘한 계교를 부려 두세 번 이름을 바꾸고 얼굴을 고쳐 임소저를 없애고 구차히 설씨 집안과 인연을 맺었지만 설직사의 매정함은 오히려 예전 임한림보다 더했다. 남연랑은 크게 실망하여 스스로 어쩔 줄 몰랐다.

---

234) 걱정주머니 : {걱정줌치}.
235) 가옹(家翁)의 ~ 본받았다 : 눈 먹고 귀가 멀지 않고서는 한 집안의 가장노릇을 하기 어렵다는 것으로, 당나라 곽자의(郭子儀)가 안록산의 난 등을 평정한 공으로 현종은 승평공주(昇平公主)를 그 아들 곽애(郭曖)와 혼인시켰는데 이들이 매일 부부싸움을 하며 어지럽게 굴자 현종이 곽자의를 위로하며 했다는 말.

이때 임씨 집안 설의열은 마침 병이 있어 요녀의 혼례식에 참석하지 못했다. 이후 시간은 흘러 새봄 좋은 때를 맞았다. 임성렬이 먼저 친정으로 가 부모님과 여러 친척 동기들을 반가이 만나고 새해를 축하했다. 집안에는 즐거운 소리가 넘쳐흘렀다. 열흘 동안 머문 후 설씨 집안으로 돌아갈 때 존당 어르신들께 인사를 했다.

"이제 친정에 온 지 오래 되었고 직사 시아주버니께서 결혼하셨으나 시누이가 귀녕(歸寧)하지 못해 시부모님의 그리움이 간절하십니다. 손녀는 설씨 언니와 더불어 돌아가고자 합니다." 22

할머니 관부인과 상국 형제가 흔쾌히 말했다.

"네가 비록 청하지 않았어도 우리는 이미 설씨 며느리를 너와 함께 보내려고 했었다."

하고는 설의열에게 명하여 임성렬과 함께 본부로 가 십여 일 머물다 오라고 했다. 설의열은 감사하며 명을 따랐다. 이에 존당 어르신들께 하직 인사를 올리고 임성렬과 함께 성대한 차림으로 설씨 집안에 이르렀다.

태사 부부는 어머니 목부인을 모시고 정당에서 딸과 며느리를 만났다. 23 서로를 반가워하는 회포는 상하가 없었다. 예를 마치고 자리에 앉자 신부란 것이 시누이에게 새로 뵙는 예를 올리고 자리에 들었다. 설의열은 비록 짐작했던 것이지만 한 눈에 새로이 놀랍고 안타까움을 이기지 못해 오랫동안 눈길을 떼지 못했다.

설의열의 눈길에 담긴 밝고 바른 기운이 요녀의 얼굴에 쏘이자 피부에 요괴로운 거동이 점점 드러나더니 완전히 예전 남연랑과 같아졌다. 좌우 사람들은 그 변화에 깜짝 놀랐고 설의열과 임성렬 또한 놀랐다. 그래서 열매와 양파를 돌아보자 양파가 요녀를 단단히 붙잡았다. 요녀는 이때를 24

당해 큰 담력으로도 어쩔 수 없었다. 형세가 이롭지 않음을 알고 달아나고자 했지만 붙잡혀 어쩔 수 없자, 긴 치마를 후려치고 화관을 벗어던진 후 한 줄기 몰아치는 괴이한 바람이 되어 공중으로 뛰어올랐다. 그러고는 순식간에 자취를 감추었다. 집안사람들 모두 갑자기 해괴한 광경을 보고 놀라지 않은 사람이 없고 공씨 집안 비복 역시 놀라 홀린 듯했다. 설공이 공씨 집안 시녀를 불러 당 아래 꿇리고 엄히 물었다.

"너희 주인은 선비가의 규수인데 무슨 이유로 요술을 부려 이런 변란을 일으키느냐? 너희 등이 사실을 바로 고하지 않으면 당당히 중형으로 다스릴 것이니 이실직고하여라."

공씨 집안 시녀들이 모두 떨며 고하였다.

"과연 우리 주인께서 1남 1녀를 두시어 한 아들은 아직 어리고 딸은 올봄 세상을 떠났습니다. 주인 부부가 밤낮으로 서러워하시다가 어느 날 밤 울음소리를 따라가 한 여자를 데려왔습니다. 그 여자의 근본을 물어보니 본래 선비 집안의 여자로 부모가 다 돌아가신 후 더러운 욕을 당하게 되자 죽으려 했다고 대답했습니다. 그러자 주인 부부가 불쌍히 여겨 양녀를 삼았던 것입니다. 그런데 어느 날 밤에 소저가 신기한 꿈을 꾸었다고 하면서 이 집안 직사 어른의 배필이 되겠노라 하시자 주인께서 매파로 청혼하여 이리 된 일입니다. 그 밖에는 모르는 일입니다."

또 설의열을 향하여 엎드려 절하고 말하였다.

"만일 의열 현비의 신명하신 성덕이 아니었다면 요괴를 알지 못하고 우리 주인 부부와 저희 등이 다 이 요괴에게 목숨을 잃을 뻔 했습니다."

말이 분명하고 사연에 조리가 있어 사건과 관련 없음이 분명했다. 설씨 집안 상하 여러 사람들은 뜻밖에 공씨 집안 시비들이 전혀 사건을 모르고 있음을 보고 다시 물을 말이 없었다. 태사가 이에 한 폭 그림을 내어 글을 쓴 후 혼인문서와 함께 공씨 집안으로 보냈다. 공씨 집안 종들이 돌아가 설태사의 글을 올리며 전후사연과 소저라 했던 이가 순식간에 변하여 공중으로 달아난 것을 고했다.

"천한 저희가 무식하지만 옛말에 사특한 도는 감히 정도(正道)를 범하지 못한다 한 것이 옳았습니다. 설의열 부인이 자리에 이르시자 이 변이 이리이리 일어났으니 반드시 사람이 아니라 옛날 달기(妲己)236) 같은 요괴였습니다."

공태우 부부는 사연을 다 들은 후 너무 놀라 두 눈이 휘둥그레져서는 서간을 열어보았다. 서간은 다음과 같았다.

제가 막내놈의 결혼이 늦어지기에 조숙한 여자를 얻어 며느리로 삼고자 했는데 뜻밖에 사돈께서 구혼하시기에 혼인을 허락함은 진실로 사돈이 인자하시기에 따님 또한 세속의 여자와 다를 것이라 여겼기 때문이었습니다. 그런데 오늘 천고의 기이한 변을 눈앞에서 당하고 보니 어찌 한심스럽고 놀랍지 않겠습니까? 또한 사돈의 인자함으로 어찌 이런 괴이한 일이 있습니까? 안타깝습니다만 사돈께서 자녀가 많지 않고 어질어 요얼이 잘못 얽힌 것이니 그 사정이 또한 처량합니다. 제가 길게 유감 을 품지 않을 것이니 사돈께서는 빨리 저희 집 채례문명(采禮問名)237)을 보내십시오.

---

236) 달기(妲己) : 은(殷)나라 주왕(紂王)의 비(妃)로 그지없이 음란하여 주왕의 폭정을 방조했는데, 뒤에 주(周)나라 무왕(武王)에게 죽임을 당함. 고전소설이나 설화 등에서 달기는 구미호의 변신으로 설정되는데, 여기서도 이러한 전통을 이어받아 달기를 요괴로 칭하고 있음.

237) 채례문명(采禮問名) : 신랑집에서 신부집에 혼인하기를 청하여 혼서지와 폐백을 함에 담아 보내는 납폐의 예를 채례라 하고, 신랑집에서 서신을 보내 신부 어머니의 성씨를 묻는 혼인의 한 절차를 문명이라 함. 여기서는 문맥상 혼인을 위해 보낸 문서를 통틀어 이른 것임.

공태우 부부는 서간을 읽은 후 매우 부끄럽고 후회스러웠지만 어쩔 수 없었다. 그리고 마찬가지로 요녀 탓하기를 마지않으며 즉시 채례문명(采禮問名)을 보내고 답장을 다음과 같이 보냈다.

뜻밖에 선생의 친서를 받아 사연을 보니 한편 놀랍고 부끄러움을 이기지 못하겠습니다. 요인(妖人)의 간사한 정체가 드러났는데, 만일 간사함을 적발한 사돈댁의 신명함이 아니었으면 어찌 요얼을 쉽게 분간했겠습니까? 저의 집안을 보전할 수 있는 것은 또한 사돈댁의 은혜입니다. 요얼의 근본을 알았으니 어찌 사돈댁 채례(采禮)를 누추한 저의 집에 잠시나마 두겠습니까? 삼가 받들어 돌려보냅니다. 글을 씀에 부끄럽고 무안함을 이기지 못하여 몸 둘 바를 모르겠습니다.

설태사가 다 읽은 후 한탄하며 말했다.

"이 사람을 비록 군자라고 일컬을 수는 없으나 충실하고 담박한 사람이었는데, 안목이 없어 하마터면 요녀(妖女)를 얻어 집안을 망칠 뻔했구나."

이렇게 말하면서 안타까움을 금치 못했다. 설의열과 임성렬은 요녀(妖女)의 얼굴이 변하자 의심할 여지없이 연랑인 줄 알고 분함을 이기지 못했다. 그러나 하늘의 뜻을 짐작하여 집안에서 이 일을 함부로 떠들지 못하게 했다. 십여 일 후, 설의열은 시댁으로 돌아갔다. 시어른들의 사랑이 새삼스러웠다.

이때 이부상서(吏部尙書) 용도각(龍圖閣) 태학사(太學士)[238] 임창홍은 어

---

238) 이부상서(吏部尙書) ~ 태학사(太學士) : 이부상서(吏部尙書)는 문관의 선임과 훈봉, 관원의 성적 고사(考査), 포폄(褒貶)에 관한 일을 맡아보던 이부의 수장을 가리킴. 용도각(龍圖閣)은 원문을 비롯해 고전소설에서 흔히 '용두각'으로 표기되어 있는데, 송(宋) 나라 진종(眞宗) 때 건립

린 나이지만 뛰어난 재주와 놀라운 능력을 온 조정에 드러내어 세상에 그 풍채와 빛나는 재주를 견줄 만한 사람이 드물었다. 때문에 딸을 둔 여러 재상과 제후들 중 임창홍을 마음에 두지 않은 이가 없었다. 32

예전 남창지부 조운은 후덕(厚德)하기가 세상에 드문 사람으로 벼슬은 어사중승(御史中丞)[239]이었다. 그 아내 상씨는 예전 추밀 상공의 딸로서, 이는 곧 설태사 부인 상씨의 재종아우였다. 슬하에 1남 1녀를 두었는데 아들은 혼인하였고, 딸 운화의 천부적인 재주와 용모는 보통 사람과 달랐다. 옥 같은 얼굴은 얼음같이 맑아 하늘 연못의 연꽃 같고, 버들 같은 눈썹에 고운 눈매는 깨끗한 것이 가을서리 맞은 계수나무 꽃 같았다. 성격이 깨끗하고 기질이 호연(浩然)하여 비녀 꽂은 군자요, 치마 입은 장부였다. 33 때문에 그 부모가 사랑하고 귀해 하는 것이 아들, 며느리 위에 있었다. 부모는 특별히 사윗감에 신경을 썼으나 미처 정하지는 못했다.

예전 조운이 외임(外任)을 마치고 돌아올 때 역중에서 쉬고 있었는데 이때 점주의 딸 월선이 설상서가 머문 방에 들어가 구란차(九鸞釵)를 훔쳤다. 그러고는 그물에 걸린 고기처럼 당황하며 혹 들킬까 두려워 겻집에 숨었다가 날이 밝아 여러 손님이 돌아가면 나오려고 하였다. 그러나 막상 날이 밝자 조운 일행의 위엄 있는 행차가 대단하여 감히 나오지 못했다. 34 이때 조소저 운화의 유모 낭구가 뒷간 갔다 오던 길에 10세쯤 된 여자가 시골여자 복색으로 무언가를 치마에 싸 옆에 끼고 방황하는 것을 보고 이상히 여겨 물었다.

---

한 관부(官府)로, 태종(太宗)의 어서(御書), 어제 문집(御製文集) 및 보록(譜錄), 보물 등을 봉치하고 학사(學士), 직학사(直學士), 대제(待制), 직각학사(直閣學士) 등의 관리를 두었음.

239) 어사중승(御史中丞) : 옛 중국에서 정부를 감찰하던 어사의 하나로 한나라 때부터 명나라 초까지 있었음.

"너는 누구길래 이 곳 서울 재상의 집안사람들이 계신 곳까지 방자히 들어왔느냐?"

월선이 놀라고 두려워 황급히 엎드려 꿇으며 말했다.

"저는 이 마을에 사는 아이입니다. 우연히 귀한 행차를 구경하고자 들어왔다가 문전의 위의가 하도 대단하여 능히 나갈 길이 없어 방황하고 있습니다."

이렇게 말하던 중 문득 구란차(九鸞釵)[240]가 땅에 떨어져 구르면서 낭 낭하고 맑은 옥성에 서광이 일었다. 월선이 다급히 거두어 줍자 낭구는 시골 여자가 이런 귀한 보배를 가진 것을 놀라며 바삐 빼앗아 보려고 했다. 월선이 얼굴을 붉히며 머뭇거리자, 낭구가 위력으로 빼앗았다. 정말 천하에 값을 정하기 어려운 보배였다. 낭구가 놀라며 물었다.

"이 보배로운 비녀는 어디서 났느냐?"

월선이 대답했다.

"저의 아버지가 본래 박물장수입니다. 이 비녀를 가져왔기에 제가 갖고 싶어 했으나 주시지 않았습니다. 그래서 부모 모르게 가만히 가져와 자세히 보려고 했습니다."

낭구는 그런가 여겨 다시 말했다.

"그러면 너의 아비는 이문을 얻으려는 장사꾼으로 다른 데 팔려고 가져왔을 것이니 네 나를 따라와 우리 부인께 보이고 이 비녀를 팔아라."

월선이 크게 놀라며 대답했다.

"아버지께서 말씀하시길 서울 임공후 댁[241] 재상이 며느리를 주려고

---

240) 구란차(九鸞釵) : {구옥차}. 전후로 동일한 물건을 '구란차로 쓰고 있어 통일함.
241) 임공후 댁 : {임공후 직흐처}.

특별히 비녀를 부탁하였기에 천하를 다 돌며 겨우 구해 바치려 한다 하셨습니다. 그러니 어찌 다른 곳에 팔겠으며, 천한 제가 가져다 판다면 부모가 크게 꾸중하실 것이니 팔지 못하겠습니다."

그러나 낭구는 우겨 비녀를 쥐고서 월선을 안으로 데려갔다. 그러고는 37부인과 소저께 내보이며 사연을 고하였다. 지난 밤 부인은 한 꿈을 얻었다. 꿈 속 신인(神人)이 말하기를, '아침에 난봉구란차(鸞鳳九鸞釵)를 볼 것이니 구태여 그 근본을 자세히 알려 하지 말고 천금을 아끼지 말고 사거라. 반드시 이것으로써 운화 필생에 큰일을 정할 것이다.' 하였다. 부인은 꿈이 정말 이상하다 여겼는데, 낭구가 한 시골 여자를 데려와 보이며 비녀를 내놓았다. 부인이 보기에도 정말 특이한 물건이었다. 부인은 지난 밤 꿈을 떠올리며 팔기를 청했다. 그러나 월선이 끝내 거절하자 부인이 말했다.

"마땅히 네 아비를 불러 오너라. 값을 주겠다."

월선은 발악해봐야 피할 수 없다는 것을 알았다. 그리고 만일 제 아비가 이 일을 알게 되면 크게 꾸짖고 매를 맞을 것이라 생각했다. 그래서 망극하여 울며 말했다.

"부모가 알면 천한 저는 죽을 것입니다. 엎드려 빌건대 부인께서는 불쌍히 여겨 도로 주시거나 그렇지 않으시면 차라리 값을 주지 말고 그저 가지십시오. 부모가 엄하니 천한 저를 용서치 않을 것입니다."

이렇게 간절히 빌자 부인이 말했다.

"어찌 무단이 네 것을 빼앗겠느냐?"

부인은 좌우에 명하여 백은 천 냥을 주었다. 월선은 기대 이상으로 많은 은을 얻어 몹시 기뻤다. 돌아오니 날은 벌써 늦어져 설학사 일행이 돌아간 뒤였다. 월선은 너무 많은 은자를 감히 부모에게 보이지 못했다. 그래서 깊이 두엄에 묻어두고 조금만 가지고 들어가 부모에게 보였다. 부모는 어디 갔었던가를 물으며 은은 어디서 났느냐 물었다. 월선은 대답했다.

"유대랑 집에 머물렀던 대관은 외직을 지내다가 승진하여 서울로 돌아가는 길이었는데 내 그곳에 구경 갔다가 그 부인과 소저가 나를 보시고 은을 주었습니다."

그 부모는 이 말을 곧이듣고 부인과 소저의 성덕에 못내 감격했다. 이후 월선은 자라 혼인한 후 차차 그 은자를 꺼내 생계를 삼았다. 후에 조운화가 이부상서 임씨의 부인이 되어 자녀를 낳고 기이한 일들을 겪을 때 월선이 구활하게 되는데, 이 역시 조씨가 준 백은 천 냥을 무단히 삭이지 못한 것으로 윤회보복(輪廻報復)의 도리가 이와 같다.

조어사는 식솔을 이끌고 무사히 서울로 돌아와 황제를 뵈었다. 황제는 특지(特旨)를 내려 어사중승(御史中丞)으로 임명하였다. 이어 옛집으로 돌아와 가족과 편히 세월을 보냈다.

순식간에 시간은 흘러[242] 여러 해가 지났고 운화 소저의 나이는 16세가 되었다. 이미 비녀 꽂을 나이가 지났지만 안타깝게도 세상에 드문 여중영걸에 걸맞은 군자를 구하기가 쉽지 않았다. 조공은 조심스레 임씨 집안 여러 아들의 면모가 세상에 대적할 이 없음에 주의를 기울였다. 그러나 그런 중에도 안타까운 것이 있었다. 모부인 상씨가 소저를 임신했을

---

242) 순식간에 ~ 흘러 : {고어한삭(枯魚銜索)의 이쉬 홀홀(忽忽)ᄒᆞ여}. '고어함삭(枯魚銜索)'은 마른 고기를 매달아 놓은 노끈이 썩는다는 뜻으로, 사람의 목숨도 썩은 노끈처럼 허술하게 끊어짐을 비유해 이르는 말인데, 여기서는 시간이 순식간에 흐른다는 '이슈홀홀'을 꾸며 쉽게, 빨리 시간이 흐른다는 정도의 의미로 쓴 것인 듯함.

## 42

때 꿈에 신인(神人)이 나타나 '부인은 천문을 우러러보라.' 하기에 부인이
공중을 올려다보니 만리장천 조각구름조차 없는 구만 리 창공에 날아오
르는 대붕(大鵬)이 있었다. 색색구름과 상서로운 안개 속에서 대붕이 날갯
짓하여 신비로운 안개를 발하는 가운데 색색기린과 봉황이 사방에 넘놀
며 둘렀다. 그리고 붉고 흰 연꽃들이 찬란히 섞어 핀 가운데 운무(雲霧) 사
이로 문득 백련 한 송이가 부인에게 떨어졌다. 부인이 황망히 연꽃을 거
두자 신인이 웃으며 말하였다.

"만일 난봉구란차(鸞鳳九鸞釵)의 임자가 아니면 어찌 운화의 배필이 되
겠는가?"

부인은 꿈에서 깨어난 후 임신하여 딸을 낳았다. 이름을 운화라 하고,
자(字)는 몽연이라 했다. 소저는 점점 자라나 어여쁜 얼굴이 한갓 세상에
뛰어날 뿐 아니라 문장이 박식하고 지식이 넓고 깊어 규중 어린 소녀 같
지 않았다. 부모는 딸을 천금보배같이[243] 사랑하며 사윗감을 고르는데

---

243) 천금보배같이 : {년성지벽(連城之璧)과 묘승지쥬(趙勝之珠)又치}. 여러 성과 바꿀 만큼 값어치
가 나가는 좋은 옥과 조승의 구슬이라는 뜻. 중국 전국시대 때 초나라 화씨(和氏)가 초산에서
발견한 옥돌을 여왕(厲王)에게 바쳤으나 여왕은 그 진가를 알지 못한 채 화씨가 자기를 속이려
했다고 생각하여 발뒤꿈치를 자르는 월형에 처했음. 여왕이 죽고 무왕(武王)이 즉위하자, 화씨
는 또 그 옥돌을 무왕에게 바쳤으나 무왕 역시 화씨가 자기를 속이려 했다고 생각하고는 남은
오른쪽 발을 자름. 무왕이 죽고 문왕(文王)이 즉위하자, 화씨는 초산 아래에서 그 옥돌을 끌어
안고 사흘 밤낮을 울었고 나중에는 눈물이 말라 피가 흐를 정도였음. 문왕이 이 소식을 듣고 그
를 불러 까닭을 묻자 화씨는 "나는 발을 잘려서 슬퍼하는 것이 아닙니다. 보옥을 돌이라 하고,
곧은 선비에게 거짓말을 했다고 하여 벌을 준 것이 슬픈 것입니다."라고 말했음. 이에 문왕이
그 옥돌을 다듬게 하니 천하에 둘도 없는 명옥이 되었고 그의 이름을 따서 '화씨지벽(和氏之璧)'
이라고 이름함. 그 후 이 화씨지벽은 조(趙)나라 혜문왕(惠文王)의 손에 들어갔는데, 진(秦)나
라 소양왕(昭襄王)이 이를 탐내 15개의 성(城)과 맞바꾸자고 한 것에서 연유하여 화씨지벽을
'연성지벽(連城之璧)'이라고도 함.
조승(趙勝)은 중국 전국시대 말기에 살았던 조(趙)나라의 공자(公子)로 평원군(平原君)에 봉해
졌음. 맹상군·춘신군·신릉군 등과 함께 '사군(四君)'의 한 사람임. 3차례에 걸쳐 재상이 되었
으며, 현명하고 붙임성이 있어 식객 3,000명을 먹였다고 함. 진(秦)나라 군대가 조나라의 수도
한단(邯鄲)을 포위·공격하자, 초(楚)나라의 춘신군 및 위(魏)나라의 신릉군 등의 원조를 받아
진나라 군대를 물리쳤음.

범상치 않았다. 그러던 중 부인이 또 여행 중에 신기한 꿈을 꾸고 구란차

44  (九鸞釵)를 얻은 것이었다. 구란차를 보니 난새와 봉황이 서로 만난 가운
데 아홉 색깔 난새가 홍옥과 청란으로 섞여있고, 상서로운 기운과 오색
빛깔이 영롱한 가운데 난봉의 날개 밑에 은은히 '운화상선기봉'이라는 글
자가 새겨져 있었다. 부인은 이번에 난차를 얻게 되자 아주 기뻐하며 딸
에게 주고 어사께 이 사연을 고하였다. 어사 또한 신기하게 여겼지만 서
울의 어느 번듯한 권세가에 난차의 연분이 있는지 알 수 있었을까? 때문
에 소저의 아름다운 인연은 점점 늦춰지게 되었다.

45  하루는 설태사 부인이 친정으로 가 선조 충무공 정현왕의 기제사를 지
내는데 조어사 부인 또한 함께 참례하여 친족의 정을 나누었다. 이때 조
어사 부인은 설부인 5자 1녀의 영화로움과 기이한 복록을 못내 칭송하고
감탄하며 말했다.

"언니는 진실로 세상에 희한한 복을 가졌습니다. 저는 한 아들이 겨우
혼인을 하였을 뿐 딸아이는 진짜 도요(桃夭)[244]의 봄빛이 늦게 되었음
에도 한낱 사위를 가리지 못했습니다. 가히 천하의 인재가 드문 것인
지 저의 바람이 과한 것인지 모르겠습니다."

설부인이 말하였다.

46  "예부터 군자가 있으면 숙녀가 있고 재주 있는 선비가 있으면 아름다
운 여인이 나는 것이니 나무나 짐승도 반드시 짝이 있다. 질녀처럼 현
숙한 여자에게 어찌 그에 걸맞은 짝이 없겠는가?"

조부인이 대답했다.

---

244) 도요(桃夭) : 『시경(詩經)』「국풍(國風)」〈도요〉 시에 나오는 '도지요요(桃之夭夭)'에서 온 표현
으로 복숭아나무가 한껏 물이 올라 싱싱함을 의미하여 시집갈 때를 비유함.

"설마 세상에 인재가 없겠습니까만은 딸아이를 임신한 초기에 이러이러한 꿈을 꾸었고, 또 외임을 마치고 서울로 돌아오는 길에 이리이리하여 난봉구란차라는 비녀를 얻었으며, 꿈자리 또 이러하니 생각건대 반드시 이 비녀의 자웅이 있을 것 같습니다. 수컷 비녀를 가진 곳에 하늘이 점지한 인연이 꼭 있을 것 같은데 어디 있는 줄 알아야 말이지요. 그래서 사윗감을 고르는 데 근심이 적지 않습니다."

설부인이 놀라며 말했다.

"그러면 그 비녀의 생김새가 어떠하며 얻은 때는 언제인가?"

"모년 모월 모일 여행 중에 이러이러하여 한 시골 여자에게 천금을 주고 샀습니다. 언니가 어찌 놀라십니까?"

"다른 일이 아니라 딸아이 결혼할 때 임씨 집안에서 보내온 예물이 이러이러한 난봉구란차 한 쌍이었는데 그 생김이 이러이러했다. 딸아이가 산동으로 귀양 가 지낼 때 계속된 변고에 숨어 지냈는데 그때 아들 녀석이 누이를 따라갔다가 딸아이가 끝내 화를 면치 못하고 물에 빠져 자살하는 것을 보고 겨우 딸아이가 지녔던 옥비녀 한 짝을 얻어 오던 중 이러이러한 역참에서 잃은 지 4~5년이 되었는데 능히 이 비녀를 찾지 못했네. 후에 딸아이는 다시 살아 돌아왔으나 이 비녀는 자웅이 서로 떨어지게 되었는데, 자네의 말이 아주 의심스러워 이상하여 묻는 것이니 그 비녀를 한 번 구경하고 싶으이."

조부인도 이상스러워 즉시 시녀를 보내 소저의 유모 낭구와 함께 난차를 가져오도록 한 후 설부인께 보여드렸다. 설부인이 받아보니 분명 임씨 집안의 물건으로 딸아이에게 예물로 주었던 것이었다. 설부인은 매우 기특하게 여기며 탄식했다.

47

48

49

"이는 의심할 바 없이 임씨 집안 물건이구나. 그러나 자네가 많은 돈을 주고 샀으니 내 마땅히 임씨 집안에 소식을 넣어 서로 편할 도리를 구하게 하겠네."

조부인이 또한 대답했다.

"이 물건이 질녀가 지녔던 것이라니 마땅히 돌려보낼 것이지만, 신기한 꿈을 두 번 꾼 후로 이 난차의 연분을 지닌 이를 사위로 구하고 있는데 남편의 뜻을 알지 못하니 도로 가져가겠습니다."

설부인은 고개를 끄덕였다. 두 부인은 서로 헤어져 각자 집으로 돌아온 후 조부인은 어사에게 설부인의 말을 자세히 전했다. 어사는 매우 신기하게 여기며 이에 다음날 난차를 가지고 직접 설씨 집안을 방문하였다.

## 51

설태사가 어사를 맞아 서로 인사를 나누고 자리에 앉자 어사가 먼저 말하였다.

"제가 근래 일이 많아 오랫동안 찾아뵙지 못한 탓에 어린아이가 스승을 그리워하는 것 같았습니다. 오늘은 겨우 짬을 얻어 특별히 선생과 상의하고자 하는 일이 있어서 왔습니다."

태사도 혼연히 대답하였다.

"저 역시 공을 오랫동안 뵙지 못하여 그리워하는 마음이 깊었는데 공께서 먼저 찾아주시니 족히 회포를 풀겠습니다."

드디어 설추밀을 비롯한 네 형제가 차례로 어사에게 인사를 올리고 각
각 안부를 여쭌 후 이윽고 술상을 내와 손님과 주인이 함께 마시며 한가히 담소를 나누었다. 대화가 무르익자 어사가 말하였다.

"제가 본래 자녀가 많지 않아 다만 딸, 아들 하나씩을 두었습니다. 아들 녀석은 벌써 자라 혼인을 치렀습니다만 여식은 나이가 비녀 꽂기에 늦

었으나 능히 좋은 사윗감을 구할 곳이 없고 이러이러한 이유로 이 비녀의 임자로 하늘이 내신 인연이 있다 하는데, 대장부가 어찌 허탄한 꿈을 믿겠습니까? 그러나 앞뒤 일이 자못 이상하여 지금까지 마음만 쓰고 결단치 못하였습니다. 그런데 집사람의 말을 들으니 이 비녀는 댁의 딸이자 임씨 며느리인 의열비가 잃은 것이라 하니 물건의 짝을 찾아 주는 것이 옳고 또 옛 주인에게 돌아가는 것이 당연하여 제가 이제 이 비녀를 가져왔습니다. 또 이로써 생각건대 제 딸아이의 인연이 임상서께 있는가 싶으니 선생께서는 능히 대의를 헤아리셔서 월로(月老)의 붉은 실 맺기245)를 맡으시어 댁의 딸로 하여금 주실(周室)246)의 풍채를 빛나게 해 주시겠습니까?"

태사가 흔연히 미소를 지으며 말했다.

"영녀(令女)의 현숙함을 저 역시 안 지 오래 되었으니 어찌 의심함이 있겠습니까? 당돌한 말씀입니다만 제 여식이 또한 이남규목(二南樛木)247)의 화목함이 있고 우리 사위는 오늘날 어린 성인군자라 할 만하니 어찌 문왕(文王)의 크고 넓은 성덕뿐이겠습니까? 단지 걱정스러운 것은 임상국이 늙도록 아주 까다롭고 찬찬한 장부이고 또 집안을 어지럽게 하는 여자가 있어248) 분란을 일으킨 것이 여러 번이라 흔쾌히 따르지 않을까 근심스럽습니다. 그러나 이제 저와 공께서는 한 마음 한 뜻으로 어

---

245) 월로(月老)의 ~ 맺기 : 월하노인(月下老人)이 붉은 실로 부부 인연이 있는 남녀를 묶어 둔다는 고사에서 온 말.
246) 주실(周室) : 주나라를 가리킴.
247) 이남규목(二南樛木) : 이남은 「주남(周南)」과 「소남(召南)」을 아울러 이르는 것으로 규목과 함께 모두 『시경(詩經)』의 편명임. 주남과 소남은 수신(修身)과 제가(齊家)를, 규목은 윗사람의 덕이 아래로 널리 미쳐 집안이 화평하고 복이 깃드는 것을 노려한 것임.
248) 집안을 ~ 있어 : {녀알(女謁)이 창성한 탓에}. 여알(女謁)은 군주의 총애를 믿고 권세를 농단하는 궁녀를 가리키는 것으로 일반 사대부가의 경우에도 쓰임.

찌 다른 뜻이 있겠습니까? 이제 당연히 우리가 함께 난차를 가지고 임
승상 댁으로 가 저 부자조손(父子祖孫)의 기색을 보아 구혼합시다."

이럴 즈음 여이공이 이르렀다. 조어사와는 구면으로 서로 인사를 마쳤
다. 여이공이 물었다.

"설형이 요즘 가장 어른인 체하며 다른 곳에 출입하기를 삼가더니 갑
자기 어디를 가려고 거마(車馬)를 차립니까?"

공이 웃으며 답했다.

"그대는 집안 체면을 생각하더라도 언감생심 늙은 재상에게 함부로 하
지 못할 것인데 한낱 처남이라고 어른임을 생각지 않고 늘 입을 사납게
놀리는가? 피차 젊을 때는 누이를 보아 행여 젊은 나이에 소박이나 당
할까 겁먹어 자네에게 부끄럽게 질 때가 많았지만 지금에도 그리 겁내
겠는가? 진실로 섣부르고 어리광스러워 보이네. 내가 어디를 가는가
묻는데, 어디를 간다고 바로 이르면 또 따라가 무슨 미치광이 장난을
치려고?"

여공이 크게 웃으며 말하였다.

"누가 사위[249]를 백 년 손님이라 했는가? 아무리 늙었다고 처남의 도
리에 언감생심 매부에게 핀잔을 줄까마는 설형이 나이 들고 자녀가 출
세하니 자기의 호승지심(好勝之心)[250]을 못 이겨 망령이 들렸구나. 나
같은 장자가 따져 무엇하겠는가? 다만 어디 도적질을 하러 가는지 수
상하게 감추니 무슨 일일꼬? 어쨌든 무슨 일인지는 알지 못하나 혹 내

---

249) 사위 : {입막지빈(入幕之賓)}. '입막지빈'은 특별히 친한 손님을 이르는 말로 나아가 기밀을 서
    로 의논하고 함께 하는 친한 사람을 의미하는데, 여기서는 설태사의 매부로서 설부의 사위가
    되는 여공이 자신을 이른 것임.
250) 호승지심(好勝之心) : 남과 겨루어 이기기를 좋아하는 마음.

가 알아 유익할지 어찌 알까?"

태사가 웃으며 또 말했다.

"대처 백달251)이 오지랖 넓은 남자일세.252) 어차피 그 말도 또한 무던하니 선광대가 날치면 혹 유익함이 있을지도 모르겠네."

주인과 손님이 크게 웃었다. 조어사가 드디어 비녀를 내어 보이며 딸의 천생연분이 임상서에게 있음을 밝히고 설공과 함께 임승상 댁으로 가 혼사를 논의하고자 하는 것임을 말하였다. 이를 들은 여공이 크게 웃으며 말했다.

"별 대수롭지 않은 것을 그리 심각하게 구는가? 진실로 수상하고 이상한 일이로다. 미운 털 박힌 나는 가서 굿이나 보아야겠다."

말을 마치자 세 사람은 웃으며 함께 수레를 몰아 바로 임승상 댁 태화전에 이르렀다. 초왕 세 형제가 여러 자제들을 거느리고 임상국 형제를 모시고 있었다. 설공과 여공, 조공이 왔음을 고하니 사람들이 모두 맞아서로 인사를 나누고 자리에 앉으니 술상이 나왔다. 주인과 손님이 함께 술잔을 기울이며 분위기가 무르익자 여공이 웃으며 임상국에게 말했다.

"노형이 슬기롭고 착하니 설공, 조공 두 사람이 온 이유를 짐작하겠는가?"

임상국이 어슴푸레 여공에게 눈길을 주며 말했다.

"백달이 또 무슨 망발을 하려고 난데없는 말을 하는가? 설공과 조공은 인친지간(姻親之間)이고 친구지간이니 나를 찾은 것이 이상할 것 없지만 그 속마음이 어떤지는 내 어찌 알겠는가? 내가 이순풍(李順風)253),

---

251) 백달 : 여공의 자(字)로 보임.
252) 오지랖~ 남자일세 : {예흉덦고 갈능한 남자로다}. 문맥을 고려하여 옮김.
253) 이순풍(李順風) : 맹인 점쟁이의 조상으로 섬기는 맹인신(盲人神)의 하나로 주로 눈병이 났을

원천강(袁天綱)254)이 아니니 남의 뜻을 어이 알겠나?"

여공이 말했다.

60 "이는 곧 형의 집 경사요, 복을 더하려 하는 일이니 사양치 마시게."

드디어 웃으며 조공을 돌아보고 말했다.

"행여 도적이라 할까 겁내지 말고 비녀를 내어 놓으시게. 도적 누명은
우리가 벗겨주겠네."

조어사가 미소를 띠며 소매 속에서 난봉구란차를 내어놓고 말했다.

"상국 합하와 초왕 전하, 이 비녀를 아십니까?"

상국 부자가 이 말을 듣고 동시에 눈을 들어보았다. 이는 곧 예전 유구
61 국(琉球國)255)을 진무할 때 난봉구란차 한 쌍을 천금을 주고 사서 종손부
(從孫婦) 설의열에게 예물로 주었던 것이었다. 상국이 한 눈에 알아보고
크게 놀라며 말했다.

"이는 우리 집안의 물건이네. 어디서 났는지, 잃어버린 그 오랜 세월에
이제야 옛 곳에 돌아왔는지 연고를 자세히 이르시게."

조공이 드디어 난차를 얻게 된 연유를 자세히 고하였다. 그러고는 자
리에서 일어나 고하였다.

"진실로 이 물건으로 딸의 천생연분을 온전히 이루고자 합니다. 합하
62 (閤下)256)께서 저의 낮은 집안과 딸의 보잘것없는 자질을 개의치 않으
신다면 원컨대 대군자께 볼 것 없는 여식의 성명을 의탁하고 가문의 영
광을 구할까 하오니 합하(閤下)께서는 너그러이 허락해 주십시오."

---

때 이 신에게 빎.

254) 원천강(袁天綱) : 당나라 때 관상술사로 관상술에 정통하여 당 태종(太宗)의 신망을 얻었음.

255) 유구국(琉球國) : 현재 일본의 오키나와 지방을 본거지로 삼았던 나라.

256) 합하(閤下) : 정일품 벼슬아치를 높여 부르던 말.

말을 마치기도 전에 설태사는 이미 시녀로 하여금 딸에게 말을 전하여 난차 한 짝을 가져오게 하였다. 화앵이 금함을 받들어 자리에 놓고 조공이 가져온 난차와 함께 놓으니 그 물건의 뛰어남은 말할 것도 없고, 자웅한 쌍이 모이자 한 줄기 상서로운 기운이 일어나면서 옥소리가 낭랑하였다. 좌중이 기뻐하며 신기해하였고 조공의 말이 끝나자 설공과 여공 두 사람이 한 목소리로 말했다.

"신비스런 징표에 관한 기이한 일을 옛말로만 알았는데 눈앞에서 이런 기이한 일을 보게 되니 과연 옛말이 허언이 아니로다. 이 또한 하늘이 내린 인연이니 합하는 고집 부리지 말고 한 마디로 쾌히 허락하시게."

상국은 상황을 보니 난처한 일이 여럿이었다. 한동안 말이 없다가 미소를 띠며 말했다.

"흔히들 아들, 며느리 많을수록 좋다 하지만 나는 설씨 며느리를 얻어 작은 재미도 미처 보지 못하고 흉악한 이들을 함께 얻은 탓에 갖은 변란을 물리도록 겪었다. 그래서 내 맹세하기를 다른 아들들에게는 불란거리가 될 재취나 첩을 다시는 집안에 들이지 않기로 하였는데, 또 이런 일이 있으니 내 진실로 무시무시하여 고개가 끄덕여지지 않는구나."

설공이 웃으며 말했다.

"지난 일은 그러해도 지금 조씨는 숙녀라 오히려 집안의 복록과 경사가 더할 것인데 어찌 좀스럽게 사양하겠는가? 만일 이번에도 그르거든 저의 눈망울 한 쌍을 뽑아 눈 어두움을 사례하겠네."

여이공이 또한 권하고 달래어 말했다.

"천생연분이 중하면 하늘의 뜻을 거스르려 해도 피할 수 없는데, 하물며 조소저는 현숙할 뿐만 아니라 설의열과는 친족 자매의 의리가 있으니 반드시 한 사람을 섬김에 황영(皇英)과 같은 아름다운 이야기[257]가 있을 것이네. 노형은 사양치 마시게."

상국은 오히려 불쾌하여 한동안 말이 없었다. 선생이 천천히 아뢰었다.

"백달의 말이 고명할 뿐 아니라 난차 한 쌍이 다시 만난 것이 자못 기이하니 형님은 고집지 마십시오."

66 상국은 참으로 돌이키기 어려운 형세라 여겨 마지 못해 허락하였다. 조공은 몹시 기뻐하며 거듭 감사하고 임상서의 손을 잡으면서 말했다.

"제가 평소 원백이 가진 현인군자의 풍모와 영웅의 기질을 우러러 탄복하며 설태사의 자랑거리인 것을 부러워하였더니, 어찌 딸자식의 보잘것없는 자질로 이리 어렵지 않게 대군자께 성명을 의탁하게 될 줄 알았겠습니까?"

상서는 눈을 낮추고 말을 공손히 하며 은근히 사례할 따름이었다. 술
67 을 더 내어와 좌중이 실컷 즐기며 그 자리에서 날을 잡았다. 길일은 열흘 뒤였다. 조공은 일이 쉽게 성사되니 더욱 기뻤다. 그래서 술이 거나해지자 임상서의 등을 어루만지며 말끝마다 사위라 이르고 초왕에게 거듭 감사하였다. 초왕 역시 겸양하지 않을 수 없었다. 이리하여 날은 저물고, 여러 손님들이 돌아가려 하자 설태사가 웃으며 말했다.

"내가 오늘 조형을 도우러 왔다가[258] 옥 같은 우리 사위를 도리어 조형에게 빼앗기고 진주 같은 딸에게 적국(敵國)을 얻어주었으니 내가 손해

---

257) 황영(皇英)과 ~ 이야기 : 황영(皇英)은 아황(娥皇)과 여영(女英) 두 사람. 이들은 모두 요임금의 딸로서 함께 순임금의 아내가 되어 서로가 화목하였음을 가리킴.
258) 조형을 도우러 왔다가 : {됴형의 엄년의 드러왓다가}.

를 본 것이지. 고쳐 생각하니 애달프네."

여이공이 눈을 가로 뜨며 냉소를 머금고 말했다.

"내가 말하지 않던가? 하 같잖고 턱없는 말이나 마소. 따라올 적부터 함께 오지 말고자 하는 마음도 있었지만 하도 수상히 구는 데다가 내가 알까 모를까 놀리며 괴로이 나를 떼어두려 하던 것에 속아 내가 바른말을 했네 그려. 내 듣기에 실로 마땅찮건마는 남의 뜻은 알지도 못하고 오로지 조공이 나를 신망없다259) 여길 것이니 친구 사이 우정도 상할 것 같고 또 설형은 아비 되어 자식의 적국을 얻어 주려 바삐 다니는데 고모부가 되어 하 민망하고 무안하여 아무 말도 않고 굿이나 보고 좋 은 음식이나 실컷 먹으려 했더니 당신도 이제 고쳐 생각하니 그리 애달 픈가? 그렇지, 내 잊고 있었구나. 설형이 망령 들어 무심결에 일을 성사시켜 놓고 보니 돌아가 상부인이 아시면 오죽하실까? 딸이 적국의 모함에 빠져 결혼 초 온갖 고생을 무수히 겪고 구사일생으로 돌아와 이제 겨우 한 몸이 평안한데, 그 아비는 대단한 일이라고 방정을 떨며 적국을 천거하는 중매 노릇을 하며 늙은 이 일없이 다닌다 하니 응당 이 소문을 들으시면 미처 발이 중문을 디디기도 전에 마주 내달아 딸의 서러운 노릇을 한다며 소매를 붙잡고 꾸짖을까봐 곰곰이 생각하고 저리 민망해 하는 것이로구나."

좌우 사람들은 박장대소를 하고, 이에 설태사가 웃으며 말했다.

"백달아, 하 우스운 체 말고 똑똑한 체 마라. 우리 안사람과 조형의 부인이 재종자매간이라서 안사람260)과 조부인이 함께 충무공 기일(忌日)

---

259) 신망없다 : {게엄저이}. 문맥을 고려하여 옮김.
260) 안사람 : {폐합(敝閤)}. 자기 아내를 낮추어 이르는 것.

에 갔다가 우연히 난차 사연을 알게 된 것이고 나 역시 이때 알았다가

## 71

조형과 함께 온 것이네.”

여이공이 크게 웃으며 말했다.

“아이구, 말하는 것 보게. 아차차, 그러면 내가 잘못 알았구나. 그럼 설형이 돌아가서 상부인을 조르려 하는 눈치로 세 딸의 시앗 보는 줄 알고 오죽 애달아 저 말을 참지 못하는가? 설형이 만일 여자였다면 여치261)보다 더한 투기가 있을 것이니 설의열이 만일 제 아비를 닮았던들 투기의 선봉이요, 시샘의 대장이 되었을 것이다. 그러니 반드시 상부인 어진 교훈을 받았기에 부덕(婦德)이 천추의 여사(女史)262)보다 더

하구나.”

설태사는 흰 손으로 반백의 아름다운 수염을 어루만지며 크게 웃어 말했다.

“사람 같아야 대꾸를 하지. 선광대요, 가끔 정신 나가는 미치광이니 가당치 않다.”

좌객이 모두 박장대소하자 그 웃는 소리가 떠들썩했다. 모두가 헤어져 귀가할 때 조어사가 난차를 두고 가려 하자 초왕이 말했다.

“이 물건이 비록 우리 집안의 물건이었으나, 우리 집안은 잃어버렸고 귀댁에서는 값을 주고 산 것이니 곧 귀댁의 보배입니다. 어찌 여기에

두겠습니까? 마땅히 거두어 돌아가시면 우리 집안에서 수컷 비녀를 예물로 보내겠습니다. 이렇게 자웅이 하나 되는 것이 이치입니다.”

좌중이 모두 옳다 하고, 조어사 또한 그렇다고 생각했다. 그래서 감사

---

261) 여치 : 투기가 심했던 한(漢) 고조(高祖)의 황후 여씨(呂氏)를 가리키는 것으로 보임.
262) 여사(女史) : 주나라 때 예사(禮事)를 맡아보던 여관으로 학덕이 높은 여자를 가리킴.

한 마음으로 난차를 다시 가지고 돌아갔다. 상국 형제들은 여러 손님을 전송한 후 날이 저물자 내당으로 들어가 태부인을 뵙고 조씨 집안과 혼사를 약속한 일을 아뢰었다. 이에 태부인은 말했다.

"집안에 여러 사람을 모으는데 진실로 다 같이 현숙한 여자이기가 쉽지 않아 집안에 변고를 일으키니 기쁘지 않구나. 그러나 이 또한 연분이니 설마 어찌하겠느냐? 다만 취하여 어질면 다행이겠구나."

이때 좌중에는 설의열이 머리에 봉황관과 옥패를 단정히 하고 태부인을 모시고 있었다. 그 옥 같은 얼굴, 별 같은 눈에는 봄빛이 가득했다. 또 슬하의 아들 셋과 딸 하나가 색동옷을 나부끼며 노는 모습에 좌우 사람들은 새삼 기뻐하였다. 여부인이 천천히 물었다.

"조씨는 또한 너와 남이 아니라 친척지간이라 하니 서로 알고 지냈을 것이다. 조씨의 사람됨이 어떻다고들 하는지 궁금하구나."

1    차설(且說). 설의열은 머리를 조아리며 질문을 들은 후 옷깃을 여미고
대답했다.

"저와 조씨는 비록 친척간이지만 서로 규중 깊은 곳에 머물렀습니다.
그러니 어찌 자주 보았겠습니까만 피차 어려서 잠시 보았을 때 매우 아
름다운 여자였습니다. 그동안 조공이 여러 해 외직으로 분주하여 서로
장성한 후로는 만나지 못하였는데 일찍이 왕래하는 이들에게 전해들
은 바에 따르면 한갓 외모만 아름다운 것이 아니라 여자로서의 행실도

2    참으로 아름답고 부덕(婦德)이 세상에 뛰어나 백희(伯姬)263)의 높은 절
개와 「규목(樛木)」의 덕264)이 있다고 합니다. 저 또한 어리석지만 어려
서 볼 적에 현숙한 싹이 있었습니다. 그러니 전하는 말이 잘못된 것은
아니라 생각됩니다."

태부인과 상국 부부, 그리고 좌중이 기뻐 말했다.

"그렇다면 정말 다행이구나. 조씨가 만일 너의 말과 같이 현숙하고 아
름다우면 창흥이의 복이요, 가문의 경사겠지. 서로 화목하며 집안이
창성할 것이니 어찌 기쁘지 않겠느냐?"

설태사는 집으로 돌아가 부인과 며느리 등에게 조소저의 혼사가 이루

3    어졌음을 알렸다. 모두가 일이 잘 되었음을 축하했다. 상부인은 비록 투
기하고 속 좁은 사람은 아니지만 임상서 같은 천고의 특이한 군자성현의
사위를 어려서 직접 길러 모자지간보다 더한 정이 있고, 또 평생의 귀한
딸로 짝을 지어 초년에 갖은 고생을 겪은 후 이제 겨우 단란하게 모여 일

---

263) 백희(伯姬) : 춘추시대 노나라 선공(宣公)의 딸로 과부가 된 어느 날 불이 났으나 예에 맞지 않
는다며 집 밖으로 나가기를 거부하여 결국 불에 타 죽었음, 후에 절개 있는 여성으로 칭송받았
음.
264) 「규목(樛木)」의 덕 : 「규목(樛木)」은 『시경(詩經)』의 편명으로 규목의 나뭇가지가 아래로 늘어
진 것처럼 윗사람의 덕이 아래로 널리 미쳐 집안이 화평하고 복이 깃드는 것을 노래하였음.

생이 편안해졌는데 또다시 이런 기이한 일이 생겨 조씨의 혼사가 이루어진 것을 들으니 비록 말은 않았지만 마음속으로는 월하노인(月下老人)이 일이 없어 공연한 일을 꾸민 것이라 생각했다.

이때 조어사는 집으로 돌아가 부인과 딸에게 난차로 맺은 기이한 인연으로 말미암아 딸을 이부상서 임창홍의 버금부인으로 정혼하였음을 말했다. 부인은 기쁘면서도 임씨 집안의 법도가 너무 엄한 것에 놀랐다. 어사가 웃으며 말했다.

"임상서는 천고에 비할 데 없는 군자성현이라오. 비록 부인 간 서열에서 위차(位次)는 내렸으나 이 사람의 버금부인이 되는 것이 평범한 자의 으뜸부인이 되는 것보다 낫지 않겠소?"

이에 기한이 촉박하여 혼수를 성대히 준비하고 혼인날을 기다렸다. 얼마 후 임씨 집안에서 수컷 비녀를 예물로 보내왔다. 조부인은 그 암수를 맞추어보고 매우 신기하게 여겼다. 부인이 범사를 두루 준비하여 혼인날 아침이 되자 조씨 집안에서는 큰 잔치가 열렸고 많은 손님들이 모여들었다.

이날 설씨 집안 상부인은 며느리들을 거느리고 조씨 집안으로 갔다. 조부인은 흔쾌히 이들을 맞으며 딸의 평생이 질녀의 가르침에 있음을 간곡히 일렀다. 그러고는 추밀부인 등의 아름다움과 임성렬의 세상에 드문 재모를 처음 보고 크게 놀라며 자기 딸이 만고의 절세가인이라 자부하던 마음이 스스로 무안하고 참담한 것을 면치 못했다. 설부인이 답례하는데 그 말씀은 은근하게 조공자 부부의 아름다움을 일컬었다. 또 운화소저의 옥 같고 꽃 같은 모습과 유한정숙함을 보고 역시 애모하며 조부인께 치하했다. 손님들과 주인이 이렇게 한담하면서 소저의 치장을 돕고 신랑을 기다렸다.

해가 정오에 이르자 임상서가 옥 같은 얼굴, 영웅의 풍모에 길복(吉服)265)을 갖추어 입고 구름 같은 귀밑머리에 재상의 관자(貫子)266)를 붙인 채 은빛 백마를 타고 나타났다. 생황과 피리 소리가 천지간에 진동했다. 임상서는 조씨 집안에 이르러 금으로 연꽃을 만들고 여러 보석으로 장식한 등잔불 아래 기러기를 전하고 자리로 나아갔다. 허다한 종들이 붉은 치마에 색색 저고리를 입은 채 둘러서서 향내 나는 촛불을 들고 신부를 모셔 자리로 나아갔다. 그러고는 신부를 붙들어 상서를 향하여 네 번 절하는 예를 마치도록 했다. 상서는 다만 한 번 팔을 들어 공손히 절할 뿐이었다.

예식을 마치자 신방으로 가 신부와 합환주(合歡酒)를 나눈 후267) 신랑은 외당으로 나갔다. 집안 가득한 하객들이 신랑의 온화한 풍모를 치하하며 축하하는 말이 분분했다. 조부인은 이날 사위를 보고 너무 기뻐 사랑스러운 마음을 감추지 못했다. 이럭저럭 날이 저물어 하객들이 모두 돌아가고 신방을 깨끗이 하여 임상서를 머물게 했다.

상서는 신방으로 가 조소저를 보았다. 색색비단옷을 입은 녹록한 여자가 아니었다. 옥 같은 얼굴은 얼음같이 맑아 하늘 연못에서 웃는 듯한 연꽃이요, 부드럽고 깨끗함은 강산의 기맥을 거둔 듯했다. 보배로운 귀밑에서는 일만 가지 덕성이 가득하고 복스러움이 더불어 묻어났다. 활달하고 씩씩한 것이 비녀 꽂은 군자, 치마 입은 장부였으니 어찌 단순히 양귀비

---

265) 길복(吉服) : 혼인 때 신랑, 신부가 입는 옷.
266) 관자(貫子) : 망건에 달아 당줄을 꿰는 작은 단추 모양의 고리로 신분에 따라 다양한 보석을 재료로 사용하였음.
267) 합환주(合歡酒)를 ~ 후 : {ᄌ하상(紫霞觴)을 난호미}. 자줏빛 술잔에 술을 나눈다는 것으로 문맥상 합환주를 나눈다는 의미임.

(楊貴妃)의 부용 같은 얼굴, 버들 같은 눈썹으로 고개 돌려 한 번 웃자 온갖 교태 묻어나던 것에 비할까?

또 방안 여러 물건이 정결하고 소박하여 가히 주인의 청렴함을 알 것이요, 더욱이 신부의 찬란한 꾸밈새에 사치가 없어 그저 초대(楚臺)[268]에 청운(靑雲)이 엉긴 듯한 머리에 칠보채화관(七寶彩花冠)[269]이 가지런하고 구란차(九鸞釵) 하나로 머리칼을 매만졌으니 무지갯빛 영롱하였다. 봉황이 나는 듯한 어깨에는 직금채화적의(織金彩花翟衣)[270]를 입었고, 초나라 궁궐의 나부끼는 버들같이 가는 허리에는 여덟 폭 붉은 치마를 더했는데 적성 고개에 구름[271]이 엉긴 듯, 옷자락 사이에서 향기가 피어나고 패옥(佩玉) 소리가 낭랑하여 옥인의 방향을 능히 알 수 있을 듯했다. 임상서는 특별히 천지간 특이한 기운을 거두어 태어난 성현군자로 그 안목이 사광(師曠)[272]과 이루(離婁)[273]의 총명함보다 더 뛰어났다. 그러니 어찌 천고의 숙녀와 경사스러운 일을 모르겠는가? 한 눈에 크게 기뻐하여 얼굴 가득 기쁜 빛이 넘쳤다. 자연스레 흐뭇한 눈길이 자못 다정히 신부에게 가 머무는 것을 깨닫지 못한 채 한동안 바라보다가 매무새를 바로하고 팔을 들어 사례하였다. 그리고 말했다.

"제가 본래 천성이 소졸하여 풍류장부가 아니고, 또 조상대대로 내려

---

268) 초대(楚臺) : 초나라 무산(巫山)의 양대(陽臺)를 가리키는 듯함.
269) 칠보채화관(七寶彩花冠) : 칠보로 갖가지 색깔의 꽃 장식을 한 관.
270) 직금채화적의(織金彩花翟衣) : 꽃무늬의 화려한 직금 단을 두른 적의. '직금'은 남빛 바탕에 은실이나 금실로 봉황과 꽃무늬를 섞어 짠 직물로 흔히 스란치마의 끝단에 두름. '적의'는 옛날 황후가 입던 옷으로 붉은 비단 바탕에 청색으로 꿩을 수놓고 깃고대 둘레에 붉은 선을 두르며 선 위에는 용(龍)이나 봉(鳳)을 그린 옷으로 중요한 의식에서 입음.
271) 적성 ~ 구름 : {젹셩싀 구름}. 미상. 권29(2면)에는 '덕셩안긔'(이본에는 '경셩안긔')의 구절이 있음. 미상.
272) 사광(師曠) : 춘추시대 진나라의 음악가로 음률을 잘 분별하여 소리를 듣고 길흉을 점칠 정도였다고 함.
273) 이루(離婁) : 중국 황제 때 인물로 백 걸음 밖에서 가는 털을 볼 수 있을 정도로 눈이 밝았다고 함.

오는 가법이 오직 예를 중히 여깁니다. 그래서 다만 부인 한 사람을 존귀하게 여기고 나머지는 비록 황실 공주라도 위차(位次)를 낮출 수밖에 없습니다. 그런데 이미 한 아내가 있어 부모님을 받들고 또 나를 내조하는 역할을 다하고 있으니 농촉(隴蜀)의 무염지심(無厭之心)[274]으로 어찌 또다시 아내를 얻을 뜻이 있겠는가마는 하늘이 내리신 인연이 기구하여 그대 부친께서 나의 어리석고 용렬함을 좋게 보시고 지체 높은 문벌을 낮추어 귀한 딸을 나의 둘째 부인으로 주시니 내 어찌 장인의 큰 은덕을 잊겠습니까? 그대는 모름지기 겸손하고 온순하여 기리 스스로를 돌아보며 덕을 다스려 평생 안락하기를 생각하십시오."

조소저는 이 말을 듣고 너무 부끄러워 눈썹이 찡그려지고 흰 얼굴, 붉은 뺨에 붉기가 점점 더해 고개를 숙인 채 대답도 하지 못했다. 달 같은 이마가 숙여지자 봉관이 따라 숙여지고 옥비녀 또한 따라 기울어 별 같은 눈이 그린 것 같았다. 상서는 웃음 지으며 밤이 깊었음을 이르고는 비단 부채를 흔들어 촛불을 껐다. 그리고 휘장을 친 후 비단병풍을 닫았다. 그러고는 흔쾌히 소저에게 함께 비단침상으로 나아갈 것을 권하며 원앙이 불을 함께 했다. 그 은근한 사랑은 아교 칠을 한 것 같았다. 비록 경중하고 깊이 사랑하는 것이 설부인에게 견줄 바는 못 되지만 그 됨됨이가 현숙하고 명철한 것을 은근히 사랑하여 가볍지 않았다.

새벽닭이 울자 소저는 먼저 일어나 안으로 들어갔다. 상서 또한 일어나 세수하고 내당으로 가 문안 인사를 드렸다. 조어사 부부는 딸과 사위의 세상에 독보적인 풍모와 만고에 견줄 짝이 없는 출중한 외모를 보고

---

274) 농촉(隴蜀)의 무염지심(無厭之心) : 농촉은 사천성(四川省)과 섬서성(陝西省) 사이에 있는 지명이고, 무염지심은 싫증나지 않는, 끝없는 욕심을 말함. 후한(後漢) 광무제(光武帝)가 한중(漢中)을 평정하고도 다시 농촉을 정벌하려는 욕심을 냈던 고사에서 온 말.

기쁘고 사랑하는 마음을 감추지 못했다. 부인은 좋은 술로 성대히 상을 차려 상서에게 권하며 보잘것없는 딸이 마침내 군자에게 의탁하여 평생을 명문가에서 마칠 수 있기를 재삼 부탁하였는데, 그 말이 자못 간절하였다. 임상서는 공손히 대답하고, 상부인에게 눈길을 주어보니 이 또한 현숙한 부인이었다. 임상서는 속으로 조공 부부가 어질고 조씨가 현숙한 것을 매우 기뻐했다. 조공자 운이 총명하고 준수하여 또한 마음에 들었다.

이윽고 임상서는 하직하고 바로 귀가하여 집안 어르신들을 뵈었다. 마침 아침 문안 때여서 집안사람들이 모두 모여 왁자지껄했다. 취성전 넓은 방이 좁아 어깨가 서로 닿고 자리가 비좁았다. 상서는 넓은 미간에 봄바람 같은 화기를 띠고 할머니와 부모님의 밤새 문안을 여쭈었다. 그러고는 제자리로 가 여러 형제들과 함께 자리했다. 그 빛나는 얼굴에 즐거움이 가득한 것이 비유컨대 겨울이 가고 봄볕이 쬐자 만물이 생겨나는 조화가 있는 듯했다. 좌중은 먼저 그 화기를 보고 새 며느리가 어진 것을 짐작했다. 태부인이 온화하게 화기를 띠고 질문하려는 순간, 상국이 문득 말하였다.

"글쎄, 우리 집안이 본래 여자로 인한 화란이 많은 탓에 첩첩사건을 겪은 것이 지금까지 여러 번이니, 여자가 현숙한지 아닌지를 궁금해 하는 것이야 어찌 바쁘겠는가마는 그래 조씨가 어떻던가?"

상서가 머리를 조아리고 다 듣기도 전에 소파가 내달아 눈을 회번덕거리며 팔을 뽐내 손을 휘저으며 말했다.

"노야(老爺)275)께서는 묻지 않을 것을 물으십니다. 상서의 얼굴에 화기

275) 노야(老爺) : 상대방을 높여 이르는 말.

를 보아 하니 조소저가 어진 것은 거의 짐작될 것인데 어찌 기색을 모르십니까? 진실로 늙어 몽롱한 망령이 나셨습니까, 아니면 짐짓 알고도 어린 손자를 놀리시려는 것입니까?'

상국은 미소를 머금고 말했다.

"누이는 어려서부터 평생에 잡담망설을 즐기더니 이제 나이 들어 집안 대소사에 관여치 않는 일이 없으십니다. 나야 늘 들으니 그러려니 하지만 나이 어린 며느리들은 지긋지긋하지 않겠습니까? 일찍 어머님께서 말씀하시기를 서모는 단정타 하셨는데 누이가 이같이 수다스러운 것은 모두 소씨 집안으로 시집 가 그 지아비를 본받은 탓입니다."

소파 또한 웃으며 말했다.

"음양도 섞여들고 일월도 그 그림자가 서로 침노한다 하는데, 노야의 농담에 근거가 있어 이 역시 경사입니다만, 비록 그러하나 노야께서도 헤아려 보십시오. 상서가 예전 조군주를 취하고 왔을 적에는 비록 어른 앞에서 화색을 지어 보였으나 얼굴에 가을 서릿발이 번득이고 한여름 뙤약볕 같은 기상이 묵묵했으니 가히 조군주가 불량한 줄을 알았지요. 그 후 군주는 갖은 변고를 일으켜 집안이 어지러웠을 뿐만 아니라 만고의 음란하고 패악한 여자로 결국 도끼 아래 목숨 잃기를 면치 못했는데, 오늘 기색은 심히 기쁘고 편안한 것이 겨울 햇볕의 따스함이 있으니 이로써 족히 조소저가 현철한 것을 알 것입니다. 조소저 보실 날이 머지않았으니 직접 보아 만일 어질다면 저의 사람 보는 눈이 원천강(袁天綱), 이순풍(李順風) 같음을 아십시오."

선생은 미소를 머금고 말했다.

"형님께서는 조씨가 현숙한지를 빨리 알고 싶어 창흥에게 바삐 물으셨는데 누이가 불문곡직하고 나서서 공연히 남이 뭐라 할까 구절구절 실없는 사설을 무수히 늘어놓아 참으로 들을 만한 말도 못 듣게 하였으니 쓸데없는 사설을 그만 그치세요."

태부인도 웃으며 말했다.

"너희들은 어지럽게 수선떨지 마라. 내 조씨가 현숙한지를 빨리 알고 싶구나."

소파를 돌아보며 또 말했다.

"어차피 조씨가 현숙하면 천만다행이다. 네 덕담을 잘하니 내 마땅히 너에게 상을 내리겠다."

이에 좌우에 명하여 옥배(玉杯)에 향기로운 술을 가져오라 하여 한 잔을 부어 소파에게 상으로 내렸다. 상국 형제가 크게 웃고는 태부인께 아뢰었다.

"누이가 착한 척하지 않는군요. 본래 어진 여자가 사나우니 누이를 나무라시면 어떨까봐 어머니께서는 상을 주어 누이가 설치는 것을 북돋우십니까?"

소파가 크게 웃으며 중얼거렸다.

"노야 등은 그 지위가 존귀하신데 천한 누이를 시샘하셔서 어머니께서 상을 내리시는 것을 애달아하시나요. 요사이 나이 어린 아기들의 투기를 일러 무엇하겠습니까? 어머니의 명이 계시니 제가 그만 하겠습니다."

태부인은 상서에게 말했다.

"우리 설씨 며느리는 이 세상에 드문 숙녀요, 여자 가운데 성인이니 다시 흠잡을 것이 없거니와 조씨는 우리 설씨 며느리와 비교하여 가히 어떤가?"

상서가 머리를 조아려 질문을 듣고는 얼굴 가득 기쁜 빛을 띠며 공손히 대답했다.

22　"제가 사람 보는 눈이 없으니 어찌 감히 사람의 됨됨이를 알겠습니까? 그러나 저 조씨 또한 당세의 숙녀라 이르지는 못하더라도 행동거지가 유한정정한 것이 부녀자의 맑은 덕이 있고, 생김새도 가히 못난이라는 말은 듣지 않을 만했습니다."

태부인과 주위 사람들은 이 말을 듣고 크게 기뻐하고 또 축하하기를 마지않았다. 이윽고 상서는 여러 형제들과 함께 물러나 외당(外堂)으로 나왔다. 서동(書童)이 고하였다.

"팔룡당의 여러 상공께서 청하십니다."

23　상서가 이에 웃음을 머금고 천천히 팔룡당에 이르니 절친한 여러 사람들이 모였고 설병부 또한 왔다. 이들은 상서를 보고 한꺼번에 달려들어 비단 도포 자락을 움켜잡고 꾸짖으며 말했다.

"이 의리 없고 못난 놈, 우리들은 지금까지 천상백옥경(天上白玉京)276) 의 선녀가 내려오는 것을 기다리듯이 하여 두 눈에 아지랑이가 피어오르고 현기증이 나는 것 같은데, 너는 우리를 위하여 좋은 술상이나 차려 왔느냐?"

상서가 웃으며 대답했다.

"그대들은 부잣집 자제들이라. 평생 좋은 음식은 질릴 듯할 텐데 무슨
24　음식 대접을 하겠는가? 기름진 음식을 너무 먹어 열이 많으면 한 뭉치 개똥이나 얻어다가 개똥물 한 그릇씩 달라고 하면 쉬울 것이나 그 밖에

---

276) 천상백옥경(天上白玉京) : 천궁(天宮). 하늘나라를 달리 이르는 말.

다른 것은 탁주 한 잔도 낼 것이 없네."

사람들이 이 말을 듣고 크게 웃었다. 그러고는 요란스레 치며 꾸짖어 말했다.

"네가 본래 왕공거경(王公巨卿)[277]의 자손이고 너 역시 벼슬이 재상 반열에 있어 부귀와 황제의 총애는 지금 세상에 견줄 사람이 없다. 진나라 때 석숭(石崇)[278]은 어떠했는지 몰라도 네 무수한 재물과 대단한 부귀를 가지고도 술 두어 동이와 안주 두어 상 내놓기를 아까워해서 우리를 하나같이 욕보이느냐?"

설병부는 씩씩거리며 말했다.

"이놈이 어느새 둘째마누라에게 혹하여 한낱 형님들을 모욕할 뿐 아니라 맏처남을 욕하니 이는 우리 누이를 벌써 능멸하고 천대하는 것이다. 괘씸하니 단단히 한 번 속여야겠다."

상서는 얼굴에 화기를 가뜩 머금고 흐뭇하게 웃으며 말했다.

"설의침이 예전 요녀에게 홀려 내 누이를 잃고 십생구사한 목숨 겨우 보전하였으되 우리가 다시 일컫지 않는 것은 부인을 공경하고 중히 여겨 그 오라비를 존중한 때문인데 제 발 저려 나를 책망하니 어찌 가소롭지 않은가? 둘째마누라에게 혹하여 이제 정실을 소박 맞힐 것일세."

좌우 사람들은 박장대소하고 설병부는 부채로 어깨를 치며 한편 웃고 또 한편 꾸짖었다. 여러 사람들이 달려들어 어지럽게 보채며 즐거워하는 소리가 물같이 흐르더니 주방 시녀가 술상을 성대히 차려내자 모두들 실컷 먹고 종일토록 즐기다가 석양 무렵에야 흩어졌다.

---

277) 왕공거경(王公巨卿) : 신분이 높은 귀족을 이름.
278) 석숭(石崇) : 중국 서진(西晉)의 부호(富豪)(249~300). 자는 계륜(季倫). 형주(荊州) 자사(刺史)를 지냈고, 항해와 무역으로 거부가 되었음.

이러구러 며칠이 지나 조소저가 시댁으로 와서 예식을 올리는 날이 되

27  었다. 상부에서는 잔치를 열고 손님을 모으니 남녀 손님이 모여 넓은 집

안 안팎이 좁았다. 온 집안에 여러 손님들의 비단 옷이 각양각색인데 모

두 공후재상가 며느리 아니면 옥당한원(玉堂翰苑)²⁷⁹⁾의 어린 아내들이었

다. 임씨 집안 잔치에서 여러 부인이 빼어나다는 소문을 익히 들은 탓에

이날 특별히 화장과 차림새에 신경을 써서 운남 초염과 월분 연지²⁸⁰⁾로

치장을 하고 왔지만, 이날 임씨 집안과 초왕궁 여러 부인과 소저들의 성

스럽고 빛나는 모습을 우러러 보고는 혀를 내두르며 각자 자신을 돌아보

아 생김새 볼 것 없음을 부끄러워했다. 그러고는 눈이 휘둥그레지고 입이

28  떡 벌어져 말을 하지 못하다가 한참 후에야 겨우 정신을 차려 한 목소리

로 축하했다.

이때 임씨 집안 어른들은 조씨가 아름다운 것을 아주 기뻐하며 얼굴 가

득 봄바람 같은 화기가 일었다. 이에 좌우 여러 손님들이 축하하며 당에

올랐다.²⁸¹⁾ 상국이 드디어 금은과 비단 등을 내어 신부 유모와 시녀 등에

게 하사하자 이들이 기쁨을 감추지 못했다. 종일토록 잔치가 홍성하여 노

을이 서쪽하늘을 물들이고 흰 달이 떠서야 여러 손님들은 헤어졌다. 신부

29  의 처소를 홍미정으로 정하여 보내고, 이 밤 상국은 상서에게 경계하여

말했다.

"네가 수신제가(修身齊家)함에 있어 큰 도로써 널리 이롭게 하고 세상에

서 처신함에 있어 총명하고 정대한 것은 네 아비 못지않으니 늙은 할아

---

279) 옥당한원(玉堂翰苑) : 옥당(玉堂)은 홍문관(弘文館)의 부제학(副提學), 교리(校理), 부교리(副校
理), 수찬, 부수찬을 통틀어 일컫는 말이고, 한원(翰苑)은 '한림원(翰林院)·예문관(藝文館)'을
달리 이르는 말임.
280) 운남초염과 월분연지 : 장신구와 화장품을 가리키는 듯하나 미상.
281) 축하하며 ~ 올랐다 : {치하를 승당ᄒ더라}. 사이에 어구가 빠진 듯함.

버지가 성현 같은 손자를 나무라며 가르칠 것이 있겠느냐? 그러나 한소열(漢昭烈)[282]이 이른바 사람이 살면서 어진 일이 적다고 어질기를 포기하지 말고 사나운 일이 적다고 사나운 일을 행하지 마라 하신 경계를 잊어서는 안 된다. 문무(文武)의 성덕이 있어도 내조(內助)의 덕을 입어 도움 되는 것이 있으니, 네가 어질고 설씨 며느리가 기특하여 족히 고인의 풍모가 있을 것인데 또 오늘 조씨 며느리를 보니 현철한 여자더구나. 이는 모두 이제부터 우리 집안이 크게 발전할[283] 바탕이니 너는 더욱 집안 다스리기를 공평하게 하여 부인네들의 화목을 완전하게 하여라.”

상서는 온화하고 기쁜 안색으로 두 번 절하여 명을 받들고 이 밤에 홍미각을 향했다. 도중에 홍류당을 거쳐 가는데 문득 창가 난간에 촛불이 대낮 같고 작은 소리가 낭랑히 들렸다. 이에 난간에 올라 들으니 이는 곧 누이 임성렬이 여러 부인네들과 함께 이르러 한담하는 소리였다. 상서는 집안의 모든 부인네가 자리한 것을 보고 들어가지 않고 걸음을 돌이켜 신방으로 향했다.

이때 임성렬이 조소저의 혼례에 참석하려고 친정에 와 있었는데 이날 밤 여러 소저들과 함께 홍류당에 이르러보니 의열이 촛불 아래서 자녀들과 놀고 있었다. 그 행동이 예전과 다르지 않았다. 이에 성렬이 자리에 나아가 웃으며 말했다.

“언니는 혼인 초 옥선이나 목녀 같은 흉악한 이들을 만나 갖은 사건을

---

282) 한소열(漢昭烈) : 삼국시대 촉한(蜀漢)의 제1대 황제 유비(劉備, 161~223). 자는 현덕(玄德)이고 묘호가 소열제(昭烈帝)임.
283) 크게 발전할 : {쥬둉(主祉)이 영창(榮昌)홀}. 문맥상 정실과 후실이 모두 덕 있고 현철하여 주되는 것과 그에 딸린 것이 모두 발전할 것이라는 의미로 새김.

32 두루 겪으며 구사일생으로 돌아왔는데 조화옹이 심술궂어 또 적국이
무기를 들고 눈앞에 이르렀군요. 이 사람은 예전 주씨와 목씨 두 사람
과는 달라 집안에 들어온 첫날 벌써 어른들의 자애와 오라버니의 은총
을 얻었으니 이는 정말로 언니의 강적이라 할 것입니다. 제가 신부의
재모를 보니 정말 놀라워 언니의 신세를 걱정하고 특별히 위로하고자
왔는데, 어찌 군사를 다스려 대적할 태세는 갖추지 않고 도리어 스스로
요순(堯舜) 시절의 태평함을 믿으십니까? 비록 그렇다 해도 요순(堯舜)
33 시절 역시 사흉(四凶)[284]의 난리가 있었으니 세상일은 헤아릴 수 없습
니다. 언니는 신부의 현숙함을 너무 믿지 마세요."

말을 마치고는 낭랑히 크게 웃었다. 의열이 듣고 나서 아리따운 얼굴
에 봄날 같은 화기를 띠며 봄바람 산들 부는 듯한 미소를 지으며 말했다.

"부인이 말씀한바 세상일은 헤아릴 수 없다는 것은 정히 부인에게 해
당되는 말입니다. 제가 본래 조씨 아우와 친척지간인데, 인연이 중하
여 오늘 한 사람을 지아비로 섬기게 되었으니 살아서는 같은 팔자요,
죽어서는 함께 묻힐 것입니다. 정히 둔하고 미련한 자질로 이 집안의
34 맏며느리가 되어 책임이 중대하고 군자의 손님을 접대하며 어른을 받
드느라 겨를 없었는데 조씨 아우가 난차(鸞釵)의 기이한 인연으로 오늘
이 집안에 들어오니 이는 정말로 군자의 후손이 많을 복덕입니다. 뿐
만 아니라 저와 한 방에서 지낼 막역한 사람이니 이제부터 한 마음으로
웃어른을 받들고 군자를 내조하여 외람되지만 황영(皇英) 자매를 본받
으려 합니다. 그런데 오늘 부인의 말씀이 이같은 것은 진실로 저의 됨

---

284) 사흉(四凶) : 요순시대 살았다는 네 명의 흉악한 사람을 지칭하는 것으로 순임금의 말을 듣지
않은 네 부족의 수령인 공공(共工)·환두(驩兜)·곤(鯀)·삼묘(三苗)가 그들임.

됨이가 변변찮다고 여기시는 것이니 부끄럽기 그지없고 바야흐로 관
중(管仲)과 포숙(鮑叔)285) 같은 지기(知己)가 만고에 하나뿐임을 알겠습
니다."

## 35

성렬이 낭랑히 크게 웃으며 말했다.

"제가 언니와 동기 같은 의리가 특별할 뿐만 아니라 실로 시누이로서
아끼시는 정을 생각할 때, 오늘 조씨 올케언니를 보고 또 오라버니의
기뻐하는 기색을 보니 사사로운 마음에 걱정을 금할 길이 없었습니다.
그래서 한밤중 잠도 못자고 위로코자 왔는데 도리어 언니가 그르다 여
기시니 부끄러움을 이기지 못하겠습니다."

여러 소저들 역시 의열의 성덕을 기리니 성렬이 크게 웃고, 의열 또한
웃으며 사례하였다. 여러 사람들이 한가지로 촛불 아래에서 웃고 이야기

하는 것이 가히 요지연(瑤池宴)에서 서왕모(西王母)286)가 황금참새를 날려
여러 선녀를 청한 것이 아니라면 광한전(廣寒殿)287)에 여러 선녀가 구름
같이 모인 것 같아 하나같이 빛나고 빼어났다. 방안 촛불이 밝아 비단 병
풍은 눈부시고, 비단휘장은 반쯤 말아 올려져 산호와 수정으로 만든 발에
걸리어 있었다.

여러 소저들의 옥 같고 꽃같이 눈부신 용모에 온갖 색깔과 빛깔이 현란
하였다. 당당히 품계에 따라 입은 옷에 봉황관과 꽃신은 그 용모를 더욱

---

285) 관중(管仲)과 포숙(鮑叔) : 관중(管仲)은 중국 춘추 시대 제나라의 재상(? ~ B.C. 645). 이름은
    이오(夷吾). 환공(桓公)을 도와 군사력의 강화, 상공업의 육성을 통하여 부국강병을 꾀하였으
    며, 환공을 중원(中原)의 패자(霸者)로 만들었음. 포숙과의 우정으로 유명하며, 이들의 우정을
    '관포지교(管鮑之交)'라고 이름.
286) 요지연(瑤池宴)에서 서왕모(西王母) : 요지(瑤池)는 중국 곤륜산에 있다는 연못으로 주목왕(周
    穆王)이 서왕모(西王母)를 만났다는 이야기로 유명한 곳. 서왕모(西王母)는 중국 신화에 나오
    는 신녀(神女)로 불사약을 가진 선녀라고 하며, 음양설에서는 일몰(日沒)의 여신이라고도 함.
287) 광한전(廣寒殿) : 달 속에 있다는, 항아(姮娥)가 사는 가상의 궁전.

37 돋보이게 하였고, 옷자락 사이의 패옥은 쟁쟁거리며 은은한 향기를 날렸다. 이런 가운데 더욱 설부인의 찬란한 용모는 의연히 남훈(南勳)을 오현(五絃)으로 타시던 기상[288]이나 주나라 팔백 년 기업을 전수하시던 풍채 같았다. 그 나머지 여러 소저 또한 한결같이 옥장(玉帳)[289]의 매화가 향기를 머금고 찬 겨울날 웃는 듯했다.

성렬이 술상을 내오라 좌우에 명하고 서로 권하는데, 이들이 일찍이 술을 마셔 보지 않았다. 그래서 한 잔에 모두 취하여 붉은 빛이 흰 눈을 침범한 것 같았다. 이른바 '홍수차용운리월(紅袖遮容雲裡月)[290]'이 오사환빙이

38 일매[291]'였다. 성렬이 이를 보고 아리따운 뺨에 온화한 낯빛을 띠자 성생의 아내 영주가 웃으며 말했다.

"오늘 여러 부인네들과 소저들의 취하신 얼굴이 더욱 빛나니 의심컨대 반드시 월궁(月宮)이 비어있고 광한전(廣寒殿)에 주인이 없을 것입니다."

성렬이 미처 대답하기 전에 설부인이 정색하고 말했다.

"옛말에 이르기를 나를 가르치는 이는 스승이요,[292] 기리는 이는 원수라 했지요. 예부터 어진 자는 반드시 덕을 일컫고 외모를 일컫지 않았

---

288) 남훈(南勳)을 ~ 기상 : 순임금이 부모님의 사랑을 읊던 기상. 남훈(南勳)은 순임금이 지었다는 거문고 곡조이고, 남훈가(南薰歌)는 순임금이 지었다는 효자의 시로서, 남풍(南風)이 만물을 훈훈히 키워내듯이 부모가 자식을 사랑으로 키워주신 것을 읊은 것임. 순임금은 오현금(五絃琴)을 만들었다고도 함.

289) 옥장(玉帳) : 옥으로 장식한 장막. 장수가 거처하는 장막을 아름답게 이르는 말.

290) 홍수차용운리월 : {홍수차용운니월[紅袖遮容雲裡月]}. '붉은 소매로 얼굴을 가린 것은 구름속의 달'이라는 의미로 『백련초해(百聯抄解)』에 실려 있음. 『백련초해(百聯抄解)』는 조선 중기의 문신 김인후(金麟厚 : 1510~1560)가 엮은 한시입문서(漢詩入門書)로 중국의 유명한 7언고시(七言古詩) 중에서 연구(聯句) 100수를 뽑아 글자마다 음(音)과 훈(訓)을 달고, 한 연구 뒤에 한글로 뜻을 새겨 번역한 책임.

291) 오사환빙이일매 : 미상.

292) 나를 ~ 스승이요 : 『학어집(學語集)』의 '나를 가르치는 자가 스승이니 스승이 아니면 학문이 없다. 이러 까닭에 옛날의 배우는 자는 스승 높이기를 임금과 아버지같이 하였다 [敎我者 爲師니 非師면 無以學問이라 是故로 古之學者는 尊師를 如君父로다.'는 구절에서 온 것임.

으니 우리들의 볼 것 없는 외모와 얕은 재력을 그대는 어찌 과장해서 평소의 진중한 체통을 잃으십니까?"

말을 마쳤는데 그 말씨가 정숙하고 안색이 화평한 것이 마치 눈부신 가을바람에293) 계수나무 향기가 어리는 듯, 옥토끼가 계수나무 가에 있는 듯, 금가마귀가 섬궁(蟾宮)294)에 머무는 듯, 천만 가지 아리따움이 말로 형언하기 어려운 듯하였다.

여러 소저들이 일시에 웃으며 담소를 나누는 소리 참으로 낭랑하던 중 문득 창 밖에 인기척이 있었다. 성렬이 사창(紗窓)을 열고 보니 다른 사람이 아니라 종형 상서가 앞을 지나 홍미정으로 가는 것이었다. 성렬은 아는 체하면서 웃으며 말했다.

"오라버니, 신방으로 바로 가시려면 서쪽 월앙으로 지나가실 것이지 굳이 길을 둘러 이 홍류당 난간을 지나가시는 것은 반드시 이곳에 먼저 들러 언니를 보고 가시려는 것이지요. 그런데 우리들이 와 있어서 공연히 남의 부부 애틋한 만남을 방해하는 것이군요."

여러 사람들이 모두 다 웃고, 의열 또한 미소 지으며 말했다.

"제가 갓 시집 온 신부가 아니니 부인이 새로이 놀리실 것 없습니다."

이렇게 즐겁게 대화를 나누다가 밤이 깊어서야 서로 헤어졌다. 이 밤 임상서는 신방에 들어가 조소저와 함께 지내고 다음날 아침 어른들을 뵈었다.

조소저는 시집에 들어온 이래 온순하고 또 공손하여 시어른 섬기기를 잘하고 지아비에게 순종하며 첫째 부인을 존경하였다. 또 친척들과도 화

39

40

41

---

293) 눈부신 가을바람에 : {혈뇨상풍}. '현요상풍(眩耀商風)'으로 보았음.
294) 섬궁(蟾宮) : 월궁(月宮).

목하여 집안 어른들은 그 현숙하고 명철함을 사랑하였고 친족들은 모두 존대하였다. 상서는 한 달에 열흘은 홍륜당에 머물고 닷새는 홍미정에 머물렀다. 그리고 보름은 오운전에서 두 조부를 모시고 잠을 잤다. 이렇듯 여러 종제(從弟)와 우애 있고 부인들과도 화목하기가 또한 적지 않아 당체지화(唐棣之華)[295]를 노래하니 부인들 사이의 화목함이 날로 도타워졌다. 의열이 또한 조씨를 사랑으로 대하는 것이 자매지간 같아서 집안에서 칭찬하기를 마지않았고 세천, 세률, 세현 등 여러 아이들이 조씨를 친어머니 의열처럼 섬기니 조씨 또한 적자녀들을 자기가 낳은 자식처럼 사랑했다.

각설. 이때 진공자 환옥은 요사스러운 약으로 부왕의 눈과 귀를 가리고 곽교란을 취했지만 제가 원하던 천고에 독보적인 미인은 아니어서 적잖이 실망하였다.[296] 그러고는 그 누이 남연랑의 요술 부리던 재주를 떠올리며 누이를 찾을 길 없음을 근심했다. 하루는 달 밝은 밤 후원 누각에 올라 하늘을 우러러 달빛을 맞으며 이마에 손을 얹고 스스로 마음속 번뇌에 울적하여 말했다.

"환옥이 어느 날 풍운의 좋은 때를 만나 삼생(三生)의 원수 임씨를 다 없애고 누이를 찾아 전생에 맺은 업보(業報)[297]에서 놓여나겠나."

말을 마치기도 전에 홀연 난데없이 한 떼 음산한 구름이 몰려왔다. 그러고는 눈앞에서 여자로 변하며 말했다.

"아우야, 헤어진 이래 세상을 달리하였는데 그간 별고 없었느냐? 박명

---

295) 당체지화(唐棣之華) : 산매자나무꽃. 『시경(詩經)』「국풍(國風)」〈하피농의(何彼襛矣)〉에 나오는 꽃 이름으로 아리따운 신부를 비유함.
296) 실망하였다 : {곽녀를 취하나 마춤니 겨희 원호는 바 천고 독보절염이 아니라 그윽이 기미 연낭의 요술변화호는 지됴를 싱각고 초줄 길이 업스물 근심호더니}. '그윽이' 뒤에 원하던 미인이 아니라 실망하였다는 정도의 구절이 빠진 것으로 보임.
297) 업보(業報) : 선악의 행업으로 말미암은 과보(果報).

한 이 누이, 어찌 부질없이 더러운 이 세상에서 죽으리오? 마땅히 삼생(三生)의 업원(業冤)을 쾌히 갚고 평생소원을 이룬 후에야 죽을 것이니 이것이 곧 우리들의 소원이다. 아우는 근심치 마라. 어찌 임가를 없애지 못하겠느냐?"

환옥이 놀라 바라보니 이는 곧 잃었던 누이 연랑이 예닐곱 정도 되는 44 소녀를 데리고 온 것이었다. 환옥은 누이를 단나 몹시 기뻐하며 말했다.

"저는 그날 황제 앞에서 결말을 보고 원치 않은 천륜을 회복한 후 다시 누이의 흉보를 들었습니다. 비록 누이가 억울하게 죽지는 않았을 것이라 짐작했으나 이 때문에 임가를 더욱 원수같이 여겼습니다. 곽씨 여자 또한 시집에서 쫓겨나 이런저런 허다한 일을 다 겪고 이러저러하여 지금 요약으로 부왕을 홀린 후 곽교란을 얻었습니다. 그러나 모비께서 매우 까다롭게 구시니 근심입니다." 45

연랑이 한숨을 내쉬며 마침내 그간 지내온 바를 대강 이르며 말했다.

"이 아이는 옥선의 딸인데 그 정이 안타까워 데리고 다니네."

남매는 새삼 기뻐하였고, 연랑은 얼굴을 바꾸어 곽씨 여자를 보고 서로 반겼다. 이는 다 기록하지 못할 정도였다. 서로서로 허다한 사연을 나눈 후, 협실에 머물렀는데 공교로운 계교가 미치지 않는 곳이 없었다. 알 수 없구나, 요악한 세 사람이 어느 때 한 칼 아래 놀라는 혼백이 될까? 말이 순서가 있으니 차례대로 살펴보라.

차설. 임직사 경홍이 젊은 신진관료로서 20대 젊은 나이에 명망이 조야에 울렸다. 이때 사천(四川) 합주(合州) 땅에는 수년째 기근이 들어 백성 46 이 도탄에 빠지고 관리가 어지지 못해 인심이 더욱 사나웠다. 조정 대신들이 금문직사 경홍의 재덕을 일컬어 천거하자 황제가 이를 따라 즉시 경홍을 사천지부로 임명하였다. 임직사는 감히 사양하지 못하여 은혜에 감사하며 물러나 귀가하였다.

수일 후 길을 떠날 때 황제가 또 설희필을 사천 순무사(巡撫使)로 임명하여 그날 바로 떠나도록 했다. 그리고 도중의 여러 마을 수령 현관의 능력을 살펴 뜻대로 처리하게 했다. 임, 설 두 집안 어른들은 놀라 근심하였으나 어쩔 수 없었다. 다만 설생은 순안사(巡按使)[298]로 가는 것이어서 그저 여러 마을을 돌아본 후 즉시 돌아올 것이기 때문에 비록 처자가 있어도 데려갈 필요는 없었다. 길어야 일 년이요, 일이 쉬우면 7~8개월 후에는 귀가할 것이었기 때문이었다.

그러나 임지부는 황제가 특별히 부르시기 전에는 임기가 6년이라서 기한이 아주 멀었다. 설순무가 먼저 갔기 때문에 헤어질 때 목태부인과 태사 부부가 손을 잡고 재삼 빨리 돌아오기를 일컬으며 나랏일을 잘 처리하여 황명을 욕되게 하지 말라 일렀다. 순무는 두 번 절하며 명을 받들었다. 태어난 지 십오 년 만에 처음 눈물을 흘렸다. 넓은 이마, 봉황 같은 눈에 슬픈 빛이 어리어 차마 쉽게 일어나지 못했다. 여러 형제들은 위로하고 태사는 정색하여 경계했다.

"남자가 세상에 태어나 반드시 임금을 섬길 날이 많고 부모를 섬길 일은 적다 하였다. 네 어려서부터 성현의 글을 두루 읽어 거의 옛일을 섭렵하였을 것인데, 오늘 황제의 명을 받들어 몸 위에 금자(金紫)[299]를 띠고 귀 밑에 재상(宰相)의 관자(貫子)를 붙이고서 부모 슬하를 떠나면서 이처럼 슬퍼하여 강보에 싸인 아기 같은 짓을 하느냐?"

---

298) 순안사(巡按使) : 여러 곳을 돌아다니며 살피고 조사하는 관리.
299) 금자(金紫) : 금인(金印)과 자수(紫綬)라는 뜻으로, 존귀한 사람을 비유적으로 이르는 말.

순무사가 부친의 가르침을 듣고 황공하여 소매로 눈물을 닦고 목소리를 가다듬어 용서를 빌었다. 이후 하직하고 물러나 위의를 거느리고 남쪽으로 길을 나섰다. 도중 임승상 댁으로 찾아가 또한 총총히 하직하였다. 이때 임승상 집안 여러 사람들은 취성전에 모여 지부와 주소저의 이별을 슬퍼하며 바쁘게 길 떠날 차비를 하다가 설순무의 하직 인사를 듣고 바로 취성전으로 청하여 서로 만났다. 순무는 달 같은 이마에 검은 눈썹300)을 <sup>50</sup> 가지런히 하고 봉황 같은 어깨에는 비단 도포를 걸치며, 옷 주름이 출렁이는 허리에는 옥대를 느슨히 찬 채 손에는 상아홀을 들고서 천천히 걸어 들어왔다. 당에 올라 관태부인께 먼저 예를 올리고 여러 어른들도 차례로 뵈었다. 물러나서는 여러 소년들과 자리를 이루어 천연덕스럽고 씩씩한 목소리로 하직함을 일렀다. 태부인이 흔쾌히 말문을 열었다.

"늙은 내가 복이 많아 자네처럼 출중하고 성현군자 같은 이로 손녀의 <sup>51</sup> 짝을 삼았더니 조물주가 시기하여 신혼 초 괴이한 변고 가운데 손녀의 사생도 모르게 되었지. 그나마 우리 사위가 신의가 있어 아침저녁으로 문안을 하니 비록 손녀를 잃어 원앙이 짝으로 노니는 재미는 보지 못했으나 우리 사위의 옥 같은 풍모를 밤낮으로 대하여 울적한 심사를 적이 달랬었네. 그런데 이제 멀리 황명을 받들어 외직에 분주할 것이니 어찌 섭섭지 않겠는가? 비록 그렇더라도 우리 사위는 나랏일을 잘 처리하고 빨리 돌아오기를 바라네."

더불어 좌중 여러 사람들이 다 이별의 정을 나누고 빨리 돌아오라고 <sup>52</sup> 일렀다. 순무는 한 사람 한 사람 일일이 인사를 나누며 좌우 사람들과 다시 보기를 약속했다. 주안상이 나오자 조금 맛본 후 하직인사를 하고 임

---

300) 검은 눈썹 : {흑관(黑鸛)}. 먹황새로 검은 눈썹을 비유하는 듯함.

지부와도 빨리 만나기를 약속한 후 행차를 돌이켰다.

이때 임승상 집안의 초왕과 숙렬비는 설생의 돌아올 기약이 비록 멀지 않은 것을 알지만 본래 현철한 사람의 염려는 심원했다. 그래서 사위를 위한 걱정에 마음을 놓지 못했고 또 일가 사람들도 임지부 부부의 오랜 이별을 슬퍼했다. 주숙렬이 경흥의 됨됨이를 깊이 헤아린 탓에 그윽이 종손녀의 신세를 염려하여 근심이 얼굴에 어리었다. 부마는 본래 소탈한 사람이어서 경흥의 호기로운 기상을 좋지 않게 여기면서도 그런 가운데 주소저의 금실이 화목하지 못한 것은 오히려 알지 못했지만, 공주는 신명하고 소부인은 자상하니 어찌 며느리의 금슬이 좋지 못함을 모르겠는가. 다만 경흥은 호기롭고 방탕하게 여색에 혹하는 대신 엄한 부친을 두려워한 탓에 기운을 참고 행실을 가다듬어 행동거지 하나하나 모두 성현의 풍모를 흉내 내왔다. 그래서 주소저의 침소에 빈번히 왕래하며 서로 화목한 부부 같았으니 비록 명철한 부형인들 어찌 그 실상을 알 수 있을까? 또한 주소저의 인물됨이 강렬하고 씩씩하여 백희(伯姬)의 고집과 공강(共姜)301)의 개결함이 있는 가운데 부부 두 사람의 액운이 심상치 않아 지아비의 매몰찬 거동을 보고 냉소하고 순종하지 않았다. 그래서 한 달에 십여 차례 지아비가 찾으나 다만 출입하는 때에만 공경하여 맞을 뿐 피차 말이 없었다. 경흥도 특별한 말없이 잠자리에 들고 아침이면 나가면서 소저에

53

54

55

---

301) 공강(共姜) : {곤강}. 공강(共姜)의 오기. 공강(共姜)은 위(衛)나라 희후(僖侯)의 아들 공백(共伯)의 아내임. 공백이 요절하자 그녀는 남편에 대한 굳은 절개를 지키면서 부모의 재가 권유를 끝까지 물리침. 공강은 자신의 이러한 마음을 <백주(栢舟)>라는 시를 지어 나타낸 바 있음. 『시경(詩經)』「용풍편(鄘風篇)」에 전하는 이 시는 "두둥실 잣나무 배가 황허강 가운데 떠 있네. 늘어진 다팔머리 그이만이 진정 내 남편이었으니 죽어도 딴 마음 갖지 않을 것이네. 어머님은 하늘같은 분이신데 어찌하여 제 마음을 그토록 몰라주십니까汎彼栢舟, 在彼中河, 髡彼兩髦, 實維我儀, 之死矢靡他, 母也天只, 不諒人只"라는 내용임. 이로부터 남편을 일찍 여읜 아내가 잣나무처럼 굳건히 절개를 지켜 재혼하지 않고 정조를 지키는 것을 '백주지조(栢舟之操)'라고 함.

게 아는 체하지 않았고, 소저 역시 그 행동을 우습게 여기며 순종치 않고 속으로 다음과 같이 생각했다.

'내가 저의 잠자리를 지키는 시녀가 아닌데 저는 편히 자고 내 홀로 괴로이 앉아 밤을 지내는 것이 우습다.'

그래서 옷을 입은 채 자기 잠자리에 나아가 편히 자버렸다. 이렇게 고요하고 조용하여 요란함이 없으니 집안사람들이 그 부부의 사정을 알 리 없었다. 다만 숙렬비와 두 시어머니만이 잠깐 그 기색을 알고 가끔 아들을 질책하였는데, 경홍은 온화한 목소리로 환히 웃으며 말했다.

"조혼(早婚)은 예부터 성인이 꺼리신 바입니다. 저와 주씨의 나이 너무 어려 옛사람들이 말한 혼례 나이에 아직 걸었으니 부부 화합함이 그리 바쁘지 않고 또 제가 주씨를 특별히 박대하여 눈 뜨고 못 볼 짓은 하지 않았는데 어머니께서는 어찌 염려하십니까? 엎드려 바라옵건대 근심을 그치십시오. 제가 결코 부모님께서 얻어주신 조강지처를 박대하지는 않을 것입니다."

이렇게 대답하기를 물 흐르듯 하고 낯빛이 화평하니 공주와 소부인은 오히려 어이없었다. 공주는 사리를 따져 경계하고 소부인은 정색하며 꾸짖었다.

"너의 거동과 말이 다 그럴 듯하고 쉽게 대답하나 실제로는 부정한 궤변과 속임에 가까우니 만일 일마다 부모 속이기를 이처럼 능사로 안다면 반드시 천하의 경박한 사람이 되어 부모의 근심을 더하고 가풍을 망칠 것이다."

경홍은 어머니 가르침을 듣고 황공함을 이기지 못하여 겸손히 사죄했다. 이후 더욱 조심하여 여러 사람이 모인 곳에서 주소저를 대하면 온 얼굴에 화기를 띠고 다정함을 드러내어 지극히 사랑하는 부부지간같이 굴었다. 이에 소저는 은근히 지아비의 겉과 속이 다른 것을 탄식했지만 겉으로 드러내지 않고 그저 씩씩하게 굴며 남편을 대면하면 눈 위에 핀 찬 매화같이 다정다감함을 털끝만치도 받아들이지 않았다. 그리하여 두 시어머니와 숙렬비는 경홍의 겉과 속이 다른 것이 못마땅하였으나 저의 액운이 심한 것을 헤아려 이해하고, 나이 어린 부부의 사사로운 개인적 사정을 어른이 다 아는 체하는 것도 부적절하다 여겨 모른 척했다. 집안사람들은 그저 소저가 너무 냉담하여 지아비의 사랑을 받아들이지 않는 줄로 알았다.

천만 뜻밖에 경홍이 황명을 받들어 사천지부가 되어 외임으로 나가게 되었는데 그 기간이 길었다. 그래서 집안 어른들은 크게 마음이 쓰였지만 어쩔 수 없고, 경홍 역시 부모 곁을 떠나는 것을 슬퍼하나 어쩔 수 없어 분주하게 길 떠날 차비를 하여 남쪽으로 출발했다. 이때 주소저는 이 말을 듣고 크게 놀랐다. 자애로운 시부모와 사랑하는 부모 곁을 떠나 사이가 소원한 지아비를 따라 멀리 떠날 일이 막막했다. 그래서 이날부터 식음을 전폐하고 미간에는 시름을 잔뜩 머금었다. 이에 시어른들은 매우 안타까워 며칠을 친정에 머물며 부모 동기들과 이별하도록 허락했다. 주소저는 감사하며 그날로 친정으로 갔다. 부모 동기들이 반기고 또 슬퍼하여 모친은 비 오듯 눈물을 쏟고, 조부모와 주후 부부도 소저의 손을 잡고 아리따운 뺨을 맞댄 채 머리를 어루만지며 말했다.

"네 열 살 남짓한 어린아이로 오히려 세속 아이라면 젖가슴을 그리워하며 어미 품을 떠나지 않을 나이이다. 그런데 문득 옥 같은 군자의 짝이 되어 그 나이에 봉황관에 비단신만으로도 영화로운데, 다시 한 지방 관리의 아내가 되어 번화한 사천 땅에 가게 되었으니 이는 곧 사람마다 얻을 수 있는 영화는 아니다. 그러니 무엇이 슬픈 일이겠느냐? 너의 할 아버지와 부모는 아직 젊으니 백구과극(白駒過隙)302)에 얼마 지나지 않아 다시 상봉할 것이다마는 우리는 남은 세월이 많지 않으니 너의 부부가 영화로이 돌아오는 경사를 다시 보고 너를 반길 수 있을지 기약하기 어렵구나.”

소저는 머리를 조아려 말씀을 들었다. 스스로도 마음이 스산한데 중조모께서 이같이 슬퍼하며 불길한 말씀을 하자 가뜩이나 슬하를 떠나는 그윽한 회포에 더욱 애가 끊는 듯했다. 그래서 눈가에는 근심이 어리고 눈에는 진주 이슬 같은 눈물이 방울방울 굴러 꽃다운 뺨에 잇달아 떨어지는 것을 깨닫지 못하고 오열하다가 울음을 삼키며 겨우 말씀을 올렸다.

“엎드려 원하옵건대 중조모께서는 할아버지 이하 어른들을 거느리시고 길이 평안하십시오. 저는 끝내 잔명을 보전하여 절 올리겠습니다.”

옥 같은 얼굴이 슬픔에 잠기며 그 말이 자못 처창하였다. 주후와 할머니 역시 애련해 하며 머금은 눈물을 씻고 가는 손을 어루만지며 재삼 위로했다. 할아버지 주상서는 부모가 너무 슬퍼하심을 민망히 여기고는 두 눈에 힘주어 아들을 바라보았다. 동평공이 부친의 기색을 보고 매우 황공하여 딸을 향해 정색하며 질책했다.

“자식 되어 마땅히 부모 앞에 위안이 되고 기쁨을 주는 것이 효이다. 네가 이번 길을 나서는 것이 환란으로 헤어지는 것이 아니라 지아비가 조정의 벼슬을 받들어 한 지방의 관리가 되어 떠나는 것이니 이는 곧

302) 백구과극(白駒過隙) : 흰 망아지가 빨리 달리는 것을 문틈으로 본다는 뜻에서 인생이나 세월이 덧없이 짧음을 이르는 말인데, 문맥상 시간이 빨리 흐름을 의미함.

64 영화로운 길인데, 무엇이 슬퍼 근심어린 얼굴에 눈물을 흘려 노래자(老
萊子)303)처럼 기쁘게 해 드려야 할 어른 앞에서 불효를 생각하지 않느
냐? 비록 사사로운 정으로는 부모와 친지를 떠나는 마음 슬플 것이지
만 또한 생각건대 여자의 올바른 행실은 결과적으로 부모형제와 멀어
지는 것이다. 네가 이같이 생각이 짧은 행실을 할 줄은 네 아비 생각지
도 못한 바로구나."

안색은 아주 굳어 있고 말씀은 엄숙했다. 주소저는 증조모의 손을 받
들고 증조부의 얼굴을 우러러 헤어지는 회포 끝이 없고 이별의 정이 샘솟
아 스스로 슬픔을 제어하지 못하다가 할아버지의 불편하신 기색과 아버
65 지의 질책을 듣고는 황공하고 부끄러워 즉시 눈물을 닦으며 사죄했다.

"제가 아둔하고 나이 어려 생각이 모자랐습니다. 아버님의 자애와 어
머님의 젖가슴을 아직도 그리워하는데 뜻밖에 천리 밖 이별을 당하여
돌아올 기약이 먼 탓에 어린 마음에 이별이 슬프기만 하여 눈물 흐르는
것을 깨닫지 못했습니다. 이 불효를 용서해주세요."

온화한 표정과 목소리로 슬픈 기색을 감추지만 푸른 산엔 근심 어린 구
름이 은은하고 봉황 같은 눈엔 구슬픈 비가 내리는 듯 가련한 모습이 더
66 욱 어여뻤다. 본래 각로가 이 딸을 과도하게 사랑한 탓에 속으로는 불쌍
하고 안타까운 마음을 참지 못했지만 아버지로서의 체통을 생각하며 마
음 가는 대로 할 수는 없어서 말을 삼켰다. 이에 태부인은 더욱 안타까워
다시 소저를 가까이 두고 뺨을 부비며 이마를 어루만지고 말했다.

"내가 다른 손자 손녀들보다 난벽을 특별히 사랑하는 것은 창흥의 어

---

303) 노래자(老萊子) : 중국 춘추 시대 초나라의 학자, 70세에 어린아이 옷을 입고 어린애 장난을 하
여 늙은 부모를 위안하였음.

미를 막내딸로 얻어 그 사랑이 천륜에 더하다가 시집 간 후 갖은 화란에 죽었는지 살았는지 모를 적에 이 아이가 있어 그 슬픔을 위로받았기 때문이다. 그러니 이 아이가 없었다면 그 슬픔을 누가 위로했겠느냐? 때문에 내가 난벽을 특별히 사랑하고 제 또한 나에게 정성이 간절하여 제 출가하고 시집으로 간 후에도 한 달만 보지 못하면 서로 이별의 슬픔을 이기지 못했다. 그런데 이제 천리 밖 먼 이별을 당하게 되었으니 어찌 슬프지 않을 것이라 어린아이를 인정 없는 말로 책망하느냐? 너희 부자는 진실로 사람의 마음이 아니구나."

말을 하는데 기색이 심히 불편해 보였다. 이에 상서 부자가 크게 황공하여 불효를 빌었다. 소저는 이틀 밤을 머문 후 돌아가려 하였다. 태부인은 소저를 제 처소로 보내지 않고 품에 품어 사랑하고 한 이불을 덮고 아끼며 이별의 슬픔을 금치 못했다. 소저도 왕할머니의 허리를 안고 젖가슴을 쓰다듬으며 이처럼 늙고 약해지셨는데 생전에 자기가 다시 뵙지 못할까 슬퍼하며 눈물이 소매를 적셨다. 각로와 모부인 역시 애석함을 이기지 못했다.

이럭저럭 소저가 돌아갈 기한이 되자 일가는 한 당에 모여 별회를 나누었다. 좌우 시종들은 임지부가 찾아왔음을 고했다. 일가가 함께 청하여 만났다. 지부의 빛나는 옥 같은 얼굴과 소저의 꽃 같은 모습은 진실로 옥황상제가 점지한 천생연분이었다. 어른들은 몹시 사랑하고 기뻐하며 태부인 이하 삼대(三代) 여자들이 일일이 말을 걸어 소저의 나이 어리고 몸이 약한 것을 이르며 간절히 그 평생을 다시 부탁했다. 지부는 두루 대화를 나누며 공손히 감사하고 술을 나누어 마셨다. 날이 늦어 지부와 소저가 함께 돌아가려고 하자 여러 집안 어른들과 형제들이 연연하여 차마 손

67

68

69

을 놓지 못했다. 소저는 별 같은 눈에 눈물을 머금고 재삼 건강하시기를 당부한 후 가마에 올라 부부가 함께 돌아갔다. 주씨 집안 내외의 섭섭함 은 이를 것도 없고 부인은 마치 중한 보물을 잃은 듯 멀리 사라지도록 바라보며 낙담하여 슬퍼하기를 마지않았다. 여러 며느리와 손자들이 민망해 하며 좋은 말로 위로하였다.

주소저는 시집으로 돌아와 시어른들을 뵈었다. 모두 새롭게 반기고 사랑해 주셨다. 이날이 지나 다음날은 떠나는 날이었다. 그날 밤 중당에 불을 밝히고 자리를 깔아 모든 일가가 주소저와 작별하는데 봄밤은 매우 고단했다. 이튿날 아침 지부와 주소저는 존당에 절하며 하직을 고했다. 이별의 정이 서로 다르지 않았다. 두 분 할아버지와 초왕 등 세 분 삼촌들이 경계하여 말했다.

"네 나이 아직 어린데 황명을 받들어 한 마을의 토주(土主)304)가 되었으니 삼가 진심으로 일을 받들어 백성을 사랑하고 어렵고 힘든 이들을 어루만지며 농업을 권장하여 탐관오리가 되지 않도록 힘써라."

큰어머니 숙렬비와 적모 효장공주, 친모 소부인 등은 은근히 주소저의 평생을 염려하여 경계하기를 간절히 했다. 지부는 두 번 절하여 명을 받들고 여러 형제들과도 하직하며 길을 나섰다. 주소저 또한 시부모와 시삼촌들께 절을 올리며 일가 식구들과 이별하고 가마에 올랐다. 일가는 모두 귀한 것을 잃은 듯 섭섭히 여겼다. 이날 임씨, 주씨 두 집안 모든 친척, 친우들이 이르러 전송하니 그 수레바퀴가 남문에 가득하고 재상들이 타고 온 거마가 미어터지며 사람들이 떠들썩한 것이 이름난 고관들은 모두 모인 것 같았다.305) 날이 저물어 일가 사람들과 친척, 친구들이 다 돌아

---

304) 토주(土主) : 토주관(土主官)을 이르는 것으로 백성이 자기 고을 원을 이르던 말임.

오고 임지부는 부인과 함께 위엄 있는 차림으로 남으로 향하였다. 설순무가 닷새를 앞선 길이었다.

이때 설의열은 막내 남동생 설순무가 길을 떠날 때 그 얼굴을 보고 미간에 푸른 기운이 어려 재앙이 비치는 것을 알았다. 깜짝 놀란 가운데 주소저가 이번 길을 떠남에 반드시 액운이 적지 않을 것을 신령스럽게 알아보고 역시 놀랐다. 순무가 떠나고 지부 또한 떠나자 바야흐로 집안이 조용했다. 이날 저녁 문안을 마치고 침소로 돌아와 불을 밝혔다. 밤이 깊어지자 아이들을 물러가라 하고 다만 녹란과 벽완, 화앵, 계앵을 남겨 둔 후 『주역(周易)』 팔괘(八卦)를 펼쳐 두고 역리(易理)306)를 헤아리며 두어 번 산가지를 집어 괘를 얻었다. 막내아우의 이번 여행길에 요얼이 반드시 화를 일으킬 것과 주소저가 희한한 화란을 당하여 일신이 도로에 떠돌 것을 알고 스스로 그 운수가 안타까웠다. 친히 몸을 일으켜 사창을 밀치고 별자리를 보니 순무가 당면한 액운은 더욱 급했다. 검은 안개가 피어오르며 요얼(妖孽)의 기운이 성하여 그 주성(主星)을 에워싼 것이었다. 이에 의열이 탄식하고 혼자 앉아 오랫동안 생각에 잠긴 채 말이 없었다. 녹란과 벽 완 등이 다가와 말했다.

"저희 등이 옥허낭랑의 가르침을 받들어 현비를 모시니 충성의 마음, 일찍 죽어 갚을 뜻이 있습니다. 이제 우러러 부인의 마음을 미루어 생각하건대 반드시 큰일을 만나신 듯 마음속 근심이 크시되 말씀하지 않으시니 저희 등이 어리석어 뜻을 헤아리지 못하겠습니다."

하였다. 대답이 어떨지 다음 회를 들어 보라.

---

305) 이름난 ~ 같았다 : {우직이기다애[右職而其多也 ]러라}. 우직(右職)은 지위가 높고 중요한 직위를 의미함.
306) 역리(易理) : 주역(周易)의 법칙.

임 씨 삼 대 록

32권

1   차설(且說). 설의열은 한동안 말이 없다가 천천히 일렀다.

"내 가만히 헤아려보니 너희들과 더불어 의논하려고 해도 너희들은 일찍이 옥허부인을 모시고 선당에서 맑게 지내던 이들이었다. 인연이 중하여 나를 좇은 것이지만 내 실로 박덕하고 인간의 도리가 없어 너희들에게 은혜를 끼친 것이 없었다. 그러니 이제 낭랑이 아끼시던 너희들을

2   다시 멀리 길에서 고생하게 하며 풍진에 수고롭게 할 수 있겠느냐? 내 차마 낭랑께서 사랑하시던 지극한 우애를 져버리지 못하겠구나."

녹완 등이 다시 머리 숙여 절하며 말했다.

"부인께서는 이 무슨 말씀이십니까? 우리 옥허낭랑께서 저희들로 하여금 부인을 모시게 한 것은 사생고락(死生苦樂)을 함께 하고 근심과 우환을 나누라 하신 것이고 또 부인께 세상 조화를 만드는 하늘의 기밀을 밝힌 비서(秘書)를 가르치신 것은 하늘의 이치와 때를 헤아려 집안의 화란을 방비하도록 하신 것입니다. 그러니 만일 부인이 명하시면 죽을 자리라 하더라도 감히 그 명을 거역하겠습니까?"

의열은 고개를 끄덕이며 칭찬했다.

3   "크고 대단하구나. 너희의 의협(義俠)이 이 같으니 어찌 이만 일로 근심할까? 이번 설순무가 당할 액운이 적지 않고 주소저 또한 화를 당할 것이니 어찌 이를 알고 무심히 앉아 있을 수 있겠느냐? 상생상극(相生相剋)307)의 이치에 따라 볼 때 설순무와 주소저를 구할 자는 임소저인데 규방의 처자가 어찌 홀로 오갈 수 있을지⋯⋯. 지혜로운 모사(謀士)와 훌륭한 장수가 없어 근심하였는데 너희들이 내 마음을 이같이 헤아리

---

307) 상생상극(相生相剋) : 화(火), 수(水), 목(木), 금(金), 토(土)의 오행(五行)이 운행(運行)함에 있어서, 서로 조화를 이루는 일과 서로 충돌하는 일.

니 가히 이리이리 하여라."

그러고는 장(欌)을 열어 서너 벌 도복과 보물을 넉넉하게 내어 주었다. 그러고는 귀에 대고 서너 마디 말을 더 일렀다. 녹완 등은 말마다 고개를 조아리며 명을 받들었다. 의열은 바야흐로 『주역』을 덮어 서랍에 넣고 밤이 깊었으므로 잠자리에 들었다. 이 밤 녹완 등은 불을 밝혀 들고 은실에 이르렀다.

차설. 이때 임소저 선강은 액운이 기구하여 신혼 첫날밤 요악한 계집이 일으킨 화란을 만나 하마터면 어스름 저물녘 도깨비에게 홀려 깊은 산 어느 골짜기에서 부모님이 주신 몸을 버릴 뻔했다. 그러나 신명이 도우시고 의열부인의 신명한 헤아림 덕분에 목숨을 보존하고 일신이 평안해질 수 있었다. 다만 시댁과 친정 양가 어른들께 불효한 죄를 서러워했지만 의열의 가르침을 따라 조용히 지냈다. 어린아이, 시비 등과 세월을 보내며 여교(女教)를 마음속 깊이 새기고 세상일은 모르는 듯 지낸 것이다. 일이 돌아가는 형편을 깊이 헤아리다가[308] 문득 집안의 노비들이 소란스럽게 전하는 말이 자연 귀에 들어왔다. 설사인이 사천순안사로 떠난 것과 종남(從男) 직사가 사천지부가 되었다는 소식이었다. 그 밤 주소저가 찾아와 이별인사를 했다. 떠날 때 주소저는 임소저의 손을 잡고 서글피 말했다.

"죽고 사는 것은 운수에 따른 것으로 화복(禍福)에는 딱히 문이 없습니다. 소저는 그 사이 평안하세요. 저는 목숨이 초개 같으니 보존하여 다시 만나기를 기약하지 못하겠습니다."

임소저는 이 말을 듣고 그 불길함에 의아함을 이기지 못했다. 눈길을

---

308) 일이 ~ 헤아리다가 : {망셰간望勢間 지갑직知甲子러니}.

머물러 한동안 바라보다가 위로의 말을 했다.

"아우는 14세 젊은 나이에 봄빛이 푸르고, 기질이 강합니다. 또 양가 어른들이 반석같이 계시고 동렬 형제들이 번성해 있으며 어린 나이에 명부(命婦)로서 봉황관에 꽃신을 신고 부귀영화를 두루 갖추었는데 무슨 이유로 말씀을 이토록 불길하게 하십니까?"

주소저는 애써 웃으며 말했다.

"언니의 밝은 말씀은 금옥 같습니다. 다만 제가 본래 약질인 탓에 자연 오랜 이별을 서러워하여 우연히 말한 것일 따름입니다."

주소저가 하직하고 돌아간 후 4~5일이 지났다. 하루는 밤이 깊어 잠자리에 들고자 하던 중 녹완 등이 찾아왔다. 소저가 놀라 물었다.

"녹랑 등이 이 한밤중에 자지 않고 왔습니까?"

녹완과 벽란 두 사람이 대답했다.

"의열부인의 명을 받들어 한 밀계(密計)를 실행하려고 하는데 정히 소저와 더불어 의논할 것이 있어 왔습니다."

임소저가 놀라기를 마지않고 그 밀계에 대해 물었다. 녹완과 벽란 두 사람은 드디어 의열부인이 가르친 것을 일일이 고하고 이틀 뒤 밤에 실행할 것을 말했다. 임소저는 몹시 놀랐지만 또 설부인의 신명함을 믿었다. 한동안 생각하다가 말했다.

"아녀자의 도는 조용한 것이 으뜸인데, 나는 규방 안에 머무는 작은 한 여자로 태평성대에 이런 해괴한 상황을 보고 백희(伯姬)가 당에서 내려오지 않았던 열행(烈行)을 따르지 못하니 옛사람에 비한다면 어찌 죄인이 아니겠습니까? 비록 그렇지만 의열 형님의 명이 있으시니 또 어찌 삼가 가르치심을 받들지 않을 수 있겠습니까?"

드디어 녹완 등과 밤을 함께 지내고 다음날 여행차비를 하여 길을 떠났다. 이때 녹, 벽 등이 소저의 쪽진 머리를 내려 상투를 틀고 검은 비단의 당건(唐巾)309)을 끼운 후 황관(黃冠)310)을 씌웠다. 어깨에는 우의(羽衣)311)를 입히고 허리에는 홍초대(紅綃帶)312)를 둘렀으며 발에는 운봉혜(雲峰鞋)를 신겼다. 그리고 왼손에는 파리채를, 오른손에는 소상반죽선(瀟湘班竹扇)313)을 쥐도록 권했다. 옥 같고 꽃 같아 부끄러운 듯 가냘프던314) 아리따운 소저가 훤칠하고 씩씩한, 관 쓴 미소년으로 변했다. 신선 같은 풍모에 세속을 초탈한 듯, 옥청(玉淸)315) 선자(仙者)가 내려온 것 같았다. 좌우에 유모와 시비 등은 칭송하기를 마지않았다. 녹완 등은 밖으로 소문이 나지 않게 입단속을 했다. 그러고는 자신들도 각각 도복을 입고 새벽 동틀 무렵 나귀 한 필을 이끌어 소저를 모시고 길을 나섰다. 약간의 보물과 돈을 지닌 채 채찍질하여 청산 그림자를 따르고 흐르는 물의 물방울과 서로 응하며 남으로 갔다. 알 수 없구나, 이번 여행길에 이들의 길흉화복이 어떠할지 차차 하편을 보라.

이때 요악한 계집 남연랑은 진궁에 깊이 숨어 구차하게 곽교란의 협실한 구석을 의지하며 지냈다. 환옥의 기막힌 계교도 이르지 않은 곳이 없는데, 이 요녀의 교묘하고 악독함은 단지 현인(賢人)을 해치는 것에만 몰

309) 당건(唐巾) : 중국에서 쓰던 관(冠)의 하나. 당나라 때에는 임금이 많이 썼으나, 뒤에는 사대부들이 사용하였음.
310) 황관(黃冠) : 도사(道士)의 관.
311) 우의(羽衣) : 선녀(仙女)나 도사(道士)가 입는다는 옷으로, 새의 깃으로 만든 옷.
312) 홍초대(紅綃帶) : 붉은 생사 허리띠.
313) 소상반죽선(瀟湘班竹扇) : 소상반죽(瀟湘班竹)으로 만든 부처. 순임금이 창오에서 죽은 후 두 왕비 아황(娥皇)과 여영(女英)이 소상강(瀟湘江)에 가 자살을 했음. 이때 두 왕비가 흘린 피눈물이 대나무에 얼룩져서 무늬가 생겼다고 하는데, 그 피로 물든 대나무를 반죽(班竹)이라고 함.
314) 부끄러운 ~ 가냘프던 : {윤염소더ᄒᆞ던}. 문맥을 고려하여 옮김.
315) 옥청(玉淸) : 도교에서 신선이 산다는 삼청(三淸)의 하나로 상제(上帝)가 있는 곳.

두하여 그 나머지는 안중에도 없었다. 그러나 제 본래 황실의 핏줄로서 이는 곧 진궁의 당당한 딸이었으므로 마음을 바르게 가졌더라면 그 존귀함이 황녀 공주만 못하지 않았을 것이다. 하지만 요악한 마음은 벌써 임씨 집안에 전생 원한을 반드시 갚고 집안과 나라를 한바탕 혼란으로 이끌고자 해서 그 몸이 또 천벌을 받을 것이었다. 비록 외모는 사람의 얼굴이나 그 행실은 구미호보다 더 요사스럽고 악독하니 제 무슨 행실로 삼강오상(三綱五常) 가운데 뚜렷한 인의예지(仁義禮智)와 부녀사행(婦女四行)316)을 알겠는가? 스스로 천륜을 두세 번 배반하고 장씨의 아내였다가 이씨의 아내가 되는 등 이름도 여러 번 고쳤으니 그 비루함이 더러운 창루(娼樓)에서 송구영신(送舊迎新)하는 천한 기생보다 더했다. 머무는 곳이 제가 태어나 자란 곳이고 또 부모 슬하이지만 감히 부왕(父王)과 모비(母妃) 슬하에 자식의 도를 차리지 못한 채, 오히려 머리를 숙이고 꼬리를 움츠려 구차히 오라비 처소 좁은 구석에서 곽교란의 시녀들 무리 속에 섞이기를 구걸하며 엎드려 있으니 정말 안타까운 일이었다. 진왕이 현명, 인자하고 왕비가 현숙, 명철하여도 천도(天道)가 희한하고 조화옹이 심술궂어 환옥 같은 패륜아와 연랑 같은 요악한 음부(淫婦)를 낳아 부모로서 깊은 근심에서 벗어나지 못하고 황실의 빛을 무색하게 하니 어찌 안타깝지 않은가?

하루는 환옥이 곽교란과 연랑에게 말했다.

"초왕 임희린의 사위 설희필이 사천순무사로 떠나고 부마 세린의 둘째 아들 경홍이 사천지부가 되어 떠났다 합니다. 우리 남매가 몇 해 동안 밤낮으로 임씨를 섬멸하여 그간의 원한을 갚고자 애썼으나, 임가 여러

---

316) 부녀사행(婦女四行) : 부녀자가 준수해야 할 사덕(四德)으로 마음씨[婦德], 말씨[婦言], 맵시[婦容], 솜씨[婦功]를 이름.

인물의 부귀권세가 당세 으뜸이어서 천하 사람들이 오히려 임씨에게 귀순하는 것이 천자를 협박하고 제후에게 아첨하던 조아만(曹阿瞞)[317] 보다 더하고 당나라 황실을 위협하던 이안양[318]보다 더하여 우리가 어설픈 계교로 뜻을 내는 것이 결코 쉽지 않았습니다. 그러니 구태여 일시에 다 죽여야 옳겠습니까? 차례로 하나씩이라도 먼저 없애 가지를 꺾어가며 뿌리를 없애는 것이 상책일 것입니다. 마땅히 경홍이 먼 길을 떠나는 때를 맞아 협객(俠客)을 구해 보내서 그 놈부터 먼저 죽여 없애고, 또 설희필은 원한은 없지만 이는 임가의 사위로 살려두어 부질없으니 죽여서 그 우익을 꺾는 것이 옳을 것입니다. 그러니 경홍 그 놈과 한가지로 없애는 것이 어떻겠습니까?"

연랑이 이 말을 듣는데 마른하늘에서 갑자기 천둥 번개가 치며 온몸을 부수는 듯했다. 그러고는 서러운 일도 없는데 눈물을 줄줄 흘리며 손사래 치며 말했다.

"아우는 말을 그만 그치거라. 임가의 말을 들으면 놀랍고 끔찍하여 내가 병으로 급사할 듯하네. 원수를 죽이려는데 구태여 자객을 수고롭게 하고 재물을 허비할 필요가 있겠느냐? 내 당당히 오늘이라도 저희 길을 빨리 따라가 임, 설 두 아이를 죽여 육장(肉醬)을 만들고 그 가솔을 다 죽여 임희린과 주씨 여자로 하여금 적이 앙화(殃禍)[319]를 알게 하고, 그 딸은 청상과부, 궁상맞은 어미를 만들어 주씨로 하여금 보기 싫은

---

317) 조아만(曹阿瞞) : 조조(曹操). 자는 맹덕(孟德). 묘호(廟號) 태조(太祖). 시호는 무황제(武皇帝). 중국 삼국시대 위왕조(魏王朝)를 세운 장군으로 황건란 평정에 공을 세우고, 두각을 나타내 헌제를 옹립하였음. 화북 평정 후, 손권·유비의 연합군과 싸워 대패, 그 세력이 강남(江南)에는 미치지 못하였음. 스스로는 제위에 오르지 않았고, 문학을 사랑하여 이른바 건안문학(建安文學)의 흥륭(興隆)을 가져왔음.
318) 이안양 : 미상.
319) 앙화(殃禍) : 지은 죄의 앙갚음으로 받는 재앙.

꼴을 먼저 보게 하며, 세린과 소씨 여자에게는 자식을 잃은 애끓는 아픔에 복자하(卜子夏)320)가 눈이 멀고 한자사321)가 통곡한 것보다 더한 슬픔을 알게 해 줄 것이다."

환옥은 몹시 기뻐 말했다.

"누이가 이처럼 신기한 재주를 가졌으니 어찌 원수 갚기를 근심하겠습니까? 그러나 듣기에 설희필은 순무사여서 경홍보다 닷새 먼저 갔다고 하니 벌써 떠난 지 한 달이나 되었고 경홍은 부임한 지 스무 날이 넘었다 하니 누이는 빨리 계교를 실행해 옮기십시오."

연랑이 그러자 하고 이날 바로 차비를 하여 이틀 뒤 길을 떠났다. 세 척 비도(飛刀)322)를 차고 보물과 돈 약간을 지닌 채 호풍환우(呼風喚雨)323)하여 문을 나서니 순식간에 그 자취가 간 데 없었다.

화설. 사천순안어사 설희필은 황명을 받들어 절월(節鉞)을 남으로 향한 채 밤낮으로 달렸다. 지나는 곳곳의 민정(民政)을 귀신같이 살피고 고독하고 어려운 이들을 어루만지며 억울한 옥사(獄事)가 없도록 하자 지방 백성들은 홍수를 다스리던 우임금의 성덕보다 그 덕을 더 칭송했다. 이리하여 무사히 한 달여 만에 비로소 사천 합주부에 이르렀다. 절월을 이웃 마을에 두고 미복(微服)324)으로 멀리 민간을 돌며 민심을 살피고 지방관의 능력을 평가하여 출척(黜陟)325)을 다스렸다. 합주 전체에 기근이 들어 논밭

---

320) 복자하(卜子夏) : 중국 춘추 시대의 유학자 자하(子夏, B.C. 507~ ? B.C. 420). 본명은 복상(卜商). 공자의 제자로서 십철(十哲)의 한 사람. 아들의 죽음에 너무 상심하여 눈이 멀었음.
321) 한자사 : 미상.
322) 비도(飛刀) : 칼을 몹시 재게 쓰는 재주나 그 칼. 혹은 어떤 대상에 칼을 던져 맞혀서 그것을 해치는 재주 또는 그렇게 던지는 칼.
323) 호풍환우(呼風喚雨) : 바람과 비를 부른다는 뜻으로 요술을 의미함.
324) 미복(微服) : 지위가 높은 사람이 무엇을 몰래 살피러 다닐 때 남의 눈을 피하려고 입는 남루한 옷차림.
325) 출척(黜陟) : 못된 사람을 내쫓고 착한 사람을 올리어 씀.

은 황폐하고 백성은 도탄에 빠져 서로 재물과 음식을 빼앗으며 굶주림을
면했다. 사람의 도리가 땅에 떨어지고 염치가 없어져 한 무리 오랑캐 금
수(禽獸) 같았다. 순무가 친히 미복으로 민간의 인심을 살피다가 이 거동
을 보고 그 지극한 마음에 눈물을 금할 수 없었다. 그래서 친히 관아 창고
를 열고 곡식을 내어 굶주린 백성들을 구제했다. 그러고는 백성들을 불러
눈물을 흘리며 가르쳤다.

"우리들이 비록 신분 상하는 엄격하나 근본은 모두 같은 황제의 아들
입니다. 이제 저는 황명을 받들어 이곳에 왔습니다. 기근 든 백성들이
굶주림을 이기지 못하여 농업을 전폐하고 서로 재물과 음식을 앗아 사
람의 도리가 땅에 떨어졌으니 이는 한갓 시절의 탓이 아니라 진실로 관
원이 어질지 못한 허물입니다. 그러므로 제가 황명을 받들어 여러 마
을의 탐관오리를 처단하고 창고를 열어 백성을 진휼하니 여러분들은
이제 마음을 다잡아 농사짓기에 몰두하고 관역(官役)에 힘쓰십시오. 또
젊은이는 노인을 공경하고 노인은 젊은이를 사랑하며 많은 것을 욕심
내지 말고 적은 것을 나누어 사랑하기를 돈독히 하십시오. 바야흐로
인심이 순하고 후하면 어진 말과 귀한 일은 저절로 불어나는 것입니다.
오로지 마음을 고치지 않으면 모르는 가운데 꼰드시 하늘이 벌을 내리
시어 집집마다 재앙이 생길 뿐만 아니라 큰 죄라면 왕법에 따라 목숨을
잃고, 작은 죄라면 탕화(湯花)326)에 걸려 자신의 몸이 괴로울 것이니 어
찌 삼가고 조심하지 않을 수 있겠습니까?"

이렇게 타이르며 배불리 먹이자 모든 백성들이 손을 이끌어 춤추며 순
무의 성덕을 칭송하고 눈물을 흘리며 고개 숙여 명을 받들고 물러났다.

---

326) 탕화(湯花) : 끓는 물과 타는 불.

순무는 즉시 친히 날을 잡아 명산대천에 단을 쌓고 소와 말을 잡았다. 그러고는 촛불을 피우고 제전(祭奠)을 차린 후 직접 희생이 되어 단상에 올라 단발한 후 사흘 동안 제를 올리며 천지일월신(天地日月神)에게 비 내리기를 간절히 기도하였다. 정성이 지극한 것이 탕왕(湯王)[327]이 상림(桑林)에서 비를 빌면서 스스로 여섯 가지를 자책하시던 것[328]보다 더하니 어찌 족히 그 정성이 하늘에 닿기를 근심하겠는가? 사흘 제를 지내자 그 밤에 바로 큰 비가 내려 천 리를 흐르고 대엿새 계속 비가 내린 후 바람이 잦아들고 비가 고르게 왔다. 이때가 하오월(夏五月) 더운 시절이어서 들과 밭에 온갖 곡식과 초목이 다 말라죽게 되었는데 설순무의 정성이 하늘에 닿아 단비가 내리고 순풍이 화창하여 죽어가던 초목이 다 살아나고 시들어가던 풀잎이 다 살아나 거칠었던 산 빛깔이 밝아지고 말랐던 암벽의 나무들이 골짜기마다 솟아났다. 그리하여 물이 말라 사라졌던 고기들도 다시 살아나니 백성들의 즐거워하는 소리가 끊이지 않고 이웃 마을에까지 소문이 났다. 설순무의 나이 어린 재주로 이 같은 신기한 묘책이 있음을 듣고 놀라지 않는 사람이 없고 칭찬하지 않는 사람이 없었다.

이 밤에 순무는 관아로 돌아와 한 꿈을 꾸었다. 비몽사몽간에 한 중년의 남자가 들어와 머리를 조아리며 통곡하는데 순무가 놀라 눈을 들어보니 나이 겨우 마흔이 되어 뵈고 차림새는 선비 복색을 했는데 얼굴 또한 매우 어질어 보였다. 순무가 우는 이유를 묻자 그 사람이 다시 일어나 절

---

327) 탕왕(湯王) : 중국 은나라의 초대 왕(?~?). 원래 이름은 이(履) 또는 대을(大乙). 박(亳)에 도읍을 정하고 국호를 상(商)이라 칭하였으며, 제도와 전례(典禮)를 정비하고 13년간 재위하였음.

328) 상림(桑林)에서 ~ 것 : 상림(桑林)은 은(殷)나라의 탕왕이 7년 동안 큰 가뭄이 계속되었던 때에 비 내리기를 빌던 곳. 7년 동안 크게 가물자 탕왕은 자진해서 머리를 자르고 손톱을 깎고서 자신의 몸을 제물로 만들고, '정치가 한결같지 않은가, 백성이 직업을 잃었는가, 궁실(宮室)이 장려한가, 여인들의 청탁이 많은가, 뇌물이 횡행하는가, 참소하는 사람이 많은가'에 대해 스스로를 책망했다고 함.

하며 고하였다.

"저는 본래 화락촌 낙읍현에 사는 사람으로 이름은 양성입니다. 조상 <sup>26</sup>
대대 명문이었으나 쌓은 덕이 없는 탓에 팔대 독자인 저에게 이르러 재
산은 많으나 학문하는 재주가 없어 공명을 구하지 않고 스스로 농사짓
기로 가업을 삼았습니다. 그래서 먹고 사는 것이 제법 여유로워 창고
의 곡식이 썩을 지경이었습니다. 집안이 이렇듯 부요한 가운데 제가
뜻한 바 있어 어려운 이들을 돌보아왔는데 마침 한 걸식하는 승려가 중
병으로 죽게 되자 제가 간호하여 병이 나았습니다. 그 중이 나이 겨우 <sup>27</sup>
스물이 되고 얼굴이 잘 생겼을 뿐만 아니라 글도 잘 하기에 제가 그 근
본을 물었습니다. 그랬더니 본래 선비집안 자제로 일찍 부모를 여읜데
다 형제나 일가친척도 없어 출가하였다 했습니다. 제가 불쌍히 여겨
도와주려고 환속하라 한 후 집안에 두고 거두어 입는 것과 먹는 것을
후하게 대접했습니다.

그런데 저의 처음 아내 노씨는 아주 어진 여자였는데 불행하게도 겨우
남매를 두고 아이들 어려서 죽었습니다. 뒤에 후처로 교씨를 맞았는데
아주 음란하고 시기, 포악하며 아이들을 구박하여 매질을 심하게 했습 <sup>28</sup>
니다. 이런 탓에 제가 교씨와 화목하지 못하고 종종 다투었습니다. 교
씨는 제 잘못을 모르고 저를 원수로 여기던 중 그 승려와 바람이 났습
니다. 그래서 둘이 모의하여 아이들과 저를 없애고 집안 재물을 훔쳐
둘이 오래 살기로 일을 꾸몄습니다. 어느 날 밤 제가 잠든 때를 타 교씨
여자가 그 중놈과 함께 직접 저를 죽이고는 이튿날 거짓으로 발상(發喪)
하면서 소문 내기를 제가 밤중에 홀연 독한 병을 얻어 급사했다며 가 <sup>29</sup>
짜 초상을 치르고, 또 저의 10세 딸아이와 5세 아들마저 죽이려 했습니

다. 저의 아이들이 비록 나이는 어리지만 딸아이는 아주 총명하여 눈치를 챘습니다. 그래서 하늘이 무너지는 슬픔을 안고도 아무쪼록 달아나 원수를 갚고 목숨을 보존할 생각을 했지요. 어느 날 밤 제 유모와 함께 남매, 셋이 멀리 달아났습니다. 음부탕자(淫婦蕩子)329)가 이를 알고 후환을 걱정하여 찾아나섰지만 하늘이 불쌍히 여기사 찾지는 못했습니다. 이후 저 음부탕자는 저희들끼리 세상에 거리낄 것 없이 지내면서 우리 집안 수천 냥 재물을 가지고 살았습니다.

제가 구천을 떠도는 혼백으로 밝은 세상에 나설 수 없어 이런 비통함을 아뢰니 옥제께서 진노하시어 특별히 합주 일대에 수 년 동안 재앙을 내리셨습니다. 그래서 조정의 어진 관원이 내려오면 저의 혼백을 인도하여 이런 원통한 한을 고하고 자녀로 하여금 복수하여 음부탕자를 죽이고 집안 재물을 되찾아 아이들이 편히 지내도록 하시려는 고로 몇 년 동안 가물고 흉년이 든 것입니다. 그러니 이는 또한 저의 탓입니다. 하늘이 내신 연고로 조정의 귀인이 수고로이 이리 궁벽한 곳까지 오시니 그 죄 말로 다하지 못하겠습니다. 그러나 귀인이 이미 황명을 받들어 이에 와 계시니 한때 어지러운 꿈이라며 허탄하게 여기지 마시고 엎드려 바라건대 노야께서는 저의 일을 명백히 처치하시어 원수를 갚아주시면 제가 대대로 그 큰 은혜를 갚겠습니다.”

말을 마치자 동이 트면서 닭 울음소리가 들렸다. 이에 혼백이 깜짝 놀라며 빨리 나가는데 문득 방 안에 음산한 바람이 일어나면서 사람의 뼈에 사무쳤다. 설순무가 벌떡 몸을 일으키며 정신을 차려보니 남가일몽(南柯一夢)330)이었으나, 그 사람의 말소리와 행동이 눈앞에 역력하고 꿈속 일

---

329) 음부탕자(淫婦蕩子) : 음란한 여자와 방탕한 남자.

이 선명했다. 날이 밝으려 하였으나 방 안은 아직 어두컴컴했다. 순무는 이후로 다시 잠들지 못했다. 일어나 불을 밝히고 날이 새기를 기다렸다. 날이 밝자 세수하고 찰원(察院)으로 나가 자리에 앉았다. 읍내 향리 하졸들이 문안하고 공사(公事)를 아뢰었다. 이후 공청(公廳)331)에 들어가 아침을 먹자, 마을 형방(刑房)332) 아전(衙前)333)들이 여러 관속(官屬)을 거느리고 와서 좌우에 모시고 섰고, 여러 마을 관리들이 또한 설순무를 모시고 있었다. 순무가 문득 물었다.

"이 고을 화락촌 낙음현에 시골양반 양섭이라는 선비가 있어 의협심이 기특하다 하던데 과연 그런가?"

형방 아전 문급이 나아와 고하였다.

"과연 이 마을 화락촌에 양섭이라는 사람이 있어 부귀하고 의로움이 있어 마을 사람들이 추앙하였습니다. 그런데 그 전처가 남매를 둔 후 후처를 얻었는데, 그 후 소문에 듣기로 그 후처가 어질지 못해 전처소생들을 박대하여 부부가 자주 다투고 집안이 화목하지 못했다 합니다. 그 후 오래지 않아 그가 하룻밤새 병도 없이 죽자 사람들이 모두 그의 어짊과 의로움을 잊지 못하고 돌연사한 것을 이상하게 여기던 중, 또 소문이 돌기를 그 자녀가 다 어느 날 밤 계모를 속이고 집안 재물을 훔쳤는데 열 살 정도 된 딸아이가 음욕이 동하여 야반도주한 것이라 하기도 하고, 혹자는 또 그 사람의 후처 교씨가 음란하고 악독하여 환속한

33

34

---

330) 남가일몽(南柯一夢) : 꿈처럼 덧없는 한때의 부귀영화. 중국 당나라의 순우분(淳于棼)이 술에 취하여 홰나무의 남쪽으로 뻗은 가지 밑에서 잠이 들었는데, 괴안국(槐安國)으로부터 영접을 받아 20년 동안 부귀영화를 누리는 꿈을 꾸었다는 데서 유래함.
331) 공청(公廳) : '공무(公務)를 보는 집'이라는 뜻으로 관청 등을 이르는 말.
332) 형방(刑房) : 승정원(承政院)과 지방 관아의 육방(六房)의 하나로 형전(刑典)에 관한 일을 맡아 보았음.
333) 아전(衙前) : 지방 관아에 소속된 하급관원.

중과 바람이 나 남편을 죽이고 그 전처 자녀마저 없애려 하자 아이들이
아주 총명하여 눈치를 채고 목숨을 구하고자 도망한 것이라고도 합니
다. 사람들의 말이 분분하여 사실을 알 길은 없으나 대체로 의심되는
바는 하루밤새 그 사람이 급사한 것도 이상하고 자녀의 거처가 없는 것
도 이상하여 사람들 말도 많고 의논도 분분하지만 또한 부질없이 남의
죄를 만들어 죽을 땅에 밀어 넣는 것도 위험하여 여러 공론이 많지만
결론을 내지 못하였습니다."

순무가 머리를 끄덕이고는 즉시 관리에게 분부하여 교녀의 노복을 모
두 잡으라 했다. 삽시간에 관노들이 화락촌으로 가 양씨 집안 남녀노소
노복을 다 잡아왔다.

차설. 사천합주 화락촌 낙음현에 양섭이라는 한 서생이 있었다. 비록
부모 형제 없는 홀몸으로 친척도 적지만 집안에 재산이 많고 그 풍채가
준수하며 의협심이 있어 인자하고 후덕하였다. 마을의 가난하고 어려운
사람 누구도 이 집안 은혜를 입지 않은 이가 없어 모두들 추앙했다. 아내
노씨 역시 아주 현숙하여 부부가 화락하기 10여 년에 남매를 두었다. 딸
난경은 8세로 재모와 덕행이 아주 아름다웠고, 아들 춘경은 4세로 아주
잘 생겼다. 어느 날 걸식하는 중이 근처로 다니다가 문 밖 길거리에 엎어
져 중병이 들었는데, 양생이 보니 아직 나이 어리고 외모가 준수하나 얼
굴 가득 고생한 흔적에 병이 심각해 보였다. 그 자비로운 마음에 불쌍히
여겨 근본을 묻자 중이 대답했다.

"본래 사족(士族)으로 이름은 공전입니다. 일찍 부모를 여의고 집안이
영락하여 걸식하다가 마침내 중이 되었습니다."

양생이 불쌍히 여겨 청하여 데리고 와 행랑에 두고 정성으로 돌보아

병이 낫자 환속할 것을 권했다. 마침내 공전이 환속하여 집에 머물게 되자 노씨는 이를 보고 기뻐하지 않으며 말했다.

"이 아이 얼굴을 보니 벌의 눈과 뱀의 혀끝을 가졌으니 반드시 불량한 사람입니다. 집안에 두지 못할 것입니다."

그러나 양생은 듣지 않았다. 노씨는 오래지 않아 죽었다. 양생은 몹시 슬퍼하여 고분지탄(鼓盆之歎)334)이 위처사335)보다 못하지 않았다. 하지만 집안일을 돌보며 조상께 제사를 올리고 자녀를 기를 사람이 없는 탓에 초상을 치른 후 즉시 교씨를 후처로 맞았다.

교씨는 부모형제 없이 먼 친척에게 얹혀 지내다가 이 집안에 들어왔다. 그래서 살림 솜씨나 부녀자의 행실은 전혀 없었다. 음란, 잔악하고 포악하여 난경 남매에게 아주 사납게 굴며 독하게 때리고 꾸짖으면서 바로 쳐다보지 않았다. 이 때문에 양생은 화가 나 자주 꾸짖고 타이르며 비록 내쫓으려고도 했지만 돌아갈 곳이 없으니 내쫓지도 못했다. 마지못해 집안에 둘 뿐 미워하며 잠자리에서 책망하기를 자주했고 소홀히 대접하여 얼굴을 바로 보지도 않았다. 그러자 교씨는 크게 한을 품고 이를 갈며 흉포하기가 날로 더했다. 또 그 청춘박명을 견디지 못하여 마침내 공전과 바람이 났다. 이후 둘의 정이 깊어지자 난경이 이를 눈치 채고는 아주 놀랐다. 난경은 하늘을 우러러 탄식하고 죽은 모친을 생각하며 더욱 슬펐지만 감히 부친께 이르지는 못했다. 이 음탕한 둘은 오히려 족한 줄을 모르고 의논하였다.

"오래 두어 우리 행실이 드러나면 큰 일이 나서 피차 목숨이 위태할 것

334) 고분지탄(鼓盆之歎): 물동이를 두드리며 한탄한다는 것으로 아내를 여읜 슬픔을 의미함. 전국시대(戰國時代)의 사상가인 장자(莊子: B.C. 369~B.C. 289?)와 관련해서 나온 고사임.
335) 위처사: 미상.

이다. 마땅히 우리가 먼저 저를 죽여 후환을 덜자. 그 어린 자식들이야 파리 목숨과 다르지 않으니 양가 놈을 먼저 죽이면 어린아이들이야 염려할 것 있을까? 한 칼에 죽이고 많은 재물을 다 가지고 평안히 살아야겠다. 노복들은 한 무리 무식한 천인들이니 많은 재물에 많이 먹이고 입히면 관계없을 것이다."

이렇게 흉계를 정하고는 어느 날 밤 가만히 칼을 잘 들게 갈아가지고 밤중에 양생을 찔러 죽였다. 그러고는 이튿날 갑자기 급사했다고 소문을 내고는 온 집안이 발상하여 애도했다. 교씨는 거짓으로 통곡하며 초상을 다스렸다. 자녀들은 하늘을 부르짖으며 통곡하고 망극함을 이기지 못했지만 어린아이들이라 장차 어찌 할 수 있겠는가? 초상에 식음을 전폐하고 밤낮으로 통곡하여 죽은 부모를 따르고자 했지만 질긴 목숨이 오히려 초상의 진행을 늦추었다.

교씨는 양생의 장사를 지낸 후 더욱 방자히 아이들마저 죽이려 했다. 이때 난경은 10세로, 아주 총명했다. 이 일을 알고는 크게 놀라 울며 아우336)와 더불어 의논했다. 그날이 되자 유모에게 몰래 음식을 얻어오라 하여 남매가 서로 권하며 억지로 배부르게 먹었다. 그러고는 서랍을 열어 보물과 돈이 될 만한 것을 챙겨 품에 품고 얼굴에는 더러운 칠을 했다. 이 밤에 남매는 유모 원선과 함께 살그머니 문을 나서 정처 없이 도망쳤다. 이 일이 무슨 일인지 아래 글을 보라.

이즈음 음탕한 교씨와 간통한 공전은 천지신명을 두려워하지 않고 흉악한 대죄를 저질러 양생을 죽이고 그 아이들마저 없앴다. 비록 거칠 것 없이 화락하며 양씨 집안의 많은 재물을 마음대로 흩어 호의호식했지만

---

336) 아우 : {누의}. 전후 내용상 난경이 열 살 누나이고, 춘경은 일곱 살 남동생 임.

집안 노비들의 이목과 시시비비가 생길까 두려웠다. 그래서 많은 재물을 물같이 쓰며 인심을 얻어 저희들의 심복으로 삼았다. 비복(婢僕) 중에도 간악하고 교활한 이들은 이를 따르고 욕심 많은 자는 이익을 탐하며 능히 옛 주인의 원수임을 알지 못한 채 심복이 되기를 마지않았고, 그중 충직하고 노성한 이들은 그 주인을 생각해 비분강개함을 참지 못하고 몰래 도망가는 자도 많았다. 수십 여 명 남녀 노복(奴僕)이 오래지 않아 거의 흩어졌다. 다만 양생 살아생전에 완악하고 배반하는 노비로 여겨 말종이라 치부했던 비복 대여섯 명이 남아서 음녀간부(淫女姦夫)를 따르며 저희 욕심을 채웠다.

공전과 교씨는 난경 남매의 종적이 흔적 없는 것을 의심했다. 행여 후환이 될까 마음을 놓지 못하고 남몰래 심복을 두루 풀어 난경과 춘경, 원선을 찾아 주는 사람이 있으면 비복이면 노비 문서를 주어 석방하고 다른 사람이면 비단과 재물을 주어 잘 살도록 할 것이라고 했다. 뭇사람들이 다투어 곳곳으로 아이들을 찾았다. 두 아이가 본래 멀지 않은 곳에 숨었는데 하늘이 반드시 드러나지 않은 가운데 돌보심이 밝으므로 저 간악한 무리가 끝내 남매와 유모 세 사람을 찾지 못한 것이다.

이때 양씨 남매는 유모 원선과 함께 밤에 길을 나서 날이 새도록 도망쳤다. 유모는 건장하므로 두 아이를 돌려가며 업고 달렸다. 10리를 가자 날이 밝았다. 유모는 다리에 힘이 빠지고 두 아이는 모두 굶주림을 이기지 못했다. 이때가 초겨울이어서 날이 샐 즈음에는 매우 추웠다. 유모는 두 아이를 그윽한 바위굴에 앉히고 봇짐에서 서너 낱 엽전을 꺼내 건너 가게로 갔다. 국수 세 그릇을 사다가 나누어 먹었다. 난경은 10세 여자아이지만 매우 총명하여 유모에게 말했다.

"간악한 이들이 우리를 죽이려 하다가 놓쳤으나 반드시 추격하여 잡아 죽여 후환을 없애려 할 것이니, 우리 마땅히 멀리 달아나는 것이 옳고, 그렇지 않으면 인가와 객점에서는 머물지 못할 것이니 내 생각에는 어디 깊은 산골짜기 바위굴을 가려 움막을 만들고 몸을 숨기는 것이 어떻겠는가? 또 이 산중에는 호랑이가 흔치 않으니 위태할 것은 없고 귀신 도깨비 무리야 약간 있은들 그야 관계 있겠는가?"

유모는 옳은 말이라 여겼다. 셋은 서로를 이끌어 4~5리를 더 가 비운산 상봉을 구비구비 돌았다. 그러다가 한 동천(洞天)337)을 내려다보니 창송녹죽(蒼松綠竹)이 자욱이 우거진 가운데 큰 암석이 있고 그 아래 바위 동굴이 있었다. 그 안이 넓기는 한 칸 정도로 넉넉하고 구멍은 겨우 한 사람이 기어서 들고날 정도였다. 또 바위 동굴 위에는 칡덩굴과 잡초가 어지러이 얽혀있었다. 사람이 한 눈에 봐서는 바위 동굴인지 알지 못할 것이고 게다가 궁벽 져서 인적이 끊어진 곳이었다. 원선은 아주 기뻐하며 돈을 가지고 다시 내려가 대자리 초석(草席)338)과 돗자리를 사왔다. 그러고는 소나무 줄기를 꺾어 그 안을 쓸어낸 후 자리를 깔고 처소를 만들었다. 세 사람이 들어앉으니 아주 평탄하고 편안했다. 바위 동굴 위로는 볕이 들어 그 안이 또한 춥지 않았다. 유모는 춘경 남매를 편히 두고 다시 산에서 내려왔다. 가져온 보물을 팔아 쌀과 찬거리며 필요한 것을 장만하는데 힘이 세서 능히 많이 가져다가 그 안에 솥을 걸고 마른 풀과 소나무 뿌리 등을 뜯어 밥을 익혔다. 의지하여 살 만하였다.

이럭저럭 겨울이 깊어지자 비단을 끊어 겨울옷을 지어입고 비단신을

337) 동천(洞天) : 산과 내가 둘려 있어 경치가 좋은 곳.
338) 초석(草席) : 짚자리.

만들어 신으며 서로 추위와 배고픔을 모른 채 이곳에서 겨울을 보냈다. 봄이 되자 날씨는 점점 따뜻해지고 햇빛이 화창하여 머물기가 구차하지 않았다. 난경은 남동생과 함께 남자 옷을 입고 지냈다. 비록 여자지만 그 문장이 이백(李白)과 두보(杜甫)339)를 능가하는 재주가 있었다. 종이와 붓, 먹을 사다가 서화(書畵)를 그려 유모로 하여금 시장에 나가 팔도록 하여 생계를 유지했다. 덕분에 먹고 지내는 것이 궁핍하지는 않았다. 그러나 양씨 남매의 지극한 슬픔은 더욱 더했다. 아침저녁 꽃과 달을 대하며 석 벽에 의지하여 하늘을 우러러 새기는 슬픔이 때때로 더욱 새록새록 하였 다.

6월 상순 늦여름 어느 날, 계속 된 더위에 물색은 지루하고 깊은 산 바위 동굴은 적막한 슬픔에 휩싸였다. 난경은 이날 마음이 무척 슬퍼 밤늦 도록 암벽에 기대 하늘을 우러러 밝은 달을 브는데 눈가에는 일만 가지 원한이 맺히고 두 눈에는 진주이슬이 맺힌 것을 깨닫지 못한 채 피눈물이 얼굴에 가득했다. 춘경과 유모 역시 눈물을 흘리며 재삼 위로했다. 이렇 듯 잠 못 이루다가 장차 저무는 달이 서쪽 봉우리에서 지려고 할 때 겨우 진정하여 죽침(竹枕)을 베고 잠깐 눈을 부쳤다. 비몽사몽간에 그 부친이 완연이 앞에 나타나 말했다.

"내 아이들은 너무 서러워 마라. 너희 아비가 교씨 여자와 간통한 놈의 독수에 죽은 것 역시 운명이며 전생의 업원이다. 내 전생에 공전의 아 내를 앗고 저를 죽였으니 이 원한을 적다하겠느냐마는 음란한 여자의

---

339) 이백(李白)과 두보(杜甫) : 이백(李白)은 자가 태백(太白), 호는 청련거사(靑蓮居士), '성당(盛唐) 의 기상을 대표하는 시인으로 시선(詩仙)이라 불림. 두보(杜甫)는 자가 자미(子美), 호는 소릉 (少陵)으로 시성(詩聖)이라 불림. 둘을 함께 '이두(李杜)'로 병칭하여 중국 최대의 시인으로 손 꼽음.

흉악한 짓은 만고(萬古)에 악행이요, 내 또 전세에 한 마음을 잘못 먹어 미색(美色)을 사랑한 탓에 그릇 공전의 전신(前身)을 죽였으나 이미 죽인 후에는 뉘우쳐 재물을 드려 발원제도(發願濟度)340)하였다. 명사시왕이 나의 처음 일은 잘못하였다 여겼으나 뉘우침을 기특히 여겨 마땅히 이 세상에서는 공전의 궁곤(窮困)한 것을 구하고 그 일생을 좋도록 하여 전생의 죄과(罪過)를 속죄(贖罪)하도록 한 것이었다. 그런데 공전이 사납게도 오히려 나를 죽였으니 하늘이 진노하시어 죄를 돌이켜 음녀간부(淫女奸夫)에게 내렸구나. 이제 태성진군(台星眞君)341)이 하계(下界)에 내려와 재상(宰相)의 아들이 되어 조정의 명으로 세상의 순무사(巡撫使)가 되어 이 땅에 이르렀다. 내 벌써 꿈으로 군자 앞에 억울함을 고하였고 또 소문을 고한 자가 있어 간인의 악행이 거의 발각되기에 이르렀으나 다만 일의 매듭을 풀며 근본을 밝힐 사람이 없구나. 내 아이들은 헛되이 슬퍼하며 심려하지 말고 내일 하산하여 찰원(察院)으로 나아가 원정(冤情)342)을 바로 고하고 내 원수를 갚게 하여라."

난경이 부친을 보자 매우 반기는 중 슬퍼 붙들어 울고자 하다가 스스로 놀라 깨어났다. 일어나 보니 그저 꿈이었고, 날은 벌써 밝아 있었다. 소저가 슬피 울며 이 말을 유모와 춘경에게 했다. 춘경이 또한 일곱 살 아이지만 아주 총명하고 효우(孝友)하여 크게 통곡했다. 유모는 공자 남매를 위하여 날이 채 밝지 않아 아침을 지어 먹였다. 소저는 유모에게 먼저 하산

---

340) 발원제도(發願濟度) : 발원(發願)은 어리석고 나쁜 마음을 모두 버리고 부처님처럼 크고 넓고 맑은 마음으로 살아가려고 다짐하는 불자의 바람. 제도(濟度)는 미혹한 세계에서 생사만을 되풀이하는 중생을 건져 내어 생사 없는 열반의 언덕에 이르게 함.
341) 태성진군(台星眞君) : 태성(台星)은 자미성(紫微星) 가까이 있는 상태(上台), 중태(中台), 하태(下台)의 세 별로 천자(天子)를 상징하는 자미궁(紫微宮)을 지킨다고 하며 삼공(三公)에 비유되기도 함. 진군(眞君)은 만물의 주재자(主宰者) 혹은 신선(神仙)을 높여 이르는 말.
342) 원정(冤情) : 억울한 죄로 겪은 고통스러운 생각.

하여 찰원(察院) 근처의 소식을 알아 오도록 했다. 유모는 즉시 산을 내려 가 찰원(察院) 아문(衙門)으로 갔다. 이날은 마침 설순무가 공청(公廳)에 나와 양씨 집안 비복(婢僕)을 잡아들이는 날이었다. 유모가 보니 아문(衙門) 밖에 무수한 관리들이 사슬을 들고 어지럽게 왕래하며 형벌기구를 갖추어 명령을 기다렸다. 유모가 가까이 가 절하고 이유를 묻자 관리가 대답했다.

"우리 순무 어르신은 나이 어린 명사(名士)시지만 신명함이 거울 같고 총명하기는 사광(師曠)과 같아 죄인을 밝혀내는 데는 귀신같다네. 이제 이 마을에 강상대변(綱常大變)343)이 있는 고로 관리를 보내어 그 집 종을 잡아 죄를 물으려 하시는 것이네."

다시 물었다.

"무슨 강상대변인가요?"

"이 마을 화락촌 낙음현 양씨의 후처 교씨가 사납게도 바람난 놈과 합심하여 지아비를 죽이고 전처 자식들을 없앴다 하니 이것이 어찌 강상대변(綱常大變)이 아니겠는가? 그런데 그대는 누구길래 남의 일을 이리 자세히 묻는가?"

원선이 이 말을 듣자 새롭게 슬픔이 가슴에 북받쳐 눈물을 흘리며 말했다.

"우연히 알고자 한 것입니다. 구태여 유심히 물은 것이 무엇이겠습니까?"

이윽히 서서 보니 7~8사람을 잡아들이는데 이는 다름 아니라 공전과 그 무리들이었다. 원선은 그 사람들을 알아보았으나 그들은 원선이 남장

57

58

---

343) 강상대변(綱常大變) : 삼강오상(三綱五常)에 맞지 않는 재앙이나 사고.

을 하고 있어 알아보지 못했다. 유모는 모든 사람 가운데 섞여 관아(官衙)로 들어갔다.

익설. 설순무는 공청(公廳)에 자리하고는 양씨 집안 비복(婢僕)들이 끌려오자 눈을 들어 공전을 보았다. 얼굴이 희고 입이 불그레한 것이 살기등등하고, 뱀의 머리에 벌의 눈을 하여 아주 흉악하고 음흉한 것이 만고(萬古)의 음흉한 탕자(蕩子)의 모습이었다. 순무는 본래 두 눈의 정기가 태양 같아 신기한 눈빛이 조마경(照魔鏡)344)보다 나았다. 한 번 눈길을 길게 흘려보니 이런 가운데 남녀 7~8명의 선하고 악함을 모르겠는가? 그중 한 차환(叉鬟)345)이 나이는 예순이나 되었는데 행동이 아주 간사하고 흉악한 계집이었다. 이는 다른 사람이 아니라 교씨 여자의 심복(心腹)이었다. 순무는 한 눈에 알아보고 관아(官衙) 노역(奴役)에게 명하여 먼저 그 늙은 것을 형틀에 올렸다. 돈대 아래 깃발은 해를 가리고 위엄은 서릿발 같았다. 순무의 눈가에 노여운 기색이 어리었다. 위풍당당하게 눈발 날리는 하늘은 의연히 높고 차가운 달빛은 얼음 위를 비추는 듯, 곁에서 보는 이들은 지은 죄 없이도 등줄기에 식은땀이 흐르며 감히 순무를 우러러 보지 못했다. 늙은 흉인이 고함치며 말했다.

"저는 농사짓는 시골 천인(賤人)입니다. 일찍이 양씨 집안의 노비가 아니었고, 또 어사 앞에 지은 죄가 없는데 무슨 이유로 이같이 가혹한 형벌을 내리려 하십니까?"

순무는 몹시 화가 나서 말했다.

"너희들의 음흉하고 극악(極惡)함은 천지신명이 아실 것이니, 네 양씨

---

344) 조마경(照魔鏡) : 마귀의 본성을 비추어서 그의 참된 형상을 드러내 보인다는 신통한 거울.
345) 차환(叉鬟) : 주인 가까이서 잔심부름을 하는, 머리를 얹은 여자 종.

집안 강상대변에 일절 관여함이 없단 말이냐? 너희들은 힘을 다해 이 흉악한 년을 벌하여 사실을 실토하게 하여라."

늙은 흉인은 스스로 지은 죄가 있는 탓에 다 아는 듯 신명한 순무의 말을 듣고는 기운이 꺾이고 얼굴빛은 흙같이 변하면서 말을 하지 못했다. 이 흉인은 본래 인심을 잃어 사람에게 원한을 산 곳이 많았다. 그래서 관아 노비들은 온힘을 다하여 매질을 했다. 매 한 대에 살점이 떨어져나가니 늙은 흉인이 어찌 견딜 수 있겠는가? 십여 대에 이르러는 흐르는 피가 좌우로 튀었다. 마침내 흉인이 소리를 지르며 승복했다. 그러자 순무는 매질을 그치라 명하고 초사(招辭)[346]를 받았다. 늙은 흉인은 울며 고하였다.

저 천인은 본래 양가 비복(婢僕)도 아니고 교가 시비(侍婢)도 아니었습니다. 그런데 일찍이 젊어서 젖이 많은 고로 교씨를 젖 먹여 길렀는데 교씨가 다 자라지 못해 그 부모가 다 죽었습니다. 본래 가난하여 노비도 없고 집안 재산도 없었는데 저의 부부가 함께 죽으니 그 친족들이 모여 장례를 치른 후 흩어져 버렸습니다. 이에 제가 교녀를 데려다가 기르면서 저의 먼 친척에게 의지하였습니다. 이후 교씨는 자라 양씨의 후처가 되었습니다. 그런데 양씨가 그 전처 자녀들을 과히 사랑하며 교씨의 인자하지 않은 것을 자주 나무랐습니다. 이 때문에 부부 사이가 나빠지고, 교씨는 춘정(春情)을 이기지 못하던 중 공전이라는 근본이 이러이러한 걸승(乞僧)이 양씨 집에 머물게 되었습니다. 공전은 양씨와 친하게 지내다가 환속(還俗)하여 함께 지내다가 마침내 교씨와 사통(私通)하였습니다. 서로 정이 깊어지자 어느 날 밤을 타 양씨를 찔러 죽인 것이 맞고, 또한 그 자녀를 없애려 하였는데 어찌 말이 퍼졌는지 그

62

63

64

---

346) 초사(招辭) : 죄인이 범죄 사실을 진술하던 일.

아이들이 어느 밤 제 유모와 더불어 사라진 후 찾지 못하였습니다. 이후 후환이 될까 두려워 양씨 집안 많은 재산을 흩어 인심을 모았으나 남은 노복들은 오히려 복종하지 않고 도망간 이들이 많았고, 그저 대여섯 노비들이 있었는데 이는 다 양씨 집안 비복들이었습니다. 그러나 그 무리들 역시 탐욕스럽고 충성스럽지 못했을 뿐 이런 큰일에는 관여한 바 없습니다. 제가 비록 교씨의 종은 아니지만 젖 먹인 정이 있고 또 제가 지아비 죽은 후 자식 없이 교씨에게 의탁하였으니 이 같은 은밀한 계교까지를 다 아는 것입니다. 그러나 음흉하고 악한 여자의 사나운 탓이지 저의 죄는 아닙니다.

초사(招辭)를 거두어 순무께 올렸다. 순무가 이를 보고는 더욱 놀라며 진노하기를 이기지 못하였다. 다시 공전을 잡아 형틀에 올리고 엄히 추궁하였다. 공전 역시 가혹한 형벌을 이기지 못하여 매를 다 맞기도 전에 죄를 실토하겠다고 소리쳤다. 그 초사(招辭)는 다음과 같다.

소인 공전 또한 선비 집안 출신이었으나 팔자가 사나워 어려서 부모를 다 잃고 친척도 없어 의탁할 곳이 없었습니다. 그래서 머리를 깎고 중이 되었는데 이 땅으로 흘러들어와 병들어 죽을 지경이 되었습니다. 양씨가 저를 보고 의로움을 내어 저를 거두어 문하에 두고 은혜를 베풀었습니다. 그러니 제가 어찌 감히 은혜를 배신할 뜻이 있었겠습니까마는 교녀가 사납게도 먼저 이 뜻을 가지고 다가오니 제가 이를 물리치지 못한 탓으로 마침내 사정(事情)이 있었습니다. 전후악행은 노칠낭의 초사와 같으니 다시 아뢸 말씀이 없습니다.

순무는 아주 흉하게 여기면서 또 양씨 집안 비복(婢僕)들을 차례로 불러

심문(審問)했다. 모두들 한꺼번에 초사(招辭)하였다.

소인 등이 어찌 옛 주인의 원수인 것을 알지 못하였겠습니까? 다만 집을 떠나면 67
의뢰할 길이 없어 마지못하여 그 수하가 되었습니다.

초사를 다 본 후 순무는 다시 물을 것이 없었다. 윤리와 기강을 져버린
음녀간부(淫女姦夫)의 패악한 행실이 이와 같자 화를 참지 못했다. 그래서
급히 관리를 보내어 다시 교씨를 잡아왔다. 이미 만고의 강상죄인(綱常罪
人)으로 잡혀오는 것이라서 머리를 풀어 얼굴을 가리고 치장을 벗겨 한
줄 붉은 밧줄에 묶여 오니 뭐 볼 것 있겠는가? 그러나 이때 당 위아래 허
다한 사람들과 무수한 관속(官屬)들이 다 교씨의 음란(淫亂)한 패륜(悖倫) 68
행실에 놀라지 않은 이가 없고 더럽게 여기지 않은 이가 없었다. 사람마
다 그 얼굴이나 한 번 보자 하여 주목한 이들이 많았다. 교씨의 사악하고
음란한 행실이 외모에 드러나자 사람마다 손뼉치고 침 뱉으며 크게 비웃
었다.

"하도 그 행실이 음란하고 추악하여 얼굴이 어찌 생겼는가 했는데 이
제 보니 여우 맵시에 쥐 장식이로구나. 공전 같은 결승을 만났으니 망
정이지 저기 밥을 바로 떠먹는 사람이라면 저것이 무엇이라고 거들떠 69
나 보았겠는가? 진짜 짚신도 짝이 있구나."

순무가 또 교씨를 엄히 국문(鞫問)하자 교씨는 모든 초사(招辭)가 명백할
뿐만 아니라 너무 아파서 견딜 수 없었다. 그래서 불과 3~4대에 그 악행
을 일일이 실토했다. 순무 이하 사람들은 다 한심해 하고 분개했다. 그러
고는 자신들이 잘 살피지 못한 죄를 빌었다. 마침내 형을 집행하도록 하

였다. 음란한 교씨와 간악한 공전은 죽여 효시(梟示)347)하도록 했다. 칠낭
등 흉인은 우두머리가 아니라 하여 형장(刑杖)348) 삼채에 절해(絶海)349)로
내치고, 양씨 집안 노비들은 각각 형장 일채에 먼 곳으로 정배(定配)350)하
도록 했다. 그리고 인근에 방을 붙여 양씨 집안 남매를 찾아 부모 원수를
갚고 집안 전택(田宅)을 수습하여 살도록 하였다. 모든 관속들이 명을 받
들어 물러나는데 문득 한 늙은이가 당 앞에서 통곡하며 말했다.

"저는 곧 양씨 집안에서 도망친 종으로 양씨 남매를 보호하여 이리이
리 산속에 숨어 간부음녀의 손아귀를 피하였습니다. 그런데 뜻밖에 일
월(日月) 같은 순무사351) 어르신을 만나 주인의 복수를 통쾌히 갚았으
니 늙은 몸이 당장에 죽어도 한이 없습니다. 이제 빨리 돌아가 마땅히
작은 주인을 데리고 와 원수를 갚으려 하오니 원컨대 죄인들의 형 집행
시각을 늦추어주십시오."

순무는 노파의 비통한 말과 충성을 기특히 여겨 머리를 끄덕이며 말했
다.

"네 일개 노복(奴僕)이나 충성이 세상을 덮을 만하구나. 능히 위태한 가
운데 어린 주인을 보호하여 주인의 후사가 끊어지지 않도록 하였으니
이는 개자추(介子推)352)의 할고지충(割股之忠)353)에 지지 않는다. 강상

---

347) 효시(梟示) : 목을 베어 높은 곳에 매달아 놓아 뭇사람에게 보임.
348) 형장(刑杖) : 죄인을 신문할 때에 쓰던 몽둥이.
349) 절해(絶海) : 육지에서 아주 멀리 떨어져 있는 바다.
350) 정배(定配) : 죄인을 지방이나 섬으로 보내 정해진 기간 동안 그 지역 내에서 감시를 받으며 생
   활하게 하던 형벌.
351) 순무사 : {안디부}. 문맥상 안찰(按察)의 임무를 맡은 순무사를 가리키는 것으로 보아 이같이
   옮김.
352) 개자추(介子推) : 중국 춘추시대 진나라 사람으로 진문공이 왕위에 오르기 전 15년 동안 진문공
   을 섬겼으나 진문공이 왕위에 오른 후 논공에서 제외되자 초산에 숨었음. 진문공이 나중에 알
   고 불렀으나 나오지 않고, 산에 불을 놓아 나오게 하려 했으나 끝내 나오지 않아 불에 타 죽었다
   함. 후에 사람들이 그를 기려 그가 죽은 날에는 불을 피우지 않고 찬 음식을 먹은 데서 한식이

70
71
72

죄인(綱常罪人)을 처단하는데 어찌 시간을 늦출 수 있겠느냐? 너는 빨리 가 주인을 모시고 오너라."

유모는 절을 하고는 허겁지겁 돈을 가지고 시장으로 가 나귀 두 필과 종을 세내어 비운산으로 갔다. 암석 중에 가 사연을 자세히 고하였다. 양씨 두 남매가 한편으로 기뻐하고 다른 한편으로는 슬퍼하며 황급히 짐을 챙겨 나귀를 몰아 해가 저물기 전에 돌아왔다. 유모가 두 주인을 데리고 시장통으로 나아가니 바야흐로 음녀와 탕자를 처단하고 있었다. 이때 난경은 남자 복색을 하고 있었는데 춘경, 유모와 함께 울며 손으로 공전과 교씨를 가리켜 꾸짖었다.

"인륜을 저버린 악인과 배은망덕(背恩忘德)한 탕자는 이제 스스로 그 죄를 알겠느냐? 너희들이 비록 인면수심(人面獸心)이나 청천백일(青天白日) 아래 이런 큰 죄를 저지르고 어찌 감히 평안히 죽기를 바라느냐? 하늘이 비록 높아 살핌이 명명백백(明明白白)하여 너희 이미 세상의 참형(慘刑)을 받았지만 내 또한 너희 간장(肝臟)을 빼내 우리 부친의 원수를 갚아야겠다."

말을 마치자 좌우 빽빽이 늘어서 구경하던 사람들이 이 말을 듣고 저마다 침 뱉으며 욕하고 꾸짖는 소리가 진동했다. 공전은 벌써 질려 머리를 숙인 채 말이 없는 것이 죽은 자 같았고, 교씨는 고함치고 피를 토하며 쓰러졌다. 망나니가 삼 척 대검(大劍)을 들어 둘의 목을 쳤다. 천지(天地)에 맑고 순한 바람이 일었다. 이날 이후로 비는 때맞춰 오고 바람은 조화롭게 불었다. 그래서 이 해부터 온갖 곡식이 잘 되고 시절이 풍성하였다.

---

유래되었음.
353) 할고지충(割股之忠) : 자기 넓적다리 살을 베어 먹여 주인을 섬기는 충성.

두 죄인을 죽이고 나자 양씨 집안의 흩어졌던 노비들이 모두 간절한 마음으로 돌아왔다. 양씨 남매는 유모와 함께 여러 노비들을 거느린 채 두 흉인의 간장(肝臟)을 가지고 집으로 돌아왔다. 그러고는 원수의 간장으로 부친께 제를 올리며 한나절을 통곡했다. 이웃들도 울지 않는 이가 없었다. 모든 노비들이 울어 위로하고 집안을 정돈하자 집안의 법도가 다시 훌륭해졌다. 양씨 남매는 직접 관아(官衙)로 나아가 순무에게 머리 숙여 사례하고 순무는 위로했다.

# 임시삼디록(셩현공 삼곤계 ᄌ녜 별젼) 권지이십오

## 1면

추셜 연낭이 급히 말녀 왈 ᄉ이이이니 현뎨ᄂᆞᆫ 긋치라 비록 의법ᄒᆞᆫ 안히라도 죽으미 홀일업ᄉ니 셩시 현뎨와 인연이 업ᄉ 연괴라 앗가온들 현마 어이ᄒᆞ리오 부졀업시 공연ᄒᆞᆫ 시쳬ᄅᆞᆯ 붓들고 이리ᄒᆞ다가 쇼문이 나면 딩화ᄅᆞᆯ 당ᄒᆞ리라 환옥이 올히 녀겨 눈물을 거두고 닐오디 우리 공연이 심녁만 허비ᄒᆞ고 ᄒᆡᆺ신쳬만 어더와 근심 되니 엇지이

## 2면

답지 아니리오 연낭이 손을 져허 말뉴ᄒᆞ고 셩시 신쳬ᄅᆞᆯ 금니의 싼 치 공즁의 올녀 낭ᄌᆞ산 남강의 더지고 도라오니 알 니 업더라 즉시 교란의게 ᄉ연을 젼ᄒᆞ니 교란이 딩열ᄒᆞ여 ᄉ례ᄒᆞ고 심복을 보뉘여 셩쇼져의 쇼식을 탐지ᄒᆞ더라 연낭이 셩시ᄅᆞᆯ 쇼제ᄒᆞ고 쇼시ᄅᆞᆯ 업시치 못ᄒᆞ여 계교ᄅᆞᆯ 심냥ᄒᆞ더니 쇼쇼계 우명일 임부로 간다 ᄒᆞᄆᆞᆯ 탐지ᄒᆞ고 부모의게 구가의 가ᄆᆞᆯ 고ᄒᆞ니 어ᄉ 부뷔 왈 너ᄅᆞᆯ 박디ᄒᆞᄂᆞᆫ 곳의 ᄂ으가미 만만 불가

## 3면

ᄒᆞ니 아됴 의절ᄒᆞ고 옥인군ᄌᆞᄅᆞᆯ 갈히미 가ᄒᆞ도다 연낭이 간계ᄅᆞᆯ 싱각ᄒᆞ미 잇ᄂᆞᆫ지라 가장 착ᄒᆞᆫ 드시 딩왈 츙신은 불ᄉ이군이요 녈녀ᄂᆞᆫ 불경이뷔라 엇지 ᄉ룸을 ᄒᆞᆫ번 됴츠미 다시 변기ᄒᆞ리잇고 녕인부아연졍 무아부인이오니 쇼녜ᄂᆞᆫ 구지 임가의 가고ᄌᆞ ᄒᆞ나이다 어ᄉ 부뷔 과망딩희ᄒᆞ여 탄지칭션 왈 어지다 뉘 ᄯᆞᆯ이여 임지흥이 다복ᄒᆞ여 너ᄅᆞᆯ 맛낫거늘 집을 업치고ᄌᆞ ᄒᆞ여 너ᄅᆞᆯ 박디ᄒᆞᄂᆞᆫ도다 연낭이 불감당이ᄆᆞᆯ

## 4면

ᄉ례ᄒᆞ고 환옥을 밀계ᄅᆞᆯ ᄀᆞ르쳐 모야 황혼의 둔신법으로 임상부 후원으로 오라 ᄒᆞ고

즉시 임부로 와 툰당 구고긔 빈알ᄒᆞ니 가듕 상히 다만 흔연 슈답홀 ᄯᆞᆫ이라 가듕 긔식을 탐지ᄒᆞ며 쇼쇼져 오기를 기다리더니 명일 쇼쇼져 도라오고 곽시 ᄯᅩ흔 도라오되 셩시의 ᄉᆞ싱 ᄯᆞ녀 말이 업ᄉᆞ니 가장 굼거워 긔식을 더옥 슬피더니 환옥으로 셜계흔 날이 다다르니 시녀 츈환을 다 췩오고 괴로이 기다리더니 야지삼경의 환옥이 둔신법으로 후

**5면**

장을 넘어 드러오미 피치 반겨 협실의 감쵸고 변신ᄒᆞ여 쇼쇼져 침쇼의 ᄂᆞ아가니 이 늘 쇼쇼졔 마츰 틴부인을 시침ᄒᆞᄂᆞᆫ지라 연낭이 악연실망ᄒᆞ여 밧비 도라와 환옥을 보고 실계ᄒᆞᄆᆞᆯ 니르고 왈 오날은 홀일업ᄉᆞ니 우명야의 다시 오라 환옥이 ᄃᆡ경ᄒᆞ여 역졍ᄂᆡ여 왈 져져는 미양 븬 말ᄉᆞᆷ이로다 쳐음의 셩시를 도젹ᄒᆞ여 쥬마 ᄒᆞ고 슝장을 업혀 밤시도록 분쥬케 ᄒᆞ고 ᄯᅩ 오날 쇽이니 이런 비인졍의 일이 잇스리오 ᄒᆞ고 밧그로 나

**6면**

가니 연낭이 무류ᄒᆞ나 각별 머무지 아니ᄒᆞ더라 환옥이 역졍ᄂᆡ여 ᄂᆞ오더니 닉원 즁문을 지ᄂᆞ며 믄득 도라보니 머지 아닌 곳의 흔 당시 잇ᄉᆞ니 사창의 총영이 명미ᄒᆞ여 현판의 뉴화당이라 ᄒᆞ엿ᄂᆞᆫ지라 환옥이 믄득 씨ᄃᆞ라 왈 져졔 닐오ᄃᆡ 뉴화당은 곽시의 침쇼라 ᄒᆞᆫ 거시니 이졔 닉 피흉ᄒᆞ여 도라가는 길이요 곽시 ᄯᅩ흔 텬흥의 염박ᄒᆞᄆᆞᆯ 넘어 춘싴을 늣긴다 ᄒᆞ니 닉 흔번 ᄂᆞ아가 졍을 믹ᄌᆞ리라 ᄒᆞ고 쾌이

**7면**

ᄂᆞ아가 창틈으로 여허보니 ᄎᆞ시 교란이 야심ᄒᆞ나 쵹을 ᄭᅳ지 아니ᄒᆞ고 의상을 다 벗고 금금으로 옥 ᄀᆞᆺ흔 가슴의 반만 걸쳐 덥고 아연이 쵹광을 바라며 잔등이 덕막ᄒᆞ고 앙금이 무류ᄒᆞᄆᆞᆯ 슬허 교미의 슈한이 만쳡ᄒᆞ고 시별 ᄀᆞᆺ흔 눈씨의 구슬 ᄀᆞᆺ흔 눈물이 쌍쌍ᄒᆞ여 곳 ᄀᆞᆺ흔 보됴기를 젹시니 쵹영지하의 교용이 아릿답고 어엿부니 진 시졀의 진쥬 셕 셤으로 갑슬 혜던 녹쥬로 비길 빅라 환옥이 일견의 ᄉᆞ랑이 취ᄒᆞ이ᄂᆞᆫ지라

**8면**

다시 인덕을 슬피니 모든 시녀 다 장외의 잠이 깁히 드럿스니 의식 환흡ᄒ여 쾌히 지게를 열고 방즁의 드러가니 교란은 임흑식 드러오는가 ᄒ여 반겨 니러ᄂ고ᄌ 하더니 환옥이 다라드러 옥슈를 잡고 가슴을 눌너 왈 낭ᄌᄂ 놀나지 말며 괴히 녀기지 말나 쇼싱이 ᄯᅩᄒᆞᆫ 상문 공ᄌ로 풍신ᄌᆡᄒᆞᅫ 하등이 아니니 낭ᄌ ᄯᅩ 상문 규옥으로 임턴홍 괴물의 부실이 되여 쳥등야우의 박명을 늣기신다 ᄒᆞ오니 쇼싱이 잔잉ᄒᆞ믈 니

**9면**

긔지 못ᄒ여 니르럿ᄂᆞ니 낭ᄌ ᄯᅩᄒᆞᆫ 소양치 아닐쇼냐 교란이 딕경실식ᄒ여 보니 임싱이 아니라 옥면쥬슌이 미남ᄌᆞ라 니르나 엇지 임싱의 쳔양경일지풍을 당ᄒᆞ리오마는 다졍ᄒᆞᆫ 츈심이 업지 아냐 옥안을 붉히고 답지 못ᄒᆞ거늘 환옥이 딕희ᄒ여 쵹을 멸ᄒᆞ고 교란으로 동슉ᄒᆞ니 만고탕ᄌᆞ와 음녀발뷔 동금동ᄒᆞᄆᆡ 난음ᄒᆞᆫ 졍ᄐᆡ 불가형언이러라 오리지 아냐 금계 식비를 보ᄒᆞ니 탕ᄌᆞ와 음녜 연ᄋᆫᄒᆞ

**10면**

여 울며 후긔를 두고 둔신법으로 춍망이 후장을 넘어가더니 일이 공교ᄒ여 밋친 기를 맛ᄂᆞ 싼둑의 업드러져 억기를 물니고 급히 닷더니 ᄎᆞᆼ간의 샌겨 만신의 ᄯᅩᆼ을 흘니고 쳔방지방 본부로 도라와 급히 옷슬 셔릇고 몸을 씨슨 후 만신이 알푸믈 견디지 못ᄒ여 침셕의 구러져 딕통ᄒᆞ니 둔신법으로 힝ᄒᆞᄂᆞᆫ ᄌᆞ최를 뉘 알니요 어스 부부ᄂᆞ 돌연 득병을 우려ᄒ여 의약으로 구호ᄒᆞ나 남모로ᄂᆞ 광구의게 물닌 병을 뉘 알니요 가증이

**11면**

ᄌᆞ못 쇼요ᄒᆞᆫ지라 연낭이 환옥을 보니고 가장 무류ᄒᆞ더니 여러 날 아니 오믈 의괴ᄒ여 ᄒᆞ더니 ᄎᆞ환이 이르러 공ᄌᆞ의 병이 딕단ᄒᆞ믈 젼ᄒᆞᄀᆞ늘 연낭이 딕경ᄒ여 ᄎᆞ야의 변신ᄒᆞ여 남가의 가 바로 환옥의 병쇼의 니르니 임의 야심ᄒᆞᄆᆡ 옥이 홀노 누어 신음ᄒᆞ거늘 연낭이 드러가니 옥이 누의를 보고 놀나며 반기고 ᄯᅩ 노ᄒᆞ여 작식 고왈 쇼뎨의 이 병들믄 다 뉘 타시뇨 연낭이 경오 왈 현뎨 그 날 실계ᄒ여 도라간 후 쇼식이 업스미 괴히

**12면**

녀기더니 추병은 의외로다 미인을 스렴ᄒᆞᆫ 병인가 중셰ᄅᆞᆯ 니르라 옥이 다만 광구의 물닌 바ᄅᆞᆯ 니르고 상쳐ᄅᆞᆯ 뵈거ᄂᆞᆯ 연낭이 놀나 급히 몽환단을 붓치고 진언을 넘ᄒᆞ니 그런 즁ᄒᆞᆫ 상쳬 슉식지간의 완합ᄒᆞᆫ지라 옥이 디희ᄒᆞ여 스례ᄒᆞᄆᆞᆯ 마지 아니ᄒᆞ니 연낭이 ᄯᅩᄒᆞᆫ 힝희ᄒᆞ여 날이 져물거든 다시 오라 ᄒᆞ고 도라가니라 환옥이 이의 병이 ᄂᆞᆫ흐미 황혼을 타 상부의 ᄂᆞᆫᄋᆞ가니 연낭이 옥을 협실의 머무르고

**13면**

합눈당의 ᄂᆞᆫᄋᆞ가 쇼시의 침슈ᄅᆞᆯ 슬피고 도라와 디희 왈 이번은 쇼시 반ᄃᆞ시 우리 계교의 맛츠리니 썰니 힝계ᄒᆞ라 옥이 환희쾌락ᄒᆞ여 야심ᄒᆞᄆᆞᆯ 기다려 합눈당으로 나아갈ᄉᆡ 길이 뉴화당을 지나ᄂᆞᆫ지라 곽시ᄅᆞᆯ 믄득 싱각고 거름을 두루혀 뉴화당의 니르니 곽녜 홀노 잇셔 빅두음을 읇더니 홀연 환옥의 니르믈 보고 크게 반겨 셔로 손을 잡고 츈심을 ᄌᆞᄋᆞᆯᄉᆡ 옥 왈 그ᄃᆡ 화용을 그리워 오고ᄌᆞ ᄒᆞ나 번화지지

**14면**

의 ᄌᆞ로 츌입지 못ᄒᆞ여 못 오미러니 금야의 쇼시ᄅᆞᆯ 겁칙고ᄌᆞ 니르미 그ᄃᆡᄅᆞᆯ 아니 츠ᄌᆞ리오 몬져 그ᄃᆡ로써 봉비지낙을 일우고 남은 풍뉴로 쇼시ᄅᆞᆯ 겁취ᄒᆞ리라 교란이 놀ᄂᆞ며 반겨 냥졍이 환흡ᄒᆞᆫ 즁 쇼시 겁취ᄒᆞ라 간다 ᄒᆞᄆᆞᆯ 드르니 만복 쇠심이 이러ᄂᆞ 심하의 혜오ᄃᆡ 닉 임ᄌᆞ의 박명을 슬워ᄒᆞ다가 츠인을 맛나 유졍ᄒᆞᄆᆞᆯ 닙으니 냥졍이 지극ᄒᆞ거ᄂᆞᆯ 이 ᄉᆞ이의 만일 쇼시ᄅᆞᆯ 겁칙ᄒᆞ면 날은 싱각지 아니리니 이 긔미ᄅᆞᆯ 알녀 쇼

**15면**

시ᄅᆞᆯ 겁탈치 못ᄒᆞ게 ᄒᆞ리라 ᄒᆞ고 환옥이 이러 ᄂᆞᆫᄋᆞ간 후 연망이 후창을 열고 다름쥬어 합인당의 니르니 쵹영이 명명ᄒᆞ고 군계 ᄌᆞ지 아니코 쇼셩이 미미ᄒᆞ거ᄂᆞᆯ 급히 창을 두다려 경복누 ᄉᆞ지 관환 노유마의 쇼리로 싁되게 ᄒᆞ여 군부인긔셔 지금 학눈당의 투향ᄒᆞᄂᆞᆫ 도젹이 들녀 ᄒᆞ니 군계ᄂᆞᆫ 밧비 가 쇼쇼져ᄅᆞᆯ 피화케 ᄒᆞ쇼셔 쳔쳡이 요마ᄒᆞ기 급ᄒᆞ오니 뫼시지 못ᄒᆞ나이다 ᄒᆞ고 던지도지ᄒᆞ여 다르니 군계 무심 즁이라 경ᄋᆞᄒᆞ여 문을 열고 뉜

**16면**

다 무르니 발셔 간 뒤 업더라 군계 의심ᄒ나 이 쏘 변이라 필유묘믹ᄒᆫ 쥴 ᄭᆡᄃ라 이의 소오 시비로 학늇당의 니르니 원닉 군계ᄂᆞᆫ 갓ᄀᆞᆫ 곳으로 ᄎᆞᄎᆞ 난함을 말미암ᄋᆞ 니르니 합인당의셔 학늇당이 ᄀᆞᆺ갑고 환옥은 발셔 ᄀᆞᆯ 거시로딕 발시 셔려 휘도라 가노라니 그 왕환이 가장 동안 쓰이게 머니 군계ᄂᆞᆫ 져근듯 니르럿시나 환옥은 아직 반도 못 미쳣더라 쇼제 오히려 ᄌᆞ지 아니코 촉하의셔 네긔룰 슈련ᄒ더니 군계의 니르믈 보고 마ᄌᆞ며 경문 왈 임의 야

**17면**

심ᄒ연 지 오릭거늘 셔뫼 엇지 ᄌᆞ지 아니시고 니르러 계시니잇고 군계 미쇼 왈 첩이 마츰 침즁의 ᄌᆞᆷ이 업셔 심심ᄒᆞᆷ믈 니긔지 못ᄒ오나 임의 야심ᄒ여 각젼 각당의셔 취침ᄒ시니 갈 곳이 업ᄂᆞᆫ지라 쇼져의 부즈런ᄒ시믄 오히려 ᄌᆞ지 아니신 쥴 알고 담화ᄒ여 일시 우회룰 쇼견코ᄌᆞ 니르패이다 쇼졔 칭스ᄒ고 ᄒᆞᆫ가지로 말슴ᄒᆞᆯᄉᆡ 쇼졔 믄득 보니 군계 궁시룰 가져왓ᄂᆞᆫ지라 쇼졔 고이히 녀겨 문왈 엇지 궁시룰 가져 계시니잇고 군계

**18면**

쇼왈 첩이 본딕 쇼시 젹븟터 녀힝은 아지 못ᄒ고 일싱 ᄉᆞ랑ᄒᆞᄂᆞᆫ 빅 무비라 이졔ᄂᆞᆫ 닛지 못ᄒ여 시시로 인덕 업ᄂᆞᆫ 딕 가 시험ᄒ더니 쇼져ᄂᆞᆫ 고이히 넉이지 마르쇼셔 ᄒ고 궁시룰 겻히 노코 창틈으로 간간이 밧글 슬피니 쇼졔 고이히 넉이나 졔 즐겨 니르지 아니니 여러 슌 무르미 불안ᄒ여 거동을 보더니 군계 졍히 밧긔 인덕을 슬피더니 인젹은 보지 못ᄒ고 희미ᄒᆞᆫ 월광의 무슴 괴이ᄒᆞᆫ 긔운이 어른어른ᄒ여 졈졈 ᄀᆞᆺ가이 오더니 믄득 창외의 촉광

**19면**

이 명명ᄒᆞᆷ믈 보고 머뭇거리ᄂᆞᆫ지라 군계 요작이믈 알고 급히 됴궁의 살흘 먹여 창굼글 ᄯᅮᆯ코 시위룰 ᄶᅥ히니 살이 뉴셩ᄀᆞᆺ치 ᄂᆞ라 요인의 가슴을 맛친지라 시의 환옥이 이의 니르러 여러 스룸의 어셩이 들니고 ᄉᆞ창의 촉광을 보고 졍히 지졍이더니 무망의 ᄂᆞᆯ닌 살이 난 곳 업시 ᄂᆡ다라 흉복을 맛치니 딕경ᄒ여 쇼릭지르고 것구러지니 ᄎᆞ시

연낭이 옥을 보닉고 이윽이 안줏더니 굼거오믈 니긔지 못ᄒ여 싱각ᄒ되 아이 간 지 오릭니 거의 계교를 일

**20면**

워시리로다 ᄒ고 만일 실계ᄒ엿시면 이리 오릭리오 ᄒ고 변신ᄒ여 이의 왓더니 추경을 보미 딕경ᄒ여 급히 요슐노 거두쳐 도라오나라 군계 졍히 요젹을 살노 결워 것구르치고 됴쵸 싱금ᄒ려 ᄒ더니 믄득 공즁으로셔 거믄 안기 닐며 거두쳐 도라가니 군계 심히 이달나 통히ᄒ믈 니긔지 못ᄒ고 쇼져는 경희ᄒ믈 마지 아녀 옥식이 여희ᄒ니 좌우 시ᄋ의 무리 아니 놀나리 업더라 군계 인ᄒ여 쇼져로 더브러 헐슉ᄒ고 명일 돈

**21면**

당의 신셩ᄒ고 작야 괴변을 고ᄒ고 고급ᄒ던 시녀 경복누 유마의 음셩으로 경복누 틱군부인 명으로 니르미러이다 ᄒ니 돈당 상히 역경ᄎ악ᄒ고 녀부인이 노유마를 도라보아 왈 작야의 어미 닉 것흘 쎠ᄂᆞ지 아냐시니 이런 괴시 이시리오 좌위 더옥 고이히 넉여 가즁 슈다 복쳡을 다 불너 작야 고변ᄒ 즈를 ᄎᆞᄌᆞ나 일츌여구히 몰닉라 ᄒᄂᆞᆫ지라 틱부인은 묵연탄식ᄒ고 상국이 빈미 탄왈 가즁의 괴변이 쳡다ᄒ믄 다 녀알의 치셩

**22면**

ᄒ미요 아손 등의 표치직뫼 유명ᄒ 탓시라 슈한슈원이리오 연이나 곳비 길면 드딕이고 물이 가득ᄒ면 찌ᄂᆞ는 환이 잇ᄂᆞ니 요인이 엇지 미양 득계ᄒ리오 션싱이 딕왈 형장지언이시여 낙지라 언마ᄒ여 슈악의 단셔를 ᄎᆞᄌᆞ리오 ᄎᄂᆞᆫ 다 가즁의셔 비져닌 변이니 금셰의 오가의셔 경궁을 쑤미고 녹딕를 일우미 업시 미달의 무리 웅거ᄒ여시니 가즁이 엇지 무ᄉᆞᄒ리오 좌즁이 ᄎᆞ언을 듯고 탄식무언이러라 ᄎᆞ시 연낭이 환옥을

**23면**

구ᄒ여 도라와 가슴의 결닌 살을 쌔히고 요슐노 합창홀 약을 붓치고 구호ᄒ여 보닉고 교란으로 더브러 쵸왕 부즈 오기 젼 쇼시를 셔르지려 홀식 연낭이 이 날 황혼의

합눈당의 ᄂᄋ가 창외의셔 규시ᄒ니 이늘 한님이 드러와 ᄌᄂ지라 명쵹지하의 부뷔
상디ᄒᄆᆡ 쇄락흔 풍광이 일쌍 명월이라 군ᄌᄂ 묵묵ᄒ고 슉녀ᄂ 졍졍ᄒ여 ᄌ못 고요
ᄒ더니 한님이 쇼져의 옥슈를 잡고 왈 임의 야심ᄒ엿거늘 쉬고ᄌ 아니ᄒᄂ뚀 오늘도

## 24면

작일 변이 또 잇슬가 근심ᄒᄂ뚀 아모 괴변이 잇시나 싱의게 참요검이 잇스니 무슴
근심ᄒ리오마ᄂ 부인의 미간의 지앙이 빗최여시니 호익이 불원ᄒᆞᆷ믈 알니로다 쇼졔
ᄂ즉이 듸왈 셩인도 오ᄂ 익을 면치 못ᄒᄋᆸ거늘 쳡 ᄀᆞᆺ흔 쇼녀ᄌ를 닐으릿고 일신의
화익은 오히려 넘녀흘 비 업스오나 화란이 층싱흔즉 ᄂᆞᆼ가 돈당긔 니우룰 ᄭ칠가 근
심이로쇼이다 한님이 위로ᄒ고 인ᄒ여 쵹을 멸ᄒ고 쇼져를 권ᄒ여

## 25면

상요의 ᄂᄋ가ᄆᆡ 쌍옥이 완젼ᄒ여 냥졍이 교밀ᄒ니 하ᄒᆡ 엿고 건곤이 둂은 듯ᄒ지라
창외의셔 규시ᄒᄂ 음녀의 간이 마르고 부홰 넘노라 즉긱의 쇼시룰 ᄭ어ᄂᆡ고ᄌ ᄒ나
무가ᄂᆡ하라 분연이 변싴탄식ᄒ다가 변ᄒ여 표일흔 남ᄌ 되여 돌입고ᄌ ᄒ더니 믄득
실즁으로됴츠 흔 쥴 셔광이 니러ᄂᆞ며 운관무의로 파ᄅᆡ 치룰 드러 ᄭ지져 왈 금일 셩
군의 부뷔 회실ᄒᄆᆡ 하늘이 특별이 텬강셩녀룰 ᄂᆡ리와

## 26면

군ᄌ슉녀의 영녹을 더으려 ᄒ거늘 음녀찰뷔 엇지 돌입ᄒ리오 언파의 일진 풍운이 연
낭을 ᄶᅥ드러 쳥하의 그루박으니 쇽졀업시 층층 셤 아릭 구으러 연흔 가득이 ᄶᅥ러지
고 셩혈이 님니ᄒ니 알푸믈 니긔지 못ᄒ나 감히 익고 쇼릭도 못ᄒ고 어릿췌릿ᄒ여
침쇼의 도라와 쵹을 밝히고 요슐노 상쳐룰 완합게 ᄒ고 스스로 졍신을 출혀 분심이
돌돌ᄒ여 다시 표일흔 남ᄌ 되여 비슈룰 ᄭ고 바로 취

## 27면

셩견의 돌입ᄒ니 이쪅 야심ᄒ고 만뇌고덕흔지라 슉직ᄒᄂ 졔 시비 다 장외의 줌이
깁헛고 틴부인은 침숴 혼혼ᄒ고 쇼피 시침ᄒ더니 마춤 복통이 잇셔 흔잠을 ᄌ고 요
마ᄒ고ᄌ 니러ᄂᆞ더니 믄득 인젹이 홀홀ᄒᆞᆷ믈 보고 놀나 문왈 네 뉘완ᄃᆡ 난잡히 드러

오느뇨 연낭이 쇼리 질너 왈 너는 불과 늘근 동년이라 무어슬 알간 냥ㅎ여 참녜ㅎ는
냐 나는 텬하 협긱 뉴한이러니 임한쥬 부ㅈ듀손이 날과 원쉬

업거늘 느의 가인 쇼시롤 다려다 두니 늬 밍셰코 임가롤 쥬륙ㅎ리라 말을 맛츠며 비
슈롤 드러 넌즈시 쇼파의 가슴을 지르니 쇼피 무망의 크게 쇼리 지르고 것구러지니
장후의 숙직 츠환이 줌결의 쇼파의 ㅅ롬 죽인다 ㅎ는 쇼리롤 듯고 다 놀나 급히 쇼리
질너 도젹이 덩던의 드럿다 왜지지며 닉다르니 경긱의 간 바롤 아지 못ㅎ리러라 관
틱부인이 줌결의 놀나 모든 츠환을 불너 일오ㅅ딕 도덕이 면

니 ㄱㅅ시니 요란이 구지 말고 불을 발키고 쇼유인의 상쳐롤 보라 이러구러 계명이 되
니 가즁 상히 츠변을 듯고 써러지 니 업시 다 모혀 틱부인의 놀나시믈 문후ㅎ고 쇼파
의 상쳐롤 보니 다힝이 깁히 상치 아녓는지라 급히 금창약을 바르며 약을 쳐 구호ㅎ
미 이윽고 뎡신을 출혀 좌의 ㄴㅇ가니 모다 놀나믈 치위ㅎ고 그 언단 흉픽ㅎ믈 더옥
놀나 쇼시의 직익이 이러나믈 잔잉이 녀기니 츠시 쇼쇼져는 이런 일

을 모로고 한님과 딕몽을 어드니 일위 션관 흔 션녀을 다리고와 쇼져의게 밀치니 그
션녀 믄득 변ㅎ여 일뉸 명월이 되여 품의 들거늘 쇼졔 놀나 아모리 홀 쥴 모로더니
션관이 일오딕 문곡셩과 부인은 놀나지 말나 이 옥진낭낭은 이 곳 동히농왕의 녀ㅇ
로 옥뎨 냥녀롤 삼ㅇ시고 낭낭을 봉ㅎ셧느니 금문진인의 안히라 옥뎨 툥익ㅎ시미 친
싱녀 팔 공쥬의 지느시니 ㅈ미 간의 쓰긔 되여 변이 나고 또 여둛지 공

쥬로 상힐흔 죄로 뎍하인간ㅎ시니 금문진인은 도 놉흔 신션이라 황가의 강싱ㅎ고 옥
진은 군가 녕부인긔 투틱ㅎ느니 금일 화익이 님박ㅎ나 옥진을 품은 고로 딕익은 면
ㅎ나 넘녀롭도다 한님과 쇼졔 미쳐 답지 못ㅎ여서 믄득 청하의 무어시 것구루 박이
는 쇼리의 놀나 씨치니 일몽이라 농옥의 경시 잇슬 바롤 짐쥭ㅎ더니 믄득 뎡던의 도

덕이 돌입ㅎ여 쇼파를 찌르고 다라ㄴ며 쇼쇼져의 맑은 덜을 훼방타

## 32면

ㅎ믈 드르미 임의 화익을 짐즉ㅎㄴ 빈나 크게 놀나 이러 관쇼ㅎ고 돈당의 ㄴㅇ가고 쇼져 관픠와 장복을 그르고 비실의 되죄ㅎ더라 돈당 상히 슈두어리더니 상국이 이연 탄왈 츠야 변고ㄴ 불가스문어타인이라 쇼가 누의 검흔도 놀나오려니와 간인의 요악ㅎ미 현인을 니러툿 모히ㅎ니 유죄무죄 간 쇼시 엇지 무스ㅎ리오 아심은 아득ㅎ니 현데의 뜻은 엇더타 ㅎㄴ뇨 션싱이 침음 되왈 형장지언기 뎡히 데심과 굿토쇼이다

## 33면

쇼시 비록 무죄ㅎ고 슈악의 단쳐를 잡지 못ㅎ엿시나 일이 극히 지엄ㅎ오니 묵연이 괄시치 못ㅎ리로쇼이다 쇼픠 바야흐로 인스를 츠렷더니 상국과 션싱의 문답을 듯고 힝혀 쇼쇼져를 일분이나 의심ㅎㄴ가 악연ㅎ여 닐오되 쇼쇼져ㄴ 결단코 이러치 못홀지라 쇼제 ㅇ시로붓터 고절청심이 곤강의 널됴와 빅회의 고집이 잇스니 그 좌우 시녀라도 녜를 일치 아녀 곡반진신의 녜 굿죽ㅎ니 엇지 그 시녀항인들 이런 무상ㅎ 힝실이

## 34면

잇스리잇고 벅벅이 어느 곳 요인이 잇셔 쇼쇼져를 모함ㅎ미로쇼이다 상국이 졈두 왈 우리 또 혜아리미 업스리오 아직 비실의 ㄴ리웟다가 초왕 부즈 니르거든 결ㅎ리라 좌즁이 묵연이 말이 업고 한님은 시립ㅎ여 안식이 화열홀 ᄯ름이요 무심무려ㅎ니 기심을 불가탁냥이러라 쇼제 돈명을 밧즈와 비실의 셕고되죄ㅎ니 유랑 시비 눈물을 흘녀 슬허ㅎ더라 츠시 연낭이 궁모곡계를 그윽이 그으나 쇼시 오히려 무

## 35면

스ㅎ지라 더욱 앙앙ㅎ여 츠야의 비슈를 씨고 효장궁의 ㄴㅇ가니 츠일 부미 취침ㅎㄴ 쩌라 촉하의셔 공쥬로 더브러 즈녀를 유희ㅎ다가 야심ㅎ 후 즈리의 ㄴㅇ가더니 믄득 드르니 후창의 인덕이 훌훌ㅎ며 어셩이 미미ㅎ여 탄식ㅎ고 일오되 슈인 임셰린이 즈ㄴ가 씨엿ㄴ가 닉 다만 덕츄 임지흥 부즈만 죽여 ㄴ의 미인 아슨 분을 셜ㅎ려 ㅎ엿더

니 셰린이 본디 날과 무슴 원슈로 나의 미인 쇼시를 아스둔고

## 36면

오늘날 분을 풀고 쇼시를 ᄎᄌ가리라 ᄒ고 방즁의 돌입ᄒ니 공쥬 발셔 간인의 요얼
인줄 알고 졔요가를 외오며 슈일봉졍을 졍히 ᄒ여 찰시ᄒ니 엇지 요얼이 감히 갓가
이 오리오 무루다르며 닐오디 으마으마 임셰린이 ᄌᄂ 줄 아랏더니 그겨 안 갓던가
시부다 ᄒ고 덤덤 물너나니 공쥬 구타여 요란이 시녀비를 부르지 아니나 부마ᄂ 디
경실식ᄒ여 왈 셰ᄉᄂ 난측이라 쇼시의 일이 아니 괴이ᄒ니잇

## 37면

가 공쥬 장탄 왈 군후의 쇼탈ᄒ시믄 아란 지 오리거니와 금일지언은 의외로쇼이다
가녀의 요인이 엄뉴ᄒ여 작변ᄒ민 줄 엇지 모로시ᄂᄂ니잇가 북휘 왈 그런 줄 엇지 모
로리잇가마ᄂ 괴변지시 만ᄒ니 엇지 괴이치 아니리잇고 공쥬 묵연이 말이 업더라 익
됴의 부미 상부의 ᄂᄋ가 됸당의 신셩ᄒ고 야간ᄉ를 고ᄒ니 됸당 상히 실식ᄒ고 부
미 다시 쇼시를 엄슈ᄒ믈 고ᄒ니 션싱이 뎡식 칙왈 오이 엇지 니러틋

## 38면

불명혼암ᄒ뇨 쇼시ᄂ 셩녀슉완이라 ᄉᆫᄋᄋ의게 과분ᄒ 안히라 너희 혼암ᄒ미 슉녀를
아지 못ᄒ니 뎌런 인ᄉ로 ᄉ회며 며나리를 보리오 북휘 황괴ᄒ여 다시 말을 못ᄒ고
상국이 탄왈 진실노 요인의 악착ᄒ 타시니 엇지 쇼탈ᄒ 셰린을 칙망ᄒ리오 현뎌ᄂ
셰린을 칙ᄒ거니와 우형은 그 말이 쓸 곳이 잇ᄂᄂ니 유죄무죄 간 쇼시를 각별 엄슈ᄒ
여 요인의 궁모곡계 뎌희 신상의 간디로 범치 아니케 ᄒ리라 즉시 하

## 39면

령ᄒ여 쇼시를 엄슈ᄒ고 닉외를 엄이 ᄒ니 이 뜻을 불가탁이러라 쇼부인은 부마의
불명ᄒ믈 한ᄒ더라 연낭이 졔인의 깁흔 쥬의ᄂ 모로고 각별ᄒ 모계를 그으려 ᄒ더라
연낭이 가즁 괴식을 슬피미 셩시의 ᄉ싱을 일ᄏᄅ미 업ᄉ니 ᄌ못 괴이 녀겨 ᄎ야의
셩부의 ᄂᄋ가 슬피니 ᄯᅩ한 알 길 업ᄂ지라 심심이 도라오더니 길히셔 ᄒ 걸녀를 맛
ᄂᄂ니 십슘ᄉᄂ ᄒ 계집 ᄋ히 담 밋히셔 ᄌ거늘 믄득 ᄒ 계교를 싱각고

**40면**

ᄂ으가 보니 겸ᄒ여 벙어리라 더옥 다힝ᄒ여 달니여 다리고 제 침쇼 허름ᄒᆫ 장 속의 너허두고 됴흔 음식을 먹이고 딕쇼변 누을 그릇신지 쥬고 ᄂ오지 말ᄂ ᄒ니 걸이 슉식이 됴ᄒ미 가장 깃거ᄒ더라 이러구러 여러 날이 되미 믄득 임쵸왕의 환가ᄒᄂᆫ 션문이 이르고 됴쵸 하관 한복이 왕의 글월을 됴당의 올니고 쥬왈 쵸왕 뎐히 쇼인으로 ᄒ여곰 부운ᄉ라 ᄒᄂᆫ 도인 십여 인을 거ᄂ려 그윽ᄒᆫ 동원의 두고 군노야긔 알외여 왕긔

**41면**

환가ᄒ신 후 쳐단ᄒ려 ᄒ시더이다 상국과 션싱이 딕경의ᄋ ᄒ여 셜니 긔간ᄒ니 딕기 몬져는 틱모와 사위 부모의 긔후를 문침ᄒ고 니슬지년의 ᄀ득ᄒ 영모지회를 베풀고 됴쵸 셜틱우의 병으로 인ᄒ여 부운ᄉ 등 십여 인을 맛ᄂ 스스의 보익ᄒ미 만흔 사연이며 츠인 등의 쇼유근착이 필유묘믹ᄒ니 이의 몬져 한복으로 호힝ᄒ여 도라보ᄂᆫ 연유를 알외고 별원의 안둔ᄒ여 편히 쉬게 ᄒ면 즈긔 환경이 지

**42면**

격슈일이니 도라가 션쳐홀 바를 알외엿더라 상국이 간파의 희동안식 왈 장부의 흘 말이 아니여니와 작야 몽시 딕길ᄒ고 아츰의 희작이 산보ᄒ더니 깃븐 셔간을 엇쾌라 이 가온딕 가즁의 경시 다다흔 줄 아ᄂᆫ다 션싱이 역시 아즁ᄒ 면모의 희긔 만안ᄒ여 뎜두칭ᄉᄒ고 북후는 무심ᄒ여 다만 부슉이 가형의 환가ᄒᄂ 경ᄉ를 뎌긋치 니르ᄂ가 ᄒ되 홀노 쇼부는 형장의 글월을 지숨 어루만져 화ᄀ ᄀ득ᄒ

**43면**

여 부슉긔 고왈 부운ᄉ의 일힝을 후원 심슈ᄒ 딕 거쳐ᄒ고 형과 창질이 환가 후 쳐치ᄒ믈 기다리ᄉ이다 상국이 졈두 왈 여언이 맛당ᄒ니 너원 별졍 쥭셜누의 드리게 ᄒ라 쇼뷔 빗ᄉᄒ더라 션싱이 한복으로 쥬식을 관딕ᄒ고 부운ᄉ의 일힝을 인도ᄒ여 후원 쥭셜누의 가 쉬게 ᄒ라 ᄒ고 인흥 경흥 등 ᄋ공즈 오 인을 보ᄂ여 부운ᄉ 일힝을 영졉게 ᄒ니 일식이 발셔 어둡기의 미쳣더라 츠시 셜임 냥

**44면**

쇼제 일노의 무스이 힝ᄒᆞ여 상부의 니르미 거즁의셔 뎨향을 반기고 물싁을 상감ᄒᆞ여 심회를 진졍ᄒᆞ여 스인의 인도ᄒᆞ믈 인ᄒᆞ여 원문을 드러 별누의 드러가니 인경 등 ᄋᆞ 공지 쳥나의를 붓치고 마ᄌ 쥭의 드러가 녜필좌졍의 뎌이빈쥬지녜ᄒᆞ니 냥 쇼제 삼 공ᄌᆞ를 보미 더옥 셕스를 상감ᄒᆞ더라 임쇼졔 뎨남을 보고 슬푸고 반가오믈 니긔지 못ᄒᆞ나 셜시의 난연ᄒᆞᆫ 심스를 싱각ᄒᆞ여 말을 아니코 ᄯᅩᄒᆞᆫ 원노의 구치

**45면**

ᄒᆞ여 신긔 곤뇌ᄒᆞ미 져기 쉬워 돈당 부모긔 뵈오려 ᄒᆞ더라 이윽고 졔 공지 드러가고 ᄂᆡ당 시녀 졔인의 셕식을 ᄀᆞᆺ쵸와 오고 쵹을 밝히니 냥 쇼제 뎨녀로 더브러 셕식을 파 ᄒᆞ미 냥 쇼제 각각 돈당의 글월을 올녀 뎍년 불효를 스죄ᄒᆞ고 던후 화변규각을 뎌강 고ᄒᆞ여시니 뎌경뎌희ᄒᆞ고 거름마다 보보젼경ᄒᆞ여 ᄎᆔ셩던의 드러가 냥 쇼져의 글월 을 올니니 이ᄯᅥ 상하노쇄 다 뎡당의 ᄎᆔ회ᄒᆞ여더니 두 시녜 봉셔를 올니거늘

**46면**

졔인이 ᄒᆞᆫ가지로 긔간ᄒᆞ니 이 믄득 싱각지 아닌 바 쳔고긔담이며 만고희싀라 ᄒᆞᆫ 장 은 무고이 쳔이이각의 뎍거심산하여 스싱돈망을 미가분ᄒᆞ던 셜시의 셔싀니 봉편을 ᄺᅥ히미 몬져 졍공ᄒᆞᆫ 스의와 완곡ᄒᆞᆫ 문쳬 쥬옥이 난낙ᄒᆞ고 귀신이 웃는 듯ᄒᆞ니 뎌긔 셔의 왈 불쵸 죄쳡 셜시는 돈슈빅비ᄒᆞ옵고 텬지의 ᄀᆞ득ᄒᆞ온 불효를 무릅써 알외ᄂᆞ이 다 쇼쳡이 불혜누질노 덕이 박ᄒᆞ옵고 지뫼 미거ᄒᆞ와

**47면**

신명의 외오 넉이심과 스룸의 뮈이믈 닙스와 녀ᄌᆞ의 단신이 살인 악명을 무릅써 ᄒᆡ 외 뎍긱이 되오며 다시 즁도의 봉변ᄒᆞ오니 쇼쳡의 비고이략은 니르지 마옵고 돈당과 친듁의 불회 막뒤토쇼이다 쇼쳡의 일누 잔쳔이 긔긔험난 ᄀᆞ온뒤 다시 보싱ᄒᆞ와 의외 의 쇼고를 상봉ᄒᆞ오며 다시 엄귀 반역을 치시고 승젼환가ᄒᆞ시ᄂᆞᆫ 후거의 됴ᄎᆞ 다시 뎨향의 도라오옵고 돈젼의 등빈ᄒᆞ올지라 복

## 48면

식이 다르온 연고로 우우지지하와 몬져 알외나이다 하엿고 또 한 쟝은 평지의 곡졀 업시 일코 스싱 돈몰을 몰나 쥬야 인도하던 월혜쇼져의 필젹이니 셔의 왈 불효 숀녀 는 뉴쳬 고두하여 격셰 불효를 쳥뫼하나이다 지난 바 긔구환난은 무망화익이오며 낙 미지익이라 기간스고를 창둘의 엇지 알외오며 다만 셜형과 즛녀의 복식이 변하엿스 오니 숀녀는 오히려 관겨치 아니하옵

## 49면

거니와 셜형이 돈하의 알현치 못하올 거시니 몬져 ~복홀 의쟝을 보너시면 쟝쇽을 곳치고 돈당과 부모 슉친 즛미를 다 반기고즛 하나이다 하엿더라 돈당 샹히 냥 쇼져 의 글월을 보고 좌즁이 희동안식하고 도로혀 꿈인가 의심하며 틱부인이 밧비 좌우로 하여곰 냥 쇼져의 긔복홀 의샹과 쳥의 여러 벌을 굿죠와 보너라 하며 진파로 하여곰 다려오라 하니 진픽 슈명하고 니러느거늘 군계 쏘한 고왈 쇼쳡이 쏘

## 50면

한 스모를 뫼셔 냥 쇼져를 시후하여 오리이다 틱부인이 졈두하시니 군계 진파로 더 브러 졔 시녀를 거나려 쥭누의 니르미 피쳐 반기믄 일필난긔라 시녀 구슬함의 의복 을 드리미 냥 쇼졔 즉시 긔복하고 졔인이 함긔 뎡뎐의 니르러 냥 쇼졔 돈당 구고와 슉친긔 추례로 졀하고 좌셕의 쑤러 불효를 스죄하며 격셰 돈후를 뭇즛오니 돈당 틱 부인과 녀위 이 부인이며 쥬슉녈 쇼부인 등의 깃븐 심시 일반이라 만좌 졔인이

## 51면

희동안식하여 미쳐 그 졀하믈 기다리이요 면면이 옥슈를 잡고 무빈을 쓰다듬ㅇ 일회 일비하니 그 진이며 몽이믈 씌둣지 못하더라 돈당 샹히 깃부믈 다 못하여 냥인을 밧 비 보니 냥 쇼졔의 쇄락한 풍광이 그동안 더옥 시로이 닭고 곱고 어엿부니 인간만물 노 비하리오 냥인의 식티 막샹막히라 무이하여 별회를 펴미 밤이 진하는 쥴 모로더 니 믄득 오경 북이 동하니 샹국 곤계 놀ㄴ 왈 금일 쵸왕 부즛의 환가일이니

**52면**

텬지 난예를 궂쵸와 문외의 힝ᄒ시니 만됴쳔관이 오경 북 파ᄒ기 젼의 오문 밧긔 모히ᄂᆞᆫ지라 상국이 이의 부마와 직텬 냥손을 거ᄂᆞ려 궐하로 향ᄒ고 셧싱은 졔손을 거ᄂᆞ려 문외로 나아가니라 셜임 냥 쇼졔 틱부인긔 시침ᄒ니 틱부인이 셜쇼져의 쌍기 옥ᄌᆞ를 다려다가 모지 반기게 ᄒ니 싱이 싱지ᄉᆞ셰라 춍명ᄒ미 뉴다른지라 어룬의 가르치무로됴ᄎ 모친을 부르고 울며 반기니 셜쇼졔 ᄯᅩ한 반기며 늣기니 비회 일반

**53면**

이라 냥이 모친 슬하의 지비ᄒ고 봉목의 츄쉬 연낙ᄒ여 손을 밧드러 톄읍 왈 히이 싱지슈셰의 다만 부혜싱ᄋᆞ호신 줄만 알고 모혜훅ᄋᆞᄒ시믈 아지 못ᄒᄋᆞ오니 ᄹᅳᆯ 모로ᄂᆞᆫ 죄인이라 금일 ᄌᆞ위 어느 곳의 계시다가 도라오시니잇가 ᄌᆞ금 이후로ᄂᆞᆫ 히ᄋᆞ의 지통이 푸러져 인륜이 완젼ᄒ리로쇼이다 셜파의 옥셩봉음이 오열ᄒ여 능히 말을 닐우지 못ᄒ니 비컨디 ᄒᆫ 쌍 치봉이 부르지지ᄂᆞᆫ

**54면**

듯 월익봉비와 냥협단슌의 호치 교결ᄒ여 궂쵸 긔이ᄒ니 완연이 져근 임참뫼라 셜쇼졔 비록 ᄂᆞ히 졈고 붓그리미 과도ᄒ나 텬뉸ᄌᆞ인ᄂᆞᆫ 인지상졍이라 유ᄌᆞ를 겨오 분산ᄒ여 강보 희ᄌᆞ를 니별ᄒ고 ᄉᆞ쳐로 오유ᄒ다가 오늘날 비로쇼 맛나니 그 심식 엇더ᄒ리오 츄파면목의 진쥬 이슬이 미ᄌᆞ믈 ᄲᅵ둣지 못ᄒ여 옥슈로 히ᄋᆞ의 삭통 궂흔 셤슈를 ᄂᆞ호여 잇그러 슬상의 올니고 덥셕무마ᄒ여

**55면**

츄연 탄왈 너 쇼ᄋᆞ로 ᄒ여곰 강보 희졔의 이 궂흔 지통을 품으믄 다 녀모의 명운이 다쳔흔 고로 여익이 너 쇼ᄋᆞ의 밋친 비라 슈연이나 텬우신됴ᄒ여 녀뫼 구ᄉᆞ일싱ᄒ여 도라왓ᄂᆞ니 쇼이 무어슬 아노라 ᄒ고 너모 이상이 구러 돈당 셩의를 요동ᄒ시게 ᄒ고 어뮈 심ᄉᆞ를 어즈럽게 ᄒᄂᆞ뇨 쇼이 비록 년유ᄒ나 인ᄉᆞ동용인즉 노셩장ᄌᆞ의 규뫼 잇ᄂᆞᆫ지라 ᄌᆞ안을 우러러 쳐싁이 참참ᄒ믈 보고 믄득 불효를 ᄭᅵ둣ᄂᆞᆫ

## 56면

듯ㅎ여 즉시 눈물을 거두고 화협셩모의 알연이 웃는 빗츨 열고 흐리눅은 봉졍의 이 셩화긔 낭연ㅎ여 고스리 ㄱㅌ흔 손으로 모친의 셤슈를 어루만지고 교교히 우어 왈 히 이 바히 어려 아모 쳘도 모로고 유모를 모친만 넉여 ㅌㅣㅌㅣ 그리온 쥴 모로더니 요스이 져기 문ㅈ를 히득ㅎ고 인지셩셰의 인위 쵀틱ㅎ고 텬지간 텬뉸이 즁흔 쥴 아옵고 틱틱를 싱지 쵸의 쩌나믈 아온 후는 쩌로 ㅈ안이

## 57면

엇더ㅎ고 보고 시버 호모비회를 억졔 어렵더이다 더옥 근간은 왕부와 야애 나가실 젹 모친을 다려다 쥬마 ㅎ시니 ㅇ히 쥬야 기다련 지 오릭더니 금일이야 도라오시니 히이 츠후 무슴 근심이 잇스리잇고 원간 틱틱 머무시던 곳이 어딕완딕 왕환이 그딕 도록 더딕드니잇고 왕부와 야는 언졔 도라오시는니잇고 어언이 낭〃ㅎ고 의문이 츠례 잇셔 엇지 슈슴 셰 히ㅇ의 미거흔 거동이 잇스리오 쇼졔 이 거동을 보미 텬뉸이 유연ㅎ믈

## 58면

씌됫지 못ㅎ여 유유참연ㅎ여 히ㅇ의 숀을 어루만ㅈ 말이 업고 틱왕모 관틱부인이 불 승이련ㅎ여 슬하의 ㄴㅇ혀 다보록흔 머리를 쓰다듬고 쥬슌을 졉ㅎ여 왈 오늘이 치 져무지 아녀셔 녀됴와 녀뷔 도라올 거시니 이졔는 믹시 다 됴ㅎ니 근심 말나 낭이 웃 고 회낙ㅎ더라 임셜 낭 쇼졔 남곽 냥녀를 보고 면뎌 마음이 놀ㄴ니 화란이 쏘 다시 닐 바를 근심ㅎ고 셜쇼졔 믄득 밧그로 ㄴ와 미숑의 귀의 흔 계교를 ㄱ르쳐 비밀이 ㅎ 라 ㅎ

## 59면

니 이 무슴 닐인고 스유츠셔ㅎ무로 하회의 긔록ㅎ니라 익일 쳥신의 상이 만됴 문무 를 거ㄴ리스 남교의 ㄴㅇ가스 쵸왕을 마즈실시 쵸왕의 딕군이 남교의 니르러 농봉긔 치 움즉이고 어양 북쇼티 은은ㅎ믈 바라보고 황상의 틱기 친님ㅎ오시믈 알고 삼군 장퐐이 더옥 용냑ㅎ여 즐기는 쇼리 진동ㅎ더라 냥 원슈 하거ㅎ여 던폐의 ㄴㅇ가 팔 빅 고두ㅎ온딕 상이 희동안식ㅎ스 ㄱㄱ이 인견ㅎ시고 던진구치를 치스ㅎ시며 위유

ㅎ시니 셩은이

여텬ᄒ지라 쵸왕이 불승황감ᄒ여 고두복슈ᄒ더라 상이 이의 군졍ᄉ의 공신녹을 드
려 보시고 쵸왕 부ᄌ의 신무를 칭찬ᄒ시며 일반 간녕지물의 흉ᄉ를 디로ᄒᄉ 디리시
의 엄슈ᄒ라 ᄒ시고 뎐진 장뉼을 작상을 도도실ᄉ 쵸왕 임회린으로 보국츄셩뎐금ᄌ
광녹튀후츙졍후를 더으시고 후록 ᄉ십 호를 더으시고 단셔쳘권을 쥬ᄉ 비록 옥니 역
늘의 간셥ᄒ 닐이라도 연좌치 말나 ᄒ시고 임상국과 임션싱긔

쥬옥금화로 즁상ᄒ시고 각별 ᄉ연ᄒᄉ 관튀부인의 긔손 두믈 치하ᄒ노라 ᄒ시고 부
원슈 쥬원광으로 우승상 한졍빅을 봉ᄒ시고 션봉 셩연슈로 디ᄉ도 형부상셔를 ᄒ이
시고 댱원농으로 농문뎌장 직금오를 ᄒ이시고 목션봉으로 금의뎌장 좌ᄉ마를 ᄒ이
시고 셜희량으로 병부상셔 디ᄉ마를 ᄒ이시고 임창홍으로 니부상셔 문연각 튀흑ᄉ
츄밀부ᄉ를 ᄒ이시고 기여 장뉼을 다 논공작상을 후이 ᄒ시고 상방진찬을 ᄉ급ᄒ

시며 슈쳔 독 슐과 일만 쇼를 죽여 삼군을 호궤ᄒ며 한마의 근노ᄒ믈 위로ᄒ시미 은
영이 호탕ᄒ시니 군장ᄉ돌의 즐기는 쇼리 광풍의 죽엽셩 ᄀᄒ더라 임쵸왕 부ᄌ와 셩쥬
셜 졔공이 고두ᄉ양ᄒ여 작직이 과ᄒ믈 닷토니 상이 불윤ᄒ시고 인ᄒ여 환궁ᄒ시니
졔공이 훌일업셔 문무와 한가지로 어가를 호위ᄒ여 환궁ᄒ신 후 파됴ᄒ여 각각 도라
갈ᄉ 쵸왕이 부군을 봉시ᄒ고 ᄌ질을 거ᄂ려 부즁의 도라와 몬뎌 문묘

의 비알ᄒ고 돈당 부모긔 졀ᄒ미 튀부인 이히 반기믄 일필난긔라 튀부인이 좌슈로
쵸왕의 손을 줍고 우슈로 창홍의 손을 잡고 반기시며 깃거 화흔 우음이 이늘 처음이
라 왕이 화긔 늉늉ᄒ여 뎐진구치와 옥션 등 여러 요물을 다 잡ᄋ옴과 셜싱의 병으로
인ᄒ여 부운ᄉ 등 맛ᄂ던 슈미지ᄉ를 셰셰히 고ᄒ니 좌즁이 그 신긔ᄒ믈 이르더니
셜임 낭 쇼졔 ᄂᄋ와 피셕복지ᄒ여 불효를 ᄉ례ᄒ미 왕이 평신ᄒ믈 니르고 셜쇼졔

니부를

**64면**

향ᄒᆞ여 ᄂᆞ죽이 녜ᄒᆞ니 니뷔 ᄯᅩᄒᆞᆫ 답녜ᄒᆞ고 반기미 극ᄒᆞ나 됸젼이무로 긔식이 슉연ᄒᆞ더라 남곽 냥녜 ᄂᆞᄋᆞ와 쵸왕 부ᄌᆞ의 ᄇᆡ알ᄒᆞᄆᆡ 군ᄌᆞ 일안의 그 요악ᄒᆞ믈 ᄎᆞ악ᄒᆞ여 눈을 다시 들미 업ᄉᆞ니 냥녜 왕의 부ᄌᆞ를 관망ᄒᆞᄆᆡ 스ᄉᆞ로 심혼낙담ᄒᆞ더라 익일의 승상 부ᄌᆞ 슉질 숀이 궐하의 문안ᄒᆞᆫ 후 시위ᄒᆞᄆᆡ 상이 ᄉᆡ로이 위유ᄒᆞ시고 이늘 ᄃᆡ옥을 쳐결ᄒᆞᄂᆞᆫ 날이ᄆᆡ 만됴 문뮈 ᄡᅥ지 니 업시 다 참녜ᄒᆞ엿더라 이ᄯᅢ 달융국은 모반ᄒᆞᄆᆡ 업ᄉᆞᄆᆡ 상

**65면**

이 천ᄉᆞ를 보ᄂᆡᄉᆞ 쵸무ᄒᆞ시니 달융이 비록 오랑키나 ᄃᆞ겁슌낙ᄒᆞᆫ지라 쳔ᄉᆞ의 니르믈 보고 겁ᄂᆡ여 긔진이보로 됴공ᄒᆞ며 옥션이 다리든 말을 다 니르고 옥션의 골육 남ᄆᆡ를 밧쳐ᄂᆞᆫ지라 상이 다시 융국을 죄ᄒᆞ지 아니시고 옥션의 ᄌᆞ식 남ᄆᆡ를 하옥ᄒᆞ라 ᄒᆞ시고 죄인 등 잡기를 기다리시더니 이늘 ᄃᆡ옥을 여르ᄉᆞ 크게 형벌을 베푸시고 ᄎᆞ례로 쵸ᄉᆞ를 바드실ᄉᆡ 여러 요물이 비록 간악ᄒᆞ나 엄형지하의 엇지 견ᄃᆡ리오 쵸ᄉᆞ를 각각 올

**66면**

니니 묘월의 쵸ᄉᆞ의 왈 빈승 묘월은 본ᄃᆡ 댱ᄉᆞ셩지녜라 쳡뷔 쳐음의 ᄐᆡ됴황뎨와 병닙일쳬ᄒᆞ여 호원의 쳔하를 닷토다가 명실이 늡쳔지복으로 ᄉᆞ히를 통일ᄒᆞ시ᄆᆡ ᄉᆞ히 군웅이 뉘 아니 ᄉᆞ망ᄒᆞ리오 쳡뷔 ᄯᅩᄒᆞᆫ 국파신망ᄒᆞ니 기시의 쳡이 불과 슈삼 셰 강보히녜라 장ᄎᆞ ᄂᆞ라히 망ᄒᆞ고 집이 망ᄒᆞ니 혈혈유녜 누를 의탁ᄒᆞ리오 쥭으미 반듯ᄒᆞ거ᄂᆞᆯ 요힝 뉴뫼 거두어 도라가 산ᄉᆞ의 뉴락ᄒᆞ더니 뉴뫼 마ᄌᆞ 쥭고 십여

**67면**

셰 된 녀ᄋᆡ ᄉᆞ방의 븟칠 곳이 업더니 셔쵹 청셩산의셔 슈도ᄒᆞ던 금션법ᄉᆡ 거두어 졔ᄌᆞ를 삼ᄋᆞ 천변만화를 가르치ᄆᆡ 임의 ᄌᆡ됴를 다 ᄇᆡ호ᄆᆡ ᄂᆞ히 ᄎᆞ고 혬이 난지라 믄득 부모의 혈골지슈를 갑고ᄌᆞ ᄒᆞ여 드ᄃᆡ여 스싱을 반ᄒᆞ고 ᄎᆞᆫ하의 오유ᄒᆞ여 ᄌᆞ최 ᄉᆞ히의

방낭ᄒ더니 능운을 맛나 데ᄌ를 삼아 슐을 굴으처 근본을 무르미 추는 진우량의 손이라 ᄯ흔 명실의 보원코ᄌ ᄒ미 의합슈덕ᄒ와 하산ᄒ여 산동의 가 한왕을 ᄉ

괴며 목지형을 맛ᄂ ᄀ마니 쵸궁의 왕니ᄒ여 허다 괴변을 져즐고 ᄯ 딘궁의 가 동틱 쌍싱 남녀를 ᄌ다가 남가의 바리게 ᄒ 소연이요 능운이 임상부의 가 작난ᄒ다가 쵸 왕의 부즁 스롬은 다 신인이라 여러 셩계를 다 못ᄒ다가 필경은 귀신굴의 ᄯ러져 죽게 되엿거늘 신쳡이 짐즉고 구ᄒ여ᄂ미 더욱 일을 도모홀ᄉᆡ 셰 권 비셔로 남부 연낭을 쥬고 옥경으로 회왕녀를 삼아 일쳬로 임부를 쇼졔ᄒ려다가 일이 아니 되오미

다시 셜계ᄒ더니 옥경은 셜병부를 ᄉᆞᆼ상ᄒ여 ᄉᆞ혼지를 엇고 옥션은 임니부를 ᄉᆞᆼ상ᄒ여 ᄉᆞ혼지를 어더 각각 구문의 입승ᄒ미 긔변괴ᄉ를 여ᄎᆞ여ᄎᆞᄒ다가 일이 다 낭픽 되미 다라나 한왕을 쐬와 긔병ᄒ려 ᄒ미니이다 옥션은 이리이리ᄒ여 융왕의게 가 언지 되든 ᄉᆞ연을 ᄌᆞᆺᄌᆞᆺ치 알외고 능운의 쵸ᄉᆞ의ᄂᆞᆫ 왈 쇼리 능운은 진우량의 손이라 신쳡의 한아비 명실의 죽으미 신의 아비 원방의 ᄯᅥ단니다가 마ᄌ 죽으니 엇지 원한이 업

ᄉᆞ리잇가 이러무로 임부를 셔르지려 ᄒᄂᆞᆫ 옥션과 셜부를 히ᄒ려 ᄒᄂᆞᆫ 옥경으로 동모ᄒ여 임셜을 셜치ᄒ고 명실을 업치고ᄌ 허다 계교를 이리이리 시작ᄒ엿다가 셩계치 못ᄒ고 줍히니이다 ᄯ 지형의 쵸ᄉᆞ의 왈 쳔신 목지형은 쥬ᄉ 목쥰의 손이라 부뫼 다만 쇼신 남미를 두고 됴ᄉᆞᄒ오니 됴부뫼 양휵ᄒ여 ᄌᆞ라기의 밋ᄎᆞ나 집이 가난ᄒ고 한아비 늙고 병드러 믹반쇼치도 ᄯᅥ를 어긔미 만흔 고로 동됴모 셜틱부인의 보용ᄒ

믈 만히 닙ᄉ와 장셩ᄒᄋ온 후 그윽이 됴모의 던어로됴ᄎᆞ 셜시의 방향을 닉이 듯고 외람흔 의ᄉ를 닉여 셜틱ᄉᆞ의 동방 유의ᄒᄆᆞᆯ 바라나 셜틱시 ᄉᆞ긔 싁싁ᄒ여 됴곰도 유의ᄒ미 업고 동됴모를 딕ᄒ여 말노써 도도와 보나 도시 딕답지 아니니 감히 바라도

못홀지라 믄득 작희코즈 ᄒ여 계교를 쓰다가 누의가지 죽이고 신검슈 등을 스괴여 한왕과 여ᄎ여ᄎ 셜계ᄒ여 도덕ᄒ려다가 신명이 돕지 아냐 냥비를 일코 능운 등을 처결ᄒ여 셜

### 72면

임 냥부를 셜치코즈 ᄒ미요 ᄂ라약는 간셥지 아니니이다 ᄒ고 ᄯ오한 옥경의 힝ᄉ와 옥션의 힝ᄉ를 ᄂᆺᄂᆺ치 알외고 옥션의 쵸ᄉ의 왈 신의 처음 힝ᄉ는 묘월 등과 일쳬지언이요 달융국의 가 언지를 질너 죽이고 스스로 언지더니 한왕과 통모ᄒ여 ᄯ오 묘월의 요술을 빙화 무지를 닉이며 탈융을 달뉘여 거즛 후회를 긔약ᄒ고 ᄂ올 젹 한왕이 만일 되업을 일우거든 다시 모드믈 언약ᄒ나 기실은 달융의 흉ᄒ믈 염고ᄒ니 ᄯ뜻을

### 73면

일우면 군ᄌ호걸을 굴힐 바를 알외엿고 옥경의 쵸ᄉ는 셜회량을 ᄉ상ᄒ여 구지 인연을 닐우고즈 ᄒ다가 엇지 못ᄒ여 능운을 스괴여 요슐을 빙화 회왕녀 되든 닐고 ᄉ혼지 어더 셜문의 드러가나 몽시 괴이ᄒ여 흉한 병을 어더 발광ᄒ던 닐과 쌍연을 셜싱이 취ᄒ든 닐과 셜문을 업치려 못ᄒ고 임시를 히ᄒ든 말고 필경은 이의 니른 말을 ᄂᆺᄂᆺ치 알외더라

## 임시삼되록 권지이십뉵

### 1면

ᄎ셜 모든 쵸시 오르민 뎐상던히 ᄎ악통히ᄒ믈 니긔지 못ᄒ고 상이 더욱 옥션의 음힝난상ᄒ믈 통히ᄒᆞᄉ 모든 나돌노 ᄒ여곰 달융의 남녀를 다려다가 옥션을 뵈며 무르라 ᄒ시니 옥션이 냥으를 보고 되경실ᄉᆨᄒ여 앙텬뉴쳬 왈 하늘이 엇지 날을 돕지 아니시미 여ᄎ하뇨 뇌 젼젼 죄악으로 스스로 직쵸ᄒ나 오직 호지의 ᄌ녜 잇스믈 니르지 아니ᄒᆷ믄

**2면**

요항 져히 품슈ᄒᆞ미 호풍을 견습지 아냐시니 타일 요항 ᄌᆞ라미 어믜 원슈를 갑흘가 ᄒᆞ엿더니 엇진 연고로 이의 니르미뇨 말노됴ᄎᆞ 피를 토ᄒᆞ고 것구러지니 냥이 ᄯᅩ 기모를 보고 반겨 울고 가고ᄌᆞ ᄒᆞᄂᆞᆫ지라 상이 더옥 요악ᄒᆞ믈 진노ᄒᆞᄉᆞ 글오ᄉᆞᄃᆡ 냥이 셜ᄉᆞ 즁국 인물이라도 음녀의 혈육을 명세의 머므르지 못ᄒᆞ려든 ᄒᆞ믈며 호풍이냐 ᄲᅡᆯ니 니여다가 목 줄나 죽이라 ᄒᆞ시고 회왕 진왕을 인견ᄒᆞᄉᆞ 졔인의 쵸ᄉᆞ를 뵈시니 냥 왕이 간파의 면식

**3면**

이 여토ᄒᆞ여 진왕은 쥬왈 신의 쳬 과연 셕일 궐즁의 드러ᅌᅥᆸ다가 퇴궁ᄒᆞ올 젹 노상의 셔 반가 남미의 흉ᄉᆞ쥬륙ᄒᆞᄂᆞᆫ 거ᄉᆞᆯ 보고 놀나 도라왓ᅀᆞᆸ더니 기야의 여ᄎᆞ여ᄎᆞ 몽ᄉᆞ를 엇ᅀᆞᆸ고 인ᄒᆞ여 잉틱ᄒᆞ여 동틱남녀ᄒᆞ오니 그 품쉬 ᄌᆞᆷ못 괴히ᄒᆞ여 아마도 영동의 상이 아니니 신의 부쳬 극히 불관이 넉여 다만 뉴모를 맛져 기르ᅀᆞᆸ더니 ᄉᆞ오 셰를 당ᄒᆞ오니 거동이 더옥 요악ᄒᆞ오니 신이 슉야우려ᄒᆞ와 뎐두를 술펴 할단ᄌᆞ익ᄒᆞ여 됴용이 죽일 ᄯᅳᆺ을 두엇ᅀᆞᆸ

**4면**

더니 모년 모일의 믄득 난 곳 업ᄉᆞᆫ 쳥시 냥ᄋᆞ를 무러 가오니 장ᄎᆞᆺ 십 년의 미쳣ᄉᆞ오 ᄃᆡ 쇼식을 알 길 업ᄉᆞᆸ더니 엇지 니런 요변이 셩틱 치화의 잇실 줄 알니잇고 상이 ᄯᅩ 남어ᄉᆞ다려 무르시니 어시 감히 은닉ᄒᆞ리오 즉시 쥬왈 쇼신이 비록 쳐쳡이 잇ᄉᆞ오나 남녀간 혈식이 업ᄉᆞ오니 부쳬 쥬야 슬허ᄒᆞᅀᆞᆸ더니 모월일의 과연 여ᄎᆞ여ᄎᆞᄒᆞᆫ 숭이 남녀 냥ᄋᆞ를 다려다가 쥬오니 신의 부쳬 그 뉘 집 ᄌᆞ식인 쥴은 모로오ᄃᆡ 다만 냥ᄋᆞ의 인물이 교염ᄒᆞ고

**5면**

닙은 바 의복이 쳔물이 아니라 신이 혜오ᄃᆡ 반ᄃᆞ시 ᄉᆞ독의 골육이로ᄃᆡ 뎍국지간의 혹ᄌᆞ 자식을 히ᄒᆞ여 바리민가 아랏ᅀᆞᆸ더니 엇지 이런 변괴 이실 쥴 알니잇고 임의 그 츌굿치 ᄉᆞ랑ᄒᆞ여 기르오니 녀는 시임한님 임지홍의 부인이 되ᅌᅥᆸ고 남은 아직 취실치 아녓ᄂᆞ이다 회왕이 ᄯᅩ 쥬왈 신이 ᄯᅩᄒᆞᆫ ᄌᆞ식이 업ᄉᆞ와 슬워ᄒᆞ옵더니 모월 모일의 묘

월법시로라 ᄒ고 니르러 아름다온 녀즈를 쳔거ᄒ오니 신의 부톄 그 요악ᄒ믈 엇지

## 6면

알니잇고 다만 ᄉ랑홀 쥴만 아랏ᄉ옵더니 근본이 고구의 쳔산인 쥴 몽미의나 싱각ᄒ엿시리잇고 상이 졔인의 쥬ᄉ를 드르시미 더옥 요악히 녀기ᄉ 급히 몬져 남가의 가 환옥을 잡ᄋ오라 ᄒ시니 슈유의 환옥이 옥계 하의 다ᄃ라 고두복지ᄒ여 남가의 어더 기른 즈식이라 ᄒ며 울며 고ᄒ되 쇼신이 어려셔 셰ᄉ를 치 아지 못ᄒ거늘 누의로 더브러 우연이 연졍 ᄋ릭셔 노다가 요괴 잡ᄋ다가 남가의 바리고 가오니 신의 남미 쥬야 부모를 그려 셜

## 7면

워ᄒ오디 ᄂ히 어려 뉜 쥴 긔억지 못ᄒ오니 어듸를 지향ᄒ여 부모를 ᄎᄌ리잇고 금일 쳔힝으로 부모의 쇼식을 듯ᄉ오니 텬늉이 완합ᄒ온즉 금셕슈시나 무한이로쇼이다 셜파의 공교ᄒ 눈물이 여우ᄒ니 보건되 하랑의 분 바른 얼골이요 단스를 찍은 닙시울이며 눈셥이 푸르고 눈이 식별 ᄀᆺᄒ여 냥긔 덩긔 말긋말긋ᄒ며 말숨이 흐르는 듯ᄒ고 신쟝이 살되 ᄀᆺ고 거동이 표일ᄒ니 범퇴육안으로 ᄒ여곰

## 8면

범연이 볼진되 가히 일되 옥면단시라 ᄒ리니 뉘 그 님보의 구밀복검이믈 알니오 시위졔인이 혹 가련이 녀기리도 잇고 텬지 쏘ᄒᆫ 보시고 그 위인이 군즈 덕질의 버셔난 쥴은 아라시나 아직 미취셩동으로 드러난 과악이 업스니 다만 진짓 요리의 홀녀가무로 밀워 부모나 ᄎᄌ쥬실 밧 엇지ᄒ시리오 이의 하됴 왈 여언이 최션ᄒ니 부모를 실산ᄒᆫ 요리의 작변이니 여등 남미의 죄 아니라 남경이 여등을

## 9면

어든 날과 진왕의 즈녀를 일흔 날이 분명ᄒ니 쌜니 텬늉을 단취ᄒ고 녀미로 부녀 단취케 ᄒ고 요승의게 분명 비혼 술이 잇는가 실진무은ᄒ라 짐이 별단 쳐치 잇스리라 환옥이 고두ᄉ은ᄒ고 왈 엇지 니런 일이 잇스리잇고 오리 빅일지하의 놈의 인뉸을 살난ᄒ고 요언을 지어 누의를 아됴 맛츠려 ᄒ미로쇼이다 신의 남미 집을 일흔 후로

는 쥬야 울엇느이다 진왕은 긔식이 썩썩ᄒ여 됴곰도 ᄌ식이라 뉴렴ᄒ미

## 10면

업스니 환옥이 무류ᄒ여 그윽이 원망ᄒ더라 묘월을 다시 져쥬려ᄒ니 임의 독형을 바다 반싱반ᄉᄒ여시니 다시 뭇지 못ᄒ미 이도 천의라 임부 환난이 미진흔 연괴러라 이의 늉젼을 상고ᄒ실ᄉㅣ 한왕은 ᄉᄉᄒ고 묘월 능운 옥션 옥경 지형 츈교는 촌참효시ᄒ라 ᄒ시고 기여는 뭇지 아니시고 셜임 냥 쇼져의 뎔힝으로 이미히 독슈를 바다 ᄒ느흔 죽고 ᄒ느흔 부지게체니 특별이 십슘 싱의 반포ᄒ여 흣게 ᄒ고 츄증뎡표

## 11면

ᄒ여 구원의 늣기는 원이 업게 ᄒ라 ᄒ시고 다시 굴오ᄉᄃㅣ 짐이 한왕 ᄉᄉᄒ믈 앗기미 아니로ᄃㅣ 작일 일몽을 어드니 황괴 니로ᄉᄃㅣ 고귀 아직 천명이 진치 아녀시니 맛당이 고인의 칠동칠금ᄒ던 ᄃㅣ의를 싱각ᄒ라 ᄒ시니 몽ᄉㅣ 명명ᄒ신지라 다시 관젼을 드리워 한왕의 ᄉ명을 거두고 뎍거원찬ᄒ고 목지형은 극흔 역늘이 아니니 죽여 무용이니 뎐니의 니쳐 여년을 맛게 ᄒ라 ᄒ시니 만됴신왜 성상의 관홍ᄒ시믈 열

## 12면

복ᄒ고 임상국이 계슈비쥬ᄒ여 셜임의 싱톤ᄒ여 금번 츌졍 시의 여ᄎ여ᄎᄒ와 다려오믈 쥬ᄒ니 임창흥이 쥬왈 진실노 죽은 지 싱톤ᄒ미 잇ᄉᆸ거니와 기간 괴변지ᄉㅣ 만ᄉ오니 복원 폐하는 다만 셜녀의 싱톤홈만 일ᄏᄅ쇼셔 상국이 청파의 손ᄋ의 ᄠ시 셜싱을 속이려 ᄒ민 쥴 ᄊㅣ드라 쥬왈 이는 년쇼비 일시 회롱으로 일장 긔관을 일우고 ᄌ ᄒᄋᆸᄂ니 폐하는 아직 일ᄏᄒ지 마르시고 허다 ᄉ연은 셰린다려 됴용이 무르쇼셔 상이 ᄯᅩ흔

## 13면

유회를 됴히 녀기시무로 아라드르시고 함쇼ᄒ시더라 날이 느ᄌ미 죄인들은 명일 힝법ᄎ로 금의옥의 가됴라 ᄒ시고 파됴ᄒ시니 ᄎᆞ시 셜틱ᄉ 부지 이 날이야 녀ᄋ의 싱톤흔 쇼식을 듯고 크게 깃거 급히 ᄉ마를 두루혀 임상국 부ᄌ 슉질을 됴ᄎ 임상부로 누ᄋ오미 셜공 부ᄌ는 외헌으로 드러가고 상국 부ᄌ손은 돈당의 드러가 비알ᄒ고 셕

식을 물니미 날호여 연줌스룰 고호고 남시의 텬뉴이 다르믈 말슴호미 퇴부인이 뎜두
빈미

## 14면

왈 슈연이나 왕법이 지엄호고 셩상 쳐치 인명호시니 스스 의논홀 비 업거니와 다만
남시 금일은 동일 칭병불츌호니 그 연고룰 아지 못호리로다 니뷔 놀나 고왈 반두시
이 즁의 무슴 변이 잇실가 호누이다 쵸왕이 역경 왈 동일 춧지 아녀 계시니잇가 션싱
왈 하늘이 지앙을 누리시미 엇지 인녁으로 밋츠리오 퇴부인이 변연이 씨두라 즉시
시녀로 남시룰 부르라 호더니 아이오 시녜 급보 왈 남쇼졔 복통이 셕

## 15면

상붓터 급호다 호더니 지금은 명직경긱이라 호더이다 임왕은 임의 짐작혼 비라 시로
이 놀누지 아니나 타인은 다 놀누니 아지 못게라 이 무슴 닐이 쏘 날고 하회룰 보라
어시의 남곽 낭녜 쵸왕 부즈의 스일뎡광을 보미 스스로 낙담상혼호거늘 다시 임셜
냥 쇼져의 만고독보홀 식용와 혼 번 두루는 스일을 보미 됴마경을 본드시 스스로 몸
이 썰니고 등의 쭘이 흐르니 도라와 만복 싀심이 이러나 교ᅌ졀치호믈 마지 아니호
고 연낭이

## 16면

싱각호되 이제 쵸왕 부지 파됴호여 오지 아냐셔 쇼시톨 죽여 업시호고 져 걸녀룰 죽
여 쇼녀의 즈리의 두어 스스로 인병치스혼 모양을 지어 즁인의 의혹호믈 업시호리라
쏘다시 혜오디 이런 일은 각별 곽녀도 알뉘지 못홀 거시요 스부의 스싱거쳘룰 모로
니 굼거워 견디지 못홀 거시요 쵸왕 부즈의 말을 드르니 금번 잡은 뎍당 모스는 냥긔
슝나라 능히 변화 무궁터라 호니 이 아니 우리 스뷔 한왕을 셥겨 딕스룰 도모호다가
힝혀

## 17면

잡히미 된가 아모커나 걸녀로 늬 딕신을 숨ᅌ 이의 두고 변화호여 궐즁의 드러가 금
일 텬지 모든 죄인을 셜국 엄문혼다 호니 그 스어룰 참쳥호리라 호고 이의 가마니 협

실 다락의 감쵸아인 걸녀를 넉여 기용단을 먹여 졔 얼골을 믠들며 쏘 가슴 알는 약을
먹여 졔 츼복을 버셔 닙혀 졔 침상 우희 금금으로 눗출 싼 누이고 져는 져근 시 되여
밧그로 나가니 그 동덕을 아모도 모르더라 가남시 의구히 병와ᄒᆞ엿더니 믄득 가슴이
알푸니

능히 편히 누엇지 못ᄒᆞ여 눈물을 흘니고 스지를 뒤트러 즈리의 박이지 못ᄒᆞ니 그 유
랑 시녀비 크게 놀나 진짓 쇼져만 넉여 황황이 붓드러 구호ᄒᆞ며 동졍을 몰나 증셰를
무르나 본시 벙어리라 무슨 말을 ᄒᆞ리오 다만 누쉬 여우ᄒᆞ여 고기를 스덕이며 숀으
로 가슴을 ᄀᆞ르칠 ᄯᆞ름이니 졔 시비 그 진가를 엇지 알니오 다만 마이 알푸니 능히
말을 못ᄒᆞ는 쥴노 아니 연낭의 간교요악ᄒᆞ미 이 굿더라 시녀의 무리 뎡당의 고ᄒᆞ며
일

변 남부의 고통ᄒᆞ고 지셩구완ᄒᆞ나 엇지 츈회 잇스며 쏘 님상부의 츠일 경시 년쳡ᄒᆞ
여시니 이런 일을 무슨 뒤스로이 넘녀ᄒᆞ며 남가의셔는 이러구러 날이 반오의 지ᄂᆞ시
니 남어스와 환옥은 입궐ᄒᆞ엿고 뉴시 홀노 놀나ᄂᆞ 일시 곽난으로만 알고 교란이 홀
노 츈미로 더브러 니르러 구호ᄒᆞ며 집슈 문병ᄒᆞ나 벙어리 무슨 말을 ᄒᆞ리오 흔굿 병
옷병옷ᄒᆞ고 말이 업스니 교란이 츠악ᄒᆞ나 홀일업셔 도라가다 시시의 연낭 요녜 비

뢰 되여 궐즁의 ᄂᆞ라 드러보니 만됴 문뮈 써지 니 업시 닙됴ᄒᆞ미 허다 거륜과 무슈흔
빅월이 써른 들의 즈옥ᄒᆞ니 위엄이 거룩ᄒᆞ여 능히 비됴도 ᄂᆞ라드지 못홀지라 다시
파리 되여 공즁의 슈십 장이ᄂᆞ 나라 바로 황극젼 하의 드러가니 장녀흔 위엄이 능히
다 보기 어렵더라 요녜 비록 담박ᄒᆞ나 동시 년유흔지라 쳐음으로 형벌 츌히믈 보미
숑구ᄒᆞ여 ᄀᆞ마니 월앙 밋히 업듸여 연즁 셜화를 다 드르

며 보니 능운이 져의 남미를 다려다가 남가의 바리며 묘월이 져를 도셔 쥬고간 니필

시 분명호고 텬뉸 추조미 불힝혼지라 이 근착을 춧노라 호면 형셰 가히 임가의 잇지
못홀 거시니 출하리 일이 거츠지 아냐셔 도망호리라 호고 다시 슬피더니 믄득 옥션
의 두 조식을 가져 익술호려 호믈 듯고 냥ㅇ를 슬피니 남조는 미뫼 교미호나 강보의
텬쥬롤 바들 상격이요 녀조는 쵸요월미 훌난호여 급히

**22면**

죽을 상이 아니라 연낭이 그윽이 슬피고 놀이 져무러 옥시 미결호여 만뫼 파됴호믈
보고 급급히 변신호여 도라오니 쩌 바야흐로 황혼이라 그마니 독약을 뉘여 걸녀롤
먹이고 급히 쇼쇼져 잇는 비실의 니르니 조연 심신이 경황혼지라 불문허실호고 드리
다르니 쇼쇼졔 완연이 금니의 누엇고 유랑의 무리 난간 밧긔셔 경업시 단니더라 연
낭이 깃거 평싱 힘을 다호여 쇼쇼져롤 금니의 쓰인 취 거두쳐 흑무 가온

**23면**

딕로 표표히 거믄 긔운이 되여 ᄂᆞ라가니 난간 밧 시비 등이 일시의 웨지져 요괴 드러
와 쇼져롤 아ᄉᆞ간다 ᄒᆞ니 요녜 더옥 황난호여 밧비 운즁의 ᄉᆞᄆᆞᆺ초도록 놉히 ᄂᆞ라 경
긱의 셩외 십여 리롤 힝호여 쇼쇼져 쌴 뭉치롤 남강의 더지니 만쟝 강쉬 흉용호고 슈
셰 창일호니 경긱의 간 바롤 아지 못호리러라 쇼쇼졔 분명 죽으미 된가 셜쇼져의 비
계의 연낭이 쇽으미 된가 하회롤 보라 연낭이 쇼시롤 업시호고 걸녀롤 죽이고

**24면**

졔 침쇼의 가 금은ᄌᆞ장을 다 쓰가지고 바로 ᄂᆞ라 금의옥의 ᄂᆞ오가 옥션의 녀ᄋᆞ롤 아
ᄉᆞ 품의 품고 표연이 구름과 ᄀᆞ치 놉히 써 다라ᄂᆞ니 부지거체러라 ᄎᆞ시 샹부의셔 시
녀의 던도히 보호무로됴ᄎᆞ 남시는 죽고 쇼시는 요괴 구러가다 ᄒᆞ니 뉘외 진경호여
면면상고호되 임왕 부조와 쥬비와 의열비는 짐즉흔 비라 묵연호고 퇴부인이 슬허 왈
가란이 졈졈 부러 쇼시롤 일흐니 잔약흔 녀지 엇지 견듸리오 반ᄃᆞ시 죽으리로다 샹
국과 셩싱이 위

**25면**

로 쥬왈 쇼뷔 화길지샹이오니 맛츰ᄂᆡ 요몰홀 샹이 아니오니 심녀롤 쓰지 마옵쇼셔

왕이 쥬왈 남시 허실 간 죽다 ᄒ오니 굿ᄒ여 검시홀 것도 업고 무어시든지 영장ᄒ게 ᄒᆞ옵고 쇼부는 비록 익을 당ᄒ오나 반ᄃ시 발셔 구ᄒ여 편히 잇습고 ᄎ후로 화익이 멸ᄒ와 안여평셕ᄒ옵고 가ᄂᆡ의 유ᄎ훈 간인은 금명간 쇼졔ᄒ오리니 일후 타ᄋᆞ의 넘 녜는 잇슬지연졍 지텬 낭ᄋᆞ는 다시 마쟝이 업스리이다 션셩과 상국은 뎜두ᄒ고 의열

**26면**

은 그 신명ᄒ시믈 탄복ᄒ고 교란은 심신이 썰녀 안졉지 못ᄒ여 침쇼로 도라가더라 왕이 즉시 군관을 명ᄒ여 남시 죽엄을 염장ᄒ여 장ᄒ라 ᄒ고 남부의 통부ᄒ니라 ᄎ 시 환옥이 진왕을 ᄯᅡ라 궁의 니르러 부ᄌᆞ모ᄌᆞ지녜를 베풀고 형뎨ᄌᆞ믜 골육의 졍을 니을시 왕비와 셰ᄌᆞ와 공쥐 환옥을 일견의 어지지 못믈 아라 크게 불힝ᄒ나 마지 못ᄒ여 칭ᄌᆞ칭형남ᄒ여 흑문을 권ᄒ며 굿ᄒ여 남시를 ᄎ짓 아니ᄒ더니 믄득 연낭

**27면**

의 시비의 보ᄒ무로 복통이 위즁타 ᄒ더니 즉셕의 죽다 ᄒᄂᆞᆫ지라 진왕부의셔는 다힝 이 녀겨 굿ᄒ여 참녜치 아니ᄒ고 남어ᄉ 부부도 친ᄌᆞ 아니요 본시 구가의 시틋이 안 다 ᄒ여 가보지 아니ᄒ고 환옥도 ᄯᅩᄒᆞᆫ 칭병ᄒ고 가지 아니터라 진왕은 홀노 임쵸왕 을 ᄎ자보고 셔로 웃더라 임의 걸녀의 시신을 영장ᄒᆞ미 가즁이 쇠훤이 녀기되 왕의 부ᄌᆞ는 후일을 넘녀ᄒ더라 곽시 교란이 쵸왕 부ᄌᆞ의 뎡양지기를 듸ᄒ여 간담이 썰녀 즉시 도라와 츈

**28면**

믜를 듸ᄒ여 고흉장탄 왈 ᄂᆞ 곽교란이 부모의 만금 교ᄋᆞ로 싱장ᄒ여 젼싱 업원으로 임낭의 인연을 구ᄒ여 겨오 셩친ᄒ고 얼골도 보지 못ᄒ고 졔인의 업슈이 녀김만 보 리오 이졔 남쇼졔 죽어시니 한쇼열의 와룡션싱을 닐흐미라 눌로 더브러 듸ᄉ를 도모 ᄒ리오 츈미 왈 일이 임의 ᄎ경의 니르러시니 ᄎ 가즁의 잇지 못홀 거시요 독약으로 시험ᄒᆞᄌᆞ ᄒ오나 틱부인 이하로 하나토 범연ᄒ ᄂᆡ 업고 쥬비의 법되 엄슉ᄒ여 찬션 쇼시의 심복

**29면**

시녀비 줌시도 써느미 업스니 서어히 ᄒ다가는 계교 이지 못홀지라 출하리 틈을 타 노쳐 비슈를 씨고 밤을 타 틱부인 이하로 모다 너흘고 다라나미 샹계니이다 곽녜 왈 그도 어려온 닐이니 ᄎᄎ 샹냥ᄒ리라 ᄒ더라 션시의 셜의열이 스일을 한 번 흘긔미 발셔 남곽 냥녀의 속을 빗쵀는지라 미슝으로 계교를 ᄀ르쳐 보니미 미슝이 ᄂᄋ가 쇼쇼져를 보고 ᄎᄉ를 통한 후 쵸인을 만드러 쇼져의 의상을 닙히고 쇼져로 더브러 협실의 피ᄒ엿

**30면**

더니 과연 야심한 후 괴이한 긔운이 드러오며 쇼져를 둥쳐 싸가지고 다라ᄂ니 시녀의 무리는 일신을 썰고 쇼쇼져는 무스무려ᄒ여 놀남도 업고 구겁홈도 업스니 실노 셩녀쳘뷔러라 미슝이 셜부인의 지교를 드르무로 요인을 짐줏 노화 보니고 시녀 등다려 쇼져 일흐믈 반포케 ᄒ고 쇼져를 다려 슉녈비의게로 오니 셜의열이 발셔 니르러 ᄎᄉ를 고ᄒ고 오기를 기다리더라 쇼졔 ᄂᄋ가 박명을 구ᄒ시믈 스례ᄒᄃ 슉녈 의열이 놀나믈 위로ᄒ고 인ᄒ여 협

**31면**

실의 두다 놀이 밝으미 상이 됴회를 여르시미 만됴 문무 다 모혀 입시ᄒ고 ᄎ일 모든 죄인을 너여 죽이라 ᄒ시미 믄득 옥관이 알오ᄃ 다른 죄인은 다 잇스오나 다만 달융국 녀ᄋ 어린 것 하ᄂ히 부지거체로쇼이다 뎐상뎐히 경희ᄒ믈 마지 아니ᄒ고 상이 임왕을 도라보스 왈 이 아니 늉국 오랑키 요인을 보니여 ᄎ녀를 다려가미 아닌가 왕이 쥬왈 불연ᄒ이다 융국이 비록 오랑키나 실은 냥슌ᄒ옵고 그 ᄌ녀를 불관이 아읍ᄂ 비라 출하리 남ᄋ를

**32면**

다려갈지연뎡 어린 녀ᄌ를 다려가지 아날실 거시요 ᄎᄂ 묘월 등 씨친 슐이 오히려 멸치 아냐시무로 다려가오나 언마ᄒ여 즙히리잇고 셩상은 거리씨지 마오시고 죄인을 다 쇽히 죽이게 ᄒ쇼셔 상이 낙다 ᄒ시고 감형관으로 즉시 죄인을 버히라 ᄒ시니 한왕과 지형은 원방으로 ᄂ가고 묘월 능운 옥션 옥경 츈교는 다 져지의 참ᄒ니 굿 보

느니 아니 쾌흔 리 업더라 놀이 느즈미 파흐여 상은 닉뎐의 드르시고 졔신은 각귀기 가흘시 왕의 부지 승상을 뫼셔 부즁의 도

## 33면

라와 연즁 셜화를 다 고흐고 죄인 등 죽임과 옥션의 녀ᄋ 닐흐믈 말흐고 상히 다 시로이 츳탄흐며 쇠훤흐믈 일쿳더라 놀이 뎌믈미 셕식을 파흐고 밤 드도록 야화타가 각각 침쇼로 도라갈시 왕이 외헌으로 느오며 상셔를 도라보와 왈 간인의 츌거흐미 금셕의 잇도다 상셔 발셔 알고 슈명흐고 즉시 군관 하리를 불너 귀의 다혀 게교를 ᄀ르치더라 곽교란이 츈미로 더브러 초야의 변용단을 숨켜 표일흔 남지 되여 각각 비슈를 들고 먼져 틱

## 34면

부인 뎡뎐을 범흘시 거름을 가만가만흐여 뎡뎐의 다다라 낭기 요녜 창외의셔 규시흐니 촉을 멸흐고 취침흘시 뎍실흔지라 딕회흐여 표연이 즁계의 오르더니 믄득 난함으로됴츳 홍삭 올모의 걸녀 잇고 흐며 것구러지니 궁관 하리 즉시 긴긴히 결박흐여 외헌으로 나오니 쵸왕 부지 승상 곤계와 졔뎨를 뫼시고 거느려 죄인 잡으오기를 기다리니 광실의 촉영이 휘황흐고 범 ᄀᆺ흔 느됼이 뎡하의 딕령흐엿더라 밋 죄인을 줍으믈 고

## 35면

흐거늘 왕이 승상긔 고왈 초 죄인을 굿흐여 문죠흘 것 업수오니 ᄀᆺᄀ이 불너 그 진뎍을 아사이다 승상이 뎜두흐더라 왕이 시노로 죄인을 ᄀᆺᄀ이 부르라 흐여 니르미 낭기 표일흔 남지라 미목이 녕한흐고 비슈를 각각 드럿더라 왕이 ᄀᆺᄀ이 안치고 두어 번 슬피니 수일뎡광이 요인의 눈의 빗최미 퇴양이 빗최는 듯 냥 뇨인이 눈을 바로 쓰지 못흐더니 믄득 잇고 쇼릭의 미얌이 탈각흐듯 변용흔 허믈이 버스며 남지 변흐여 낭기 요인이 되니 하나

## 36면

흔 만고 음녜 곽시요 하나흔 쳔고 간비 츈미라 좌위 딕경흐고 왕이 다시 무를 것 업

눈지라 좌우로 쥭교룰 드리라 ᄒ여 되후ᄒᄆ 흑ᄉ룰 도라보니 흑시 즉시 드러가 혼
셔납빙과 곽부 거ᄂ려온 바 시녀 등을 다 굿쵸와 되후ᄒ더라 왕이 곽녀룰 쓸니고 뎡
셩 칙왈 발부룰 되ᄒ여 긴 말ᄒᄆ 부졀업셔 되강 ᄶ지져 니치ᄂ니 네 죄룰 니르지 아
냐 알 거시여늘 가지록 되화룰 지어 녀지 발검ᄒ고 튼당을 범코ᄌ ᄒ니 기죄 맛당이
머리룰 동시

## 37면

의 달 거시로되 만분 관뎐으로 명을 붓쳐 보ᄂ느니 다시 임문을 심두의 두지 말나 말
을 맛치며 지흥이 시동으로 불을 가져오라 ᄒ여 혼셔납빙을 쇼화ᄒ고 쥰덜이 복부로
ᄒ여곰 곽녀룰 교듕의 쓰러 담ᄋ 곽부 비ᄌ들 암들녀 다 휘모라 곽부ᄉᄌ 보니고 일
편 셜화룰 곽부의 뎐ᄒ니 곽부의셔도 홀일업셔 아모 말도 못ᄒ고 녀ᄋ룰 ᄶ지짐도
업시 셔르져 드리오고 타인이 알가 겁ᄒ여 일졀 요란치 아니ᄒ고 은근이 가량을 구

## 38면

코ᄌ ᄒ니 이른바 인면슈심이러라 ᄎ셜 상부의셔 왕이 곽녀룰 셔르져 업시ᄒ고 츈미
룰 잡ᄋ 나리오라 ᄒ여 엄형쥰ᄎ의 뎔도의 ᄯ어 니치라 ᄒ니 궁관 시노 ᄂ들이 츈미
룰 엄형을 다ᄒ여 반싱반ᄉᄒᄆ 만니히변의 ᄯᄃ러 보ᄂ니 ᄉ싱은 모룰네라 이러구
러 오경 북이 동ᄒ며 금괴 늉늉ᄒ니 취침치 못ᄒ고 승ᄉ을 뫼셔 말숨ᄒ다가 신셩 ᄯ
룰 응ᄒ여 졔인이 일시의 뎡당의 드러가니 각당 부인네 다 모히고 야간 변ᄉ

## 39면

룰 오히려 다 몰ᄂ더라 남좌녀우룰 분ᄒ여 신셩ᄒᄆ 승상이 야간 둉두지미룰 튀부인
긔 고ᄒ니 모다 놀ᄂ고 튀부인이 놀나시ᄂ 즁 깃븐 긔운을 ᄯᄒ이ᄉ 왈 여년이 부다ᄒ
늘그니룰 이심 즉기려 ᄒ다가 도로혀 히룰 보니 엇지 우읍지 아니며 회린의 밝으
무로 나라의 녁신을 쇼졔ᄒ고 가듕의 간인을 업시ᄒ니 ᄎ후로 화변이 업술 바룰 깃
거ᄒ노라 슈연이나 쇼셩 냥부의 ᄉ싱을 모로니 일노 근심이로다 왕이 이의 셜부인을
도라보니

**40면**

셜부인이 슉녈비긔 ᄂᆞᄋᆞ가 공슈ᄒᆞ여 명을 기다리니 쥬비 이의 ᄐᆡ부인긔 ᄂᆞᄋᆞ와 공슈궤고ᄒᆞ여 뎐일 셩뷔 반ᄃᆞ시 화익을 당ᄒᆞ올 쥴 아옵고 시비로 쇼찰을 붓쳐셔 쵸인으로 몸을 ᄃᆡ신ᄒᆞ여 요물을 쇽이고 금ᄎᆞ 쇼시ᄂᆞᆫ 셜뷔 남곽 냥녀의 인물을 보고 작변ᄒᆞ믈 혜ᄋᆞ려 ᄆᆡ숑을 보ᄂᆡ여 여ᄎᆞ여ᄎᆞ ᄒᆞ엿ᄉᆞ오나 진시 됸당의 고치 못ᄒᆞ오믄 간인이 혹 엿드르미 될가 고치 못ᄒᆞ미러니 이졔 간인을 쇼졔ᄒᆞ오ᄆᆡ ᄐᆡᆨ상의 거리ᄭᅵᆯ 닐이 업ᄉᆞᆸᄂᆞᆫ지라 이졔로 둘을 다

**41면**

다려오고ᄌᆞ ᄒᆞᄂᆞ이다 좌즁이 일쳥의 ᄀᆡ용칭션ᄒᆞ고 ᄐᆡ부인이 ᄃᆡ환희열ᄒᆞᄉᆞ 왈 어질고 맑고 다시 밝으미 일월 ᄀᆞᆺ도다 쥬비의 신명ᄒᆞᆷ도 긔이코 니상ᄒᆞ거ᄂᆞᆯ 다시 셜뷔 잇ᄉᆞ니 엇지 뎍뎍여음이 아니리오 승상과 졔인이 다 깃거 닐은 ᄃᆡ쳥의 화긔 넘ᄶᅵ더라 인ᄒᆞ여 시녀 복부를 보ᄂᆡ여 셩쇼져를 다려오고 쇼쇼져를 부르니 냥인이 ᄒᆞᆷ긔 니르ᄂᆞᆫ 길의 맛나 셔로 반기고 간즈러이 드러와 ᄐᆡ부인긔 ᄉᆞᄇᆡᄒᆞ고 ᄎᆞ례로 뎔ᄒᆞ기를 다ᄒᆞᄆᆡ ᄐᆡ부인이 좌우슈

**42면**

로 쇼셩 냥 쇼져의 숀을 잡고 탄왈 가환이 쳡다ᄒᆞ여 요인이 마희를 지어 너희 어리니를 못 견ᄃᆡ도록 보ᄎᆡ여 필경은 ᄉᆞ지의 모라 너흐니 엇지 ᄎᆞ셕지 아니리오 ᄎᆞ후ᄂᆞᆫ 작희 업시 깃븐 영화를 ᄀᆞ죡이 보라 냥 쇼졔 황공츅쳑ᄒᆞ여 즘미를 슉여 슈명ᄒᆞᆯ ᄲᆡᆫ이니 아릿답고 어엿브미 뎐ᄌᆞ로 ᄇᆡ승ᄒᆞᆫ지라 됸당 구괴 탐혹히 두굿기고 좌즁이 화긔 무루녹ᄋᆞ 일졈 근심이 업ᄉᆞ니 ᄐᆡ부인이 ᄯᅩᄒᆞᆫ 임쇼져의 숀을 잡고 ᄀᆞᆯ오ᄃᆡ 네 어려슬 ᄯᅢ의 다른 며ᄂᆞ리 아름다온

**43면**

쇼년이 업셔 너만 귀즁이 아랏더니 연ᄒᆞ여 드러온 며ᄂᆞ리 ᄀᆡᄀᆡ 아름다오니 너 귀ᄒᆞᆯ 쥴을 니즈나 보면 귀즁ᄒᆞ더니 만고 풍ᄉᆡᆼ을 다 격고 이졔야 무ᄉᆞᄒᆞ믈 어더 아직 본부의 잇스ᄆᆡ 다시 귀즁ᄒᆞ미 뎐일의셔 ᄇᆡ나 더ᄒᆞᆫ 듯ᄒᆞᆯ식 녀ᄌᆞᄂᆞᆫ 한 번 동부ᄒᆞᄆᆡ 원부모형뎨라 미구의 구가를 됴ᄎᆞ가리니 아심이 지금부터 셔위ᄒᆞ더라 상국이 흔연 쥬왈 ᄌᆡ

작지젼 뇽탑 하의셔 셩상이 셜임 낭으의 ᄉ싱톤망 모로시믈 긍측ᄒᄉ 십슴 싱으로 츠즈려 ᄒ시오미 인

**44면**

신의 도리 님군을 긔망치 못ᄒ와 여ᄎᄎ여ᄎ 알외오니 챵흥이 믄득 이리이리 쥬ᄒ옵거ᄂ 츠이 반드시 뎐일 회량이 박뎍ᄒ던 바를 쵹노ᄒ여 월혜의 싱톤ᄒ믈 긔망ᄒ옵고 한바탕 속이고ᄌ ᄒ미라 이 연유로 상긔 쥬달ᄒ온디 샹이 ᄌ못 우으신지라 이러ᄒ온 죽 한동안 슬하의 잇셔 뫼시리이다 티부인이 우으시고 왈 슈연이나 셜싱이 뎐일과 달나 지금은 쾌히 회과ᄒ엿거늘 간장을 과히 샹히오고ᄌ ᄒ며 월혀의 부덕뎡슌ᄒ무로 엇

**45면**

지 마음이 편ᄒ리오 됴곰 됴로고 과히ᄂ 말나 만일 더디면 싱산이 느즐가 ᄒ노라 좌즁이 긔쇼ᄒ고 동일 즐기고 여러 쇼졔 각각 옛 침쇼를 츠져 상셔ᄂ 셜의열노 화락ᄒ여 뎐일 지닌 화란을 일쟝츈몽ᄀᄎ치 옛말 숨고 흑ᄉᄂ 쇼쇼져로 화락ᄒ고 한님은 셩쇼져로 화락ᄒ니 가즁이 화긔 만당ᄒᄂ 즁 임쇼져ᄂ 티부인을 시칙ᄒ여 싱톤ᄒ믈 구가의 고치 못ᄒ미 부도의 어긔믈 혜ᄋ려 ᄌ못 불안ᄒ더라 ᄎ시 셜부의셔 ᄯᄒ 가환이 업시 지니나 목지형

**46면**

이 ᄉ죄인이 되여 셩명불긔니 목시 일문이 망ᄒ기의 니르나 셩상의 관덕으로 연좌를 쓰지 아니시니 텬은이 망극ᄒ나 목틱부인이 비회 업지 ᄃ니ᄒ고 셜병뷔 작직이 눕ᄒ나 묘강의 ᄌ리 비엿ᄉ니 틱ᄉ 부뷔 쵸민흔 쥴 다시 임쇼져 ᄀᄒᆞᆫ 며ᄂ리를 다시 엇지 못홀 쥴 알고 지쵀 의논이 업고 흑ᄌ 임시 싱톤ᄒ미 잇슬가 ᄒ더니 믄득 텬문의 여러 죄인을 결쵸흔 후 녀ᄋ의 싱톤ᄒ믈 드르니 깃부미 즁쳔의 오를 듯ᄒ여 임왕을 됴ᄎ 상부의 니르

**47면**

러 외헌의 좌ᄒ엿더니 이윽ᄒ여 상셰 ᄂᄋ와 인도ᄒ여 힝각 별당의 니르미 셜쇼졔

던지도지호여 느와 부공긔 뎔호고 거거 등으로 네필의 튼당 됴모와 틱틱 긔운을 뭇고 별회를 펼식 불효를 스뙤호니 틱시 집슈회허호여 탄왈 느의 되악이 관영호여 여익을 네게 밋게 호도다 슈연이나 고진감니호니 다시 무슴 닐이 잇스리오마는 너의 모친은 너 그리는 간장이 말나 지 되기의 니르럿느니 슈히 귀령호여 반기라 쇼졔 아미를 슉여 슈명호더라

**48면**

니당이 굿굿오무로 셜공 부지 오릭 잇지 못호여 외헌으로 느와 왕으로 슈작홀식 병부는 닉당의 드러가 틱부인긔와 모든 딕 두루두루 뎔호고 문후혼 후 임쇼져의 슷싱 모로믈 은근이 근심호여 광미슈집호니 좌즁이 실쇼호고 틱부인이 위로 왈 왕수는 니의라 다시 일쿠룰 빅 업스니 긔회치 말나 상말의 일넛시되 쓸 업는 슈회는 불 업는 화로 굿다 니르나 우리 마음은 그르치 아니니 현셔는 뎐일 안히 잇셔 탐탐치 아니턴 바로 더욱

**49면**

뎔동홀 쑷을 두지 말나 셜병뷔 이연 딕왈 쇼싱이 불학미거호와 사부의 어진 교훈을 뎌바리고 셩녀를 박딕호여 필지스경호오니 이제 죽스오나 원한이 밋치이오며 하 면목으로 튼문의 니르리잇고마는 비로쇼 뎐일 허물을 뉘웃츠미 되오미 쳐지뉴무 간 튼문의만 니르러도 쳐 싱각호는 마음이 됴곰 페이오니 오지 말나고 휘모라 니치셔도 날마다 오리이다 틱부인이 그 활연혼 말을 깃거 시녀로 쥬과를 가져오라 호여 권호

**50면**

니 병뷔 다 그어먹고 몸을 니러 외헌의 나오미 셜공은 어스 등을 거느려 먼져 굿더라 임문 졔싱으로 더브러 한화홀식 졔싱이 웃고 굴오딕 셜형이 시봉지하의 무슴 근심을 쯰엿관딕 냥미 슈쳑호뇨 병뷔 회허 탄왈 느의 불명호무로 슉녀를 뎌바리니 엇지 마음이 쾌호리오 출하리 벼슬을 바리고 산슈 간의 오유호미 느의 원이로다 졔싱이 긔쇼호고 원홍이 잠쇼 왈 다 모로시는도다 셜형의 슈심호믄 옥경 굿흔 미인을 일

**51면**

ᄒᆞ미 글노 심화ᄒᆞ미 아니리오 상세 정식 왈 회롱ᄒᆞᆯ 말이 잇ᄂᆞ니 옥경은 텬지 간 음녜 요 만ᄃᆡ 녁늘이라 비록 가ᄂᆡ의 잇셔도 ᄀᆞᆺ가이 못ᄒᆞᆯ 거시여늘 이졔 임의 녁늘의 죽은 요물을 드노화 회롱ᄒᆞ리오 원홍이 웃고 실언ᄒᆞ믈 ᄉᆞ죄ᄒᆞ더라 상셰 병부ᄅᆞᆯ 향ᄒᆞ여 왈 의쳡이 ᄂᆞ히 어리지 아니ᄒᆞ고 뎐일 요긔의 ᄡᅥ 일시 운건ᄒᆞᄆᆞ로 실덕ᄒᆞ미 잇ᄉᆞ나 임의 ᄡᅵᄃᆞ랏고 구경지하의 이만 닐노 심폐ᄅᆞᆯ 상ᄒᆡ와 부모ᄅᆞᆯ 바리고 산간

**52면**

의 오유ᄒᆞ리오 츠렴은 의논치 말고 맛당이 현문귀가의 뇨됴현완을 취ᄒᆞ여 반싱 힝낙을 쾌히 ᄒᆞ라 병뷔 탄왈 돈당이 구돈ᄒᆞ시나 여러 형장과 아이 잇스니 싱은 무용필뷔라 취쳐 아니ᄒᆞ나 관겨ᄒᆞ리오 언파의 완ᄌᆞ 오ᄅᆡᆷ믈 일ᄏᆞ라 도라가니 모다 웃더라 직셜 만셰 황애 셜임 냥 쇼져의 싱돈ᄒᆞᄆᆞᆯ 드르시나 임가 졔인의 긔식이 임시의 ᄉᆞ싱을 은휘ᄒᆞ여 셜희량을 믹밧고ᄌᆞ ᄒᆞᄆᆞᆯ 아르시고 이의 뎐지ᄒᆞᄉᆞ 임상셔 부인 셜시 긔

**53면**

특이 싱돈ᄒᆞᄆᆞᆯ 치하ᄒᆞ시고 특별이 지셩덜효의열부인 직쳡을 봉ᄒᆞᄉᆞ 금ᄌᆞ뎡문을 어필노 표ᄒᆞᄉᆞ 문녀의 놉히라 ᄒᆞ시고 임시로 지셩널의셩널부인 명덕비ᄅᆞᆯ 봉ᄒᆞᄉᆞ 쳔하의 심방ᄒᆞ여 ᄉᆞ라시면 셜희량의 금현을 완견ᄒᆞ여 슉녀의 평싱이 믹몰치 아니케 ᄒᆞ라 ᄒᆞ시니 왕의 부지 셩권이 너모 과람ᄒᆞ시믈 ᄉᆞ양ᄒᆞ온ᄃᆡ 셩의 불윤ᄒᆞ시고 녜뷔 쵸왕궁의 니르러 동구의 금ᄌᆞ 뎡문을 놉혀

**54면**

봉명ᄒᆞ고 임쇼져의 뎡문을 타일 싱돈ᄒᆞᄆᆞᆯ 안 후 셜부 둔녀의 놉히려 ᄒᆞ더라 이러무로 셜임 냥 쇼져의 곳다온 일홈이 먼니 닌국가지 들네더라 ᄎᆞ시 셜쇼졔 돈당의 귀령ᄒᆞ믈 쳥ᄒᆞ온ᄃᆡ 돈당과 상셰 쾌허ᄒᆞ니 쇼졔 돈당의 하직ᄒᆞ고 협실의 드러가 쇼고로 분슈ᄒᆞᆯᄉᆡ 임쇼졔 옥슈ᄅᆞᆯ 잡고 왈 쳡이 엇지 구고의 양츈을 니져 ᄉᆞ싱을 즉시 알외지 아니리잇고마ᄂᆞᆫ 거거 등이 돈당을 부쵹ᄒᆞ여 일

## 55면

장 회롱코즈 흐니 쇼민의 본심이 아니로디 타일 구고 좌전의 뵈올 면목이 업도쇼이다 슈연이나 타일 돈당의 뵈온 후 쳡의 쥬의 이시니 져졔 거의 짐죽흐시리니 기시 극녁 쥬션흐시고 녕형으로 현문 슉녀현완을 취케 흐시고 쇼민는 다만 부모 좌측의 뫼시게 흐쇼셔 의열이 손수 왈 거거의 불명흐미 현됴룰 만히 더브려시니 쳡이 감히 현져룰 기유홀 눗치 업스니 무슴 말을 흐

## 56면

리오 다만 현져는 통달명쳘흔지라 기리 기회치 마르쇼셔 흐고 손을 난화 즁당의 느와 금눈치거의 오르니 허다 부려흔 위와 영광이 비길 딕 업더라 어시의 셜의녈이 돈당의 하직흐고 상교흐니 녈미 냥 관환이 봉교둉후흐고 허다 아역이 던츠후웅흐여 일노의 덥허시니 가히 구경흐염즉 흐더라 힝흐여 본부의 니르니 셜부의셔 상부인이 ㅇ녀의 싱톤흐믈 셜공의 말노됴츠

## 57면

듯고 보고 시부미 시긱이 밧부고 아츰의 까치만 지져괴도 ㅇ녜 오는가 기다리고 셜공을 밤마다 돌나 녀ㅇ의 귀령을 쳥흐라 흐여 시시로 기다리는 마음이 던일 녀이 죽다 흐믈 듯고 상혼실빅흐든 쎠의셔 빅비 승이라 바라는 마음이 쵸갈흐더니 임상셰 니르러 탐탐이 반기미 깃분 가온딕 녀ㅇ의 귀령흐믈 간쳥흐니 상셰 쾌히 딕답고 가미 더옥 기다리더니 츠일 시비 던도히 드러오며

## 58면

셜부인이 오신다 흐거늘 부인이 졔부룰 거느려 쓸의 느리기룰 수오 츠느 흐고 목틱부인이 쏘흔 굼거워흐는 마음이 급흐여 방즁의셔 니러느 몸이 스스로 지게 밧 느기룰 십여 츠식 흐더니 인셩이 요란흐며 무슈 츠환이 시위흐고 하관빅리 금뎡옥눈을 호위흐여 듕계의 니르러는 부인이 신을 버슨 치 쓸의 느려 덩문을 열고 녀ㅇ룰 붓드러 손을 잡의 당의 오르미 쇼졔 밋쳐 덜을 못

**59면**

ᄒ여서 졉면교슉ᄒ여 쳔항누슈 압흘 ᄀ리오니 쇼졔 ᄯ흔 모부인 손을 밧드러 오열뉴
쳬ᄒ여 능히 말을 나루지 못ᄒ더니 이윽고 뎡신을 출혀 모부인 가슴의 머리를 다혀
뎍년니슬의 부모긔 무한한 불효 ᄭ치오믈 ᄉ죄ᄒ고 부모의 뎍뎍여경으로 일명이 보
젼ᄒ여 다시 부모 슬하의 뎔ᄒ오믈 엇ᄉ오니 복원 틱틱ᄂ 셩녀를 허비치 마르쇼셔
부인이 녀ᄋ의 옥슈를 잡고 운

**60면**

빈을 어루만져 기리 늣겨 ᄀᆯ오딕 노뫼 죄악이 틱과ᄒ겨 너를 만니이각의 분슈ᄒ니
비여금셕이라 엇지 춤고 견딕며 더옥 즁도의 너를 실화ᄒ여 ᄋ지 도라오니 ᄉ싱둔몰
을 아득히 모를 젹 엇지 ᄎᆞ싱의 맛ᄂ기를 긔약ᄒ리오 더옥 골육을 ᄭ쳐 그 어엿부믈
보며 셔랑의 오ᄂᆫ ᄯᅥ를 당ᄒ면 촌심이 여촌여삭ᄒ니 실노 강잉키 어려온지라 ᄎᆞ셰
간의 오ᄋ를 반기지 못ᄒ즉 명목

**61면**

지한이 되리러니 금일 모녜 산 ᄂᆺᄎ로 반기니 금셕슈ᄉ나 무한이로다 언파의 누슈
만면ᄒ고 긔운이 엄억ᄒ니 졔 ᄌᆞ뷔 지슴 호언으로 관위ᄒ믈 쳥ᄒ고 의녈이 ᄌᆞ부인의
이ᄀᆺ치 과상ᄒ시믈 쵸민ᄒ여 불효를 일ᄏ라 옥누를 녕엄ᄒ고 날호여 이셩낙싀으로
위로 쥬왈 왕ᄉᄂ 니의라 싱각흔즉 심골이 경한ᄒ ᄂᆞ이과 슈연이ᄂᆞ 불힝 즁 쇼녜 무
ᄉ싱둔ᄒ여 도라오오니 ᄌᆞ금 이후의 평싱 영효

**62면**

ᄒ오리니 복원 ᄌᆞ위ᄂᆫ 물우셩녀ᄒ쇼셔 틱싀 ᄯᅩᄒ 뎡식 왈 녀ᄋ를 상니ᄒ여실 젹 ᄉ
싱둔망을 미분ᄒ여도 오히려 지우금일ᄀᆞ지 견딕엿ᄂ니 이졔 녀이 완연이 싱둔ᄒ여
도라와시니 무어시 슬푸리오 심ᄉ를 안뎡ᄒ여 격년상니ᄒ엿든 녀ᄋ로 더브러 니회
나 펴미 엇더ᄒ시뇨 틱부인이 ᄯᅩ 방울 ᄀᆺᄒᆫ 눈의 누슈 어즈러이 써러져 낭슈를 홋ᄲᅢ
리며 청슌을 비뎍여 울며 셩음이 경녈ᄒ니 고산심협

**63면**

의 승냥이 웅어리는 듯흔 쇼리로 지져괴며 의열의 손을 줍고 왈 하늘이 놉하도 복경지니 이딘도록 명명홀 쥴 엇지 알니오 지형 남미 되지 못홀 흉계로 너의 일싱을 싱각흐다가 천지 귀신이 흉인을 돕지 아녀 지형 흉인이 놈을 만인깅참의 너흐려 흐다가 졔 일미롤 죽이고 궁모곡계 아니 밋춘 딘 업셔 굿흐여 악역의 동참흐여 시슈 분시흐고 문호롤 망히오니 엇지 하늘이 슬피

**64면**

미 쇼쇼치 아니리오 더옥 손녀의 긔화이질이 흉인의 히롤 바다 이역텬이의 스싱을 아지 못흐니 네 부모의 상심비도흐믈 볼 젹마다 노뫼 무안흠과 너의 긔질을 앗기는 탄이 스라셔 너롤 맛느지 못하고 죽은즉 눈을 감지 못홀 분 아니라 하 면목으로 션군긔 뵈리오 싱젼의 셜문의 득죄흔 녀지요 스후 놋 드러 고토숑빅의 귀거홀 넘이 업스니 스싱 냥지의 득죄흔 계집이 될가 흐더니

**65면**

금일이 하일이완딘 이네 무스싱돈흐여 빗닌 도라오니 즈금 이후로 노뫼 침식이 편흐리니 ♀녀의 달슈영복이 무흠흐믈 바라노라 의녈이 좌시우면의 돈당 부모와 졔형졔질의 반기믈 보미 즈기 만일 변난 즁 죽어 도라오지 못흐던들 불효롤 니긔여 쓸 곳이 업슬 쥴 혜♀려 감회흐믈 마지 아냐 옥셩화어로 왕모와 부모롤 히유흐더라 쌍♀의 뉴뫼 냥♀롤 안하 노흐니 모친 업슨 셕보다 귀

**66면**

흐미 더옥 십 빈느 흐더라 이러구러 셜부 일가 남녀노쇄 다 니르러 반기고 슈작이 지리흐여 산난흐미 동일 잔치흐여 즐기고 일가 노쇄 도라갈 쥴을 니져 연유습일흐여 즐기니 희희낙낙 웃는 쇼리 귀 솔고 닙이 알히도록 셜화흐더라 화잉 등과 미환관 등이 셜공 부부긔 비례문안흐니 좌즁이 녀♀와 동고흔 비지라 감히 쳔딘치 못하고 스례 분분흐니 졔 시녜 황공무지흐더라 이러구러 의열이

**67면**

귀령ᄒ연 지 ᄉ오 일이 지ᄂ니 틴ᄉ 부뷔 녀ᄋ의 옛 침쇼를 슈리ᄒ고 임상셔를 쳥ᄒ여 ᄉ로이 싱관을 여러 금슬동고의 관관ᄒᄆᄅ 두굿기더라 의열이 본가의 유ᄒ 지 일삭의 구가로 도라오고 ᄯᄯ 셜부의셔 귀령을 쳥ᄒ면 ᄌ됴 가더라 일일은 셜공이 상부의 니르러 녀ᄋ를 반기고 눈물 ᄂ믈 ᄭᆡᆺ지 못ᄒ여 희허 탄왈 녀ᄋ이 비록 어엿부나 츌가외인이라 안젼긔해 못 되니 ᄂ의 ᄌ부ᄂ ᄉ랏ᄂᄀᆞ 아심이

**68면**

쵸민ᄒ여 병이 ᄂ리로다 만일 ᄉ라실진딕 눈을 부릅ᄯ고 ᄉ랏다 볼 거시요 죽어실진딕 ᄂ 곳 죽어 지하의 가셔나 반길가 ᄒ노라 ᄒ고 슬푼 탄식이 부졀ᄒ니 쵸왕의 곤계 희량은 희롱으로 속이나 뎌 것튼 구부를 엇지 오릭 ᄎ롤 틱오리오 왕이 아ᄌ를 명ᄒ여 돈당의 고ᄒ고 쇼져를 나오게 ᄒ라 ᄒ니 이윽ᄒ여 김쇼졔 상셔를 ᄯ라 셜의열 침쇼의 니르러 셜공긔 뎔ᄒ고 긔망ᄒᄆᆞ 거거의 희롱이믈 일ᄏ라

**69면**

ᄉ죄ᄒ니 셜공이 무망불의 쥼 몽미의 일ᄏ든 쳔금 ᄋ부를 보니 어린 드시 이윽이 바라보다가 눈물을 무슈이 흘니고 쇼져의 옥슈를 줍고 늣겨 울어 왈 이거시 ᄭᆷ이냐 ᄂᆡ 죽어 너를 보미냐 곡졀을 모로리로다 북휘 셜공의 ᄌ투 ᄉ랑이 이 ᄀᆞᆺᄒᄆᆞᆯ 보미 ᄌ긔 밋지 못ᄒᆯ지라 크게 감동ᄒ여 ᄌ긔도 셜공을 한ᄒ든 닐을 도로혀 참괴ᄒ여 장탄식ᄒ고 드딕여 녀이 싱돈ᄒ여 쳥운산 ᄌ허진군의 신긔이슐로 다려

**70면**

ᄃ가 도관의 누셰를 은복ᄒ여 쳥낭의 슛쳐진 묘방을 ᄀᆞ져 셔랑의 살 마즌 상쳐를 곳치며 ᄉ질을 회쇼케 ᄒ여 쳥명 부운시 녀이런쥴 ᄌ시 니르며 의열노 더브러 지봉ᄒ여 ᄒᆞ가지로 공을 일워 도라온 뎐후 ᄉ연을 ᄌ쵸 일통ᄒ고 우왈 녀ᄋ의 ᄉ싱을 엇지 감히 형을 은휘ᄒ리오마는 계질과 졔이 영윤의 호승을 뮈이 넉여 녀ᄋ의 싱돈을 니르지 아니ᄒ니 쇼졔 역시 ᄌ의의 구구ᄒᄆᆞᆯ 인ᄒ여 ᄋ쇼

**71면**

비의 ᄀᄀ온 고로 ᄯ오ᄒᆫ 긔이미 녀이 심이 불안ᄒᆞ여 ᄒᆞᆫ 심우를 삼으니 금일 현형을 맛ᄂᆞ미 ᄂᆞ와 뵈오게 ᄒᆞ미니 형도 우리 틈의 ᄭᅵ여 일절 싱돈ᄒᆞᆷ믈 발치 말고 회량의 거동을 구경ᄒᆞ미 엇더ᄒᆞ뇨 셜공이 던두ᄉᆞ를 쾌히 히셕ᄒᆞ미 언언이 긔특ᄒᆞᆫ지라 광미의 희긔 가득ᄒᆞ니 도로혀 어린 둣ᄒᆞ다가 닐오디 ᄋᆞ부의 힝ᄉᆞᄂᆞᆫ 일마다 긔특ᄒᆞ되 심의라 군후의 용심은 극히 게엄졋고 ᄉᆞ오납도다 셜ᄉᆞ 돈

**72면**

ᄋᆞᄂᆞᆫ 긔인들 날됴ᄎ 쇽이미 비인졍이 아니랴 이졔야 ᄂᆞ의 현뷔 무ᄉᆞ이 싱환ᄒᆞ엿고 져희 쳥츈이 머럿시니 회량은 쇽일 듸로 ᄒᆞ라 ᄂᆡ 알은 냥 아니리라 드듸여 쇼져의 옥슈를 잡고 운환을 ᄡᅳ다듬ᄋᆞ 가부의 위질을 신긔이 곳치믈 일ᄏᆞ라 표장ᄒᆞ고 무이ᄒᆞᆷ믈 강보영ᄋᆞ ᄀᆞᆺ치 ᄒᆞ니 쇼졔 불승황공 감은ᄒᆞ고 쵸왕과 북휘 감탄ᄒᆞ더라 슈작이 이윽ᄒᆞᆫ미 상셰 옥면봉안의 우음이 가득ᄒᆞ여 쥬왈 의쳠의

**73면**

던후 힝시 실노 뮈온지라 짐즛 딕밧고ᄌᆞ ᄒᆞ옵ᄂᆞ니 악장이 능히 됴ᄎᆞ시리잇가 틱시 회회이 웃고 뎜두 왈 네 임의로 ᄒᆞ라 상셰 ᄯᅩ 고왈 ᄒᆞᆫ 일이 잇습ᄂᆞ니 회왕이 쵸의 뎡궁의 남녀 간 ᄌᆞ식이 업ᄂᆞᆫ 고로 요리의 쇽이믈 닙어 왕비 혼암ᄒᆞᆫ 연고로 옥경 음인을 냥녀ᄒᆞ여 의쳠의 실즁의 도라보닐 젹 그 됴춘 시비 즁 일 녀지 동ᄉᆞᄒᆞ니 원ᄂᆡ 긔녀ᄂᆞᆫ 회왕 궁녜 아니라 회왕이 ᄒᆞᆫ낫 궁비를 유졍ᄒᆞ

**74면**

여 긔녀를 ᄂᆞᄒᆞ니 왕비 알고 투긔ᄒᆞ여 긔모를 즁히 쳐 ᄂᆡ치고 긔녀ᄂᆞᆫ 옥경을 쥬어보ᄂᆡ니 의쳠이 믄득 긔녀를 유졍ᄒᆞ엿ᄂᆞᆫ지라 옥경이 투긔ᄒᆞ여 ᄀᆞ마니 긔녀를 죽이려 ᄒᆞ더니 기야의 ᄌᆞ허관 진인이 신슐신힝으로 동미와 긔녀와 홍도 츈잉 영ᄋᆞ 등 오녀를 다 드려ᄀᆞᆺ더니 이졔 ᄯᅩ 혼가지로 도라왓ᄂᆞᆫ지라 긔녜 비록 명회 쳔ᄒᆞᄂᆞ 노류창녀의 뉴도 아니오 이야 진짓 회왕녜라 의예 가히 바

**75면**

리지 못홀 거시요 또 실인과 동미의 던어로됴츠 듯스오니 기녜 또훈 지용이 **효셰호**고 성힝이 냥션타 호오니 악뷔 또훈 고집지 마르시고 의쳠의 빈실지명을 허호쇼셔 셜공이 쳥파의 빈미불낙호니 하회 엇지된고 분셕호라

## 임시삼디록 권지이십칠

**1면**

초셜 셜공이 쳥파의 빈미불낙호여 유유 침음이여늘 효왕이 관회 왈 효부도 일쳐일쳡이 잇다 호니 회량의 풍뉴협골노 엇지 훈 질녀로 더브러 규방의 젹막히 늘그리오 즈연 팔좌의 조츤 바 쳐쳡이 졀노 모히느니 능히 인녁의 밋츠랴 현형은 일어의 쾌허호고 지예치 말나 틱시 빈미 탄왈 ♀부로 호여곰 고이훈 긔변화고를 격게 호믄 다 가♀의 호방훈 빌

**2면**

미라 이졔 요힝 현뷔 구스일싱호여 도라왓시니 엇지 다시 덕인을 일위여 그 심스룰 어즈러이리오마는 스셰 고이호미 이 ♀ 호니 증의파의라 부득이 회왕지녀로 돈♀의 빈실지명을 허호려니와 이런 일이 다 불효 가아의 호싴방탕호여 녀싴을 지닉보지 아닌 연괴라 근본을 싱각호미 싀로이 통히토다 졔인이 히위 왈 이 또 왕싀라 졔긔치 말나 호더라 이윽고 호쥬미찬을 느와 빈쥐 통음홀싀 셜공이 만싀 여의호니 슌비

**3면**

룰 거훌녀 동일 환쇼호니 진취호믈 싀듯지 못호더라 의녈이 임쇼져로 더브러 돈당으로 가고 셜공이 딕취호여 붓들녀 거줌의 올나 본♀로 도라가니 졔즈졔손이 뫼셔 닉각의 드러가니 공이 과취호엿는지라 감히 혼졍치 못호여 졔즈로 취호여 혼졍 폐호믈 스뢰호라 호고 붓들녀 닉실의 드니 부인이 마즈 문왈 상공이 근닉의 쇠모지년의 밋츤 후는 일즉 진취호믈 보옵지 못호엿더니 금일 하쳐의 가 져틱도록 과

**4면**

취흐시니잇고 퇴시 쇼왈 복이 근늬의 녀부를 실산 이후로 슐을 과음치 아니믄 취즁
의 비회 겸발흐여 즈당 니우와 부인의 근심을 끼칠가 스스로 됴심흐미러니 이졔 녀
ᄋᆡ 반셕ᄀᆞᆺ치 싱됸흐니 무슴 근심이 잇시리오 ᄎᆞ고로 셕상의 쵸궁의 가 녀ᄋᆞ를 보고
친옹으로 더브러 과음홀와 어파의 의견을 그로고 침상의 올나 취몽이 혼혼흐니 부인
이 다시 뭇지 못흐니라 화셜 쵸왕이 본ᄃᆡ 인현지덕이 관인ᄃᆡ도흐여 은왕 셩탕의

**5면**

덕이 쵸목금슈의 밋든 덕이 잇ᄂᆞᆫ지라 그으기 회왕의 셔녀 쌍연의 졍ᄉᆞ를 긍측흐여
무단이 회왕궁으로 도라보ᄂᆡ고즈 흐나 회왕비 투긔 과악다 흐니 쏘다시 용납지 아닐
가 우려흐여 일계를 싱각고 북후를 ᄃᆡ흐여 효장공쥬 닙궐 시 여ᄎᆞ여ᄎᆞ 퇴낭낭긔 엿
ᄌᆞ와 슈됴를 어더 회왕녀의 평싱을 졔도흐라 흐니 북휘 응낙흐고 이의 공쥬로 상의
흐니라 이러구러 시셰 즁하 단오일이 님흐니 다만 외됴

**6면**

밧 황친국독 부인늬와 졔왕 공쥬 다 입궐됴하흐ᄂᆞᆫ지라 퇴후 윤시는 인동황휘시니 금
상 싱뫼시고 인동텬지 효장공쥬 형남이라 윤퇴휘 각별 됴지를 나리오ᄉᆞ 효문 효장이
다 녀부를 거ᄂᆞ려 됴현흐라 흐시니 쥬비와 효장공쥬 위의를 출혀 셜의녈과 쇼셩 냥
쇼져로 더브러 입궐됴현흐니 퇴휘 쥬비와 효장을 보시고 크게 반기ᄉᆞ 별회를 니르시
며 셜쇼셩 삼 인의 화ᄌᆞ옥질을 쳐음으로 보

**7면**

시미 그 용광지예 셰ᄃᆡ의 희한홀 분 아니라 셜시의 만퇴억치는 텬지의 별긔요 건곤
의 일졍이니 인간믈화로ᄂᆞᆫ 비치 못홀 거시니 다만 그 고모 쥬슉녈과 효장공쥬 거의
ᄃᆡ두홀 비로ᄃᆡ 냥인이 임의 쇼년 홍옥이 지ᄂᆞ시니 엇지 셜시의 바야흐로 쳥츈화미의
비흐리오 버거는 쇼셩 냥 쇼졔 혼굴ᄀᆞᆺ치 졀셰흔 용안과 풍염흔 미질이 계궁의 쇼월
이요 션원의 ᄋᆞ퇴라 낭낭이 관시일견의 만구칭희흐

## 8면

시고 뉵궁 분되와 삼쳔 치녜 만심갈치ᄒᆞ여 칭셩이 요요ᄒᆞ더라 낭낭이 모든 국쳑 졔 부인과 공쥬 등의 좌를 ᄎᆞ례로 명ᄒᆞ시고 쥬슉녈 삼 고식과 효쟝공쥬 고식 냥인을 각 별 슈돈을 ᄀᆞᆺᄀᆞ이 빌니시고 옥음이 온유ᄒᆞᄉ 쥬슉녈과 셜쇼 냥 쇼져 인되ᄒᆞ시미 효 쟝공쥬 고식의 감치 아니시더라 원ᄂᆡ 공쥐 슈일 젼 글월노뻐 미양젼의 올녀 회왕녀 쌍연의 ᄉᆞ젹을 일일히 계달ᄒᆞ엿고 ᄯᅩ 쌍연을 다려 입궐ᄒᆞ

## 9면

엿시며 회왕비 ᄯᅩᄒᆞᆫ 뫼셔잇고 쌍연이 궁인의 무리의 셧겨 효쟝공쥬 겻히 뫼셔 수후 ᄒᆞ거늘 퇴휘 보시니 쌍연의 운빙화안이 졀셰ᄒᆞ며 허풍진 풍치 완ᄉᆞᄒᆞ던 셔시와 슈졍 반의 오르던 빅연의 경신지용이 ᄀᆞ죽ᄒᆞᆫ지라 퇴휘 짐쟉ᄒᆞ시고 문왈 ᄎᆞ이 하인고 공쥐 ᄃᆡ왈 신이 모월 모일의 이 ᄋᆞ히를 엇ᄉᆞ오니 샹궁 노시 졔 친쳑이 지시ᄒᆞ여 궁즁의 드 려지라 ᄒᆞ다 ᄒᆞ읍고 다려왓ᄉᆞᆸ거늘 보오니 지

## 10면

용이 관뎔ᄒᆞᆫ 고로 근본을 뭇ᄉᆞ온즉 샹한쳔츌이 아니라 회왕 모의 셔녜라 회왕이 쵸 의 궁인 화쥐아를 유졍ᄒᆞ여 ᄎᆞ녀를 나ᄒᆞ니 취이 왕비의 투긔를 두려 ᄌᆞ식을 금쵸와 기르더니 연미 십셰의 밋ᄎᆞ미 바야ᄒᆞ로 회왕긔 고ᄒᆞ니 왕이 비긔 남녀 간 ᄉᆞ속이 업 ᄂᆞᆫ 고로 ᄎᆞ녜 비록 쳔산이나 지용이 교미ᄒᆞᆷ믈 ᄉᆞ랑ᄒᆞ여 왕비로 샹의ᄒᆞᆫ즉 비 노ᄒᆞ여 화녀를 머니 닉치고 쌍연을 아ᄉᆞ 궁비뉴의 두엇더니 드듸여 옥경

## 11면

찰녀를 엇지 냥녀ᄒᆞ고 ᄎᆞ녀를 두어더니 ᄎᆞ녜 옥경을 됴ᄎᆞ 셜가의 ᄀᆞᆺ다가 회량의 ᄂᆞ 뷔 줍는 그물의 걸닌 빅 되오니 옥경 요녜 ᄀᆞ마니 암살ᄒᆞ려 ᄒᆞᄂᆞᆫ 고로 도망ᄒᆞ여 인가 의 걸식ᄒᆞ다가 노녀의 치쳑을 맛나 신의 궁즁의 드러오미러이다 퇴휘 쳥파의 ᄎᆞ악경 히 왈 투긔는 칠거의 경계라 딤이 일즉 드르니 회왕은 더진 황친이요 왕비는 낭슌ᄒᆞᆫ 부인이라 ᄒᆞ더니 엇지 가졔의 히연ᄒᆞᄆᆡ 여ᄎᆞᄒᆞᄂᆞᆫ도다 도라 회왕비

**12면**

다려 연고를 무르신디 회왕비 본디 흉악한 인물이 아니라 다만 일기 투한 녀지니 그 가장된 지 제기 수름이면 엇지 제어치 못호엿시리오마는 회왕은 즁무쇼쥬호고 인약호기 틱심한 고로 비를 능히 제어치 못호미러라 처음은 옥경의 본말을 아지 못호고 다만 그 교언녕식을 이모호여 칭지위녀호고 구추히 수혼 은명을 청호여 셜싱으로 혼인호엿더니 홀연 죽으니 쵸신을 요녀만 넉여 장호

**13면**

고 셜가의 무신호믈 한호여 셰월이 갈수록 슬허호더니 천만 몽상지외의 옥경 찰녜 본디 한됴지녀로 악역의 걸녀 던젼 악시 발각호여 니쳬슈독호미 회왕이 텬즈의 칙교를 듯줍고 도라와 얼쓴 마음의 과도이 뉘웃고 붓그려 비의 타슬 삼으니 비 또한 옥션 옥경의 되음 되간 되독이 주고급금의 희한한 음녀발번 줄 드르며 보미 비록 투긔교협호미 병통이나 일념이 청한호믄 잠간 부녀의 힝

**14면**

실이 잇는지라 이런 더러온 음누쳔힝을 드르미 골경심한호여 스스로 타비즐미호믈 마지 아니며 괴참호여라 호여 힝혀 황상긔 죄를 밧즈올가 근심호고 또 연의 거취를 아지 못호니 요인이 엇지호여 죽이민가 일분 잔잉홈도 업지 아니터니 금일 의외 효장공쥐 쌍연을 다려 니르러 틱휘 보시고 성언이 이의 밋츳시믈 드르니 황공호여 봉관을 슉이고 면식이 여토호니 냥구의 계오 복지 쥬왈

**15면**

신쳡이 과연 일시 셰속 투졍을 면치 못호와 죄를 명교의 죄를 어더습는지라 당쵸지시 뉘웃츠나 홀일업습고 쌍연의 돈망을 몰나 졍히 우려호옵더니 이졔 요힝 맛느수오니 다려다가 바야흐로 텬셩 주익를 완젼호오며 화취으로 츳즈 가부의 빈어를 삼아 두 번 그르미 업스리이다 언쥬파의 참식이 만안호고 말슴이 슌박호여 진졍의 눗타느니 틱휘 일변 깃거호시나 또한 진뎡의 눗타느니 틱휘 일변

**16면**

깃거ᄒ시나 ᄯ오ᄒ 진뎡의[1] 놋타ᄂᄂ나 유예ᄒ시니 효장공쥬 회왕비 일어의 기심슈덕ᄒ미 여ᄎᄒ고 그 말이 가식지언이 아니라 진졍이믈 듸회ᄒᆞ여 이의 좌를 써나 낭낭긔 고왈 ᄌ고로 회과칙션은 셩문의 경계라 진비의 기과ᄒᄂ 덕이 여ᄎᄒ오니 이 ᄯ오ᄒ 우리 만셰셩덕이 협화만방ᄒ미로쇼이다 도라 왕비를 향ᄒᆞ여 칭지 왈 션지라 현비의 근신슈덕이 여ᄎᄒ니 고어의 왈 ᄉᆞ룸이 처음 그르나 ᄂᄃ동 뉘웃쳐 션도의

**17면**

도라가면 처음 어진 니의셔 놋다 ᄒ오니 이ᄂ 다 화녀 모녀의 복일 ᄲᆞᆫ 아니라 실노 국귀 흥셩지본이니 반ᄃᄉ시 명응이 향응ᄒ리로쇼이다 언파의 공쥬의 말ᄉᆞᆷ을 니어 만좌 졔인이 다 고두만셰ᄒᆞ여 셩모의 교화를 일ᄏ고 단비를 위ᄌᆞᄒ니 진비 ᄯ오ᄒ 우퓌ᄒ 셩졍의 깃거ᄒ더라 낭낭이 이의 쌍연을 부르ᄉ 진틱기 뵈라 ᄒ시고 화긔를 권ᄒᆞ시니 진비 다만 셩은을 ᄉᆞᄉᆞᄒ고 쌍연을 집슈뉴쳬 왈 너 진실노 혼암ᄒ무로

**18면**

하마 널노 ᄒᆞ여곰 비원함ᄉᆞ케 ᄒ니 엇지 놀납지 아니리오 이졔야 비로쇼 기과ᄒᆞ여 후회를 니긔지 못ᄒ더니 금일 낭낭 은틱을 닙ᄉᆞ오니 엇지 영ᄒᆡᆼ치 아니리오 금일노붓터 너를 다려다 여모롤 ᄎᆞ져 뎡을 펴게 ᄒ리라 쌍연이 쳥푸의 감은황공ᄒᆞ여 수루 고두ᄉᆞ례 왈 낭낭이 쳔녀의게 이 ᄀᆞᆺᄒ 혜틱을 드리오시니 ᄎᆞᄂ ᄉᆞ골이 부육지은이라 어미와 쳔녜 엇지 셩덕을 간폐의 삭이지 아니리잇고 ᄒ더라

**19면**

틱휘 ᄯ오ᄒ 쌍연의 직용이 쵸츌ᄒᆞᄆᆞᆯ 긔특이 넉이ᄉ 긔진이보를 상ᄉᆞᄒ시고 진비를 ᄯ오 옥익을 상ᄉᆞᄒᄉᆞ 회과ᄒᄂ 덕을 칭숑ᄒ시니 단비와 연이 돈슈ᄉᆞ은ᄒ고 효장공쥬 ᄯ오ᄒ 깃거 복쥬 왈 쌍연이 비록 어미 쳔ᄒ오나 회왕의 셔녜니 왕픠지엽이라 금지옥엽은 어미 쳔타 ᄒ고 국법을 손ᄒᄆᆞ 업ᄉᆞ오니 가히 셩상긔 알외여 별단 은명을 쳥ᄒ시고 ᄯ오 의예 가히 타문은 가지 못ᄒ오리니 셜희량의게 인연을 셩젼케 ᄒ

---

1)   중복 필사됨.

**20면**

쇼셔 틱휘 졈두 왈 어미의 쇼쳥을 짐이 엇지 둣지 아니리오마는 셜연챵 부지 셩지를 슈이 응치 아닐가 ᄒ나이다 공쥬 우쥬 왈 이졔 황명이 회왕녀를 가져 시로이 스혼ᄒ시면 셜가 부지 녁명ᄒ미 괴이치 아니ᄒ거니와 기간 스셰 여ᄎ여ᄎᄒ오믄 임의 낭낭이 아라계시니 셜가 부지 셜스 불안ᄒ나 마지 못ᄒ여 응됴ᄒ리이다 낭낭이 졈두윤허 ᄒ시더라 이러구러 놀이 느즈니 팔진경쟝을 누와 군신이 동일 진환ᄒ고

**21면**

셕양의 모든 황친 부인니와 공쥬 하직틱됴홀시 쌍연이 효쟝공쥬 면젼의 스비고두ᄒ고 빅비 스례ᄒ여 하직ᄒ고 회왕비를 뫼셔 쇼교를 타고 회왕궁으로 도라가니라 직셜 효쟝공쥬 빅스 쥬비와 ᄌ질부 등을 거ᄂ려 부즁의 도라오니 날이 발셔 더무럿더라 흔가지로 됸당의 혼졍ᄒ니 모다 궐즁 스어와 쌍연의 슈말을 뭇고 지극ᄒ 셩심의 그 쳔눈이 완젼ᄒ믈 위ᄒ여 깃거ᄒ더라 어시의 회왕비 쌍연을

**22면**

ᄃ리고 도라와 왕을 ᄃ ᄒ여 궐즁스를 ᄂ ᄌᄎ 젼ᄒ고 탄식 왈 당일의 쳡이 혼암싁투ᄒ여 진실노 죄를 칠거의 어덧ᄂ지라 이졔 스스로 혜ᄋ리미 엇지 참괴치 아니리오마는 힝혀 ᄃ왕의 관인후덕으로 폐츌ᄒ는 화를 면ᄒ고 불민ᄒ 쳡신으로 휘즉의 부귀를 누리게 ᄒ시니 엇지 감격지 아니리오 이졔 쌍연을 ᄎᄌ 도라왓시니 바야흐로 텬눈을 완젼ᄒ고 화녀를 ᄎᄌ ᄃ왕의 빈위를 쥬어 부귀를 흔가지로

**23면**

ᄒ고즈 ᄒᄂ이다 왕이 쳥필의 크게 깃거 비의 셩덕을 만만 칭스ᄒ고 이의 화취를 ᄎᄌ 다려오니 화녜 쳐음의 왕비의 박츌ᄒ믈 닙어 졔 오라븨 집의 가 잇더니 이의 도라오니 비 흔연이 셕스를 일ᄏ고 왕을 권ᄒ여 화시로 셔궁 슉회를 봉ᄒ고 틱휘 ᄯ 황상을 권ᄒ여 쌍연의 본말쇼유를 일너 계신지라 상이 ᄯ 쌍연을 군쥬 위호를 쥬시고 명 왈 진션군쥬라 ᄒ시니 회왕 부부와 화슉회 ᄃ열ᄒ더라 왕비 즉시

유오 보모를 뎡ㅎ고 십여 쌍 시녀를 쌘 진션을 슈후케 ㅎ고 놉흔 당의 거쳐ㅎ게 ㅎ니 진션이 너모 과ㅎ믈 쎠려 놉흔 당을 ㅅ양ㅎ고 ㄴ즌 쳐소의 머물고 좌우의 두어 쌍 시비를 두고 ㅅ치흔 거슬 믈니치고 동쵹흔 효셩이 극진ㅎ니 회왕 부뷔 크게 ㅅ랑ㅎ고 궁즁 상히 칭찬ㅎ는 쇼린 먼니 들니더라 명일의 상이 셜병부 부ㅈ를 명초ㅎㅅ 골오ㅅ디 딤이 일즉 드르니 경이 금현이 단흔 지 오릭다 ㅎ니 아직 임녀의 ㅅ싱톤망

을 아지 못ㅎ니 경븨 혹즈 고집ㅎ여 타문의 취쳐치 못ㅎㄴ 흔ㅊ 빈실을 어더 환부의 뎍막흔 심ㅅ를 위로치 말나 ㅎ리오 더옥 회왕의 셔녀는 경의 고인이라 쵸의 딘짓 회왕녀 여ㅊ여ㅊㅎ여 옥경 유녀를 동ㅅㅎ여 경가의 드러가 경으로 임의 인연을 일우미 옥경이 모살코즈 ㅎ거늘 피신ㅎ엿다 도라오미 회왕비 젼과를 씨드라 텬늄이 완젼ㅎ엿는지라 ㅊ녀의 근본이 여ㅊ여ㅊㅎ여 회왕의 빈희 화녀의 쇼싱이라 비

록 안히로 취치 못ㅎ나 의예 타문의 가지 못ㅎ리니 경은 딤의 다스ㅎ믈 웃지 말고 쇨니 거두어 일부 함원이 오월 비상이 되게 말나 ㅎ시고 ㅆ 셜틱ㅅ으게 옥음을 ㄴ리오ㅅ 회왕녀의 ㅈ쵸본말을 히비히 니르시며 ㅈ쵸의 결연ㅎ믈 니르ㅅ 바리지 말ㄴ ㅎ시니 셜공이 감히 츄ㅅ치 못ㅎ고 ㅇ즈의 호방ㅎ던 쥴 식로이 통한ㅎ여 긔식이 쎅쎅ㅎ니 병븨 금일이야 바야흐로 쌍연의 싱톤ㅎ믈 알고 일변 긔특이 넉이나

야야 긔식을 두리며 임쇼져 춧기 젼의는 신싱의 어리믈 효측홀 뜻이 잇는지라 쌍연의 ㅅ라시믈 깃거홀지연뎡 복합ㅎ라 ㅎ시믄 비쇼원이여늘 야야의 엄식을 보오미 더옥 황공ㅎ여 고두복지 쥬왈 쇼신이 방탕ㅎ와 화월을 지ㅋ보지 아닌 고로 우연이 회왕녀를 유졍ㅎ미 잇ㅅ오나 져의 근본이야 엇지 아랏ㅅ리잇가마는 신이 아직 닉상이 뷔여ㅅ거늘 몬져 빈위를 드려 가법을 난ㅎ오리가 슈슘 년을

**28면**

등디호여 됴강 고인이 요힝 심환호여 가스룰 뎡호온 후 거두미 늦지 아닐가 호나이
다 틴시 믄득 뎡식 쥬왈 임의 형셰 바리지 못홀 비니 아모 졔라도 거두어 취홀 거시
니 엇지 두 번 의논이 잇스리잇고 삼가 상교룰 쥰봉호와 회왕녀룰 거두어 셩디 치화
의 하상지원이 잇게 아니리이다 상이 졈두호시니 병뷔 일언을 못호고 퇴됴호다 셜공
부지 부즁의 도라와 뇌각의 드러가니 스식이 즈못 불평혼지라 부

**29면**

인이 의으호여 느즉이 문왈 상공이 엇지 신식이 불예호시니잇가 틴시 드듸여 연즁스
룰 뎐호고 왈 티기 츠녀의 인품은 냥션타 호거니와 동닉 불관호니 이는 다 져희 호식
방탕훈 연괴라 싱각홀스록 엇지 통한치 아니리오 부인이 경왈 의예 가히 바리든 못
호려니와 진실노 유순홀 쥴을 엇지 알니잇고 공이 침음묵연이러니 이러구러 늘이 뎌
무니 셕상을 물니미 좌위 고요호거늘 부인을 딕호여 가마니

**30면**

임쇼져 심환훈 말을 니르고 여츠여츠호무로 으즈룰 속이려 호믈 니르니 부인이 딕희
딕열호여 하늘긔 스례호며 즉시 보지 못호믈 한호고 녀으됴츠 긔이믈 이달느 호더라
어시의 회왕궁의셔 황명을 엇고 즉시 틱일호여 셜부의 보호니 셜공이 불열호나 마지
못호여 쇼연을 빅셜호여 일가독친을 모호고 일승 죽교룰 보닉여 다려오니 진션이 녈
위 졔좌의 츠례로 녜알홀시 몬져 의장이 간냑뎡결호여 덕쳡

**31면**

의 분과 위룰 극히 출혓고 구름 귀밋히 흔가지 옥츠룰 뎡히 눌너 쇼즈시며 연화룰 각
별 치례치 아니호고 방틱을 무가호여시니 삼츈의 웃는 꼿치요 거동이 유한호고 긔질
이 온슌호여 높히 슉녀라 니르지 못호나 쏘훈 간음교일호기의 버셔느니 가히 정졍이
인스쳐변은 거나릴 만훈지라 셜공 부뷔 불힝 즁 딕열호더라 이쩍 병뷔 됴당으로셔
곳 도라왓는지라 바로 뇌당의 니르니 틴시 명호여 진션의 녜룰 힝호라 호

**32면**

니 진션의 좌위 일시의 붓드러 병부긔 스빈녜알ᄒ니 병뷔 다만 장읍불비ᄒ고 좌의
ᄂᄋ가 ᄀ마니 눈을 드러 야야의 긔식을 슬피니 십분 화평혼지라 심하의 암희ᄒ더라
이 ᄂ 리 져물미 진션의 침쇼를 젼일 옥경의 침쇼 뎡ᄒ엿던 비셜각의 뎡ᄒ니 진션이
빗스ᄒ고 침쇼의 도라오니 ᄯ혼 물식을 상감ᄒ더라 추야의 야심토록 병뷔 슉쇼의 도
라갈 ᄯ 이 업거늘 졔형이 우어 왈 속담의 일너시되 츄쳐

**33면**

악쳡도 승공방이라 ᄒ니 ᄒ물며 금일 신부는 곳 현뎨의 고인이라 뎐일 구추히 풍뎡
을 것즙지 못ᄒ여 비셜당 즁의 음녀의 침상을 비러 구추혼 인연도 미주시니 금일은
졔 진짓 회왕녀로 비록 뉵녜 업스ᄂ 의법 도라와시니 엇지 금야의 가긔를 허숑ᄒ리
오 병뷔 번연이 깃거 아냐 광미를 씽긔여 왈 왕스를 싱각홀스록 한심ᄒ거늘 냥위 형
장이 엇지 아름답지 아닌 셕스를 들츄시ᄂ니잇가 쇼뎨 도금ᄒ여는 마음이 죽은 지

**34면**

ᄀ ᄒ니 녀식이 쑴 ᄀᄒ혼지라 셰 부득이 추인을 가즁의 일위여시나 실노 깃부지 아니
커늘 형장이 엇지 쇼뎨를 됴쇼ᄒ시ᄂ니잇고 당형 츄밀긔 병부의 말숨과 힝시 젼후
두 스룸 ᄀᄒ믈 깃거 흔연 쇼왈 아등의 아주지언은 형뎨간 일시 희담이여니와 고인
이 유운 왈 뉘 허물이 업스리오마는 곳치미 귀타 ᄒ니 현뎨의 긔과슈돌ᄒ미 여추ᄒ
니 이 엇지 문호의 경시 아니리오 슈연이나 셕상의 신인을 보니 놉히 슉녀

**35면**

현완을 밀위지 못ᄒ나 ᄯ혼 뇨됴혼 가인이라 군주의 의 잇실가 홀 비 아니나 혼 일홈
빈실지명은 빌니미 욕되지 아니ᄒ고 ᄯ 임의 거두어 가뉘의 머무르미 하상지원이 업
게 ᄒ미 올코 ᄯ 야야 긔식이 화평ᄒ시니 이쳬 엿미 셰스의 야야 경계를 기다릴 비
아닌가 ᄒ노라 병뷔 빅시 말숨을 듯스오니 진실노 스쳬 과연 명빅혼지라 심니의 혜
오디 늬 아직 심시 즐겁지 아니나 졔 신인이 아니오 슈 미쳔ᄒ나 회왕의 골육이며

### 36면

ᄂᆞ의 고인이라 ᄯᅩᄒᆞᆫ 긔고환난을 격거 도라왓시니 ᄒᆞᆫ번 보와 위로ᄒᆞ미 무방타 ᄒᆞ여 게얼니 이러ᄂᆞ 비셜각의 니르니 ᄉᆞ오 인 복쳡이 쥬인을 뫼셧다가 분분이 물너ᄂᆞ니 진션이 쳔연이 니러 마ᄌᆞ 좌의 ᄂᆞᄋᆞ가니 병뷔 안침의 비겨 오히려 뎌의 안지 아니믈 보고 놀호여 닐오ᄃᆡ 현경은 좌ᄒᆞ라 진션이 ᄉᆡ로이 슈괴ᄒᆞ여 홍슈ᄅᆞᆯ 뎡히 ᄒᆞ고 먼니 좌ᄒᆞ거ᄂᆞᆯ 병뷔 눈을 드러 그 교용묘질을 ᄉᆡ로이 어엿비 넉이나 도금ᄒᆞ여ᄂᆞᆫ 완연ᄒᆞᆫ 군ᄌᆡ

### 37면

ᄌᆡ라 투목찰시 냥구의 비로쇼 완완이 일오ᄃᆡ 당쵸의 우리 인연을 ᄆᆡᄌᆞ미 긔괴ᄒᆞ니 다시 도ᄎᆞ의 일ᄏᆞ르미 참괴ᄒᆞ거니와 왕ᄉᆞᄂᆞᆫ 니의라 다시 닐러 부졀업거니와 경이 능히 요인의 독슈ᄅᆞᆯ 면ᄒᆞ고 오ᄂᆞᆯ날이 잇ᄉᆞ니 ᄎᆞᄂᆞᆫ 진실노 명쳘보신ᄒᆞ미라 외 엇지 감동치 아니리오마ᄂᆞᆫ ᄂᆡ 아직 됴강 부인 거쳐돈문을 모로니 심ᄉᆡ ᄌᆞ못 울울ᄒᆞ여 타렴이 업ᄂᆞᆫ 고로 능히 구경을 니르지 못ᄒᆞᄂᆞ니 경이 ᄯᅩ 가히 녀힝을 알거든 고이히 넉이지 말

### 38면

고 고요히 머무러 힝실을 슈련ᄒᆞ여 오가의 기리 동신ᄒᆞ기ᄅᆞᆯ ᄉᆡᆼ각ᄒᆞ라 ᄂᆡ ᄯᅩ 맛당이 됴강 부인의 거쳐ᄅᆞᆯ ᄎᆞᄌᆞ 원위ᄅᆞᆯ 빗ᄂᆡ며 의가의 낙을 완젼이 ᄒᆞᆫ 후 ᄯᅩ 현경을 뎌바리지 아니리라 진션이 복슈공경ᄒᆞ여 드ᄅᆞᆯ ᄯᆞ름이오 말이 업ᄉᆞ니 강ᄉᆡ의 쳔연이 불근 빗치 침노ᄒᆞ여 슈ᄉᆡᆨ이 은영ᄒᆞ니 미인의 교염ᄒᆞᆫ ᄐᆡ되 촉하의 더옥 아름다온지라 병뷔 져 거동을 보니 ᄯᅩᄒᆞᆫ ᄋᆡ련ᄒᆞ여 강잉히 야심ᄒᆞ믈 일ᄏᆞ라 편

### 39면

히 쉬기ᄅᆞᆯ 니르고 ᄉᆞᄉᆞ로 의ᄃᆡᄅᆞᆯ 그르고 와상의 ᄂᆞᄋᆞ가 쾌히 취침ᄒᆞ니 연이 불안슈괴ᄒᆞ여 감히 ᄌᆞ지 못ᄒᆞ고 고요히 장 밋헤 단좌ᄒᆞ엿더니 이윽고 ᄃᆞᆰ이 울ᄆᆡ 병뷔 니러 보니 진션이 오히려 장 밋헤 의지ᄒᆞ여 됴용이 안ᄌᆞ시니 그 ᄌᆞ지 아녀시믈 알너라 병뷔 다시 알은 체 아니ᄒᆞ고 놀호여 의ᄃᆡᄅᆞᆯ 슈련ᄒᆞ여 밧그로 ᄂᆞ가니 진션이 바야흐로 의상을 그르고 침셕의 ᄂᆞᄋᆞ가 즘간 가ᄆᆡᄒᆞ고 명됴의 돈당의 문안ᄒᆞ고 인

## 40면

ᄒᆞ여 머물미 힝시 크게 온슌비약ᄒᆞ여 슈샹의 졍셩되고 당하 쳔비비의게도 힝시 온슌ᄒᆞ니 가즁 샹하의 예셩이 진동ᄒᆞ더라 일일은 임샹셰 니르러 닉당의 드러와 악부모긔 비현ᄒᆞ고 셜츄밀 곤계로 한담홀시 믄득 병부ᄅᆞᆯ 도라보와 웃고 틱ᄉᆞ긔 고왈 의쳠이 요ᄉᆞ이 요됴ᄒᆞᆫ 가인을 어더 신혼의 침닉다 ᄒᆞ오니 올흐니잇가 틱시 미쇼 왈 ᄎᆞ이 과연 이번이야 진짓 회왕녀ᄅᆞᆯ 어드니 ᄯᅩᄒᆞᆫ 슉녀라 블

## 41면

힝 즁 다힝ᄒᆞ여라 임샹셰 웃고 왈 의쳠이 쇼쇼 셔싱과 달나 작위 츈경의 니르고 의복 뎔셔와 딕긱지졀이 번다ᄒᆞ여 하로도 실즁이 뷔지 못홀 거시오 둉미의 둉뎍은 아득ᄒᆞ온지라 비록 번화ᄅᆞᆯ 즐겨 아니시나 남지 여러 번 취실타 관겨ᄒᆞ리잇가 맛당이 일위 슉녀ᄅᆞᆯ 쳔거코ᄌᆞ ᄒᆞ나이다 틱시 쇼이문왈 형셰 실노 언과 ᄀᆞᆺ흐니 오심이 역시 어느 곳의 슉녜 잇ᄉᆞ면 오ᄋᆞ로 ᄒᆞ여곰 몬져 취ᄒᆞ여 권도로 가도ᄅᆞᆯ 맛지고 현뷔

## 42면

싱환 싱환[2] ᄒᆞ시거든 ᄎᆞ례로 뎡ᄒᆞ미 올흘가 ᄒᆞ노라 필연 현셔의 쳔거ᄒᆞᄂᆞᆫ 빈 범연치 아니리니 혼긔 뉘 집이뇨 샹셰 딕왈 혼쳬 다른 곳이 아니라 쇼셔의 진외뙤 편 지동슉 관틱우의 필녀니 비록 뎔셰타 못ᄒᆞ나 ᄉᆞ덕규힝은 임강 마둥으로 병구ᄒᆞ고 금년이 이팔이라 도요쌍년이 늣기의 밋쳐시되 관민ᄂᆞᆫ 흐ᄂᆞ녀즁군지요 계츄영웅이라 당슉이 미양 이로ᄉᆞ딕 아녀ᄂᆞᆫ 투쳘ᄒᆞᆫ ᄉᆞ군지오 녀즁장뷔니 가ᄒᆞ

## 43면

용인쇽ᄌᆞᄂᆞᆫ 그 비위 아니라 ᄒᆞ더이다 ᄒᆞ니 이ᄂᆞᆫ 짐즛 셜싱을 쇽여 일시 희롱을 슘을 고로 관틱우다려 니 일을 니르고 혼ᄉᆞᄅᆞᆯ 쥰비ᄒᆞ미니 일장 가관이러라 셜공이 짐즛 깃거 쥬찬을 ᄂᆞ오니 샹셰 햐져ᄒᆞ고 도라와 돈당 부슉긔 뵈옵고 슈말을 알외니 졔인이 역쇼ᄒᆞ고 즉시 관틱우ᄅᆞᆯ 불너 이 쇼유ᄅᆞᆯ 니루고 길월 길일의 월혜쇼져ᄅᆞᆯ 관부로 보ᄂᆞ려 ᄒᆞ더라 관부의셔 틱일ᄒᆞ여 별노이 ᄉᆞ름을 보ᄂᆞ여 셜부의 보ᄒᆞ

---

2)  중복 필사됨.

**44면**

니 길긔 촉박ᄒ여 우명일이라 셜부의셔 혼구를 급히 다ᄉ려 길일의 연셕을 비셜ᄒ고 제빈이 취회홀ᄉᆡ 의열이 ᄯ한 귀령ᄒ고 임상셰 니르러 악부모긔 뵈고 믄득 고왈 관슉이 일오시되 닉 필녀를 셩인ᄒᄆᆡ 돈당이 신방쌍유ᄒᄆᆞᆯ 보고ᄌ ᄒ시고 의첩이 뎡실 원비의 녜를 아닐지니 셜공긔 알외고 삼 일 후 친영의 녜를 일우게 ᄒ라 ᄒ시더이다 틱ᄉᆡ 긔연쾌허 왈 그리ᄒ리이다 ᄒ라 ᄒ니 셜츄밀 부인이 그윽이 의아ᄒ

**45면**

여 의열을 되ᄒ여 신인의 현불을 무르니 의열이 임의 모든 의논을 드러왓ᄂᆞᆫ지라 어렴푸시 되왈 ᄌᆞ시 아든 못ᄒ되 신뷔 규힝녀도ᄂᆞᆫ 지극다 ᄒ되 외모ᄂᆞᆫ 불미흔가 시부더이다 홀 젹 츄밀의 쇼ᄌ 영이 ᄂᆞ히 뉵셰요 우인이 극히 총명발호ᄒ더니 슉모와 모친의 문답을 듯고 크게 놀나 밧비 ᄂᆞ오더니 즁당의셔 병부를 맛ᄂᆞ니 병뷔 쇼이 놀나ᄂᆞ 긔식으로 총망이 ᄂᆞ오ᄂᆞᆫ 양을 보고 고요이 불너 문왈 네 어듸를 뎌리 급히 가ᄂᆞᆫ

**46면**

다 영이 슉부의 무르믈 보고 믄득 ᄂᆞᆾ츨 불키고 니로되 쇼질이 눌을 보라 가리잇고 쇼질이 흔 놀나온 말을 듯고 슉부를 뵈오라 ᄂᆞ오더니이다 병뷔 경왈 하유시뇨 영이 드되여 모슉의 문답을 뎐ᄒ고 왈 식슉뫼 박식인가 시부니 임슉이 아니 게엄ᄉᆞ오ᄂᆞᆫᄋᆞᆫ잇가 병뷔 쳥파의 져 쇼ᄋᆞ의 말을 밋지 아니나 ᄯᆞ한 심즁의 의혹ᄒ여 말을 아니ᄒ더라 임의 늘이 ᄂᆞ즈믹 병뷔 길복을 졍히 ᄒ고 돈당 부모긔 하직ᄒ고 금안빅마의 위의

**47면**

를 거ᄂᆞ려 관부의 니르러 옥상의 홍안을 뎐ᄒ고 텬지긔 참ᄇᆡᄒ기를 맛ᄎᆞᄆᆡ 닉당의 드러갈ᄉᆡ 몬져 모든 쇼ᄋᆞ의 무리 분분이 슛두어려 신낭의 긔특흔 풍치를 기리며 신부의 곱지 아니믈 일ᄏ라 ᄎ탄ᄒᄂᆞᆫ 쇼ᄅᆡ를 아라드룰너라 병뷔 더옥 심하의 의심ᄒ더니 임의 청즁의 ᄂᆞᄋᆞ가 교ᄇᆡ셕의 님ᄒ니 향풍이 진울ᄒ며 옥결이 낭낭흔 ᄀᆞ온ᄃᆡ 두 즐 홍광이 신부를 ᄡᅥ 붓드러 ᄂᆞᄋᆞ오니 병뷔 임의 의심된

**48면**

빈 잇는 고로 밧비 거안시지ㅎ니 믄득 더옥 괴히홀 슌 신부의 ᄂᆞᆺ 우희 면스를 드리워 총총이 힝녜ㅎ고 ᄌᆞ하상을 난호미 ᄯᅩ 광슈를 놉히 드러 얼골을 ᄀᆞ리와 동시 신낭의 눈의 용모를 보지 못ㅎ니 병뷔 닉심의 혜오듸 신뷔 두두ᄂᆞ찰이미 힝혀 신혼 쵸일의 닉 놀ᄂᆞ 박멸홀가 두려 여ᄎᆞㅎ미니 긴 날의 ᄂᆞ의 눈을 엇지 ᄀᆞ리오리오 원빅은 무슴 혐의로 흉면괴상을 쳔거ㅎ고 ㅎ며 외당의 ᄂᆞ오니 만당

**49면**

빈긱이 널좌ㅎ여 신낭의 화긔 업ᄉᆞ믈 괴히 넉이고 임부 졔인은 실쇼ㅎᄆᆞᆯ 니긔지 못ㅎ여 쇼뷔 병부의 슌을 잡고 탄왈 네 아질 ᄀᆞᆺᄒᆞᆫ 슉녀를 박ᄃᆡㅎ여 부지ᄉᆞᆼㅎ고 금일 신취ㅎ니 관질이 비록 용뫼 곱지 못ㅎ나 츙능부인의 황발흑면은 아니리니 녀ᄌᆞ의 싀은 불관ᄒᆞᆫ지라 덕을 경즁ㅎ라 관ᄐᆡ위 몰나 둦는 쳬ㅎ고 문왈 현양ᄋᆞ 거 어인 말고 쇼뷔 왈 셕ᄌᆞ의 쵹한 시의 능즁 ᄰᆞ히 잇ᄂᆞᆫ ᄒᆞᆫ 사롬의 셩

**50면**

명이 황승언이라 일녀를 두니 황발흑면이라 능히 취가치 못ㅎ여 졔갈공명을 맛ᄂᆞ니 그 인진쥴 알고 닐오듸 ᄂᆞ의 녀지 황발흑면이니 군이 가히 안히 삼으려 ᄒᆞᆫ다 졔갈이 흔연 허락ㅎ고 취ㅎ미 금슬이 화명터라 ㅎ니 이는 곳 만셰의 미담이라 신뷔 아름답지 아닌 바로써 신낭의 눈을 ᄀᆞ리와 혼인ᄒᆞᆫ들 긴 날의 맛ᄎᆞᆷᄂᆡ 숨기지 못ㅎ리니 관형이 아니 황승언만 못ㅎ니잇가 관ᄐᆡ위 쳥

**51면**

파의 화긔 져삭ㅎ여 뎡식 왈 아녜 비록 의쳡의 셰ᄃᆡ 무격ᄒᆞᆫ 풍용광치ᄂᆞᆫ 밋지 못ㅎ나 ᄯᅩᄒᆞᆫ 황부인의 황발흑면은 아니오 밍광의 퍼진 허리ᄂᆞᆫ ᄋᆞ니라 현양은 엇지 실언ㅎᄂᆞ뇨 쇼뷔 흔연 왈 져긔 실언ㅎ미니 형장은 우졔의 직언을 그룻 넉이지 마르쇼셔 관공이 함노부답이여늘 관한님이 흔연이 고왈 임슉이 일시 실언ㅎ여 계시나 ᄃᆡ인이 엇지 이런 쇼쇼지ᄉᆞ의 화긔를 일흐시리잇고 병부

**52면**

룰 향호여 닐오디 아미 진실노 곱든 아니호거이와 신장체지는 극히 슈단의 알마즈니 밍덕요의 퍼진 허리와 다르고 흑발쇼면이니 쏘 황부인의 황발흑면은 아니로디 쇼미 유시의는 텬싱 특용이 쏘한 아름답더니 수 셰의 두역을 힘히 호여 양지 얽머흐러시나 거믄 머리와 흰 눗치 쏘한 박식이 아니오 겸호여 녀힝스덕이 임스 번월노 흡스호니 가히 의첨의 가시 창호고 타일 임미 싱환

**53면**

호나 쏘 반드시 황영의 셩스룰 효측호여 진회의 슈신지덕이 가족호리니 원간 녀즈의 용식이 팔즈의 유히호니라 병뷔 제인의 괴식과 문답을 드리니 어히업스나 강잉 쇼왈 무염이나 뎔염이나 공논도 아직은 급호니 밧비 일너 무엇호리오 쓰리쳐 디답호나 긔 식을 슬피니 안식이 참엄혼지라 제인이 미미함쇼호믈 마지 아니터라 병뷔 믄득 하직 고 도라가고즈 호거늘 관티위

**54면**

연망이 말뉴 왈 의첨이 위거지상이라 츌입이 예스 어린 신낭과 굿지 아니코 이제 임의 놀이 져므럿고 늬 쏘 임질노뻐 영툰 딕인긔 알외여 금야의 합친지녜룰 오가의셔 일우고즈 호엿느니 군이 이제 엇지 도라가리오 지삼 말뉴호믈 마지 아니호고 좌상 졔긱이 니어 말뉴호니 병뷔 마지 못호여 머무더라 추일 동일 진환호여 빈쥐 낙극진 취호고 셕양의 훗터지니라 임부 제인이 다 도

**55면**

라가되 홀노 틱부인이 머무니라 초야의 신방을 슈리호고 병부룰 인도호니 병뷔 신방의 느아가니 긔완즙물이 즈못 졍졔호더라 야심토록 신뷔 느오지 아니호고 졔싱이 이르러 한담호여 쥬비룰 거후르니 병뷔 심히 불안호나 마지 못호여 권호는 디로 먹으니 크게 디취호엿더니 フ장 야심호미 복쳡이 분분이 숫두어려 쇼져의 느오믈 젼호니 관싱 등이 니러느며 왈 의첨은 오가 입막지빈

**56면**

이라 모로미 평안이 헐슉ᄒᆞ라 일시의 훗터진 후 허다 ᄎᆞ환이 쇼져ᄅᆞᆯ 붓드러 셔벽 하의 등 도라 안치거ᄂᆞᆯ 병뷔 더옥 슈슈룹지 아니케 넉여 짐줏 듸췌흔 쳬ᄒᆞ고 각별 알은 쳬 아니ᄒᆞ고 원침의 쓰러져 광슈로 ᄂᆞᆺᄎᆞᆯ 덥고 시로이 고인의 셩ᄌᆞ광휘ᄅᆞᆯ 싱각ᄒᆞᄆᆡ 스스로 심원이 요요ᄒᆞ고 구장이 츈할ᄒᆞ여 ᄌᆞ긔 마츰ᄂᆡ 쳐궁이 묘복ᄒᆞ여 임쇼져 ᄀᆞ흔 ᄌᆞ미 쌍젼흔 슉녀ᄅᆞᆯ 난음찰녀로 ᄒᆞ여 보

**57면**

젼치 못ᄒᆞ고 ᄂᆞ동은 관시 ᄀᆞ흔 박싁을 맛나 골돌ᄒᆞ니 엇지 능히 줌이 오리오 동야 번뇌ᄒᆞ더니 계쵸명을 인ᄒᆞ여 번신ᄒᆞ여 니러 다시 신부ᄅᆞᆯ 알은 쳬 아니코 ᄉᆞ미ᄅᆞᆯ 썰쳐 외당의 ᄂᆞ와 졔싱ᄃᆞ려 왈 ᄂᆡ 작야의 과취ᄒᆞ고 줌을 그릇 ᄌᆞ 병이 ᄂᆞ시니 일즉 도라가노라 ᄒᆞ고 다시 졔인의 말을 기다리지 아니ᄒᆞ고 표연이 도라가니 졔인이 우읍기ᄅᆞᆯ 마지 아니ᄒᆞ더라 ᄂᆞᆯ이 붉으ᄆᆡ 졔싱이

**58면**

ᄂᆡ당의 드러가 병부의 긔싁과 동졍을 고ᄒᆞ니 관틔위 듸쇼 왈 진짓 ᄉᆞ회 이ᄀᆞᆺ치 셩ᄂᆡ면 졉ᄒᆞ려니와 일시 희롱이니 관겨ᄒᆞ랴 ᄒᆞ더라 병뷔 일즉 도라오니 임상셰 이의 머무럿더니 츄밀 곤계 놀나 일즉 온 연고ᄅᆞᆯ 뭇고 상셰 우어 왈 어와 놀납고ᄂᆞ 관ᄆᆡ 평싱 위인이 셰츳던듸 의쳠이 반ᄃᆞ시 신낭 쇼임을 잘못ᄒᆞ다가 신혼 쵸야의 ᄂᆡ쇼박마ᄌᆞ 하 졈즉ᄒᆞ여 일즉이 쏘치여 왓도다 병

**59면**

뷔 하 어히업고 심즁ᄂᆞ니 뎡싀 왈 ᄂᆡ 오고 시분즉 오고 가고 시부면 갈 거시니 뉘 나의 거취ᄅᆞᆯ 간예ᄒᆞ리오 상셰 양노 왈 ᄂᆡ 일시 희롱된 말이 잇시나 ᄂᆡ 본듸 의쳠의게 희롭지 아닌 말이여늘 엇지 셩ᄂᆡᄂᆞᆼ 연이ᄂᆞ 관ᄆᆡ 긔됴흔 뎔싀은 아니나 우리 눈의ᄂᆞ 가장 슈슈롭고 됴화 뵈던 거시니 의쳠의 고안의ᄂᆞ 하여오 병뷔 괴로오믈 니긔지 못ᄒᆞ나 강잉 쇼왈 셩닐 거시 무어시리 ᄂᆡ 근ᄂᆡ의ᄂᆞ 스스로 옛날

**60면**

호신이 바히 업서 녀식이 꿈 깃흔 즁 작일의 여츳여츳 과취ᄒ여 아모란 쥴 모르고 도라와시니 신인이 비연 셔시런동 무염ᄂ찰이런동 닉 엇지 알니요 셜파의 완완이 니러 안즈다가 드러가니 임상셰 웃기를 마지 아니ᄒ고 바야흐로 츄밀 곤계를 딕ᄒ여 딘졍 본말을 즈쵸일통으로 뎐ᄒ니 츄밀 곤계 놀나고 긔특ᄒ믈 니긔지 못ᄒ여 또흔 딕쇼ᄒ며 임상셔를 궤휼타 ᄒ더라 이러구러 삼 일이 지ᄂ니 관부의

**61면**

셔 다시 신낭을 쳥치 아니ᄒ고 병뷔 또흔 가지 아니ᄒ더라 이늘 셜부의셔 딕연을 긔장ᄒ고 틱시 부인다려 왈 임현뷔 구亽일싱ᄒ여 긔화변난 즁 긔특이 싱도ᄒ여 쳥심녈의로써 신긔묘방을 비화 쇼졀을 구이치 아니ᄒ고 딕의를 구지 줍ᄋ 규리금년이 만군 시셕 ᄀ온딕 드러와 ᄋ즈의 위질을 곳쳐 졀의 쌍젼ᄒ니 가히 범연흔 며ᄂ리와 ᄀ흐리오 금일 신인이 아니나 가히 빈긱

**62면**

을 녈회ᄒ여 경수를 표ᄒ시미라 부인이 역시 희약뎐지ᄒ니 슌슌 응낙ᄒ며 츄밀부인 한부인이 비로쇼 임쇼졔 싱환ᄒ민쥴 알고 이늘이야 각각 깃브믈 니긔지 못ᄒ더라 이늘 진션의 깃거ᄒ미 또흔 일필난긔러라 틱시 화거옥뉸으로 신부를 마즈오게 ᄒ니 병뷔 불평ᄒ여 부젼의 고왈 관시 쇼즈의 됴강이 아니라 아직 권도로써 원위를 빌니미라 만일 임시 싱도흔즉 제 즈연 버

**63면**

금이 되오리니 이졔 신영ᄒᄂ 위의를 니러틋 부려이 ᄒ여 교만흔 예긔를 도도와 타일 임시 도라오오면 불평흔 거돠 잇실가 ᄒᄂ이다 틱시 왈 관시는 고문명가의 현부모 싱훈이오 뇨됴 투쳘흔 슉녜라 닉영의 슉진지풍과 진희의 겸손흔 덕이 잇다 ᄒ니 결단코 임시 도라오나 지친의 뎡의 더옥 후홀 ᄯ름이니 무슴 유희ᄒ미 잇실 거시라 오늘날 위의로 감동ᄒ여 화벌명예를 굴욕ᄒ리

## 64면

오 ᄒ고 듯지 아니니 병뷔 감히 다시 간치 못ᄒ여 물너느니라 ᄎ셜 관부의셔 삼일 이
후로 지느되 신낭이 ᄒ번 도라간 후 다시 오지 아니니 상하노쇠 웃기를 마지 아니터
니 이놀 현구고지녜를 지닐ᄉ 쇼졔 스스로 불안황괴ᄒᄆᆯ 니긔지 못ᄒ니 관퇴우 부인
이 쇼져의 옥슈를 잇그러 쳥즁의 셰우고 셩장을 ᄭᅮ미껴 옥픠와 느못츨 치와 우어 왈
이 신뷔 쇠집 가기 ᄀ장 싀스러워 이ᄃ도록 붓그리미 과도ᄒ냐 쇼

## 65면

졔 더옥 ᄌ괴ᄒ여 빅년낭협의 홍광이 취지ᄒ고 운환이 ᄌ연 슉으니 봉관이 됴ᄎ 느
즉ᄒ고 옥픠 기울믈 면치 못ᄒ니 긔이ᄒ 풍용과 윤염ᄒ 긔질이 더옥 빙졍딕락ᄒ여
니화빅셜향이 됴로의 더뎟ᄂ 듯ᄒ니 강셕의 찬연ᄒ 불근 빗치 긔긔묘묘ᄒ여 견됴아
인간만물의 비ᄒᆯ 곳이 업스니 왕모 도화 일쳔 졈이 닷토와 불것ᄂ 듯ᄒ니 관부인이
만심 긔이ᄒ여 지삼 년년ᄒ다가 분슈ᄒ여 치거의 오

## 66면

르미 위의를 휘동ᄒ여 셜부로 향ᄒ니 호호ᄒ 영광이 비길 ᄃ 업스니 도로 관광지 구
경ᄒ리 길의 메엿더라 뎌근 듯 힝ᄒ여 셜부의 니르니 허다 복쳡이 위의를 잡ᄋ 쇼져
를 뫼셔 막ᄎ의 쉬여 장쇼를 곳치고 녜를 힝ᄒ여 당의 오르니 구괴 깃분 눈을 밧비
드러 그 셩ᄌ광염을 반기며 긔이ᄒᄆᆯ 니긔여 형용치 곳ᄒ고 목퇴부인은 ᄒᄂ 둔탁
육안이라 무ᄉ 총명으로 구면을 분간ᄒ리오 신인의

## 67면

이ᄃ도록 긔특ᄒᄆᆯ 보니 입이 밤븨고 눈이 두렷ᄒ여 인귀를 분변치 못ᄒ니 빅쥬의
션이 강님ᄒ 듯 넉이니 힝음업시 두 어귀의 츔을 흘리고 쇼리느믈 ᄭᅵᄃ지 못ᄒ여 어
즈러이 ᄶᅮ러려 닐오ᄃ 텬보ᄋ 진보ᄋ 산녕ᄋ 인호ᄋ 둔호ᄋ 금셰 간의 ᄋ슌 셩염이
교ᄌ텬질을 독보ᄒᆫ가 너겻더니 후의 입쇼부의 지용이 희셰ᄒᄆᆯ 보고 놀낫더니 의외
의 임시 거쳐둔망을 아지 못ᄒ니 노뫼 홀노 혜오ᄃ 손녀와 임시 다 셰딕의

**68면**

회한흔 덜염이라 즈고로 홍안지히롤 면치 못흔다 ᄒ더니 손녜 싱환ᄒᄂ 임시ᄂ 동무 거쳐ᄒ고 또 신인을 어드니 이티도록 긔이홀 줄 알니오 금즈 신인의 광윤 흐억흔 틱 되 셕즈 임쇼부의 두어 층 더으미 잇시니 실노 셰간의 덜싴이 흔흔 작시로다 ᄒ니 엇 지 우웁지 아니리오 ᄎᄂ 셕일 임쇼졔 년쇼유미흔 고로 금봉오리 버리지 못ᄒ고 신 월이 둥구지 못ᄒ여시니 미쳐 광윤이 눕씨지 못ᄒ고 옥안이 펴지지 못ᄒ러미라 이졔

**69면**

엇지 흔 ᄉ룸의 얼골이 달을 니 잇시리오마ᄂ 금ᄎ지시의 임쇼졔 ᄂ히 바야흐로 삼 오 이팔의 부용이 닉뛰고 달이 보름이 ᄎ시니 윤틱쇄락ᄒ미 던즈의 ᄂ으미러라 목틱 부인 범틱육안이 엇지 창돌의 씨다르리오 좌우졔빈 ᄀ온딕 만좌홍분이 쵸연이 탈싴 ᄒ고 아연이 상심ᄒ여 말을 못ᄒ더니 냥구 반향 후 졔셩갈치ᄒ여 칭셩이 분분ᄒ고 하셩이 요요ᄒ니 구괴 다만 입이 버럿고 슉미 졔인과 빅ᄉ 냥 부인이 바

**70면**

야흐로 구면을 씨ᄃ라 각각 반기ᄂ 우움이 옥면셩모의 ᄀ득ᄒ더라 동일 연파의 데빈 이 각산기가ᄒ고 신부 슉쇼롤 옛ᄂ 임쇼져 침쇼 션희각의 졍ᄒ니 유랑 시녜 쇼져롤 뫼셔 침누로 도라가다 이 ᄂ 셜츄밀 곤계 삼 인이 틱ᄉ롤 뫼셔 외헌의 ᄂ오고 병뷔 본부 마을의 관시 다ᄉ흐여 동일 공ᄉ롤 맛고 뎌물게야 도라오더니 친붕을 맛나 취 ᄒ엿ᄂ지라 됸당 부모긔 감히 뵈지 못ᄒ고 셔지의셔 셕식을

**71면**

진ᄒ고 회필공즈로 ᄒ여곰 됸뎐의 혼졍을 불참ᄒ믈 고ᄒ고 옷슬 벗고 편히 쉬고즈 ᄒ더니 질ᄋ 영이 겻히 와 안즈며 쇼왈 슉부야 속담의 일오딕 열 번 듯ᄂ 거ᄂ 거즛 거시오 흔 번 보ᄂ 거시 올타 ᄒ미 올터이다 병뷔 문왈 하유시오 영이 쇼안이 미미ᄒ 여 딕왈 금일 ᄉ슉모롤 보오니 진실노 즈고금고의 희한ᄒ신 싴광덕질이라 존당의 깃 거ᄒ시믄 니르도 말고 틱왕뫼 여ᄎ여ᄎ 니르시고 뎐일 임슉모의셔도 늣다 ᄒ시

## 72면

고 쇼ᄋ의 눈의도 하 긔특ᄒ시니 마치 의녈 슉모와 ᄀ더이다 이러무로 듯던 말과 닉
도치 아니리잇고 드듸여 관쇼져의 희한ᄒ 싴광긔질을 옴겨 뎐ᄒ여 단슌이 긔탁ᄒᄂ
곳의 호치 간즈런ᄒ고 말슴이 명빅ᄒ니 병뷔 쳥츠의 뎐후 의논이 다르믈 장신댱의ᄒ
여 뎌두침싴러니 믄득 회필공지 ᄂ와 부명으로 신방의 가기를 명ᄒᄂ지라 병뷔 ᄯᅩᄒ
신인의 거동을 보고져 ᄒ여 가연이 니러 다시

## 73면

의관을 졍돈ᄒ여 신방의 니르니 넘젼의 무슈ᄒ 녹의 ᄋ환이 ᄌ슈 션뎨로 쥬군을 영
졉ᄒ여 입실ᄒ니 방즁의 향연이 농의ᄒ고 쵹광이 징희흔듸 흔ᄂ 옥인이 녹의홍상을
경가ᄒ고 명월 픽옥을 울녀 ᄂ즉이 이러마ᄌ 동셔 분좌ᄒᄆ 몬져 향긔 습습ᄒ여 실
즁의 옹비ᄒᄂ지라 병뷔 바야흐로 츄파를 흘녀 쇼져를 슉시ᄒ니 가히 니른바 고문셰
덕은 명가긔믹이요 넝지방향은 형옥여졍이라

## 74면

아라ᄒ 광염과 휘휘ᄒ 용광이 실즁의 비여 낭목의 됴요ᄒ고 항이 슈졍창의 비겻ᄂ
듯ᄒ니 묵은 눈이 상쾌흔지라 병뷔 일안쳠관의 듸경ᄒ여 혜오듸 ᄋ미의 텬셩 특용이
금고의 독보홀가 ᄒ엿더니 임시 ᄯᅩ 용싴이 하등이 아니러니 금일 신인은 오히려 쇼
믜의 비히 ᄂ리믜 업고 오히려 임시긔 일층 ᄂᄋ미 이시니 엇지 긔특ᄒ 졀염이 아니
리오마ᄂ 닉 쵸의 불명혼암ᄒ여 임시 ᄀᆺ흔 슉녀로 ᄒ

## 75면

여곰 원이 궁양의 밋게 ᄒ여시니 츄회막급이라 다만 둗신토록 슈의ᄒ여 슉녀가인 뎌
바린 죄를 스스로 벌ᄒ려 ᄒ더니 ᄉ시 ᄯᅳᆺᄀᆺ지 못ᄒ여 긔졔 신취ᄒ미 이 믄득 비쇼원
이라 뎌의 인물이 하등이 아니니 불힝 즁 깃부지 아니리오 맛당이 쳔하의 쥬류ᄒ여
도 임시를 ᄎᄌ 나의 원위를 뎡히 ᄒ여 의가지낙을 일운 후 다시 녀싴을 유련ᄒ리라
ᄒ더라

# 임시삼딕록 권지이십팔

**1면**

츠셜 병뷔 이윽이 혜아리미 심시 완연이 됴치 아녀 광미를 축합ᄒ고 냥구 묵연이러니 ᄀ장 야심ᄒ미 다시 눈을 드러 쇼져를 보니 홍슈를 정히 곳고 그린 드시 안즈시니 가월아미는 봉관 ᄋ릐 졔졔ᄒ고 년화보압의 단슌이 함홍ᄒ니 향염미질이 볼스록 긔이ᄒ니 병뷔 날호여 닐오ᄃ 쇼져는 현문법가의 현부모싱훈이라 거의 스리와 부도를

**2면**

알 거시니 혹싱의 됴강 임시의 뎐후 스단은 ᄯᅩ흔 모로지 아니시려니와 싱이 져바리지 못ᄒᆯ 쥬의 잇스니 싱닉의 임시를 복합ᄒ여 가도를 뎡치 못흔 젼은 타인과 즐기지 못ᄒ리니 쇼져의 용식지모를 늣비 녀기미 아니라 실노 본의 여ᄎᄒ미니 즈는 고이히 넉이지 말고 편히 헐슉ᄒ여 약질의 병을 일위지 마르쇼셔 언파의 쇼져를 지슴 권ᄒ여 편히 쉬게 ᄒ고 즈긔 ᄯᅩ흔 와상의 ᄂᆞ아가되 심회 번다ᄒ여 동야 당탄단우

**3면**

ᄒ여 능히 흔줌을 일우지 못ᄒ니 쇼졔 심하의 이럴스록 불열ᄒᄆᆞᆯ 니기지 못ᄒ더라 츠야의 녈미 냥픠 임상셔의 명으로 신방을 규시ᄒ라 ᄒ니 스어를 탐쳥ᄒ고 외당의 즈시 고ᄒ니 셜시 졔인과 임상셰 병부의 불민쇼탈ᄒᄆᆞᆯ 그윽이 웃더라 병뷔 이후는 다시 션희각의 즈최 님치 아니니 틱스 부뷔 ᄯᅩ흔 그 거동을 치 보려 ᄒ여 다시 권치 아니ᄒ고 쇼졔 인ᄒ여 머무러 효스돈당ᄒ고 화우뎨미ᄒ니 시로온 셩덕이 관져

**4면**

규목의 여풍이 잇ᄂᆞᆫ지라 돈당 구괴 불승이지ᄒ고 하쳔복예의 예셩이 즈즈ᄒ더라 슈슴 일이 지ᄂᆞ니 셜의녈이 존당 부모긔 하직ᄒ고 구가의 도라가니 존당 구괴 크게 반겨 시로이 스랑ᄒ더라 관틱부인이 관부로셔 환가ᄒ엿더니 병부의 거동을 지삼 무러 그 불명ᄒᄆᆞᆯ 웃는 가온ᄃ 일변 탄왈 월ᄋ의 용안즈미로 일시 치쇼의 근본이나 마ᄎᆷ니 가부의 염박ᄒ미 되니 텬의를 아지 못ᄒ리로다 상국이 웃고 쥬

**5면**

왈 주위는 물우쇼려ᄒᆞ쇼셔 희량이 불명키 심ᄒᆞ여 이계 셕ᄉᆞ를 주칙ᄒᆞ여 아모 졔라도 월ᄋᆞ를 ᄎᆞᄌᆞ 됴강의 위를 완견흔 후 가ᄉᆞ를 션졍ᄒᆞ렷노라 말이 그 진짓 ᄉᆞ름을 맛ᄂᆞ시나 고인이믈 아지 못ᄒᆞ니 불명ᄒᆞ미 여ᄎᆞᄒᆞ오나 진심은 뉘웃ᄎᆞ미 분명ᄒᆞ오니 월이 엇지 동시 홍안의 ᄌᆞ한을 미ᄌᆞ리잇고 틱부인이 쇼왈 노뫼 ᄯᅩ 엇지 싱각지 못ᄒᆞ리오마ᄂᆞ 노뫼 이겨 여년이 셔산임년ᄒᆞ여시니 ᄌᆞ손의 화락이 무흠

**6면**

ᄒᆞ믈 보미 늣바 넘녜 방하치 못ᄒᆞ미로다 상국이 모교를 듯고 지효셩심의 기리 감오ᄒᆞ여 이의 ᄌᆞ녀를 슈이 다려오며 셜싱을 쳥ᄒᆞ려 ᄒᆞ더라 슌여 일이 되니 임상셰 ᄀᆞ마니 시녀를 보ᄂᆡ여 관틱부인 말ᄉᆞᆷ으로 쇼져의 귀령을 쳥ᄒᆞ니 틱시 흔연 허락ᄒᆞ거늘 효장궁으로셔 거교를 출혀 쇼져를 다려 상부의 니르니 가즁 상희 시로이 반기며 년이ᄒᆞ니 쇼졔 돈당 부모긔 현비ᄒᆞ미 아험의 화긔 영ᄌᆞᄒᆞ더라 임의 슈

**7면**

삼 일이 지ᄂᆞ미 틱부인이 션싱을 밧비 쳥ᄒᆞ여 싱관의 ᄌᆞ미를 보고ᄌᆞ ᄒᆞᄂᆞ지라 임상셰 뎡히 계교로 병부를 쳥ᄒᆞ여 일위고ᄌᆞ ᄒᆞ더니 이날 셜병뷔 됴당으로셔 바로 니르러 오운뎐의 드러가 상국과 션싱긔 비알ᄒᆞ고 쵸왕 삼곤계긔 빈례ᄒᆞ니 쵸왕 부휘 크게 반겨 닐오ᄃᆡ 네 어이 슈슴 일 긔쳑이 업더뇨 쇼뷔 쇼왈 의쳠이 요ᄉᆞ이 신혼의 닉취ᄒᆞ여시니 엇지 고인을 몽미의나 싱각ᄒᆞ리잇고 일노됴ᄎᆞ 근ᄂᆡ ᄌᆞ

**8면**

쵀 희쇼ᄒᆞ미니이다 병뷔 함쇼 ᄃᆡ왈 존공지언이 션애로쇼이다 슈연이나 쇼싱이 관시 다쳡ᄒᆞ여 능히 집의도 든 ᄶᆞ 덕으니 능히 결을ᄒᆞ여 넘녀 규방의 밋ᄎᆞ리잇고 쵸왕이 미쇼 왈 어츠어피의 네 임의 실졀ᄒᆞ엿ᄉᆞ니 발명이 무익ᄒᆞ니라 연이나 금일은 영돈긔 하리를 보ᄂᆡ여 이 ᄯᅳᆺ을 고ᄒᆞ고 머무러 가라 병뷔 ᄃᆡ쥬 왈 뎨ᄌᆡ ᄯᅩ흔 이 ᄯᅳᆺ이 잇ᄉᆞᆸ는 고로 가엄긔 방쇼를 고ᄒᆞ고 왓ᄂᆞ이다 원빅이 어ᄃᆡ 가ᄂᆡ잇고 왕이 졈두 왈 창이

**9면**

졔례롤 다려 팔농당의 잇눈가 ᄒ노라 병뷔 즉시 몸을 니러 팔농당의 니르니 임상셔 삼곤계 군동으로 더부러 강흑ᄒ는지라 졔 공ᄌ쇼년의 셔셩이 바야흐로 낭낭ᄒ여 ᄒ 무리 학녀셩이러니 셜병부룰 보고 일시의 칙을 덥고 벌 뭉긔듯 ᄃ라드러 어즈러이 알푸로 ᄡ을며 뒤흐로 미러 실의 드니 흑ᄉ 텬흥이 만면 노식으로 닝안이 표연ᄒ여 냥셩ᄉ일을 길게 흘녀

**10면**

낭구 슉시러니 혀 ᄎ 왈 ᄌ고로 남ᄌ의 무신은 녜붓터 잇거니와 셜형ᄀᆺ치 무신무의 ᄒ니 잇스리오 언졔는 슈의ᄒ련노라 ᄒ더니 어느 ᄉ이 ᄒ던 말을 다 닛고 옥 ᄀᆺ흔 미 쳐와 꼿 ᄀᆺ흔 쳡을 어더 신졍의 닉취ᄒ여 근닉는 ᄌ로 오도 아니니 고인을 니졸 분 아니라 아등과 외친닉쇼ᄒ니 엇지 무신무의치 아니리오 한님이 졍식 왈 다만 그 얼 골만 볼 ᄯ름이지 말은 ᄒ여 무엇ᄒ리오 관

**11면**

슉이 드르시면 아등의 말 만흐믈 고이히 넉이시리라 쇼공ᄌ 닌흥이 닐오ᄃᆡ 셜형의 무신무의흔 일은 싱각ᄒ니 아등 남ᄌ지심도 이리 이닯거든 져져의 구원 망녕이 아니 노호와 원빅이 되지 아니ᄒ시랴 임상셰 믄득 광미룰 빈츅ᄒ고 뎡식 왈 여등은 우환 으란 넘녀치 아니ᄒ고 어느 경의 희롱이 ᄂᆞᄂᆂ뇨 도라 병부의 광슈룰 잇그러 실의 드 러 좌ᄒ고 탄식 왈 의쳡

**12면**

ᄋᆞ 허다 괴변을 닐으고ᄌᆞ ᄒ나 심히 허탄커의 ᄀᆺ갑고 또 군ᄌ의 홀 말이 아니라 가히 불츌구외ᄒ거니와 디져 일노됴ᄎ 동미의 ᄉᆼ싱이 판단ᄒᆞ믈 알지라 됴당의 참통ᄒ심 과 계부모의 넉니지통이 복ᄌ하 상명과 한ᄌᆞᄉ의 우름의 더으믄 그 옥골방신을 풍진 의 장치 못ᄒ미라 됴당의 니우룰 증치 못ᄒᆞᄉ 계부뫼 관심억지ᄒ시나 그 셔하참경이 결비타인이라 딘실노 긔

**13면**

변 괴시 만흐니 인심의 경희홀 분 아니라 돈당과 부슉이 경희비이흐시는 즁 그 허탄

흐믈 깃거 아니스 일졀 허탄지스롤 불츌구외흐시나 의쳠은 외인이라 일콧지 못홀지

니 엇지 긔이리오 드듸여 굴오듸 그 젼은 동미 혹즈 슉부모 몽즁의나 뵈되 ㅈ셔치 아

니미 능히 그 스싱돈망을 ㅈ셔치 못흐더니 관미의 혼인의 돈당 슉당이 다 참녜흐시

고 온 후 모일야의 일몽을 어드시니 냥듸 돈당 슉당 졔친 상하노유의

**14면**

몽ᄉᆡ 흔갈 ᄀᆞᆺ흐여 동미 명명이 일오듸 닉 셜싱을 맛난 연고로 이뉵쳥츈의 요녀의 독

슈의 맛쳐 부모 유체롤 요신의게 흘니여 강어의 복즁을 메오고 연연 혼빅이 만장

강파의 쇼ㅅ나지 못흐니 능히 쉼을 비러 부모긔도 진ᄐᆡ흔 돈망을 고치 못흐더니 금

년 상원 갑ㅈ일의야 ᄇᆡ야흐로 텬데 듸ㅅ쳔하ᄒᆞ실ᄉᆡ 쳔하 팔부 ㅅ히 농신과 각쳐 팔

만ㅅ쳔 신녕이 다 옥뎨긔 됴회ᄒᆞ는지라 농왕이 나

**15면**

의 쳥년 원혼을 어엿비 넉여 옥뎨긔 쥬문ᄒᆞ여 ᄇᆡ야흐로 발원뎨도ᄒᆞ여 문 밧긔 닉여

셔방 극낙 셰계로 보닉시니 ㅈ허관 진군의 뎨지 되여 일홈이 션녹의 미이고 션가의

쳥졍한가나 지난 바 인간 고희 참변 ᄀᆞᆺ온듸 부모 동긔도 아지 못ᄒᆞ게 셩명을 맛ᄎ

미 궁텬의 명목지 못홀 유한이라 션간 영복을 누리는 가온듸도 진환고희롤 싱각ᄒᆞ면

심골이 경한흔지라 이는 다 셜싱이 호식탐남ᄒᆞ여 요녀음부롤 일

**16면**

윈 타시니 ᄂᆞ는 쳥츈 원혼이 쳔듸의 한을 먹음어 구원으 슬푼 혼이 유유탕탕ᄒᆞ거놀

셜싱은 미쳐 연회롤 ᄀᆞᆺ쵸와 즐기니 구원 음녕이 엇지 한이 업스리오 시고로 잠간 괴

변을 지어 셜싱을 흔번 맛나보와 구한을 더기 푼 후 셰계로 다시 도라가리라 ᄒᆞ고 이

이히 비곡흐고 음운광풍 가온듸 츌몰ᄒᆞ는지라 상하노쇠 씌여 몽ᄉᆞ롤 니르니 여츌일

구흔지라 가즁이 의괴 난측흔 즁 ᄯᅩ 참비ᄒᆞ믈 니긔지 못

**17면**

ᄒ더니 과연 시일노븟터 져의 옛 침쇼의 와 빅쥬의 현영ᄒ니 장단체용이 완연ᄒ 동 미 치강이니 의쳠ᄋ 셰간텬지의 이런 괴변도 잇ᄂ냐 요ᄉ이 괴이ᄒ 변으로 어룬들은 경악참통ᄒ미 더으나 쇼ᄋ와 실업ᄉ 시녀의 무리 변을 슛두어리고 그 즁 얼쓴 ᄋ히 들은 화봉각 근쳐의도 가지 아니니 도로혀 이런 우환이 업셰라 병뷔 쳥파의 밋ᄂ 듯 마ᄂ 듯 회미히 줌쇼 왈 ᄉ름이 ᄒ 번 죽으미 반ᄃ시 술

**18면**

혼이 니쳬ᄒ고 칠빅이 ᄉ산ᄒᄂ니 죽은 후 무슴 아름이 잇ᄉ리오 원빅이 날을 희롱 ᄒ미나 원빅을 ᄂᆡ 알오미 뎡인군ᄌ로 아랏더니 근ᄂᆡ의 크게 허령ᄒ여 돌연이 셔ᄌ로 ᄡᅥ 무염이라 날을 믹밧더니 ᄯᅩ ᄉ름이 죽어 신녕이 잇다 ᄒ니 이 아니 가쇼로오냐 상 셰 심ᄂ의 실쇼ᄒ나 믄득 양노졍식 왈 쇼뎨 비록 의쳠으로 명회 남미나 ᄌ유시의 그 ᄃᆡ로 더브러 유도를 난호며 악부모의 교양ᄒ시믈 밧ᄌ올 텩

**19면**

골육동긔 ᄀᆞᆺᄒ 뎡이 잇거눌 엇지 밍낭ᄒ 거즛말노 속여 실업ᄉ믈 뵈리오 의쳠이 실 노 밋지 아니커든 금야의 날과 ᄒ가지로 봉각의 가보미 올흐니라 병뷔 쳥파의 뎌의 말이 이ᄀᆞᆺ치 명빅ᄒ믈 보미 바히 허언도 아닌 듯 시분지라 역시 의황난측ᄒ여 빈미 냥구의 가월쳔창의 슈운이 만쳡ᄒ고 강산냥미의 쳐식이 어리여 츄연댱탄 왈 딕톄 요 망ᄒ고 허탄ᄒ기의 ᄀᆞᄀᆞ오나 셕의 무안왕은 만고 영웅

**20면**

호걸이로ᄃᆡ 넘져의셔 원앙 핍ᄉᄒ미 음녕이 훗터지지 아니타 ᄒ미 이 ᄯᅩ 고이치 아 닌지라 연이나 실노 ᄂᆡ의 무신무의ᄒ미 아니라 회왕녀는 형셰 마지 못ᄒ미요 관시를 취ᄒ믄 원빅의 실업ᄉ 타시라 ᄂᆡ 임의 고인으로 ᄒ여곰 원앙이 함몰ᄒ여 구텬의 한 을 밋게 ᄒ여시니 엇지 신인으로 즐기리오 혹ᄌ 텬우신됴ᄒ여 싱젼의 녕미를 맛ᄂ면 옛 그른 거슬 ᄉ죄ᄒ고 다시 녜로ᄡᅥ 마ᄌ 원위를 둔ᄒ 후 버거

**21면**

처첩으로 화락고즈 ᄒᆞ미러니 불ᄒᆡᆼᄒᆞ여 이 ᄀᆞᆺᄒᆞᆫ 일이 잇스니 슈한슈원이리오 일ᄌᆞᄂᆞᆫ 느의 명되 다쳔ᄒᆞ미요 이ᄌᆞᄂᆞᆫ 진션은 고인이니 이의여니와 관시 홍안이 명박ᄒᆞ미요 숨ᄌᆞᄂᆞᆫ 관틔위 부졀업시 날을 ᄉᆞ회 삼은 연괴라 쓸의 박명을 ᄌᆞ취ᄒᆞ미니 홀노 늬 타시 아니라 미시 텬ᄒᆞᆷ며 명애니 현마 엇지ᄒᆞ리오 슈연이나 유명이 다르거니와 임의 이런 일이 잇시면 ᄒᆞᆫ 번 보와 희롭지 아니리니 굿ᄒᆞ여 참의

**22면**

가 무엇ᄒᆞ리오 원빅이 이졔 날과 ᄒᆞᆫ가지로 가보리라 상셰 탄왈 이럴 줄 알면 관슉인들 긔화명월 ᄀᆞᆺᄒᆞᆫ 쓸을 두고 ᄉᆞ회를 어듸 가 못 어더 굿ᄒᆞ여 의쳠을 유의ᄒᆞ며 닌들 즁인ᄒᆞ리오 관슉 늬외 이 쇼문을 드르시고 역시 심난ᄒᆞ여 관민 완 지 오릭되 감히 의쳠을 쳥ᄒᆞ여 싱관의 ᄌᆞ미를 못 보노라 ᄒᆞ시더라 그러나 붉ᄋᆞ실 계도 신녕이 현셩ᄒᆞ엿다가도 ᄉᆞ룸의 ᄌᆞ최를 보면 믄득 공허ᄒᆞ고 밤이면 의구

**23면**

히 잇셔 혹ᄌᆞ ᄉᆞ룸을 맛ᄂᆞ면 히이쳐 말도 ᄒᆞ고즈 ᄒᆞᄂᆞᆫ 긔식이로듸 ᄉᆞ룸이 두려 피ᄒᆞᄂᆞᆫ지라 의쳠이 무셥지 아니커든 날과 밤의 가보ᄌᆞ 병뷔 츄연 왈 군ᄌᆞ 엇지 귀신을 뎌허ᄒᆞ리오 늬 금야를 이 곳의 머물녀 ᄒᆞ니 그리 ᄒᆞ리라 관한님이 눈살을 오만살이나 집흐리고 귀밋츨 글그며 우는 쇼리로 궁슈이 닐오듸 오가의ᄂᆞᆫ 실노 ᄒᆞᆫ 우환이 되여 부모ᄂᆞᆫ 쇼미의 일싱을 아됴 맛쳣다 ᄒᆞ시니 아등 군둥 졔인

**24면**

과 비복의 일의히 늄 모로는 우환근심이라 이 집의 오면 이런 호승계운 말 듯기 슬타 임믜ᄂᆞᆫ 발셔 쳥츈 원귀 되여 원한이 의쳠의게 밋치고 미쳐시니 반ᄃᆞ시 보면 고이 둘가 시부냐 늬도라 신용을 분발ᄒᆞ여 상토를 쓰어 물니고 두 쌤을 쳑쳑 치고 만장 회슈ᄒᆞ거나 그러치 아니면 의쳠이 귀신의게 앗들니여 만슈를 밧고 슈문슈답을 ᄒᆞ다가는 번번이 홀니여 갑이를 들닐 거시니 져를 엇지 ᄎᆞ 말

**25면**

이니 그딕 더런 오활흔 말흐는다 싱심도 그런 쑨 의스 닉지 말고 부딕 알녀 흐거든 우리 여러히 위립흐여 가셔 먼니 가산 뒤히 슘어 그 왕닉흐는 동덕이나 보고 오미 됴흐리라 관한님이 뎡식고 이리 니르니 졔 쇼년 졔싱이 춤마 우웁기를 니긔지 못흐나 힝혀 본덕이 픠루흘가 더허 각각 우음을 춤으나 기즁 유츙흔 ᄋ회들은 아마도 춤지 못흐여 쇼용이 미미흐나 병부는 쇼탈흔 셩졍이라 졔인의 고담 뉴슈

**26면**

지언과 니연흔 말의 고지 드르니 탄왈 신녕이 비록 녕신흐나 맛춤니 유음이 다르니 헷긔운이라 셰간의 녹녹범상흔 무리 귀신을 져허흐기로 스스로 긔운이 허령흐여 위광흐미라 딕쟝뷔 엇지 당당흔 졍양지긔로 신녕의 허령흔 거슬 두리리오 관싱 왈 의 쳠이 닉 말을 밋지 아녀 부딕 가려 흐니 닉 말니든 아니커니와 셕식이나 실히 쳐먹고 신변의 쥬필츅스법이나 진이고 돗갑이 쫏는 진언이ᄂ 닉여

**27면**

가지고 가라 그리 아니코 ᄀᆺ다가는 벅벅이 큰 일이 날 거시니 ᄀᆞ장 됴심흐고 ᄂᆞ듕의 닉 말을 뉘웃지 말나 흐더라 이러구러 늘이 져물거늘 졔싱이 셜싱과 흔가지로 팔룡당의셔 셕식흐고 닉당의 뵈올식 틱부인 이하로 졔 부인이 다만 병부를 보나 녜스 말숨이오 각별 말이 업스니 병뷔 또 임상셔와 졔싱의 말을 고지 드러시니 이런 긔괴지셜을 다시 무르미 고이흐여 알은 쳬 아니흐고 쇼부인은 마츰 유질흐여

**28면**

침쇼의 됴호흐는지라 병뷔 악모의 좌의 업스믈 보니 반드시 이 연고로 녀이 죽은가 상심비도흐여 두문불출흐민가 넉이더라 이윽고 호쥬미찬을 ᄂᆞ와 ᄌᆞ로 권흐니 병뷔 심우 즁 십여 빅를 거후르니 딕취흐엿는지라 당즁의 쵹을 밝히고 이윽고 야심흐미 졔싱이 셜싱을 병비흐여 물너 셔당의 도라오고 임상셔 등이 왕부와 부슉의 궤장을 밧드러 침쇼의 안휴흐신 후 혼졍을 맛고 일시의 팔농당의 니르

## 29면

러 다 옷슬 벗고 평복으로 상세 병부의 손을 잇그러 니러셔니 쇼년 졔싱이 일시의 위립ᄒᆞ여 셜임 낭인은 직젼ᄒᆞ고 기여 졔 쇼년은 뒤히 먼니 셔셔 뜰와 충충ᄒᆞᆫ 곡난과 화계를 지나 화봉각의 니르러는 상셰 졔뎨다려 왈 여등 오빈는 이의 머물나 닉 의쳠으로 더브러 방즁의 드러가 보리라 졔 공지 ᄯ라가 보고 시부되 슈상이 굴미 고이ᄒᆞ여 응낙ᄒᆞ고 다 가산 밋히 머물거늘 상셰 한님과 학ᄉᆞ는 난간 밧긔 잇스라 ᄒᆞ

## 30면

고 병부의 손을 닛그러 기호입실ᄒᆞ니 임쇼졔 뎡히 됸당으로셔 ᄀᆞᆺ 도라와 녜복을 벗고 단의홍군으로 촉하의셔 녜긔를 슈련ᄒᆞ고 좌우의 홍도 영오 츈잉 등이 뫼셧더니 믄득 인덕이 홀홀ᄒᆞ며 깁지게를 여는 곳의 동형 상셔공이 셜병부의 손을 잇그러 드러셔는지라 쇼졔 되경황괴ᄒᆞ나 쳔연이 이러셔니 병뷔 임의 궤휼능변을 능히 씌둣지 못ᄒᆞ고 다만 옥인의 음녕이 구텬 야틱의 훗터지지 아닌가 ᄒᆞ

## 31면

니 비록 유음이 괴격ᄒᆞ나 그 옥골방향을 다시 보고ᄌᆞ 뜻이 급ᄒᆞᆫ지라 년망이 눈을 드러보니 이 믄득 오미ᄉᆞ복ᄒᆞ던 바 고인 임쇼져 아니요 뉘리오 눈을 기여 다시 보니 이 곳 신인 관쇼졔라 병뷔 지극 쇼탈ᄒᆞᆫ 가온되 옛눌 임쇼졔 년쇼유츙 시의 금봉오리 미기ᄒᆞ고 신월이 두렷지 아녀셔 맛나 요음 찰녀의 흉계로 신혼 쵸야의 한 둉 악슈로 텬뎡 슉치를 버히니 져의 용뫼 고은 거시 믄득 뮙고 어진 힝실이 더옥 쳔누ᄒᆞᆫ 듯 안즁 가시

## 32면

ᄀᆞᆺ치 보앗고 금ᄎᆞ시의 스스로 뉘웃쳐 ᄉᆞ모ᄒᆞ미 깁흐나 일별 ᄉᆞ오 ᄌᆞ의 졔 ᄂᆞ히 ᄎᆞ고 옥안이 윤씨니 ᄇᆞ야흐로 곳치 늬뛰고 둘이 보름이 ᄎᆞ시니 뎐일 셤셤ᄌᆞ약ᄒᆞ던 긔질이 풍완윤틱ᄒᆞᆷ믈 밧고왓고 신장이 빅히 ᄌᆞ라시니 병뷔 능히 씌둣지 못ᄒᆞ미여니와 엇그졔 ᄀᆞᆺ 본 관시야 몰나 보리오 미지일견의 되경실싴ᄒᆞ고 지지쳡관의 의괴 난측ᄒᆞᆷ믈 니긔지 못ᄒᆞ니 도로혀 여취여치ᄒᆞ여 무릅써 셔며 봉안이

**33면**

두렷ᄒ여 상셔와 쇼져를 닉이 보고 능히 말을 못ᄒ거늘 쇼졔 이 경상을 보미 필유스고ᄒᆞ믈 씨ᄃ라 크게 난안슈란ᄒᆞ믈 니긔지 못ᄒ니 졔 셧는 ᄃᆡ 안지 못ᄒ여 봉관을 히음업시 슉이미 면여홍싀ᄒ니 납셜의 도ᄒᆡ 불것는 듯 방용이 더옥 찬난ᄒᆞᆫ지라 상셰 져 부부의 거동을 보미 졀도ᄒᆞ믈 춤기 어려온지라 무장ᄃᆡ쇼ᄒᆞ믈 씨ᄃᆞᆺ지 못ᄒ여 닐오ᄃᆡ 의쳠ᄋᆞᄂᆞ의 무량ᄒᆞᆫ 신슐이 과연 엇더ᄒᆞ뇨 쥭궁의 환혼단을

**34면**

슈고로이 엇지 아니ᄒ나 옥진의 넉술 능히 일위엿ᄂᆞ니 의형외모는 관시 미데나 뎐신은 ᄋᆞ미 치강시라 의쳠이 가히 싱각ᄒᆞᆯ쇼냐 넉여 보미 가히 눌과 ᄀᆞᆺᄒᆞ뇨 병뷔 오히려 막연ᄒᆞ여 묵연 냥구의 왈 진실노 우혹우미ᄒᆞ여 창돌의 능히 씨ᄃᆞᆺ지 못ᄒᆞᄂᆞ니 원빅은 쳥컨ᄃᆡ ᄀᆞᄅ치라 상셰 병부의 이ᄃᆡ도록 쇼활ᄒᆞ믈 웃고 드ᄃᆡ여 병부와 쇼져의 좌를 쳥ᄒ여 일우고 ᄌᆞ긔 ᄯᅩᄒᆞᆫ 좌ᄒᆞ여 일장을 탄식ᄒ고 동미의 뎐두

**35면**

로붓터 쵸의 요리 작변ᄒᆞᆯ 쩌 ᄌᆞ허진군이 알고 일야지간의 도례를 보ᄂᆡ여 쇼져 노쥬 오 인과 회왕녀 진션을 아오로 다려다가 격년을 산수의 뉴쳐ᄒ게 ᄒ고 ᄯᅩ 형산 옥허 딘궁의 왕ᄂᆡᄒᆞ는 스이 잇는 고로 옥허부인은 셜의녈을 텬셔비결과 만물지니를 다 ᄀᆞᄅ치고 ᄌᆞ허딘인은 미데를 화틱의 쳥낭 묘방을 ᄀᆞᄅ쳐 쥬가 등 산동 졍벌 시의 ᄒᆞᆫ 무리 도션이 다 의녈과 미데의 노쥬런줄 니르고 우왈 기시 의쳠이 음녀의 독

**36면**

ᄒᆞᆫ 살을 마ᄌ 속수무칰ᄒᆞᆯ 젹 칭명 부운시로라 ᄒ고 괄골뇨독ᄒᆞ던 신슐노 그ᄃᆡ 독병을 회쇼케 ᄒᆞᆫ 지 곳 미데라 그ᄃᆡ 불명무식ᄒᆞ미 무ᄡᅡᆼᄒᆞ니 아등이 져기 희롱코ᄌᆞ ᄒᆞ여 회왕녀를 몬져 도라보ᄂᆡ여 인연을 닛게 ᄒ고 버거 미데를 가칭 관미라 ᄒᆞ여 의쳠을 믹바드ᄆᆞ니 이 실노 아등의 쥬장ᄒᆞᆫ 비요 미ᄌᆞ의 타시 아니라 악부뫼나 다 아라계신 비니 의쳠은 힝혀도 미ᄌᆞ의게 불호치 말고 스스로 불명쇼탈ᄒᆞ믈

**37면**

 주칙ㅎ라 병뷔 쳥파의 격년 츈몽이 의연ㅎ니 깃븐 듯 즐거온 듯 노호오듯 이달온 듯 붓그러온 듯 지젹지 못ㅎ니 져의 주가를 어듭게 넉이미 이 ᄀᆺㅎ니 분분ㅎ미 바히 업지 아니ㅎ나 주기 션실기도한 허물이 호듸ㅎ니 슉녀가인으로 ㅎ여곰 허다 긔변을 격게 ㅎ미 도시 주가의 연괴라 젼후의 슉녀 져바리미 여ᄎ하거놀 져는 규리금년으로 ᄉ즁구싱ㅎ여 약질이 텬니의 표령ㅎ는 고쵸를 감심ㅎ여 신긔

**38면**

 묘방을 비화 주가의 ᄉ즁구활ㅎ는 은혜를 씨처 젼필승 공필취ㅎ여 은혜를 씨처 오늘날 위거뉴경의 부모 됴션의 영화를 뵈고 부뷔 즁봉지합ㅎ는 경시 이시믄 다 져의 어진 덕이라 도로혀 은혜 깁흐니 그 고졀쳥의를 맛당이 금셕의 박ᄋ 후셰의 뎐ㅎ염죽ㅎ니 장ᄎ 무어시라 가칙홀 말이 ᄂ리오 다만 어린 둣 낭구의 도로혀 회허댱탄 왈 슈한슈원이리오 젼혀 ᄂ의 불명혼암ㅎ

**39면**

 미라 현군을 한치 못ㅎ고 원빅이 ᄉ름을 주심이 속이믈 원망치 아닛ᄂ니 셜희량의 힝신이 용널ㅎ기의 ᄀᆺ갑도다 언파의 안식이 심히 쳑연ㅎ니 상셰 지삼 위로ㅎ더니 흑ᄉ와 한님 졔 공지 드러와 비로쇼 일장을 웃고 상셔와 홈긔 ᄂ가니 병뷔 다시 눈을 드러 부인을 보니 쇼졔 봉관을 슉이고 홍슈를 뎡히 쇼ᄌ 단공뎡좌ㅎ여시니 옥안이 담홍ㅎ고 일만 슈란한 빗츨 씌여 능히 몸둘 바를

**40면**

 아지 못ㅎ여 ㅎ는 거동이라 병뷔 이련년셕ㅎ여 뎐도히 옥슈를 잡고 츄연탄식 왈 흑싱이 쵸의 혼암ㅎ여 현쳐를 뎌바리미 만흔지라 부인이 능히 ᄋ녀의 독슈를 버셔나 명쳘보신ㅎ고 ᄯᅩ 신긔묘방으로 싱의 ᄉ질을 회쇼케 ㅎ니 엇지 슉덕명힝이 아니리오 실노 금일을 당ㅎ여 깃브고 긔특ㅎ믈 층냥치 못ㅎ거놀 금번 두 번 신녜를 일우믄 부인의 타시 아니라 원빅 등의 희롱

**41면**

이니 스룸을 궁극히 속이려 ᄒ는 그르미 원빅의게 잇고 싱의 쇼탈ᄒ미라 부인은 됴 곰도 불안지심을 두지 말고 화긔롤 여러 격년 별회롤 펴게 ᄒ라 쇼졔 더옥 슈괴ᄒ여 능히 말을 못ᄒ는지라 병뷔 뎡쉭 왈 우리 부뷔 맛ᄂ미 그 몟몟 셰월이뇨 쵸의 고이ᄒ 운익을 맛나지 아녓던들 그 사이 발셔 ᄌ녀롤 싱산ᄒ여시리니 이듸도록 붓그리미 과 ᄒ여 뭇는 말을 듸치 아니리오 아지 못게라 셰졍을

**42면**

아지 못ᄒ다 ᄒᄂ즉 딘실노 인눈듸의와 부부눈상을 모로면 삼쳑 쇼녀지 엇지 감히 만 군시셕 ᄀ온듸 츌입ᄒ여 가부롤 구ᄒ리오 이 반드시 셕년의 싱의 박힝무신ᄒᄆᆯ 유심 공치ᄒᄆᆞ니 이 가히 부녀의 온슌ᄒᆫ 스덕이라 ᄒ랴 드듸여 딕답을 직쵹ᄒ니 쇼졔 진 실노 슈괴난안ᄒᆫ 중 일변 남ᄌ의 궤휼ᄒᆫ 능변과 긔빅 묘ᄒᄆᆯ 고이히 넉이나 이러틋 지리히 뭇는 바롤 너모 듸치 아님도 불가ᄒ지라 마지

**43면**

못ᄒ여 이의 ᄌ리롤 써 옷기술 념의고 옥셩이 ᄂᆞ즉ᄒ여 손ᄉ 왈 쳡이 비박지질노 외 람이 셩문의 입승ᄒ옵고 군ᄌ의 실을 거ᄒᄆᆡ 실노 감당키 어려온지라 시고로 하늘이 지앙을 ᄂᆞ리온 빈니 엇지 인녁의 밋츠며 ᄯᅩ 남을 한ᄒ리잇고 녀ᄌ의 몸이 능히 규즁 의 녜도롤 고요히 딕회지 못ᄒ여 무망의 텬의 뉴락ᄒ며 산ᄉ의 깃드리는 욕을 보 고 다시 규즁 미약ᄒᆫ ᄌ쵀 군즁의 돌입ᄒ여 녜 아닌 복식으로 군ᄌ지

**44면**

견의 뵈온 죄 잇거늘 다시 스싱을 가져 은휘ᄒᆫ 죄 잇스니 본덕이 현누ᄒᄆᆡ 맛당이 부 ᄌ의 다스리시믈 밧ᄌ올가 ᄒ엿습더니 도로혀 이 ᄀ흔 은우롤 베푸시니 쳡 슈불혜나 엇지 감ᄉ치 아니리잇고 연이나 군ᄌ의 뭇는 바롤 듸치 못ᄒ믄 셩졍이 둘ᄒ 연긔라 원 군ᄌᄂᆞ ᄋ녀ᄌ의 오돌ᄒᄆᆯ 관ᄉᄒ쇼셔 말노듓ᄎ 옥셜빈상의 홍운이 더옥 무루녹 고 옥셩낭음이 쳥낭쇄락ᄒ여 단순의 치봉이 부르지지는 듯 옥반

## 45면

의 딕쥬쇼쥬룰 구을니는 듯ᄒ니 병뷔 더옥 깃브믈 니긔지 못ᄒ니 만면 츈풍으로 흔
연이 위로ᄒ고 야심ᄒ믈 일ᄏ라 옥쵹을 슈장 밧긔 물니고 금병을 다드미 쇼져룰 붓
드러 상상 슈리의 ᄂ아가니 원앙금침의 니셩합친이 금일 처음이라 병부의 견권 하ᄒ
지졍은 불문가지라 옥보방신의 쳥향이 만실ᄒ고 옹지셜뷔 옷쳐지며 뮈여질 듯ᄒ여
온유향이 다스ᄒ니 유졍군주의 환오쾌락ᄒ믈 니긔

## 46면

지 못ᄒ니 쇼졔 연연 약질노 풍뉴장부의 풍운이 졔회ᄒᄂ 됴화룰 맛ᄂ니 불승딕경ᄒ
여 만신이 침상의 님흔 듯ᄒ더라 츄애 오히려 고단ᄒ믈 한ᄒ더라 명됴의 쇼졔 몬져
니러 경딕 아릭셔 셩장을 다스리니 명광옥틱 더옥 비무ᄒ여 실벽의 빗이ᄂᄂ지라 병뷔
밧비 니러 ᄂ아가 옥슈룰 잡고 옥비룰 색혀 보니 홍도 일 믹 간 딕 업ᄂ지라 병뷔 희
연딕쇼 왈 어졔날 규슈러니 일야지간의 어룬이 되여

## 47면

시니 부인이 가히 댱부의 능활흔 슈단을 아는다 쇼졔 크게 붓그리고 또 노ᄒ여 치슈
룰 셜쳐 뎡식 왈 네긔의 일너시되 군주는 낙이불음ᄒ고 유이불희라 ᄒᄂ니이다 언파
의 옥식이 닝담ᄒ니 병뷔 웃고 실언홀와 ᄒ더라 쇼져는 닉당으로 드러가고 병부는
외뎐으로 ᄂ가니 뎨싱이 난두의 마됴 ᄂ와 기다리다가 병부룰 보고 관싱은 손의 쥬
필을 흐억이 뭇쳐 손의 쥐고 셩흑ᄉ는 흔 뭉치 부작을 쥐고 좌우로 다라들며 닐오딕
의쳠

## 48면

이 오늘 밤식도록 신녕과 말ᄒ엿시니 반드시 본셩을 일허시리라 신긔 치 드지 아냐
셔 곳치미 무던ᄒ니 이 부작은 틱상노군의 급급여뉼녕 축ᄉ 방문이니 흥복 간의 눌
너 붓치면 아모 귀신도 범뎝지 못ᄒᄂ니라 관싱 왈 나는 흔 별 묘방이 이스니 비록
귀신과 쥬야동쳐ᄒ여도 몸이 상치 아닛ᄂ 법이 잇스니 이룰 뭇쳐 보면 알나라 병뷔
한번식 밀쳐 왈 너희 년쇼비 옥당 말관으로 상부 어룬을 거워 닉 노홀 작시

**49면**

면 그 벌이 웃더ᄒ리오 걱정이로다 셜파의 되쇼ᄒ니 관한님이 다라드러 트러줍고 말ᄒ고ᄌ ᄒ거늘 병뷔 ᄉ미를 썰치니 쓴히 헛도이 구러지ᄂ지라 한님이 다시 니러ᄂ며 졔싱이 ᄒ가지로 오운던의 니르니 상국 곤계 쏘흔 삼 ᄌ로 더브러 취젼의 신셩을 파ᄒ고 ᄂ와 좌위 ᄇ야흐로 됴션을 올니더라 상국이 병부를 보고 쇼왈 우리 손녀를 실산ᄒ고 너희 향방의 쌍유ᄒᄂ ᄌ미를 보지 못ᄒ엿

**50면**

ᄂ 고로 관ᄋ를 다려다가 동방을 여럿더니 네 필연 의괴ᄒ리로다 병뷔 공경문파의 쇼이되왈 원빅의 군동형뎨 긔승졋고 셩당ᄒ여 어되 가 긔빅 됴흔 션광되 들닌 관유 보를 쳐결ᄒ여 친민로ᄡ 니셩미라 ᄒ며 싱인으로ᄡ 귀신이라 ᄒ여 ᄉ름 쇽이기만 능ᄉ로 아오니 쇼싱의 식안도 불명우혹ᄒ옵거니와 원빅 등의 궤휼 부졍ᄒ미 마ᄎᆷ니 군ᄌ라 ᄒ지 못ᄒ리러이다 상국이 쳥파의 쇼슈로 빅슈

**51면**

미염을 어루만지며 우어 왈 말지여다 나의 창ᄋᄂ 물즁긔린이라 군ᄌ되질과 셩덕현ᄒᆼ은 공밍 이부거ᄉ도 무불하ᄌ ᄒ리니 너희 엇지 ᄂ모라 ᄒ리오 관ᄋᄂ 과연 져희 부됴로 나린 션광되니 졍히 그 말은 네 말이 올흐니라 병부ᄂ 상국의 상셔 ᄂ모라 말을 ᄀ장 슬히 듯ᄂ 줄 보고 쇼이무언이요 상셔ᄂ 왕부의 말씀을 더옥 황공ᄒ더라 상셔 등이 이의 작일지ᄉ와 아ᄌ 셜관 등의 긔관지ᄉ를 고ᄒ니 상국 곤

**52면**

계와 초왕 삼곤계 역시 되쇼ᄒ믈 마지 아니ᄒ더라 모다 권ᄒ여 졔싱이 됴션을 한가지로 ᄒ고 병뷔 드되여 하직을 고ᄒ고 졔인이 ᄒ가지로 궐하의 됴회를 파ᄒ고 본부의 도라와 ᄃᆫ당 부모긔 뵈올ᄉᆡ 미우의 만면 화긔 ᄀ득ᄒ니 졔형이 문왈 근간의 현뎨 마지 못ᄒ여 ᄃᆫ젼의 작위화식ᄒ고 물너ᄂ면 우슈울억ᄒᄂ 거동이 보기의 고이터니 금일은 엇지 셕일 화려흔 거동이 도라왓ᄂ뇨 병뷔 미급답의 희필

**53면**

공지 쇼왈 작야의 삼형이 임부의 가노라 ᄒ셔도 반ᄃ시 관부의 가 계시던가 시부이다 병뷔 우어 왈 이 ᄋ히 ᄀ장 녕흔 쳬 ᄒᄂ도다 얼토셜토 아닌 뉘 집이라 가리오 원빅이 흉슐의 ᄲᆞ져 흔 번 가 뎐안ᄒ고 두 번 가 견빙악흔 것도 졈즉ᄒ고 열업셔 ᄂᆞᆷ 우일가 시분ᄃᆡ 또 무엇ᄒ라 가리오 슈연이나 냥위 형장과 아은 필연 아라실 듯ᄒ되 원빅과 동심ᄒ여 날을 긔이실 쥴 아라시리오 공지 쇼왈 쇼졔ᄂᆞᆫ 실노

**54면**

이미ᄒ여이다 슈슈ᄅᆞᆯ 보오니 ᄇᆞ야흐로 구면목이 의회ᄒ여 ᄭᆡᄃ르미요 그 젼의ᄂᆞᆫ 아지 못ᄒ이다 댱형이 ᄃᆡ쇼 왈 현뎨ᄂᆞᆫ 임슈로 일방동쳐ᄒ던 부부로 면목이 그리 녁지 못ᄒ며 ᄯᅩ 딘즁의셔 은인 부운ᄉ의 션풍도골을 닉이 보왓노라 미양 그 쳥고흔 풍의ᄅᆞᆯ 칭찬ᄒ더니 동방화쵹 하의ᄂᆞᆫ 두 눈을 금앗던가 우리ᄂᆞᆫ 젼일이라도 슈슉지간 녜의 ᄉᆞ엄ᄒ니 즁목쇼시의 공경ᄒ여 우러러 보앗고 그 후 실니흔

**55면**

ᄉᆞ오 지의 ᄯᅩ 칭셩관시로 친영홀 젹이야 보와시니 ᄯᅩ 부운ᄉᆞᄅᆞᆯ 뉘 아더냐 긔빅 됴히 즘즘코나 잇거라 병뷔 ᄯᅩ흔 ᄌᆞ긔 불명쇼탈ᄒ미 무쌍ᄒ니 역시 열업고 졈즉흔지라 다만 역쇼무언이러라 가즁 ᄋ쇼비 츳환 복예 등이 ᄇᆞ야흐로 병부의 신인 관쇼졔 옛날 임쇼졔 싱환ᄒ민쥴 알고 아니 깃거ᄒ리 업더라 틱ᄉ 부뷔 희식이 만면ᄒ고 목틱부인이 이 말을 듯고 슬겁든 쳬ᄒ고 왈 나ᄂᆞᆫ 신인을 보니 이 노안의도 구면이 만히

**56면**

의회ᄒ더라마ᄂᆞᆫ 너희 부지 이런 ᄉᆞ식이 업ᄂᆞᆫᄃᆡ 무용흔 늘그니 아ᄂᆞᆫ 쳬ᄒ고 쥭겻다가 변모 업슨 말을 덤벅ᄒ고 핀잔볼가 뎌허 아모 말노 못ᄒ엿더니라 ᄒ더라 이 날이 ᄯᅩ 져믈미 병뷔 아마도 춤지 못ᄒ여 ᄯᅩ 임부의 니ᄅᆞ니 졔셩이 마ᄌ 반기며 에워ᄊᆞ고 괴로이 보치여 야심토록 노화 보ᄂᆡ지 아니니 병뷔 괴로이 넉여 온가지로 방츌ᄒ나 졔셩이 ᄋᆞ흐리 붓들고 노치 아녀 왈 금야의 ᄯᅩ ᄀᆞᆺ다가ᄂᆞᆫ ᄂᆡ실부인

**57면**

신녕이 늬드라 만장 회슈홀 거시니 가지 말느 흐고 노치 아니니 병뷔 괴로오믈 늬기
지 못흐더니 임상셰 느와보고 닐오딕 졔형늬는 의첨으로 년쇼 붕비 간의 회희잡담이
고이치 아니흐거니와 오가로셔는 의첨이 입막지빈이라 졔뎨는 가히 만홀치 못흐리
니 그만흐여 희롱을 긋치라 졔싱이 상셔의 말을 듯고 브야흐로 숀을 놋코 니러느니
병뷔 몸을 니러 화각의 니르니 졍히 야심흐엿는지라 쇼졔 졍히 의상을 그르고 침상
의 오

**58면**

르고즈 흐더니 병부의 입실흐믈 보고 슉직 시녜는 분분이 물너느고 쇼졔 의상을 졍
돈흐여 상의 느려 마즈니 보건딕 관줌을 나리오고 의상이 져기 부졔흐니 더욱 가려
흐여 관음이 칠보를 벗고 년딕의 느리는 듯 텬손이 깁옷을 썰쳐 광한누의 느리는 듯
옥틱쳔염이 볼스록 뎔승그려흔지라 병뷔 이 거동을 보믹 더욱 심신이 취흐이고 의시
운몽의 던도흔지라 년망이 나아가 밧비 붓드러 닐오딕 임의 야심흐엿

**59면**

거늘 곳쳐 니러느 무엇흐리오 언파의 의관을 히탈흐고 쇼져를 넛그러 일금지하의 느
으가니 시로온 은이 양왕의 쑴이 무산의 던도흐더라 명됴의 부뷔 니러 문안흐니 일
가인이 아니 깃거흘 리 업고 쇼부인이 녀셔의 츅일 왕늬흐여 녀으로 금실이 화명흐
여 관관흔 화락이 당쳬의 잇스믈 브야흐로 두굿기고 깃거 녀으 부부 곳 보면 아험의
희긔 영즈흐니 졔스금장이 셔로 회롱흐여 웃더라 츠후 병뷔 년일 왕늬흐여 댱츠 슈
유불니

**60면**

홀 쑷이 잇스니 졔인이 긔쇼흐믈 마지 아니코 쇼졔 그윽이 붓그리고 난연흐더라 슌
일이 되니 셜부의셔 쇼졔를 다려가니 돈당 상히 시로이 결연흐더라 셜임 냥부의셔
바야흐로 병부 부부의 복합흔 연유를 텬졍의 쥬달흐온딕 상이 임상셔 등의 쥬스로도
츠 셜병부와 관한님의 긔관을 드르시고 틱쇼흐시며 셜병부의 불명쇼탈흐믈 지슘 우
으시고 녜부의 하됴흐스 바야흐로 셜부 문녀의 셩녀찬

332    임씨삼대록 4

**61면**

을 지으시고 뎡문을 놉히라 ᄒᆞ시며 쇼황문으로 녜복을 ᄉᆡ숑ᄒᆞ시니 임쇼제 텬ᄌᆞ의 표장ᄒᆞ시믈 밧ᄌᆞ와 일품 댱복을 ᄀᆞᆺ쵸와 돈당 구고긔 뵈오니 구괴 ᄉᆡ로이 이즁ᄒᆞ더라 ᄎᆞ후로 무ᄉᆞ틱평ᄒᆞ여 병븨 임쇼져로 화락 녀가의 쥬진션을 ᄎᆞᄌᆞ며 인연이 여러 곳의 미이무로 능히 인녁의 밋지 못ᄒᆞ여 이후의 틱상경 박유의 ᄎᆞ녀와 어ᄉᆞ즁승 니명승의 녀를 년ᄒᆞ여 ᄎᆔᄒᆞ니 박시와 니시 다 ᄉᆡᆨ덕이 슉녜라 ᄒᆞᆫ갈ᄀᆞᆺ치 후

**62면**

디ᄒᆞ여 규문이 ᄆᆞᆰ기 거울 ᄀᆞᆺ더라 화셜 셜틱ᄉᆞ의 필ᄌᆞ 희필의 ᄌᆞᄂᆞᆫ 명쳠이니 싱셩ᄒᆞ미 범골이 아니라 경ᄌᆞ옥골이오 슈구금심이니 방년 십ᄉᆞᆷ의 풍치 늠늠ᄒᆞ여 긔위 호상ᄒᆞ며 벽난의 경운이요 화림의 숑쥭이라 흉즁의 품은 바 지학이 쵸셰ᄒᆞ니 빅시 진션ᄒᆞ미 남녜 다ᄅᆞ나 미ᄌᆞ 의녈부인으로 흡ᄉᆞᄒᆞ니 부뫼 과이ᄒᆞ여 너비 현부를 틱ᄒᆞ더니 녀ᄋᆞ로 인ᄒᆞ여 임쇼져의 셩덕을 닉이 알고 지슴 쳥혼ᄒᆞ

**63면**

니 쵸왕이 ᄯᅩᄒᆞᆫ 허락ᄒᆞ나 삼공ᄌᆞ 연홍의 가긔를 몬뎌 일우려 ᄒᆞ더라 쵸왕이 왕모 관틱부인 년고ᄒᆞ심과 ᄉᆞ위 친의를 영합ᄒᆞᄂᆞᆫ 고로 ᄌᆞ녀의 혼ᄉᆞ를 일시의 일워 ᄌᆞ녀부의 작쇼를 쌍쌍이 깃드리려 ᄒᆞ더라 쵸왕의 뎨삼ᄌᆞ 연홍의 ᄌᆞᄂᆞᆫ 원형이오 한시의 댱지니 ᄯᅩᄒᆞᆫ 덕문여가의 현부모싱훈이라 년보 십ᄉᆞᆷ의 옥면뉴풍이 표일쇄락ᄒᆞ고 지혹이 고명ᄒᆞᆫ지라 돈당 부뫼 과이ᄒᆞ여 경참뎡 녀ᄋᆞ로 임의 뎡혼ᄒᆞᆯ 고로

**64면**

경부의 통ᄒᆞ여 길신을 지쵹ᄒᆞ니 어시의 참지뎡ᄉᆞ 경유ᄂᆞᆫ 어진 ᄌᆡ상이오 부인 뇨시 ᄉᆡᆨ덕이 겸비ᄒᆞ니 부뷔 공경화락ᄒᆞ여 이ᄌᆞ삼녀를 다 셩혼ᄒᆞ고 필녜 션푀 싱셰ᄒᆞ미 이용이 관졀ᄒᆞ고 녀힝이 뎡슉ᄒᆞ니 부뫼 과이ᄒᆞ미 장즁보옥이라 참뎡이 임상부의 니ᄅᆞ럿다가 연홍공ᄌᆞ의 긔이ᄒᆞ믈 흠앙ᄒᆞ여 구혼ᄒᆞ니 쵸왕이 쾌허ᄒᆞ여 뎡혼납빙ᄒᆞ엿더니 임부의셔 틱일을 지쵹ᄒᆞ니 참뎡이 ᄲᆞᆯ니 틱일ᄒᆞ미

## 65면

지격슈슌이라 임부의 보ᄒ고 혼슈ᄅᆞᆯ 등ᄃᆡᄒᆞ더라 쵸왕의 댱녀 빙혜쇼져의 ᄌᆞᄂᆞᆫ 션강이니 슉녈부인 효문공쥬 쥬시의 탄싱애라 싱셩긔질이 범연ᄒᆞ리오 방년 십일의 긔려 슈이ᄒᆞᆫ 용광은 쇼월이 ᄌᆞ틔 업고 긔홰 무싁ᄒᆞ니 슈국의 난최요 션원의 계홰라 빅틱쳔미 아니 가준 곳이 업고 댱단 쳬지슈단이 합도ᄒᆞ고 능셤이 득즁ᄒᆞ여 셩덕규뫼 셩녀뉴풍이 가죡ᄒᆞ더라 이의 셜공ᄌᆞ와 뎡친

## 66면

ᄒᆞ고 길일을 뇌졍ᄒᆞ니 길긔 일삭이 가렷더라 이러구러 길일이 다다르니 임경 냥부의셔 셜연쳥긱ᄒᆞ고 연흥공지 옥면영풍의 길복을 졍히 ᄒᆞ고 빅마금안의 허다 위의ᄅᆞᆯ 거ᄂᆞ려 경부의 ᄂᆞᆼ가 옥상의 기러기ᄅᆞᆯ 던ᄒᆞ고 신부ᄅᆞᆯ 친영ᄒᆞ여 도라와 냥 신인이 합환교비ᄒᆞ고 ᄌᆞ하상을 난ᄒᆞ민 공지 즘간 눈을 드러 신부ᄅᆞᆯ 보니 싁덕이 과망ᄒᆞᆫ지라 미우의 희긔ᄅᆞᆯ 씌여 밧그로 ᄂᆞ가더라 신뷔 됸당

## 67면

구고긔 납폐ᄒᆞ민 만좌 졔목이 일시의 쳠관ᄒᆞ니 폐월슈화지틱와 팀어낙안지용의 복덕완젼지상이라 됸당 구괴 딕희ᄒᆞ고 좌긱의 하셩이 분분ᄒᆞ더라 동일 진환ᄒᆞ고 일모긔산ᄒᆞ민 신부 슉쇼ᄅᆞᆯ 명뉸당의 뎡ᄒᆞ니 유ᄋᆞ 시비 쇼져ᄅᆞᆯ 뫼셔 믈너가다 시야의 공지 됸당의 명을 니어 신방의 ᄂᆞᆼ가민 오미ᄉᆞ복ᄒᆞ민 업시 슉녀덜염을 맛ᄂᆞ민 동방화쵹의 니셩지친을 일우고 명됴의 부뷔

## 68면

신셩됸당ᄒᆞ민 싀로이 사랑ᄒᆞ더라 경쇼졔 인유구가ᄒᆞ여 션슈됸당ᄒᆞ고 효봉구고ᄒᆞ고 승슌군ᄌᆞᄒᆞ고 화우ᄌᆞ미ᄒᆞ니 예셩이 ᄌᆞᄌᆞᄒᆞ더라 이러구러 셜부 길일이 다다르니 임셜 냥가의셔 크게 셜연ᄒᆞ고 빈긱을 크게 쳥ᄒᆞ니 광실이 둅고 분문 요란ᄒᆞ더라 일영이 장반의 셜공지 길복을 착ᄒᆞ고 은영빅마의 위의ᄅᆞᆯ 휘동ᄒᆞ여 쵸왕궁의 니르러 옥상의 뎐안ᄒᆞ고 믈너 신부의 상교ᄅᆞᆯ 기ᄃᆞ릴식 옥

**69면**

모영풍이 더옥 쇄락ᄒ니 빈긱의 하셩이 분분ᄒ더라 타부인 이히 빙혜쇼져의 부뷔 상
덕ᄒᆯ 깃거 쇼져의 장복을 직쵹ᄒ여 뎡의 올닐ᄉᆡ 쥬치 옥슈를 잡고 녀힝ᄉ덕을 경
계ᄒ니 쇼졔 슈명빅ᄉᄒ고 상교홀ᄉᆡ 홀연 츄파 쌍셩의 두 줄 신쳔이 써러지니 모비
와 셜의녈이 ᄃᆡ경ᄒ여 쥬비 뎡ᄉᆡᆨ 칙왈 녀ᄋᆡ 엇지 이리 미거ᄒᄂᇇ 즈고로 녀ᄌᆡ 장셩ᄒ
ᄆᆡ 녜이동부ᄂᆞᆫ 녜지상애라 네 엇지 미거ᄒᆫ 거동을 ᄒ

**70면**

ᄂᆞᇈ 의녈이 쏜 소리로 경계ᄒ니 쇼졔 낭연이 슈긔ᄒᄂᆞᆯ 먹음고 옥협의 훈식이 염염
ᄒ나 능히 녕신ᄒᆫ 마음의 슬푸믈 억졔치 못ᄒ니 쥬비 더옥 놀ᄂᆞ 의녈을 도라보와 왈
녀ᄋᆡ 슬푸미 여ᄎᆞᄒᆞᆷ은 실노 고이ᄒᆫ 일이라 현뷔 잠ᄭᆞᆫ 돈당의 고ᄒ고 녀ᄋᆡ 뒤흘
됴ᄎᆞ 귀령ᄒ여 슈슌 일 머무러 녀ᄋᆡ 불의 화익을 뎨방홀 도리를 싱각ᄒ라 의녈이
침음 ᄃᆡ왈 쇼긔 아직 십여 셰 규ᄋᆞ로 쳐신이 금옥 ᄀᆞᆺᄒ니 ᄉᆞ름의게

**71면**

은원이 업ᄉ니 뉘 히ᄒ리잇고마ᄂᆞᆫ 오히려 간인을 일흐기 잇ᄉᄂᆞᆫ 고로 ᄀᆞ만ᄒᆫ ᄀᆞ온ᄃᆡ
어ᄃᆡ 은복ᄒ여 작변ᄒ려 ᄒᆞ민가 ᄒ나이다 ᄃᆞ만 화복이 관슈ᄒ니 오ᄂᆞᆫ 익은 셩인도
면치 못ᄒ다 ᄒᄋᆞ니 쇼쳡이 귀령ᄒᄋᆞᆫ들 요변을 엇지 뼁어ᄒ리잇고마ᄂᆞᆫ 삼가 돈명ᄃᆡ
로 ᄒ리이다 쥬비 뎜두ᄒ고 불낙ᄒᆞᆯ 마지 아니니 좌긱이 그 곡졀을 몰나 크게 의혹
ᄒ고 한쇼풍 삼 부인과 효장공쥐 크게 근심ᄒ여 반ᄃᆞ시 지앙이 급ᄒᆞᆯ

**72면**

알오미 밝더라 신뷔 상교ᄒᆞᆷ이 셜공ᄌᆡ 슌금쇄약을 가져 뎡문을 줌오기ᄅᆞᆯ 맛고 호숑ᄒ
여 위의를 두루혀니 미지ᄒ여오 셜의녈이 돈당의 하직ᄒ고 위의를 출혀 쇼고의 뒤흘
뎡히 됴ᄎᆞ려 ᄒ더니 홀연 복통이 ᄃᆡ단ᄒᆞᆷ며 산졈이 급ᄒ니 원ᄂᆡ 셜부인이 잉틱 만월
ᄒ여시되 돈당 구긔 아지 못ᄒ엿더니 이날도 오후 겻ᄃᆞ록 거동이 평상ᄒ여 일호도
불평ᄒᆫ 긔식이 업ᄉ니 돌연 일긕지닉로셔 산뎜이

**73면**

이러툿 급ᄒ니 이 가히 의녈의 니른바 셩인도 오ᄂ는 잌은 면치 못ᄒ다 ᄒ니 임쇼졔 임

의 잌을 당ᄒ엿ᄂ지라 엇지 인녁이 밋츨 비리오 의녈이 급히 안흐로 드니 좌즁이 놀

ᄂ며 됻당 구괴 바야흐로 산긔믈 알고 급히 좌우 시녀로 ᄒ여곰 붓드러 ᄉ침의 가 구

호ᄒ라 ᄒ니 의녈이 계오 침누의 도라와 통셰 딕단ᄒ니 시비 구호ᄒ더니 식경 후 믄

득 일쳑 빅옥을 싱ᄒ니 산실의 향운이 니러ᄂ고 ᄋ히 긔골이 셕딕ᄒ며 우름 쇼

**74면**

릭 집 말니 울니고 큰 뇌뎡 쇼릭 굿ᄒ니 유랑 시녜 딕회ᄒ여 년망이 강보를 거두며

깅반을 츌혀 구호ᄒ며 일변 됻당의 고ᄒ니라 의녈이 바야흐로 뎡신을 츌혀 널미 낭

인다려 왈 닉 쇼고의 뒤흘 됴츠 귀령ᄒ여 불의지화를 방비ᄒ려 ᄒ엿더니 의외 산졈

이 급ᄒ여 히만ᄒ미 날이 발셔 더무러시니 반ᄃ시 딕싀 그릇되엿거니와 연이나 쇼고

ᄂ 달슈영복지인이라 일시 시운이 건우ᄒᆫ ᄲᅵ 요음 찰녜 작난이 비경

**75면**

ᄒ나 ᄌ고로 농즁의 가치이ᄂ 봉황이 업고 환난의 버셔ᄂ지 못ᄒᄂ 셩현이 업ᄂ지라

쇼고ᄂ 하늘이 유의ᄒ여 닉신 셩녜니 엇지 요얼이 감히 히ᄒ리오마ᄂ 일시 겁슈를

ᄲᅵ미 고이치 아니니니 닉 임의 시슈를 혜ᄋ리니 쇼괴 발셔 봉변ᄒ엿실지라 그딕 등

이 셜부로 가지 말고 화잉 등 ᄉ녜를 거ᄂ려 그딕 등이 복식을 곳치고 셜부로셔ᄂ ᄌ

운산이 상게 굿ᄀ오니 요인이 금야의 반ᄃ시 쇼고를 잡ᄋ다가 ᄌ운산 암혈의 가 히

홀 거시니

**76면**

급급히 ᄌ운산 상봉의 올나 기ᄃ려 션쳐ᄒ라 혹 괴이ᄒ 업축이 잇실지라도 녹난 벽

완이 잇ᄉ니 놀ᄂ지 말나 널미 등이 츳언을 듯고 딕경ᄒ더라

# 임시삼딕록 권지이십구

## 1면

추셜 녈미 등이 츳언을 듯고 딕경실식ᄒ여 급히 뉴 인이 다 복식을 곳치고 다시 고왈 만일 쇼져를 구ᄒ거든 어딕로 가리잇고 부인 왈 쇼졔 금년 횡익지슈 이시니 일 년만 깁히 피ᄒ미 올흐니 바로 후원 도은곡 은실노 뫼시게 ᄒ라 졔녜 슈명ᄒ고 원문을 ᄂ 셔니 발셔 셕양이 되엿더라 츳시 튡당 구괴 셜부인 싱낭ᄒ믈 환희ᄒ여 친히 니르러 시녀

## 2면

룰 분부ᄒ여 의약을 치료케 ᄒ더라 화표 어시의 셜공ᄌ 희필이 빅낭쳔승으로 임쇼져 빙혜룰 친영ᄒ여 도라가 합환 교빅룰 파ᄒ미 신낭이 눈을 드러 신부룰 보니 옥빈화 안이 긔긔묘묘ᄒ고 셩덕 규뫼 어리여시니 신낭이 미지 일견의 회식이 만안ᄒ더라 이 의 단장을 곳치고 진쥬션을 아ᄉ미 됴튤을 놉히 드러 튡당 구고긔 딕헌ᄒ니 허다 만 목이 관광ᄒ미 이 진실노 곤륜산 가지요 벽창히 근원이며 텬지 뎡믹이라

## 3면

듯던 바의 셰 번 더으미 이시니 미목변혜며 교쇼쳔혜는 위후 장강으로 흡ᄉᄒ고 단 쥰한ᄋᄒ믄 동가녀로 방불ᄒ고 온쥰뎔인ᄒ믄 낙신이 붓그리며 셔시는 완슈ᄒ믈 ᄉ 양ᄒ고 비연 틱진은 경신완둔혼가 의심ᄒ니 텬지 만물의 비기지 못ᄒᆯ너라 식쥼지쥼 이요 덕쥼지원이라 엇지 범틱쇽녀의 연분방틱으로 다ᄉ린 분면홍안을 미식이라 ᄒ 며 ᄉᄉ로이 쥬옥화뤼의 비기며 더러이 츈화도리의 ᄂᆺ가이 비ᄒ리오 월익

## 4면

의 칠ᄉᄌ옥관이 뎡뎨ᄒ고 팔화구란난봉츠로 무빈을 진졍ᄒ여시니 쵸딕의 구름이 엉긔엿고 비봉 ᄀᆺᄒᆫ 엇게의 홍금덕의룰 착ᄒ여시니 경홍이 나는 듯ᄒ고 셤셤 초요의 팔복능나뉵화군은 덕셩안긔룰 식로이 셜쳐는 듯ᄒ니 완완 유룡이 노니는 듯ᄒ니 좌 우의 만좌 홍상이 탈식ᄒᄂᆫ지라 졔긱이 입이 밤뷔고 눈이 두렷ᄒ여 능히 하셩을 일 우지 못ᄒ고 목틱부인의 눈의는 아줄아즐ᄒ니 능히 부시여 보지 못ᄒ여

**5면**

슈건을 드러 슈업시 씨스며 두 눈을 지긋거리고 건슌노치의 츔을 フ로 흘니고 닐오
디 으마으마 임상부의논 졀식도 쌋혓다 혈육지신이 져리 곱게곱게 굿쵸 삼겻논고 져
런 가문의 지란 굿혼 흉면괴싁이 드러가 됴히 혼 쌀망뎡 붓박이던 쥴이 이상ᄒ다 ᄯ
비젹어려 감회ᄒ여 왈 뎌런 위츗의 인심 됴코 덕스런 문듕의 드러가 됴히 잇논 거슬
그 원슈 졔 오라비놈 쳔참만살홀 놈 지형 곳 아니면 됴히 이쩌가

**6면**

지 스라 혹 임상셔의 도라보믈 닙어 긔특혼 ᄌ녀나 싱산ᄒ여실닷다 ᄒ니 좌긱이 그
거동을 フ마니 フ르쳐 웃기를 마지 아니ᄒ더라 믄득 임부로됴츳 시녀 니르러 부인의
싱남ᄒ믈 고ᄒ니 팀스 부뷔 디회ᄒ고 좌긱이 겹겹 영화를 치하ᄒ더라 이윽고 일모셔
산ᄒ미 긱긔기가ᄒ고 신부 슉소를 션향졍의 뎡ᄒ니 뉴랑 보모 등이 쇼져를 뫼셔 침
쇼로 도라가다 이늘 임쇼졔 침쇼의

**7면**

도라와 유랑 시녀 장복을 벗기고 단의홍군을 밧드러 임쇼졔 긔착ᄒ고 졔 시녀 뫼셧
더니 믄득 쥬방 시녀 쥬식을 만히 밧드러 니르러 쇼져긔 ᄂ오고 졔 시녀 등과 유모를
권ᄒ니 쇼져논 약간 햐져ᄒ고 졔녜논 포식ᄒ미 フ만혼 가온디 요음 찰녜 은복ᄒ여
변을 지으니 스룸이 혼 번 먹으미 아됴 죽든 아니나 인스를 ᄎ리지 못ᄒ논지라 요힝
쇼졔 뎍게 먹어시무로 아됴 인스를 바리지 아니나 믄득 뎡신이

**8면**

어즐ᄒ여 침병의 지혀 유모를 불너 쉬고ᄌ ᄒ더니 뉴모로붓터 졔 시녀 일시의 것구
러져 혼혼불셩ᄒ니 아모리 불너도 씨지 아니논지라 쇼졔 스스로 의괴ᄒ더니 믄득 후
창이 널니며 일 녀지 드러오니 완연이 ᄌ긔 형용을 비럿고 지후의 혼 노괴 드러와 부
지불각의 쇼져를 쯔드러 누르고 입의 무어슬 위력으로 퍼부으며 일변 슈독을 동혀
그 미인은 쇼져의 홍상치의를 아ᄉ 닙고 쇼져논 단의

만 닙혀 노고롤 쥬며 ᄀ만ᄀ만 말ᄒ니 쇼졔 무망지변이라 독약이 연ᄒ 장부의 편만 ᄒ니 능히 말을 못ᄒ고 힘힘이 ᄒᆞ 거리 노히 동히인 빅 되니 후일은 아득ᄒ여 아지 못ᄒ니라 그 노괴 쇼졔롤 동혀 셤신을 밧비 쎠 급히 후창으로 문을 나미 놀이 발셔 황혼이라 요괴 처음은 먼니 가려 ᄒ더니 임쇼져의 뎡ᄀ 당당ᄒ여 능히 먼니 슈운치 못ᄒᆯ지라 계오 ᄌ운산의 니르러 싱각ᄒ되 닉 그윽ᄒ

암혈의 가 죽여 그 졍긔롤 마시고 얼골을 비러 세상의 ᄂ았가 남ᄌ들을 후리리라 ᄒ 고 유벽ᄒ 곳으로 드러가더라 어시의 셜공지 튼당 명으로 신방의 나았가미 가장 고 요ᄒ여 시녜비 하ᄂᆞ토 눈의 뵈지 아닛ᄂ지라 무례ᄒᆞ믈 괴히 녀겨 침음 낭구의 긔호 입실ᄒ니 댱외의 졔 시녜 어즈러이 구러졋ᄂ지라 싱이 심이 의심ᄒ여 댱니로 드러가 니 신부란 거시 녹의홍상으로 쵹하의 안줏다가 총망

이 이러 마ᄌ 교용함틱ᄒᄂ지라 싱이 그 거동을 불쾌ᄒᄂ 짐즛 좌룰 일우고 츄파롤 흘녀보니 이 엇지 셕상의 네이우귀ᄒ여 빅낭쳔승의 빗너 마ᄌ온 임쇼졔리오 범틱육 안은 가히 쇽이려니와 셜공ᄌᄂ 도학군지라 엇지 요스롤 분변치 못ᄒ리오 일견의 딕 경희연ᄒ여 혜오딕 ᄌ가와 임시 다 년쇼ᄒ여 눔의게 은원이 업거늘 어ᄂ 곳 간인이 무숨 연고로 이런 변고롤 짓는고 경괴ᄒ니 슈일뎡광이 두

셰 번 거듭 쎠 요녀의 신상의 밋츳믈 씨돗지 못ᄒ니 경긱의 만고 뎔염 슉녀롤 비ᄒ여 의가지낙이 쾌ᄒ고 쳐궁이 복되믈 ᄌ희ᄒ던 홍심이 쇼삭ᄒ니 면싴이 여토ᄒ고 믄득 노심이 니러ᄂᄂ니 엇지 일시ᄂ 안ᄌᆞ시리오 분연이 ᄉ매롤 쎌쳐 밧그로 ᄂ가니 요녜 뎡히 군ᄌ 가긔룰 희짓고 타연이 셜공ᄌ의 옥모영풍을 겻지을가 ᄒ더니 쳔만 긔약지 아닌 미몰이 썰쳐가믈 보미 딕경실싴ᄒ나 ᄎᆞ마 무숨 넘치

**13면**

로 붓들니오 헛도이 노화 바리고 이둛고 분호믈 니기지 못호니 아지 못게라 이 엇던 요인인고 하회를 보라 화셜 션시의 쥬시 연낭이 옥션의 일녀를 품의 품고 다라나 향방 업시 단니며 그윽이 심복의 스룸을 맛나 다시 닐을 니고즈 호더니 일일은 뎔강 쇼흥부의 니르럿더니 믄득 스룸이 일오디 요스이 쳥원암의 흔 도괴 잇셔 상 보는 법이 귀신 ᄀᆞᆮ다 호거늘 연낭이 가장 깃거 쳥원암을 초즈가니 과연 흔

**14면**

도괴 잇스니 ᄂᆞ히 팔십이ᄂᆞ 호고 형용이 긔괴호고 머리의 황건을 쓰고 몸의 아로롱 옷슬 닙엇더라 연낭이 ᄂᆞᆼ가 만복을 쳥흔디 도괴 눈을 드러 보고 크게 깃거 깃좌의 안치고 닐오디 어엿부다 낭즈야 본디 옥남긔 구슬꽂치로디 명운이 다쳔호여 부모긔 연이 업고 뉴리ᄉᆞ방홀 팔진라 몸이 비록 녀진나 뜻 줍으미 호걸이로다 낭즈의 지혜ᄂᆞᆫ 너르나 하늘이 돕지 아닛ᄂᆞᆫ도다 연낭 왈 과연 스부의 말이 올흐니 ᄂᆡ 초즈 니르믄 팔즈

**15면**

를 뭇고즈 호미 아니라 흔ᄀᆞᆮ 고명을 흠앙호여 니르미요 ᄂᆡ의 일신 쥬착이 업셔 이졔 스부를 묘초 스싱고락을 한가지로 호고즈 호미오니 능히 허호실쇼냐 도괴 이윽이 싱각다가 흔연 답왈 빈되 ᄯᅩ흔 낭즈 ᄀᆞᆮ흔 니를 맛ᄂᆞ고즈 호더니라 호고 이날붓터 지긔 상합호여 스싱불니코즈 호더라 원니 이 도고는 안문산 구도동의셔 슈쳔 년 득도흔 빅면 여이라 스스로 닐오디 빅면 도괴라 호더라 연낭이 드듸여 빈혼 바 요

**16면**

슐변화를 시험호니 도괴 ᄯᅩ흔 요슐변홰 무궁흔지라 셔로 깃거 굴오디 우리 맛당이 경소 근쳐의 가스를 일우고 결위모녜호리라 호고 낭붜 드듸여 결의호고 쇼ᄋᆞ를 다리고 요슐노 경소의 니르러 동문 밧 즈운산의 스오 간 쵸당을 일우고 도고는 변호여 스오슌은 흔 노픠 되고 별호를 호과뫼라 호며 연낭은 뎌근 ᄯᆞᆯ이라 호고 쇼ᄋᆞᄂᆞᆫ ᄯᆞᆯ 죽은 외손녀라 일ᄏᆞᆺ더라 연낭이 도고로 더브러 밤이면 변신호여 파리도

**17면**

되고 시도 되여 셩즁의 드러가 두루 돌며 연낭은 ᄀ마니 임상부 스긔를 탐관ᄒᆞᆫ즉 아
됴 업시ᄒᆞᆫ 쇼셩 낭 쇼졔 완연 싱돈ᄒᆞ여 금누화각의 옥인군즈로 화락ᄒᆞ여 명부의 직
을 누리믈 보미 분원통히ᄒᆞᆷ믈 니긔지 못ᄒᆞ여 다시 줍으다가 업시ᄒᆞ고즈 ᄒᆞ나 츅스부
작을 각당 각젼과 문마다 챵마다 부쳐시니 요녜 감히 드러갈 의스를 못ᄒᆞ더니 쵸왕
의 즈녀를 혼닌ᄒᆞ믈 보니 연흥공쥬는 한부인 쇼싱이라 보원홀 닐 업

**18면**

스나 빙혜쇼져는 쥬비 탄싱ᄒᆞᆫ 비라 덕셰 원한이 깁흐니 뎐졍을 마회ᄒᆞ리라 ᄒᆞ고 즉
시 변ᄒᆞ여 모긔 되여 동졍을 슬피고 셜공즈 입댱ᄒᆞ는 위의를 ᄯᅡ라 임부의 니르러 젼
안ᄒᆞ는 시동을 다 보고 분ᄒᆞ미 츙츌ᄒᆞ니 급급히 도라가 빅면괴를 보고 쇼유를 니르
고 계교를 의논ᄒᆞᆫ딕 요괴 임쇼졔 뎔식이란 말을 듯고 딕회ᄒᆞ여 왈 연즉 빈되 낭즈로
더브러 뎌 곳의 느으가 임시를 뎔뎨ᄒᆞ고 낭지 그 젼형을 비러 뎌 곳의 머물면 빈

**19면**

도는 임시를 줍으오리라 넌낭이 딕회ᄒᆞ여 이의 복식을 곳치고 얼골을 변ᄒᆞ여 요리로
더브러 인가 쳥의의 모양으로 셜부의 드러가 츠환의 무리의 셧겨 굿보며 가마니 신
방을 알고 션향각 난하의 숨어 어둡기를 기드려 쥬방 츠환이 신부와 모든 시녀의 식
상 올니믈 보고 즉시 암약을 그릇마다 드리치고 ᄯᅩ 변ᄒᆞ여 뎌근 츠환이 되여 식상을
올니며 돈당 명을 젼ᄒᆞ고 동졍을 슬피더니 모든 시녜 것구러지거늘 낭외 용

**20면**

약ᄒᆞ여 빅면뇨는 임쇼져를 도덕ᄒᆞ여 즈운산으로 도망ᄒᆞ고 연낭은 임쇼져 되여 신낭
을 기드리더니 공지 드러와 진가를 씨둣고 표연이 느가믈 보니 아연딕경ᄒᆞ여 스스난
예 빅츌ᄒᆞ여 좌불안셕ᄒᆞ더니 스스로 쵹을 ᄡᅥ 업시 ᄒᆞ고 창승이 되여 느라 ᄀᆞ마니 문
틈으로 느와 공즈를 ᄯᅩ로더라 이ᄯᅥ 셜공지 신방으로셔 느와 바로 딕셔헌의 니르니
부군이 발셔 취침ᄒᆞ시ᄂᆞᆫ지라 드러가지 못ᄒᆞ고 쇼셔당의 니르니 졔질이 오히려

**21면**

주지 아니ᄒ고 문학을 상논ᄒ다가 공ᄌ를 보고 놀나 닐오ᄃ 슉뷔 엇지 취침치 아니
시고 야심토록 분쥬ᄒ시ᄂ니잇고 공지 광미를 빈츅ᄒ고 왈 우슉이 신긔 불평ᄒ니 능
히 신방을 찻지 못ᄒ고 현질 등과 평안이 쉬고ᄌ ᄒ여 니르쾌라 졔 공지 쇼왈 슉뷔
금일 향방의 시슉모의 향염미질을 무고히 염피ᄒ여 이 독셔당 한금덕막을 뉴렴ᄒ시
니 ᄀ장 의괴ᄒ도쇼이다 공지 증닉여 관을 버셔 더지고 원침의 쓰러지며

**22면**

왈 여등은 잡말 말나 우슉이 브야흐로 망측ᄒ 변을 목견ᄒ니 뎡히 심난어득ᄒ여 심
시 아모라타 업스니 여등은 화즁난 말 그만ᄒ라 셜파의 기리 탄식고 광슈로 ᄂ출 덥
고 향벽ᄒ여 눕거늘 셜츄밀 댱ᄌ 운이 ᄂ히 십 셰로ᄃ 극히 춍명ᄒ고 지식이 원ᄃᄒ
지라 슉부 말ᄉᆞᆷ을 듯고 크게 놀나 문왈 슉부야 시하언야오 셕상의셔 슉모를 보니 ᄒ
ᄀᆺ 외모용식ᄲᅵᆫ 아니라 식덕이 가즉ᄒ신 슉녀진완이라 기간의 무슨 괴시 잇더니

**23면**

잇가 공지 묵연탄식이여늘 운이 착급ᄒ여 문왈 슉뷔 엇지 쇼질을 늬외ᄒ시ᄂ니잇고
공지 질ᄋ의 연고를 몰나 답답이 넉이믈 보고 이의 강잉ᄒ여 니러 안ᄌ 공지의 손을
즙고 기리 탄식 왈 우슉이 셕상의 임시를 마ᄌ 합환교비 시의 두 눈이 병드지 아냐시
니 엇지 식덕이 ᄀᄌᆫ 녀진줄 몰나보리오마ᄂ 아ᄌ의 동방의 ᄂᄋ가 샹ᄃᄒ여 다시
본족 그 좌우 비비 무례ᄒ미 여ᄎᄒ고 신부란 거시 분명ᄒ 임시 아니라 ᄒᄂᆺ 여이 딥
시 쥐 장식

**24면**

이니 일셕지간의 은쥬역변이 잇ᄂ지라 시고로 요악ᄒ 뎡티를 뎡시치 못ᄒ여 즉시 ᄂ
왓노라 공지 쳥파의 ᄃ경실식 왈 ᄎᄂ 덕지 아닌 변괴라 맛당이 왕부와 부슉긔 알외
고 일즉 션쳐ᄒ미 올토쇼이다 공지 왈 우슉이 ᄯ 이 ᄯᆺ이 업지 아니되 임의 야심흔지
라 ᄃ인과 졔 형장이 다 취침ᄒ여 계시니 엇지 능히 고ᄒ리오 늘이 식기를 기다리노
라 운이 ᄯ흔 올히 녁여 지슴 탄식ᄒ고 슉질이 벼기를 년ᄒ여 능히

**25면**

좀을 일우지 못ᄒ니 모든 ᄋ공지 큰 변이라 ᄒ여 ᄯᅩᄒᆫ ᄌ지 못ᄒᆞᄂᆞᆫ지라 이ᄯ 년낭이 이 말을 다 드르ᄆᆡ 심경낙담ᄒ여 급히 침쇼의 도라와 본형을 ᄂᆡ여 천슈만상ᄒ나 됴ᄒᆞᆫ 계피 업고 제 임의 의심을 동ᄒ여시니 이 밤이 시면 필연 시녀비를 고이 두지 아냐 ᄃᆞᆫ가를 츄문ᄒᄆᆡ ᄉ긔 거출 거시요 임왕 부지 알면 반ᄃᆞ시 그 ᄯᅩᆯ의 동뎍을 ᄎᆞᄌᆞ ᄉ긔 피루키 쉬올지라 이 곳의 잇다가ᄂᆞᆫ 필연 ᄃᆡ화를 볼 거시니 삼십뉵계의 다라ᄂᆞ미 웃듬이라 ᄒ고

**26면**

방즁의 버린 피ᄉᆞᆫ지물과 그릇시 쇼복이 담긴 금은진보를 다 거두어 가지고 벽상의 두어 줄 간셔를 쓰고 날이 ᄇᆰ지 아녀 도망ᄒ더라 이러구러 늘이 ᄇᆰ으니 희필이 졔질을 거ᄂᆞ려 돈당의 신셩ᄒ고 좌를 술피니 졔슈와 딜녀 등이 다 모닷시되 홀노 신뷔 불참ᄒ엿더라 임셩녈이 크게 의심ᄒ여 시녀를 명ᄒ여 션향각의 가 아라오라 ᄒ니 슈유의 회보 왈 션향각의 가오니 창호를 긴긴이 닷고 인뎍이 뎍연ᄒ고 아모리 불너도 ᄃᆡ

**27면**

답이 업더이다 좌위 쳥홀의 ᄃᆡ경ᄒ고 공지 ᄇᆞ야흐로 브젼의 쟉야 의심된 바를 알외니 좌즁이 불각ᄃᆡ경ᄒ고 ᄐᆡᄉᆞ 부뷔 실식ᄒ여 좌우를 뎡ᄒ여 급히 션향각의 가 쇼져를 부르라 ᄒ니 임셩녈이 역경ᄒ여 년망이 츈잉 등을 명ᄒ여 몬져 가라 ᄒ고 평일 진즁ᄒ던 거름이 던도ᄒ여 쥬리를 ᄌ로 ᄡᅥ 향각의 니르니 과연 깁지게 고요ᄒ고 졔녜의 비셩이 우레 ᄀᆞᆺᄒᆞᆫ지라 불승경악ᄒ여 급히 문을 여ᄂᆞ 유

**28면**

랑 등이 당후의 구러져 단즘이 바야히요 방즁의 쇼져ᄋ 형영이 업ᄂᆞᆫ지라 시녜 창황이 이 ᄉᆞ연을 돈당의 고ᄒ니 ᄐᆡᄉᆞ 부뷔 졔 ᄌᆞ부를 거ᄂᆞ려 친히 니르러 ᄎᆞᄌᆞ나 엇지 형영이 잇ᄉ리오 상하노쇠 황황ᄒ여 급히 시녀를 명ᄒ여 아모리 흔드러 ᄭᆡ와도 졔녜 뎡신이 혼혼ᄒ여 능히 슈습지 못ᄒ고 눈을 ᄯᅳ지 못ᄒᄂᆞᆫ지라 임셩녈이 황황ᄒᆫ 가온ᄃᆡ 졔녀의 이러툿 ᄒᄆᆡ 반ᄃᆞ시 독을 먹은 쥴 알고 급히 홍도 영ᄋ 등을 명ᄒ

**29면**

여 히독약을 먹이니 반향 후 졔녜 입으로 독흔 물을 무슈이 토흐고 브야흐로 니러 안
즈나 졍신을 능히 슈습지 못흐는지라 다시 온츠와 보미를 누와 흔 그릇식 먹이니 그
졔야 졍신을 츠려 가즁인이 진경흐믈 보고 크게 놀나거늘 셩녈이 바야흐로 쇼유를
니르고 무슴 연고로 잠만 즈느뇨 무르니 졔녜 어릿어릿흐거늘 쇼져는 어듸 갓느냐
무르니 졔녜 크게 놀나 일시의 울며 고왈 비즈 등이 작셕의 쇼져를 뫼셔 식방의 올

**30면**

니는 셕식쥬찬을 먹고 혼혼불셩흐여 이졔야 씌오니 쇼졔 아모 듸 계신 줄 아지 못흐
나이다 실노 못쓸 음식 먹은 타시로쇼이다 틱스 부부와 츄밀 등 곤계며 졔 부인이 다
어히업셔 다만 슬퍼보니 그릇마다 금슈즈장과 픽산지뷔 하나토 업고 쏘 벽상의 두어
줄 글이 잇셔 굴와시되 딘여옥은 텬하 풍뉴협긱이라 엇지 누의 요됴 가인 임빙혜로
써 덕즈쇼ᄋ의게 헛되이 아이리오 너를 한 칼의 버힐 거시로듸 흔 됴각 현심으로

**31면**

잔명을 스흐고 다만 누의 미인은 다려가노라 흐엿더라 셜공즈 운이 몬져 보고 돈당
부모긔 고흐니 졔인이 보고 더옥 츠악흐고 셜틱시 발분격졀 왈 하쳐의 요인이 은복
흐여 하유슈원이완듸 이런 난음픽셜노 ᄋ부의 빙옥방신을 욕되게 흐며 쏘 어느 곳으
로 잡ᄋ 갓느뇨 앗갑다 ᄋ뷔 반드시 옥이 바ᄋ지고 쏫치 써러지리니 이 엇지 누의 묘
복이 아니며 필ᄋ의 쳐궁이 박지 아니리오 셜파의 항뉘 숨숨흐여 빅슈의

**32면**

니음츠니 부인은 실셩읍하흐여 비뤄 쳔항이오 졔인이 다 눈물이 비 ᄀ흐니 상히 황
황흐고 가즁이 진경흐여 뎡히 아모리 홀 줄 모로더니 믄득 쵸왕부로됴츠 차환이 니
르러 일 봉셔를 올니니 이 곳 의녈의 슈셔라 듸강 굴와시되 ᄋ의 부뷔 냥익이 ᄀ리이
고 일시 가운이 불니흐여 여츳 히변괴시 잇ᄉ나 길인은 본듸 하늘이 돕는지라 ᄀ만
흔 ᄀ온듸 텬의 도ᄋ시리니 즈레 경동치 마르시고 유랑 등을 본부로 보니쇼셔 흐엿
더

**33면**

라 졔일히 모다보고 그 신긔히 미리 알오믈 신긔히 ᄂᆞ기며 유랑 시녀 등을 거셔려져 보닉고 침당을 줌으더라 어시의 녈미 냥피 화잉 등 ᄉᆞ녀로 더브러 복식을 곳치고 몽농ᄒᆞᆫ 돌빗츨 타 동문 밧 즈운산의 ᄂᆞᅌᆞ가니 발셔 삼경이 되엿더라 졔인이 상봉의 올나 머니 슬피더니 믄득 셩즁으로셔 괴이ᄒᆞᆫ 긔운이 졈ᄃᆞᆨ근닉ᄒᆞ며 비린 바름이 쇼쇼ᄒᆞ더니 그 긔운이 믄득 녈영 등 안즌 암혈노 드러가거늘 졔녜 혼비빅산ᄒᆞ여 일시의 쇼

**34면**

릭 지르며 암하의 ᄂᆞ리다라 암혈노 드러가니 홀연 암벽 밋히 홍광이 찬난ᄒᆞ여 빅쥬를 묘시ᄒᆞ거늘 보니 흔 눈빗 ᄀᆞᆺ흔 여이 것구러졋고 일위 미인을 셕혈의 ᄇᆞ렷시니 비록 단의단숨만 닙혀시나 엇지 임쇼져를 몰나보리오 챵황망극ᄒᆞ여 실셩비도ᄒᆞ며 녈영이 급히 쇼져를 거두쳐 업고 미숑 등이 붓드러 ᄂᆞ올ᄉᆡ 보니 그 여이 오히려 ᄉᆞ라 벌덕이며 익걸ᄒᆞ여 닐오디 상션ᄋᆞ 쇼츅이 죄를 아ᄂᆞ이다 그릇 모로고 낭원션즈

**35면**

귀톄를 범ᄒᆞ엿ᄂᆞ니 만일 잔명을 술오시면 굴혈의 도라가 즈최를 셰간의 ᄂᆞ지 아니ᄒᆞ고 슈도ᄒᆞ리이다 녹난 등이 일오디 이 요괴를 살녀두엇다가ᄂᆞ 이후 싱민의 히를 층냥키 어려오리니 맛난 김의 아됴 즛질녀 업시ᄒᆞ여 가히 셰상의 머무르지 못홀 거시라 ᄒᆞ고 각각 슈즁의 가져온 바 쳘편을 드러 어즈러이 두다려 뎌쥬며 근본을 무르니 이ᄯᅥ 빅면 뇨리 임쇼져를 업고 뎡히 굴혈노 드러가고즈

**36면**

ᄒᆞ더니 믄득 일도 상운이 이러ᄂᆞ며 홍의 션관이 운관구의로 좌슈의 파리치를 들고 우슈의 보요삭을 더져 빅면뇨를 올가 더지고 쇼져를 아ᄉᆞ 암셕의 편히 누이고 파리치를 드러 빅면뇨를 ᄀᆞ르쳐 닉셩 즐왈 너 쇼츅싱이 굴혈을 직회고 목슘이나 보젼홀 도리를 싱각지 아니ᄒᆞ고 무고히 하산ᄒᆞ여 쳔고 난음발부를 도아 빅일 하의 이런 흉ᄉᆞ를 뎌즐고 방즈히 낭원션의 쳔금지신을 오

**37면**

욕고즈 ᄒ니 그 죄 불용쥐라 만일 너 쇼츅을 이졔 죽이지 아니면 타일 반ᄃ시 싱민의 히 덕지 아니리니 이졔 보요삭으로 몬져 올가 지우ᄂ니 옥허궁 도동의 처치ᄒᆞᆯ 밧게 ᄒ리라 셜파의 신인이 몸을 금쵸며 ᄯᅩ 믄득 뉵칠 인 녀지 ᄒᆞᆫ갈ᄀᆞ치 도복을 션명이 ᄒ고 션풍도골이 ᄀᆞ장 비범ᄒ여 일시의 니르러 고셩디즐ᄒ며 임쇼져를 구ᄒ여 가는지라 빅면뇌 비록 다라ᄂ고져 ᄒ나 신인의 요괴 미ᄂᆞᆫ 철셕 ᄀᆞᆺᄒᆞᆫ 보요삭이

**38면**

슈득의 단단이 얽혓고 좌우의 버럿ᄂᆞᆫ 도인이 다 졍양지긔 당당ᄒ니 심혼이 어려 요슐을 발뵐 길히 업ᄂᆞᆫ지라 히음업시 고기ᄅᆞᆯ 그덕이며 공즁을 우러러 이걸ᄒᆞᆷ믈 마지 아니터니 녹난 벽난이 ᄂᆞᆽ뷔 눈셥을 거스리고 큰 철편을 드러 미이 치며 근본을 더쥬ᄂᆞᆫ지라 빅면뇌 망극ᄒ여 눈물을 흘리며 고기 됴ᄋ 굴오디 쇼츅은 안문산 구도동의셔 ᄉᆞ던 여라 일즉 슈쳔 히ᄅᆞᆯ 득도ᄒ여 인형을 어덧더니 믄득 졀강 ᄯᆞ히 다다라 모일의 여

**39면**

ᄎᆞ여ᄎᆞᄒᆞᆫ ᄋᆞ희ᄅᆞᆯ 맛ᄂᆞ니 근본이 ᄉᆞ득이요 임부의 원 갑기ᄅᆞᆯ 밍셰ᄒ여 쇼츅을 다려 이 ᄯᆞ히 니르러 여ᄎᆞ여ᄎᆞᄒᆞ여 져는 신뷔 되고 신부는 도덕ᄒ여 쇼츅을 맛지니 쇼츅이 쇼져로 더브러 은원이 업ᄉᆞ니 엇지 상히ᄒ리오마는 쇼츅이 겨유 인형을 일워시나 진짓 졀식의 얼골을 엇지 못ᄒᆞᆫ 고로 쇼져의 텬향국식을 욕심니여 그 인형을 비러 지돈ᄒᆞᆫ 곳의 투신ᄒ여 고즈 달긔ᄅᆞᆯ 효측고즈 ᄒ더니 하늘이 돕지 아녀 쇼져의 뎡명지긔

**40면**

ᄅᆞᆯ 겨유 ᄭᅵ드러 이의 와 미쳐 햐슈치 못ᄒ여셔 여ᄎᆞ여ᄎᆞᄒᆞᆫ 신인을 맛나 결박ᄒᆞᆷ이 되고 ᄯᅩ 녈위계션을 맛난지라 복원 녀도션은 쇼츅의 잔명을 용셔ᄒ쇼셔 이걸ᄒᆞᆷ믈 마지 아니나 녹난 등이 본디 지혜 원디혼지라 엇지 이런 요츅을 술와두어 타일 민폐ᄅᆞᆯ ᄭᅵ치리오 스스로 죽이믄 즈가 등은 녀지라 비록 요괴나 살싱이 불가ᄒᆞᆫ 고로 이의 진언을 넘ᄒ니 슈유의 두 ᄎᆞᆺ 황건녁시 압히 니르러 뵈거늘 녹난 낭인이 고셩 왈 그디 등

은 샐니 이 요츅

## 41면

을 잡ᄋ다가 옥허부인 명을 듯ᄌ온 후 왕수셩의 가 풍도옥의 가도와 쳔만 겹 뉴회의 다시 버셔ᄂ지 못ᄒ게 ᄒ라 녁시 쳥녕고두ᄒ고 즉시 빅면뇨룰 믜여 바름 가온디 모라 동남 다히로 가더라 녈미 등이 바로 왕궁으로 가지 아니ᄒ고 도은곡 은실의 니르러 쇼졔룰 편히 누이고 환약으로 구호ᄒ니 쇼졔 이으고 슘을 늬쉬고 뎡신을 차려 둘너보고 연고룰 뭇거늘 녈미 등이 ᄌ쵸지둉을 셰셰히 고ᄒ고 혹ᄌ 간인의 농슐ᄒ미 잇슬가 ᄒ여 이

## 42면

리 오미니이다 쇼졔 쳥파의 츠악경히 왈 니 ᄌ쇼로 일즉 슈원흔 곳이 업거늘 이런 변고룰 맛ᄂ니 부모 유쳬룰 분쇄ᄒᄂᆫ 욕을 보고 빅골이 산곡의 ᄇ리일 거슬 져져의 신긔묘산과 그디 등의 츙의 곳 아니런들 니 엇지 살기룰 바라리오 싱각이 의회ᄒ여 심한골경ᄒ도다 녈미 등이 위로ᄒ고 이러구러 놀이 ᄉ미 봉뉴당 시이 일 봉셔룰 드리니 의녈이 발셔 임쇼져 이의 잇스믈 알고 보니미라 셔간을 피열ᄒ

## 43면

니 기셔의 왈 쇼져의 봉변화ᄉᄂᆫ 쳔만 긔약지 아닌 비라 문견지 엇지 놀납지 아니리오마ᄂᆫ 츠역 텬의라 ᄌ고로 영웅호걸도 명이 박ᄒ고 슉녀가인이 시운이 불니ᄒ니 쇼고의 셩ᄌ난질노 엇지 홀노 홍안의 히룰 면ᄒ리오 쇼져는 모로미 일시 운익을 놀ᄂ지 말고 아직 깁히 쳐ᄒ여 일이 년 직익을 쇼마ᄒ쇼셔 만일 젹은 피로오믈 춤지 못ᄒ고 니슬지졍을 년년ᄒ실진디 다시 불측지홰 당젼ᄒ리니 뉘웃츠나 밋지 못ᄒ리이다 ᄒ엿더라

## 44면

쇼졔 간파의 기리 머리 됴아 굴오디 져져의 말슴이 금옥 ᄀᆺ호신지라 싱ᄋᄌᄂᆫ 부모요 구싱ᄌᄂᆫ 져져시니 니 비록 죽고ᄌ ᄒ나 엇지 져져의 이러틋 관곡ᄒ시믈 져바리이오 이졔 ᄂ의 싱돈ᄒ믈 친당은 모로시고 심우룰 쓰시려니와 구가합문이 다 알으시

느냐 디왈 틱부인 이하로 가즁 뉘외 엇지 모로리잇고마는 의녈부인이 닐오스디 쇼졔 운익이 비상ᄒ시니 맛당이 슈년을 은거심곡ᄒ여 빅직를 쇼마ᄒ여야 ᄌ최를 가즁의 예ᄀ치 ᄒ

**45면**

리라 ᄒ시니 본부 부인늬와 노셩흔 상공늬 아르시나 쇼공ᄌ ᄋ쇼져 등과 츠환 비비는 쇼졔 이 곳의 계신 쥴 모로시ᄂ이다 쇼졔 쳥홀의 아연탄식 왈 텬운이 뎡ᄒ신 바를 엇지 면ᄒ리오 널미 냥픠 진왈 쇼졔 칠용 시의 손방의 고스를 니져 계시니잇가 방지 교특흔 계교로 부디 손군을 히코ᄌ ᄒ미 손군이 쳔방빅계로 피ᄒ여 부거의 몸을 감쵸며 오둔의 둔신ᄒ고 위광질쥬ᄒ며 그 몃 번 쥭으며 몟 번 ᄉ라 원슈를 갑흐니 이 곳 지모지ᄉ

**46면**

도 이러틋 권도로 보원보슈ᄒ여시니 쇼졔 엇지 흔번 익슈를 방피ᄒ여 은거ᄒ믈 니디도록 괴로이 넉이시ᄂ뇨 쇼졔 탄왈 그디 등의 말이 올커니와 고어의 왈 녕인부아언졍 무아부인애라 ᄒ니 늬 쏘흔 손군의 권도로써 열 번 쥭고 열 번 ᄉ라 명텰보신ᄒ믈 그르다 ᄒ미 아니로디 다만 너모 보원ᄒ여 방연으로 ᄒ여곰 칠국의 분시ᄒ믈 참혹히 넉이ᄂ니 늬 미양 이 글을 보미 이 귀졀을 슬피지 아닛노라 좌위 츠언을 듯고

**47면**

쇼져의 셩덕을 감탄ᄒ더라 쇼져의 유랑 시비 다 도라와 쇼져를 뫼시게 ᄒ고 널미 등은 도라가니 쇼졔 창연ᄒ믈 니긔지 못ᄒ고 유랑 시녜들은 쇼져의 싱돈ᄒ믈 맛나 쉬노라 깃거ᄒ더라 ᄎ시 임상부 상하늬외ᄂ 쇼져의 봉변 이후로 ᄌ손의 젼졍이 이러틋 ᄒ여 스룸의게 슈원흔 바 업시 셩혼췌가ᄒᄂ 둑둑 지앙이 쳡다ᄒ믈 한 우환이 되엿고 셜부의셔ᄂ 만니 필ᄌ로써 임쇼져 ᄀᄐ 쳔고셩녀를 취ᄒ여 안즌 둣기 덥지 아녀 이런 마장을 맛

**48면**

나 쳔금 ᄋ부의 거쳐를 모로니 가즁의 일흥이 스연ᄒ더라 어시의 연낭이 도망ᄒ여

348    임씨삼대록 4

주운산 졔 집의 도라오니 다만 ᄉ환 노파 일 인이 쇼ᄋᆞᄅᆞᆯ 안고 줌이 깁헛고 빅면뇌 업ᄂᆞᆫ지라 연낭이 의혹ᄒᆞ여 혜오ᄃᆡ 요녀ᄅᆞᆯ 희즁의 타리라 먼니 간가 ᄒᆞ고 밝도록 기다리ᄃᆡ 동뎍이 업ᄂᆞᆫ지라 삼 일을 기다리ᄃᆡ 동뎍이 묘연ᄒᆞ니 의괴ᄒᆞ여 ᄀᆞ마니 ᄒᆞᆫ 패ᄅᆞᆯ 어드니 ᄃᆡ흉ᄒᆞᆫ지라 심즁의 ᄃᆡ경ᄒᆞ여 가졍 노복을 불너 왈 노마미 홀연 간 ᄃᆡ 업ᄉᆞ니 아

## 49면

아 측간의 ᄲᅡ진가 범이 무러간가 가졍 복비 일오ᄃᆡ 반ᄃᆞ시 호표의 환을 보시도다 맛당이 ᄎᆞᆺᄉᆞ이다 연낭이 즉시 거ᄂᆞ려 원산 근산으로 헤질너 ᄎᆞᄌᆞ나 풍도지옥의 든 빅면뇨ᄅᆞᆯ 어ᄃᆡ 가 ᄎᆞᄌᆞ리오 ᄒᆞᆯ 일 업셔 다시 ᄎᆞ지 못ᄒᆞ고 연낭이 일일은 ᄀᆞ마니 밤이 깁흔 후 후뎡의 가 분향도츅ᄒᆞ고 진언을 념ᄒᆞ니 슈유의 흑의 귀시 압히 와 무르되 낭ᄌᆞ 무슴 닐 부르뇨 연낭 왈 다른 닐이 아니라 ᄉᆞ부 빅면도고의 거쳐ᄅᆞᆯ 알고ᄌᆞ ᄒᆞ노라 귀시 답왈 낭ᄌᆞ

## 50면

몰나 계시냐 모월일의 빅면도괴 낭원부인 임시ᄅᆞᆯ 잡ᄋᆞ다가 본산 암혈의 와 죽이려 ᄒᆞ다가 옥허진인이 황건녁ᄉᆞᄅᆞᆯ 보닉여 줍ᄋᆞ다가 풍도 왕ᄉᆞ셩 아미 ᄃᆡ지옥의 너허 쳔만 겁 눈회의 버셔ᄂᆞ지 못ᄒᆞ게 ᄒᆞ여시니 빅 면괴 ᄌᆞ금 지옥의 드러 온ᄀᆞᆺ 형벌을 바드며 낭ᄌᆞᄅᆞᆯ 원망ᄒᆞᄂᆞ니라 말을 맛츠며 간 바ᄅᆞᆯ 모ᄐᆞᆯ네라 연낭이 ᄎᆞ언을 드르미 실싴 ᄃᆡ경ᄒᆞ나 ᄒᆞᆯ 일 업셔 셰월을 보닉더니 연낭의 나히 십팔이 되미 싴괴 가려ᄒᆞᆫ지

## 51면

라 동구 밧긔셔 ᄉᆞ는 댱셕지라 ᄒᆞ는 놈이 잇ᄉᆞ니 졉이 가난ᄒᆞ고 ᄯᅩ 상쳐ᄅᆞᆯ ᄀᆞᆺ ᄒᆞ엿시ᄃᆡ ᄌᆞ식이 만하 십셰 이하로 층층이 ᄌᆞ라난 아ᄒᆡ 남녀 여ᄃᆞᆲ이요 셕지 ᄂᆞ히 ᄉᆞ십이러니 연낭이 직물이 만코 외로이 잇셔 얼골이 미려ᄒᆞ고 밋쳐 셔방 맛지 아녓다 말을 듯고 연낭의 집의 잇는 노괴 마춤 오쵼 아ᄌᆞ미라 와보고 즁믹ᄒᆞ라 ᄒᆞ니 노괴 머리ᄅᆞᆯ 흔드러 왈 현질은 하 망녕된 말ᄒᆞ지 말나 졔 비록 ᄉᆞ부 규슈 아니나 우리는 빈쳔ᄒᆞ고 현질이 나

**52면**

히 만코 주식이 여러히니 우션 마다호려든 호믈며 늬 의지 업셔 제 집의 잇거늘 이런 말을 싱심이나 호리오 아이의 못될 말호다가 제 비록 쳐녀나 셩식이 쵸독훈되 싱 핀 잔만 보리라 셕지 아연호여 도라가 일계를 싱각고 제 어린 쏠 셥낭을 불너 이리이리 호라 マ르치니 셥낭이 느히 열하나히요 극히 총명훈지라 응낙고 날마다 놀기를 일홈 호고 제 어린 ᄋ를 업고 연낭의 집의 왕늬호니 노괴 제 친척이라 호여 밥을 먹이고 연

**53면**

낭이 쏘흔 덕막흔 즁 ᄋ희를 스랑호는지라 늘이 오릭미 닉달호여 다리고 주기도 호 더니 일일은 황혼 시의 셥낭이 울고 왓거늘 연낭이 놀나 연고를 무르니 되왈 아비 어 린 동싱 잘 못 본다 호고 쳐늬치니 왓나이다 연낭이 달늬여 주라 호니 셥낭이 주지 아니호거늘 연낭이 권타 못호여 쇼ᄋ만 다리고 주더니 야심 후 셕지 니르러 문을 두 다리미 셥낭이 급히 늬드라 문을 여러 드리고 연낭의 슉쇼를 マ르치니 셕지 급히 다

**54면**

라드러 겁칙호니 연낭이 줌결의 되경실식호여 씨여보니 일기 흉장흔 호한이 언연이 져의 셤신을 교환호여 일신이 되엿는지라 연낭이 비록 요술변홰 무궁호나 임의 이 지경의 니르러 궤상육이 된지라 엇지 면호리오 다만 크게 쇼릭 질너 도덕이 날을 겁 칙흔다 호니 노괴 제 둑하의 일인줄 알거든 엇지 드른 체 호리오 셕지 미인의 발악호 믈 듯고 그 경영셰신을 더욱 느호여 흉장흔 몸동이로 지그시 누르며 흔연이 웃

**55면**

고 달늬여 왈 늬 비록 느히 만코 문미 낭ᄌ만 못하나 쏘흔 인가비예는 아니니 그되도 록 욕되지 아닐 거시요 옛 쵸공쥬는 빅졍의 안히 되여시니 낭지 슈둔호나 공쥬만 못 홀 거시요 늬 미쳔호나 빅졍과는 느흐리니 낭ᄌ는 고이히 구지 말느 호고 핍박호여 운우지락을 일우니 연낭이 이의 밋쳐는 스셰 홀 일 업는 지경이라 다만 뎌의 근본을 싱각호고 이런 츄한 쳔인의 계집 되믈 각골이 셜워 눈물이 화셕의 연낙호니 셕지 위로

**56면**

ᄒ며 동야견권ᄒᆞᄆᆯ 마지 아니되 연낭이 일호 가랍지 아니ᄒᆞ더라 늘이 밝으ᄆᆡ 연낭이 시신낭을 바라보니 큰 눈망울과 검은 ᄂᆞᆺ치 창ᄃᆡ ᄀᆞᆺᄒᆞᆫ ᄂᆞ롯시 보기의 금죽ᄒᆞᆫ지라 연 낭이 이돏고 셜우나 홀 일 업고 셕지ᄂᆞᆫ 슈유불니ᄒᆞ여 늘마다 즐기고ᄌᆞ ᄒᆞ니 괴롭고 통한ᄒᆞ여 그윽이 탈신홀 계교ᄅᆞᆯ 싱각고 음식의 암약을 너허 셕지와 노고ᄅᆞᆯ 먹이고 변신ᄒᆞ여 널니 단니며 은신홀 곳을 듯보더라 화셜 임상부의셔 모든 ᄌᆞ녀손

**57면**

의 비고이락이 상반흔 가온ᄃᆡ 공ᄌᆞ 쇼졔 층층이 ᄌᆞ라니 북평후 효댱도위 임공의 ᄎᆞ ᄌᆞ 경흥의 ᄌᆞᄂᆞᆫ 원뵈니 ᄎᆞ비 쇼부인의 당지라 싱셩ᄒᆞ미 산쳔슈긔와 텬지졍ᄇᆡᆨ을 아오 라 옥모화풍이 지셰반악이요 문당흑ᄒᆡᆼ이 쵸셰ᄒᆞ며 셩되 미몰ᄒᆞ고 강녈ᄒᆞ니 돈당 부 뫼 긔이ᄒᆞ나 그 긔상이 쵸쥰발호ᄒᆞ기의 ᄀᆞᆺᄀᆞ와 군ᄌᆞ되질의 늣부ᄆᆯ 미양 경계ᄒᆞ더라 방년 십ᄉᆞ의 슉셩민달ᄒᆞ미 장부의 쳬ᄅᆞᆯ 일워시니 각별 슉녀ᄅᆞᆯ ᄐᆡᆨᄒᆞ

**58면**

미 업셔 ᄋᆞ시 구약을 셩젼ᄒᆞ여 쥬부의 길일을 지쵹ᄒᆞ니 이ᄶᆡ 쥬총ᄌᆡ 작위 참졍의 니 러 우각노의 거ᄒᆞᆫ지라 각긔 뉴부인으로 화락ᄒᆞ여 삼남삼녀를 두어 우호로 이남일녀 를 셩취ᄒᆞ고 버거 ᄎᆞ녀 난벽이 장셩ᄒᆞ여 년급이뉵의 셩ᄌᆞ난질이 졀비범인이라 이용 이 덜셰ᄒᆞ고 지혜 민쳡흔지라 쥬후 부부와 참뎡 부부와 각노 부뷔 과이ᄒᆞ여 임공ᄌᆞ 경흥의 아름다오ᄆᆯ 과이ᄒᆞ여 뎡친ᄒᆞ엿더니 광음이 여류ᄒᆞ여 십ᄉᆞ지년을

**59면**

당ᄒᆞ니 즉시 퇴일 회보ᄒᆞ고 길일의 임쥬 냥가의 셜연쳥긱ᄒᆞ고 경흥공지 옥안영풍의 쳔승빅냥으로 쥬쇼져를 ᄆᆞᄌᆞ 도라오니 돈당 부뫼 주쇼져의 식ᄐᆡᄅᆞᆯ 과이ᄒᆞ고 졔긱의 치ᄒᆡ 분분ᄒᆞ되 경흥공지 눈을 드러 쥬쇼져를 보고 심즁의 혜오ᄃᆡ ᄎᆞ녀의 식ᄐᆡ 만고 무쌍ᄒᆞ나 유한온슌흔 녀ᄌᆞᄂᆞᆫ 아니니 ᄂᆡ의 비쇼원이라 ᄒᆞ고 불예ᄒᆞ여 이늘 동방화쵹 하의 상ᄃᆡᄒᆞ나 본 쳬도 아니ᄒᆞ고 홀노 누엇다가 ᄂᆞ가니 엇지 쥬쇼져의 홍

**60면**

안박명이 아니리오 초야의 손딘 낭픠 신방을 규시ᄒ고 도라와 공ᄌ의 미몰ᄒᄆᆯ 돈당의 고ᄒ니 퇴부인과 졔인 다 놀ᄂ고 쥬쇼져를 크게 이련ᄒ더라 쇼파와 진픠 신방 규시ᄒᄆᆯ 삼 일을 ᄒ되 공ᄌ의 동졍이 혼가지라 크게 우려ᄒ고 쥬비ᄂ 아직 년쇼ᄒᄆ무로 말을 아니ᄒ더라 쥬쇼졔 인유구가ᄒ여 효봉구고ᄒ고 ᄉ덕이 온젼ᄒ니 합문의 예셩이 ᄌᄌᄒ더라 초년 츄의 상이 셜장인지ᄒ시니 임공ᄌ 연흥 경흥이 참녜ᄒ여 ᄲᆡᄒ니

**61면**

장원은 셜회필이요 히원은 연흥이요 탐화ᄂ 경흥이요 기여ᄂ 쥬쇼관셩 ᄉ가 ᄌ데라 모든 집 경시 일반으로 즐기되 셜틔ᄉ 부뷔 임쇼져를 싱각고 슬허ᄒ더라 삼일유가 후 상이 특별이 셜회필노 동궁 시강흑ᄉ 금문ᄉ인을 ᄒ이시고 연흥으로 한님슈찬을 ᄒ이시고 경흥으로 금문직ᄉ를 ᄒ이시고 기여 셩쇼쥬관 졔싱을 다 옥당한원의 찰직ᄒ시니 졔인이 텬은을 슉ᄉᄒ고 각각 직ᄉ의 ᄂᄋ가미 ᄉ군 찰임이 고인을 압두ᄒ니

**62면**

만뇌 칭지ᄒ더라 시시의 간의틔우 공회겸은 교목셰기요 명문거독이로되 위인이 츙후질박ᄒ고 부인 노시로 화락ᄒ여 일ᄌ일녀를 두어시니 녀ᄋ 츈영은 십ᄉ 셰니 약간 지용이 잇고 남ᄌ 츈강은 오셰라 아직 미려홀 분이러라 틔위 어진 낭지를 구ᄒ여 녀ᄋ의 평싱을 쾌케ᄒ려 ᄒ더니 공쇼졔 홀연 득병ᄒ여 슈일 닉로 죽으니 공틔우 부뷔 크게 슬허 상슈를 다ᄉ려 안장ᄒ고 셰월을 보닉더니 일일은 추졀을 당ᄒ여 금풍이 쇼슬ᄒ

**63면**

고 명월이 여쥬ᄒᄆᆯ 보고[3] 줌이 업셔 부뷔 뎡즁의 비회ᄒ다가 우연이 후원 가산의 올나 월하풍경을 완상ᄒ더니 홀연 드르니 후원 암상으로됴초 슬푼 곡셩이 나ᄂ지라 기셩이 비원ᄒ여 인심을 동ᄒ니 좌우 시녀로 ᄒ여곰 ᄂᄋ가 보라 ᄒ니 시ᄋ 승명ᄒ

---

[3]  츈월이 명낭ᄒ여 빅쥬를 묘시ᄒᄂ지라(30권 26b).

고 초조가니 동원 담 밧긔 흔 녀지 ᄂᆞ히 십ᄉᆞ스는 흔 쳐네 쇼복을 닙고 ᄉᆞ오 셰는 흔 쇼ᄋᆞ를 안고 슬피 통곡ᄒᆞ니 월하의 싴티 승졀흔지라 시녜 놀나 압히 ᄂᆞ아가 우

**64면**

는 연고를 무르니 기이 오열 왈 나는 본디 ᄉᆞ독규쉬라 부뫼 공명을 구치 아냐 은어심산ᄒᆞ여 도혹이 놉더니 불힝ᄒᆞ여 부뫼 구몰ᄒᆞ고 하방향쵼의 본디 친척이 업는지라 의탁홀 곳이 업셔 겨유 부모의 쵸긔를 지닉고 노복으로 더브러 가산을 다 파라 직믈을 싯고 경스의 와 원독의게 의지코ᄌ ᄒᆞ더니 미급줌노ᄒᆞ여 도뎍을 맛나 노복이 궤산ᄒᆞ고 직믈을 일허시니 어린 ᄋᆞ을 다리고 도로의 뉴리ᄒᆞ다가 반ᄃᆞ시 강포흔 욕을

**65면**

볼지라 깁흔 곳을 초ᄌ 자결코ᄌ ᄒᆞ여 이의 이르패라 시녜 고지 듯고 불상이 녀겨 황망이 도라와 이티로 고ᄒᆞ니 틱우와 부인은 어진 스름이라 맛당이 거두어 그 평싱을 데도ᄒᆞ리라 ᄒᆞ고 시녀로 불너오라 ᄒᆞ니 시녀의 명은 여의 여미니 형뎨오 공쇼져 부리든 시이러라 슈유의 기녀를 다리고 오니 초 하인고 익셜 연낭이 셕직의 아름답지 아니믈 피코ᄌ ᄒᆞ여 탈신홀 됴각을 엿더니[4] 의외 공틱우 부즁이 ᄌ운산과 머지 아니ᄒᆞ고

**66면**

틱우 부뷔 녀ᄋᆞ를 일코 셜워ᄒᆞ믈 듯고 공교흔 의ᄉᆡ 발ᄒᆞ여 초야의 변용단을 먹어 얼골을 변ᄒᆞ고 쇼ᄋᆞ는 변용ᄒᆞ여 다리고 변신ᄒᆞ니 연낭은 십이슘은 ᄒᆞ고 쇼ᄋᆞ는 오뉵셰는 ᄒᆞ여 몸의 쇼복을 닙고 공틱우 집 후원의 가 슬피 우러 그 마음을 감동케 ᄒᆞ엿더니 과연 부르는지라 ᄂᆞᄋᆞ가 틱우 부부긔 뎔ᄒᆞ니 틱우 부뷔 눈을 드러 보니 싴용이 뎔셰ᄒᆞ고 화틱 긔묘흔지라 황홀긔이ᄒᆞ여 부인이 손을 잡고 셩명근파를 무르니 요녜

**67면**

교용함틱ᄒᆞ여 쳬루 디왈 쇼쳡 냥ᄋᆞ는 동복 형뎨니 일홈은 월계 월화라 셩은 쥬기니

---

4)　조각을 엿보더니(30권 28a).

션비 쥬완의 녜러니 됴실부모ᄒ고 경수로 올ᄂ오다가 즁노의 봉변ᄒ고 긔지ᄉ경이 ᄋᆸ더니 노야와 부인을 맛나 하문ᄒ시믈 당ᄒ오니 셩덕이 여텬이라 원컨디 냥위 돈당은 어엿비 너겨 거두어 시녀항의 두시면 강포ᄒᆫ 욕을 면홀가 ᄒᆞᄂᆞ이다 셜파의 요괴로온 눈물이 쏙쏙 써러지니 티우 부뷔 엇지 그 속을 알니요 한 번 시텽

**68면**

ᄒᆞ미 참연역식ᄒ고 위로 왈 낭ᄌ의 근본이 원ᄂ 그러ᄒ닷다 이ᄂ 티우 공시라 우리 부뷔 만싱남녀ᄒ여더니 금년의 녀ᄋ를 일코 참상ᄒᆞ믈 견디지 못ᄒ더니 그디 형뎨를 어드니 이 엇지 시비항의 두리오 결위부녀모녀ᄒᆞ미 엇더뇨 연낭이 묘ᄒᆞ 긔회를 어덧ᄂ지라 연망이 고두칭은ᄒ니 티우 부뷔 인ᄒ여 요녀의 팔비 디례를 밧고 ᄋᆞᄌ 츈경을 불너 남민지녜로 보게 ᄒ고 망녀의 당을 슈쇼ᄒ여 머믈게 ᄒ니

**69면**

낭네 흔희쾌락ᄒ여 효ᄉ부모ᄒ니 더옥 ᄉ랑ᄒ더라 ᄌ운산 댱셕진ᄂ 이튼날 이러ᄂ 연낭과 쇼ᄋ의 업ᄉ믈 보고 두루 춧다 못ᄒ여 호표의게 죽도다 ᄒ고 버슨 의복을 ᄀᆞ져 쵸혼ᄒ고 가장 슬워ᄒ며 상덕ᄒ 계집을 어더 집 어더 잘 ᄉ더라 연낭이 공티우 집의 고요히 잇셔 그윽이 셜가의 속현홀 뜻이 급ᄒᆫ지라 용식을 더옥 화려이 ᄒ더니 티우 부뷔 과혹ᄉ랑ᄒ여 옥인가랑을 구코ᄌ ᄒ니 연낭이 불고염치ᄒ

**70면**

고 알외디 이 말슴ᄒ오미 규녀의 홀 말이 아니오나 망부모의 유언이 명명ᄒ시무로 부득이 알외ᄂᆞ이다 쇼네 어려실 젹 부뫼 일몽을 어드니 션인이 일오디 녕녀 월계의 비필은 경ᄉ 셜티ᄉ의 ᄋᆞ들이라 ᄒ고 한 폭 화도를 쥬거늘 부뫼 허탄이 너기나 화도를 간ᄉᄒ엿더니 밋 귀텬ᄒ시미 쇼네 화도를 그져 가지고 잇ᄂᆞ이다 티우 부뷔 신긔이 녀겨 화도를 보ᄌ ᄒ니 연낭이 즉시 늬여오거늘 보니 빅깁의 쇼년미남을 그려

**71면**

시되 흑관쳥슴을 착ᄒ엿ᄂᆞᆫ디 쥼미봉안과 월익단슌이 당시 영쥰이라 티우 부뷔 디찬ᄒ고 츄후로 티위 널니 심방ᄒ더니 셜장원을 ᄒᆫ 번 보미 과연 화도 쥼 ᄉᆞ롬이라 부인

과 요녀를 되ᄒ여 셜혹ᄉ의 풍모를 니르고 텬연인가 ᄒ여 말 잘ᄒᄂ 미파를 셜부의 보ᄂ여 쳥혼ᄒ니 틱ᄉ 부뷔 엇지 드르리오마ᄂ 스룸이 익이 당ᄒ즉 인녁으로 못홀지라 틱ᄉ 부뷔 다만 허혼ᄒ되 빈실네

## 72면

로 마ᄌ믈 니르니 틱우 부뷔 불낙ᄒ나 임의 텬연이라 ᄒ여 즉시 퇴일ᄒ니 길긔 초오ᄒ여 ᄉ오 삭이 격ᄒ니 연낭의 급ᄒ미 굴지계일ᄒ더라 어시의 임상부의셔 샹국의 셔녀 미줘 방년 십오의 덜덜긔묘ᄒ니 이 곳 진파의 녜라 뒤장군 셩유긔의 셔즈 셩관으로 셩혼ᄒ미 부뷔 샹덕ᄒ지라 냥가의 깃거ᄒ미 층냥업더라 화셜 어시의 딘왕이 환옥을 셔당의 두어 혹문을 훈교ᄒ되 옥이 여

## 73면

풍과이로 알고 음쥬호싴ᄒ며 허랑방탕ᄒ여 아츰의 동가 니부를 겁칙ᄒ고 져녁의 셔가 규슈를 암투ᄒ니 딘왕이 되로ᄒ여 환옥을 즙으 오십 장 즁타ᄒ여 후원의 ᄉ옥 일간의 가도고 밧그로 형극을 두루고 하로 한 ᄢ식 밥을 쥬어 회과케 ᄒ엿더니 맛ᄎᄂ 곳칠 쥴을 아지 못ᄒ고 딘왕을 원망ᄒ며 셰상의 나갈 길이 업셔 한탄ᄒ더니 믄득 공교ᄒ 쇠를 싱각ᄒ고 밥 가져오ᄂ 시녀 츄란을

## 74면

은근이 달뇌여 닐오되 타일 맛당이 널노 빈희를 삼을 거시니 네 가히 뇌 ᄯᆺ을 슌동홀쇼냐 츄란이 혜오되 공지 비록 죄즁의 잇ᄉ나 혹ᄌ 스룰 어들진댄 쳔혼 ᄂ를 싱각ᄒ리오마ᄂ 이제 궁혼 ᄯᅴ 츠즈믄 ᄂ의 뎐졍이 이ᄂ ᄯᅥ라 ᄒ고 낙낙히 명을 바다 구ᄎ히 가시덤불을 헷치고 드러가니 환옥이 흔연이 잇그러 졍을 미즈미 츠후로 날마다 즐기더니 환옥이 계교를 ᄀᄅ쳐 미혼단 한 ᄢᆷ을 쥬고 딘왕 부부 식ᄉ의

## 75면

너허드려 득공ᄒ면 너를 맛당이 영귀케 ᄒ리라 츄란이 되희ᄒ여 낙동ᄒ니 아지 못게라 이 놈이 어느 ᄯᅥ 죽ᄂᆫ고 츠쳥하문 분히ᄒ라

# 임시삼디록 권지삼십

**1면**

초셜 츄란이 디회ᄒᆞ여 언언이 낙동ᄒᆞ고 도라와 ᄎᆞ일 셕식의 셧거 올넛더니 왕비ᄂᆞᆫ 마춤 곽괴로 복통이 잇셔 능히 음식을 ᄂᆞ오지 못ᄒᆞ고 다만 딘왕이 딘식ᄒᆞ엿더니 두어 날 즁악ᄒᆞ고 쇼ᄎᆞᄒᆞᄆᆡ 심졍이 크게 변ᄒᆞ여 홀연이 환옥을 싱각ᄒᆞ고 사ᄒᆞ여 부르라 ᄒᆞ니 왕비와 모든 동긔 괴이히 넉이고 왕비 불열왈 환옥은 암슈교힐ᄒᆞᆫ 아히

**2면**

라 슈이 회션기악ᄒᆞᆯ 위인이 아니니 용셔ᄒᆞᄆᆡ 불가ᄒᆞ여이다 왕 왈 그러치 아니타 ᄎᆞ이 이제ᄂᆞᆫ 반ᄃᆞ시 회과ᄒᆞ엿실지라 여러말 말나 ᄒᆞ고 좌우로 환옥을 부르니 환옥이 크게 깃거 ᄂᆞ오와 딘왕 부부긔 뎔ᄒᆞ고 누쉬여우ᄒᆞ며 고두쳥죄ᄒᆞ니 왕비ᄂᆞᆫ 볼스록 불예ᄒᆞ나 왕은 불승이련ᄒᆞ여 위로ᄒᆞ며 평신ᄒᆞ라 ᄒᆞ고 그 손을 즙고 등을 어루만져 닐오ᄃᆡ 인지싱셰ᄒᆞᄆᆡ 텬뉸지졍은 인지상졍이라 여ᄇᆡ 엇지 ᄌᆞ녀 즁 너를 홀노 사랑

**3면**

치 아니리오마ᄂᆞᆫ 너희 남ᄆᆡ 쵸시의 요리의게 홀니여 우리 슬하를 써나고 용녈ᄒᆞᆫ 남가의 가 비혼 거시 업시 무례무힝이 자라나 여ᄆᆡ 스스로 자최를 피ᄒᆞ여 친싱텬뉸 ᄎᆞ즛ᄎᆞ믈 타연이 ᄒᆞ고 네 홀노 도라오나 믄득 아름답지 아닌 힝식 부모의 귀의 들니니 우리 엇지 ᄌᆞ식의 픠힝이 ᄌᆞᄌᆞᄒᆞ여 ᄉᆞ린의 가득ᄒᆞ며 금지의 빗치 감홀가 놀납고 한심치 아니리오 시고로 여ᄆᆡ를 일허시니 깅가일ᄒᆞᆫᄒᆞ여 할단ᄌᆞ이ᄒᆞ여 너를 가도고 싱ᄂᆡ의

**4면**

용슈홀 ᄯᅳᆺ이 업더니 다시 싱각건ᄃᆡ ᄉᆞ름이 쳐음 그르나 후의 뉘웃ᄎᆞ면 쳐음의셔 ᄂᆞᆺ다 ᄒᆞᄂᆞ니 네 ᄎᆞ후 슈심기과ᄒᆞ여 다시 셩교의 득죄ᄒᆞᄆᆡ 업게 ᄒᆞᆫ 즉 우리 엇지 너를 여러 ᄌᆞ식 뉴의 층등ᄒᆞᄆᆡ 잇스리오 환옥이 복슈이쳥의 고두쳥죄 왈 불쵸이 임의 셕ᄉᆞ를 츄회ᄒᆞ옵고 어진 마음을 ᄉᆞᆷ상ᄒᆞ옵ᄂᆞ니 엇지 감히 두 번 그르미 잇스리잇고 왕이 언언이 어엿비 넉여 지삼 경계ᄒᆞ고 연이ᄒᆞᄆᆡ ᄌᆞ별ᄒᆞ니 환옥이 디회ᄒᆞ

여 부왕의 심정을 공교로이 농낙ᄒ더라 왕이 츠후로 환옥 ᄉ랑ᄒᄆᆡ 덤덤 더ᄒ여 쥬
야 안젼의 두어 근근 쳬쳬ᄒᆫ ᄉ랑이 비길 곳 업ᄉ니 환옥이 크게 양양ᄌᆞ득ᄒ나 다만
긔탄ᄒᄂᆞᆫ 바ᄂᆞᆫ 모비라 신혼셩졍시의 모비의 긔ᄉᆡᆨ이 엄졍ᄒ여 다른 ᄌᆞ녀를 ᄃᆡᄒ여ᄂᆞᆫ
화긔츈풍 ᄀᆞᆺ다가도 믄득 환옥이 이른 즉 츈풍화긔 닝닝ᄒ여 안상의 풍운이 소소ᄒ여
츄공낭월 ᄀᆞᆺᄒ니 환옥이 원한이 골슈의 ᄉᄆᆞᆺ더라 어ᄉᆡ의 곽녜 츌거ᄒ여 본부

의 도라오니 부모형뎨 도로혀 임가를 원망ᄒᄆᆡ 쇼문을 ᄂᆡ여 곽녜 임가를 뎔의ᄒ여
인병치ᄉᆞᄒ다 ᄒ여 쇼문이 셩ᄂᆡ의 자옥ᄒ니 임상부의셔 듯고 그윽이 밋지 아니ᄒ더
라 이뎍의 딘궁의셔 환옥을 위ᄒ여 퇵부ᄒᄆᆡ 심상치 아니나 환옥의 취명이 ᄉᆞ린의
ᄌᆞᄌᆞᄒ엿ᄂᆞᆫ지라 뉘 즐겨 ᄯᆞᆯ을 쥬리오 쳔좌만미 ᄉ쳐의 훗터져 댱ᄎ 슈월이로ᄃᆡ 능히
ᄒᆞᆺᄎᆞᆫ 혼쳐를 엇지 못ᄒ니 졍히 민망ᄒ더니 이 쇼식을 곽교란의 심복 시녜 혜옥

이 알고 교란의게 젼ᄒ니 교란이 ᄯᅩᄒᆫ 환옥을 ᄉᆞ모ᄒᄆᆡ 깁흔지라 역열ᄒ여 이의 부
모긔 고ᄒ고 딘궁 며나리 되여지라 간고ᄒ니 곽상세 됴ᄎᆞ 즉시 말 잘ᄒᄂᆞᆫ 미파를 보
ᄂᆡ여 딘궁의 쳥혼ᄒ니 딘왕이 흔연허락ᄒ고 즉시 퇵일셩녜ᄒ여 환옥이 곽녀를 마ᄌᆞ
딘궁의 도라오니 츠일 남어ᄉ와 뉵시 ᄯᅩᄒᆫ 참녜ᄒ엿더라 빈ᄀᆡᆨ은 곽녀의 녀ᄌᆞᄂᆞᆫ 모로
고 교용묘틱를 일ᄏ라 집을 창셩ᄒᆯ 며ᄂᆞ리라 ᄒ고 왕비ᄂᆞᆫ 곽녀를 일견의 희연 경심

ᄒ믈 씌듯지 못ᄒ여 화긔 덕연ᄒ더라 이러구러 일므 파연ᄒᄆᆡ 곽녀의 침당을 우환당
의 뎡ᄒ여 보ᄂᆡ니라 츠셕의 환옥이 곽녀를 ᄃᆡᄒ니 구면지분의 깃브믈 니긔지 못ᄒ여
ᄒ나 그윽이 모비의 불평ᄒᄆᆞᆯ 앙앙ᄒ여 이늘 황혼의 부왕긔 혼졍ᄒ고 ᄂᆡ뎐 드러와
모비긔 혼졍ᄒ려 ᄒ더니 믄득 지게 밧긔셔 드르ᄂᆡ 모비의 탄셩이 잇ᄂᆞᆫ지라 환옥이
무ᄉᆞᆷ 말인고 알고ᄌᆞ ᄒ여 거름을 멈츄어 드르니 비 탄왈 환ᄋᆞ의 위인이 하 별

이 이상ᄒ니 일분 바라는 바는 유한ᄒ 녀ᄌ를 어더 불현ᄒ 오히 혹ᄌ 닉됴의 공이나 힘닙을가 ᄒ엿더니 금일 신부를 보니 가히 환옥을 응시ᄒ여 하늘이 나리오신 바 별물이라 고은 가온ᄃ 살긔 녕녕ᄒ고 아름다온 가온ᄃ 공교암ᄉᄒ미 낫타ᄂ니 외뫼 이러ᄒ고 그 녀ᄌ 현슉ᄒ믈 밋으리오 우리 여등 이남이녀를 두어시니 남혼녀가ᄒ미 ᄌ부녀셰 비록 타류의 쮜여ᄂ다 니르지 못ᄒ나 ᄯ흔 평평ᄒ여 인뉴의 참녜홀 안은 되니 비록 환옥

남미를 ᄯ 싱치 아나나 관겨ᄒ리오마는 만너의 고이ᄒ 냥이 삼겨 이러틋 심우를 ᄭ치니 연낭의 거쳐 업ᄉ미 별유ᄉ단ᄒ미라 이후 동미를 아지 못ᄒ니 념녀 방하치 못홀 빈요 목젼 환옥의 거동이 이상히괴ᄒ니 여뫼 비록 말을 아나나 환오를 본덕마다 마음이 놀납고 졍신이 슬난ᄒ니 쳔만강잉ᄒ여 그리 말고ᄌᄒ나 믄득 보면 마음이 놀나오니 엇지 고이치 아니리오 ᄎ언이 ᄎ마 아닐 말이나 여뫼 환옥을 보면 스스로 심신

이 슬난ᄒ여 죽을 듯 시브니 엇지 고이치 아니리오 셰지 모교를 듯줍고 이셩화긔ᄒ여 위로 쥬왈 필뎨 진실노 셩문군ᄌ 유힝의ᄂ 버셔낫ᄉ습거니와 현마 닌동지엽으로 부왕모비의 명셩ᄒ신 싱휵구로를 밧ᄌ와시니 이디도록 이우를 즁ᄒ리잇가 이는 부뫼 여러 ᄌ녀의 밋ᄎ니 ᄌ의ᄌ연 던일치 못ᄒ신 가온ᄃ 뎨미를 유시의 일허 타가의셔 싱장ᄒ여 이졔 도라오니 퇴퇴 ᄌ연 양휵지은이 셔의ᄒ신 연괴니

이다 비 쳥파의 역탄 역쇼 왈 오오의 말이 가쇠로다 모ᄌ텬뉸은 인지상졍이라 싀호도 숫기 귀ᄒ 쥴 알고 비금쥬슈도 작츄를 ᄀᆺ고아 품ᄂ니 여뫼 ᄯ흔 인뎡이라 다 ᄀᆺᄒ ᄌ식의 환오 ᄯ로 뮈오리오마는 아심이 여ᄎᄒ니 스스로 강잉키 어렵도다 드듸여 당년의 ᄌ긔 궐즁의 진하ᄒ고 ᄂ오다가 노샹의셔 난역 반관옥과 음녀 반년화를 힝형ᄒᄂ 쎄 보고 홀연 고이ᄒ 음긔 거즁의 다라드니 ᄌ긔 놀나 실싁ᄒ여 도라왓더니 기야

**13면**

의 일장흉몽을 엇고 환ᄋ 남미를 쌍싱ᄒ여 냥이 싱시 초로붓터 거동이 고이턴 쥴 니르고 탄왈 츠 냥이 반드시 가국을 솔난ᄒ고 옥엽을 혹손ᄒ고 부모의 니우를 증ᄒ미 여지업ᄉ리니 여등은 동시를 보면 알나라 노미 근ᄂ의 심시 쳑감ᄒ니 마음의 셰월이 오릭지 아닐 듯 시분지라 만시 텬명이니 인녁의 밋츨 비 아니로되 근ᄂ 너희 부군의 변심ᄒ시믈 보니 그윽이 고이ᄒ믈 니긔지 못ᄒ리로다 셜ᄑᄋ의 쳑연 회허ᄒ

**14면**

여 누숴 방타쳠의ᄒ니 졔ᄌ녀 ᄌ뷔 호언으로 관위ᄒᄂ지라 옥이 쳥파의 통원분노ᄒ미 심두의 밍얼ᄒ나 홀일업서 다시 기츰ᄒ고 바야흐로 밧그로셔 드러오는 쳬ᄒ고 기호입실ᄒ니 모다 말을 긋치더라 환옥이 거즛 눗빗츨 지어 모비 긔후를 뭇줍고 가만이 눈을 더져 긔식을 솔피니 모비의 옥식이 참엄ᄒ고 츄텬의 뎌믄 빗치 뉴미를 둘너시니 우러러 말 붓치기 어려온지라 옥이 도시 담ᄋ나 불감앙시ᄒ여 긔운이 츅

**15면**

쳑ᄒ여 계유 혼졍을 파ᄒ고 도라올시 심하의 싱각ᄒ되 닉 싱지십칠의 풍신지홰 하등이 아니요 쏘흔 부모긔 불효ᄒ미 업거늘 모비 엇지 이딕도록 증염ᄒ시는고 부왕이 비록 근ᄂ의 신약의 녕효ᄒ믈 말미암ᄋ 줌간 부ᄌ의 눈긔를 허ᄒ여 계시나 긔실은 본졍이 아니니 만일 셰월이 오릭여 녯 마음이 도라오면 쏘 엇지 날과 곽시를 긋거ᄒ실 니 잇시며 이 ᄀ온디 모비 여ᄎᄒ시고 졔형미 쏘흔 긋거 아니니 별단 춤간이 업슬 쥴

**16면**

엇지 미드리오 연즉 닉의 일신 딘퇴난 부득이라 맛당이 이 ᄉ이를 타 신약을 고로로 맛뵈리라 공교흔 싱각이 아니 밋촌 곳이 업셔 이러틋 즁즁거리며 신방의 니르니 허다 복쳡이 녹의취삼으로 향촉을 줍아 마즈니 곽녜 교용의 칠보셩장을 어리게 ᄒ고 슈용함틱ᄒ여 마즌 좌를 일우니 만고 탕ᄌ와 음녜 동방화쵹 ᄋ릭 상딕ᄒ미 피ᄎ 구면이 의희ᄒ니 반기고 깃브믈 니긔지 못ᄒ여 밧비 등쵹을 장외의 물니고 금슈병을 다

드미 탕즈음븨 느요를 한가지로 ᄒ니 난음ᄒ 뎡티 불가형언이라 야심ᄒ미 냥인이 셕일 구면과 고ᄉ를 일ᄏ라 셜홰 탐탐ᄒ니 밤이 시는 쥴 모로더라 곽녜 교음이 느즉ᄒ여 닐오디 쵸의 첩이 임텬홍의 헛된 문명을 바다실지연졍 실은 임ᄌ의 면목도 ᄌ셔이 아지 못ᄒ는 빅요 비상 일홍이 낭군의 업시ᄒ 빅 되여시니 실즉 규녀로 다르미 업는 쥴 아는다 옥이 쇼왈 그듸는 넘녀말나 곽국구의 손녜요 곽상셔의 녀이라 고문명가

의 문지 상당ᄒ니 딘승상 부인이 다숫 번 긔가ᄒ되 일노써 허물을 슴지 아녓느니 그듸 비홍은 곳 느의 씨슨 빅니 그듸는 날을 뎍게 넉이지 말나 닉 엇지 허물을 슴으리오 곽녜 딕희ᄒ여 쳔교만틱 불가형언이니 남녀의 밀밀ᄒ 의논이라 명됴의 환옥 곽녜 ᄒ가지로 졍뎐의 느ᄋ가 문안ᄒ니 딘왕이 크게 넌이ᄒ나 왕비 미ᄋ를 괴로이 씽긔여 ᄉ쉭이 불안ᄒ니 더욱 앙앙ᄒ더라 곽녜 인ᄒ여 딘궁의 머므러 힝시 음ᄉᄒ고 거지

교힐ᄒ니 궁쥼 상히 불힝ᄒ믈 니긔지 못ᄒ더라 어시의 셜부의셔 공가 길일이 다다르니 희필공지 쵸쵸ᄒ 녜를 ᄀ쵸와 공녀를 친영ᄒ여 오니 틱ᄉ부부와 졔ᄉ슉미 신인을 보미 불승경히ᄒ여 걱졍즘치라 일ᄏ고 셜직시 비록 년쇼ᄒ나 식안이 명텰ᄒ지라 ᄒ번 신부를 보고 결비 영죵지상이믈 아라 엇지 일시나 가쥼의 머물 뜻이 잇ᄉ리오마는 쵸를 ᄒᄆ 쳘인의 명견이 아니라 ᄒ여 깁히 혜ᄋ리미 만흔고로 무심

무려ᄒ여 다만 딕쇼ᄉ의 가옹의 눈 어둡고 귀먹으믈 본밧는지라 다만 부모의 명으로 요녀를 부늬의 머무르나 ᄒ번 ᄌ최 요녀의 침당다히 가도 아닐 분더러 쥼목쇼시의도 ᄒ 번 눈드러 보미 업ᄉ니 요녜 쳔신만고ᄒ여 셰상의 ᄉ름 싱각지 못ᄒᆯ 궁모곡계로 두셰 번 셩명을 밧고며 얼골을 곳쳐 임쇼져를 업시ᄒ고 구츠히 셜문의 인연을 미ᄌ미 셜싱의 미몰ᄒ믄 오히려 옛늘 임한님의 지난지라 연낭이 크게 실망ᄒ여 스

스로 아모리 홀 쥴을 모로니 이젹의 임부 셜의녈이 마춤 신양이 잇셔 요녀의 신영날 불참ᄒᆞ엿더니 이러구러 슈슌이 지ᄂᆞ니 신츈가졀을 맛난지라 임셩녈이 몬져 귀령ᄒᆞ여 본부의 도라가 냥ᄃᆡ 튼당부모 슉당졔친동긔로 반기며 신연을 하례ᄒᆞ니 가즁의 환셩이 여류ᄒᆞ더라 이의 슌일을 머무러 셜부로 도라갈 ᄉᆡ 죤당의 고왈 이졔 환셰ᄒᆞ연 지 오릭고 직ᄉᆞ 슉슉이 신취ᄒᆞ여시되 쇼괴 귀근ᄒᆞ미 업ᄂᆞᆫ지라

튼당 구괴 ᄉᆞ모지심이 간졀ᄒᆞ신지라 손녜 셜져져로 더브러 도라가고ᄌᆞ ᄒᆞ나이다 관틱부인과 상국곤계 흔연왈 녜 비록 쳥치 아니나 우리 임의 셜현부를 너와 ᄒᆞᆫ가지로 보ᄂᆡ려 ᄒᆞ더니라 인ᄒᆞ여 의녈을 명하여 셩녈과 ᄒᆞᆫ가지로 본부의 가 슈여 일 머무러 오라 ᄒᆞ니 의녈이 빈ᄉᆞ슈명ᄒᆞ고 이의 튼당의 하직ᄒᆞ고 셩녈과 ᄒᆞᆫ가지로 화교치루의 허다 위의를 거ᄂᆞ려 셜부의 니르니 틱ᄉᆞ부뷔 목틱부인을 뫼셔 뎡당의셔

녀부를 볼ᄉᆡ 상하의 반기ᄂᆞᆫ 회푀 상하치 아니ᄐᆞ라 녜파 좌졍ᄒᆞ미 신부란 거시 서로 쇼고긔 뵈ᄂᆞᆫ 녜를 일우고 좌의 드니 의녈이 눈을 드러 일견의 비록 짐즉ᄒᆞᆫ 빈나 서로이 경희츠악ᄒᆞᆷ믈 니긔지 못ᄒᆞ여 냥구슉시러니 뎡뎡지긔 요녀의 얼골의 ᄊᆞ이며 피부의 요괴로온 거동이 졈졈 드러나 완연ᄒᆞᆫ 셕일 남ᄉᆡ 연낭이라 좌위 그 변용ᄒᆞᆷ믈 놀나고 의녈과 셩녈이 역경ᄒᆞ여 널미 냥파를 도라보니 냥픠 요녀를 단단이 붓드미

요녀 추시를 당ᄒᆞ여 도시 담이나 무어시라 ᄒᆞ리오 셰 니치 아니믈 보고 다라ᄂᆞ고ᄌᆞ ᄒᆞ나 구지 잡으시니 능히 말믜암지 못ᄒᆞ고 긴 치마를 후리치고 화관을 버셔 더지고 삽삽히 일진괴풍이 되어 공즁의 ᄡᆔ여 올나 경긱의 부지거쳐ᄒᆞ니 가즁 상히 무망의 괴변 히ᄉᆞ를 보니 아니 놀ᄂᆞᆯ 리 업고 공가 비복이 역시 놀나 어린 듯ᄒᆞ더라 셜공이 공가 시비를 불너 당하의 ᄭᅮᆯ니고 엄문왈 여줘 슈문 규슈로 무슴 연고로 요슐 작변이 여ᄎᆞᄒᆞ

**25면**

뇨 여등이 본스룰 직고치 아니면 당당이 쥼치ㅎ리니 이실직고ㅎ라 공부 시녀비 일시
의 쎨며 고왈 과연 우리 노애 일남일녀룰 두스 일남은 아직 년유ㅎ고 일녀는 금년 츈
의 별셰ㅎ여 쥬인부뷔 쥬야 셜워ㅎ시다가 모일야의 들니는 곡셩을 츳즈 녀즈룰 다려
와 근본을 무르니 그 녀지 뒤ㅎ되 본시 스족지녀로 부뫼 구몰ㅎ고 강포흔 욕이 급ㅎ
미 죽으련노라 ㅎ거늘 쥬인부뷔 가련이 녀겨 인위냥녀ㅎ엿더니 모일

**26면**

야의 쇼졔 신몽을 어덧다 ㅎ고 귀부 직스 노야 비필이 되련노라 ㅎ시무로 쥬인이 미
파로 쳥혼ㅎ여 이리 된 닐이며 기외는 모로나이다 쏘 의녈을 향ㅎ여 복복 비하왈 만
일 의녈현비의 신명ㅎ신 셩덕 곳 아니런들 요괴룰 아지 못ㅎ고 아쥬 부부와 비즈 등
이 다 이 요괴의게 목슘을 맛출 번 ㅎ여이다 말이 분명ㅎ고 곡직이 츠셰 잇스니 쇼관
업스믈 불문가지라 셜부 상하 졔인이 공가 시비 등의 쳔만무심 망연부

**27면**

지ㅎ믈 보미 다시 무룰 말이 업는지라 틱시 이의 일복 화젼을 ᄂᆞ와 글을 닷가 혼셔문
빙 아오라 공부로 보ᄂᆞ니라 공가 복첩이 도라가 셜틱스의 글월을 올니고 뎐후스연과
쳥명쇼졔 잠시간의 변화ㅎ여 공즁으로 다라ᄂᆞ던 쥴 고ㅎ며 왈 쳔비 등이 무식ㅎ오나
옛 말을 듯스오니 뎡인은 스불범졍이라 ㅎ미 올터이다 의녈 부인이 좌의 니르시미
이 변이 여츳여츳 ᄂᆞ시니 반ᄃᆞ시 스름이 아니라 옛놀 달긔 ᄀᆞᆺ흔 요괴러이다

**28면**

공틱우 부뷔 쳥미의 뒤경실식ㅎ여 두 눈이 두렷ㅎ며 셔간을 쎠혀보니 왈 만싱이 필
즈의 비항이 츠긔ㅎ지ㅎ믈 인ㅎ여 뇨됴흔 녀즈룰 어더 즈항의 두고져 ㅎ더니 의외
돈공의 구혼ㅎ믈 인ㅎ여 허혼ㅎ믄 실노 명공의 어질무로뻐 녕이 반ᄃᆞ시 속녀와 다룰
가 ㅎ미러니 금일 쳔고 긔변을 목견의 보니 엇지 한심경악지 아니며 쏘흔 명공의 어
질무로 이런 괴시 잇는뇨 이라 명공이 즈녜 션쇼ㅎ고 어질무로 그릇

요얼을 일위니 이 또 기정이쳐의라 만싱이 기리 유감치 아닛느니 명공은 샐니 오가
치례문명을 이숑ᄒ라 ᄒ엿더라

공틱우 부뷔 간파의 크게 붓그리고 뉘웃츠나 무가닉하라 역시 요녀 ᄯᅮ짓기를 마지
아니코 즉시 문명을 니숑ᄒ고 답셔를 닷가 보너니 셔의 왈 의외 션싱의 친찰을 바다
셔즁 ᄉ어를 보오니 일변 놀납고 참괴ᄒᆷ믈 니긔지 못ᄒ리로소이다 요인의 간정이 현
누ᄒ오미 만일

돈부의 신명흔 발간 덕복 아니면 엇지 요정을 슈이 분간ᄒ리잇고 만싱의 문호를 보
젼ᄒ미 역시 존부 후은이라 임의 요정의 근본을 아라시니 존부 치례를 엇지 누쳐의
일시나 머물니잇고 삼가 밧드러 도라보너ᄂ이다 지필을 님ᄒ와 불승참안ᄒ와 몸 둘
바를 아지 못ᄒ리로소이다 ᄒ엿더라 셜틱시 간파의 탄왈 차인이 비록 군지라 니르지
못ᄒ나 ᄯᅩ흔 츙근질박흔 댱지러니

식안이 불명흔 연고로 하마면 요녀를 어더 문호를 망ᄒ올 번ᄒ닷다 차셕ᄒᆷ믈 마지
아니터라 의녈과 셩녈이 요녀의 변형미목이 의심업슨 연낭인쥴 알고 분연통히ᄒᆷ믈
마지아니ᄒ나 텬의를 짐죽ᄒ여 가즁헌화를 금ᄒ고 슌여 일 후 의녈이 구가의 도라가
니 존당구긔 사랑ᄒ미 더옥 시롭더라 어시의 니부상셔 농두각 틴흑사 임창흥이 쇼년
딕지로 긔ᄉ신환이 만죠의 늣타ᄂ고 풍신직홰 셰고무젹ᄒ니 거경녈

후의 유녀지 뉘 아니 흠앙ᄒ리오 셕년왕ᇰᅳᆯ의 남창지부 죠운은 금셰의 풍후관지라 벼
슬이 어ᄉ즁승의 거ᄒ엿고 실즁의 부인 상시ᄂ 젼츄밀 상공의 녜니 이 곳 셜틱ᄉ 부
인 상시와 지죵뎨라 슬하의 일남일녀를 두어 ᄋᄌᄂ 셩취ᄒ고 녀ᄋ 운홰 싱셩ᄒ미
텬싱 ᄌ용이 결비범인이라 옥안이 빙쳥ᄒ여 쳔틱의 부용이오 뉴미쇄락ᄒ여 츄상의
계홰라 셩질이 쇄락ᄒ고 긔질이 호연ᄒ여 계츄군ᄌ요 결군

**33면**

댱뷔라 부뫼 닉이 귀즁ᄒ미 ᄌ부의 우희 잇ᄂᆞᆫ지라 각별 동상을 유의ᄒ나 미쳐 뎡치 못ᄒ믄 셕일 외임을 갈고 환향시 역즁의셔 쉬더니 이젹의 졈즁 쥬인의 ᄯᆞᆯ 월션이 셜 샹셔 햐쳐의 드러가 구란차ᄅᆞᆯ 도뎍ᄒ여 가지고 그물의 신 고기쳐로 황황이 힝혀 들 닐가 두려 겻집의 슘어 날이 붉고 졔집 긱관 도라가기ᄅᆞᆯ 기다려 도라오고ᄌ ᄒ더니 이러구러 날이 붉고 됴어ᄉ 일힝의 위의 거록ᄒ니 감히 나

**34면**

오지 못ᄒ여 방황ᄒ더니 믄득 됴쇼져 유모 낭귀 여측ᄒ라 오다가 십여셰 녀직 촌녀 의 복식으로 무어슬 치마의 ᄡ 엽히 ᄭᅵ고 방황ᄒ거늘 괴히 녀겨 문왈 네 엇던 ᄋ희완 ᄃᆡ 이 곳 경ᄉ지샹의 ᄂᆡ힝이 드러 계시거늘 방ᄌᆞ히 ᄭᆞᆺᄭᆞ이 드러왓ᄂᆞᆫ뇨 월션이 황겁 ᄒ여 년망비복왈 쳔ᄋᆞᄂᆞᆫ 이 동ᄂᆡ의 잇ᄂᆞᆫ ᄋᆞ희라 위연이 귀흔 힝ᄎᆞᄅᆞᆯ 구경코ᄌ 드러 왓다가 문견의 위의 하 거록ᄒ오니 능히 ᄂᆞ갈 길히 업셔 방황ᄒ나이

**35면**

다 이리 홀 젹 믄득 구옥치 ᄯᆞ히 ᄡᅥ러져 구ᄋᆞ니 옥셩이 뇨량ᄒ고 셔광이 이러나ᄂᆞᆫ지 라 월션이 창황이 거두거늘 낭귀 촌녀의게 이런 귀뵈 잇ᄂᆞᆫ 쥴 놀나 밧비 아스 보려ᄒ 니 기녜 ᄂᆞᆺ출 붉히고 머뭇거리거늘 낭귀 위력으로 아스보니 과연 쳔하무가뵈라 ᄃᆡ경 왈 이 보비의 빈혜 어ᄃᆡ셔 낫ᄂᆞ뇨 션이 ᄃᆡ왈 ᄂᆡ 아비 본ᄃᆡ 물화댱시라 이 빈혀ᄅᆞᆯ ᄀᆞ 져왓거늘 ᄂᆡ ᄉᆞ랑ᄒ여 가지고ᄌ ᄒ되 쥬지 아니니 ᄂᆡ 부모ᄅᆞᆯ 모로게 ᄀᆞ마니

**36면**

가져와 ᄌᆞ시 보고ᄌ 가져왓노라 낭귀 그러히 넉여 닐오ᄃᆡ 연즉 여뷔 ᄂᆡ 보는 댱시라 다른 ᄃᆡ 팔녀 가져왓시니 네 날을 됴차 우리 부인긔 뵈고 이 빈혀ᄅᆞᆯ 팔나 월션이 ᄃᆡ 경 왈 아비 일오ᄃᆡ 경ᄉ 임공후 딕ᄒ쳐 지샹이 ᄌᆞ부ᄅᆞᆯ 쥬려ᄒ고 긔특흔 빈혀ᄅᆞᆯ 어더 오라 친념ᄒ여 계시다고 아비 쳔하ᄅᆞᆯ 다 도라 겨유 어더 밧치려ᄒᄂᆞᆫᄃᆡ 엇지 다른 ᄃᆡ 팔며 쳔이 가져다가 판 즉 부뫼 ᄃᆡᄎᆡᆨ홀 거시니 ᄑᆞ지 못ᄒ리로쇼이다 낭귀 옥여 빈

## 37면

혀를 가지고 월션을 다려 안히 드러가 부인과 쇼져긔 뵈고 수연을 고ᄒ니 거야의 부인이 ᄒᆞᆫ 꿈을 어드니 신인이 일오디 명됴의 난봉구란츄를 볼 거시니 굿ᄒᆞ여 쇼긔근 착을 ᄌᆞ셔히 알녀말고 쳔금을 앗기지 말고 미득ᄒᆞ라 일노쎠 반ᄃᆞ시 운화의 동신되ᄉᆞ 를 졍ᄒᆞ리라 ᄒᆞ거늘 부인이 씨드라 몽ᄉᆞ를 싱각고 ᄀᆞ장 괴이히 넉이더니 낭귀 ᄒᆞᆫ 츈 녀를 인ᄒᆞ여 뵈고 옥츄를 드리니 보건디 가장 긔특ᄒᆞᆫ지라 부인이 쟉야 몽ᄉᆞ를 싱각 고

## 38면

팔나 ᄒᆞᆫ디 월션이 구지 츄ᄉᆞᄒᆞᄂᆞᆫ지라 부인왈 맛당이 네 아비를 불너오라 갑술 쥬리 라 월션이 발악ᄒᆞ여 면치 못홀 쥴 알고 만일 제 아비 이 일을 알면 크게 ᄭᅮ짓고 즁히 마즐지라 망극ᄒᆞ여 울며 고왈 부뫼 알면 쳔이 죽을지라 복원 부인은 어엿비 너겨 도 로 쥬시거나 그러치 아니시면 출하리 갑슬 쥬지 말고 그져 가지쇼셔 부뫼 엄ᄒᆞ니 쳔 ᄋᆞ를 용ᄉᆞ치 아니리이다 ᄒᆞ며 만단이걸ᄒᆞ거늘 부인 왈 엇지 무단이 네 거슬 아스리 오

## 39면

ᄒᆞ고 좌우로 빅은 쳔냥을 쥬니 월션이 만흔 은을 엇고 디희과망ᄒᆞ여 연망이 바다 도 라오니 날이 발셔 느졋고 셜흑ᄉᆞ의 일힝이 도라곳더라 월션이 감히 만흔 은ᄌᆞ를 부 모를 뵈지 못ᄒᆞ여 깁히 두험의 뭇고 약간 가져고 드러가 부모를 보니 부뫼 곳던 곳을 뭇고 은ᄌᆞ를 어디 가 어든다 무르니 디왈 뉴디랑 집의 햐쳐ᄒᆞ신 디관이 외임ᄒᆞ엿다 가 승취ᄒᆞ여 환경ᄒᆞ시ᄂᆞᆫ지라 니 구경곳더니 그 부인과 쇼졔 날을 보시고 어엿비 넉 여

## 40면

은냥을 쥬더이다 그 부뫼 고지 듯고 부인 쇼져의 셩덕을 못니 감격ᄒᆞ더라 이후의 월 션이 ᄌᆞ라 덕부ᄒᆞ미 ᄎᆞᄎᆞ 은ᄌᆞ를 너여 싱계를 삼더니 후릭의 됴쇼졔 임니부의 부인 이 되어 ᄌᆞ녀를 싱산ᄒᆞ여 긔화를 격녁홀 ᄯᆡ 또혼 월션의 구활ᄒᆞᆷ믈 닙으니 이 또혼 됴 가 빅은 쳔냥을 무고히 삭이지 못ᄒᆞ미니 늄회보복지되 이곳더라 됴어ᄉᆞ 쇼권가숄ᄒᆞ

여 무스이 환경ᄒ여 경도의 니르러 예궐숙스ᄒ니 텬ᄌ

## 41면
특지로 어스즁승을 승품ᄒ여 계시더라 이의 고퇵의 니르러 가족을 안돈ᄒ고 셰월을 보닉더니 고어한샥의 이쉬 훌훌ᄒ여 얼푸시 슈년이 지ᄂᆞ니 운화쇼져의 방년이 이팔이라 오히려 년긔 계칙지년이 ᄂᆞ졋시되 가셕ᄒᆞᆯ 바ᄂᆞᆫ 쳔츄명완가인의 녀즁영걸을 진압ᄒᆞᆯ 흔ᄂᆞᆺ 군ᄌᆡ 쉽지 아닌지라 됴공이 그윽이 임시 졔싱의 옥면풍신이 셰고무덕ᄒᆞᆯ믈 그윽이 유의ᄒᆞ나 이 ᄀᆞ온ᄃᆡ ᄯᅩ 상심ᄒᆞᄂᆞᆫ 빅 이시니 모부인 상시 쇼져ᄅᆞᆯ 희잉

## 42면
시 신몽을 어드니 신인이 현몽ᄒ여 니로ᄃᆡ 부인이 텬문을 우러러 보라 부인이 공즁을 치와다 보니 만니쟝텬의 편운이 업ᄂᆞᆫ 곳의 구만니 댱공의 등비ᄒᆞᄂᆞᆫ 딕봉이 치운 셔무ᄅᆞᆯ 멍에ᄒᆞ여 공즁의 늘기ᄅᆞᆯ 붓쳐 신무ᄅᆞᆯ 발ᄒᆞᄂᆞᆫ 가온ᄃᆡ 각식 긔린과 봉황이 넘노라 ᄉᆞ면의 둘넛고 홍빅년홰 찬난ᄒ여 셧거 픠엿더니 운무ᄉᆞ이로 됴ᄎᆞ ᄆᆞᆫ득 빅년한 송이 ᄯᅥ러져 부인 ᄂᆞ상의 ᄡᅱ히거ᄂᆞᆯ 부인이 황망이 거두니 션인이 쇼왈

## 43면
만일 난봉구란의 님지 아니면 엇지 운화의 빅필이 되리오 ᄒ거ᄂᆞᆯ 부인이 이 ᄭᅮᆷ을 ᄭᆡ여 인ᄒ여 잉틱ᄒ여 녀ᄋᆞᄅᆞᆯ 싱ᄒ니 일노뻐 명을 운홰라 ᄒᆞ고 ᄌᆞᄂᆞᆫ 몽연이라 ᄒ니 쇼졔 졈졈 댱셩ᄒᆞᄆᆡ 옥모화안이 흔ᄌᆞᆺ 졀셰ᄒᆞᆯ 분 아니라 문쟝이 광박ᄒᆞ고 지식이 원쳘ᄒ여 규즁 쇼쇼녀ᄌᆡ 아니라 부뫼 년셩지벽과 됴승지쥬 ᄀᆞ치 ᄉᆞ랑ᄒ여 동상을 유의ᄒᆞᄆᆡ 심상치 아닌 줄 부인이 ᄯᅩ 녀즁의셔 신몽을 엇고 ᄯᅩ 구란ᄎᆞᄅᆞᆯ 어드니

## 44면
난봉이 교회ᄒᆞᄃᆡ 아홉치란이 홍옥과 쳥난이 셧거졋고 상셔와 오치 녕녕ᄒᆞᆫ ᄀᆞ온ᄃᆡ 난봉의 늘기 밋ᄒᆡ 은은ᄒᆞᆫ 글지 잇셔 운화상션긔봉이라 ᄒᆞ엿더라 부인이 이번 난ᄎᆞᄅᆞᆯ 어드ᄆᆡ 크게 깃거 녀ᄋᆞᄅᆞᆯ 쥬고 어ᄉᆞ긔 이 ᄉᆞ연을 고ᄒ니 어ᄉᆡ ᄯᅩᄒᆞᆫ 신긔히 넉이나 경셩 별 버듯ᄒᆞᆫ 쥬문갑졔의 난ᄎᆞ의 연분이 어ᄂᆞ 곳의 잇ᄂᆞᆫ 쥴 알니오 이러무로 쇼져의 가긔 졈졈 ᄎᆞ라ᄒᆞᄆᆡ 되엿더라 일일은 셜틱스 부인이 본부의 귀령ᄒ여 션죠 충

**45면**

무공 졍현왕 긔스를 지닐 시 됴어스 부인이 또흔 니르러 흔가지로 참예흐고 친독의 정분을 펼 시 됴부인이 셜부인이 오즈 일녀의 영홰 긔이흔 복녹을 못늬 칭하하며 탄 왈 져져는 진실노 셰간의 희한흔 복이로다 쇼민는 일지 겨유 셩취하여시나 녀이 명 히 도요의 봄빗치 늦기의 미쳐시되 흔낫 부셔를 굴히지 못하엿느지라 가히 쳔하의 인지 흔치 아니민가 쇼뎨의 구망이 과하민가 아직 못하리러이다 셜부인 왈 예

**46면**

붓터 군지 잇시민 슉녜 잇고 지시 잇스민 가인이 느느니 쵸목 금슈의 니르히 반드시 쌍이 잇느니 딜녀의 현슉흐무로 엇지 홀노 그 상뎍흔 비위 업스리오 됴부인이 되왈 현마 셰간의 인지야 바히 업스리잇가마는 녀ᄋ 잉신 쵸의 여츠여츠흔 몽스를 엇고 또 외임을 ᄀ라 환졍시의 역녀 즁의셔 이리아리 하여 난봉구란즘이란 빈혀를 엇고 몽죄 쏘 여츠하니 혜건되 반드시 이 츠잠의 즈응이 잇실지라 옹츠를 가

**47면**

진 곳의 벽벽이 텬연이 잇는가 시부되 어딕잇는 줄 알니잇고 시고로 부셔의 근심이 덕지 아니이다 셜부인이 경왈 연즉 그 빈혜 졔되 엇더하며 어든 씨 어느 날이러뇨 되 왈 모년 모월 모일의 역녀의셔 여츠여츠하여 흔 츈녀의게 쳔금으로 민득하니이다 져 졔 엇지 놀나시느니잇고 셜부인 왈 타시 아니라 ᄋ녀를 셩혼홀 젹 임부 빙폐의 여츠 여츠흔 한 쌍 난봉구란츠를 빙하니 장광졔되 여츠여츠하던

**48면**

디라 녀이 산동 덕거시의 쳡봉화란하여 분찬하니 기시의 가이 누의를 비힝하엿다가 녀이 동시히 젹화를 면치 못하여 닉슈참스하믈 보고 슬허하나 훌일업셔 녀ᄋ의 신변 의 씨쳣던 흔쪽 옥츠를 어더 오다가 이터이러흔 녁즁의셔 일흐니 이졔 스오년의 미 쳐시되 능히 츠잠을 춧지 못하고 다만 녀이 다시 싱환하나 츠잠은 이졔 즈응이 산니 하엿느지라 현미의 니르는 말이 크게 의심된 곳이 만흐

**49면**

니 의혹ᄒ여 무르미라 가히 그 빈혀ᄅᆞᆯ 한 번 구경코ᄌᆞ ᄒ노라 됴부인이 역시 이상이 넉여 즉시 시녀ᄅᆞᆯ 보ᄂᆡ여 쇼져의 유모 낭귀로 더브러 난ᄎ등ᄅᆞᆯ ᄀᆞ져오라 ᄒ여 셜부인긔 드리니 셜부인이 바다 ᄌᆞ시 보니 분명이 임부 긔물노 녀ᄋᆞ의게 빙ᄒ엿던 빈라 셜부인이 크게 긔특이 넉여 탄식왈 이 곳 의심 업슨 임부 빙물이라 연이나 현미 만흔 금ᄌᆞᄅᆞᆯ 허비ᄒ엿시니 늬 맛당이 임부의 통ᄒ여 냥편ᄒᆞᆯ 도

**50면**

리ᄅᆞᆯ 상냥케 ᄒ리라 됴부인이 역ᄃᆡ왈 ᄎ물이 질녀의 신변지물이라 ᄒ니 맛당이 도라 보ᄂᆡ염 즉ᄒ되 두 번 신몽을 인ᄒ여 난ᄎ의 연분을 졈복ᄒ려 ᄒᄂᆞᆫ 고로 가군의 ᄯᅳᆺ을 아지 못ᄒ여 도로 가져 가나이다 셜부인이 졈두ᄒ고 냥부인이 피ᄎᆞ 분슈ᄒ여 각거부즁ᄒ니 됴부인이 도라가 어ᄉᆞᄅᆞᆯ ᄃᆡᄒ여 셜부인 말을 ᄌᆞ셔이 젼ᄒ니 어ᄉᆡ 크게 신긔이 넉여 이의 명일의 난ᄎ등ᄅᆞᆯ 가지고 친히 셜부의 니르니 셜티식 마

**51면**

ᄌᆞ 피ᄎᆞ 녜필좌졍의 어ᄉᆡ 몬져 칭ᄉᆞ왈 만싱이 근간 ᄉᆞ괴 다쳡ᄒ와 오리 문하의 ᄂᆞᄋᆞ와 뇹히 교회ᄒ시믈 밧ᄌᆞᆸ지 못ᄒ오니 비컨ᄃᆡ 동몽이 ᄉᆞ부ᄅᆞᆯ 그리오미라 금일은 겨오 댱간을 어더 별합로 상의코ᄌᆞ ᄒᄂᆞᆫ 일이 잇셔 니르ᄅᆡ이다 틱ᄉᆡ 흔연 답ᄉᆞ왈 노데 역시 명공을 오리 보옵지 못ᄒ니 역시 ᄉᆞ모지심이 깁더니 명공이 몬져 ᄎᆞᄌᆞ시니 독히 회포ᄅᆞᆯ 위로ᄒ리로쇼이다 드ᄃᆡ여 셜츄밀 등 ᄉᆞ곤계 ᄎᆞ례로 빈알ᄒ고 면면이 돈후ᄅᆞᆯ

**52면**

뭇ᄌᆞ온 후 이윽고 쥬비ᄅᆞᆯ ᄂᆡ와 빈쥬 통음ᄒ며 한담이 이윽ᄒ미 어ᄉᆡ왈 쇼데 본ᄃᆡ ᄌᆞ셩이 단쵸ᄒ여 다만 일ᄌᆞ일녀ᄅᆞᆯ 두어 돈ᄋᆞᄂᆞᆫ 장셩고ᄎᆔᄒ엿거니와 녀식은 년긔 계ᄎᆞ의 ᄂᆞ껴시되 능히 쥬진의 ᄉᆞ좌ᄅᆞᆯ 덤복ᄒᆞᆯ 곳이 업고 여ᄎᆞ여ᄎᆞᄒᆞᆫ 연고로 ᄎᆞ즘의 님ᄌᆞ로 텬연이 잇다 ᄒ니 ᄃᆡ장뷔 엇지 허탄ᄒᆞᆫ 몽ᄉᆞᄅᆞᆯ ᄎᆔ신ᄒ리잇고마ᄂᆞᆫ 견두시 ᄌᆞ못 니상ᄒᆞᆯᄉᆡ 지금 상심ᄒ여 결치 못ᄒᄂᆞᆫ 빈니 그ᄋᆞ이 폐합의 말노ᄡᅥ 드르니 이 난

**53면**

츠는 녕녀 임실 의녈비의 일흔 빈혜라 ㅎ니 믈이 임의 조용이 합ㅎ미 올코 쏘 고듀의 게 도라가미 이의 당연ㅎ지라 복이 이제 츠잠을 가져 니르럿ㄴ니 맛당이 환본기쥬ㅎ고 쏘 일노뻐 츄이컨디 오녀의 텬연이 임상셔긔 잇ㄴ가 ㅎ니 션싱이 능히 디의롤 혜오리스 능히 월노의 홍승 밋기롤 쇼임ㅎㅅ 녕녀로 ㅎ여금 쥬실의 풍치롤 빗ㄴ게 ㅎ시리잇가 팀시 흔연미쇼왈 녕녀의 현슉ㅎ믄 만싱이 쏘흔 아란 지 오

**54면**

린니 엇지 호의ㅎ미 잇스며 쇼녜 쏘흔 당돌이 이람규목의 화긔잇고 오셔는 금셰오셩이라 엇지 문왕의 관홍디도흔 셩덕 뿐이리오마ᄂᆞ 다만 의려ㅎ는 바는 임상국이 늙도록 하 까닯고 찬찬흔 장뷔오 쏘 가녀의 녀알이 창셩흔 연고로 던두의 가란을 붓츠니 여러 슌이니 즐겨 슌둉치 아닐가 근심홀지연뎡 노데와 명공은 이제 이신 일심이라 엇지 타의 이시리오 이제 맛당이 우리 냥인이 흔가지로 난츠롤 가지고 임상부의 ᄂᆞ오가

**55면**

져 부즈 됴손의 긔식을 슬펴가며 구혼ㅎ리라 졍언간의 녀이공이 니르거늘 됴어스는 구교의 안면으로 한훤을 파ㅎ니 녀이공이 문왈 셜형이 근간은 ᄀᆞ장 어룬 뎌운 양ㅎ여 타쳐츌입이 일졀 굿지 아니터니 불시의 어디롤 가려ㅎ관디 거마롤 출히는뇨 공이 쇼왈 그디 뎡즁 쳬면을 싱각ㅎ여도 싱심도 노지상을 만모치 못ㅎ려든 흔곳 쳐남이라 ㅎ고 어룬을 혜지 아니ㅎ고 미양 부리롤 스오ᄂᆞ이 놀니고 피치 져머셔는 미

**56면**

즈롤 보노라 ㅎ니 힝혀 쳥년쇼박이나 홀가 겁ㅎ여 즈니게 겸즉이 질젹이 만핫거니와 이제 됴츠 그리 겁닐가 ᄀᆞ장 단실노 삿뿌르고 아리광져어 뵈네 니 가다니 어디롤 갈고 바로 니르즈 ㅎ니 쏘 쓰라가 무슨 희살광이 노릇홀 줄 알고 녀공이 디쇼왈 누고셔 입막지빈이 빅년긱이라 ㅎ더뇨 늙다 ㅎ고 쳐남의 도리 싱심이나 미부롤 핀잔 줄가마는 셜형이 ᄂᆞ히 만코 자녜 영귀ㅎ니 즈긔의 호승됴츠 겨워셔 망녕 들녀시니 나는 댱

**57면**

지라 독가ᄒᆞ여 무엇ᄒᆞ리오 연이나 어ᄃᆡ 도덕질을 ᄒᆞ라 가는가 슈상이 긔이기도 무슴 일고 원간 무슴 일인지 아든 못ᄒᆞ거니와 혹 ᄂᆡ 아라 뉴익홀동 엇지 알고 틱시 우쇼왈 ᄃᆡ쳐 빅달이 에휼뎟고 갈능ᄒᆞᆫ 남지로다 어ᄎᆞ어피의 ᄯᅩᄒᆞᆫ 그 말도 무던ᄒᆞ도쇼니 션광ᄃᆡ 눌치면 혹ᄌᆞ 유익홈도 고이치 아니리라 빈줘 셜파의 ᄃᆡ쇼ᄒᆞ고 됴어셔 드듸여 난ᄎᆞ 일관으로 쇼녀의 텬연이 임상셔긔 잇시무로 이졔 난ᄎᆞ를 가져 셜

**58면**

공으로 더브러 져 곳의 ᄂᆞ으가 친ᄉᆞ를 상의ᄒᆞ려ᄒᆞ믈 니르고 이의 ᄒᆞᆫ가지로 임부의 ᄂᆞ으가믈 니르니 녀공이 ᄃᆡ쇼왈 원ᄂᆡ ᄃᆡ스롭지 아닌 노르슬 그리 녜스롭지 아니케 구더뇨 딘실노 슈상 고이ᄒᆞᆫ 일이로다 뫼도쇼니 가셔 구시ᄂᆞ 보리라 언파의 삼공이 웃고 ᄒᆞᆫ가지로 거륜을 도로혀 임상부의 ᄂᆞ으가 바로 퇴화젼의 니르니 임상국 곤계 좌ᄒᆞ고 쵸왕 삼곤계 졔ᄌᆞ질을 거ᄂᆞ려 뫼셧더라 졔인이 셜 녀 됴 삼공의 ᄂᆡ림ᄒᆞ

**59면**

믈 고ᄒᆞ니 모다 일시의 마ᄌᆞ 녜필 좌졍ᄒᆞᄆᆡ 쥬찬을 ᄂᆞ와 빈줘 통음ᄒᆞ고 쥬지반감의 녀공이 웃고 임상국을 ᄃᆡᄒᆞ여 쇼왈 노형으 슬겁고 착ᄒᆞ면 셜 됴 냥공의 온 연고롤 아ᄂᆞ다 상국이 샤일냥졍을 흘녀 녀공을 보며 왈 빅달이 ᄯᅩ 무슴 부담 망셜을 ᄒᆞ려ᄒᆞ고 ᄯᅩᆫ 말ᄒᆞ고 셜 됴 냥공의 오믄 불과 인친과 친붕이니 셔로 ᄎᆞᄌᆞᄆᆡ 고이ᄒᆞ며 눔의 ᄯᅳᆺ 엇던동 알며 ᄂᆡ 니슌풍 원쳔강이 아니여든 남의 먹은 ᄯᅳᆺ을 어이 알니오 녀공 왈

**60면**

이 곳 형의 집 가경이오 복경을 더으려 ᄒᆞᄂᆞᆫ 일이니 ᄉᆞ양치 말나 드듸여 우으며 됴공을 도라보으 왈 힝혀 도젹이라 홀가 넉여 겁ᄂᆡ지 말고 난즘을 ᄂᆡ여 노ᄒᆞ라 도덕 ᄡᅵᄂᆞᆫ 아ᄃᆡ이 벗기리라 됴어셔 미쇼ᄒᆞ고 이의 ᄉᆞ미로셔 난봉구란ᄎᆞ롤 ᄂᆡ여 좌즁의 노ᄒᆞ며 닐오ᄃᆡ 상국합하와 쵸왕뎐ᄒᆡ ᄎᆞ즘을 아르시ᄂᆞ니잇가 상국 부지 ᄎᆞ언을 듯고 일시의 눈을 드러보니 이 곳 ᄌᆞ긔 당년 뉴구국 딘뉴시의 일쌍난봉구란ᄎᆞ

370    임씨삼대록 4

**61면**

롤 천금으로 환미호여 만금 동슌부 셜의녈의게 빙호엿던 바 난봉구란치라 엇지 몰나
보리오 상국이 미지일견의 되경왈 추는 오가지물ᄃ라 하쳐츌이완딩 산니흔 여러 셰
월의 오늘날 물이 넷 곳의 도라 왓느뇨 연고롤 ᄌ시 알고ᄌ 호노라 됴공이 드딩여 난
ᄎ 어든 근본을 ᄌ쵸 일통이 젼호고 다시 피셕고왈 실노 추물노 쇼녀의 텬연을 셩딘
코ᄌ 호옵는지라 합하 딩인이 하관의 쇠문과 쇼녀의 봉비하혜롤 더

**62면**

럽다 아니실진딩 원컨딩 불미녀식으로 으로써 딩군ᄌ의 셩명을 의탁호고 문난의 광
치롤 돗치고ᄌ 호옵느니 합하는 윤동ᄒ소셔 언기필의 셜틱시 임의 시녀롤 명호여 녀
으기 젼어호여 흔 쪽 난추롤 가져오라 호엿는지라 화잉이 금함을 밧드러 좌간의 노
흐니 됴공의 가져온 난추와 흔딩 노흐미 졔도의 공교홈과 셩녕의 긔묘ᄒ믄 니르도
말고 ᄌ웅이 모드미 흔 쥴 셔긔 니러느고 옥쇼릭 낭낭호니 좌즁이 쇄연역식호여

**63면**

신긔호믈 부르고 밋 됴공의 말이 긋치미 셜녀 냥공이 일시의 굴오딩 신정의 이스롤
옛 말노 드럿더니 목젼의 이런 긔이흔 일을 보니 과연 옛 말이 허언이 아니로다 추역
텬연이라 합하는 고집지 말고 일어의 쾌허ᄒ라 상국이 모든 거동을 보미 ᄉ셰 난쳐
호미 여러 가지라 팀음묵연호여 냥구의 희미히 잠쇼왈 상담의 아들의 며느리 만토록
됴타호되 느는 셜쇼부롤 어더 어엿분 ᄌ미롤 미쳐 보도 못호여셔 음녀 발부

**64면**

와 흉인 찰녀롤 굿쵸 어더 긔고변난을 햐 쇠트시 격거시니 ᄆ음의 밍셰호여 졔오의
지취나 쳡이나 등의 녀알을 다시 가즁의 닐위지 아니려 호엿더니 또 이런 일이 잇스
니 닉 진실노 무싁무싁호여 고기 됴이지 아닛노라 셜공이 쇼왈 네는 그러호여도 지
금 됴시는 당셰 슉녀라 오히려 임문의 복녹과 가경이 돗치려든 엇지 둠뎌온 ᄉ양을
ᄒ리오 만일 이번의 그르거든 쇼뎨 일쌍 망울을 썬혀 불명호믈 ᄉ례호리라 녀

이공이 권히 왈 텬연이 즁ᄒ면 이역텬애라도 면치 못ᄒᄂ니 ᄒ물며 됴쇼져의 현슉ᄒ믈 겸ᄒ여 셜의녈노 친독ᄌ미의 의 잇ᄂ지라 반ᄃ시 일인을 셤기미 황영의 미담이 잇시리니 노형은 츄ᄉ치 말나 상국이 오히려 팀음불쾌ᄒ여 유유부답이여늘 션싱이 늘호여 고왈 빅달의 의논이 고명ᄒ 분 아냐 ᄯ호 난ᄎ긔봉이 ᄌ못 니상ᄒ니 형장은 고집지 마르쇼셔 상국이 진실노 형셰 베왓기 어려온지라 마지

못ᄒ여 허락ᄒ니 됴공이 만심환열ᄒ여 연망이 비슈칭ᄉᄒ고 임상셔를 집슈왈 만싱이 평일의 원빅의 ᄃ현 긔군ᄌ 영걸지풍을 츄앙흠복ᄒ여 셜티ᄉ의 싱관을 빗ᄂ믈 불워ᄒᄉ쇼니 엇지 쇼녀의 불혜누질이 슈고 아냐셔 ᄃ군ᄌ 셩명을 의탁ᄒ 줄 알니오 상셰 봉안이 시슬ᄒ고 말슴이 ᄂ즉ᄒ여 은근이 숀ᄉ홀 ᄯᄅ름이러라 좌즁이 비쥬를 ᄂ와 년음진췌ᄒ여 즐기며 돗 우히셔 퇵일ᄒ니 길거 지

격일슌이라 됴공은 슈이 되믈 더옥 깃거 슐이 취ᄒ미 임상셔의 등을 어루만져 언언이 현셔 쾌셔라 ᄒ여 쵸왕긔 만만치ᄉᄒ니 쵸왕이 불감겸양이러라 이러구러 날이 뎌물미 제공이 도라갈시 셜티시 쇼왈 쇼뎨 금일 됴형의 엄년의 드러왓다가 옥ᄀᄒ ᄋ셔를 도로혀 됴형의게 아이고 ᄃ쥬ᄀᄒ ᄯᆯ의 덕인을 어더쥬니 ᄂᆝ ᄋ니 뎜즉ᄒᆫ가 곳쳐 싱각ᄒ니 이닯도다 녀이공이 츄파를 빗기고 닁쇼왈 ᄂᆝ 아니 이르

던가 하 열업고 뎜즉ᄒ 말이나 맙쇼 ᄂᆝ ᄯᄅ올 젹부터 씌오고시븐 마음도 잇더고만 하들 슈상이 굴고 날 알가 모를가 괴로이 씌오려 ᄒ던 거슬 ᄂᆝ 흉의 ᄯᅥᆻ져 직고ᄒ니 ᄂᆝ 드르미 실노 불ᄉ컨마는 늠의 ᄯᅳᆺ을 아지 못ᄒ고 됴공이 일졍 날을 게엄져이 알 거시니 친구간 화긔도 상홀 듯 ᄒ고 ᄯᅩ 셜형은 아비 되여 ᄌ식의 뎍국을 ᄃᄉ로이 작미ᄒ라 옷슬 기고 단니ᄂᆞᆫ디 고모부 작슉이 하 열업고 뎜즉ᄒ여 아모 말도 아니ᄒ고 구시나

**69면**

보고 됴흔 음식이나 진냥토록 먹즈 ᄒ엿더니 당신도 곳쳐 싱각ᄒ니 져리 이들온가 올타 닉 니졋닉 셜형이 싀망녕 무심결의 일이 되게 ᄒ여 노흔 후야 곳쳐 싱각ᄒ니 도 라가 상부인이 아르시고 오즉 ᄒ실가 ᄯᆯ이 격국 총즁의 초년의 간고를 무슈히 격고 십싱구ᄉᄒ여 계유 도라와 남이북젹을 쓰리치고 일신이 평안커ᄂᆞᆯ 그 아비되여 방졍 을 셔러 뎍인을 쳔거ᄒ려 되ᄉ로이 작민ᄒ려 ᄂᆞᆯ그니 일업시 단닌다

**70면**

ᄒ고 은당 이 쇼문을 드르시면 미쳐 발이 듕문을 드듸도 아냐셔 마됴 닉다라 ᄯᆯ의 셜 운 노릇ᄒ다 사미 잡고 ᄶᅮ지질가 넉여 곰곰 혜ᄋ리고 더리 민망ᄒ여 ᄒ미로다 좌위 무장되쇼ᄒ고 셜틱시 우왈 빅달ᄋ 하 우ᄉ온 쳐 말고 녕흔 쳬 말나 우리 부인과 됴형 의 부인이 동셩지동ᄌ미간이라 폐합과 됴부인이 ᄒᆞᆫ가지로 츙무공 긔일의 ᄀᆺ다가 우 연이 난츠 일관이 이러ᄂᆞ니 닉 역시 아랏다가 됴형과 ᄒᆞᆫ가지로 오미

**71면**

로다 녀이공이 되쇼왈 어져 말보라 아츠아츠 그리면 닉 잘못 아랏고나 그러면 셜형 이 도라가셔 상부인을 됴흐려 ᄒᆞ는 눈츼로 셰 ᄯᆯ의 싀앗보는 쥴 여복 이돌와 뎌 말을 참지 못ᄒᆞ는가 셜형이 만일 녀지런들 녀치의 지난 투악이 이시리니 셜의녈이 만일 뎌부 등을 달맛던들 투긔의 션봉이요 싀옴의 되장이 될 거슬 반드시 상부인 어진 교 훈을 바둣기로 규힝과 부덕이 쳔츄의 녀ᄉ를 뎨명ᄒ닷

**72면**

다 셜틱시 쇼슈로 반빅미염을 어루만뎌 호호박쇼왈 스름 ᄀᆺ흘 시 아니 되쳑을 흘가 션광되요 슈즁 들닌 광싱이로쇼니 득가치 아닛노라 ᄒ니 좌즉이 다 박쇼ᄒ니 일좌의 쇼셩이 훤동ᄒ더라 졔공이 각산귀가흘 시 됴어시 난츠를 머무르고 가려ᄒ거ᄂᆞᆯ 쵸왕 왈 츠물이 비록 오가지물이나 오가의셔 산실ᄒ니 돈부의셔 갑슬 쥬고 ᄉ시니 이 곳 돈부긔물이라 엇지 이의 머무르미 가ᄒ킈오 맛당이 거두

**73면**

어 도라간 즉 오가의셔 웅추로써 빙ᄒᆞ리니 ᄌᆞ웅 이물이 합ᄒᆞ미 니얘니이다 좌즁이 션타ᄒᆞ고 묘어시 ᄯᅩᄒᆞ 그러히 넉여 칭ᄉᆞᄒᆞ고 도로 난츠를 거두어 도라가니라 셜틱ᄉᆞ 는 부즁으로 도라가고 묘어ᄉᆞᄂᆞᆫ 바로 부즁으로 가고 녀공도 도라가니라 상국곤계 제 빈을 다 도라보ᄂᆡ고 ᄂᆞᆯ이 져믈미 ᄂᆡ당의 드러가 틱부인긔 뵈옵고 묘가 친ᄉᆞ 뎡ᄒᆞᆫ 줄 을 알외니 틱부인 왈 가즁의 잡인을 모ᄒᆞ미 진실노 다 ᄀᆞᆺ치 현슉ᄒᆞ녀지 쉽지 아녀

**74면**

가변을 니르혀니 깃브지 아니토다 슈연이나 이 역 연분이니 현마 어이ᄒᆞ리오 다만 취ᄒᆞ여 어질면 만ᄒᆡᆼ이로다 이 ᄯᅥ 좌즁의 셜의녈이 봉관옥픽를 뎡히ᄒᆞ여 시측ᄒᆞ여시 니 옥면셩모의 봄빗치 ᄌᆞ약ᄒᆞ고 슬하의 난봉옥슈ᄀᆞᆺ흔 삼ᄌᆞ와 일녜 치의홍슈를 ᄂᆞ붓겨 쌍쌍이 넘노ᄂᆞᆫ지라 좌위 시로이 흠복ᄃᆡ경ᄒᆞᆷ믈 ᄭᆡ닷지 못ᄒᆞ고 녀부인이 ᄂᆞ호여 문 왈 묘시ᄂᆞᆫ ᄯᅩᄒᆞ 너와 타인이 아니라 독의 잇다 ᄒᆞ니 바히 셔

**75면**

셔의치 아니리니 아지 못게라 묘시 위인이 엇더타 ᄒᆞᄂᆞᆄ ᄒᆞ더라

## 임시삼ᄃᆡ록 권지삼십일

**1면**

ᄎᆞ셜 의녈이 복슈쳥교의 념임ᄃᆡ쥬 왈 쇼쳡과 묘시 비록 독의 잇ᄉᆞ오나 피ᄎᆞ 규즁의 깁히 쳐ᄒᆞ오니 엇지 ᄌᆞ로 보리잇고마ᄂᆞᆫ 피ᄎᆞ 어려셔 좀간 보오니 극히 아름다온 녀 지올너니 듕도의 묘공이 여러 ᄒᆡ 외직의 분쥬ᄒᆞ오니 피ᄎᆞ 댱셩ᄒᆞᆫ 후는 보지 못ᄒᆞ엿 ᄉᆞ오ᄃᆡ 일즉 ᄂᆡ왕ᄒᆞᄂᆞᆫ 비비의 젼언을 듯ᄉᆞ오니 묘시 흔갓 외뫼 아름다올 분 아니라 녀ᄒᆡᆼ이 딘션ᄒᆞ

**2면**

고 부덕이 초셰ᄒᆞ여 빅희의 고졀과 규목의 덕이 잇다 ᄒᆞ오니 쇼쳡이 ᄯᅩᄒᆞ 지식이 우

몽ᄒ오디 어려셔 볼 젹 현슉ᄒᆫ 싹시 잇습던 거시니 젼언이 와젼이 아닌가 ᄒᆞᄂ이다 틱부인과 상국 부부와 좌즁이 희활 연즉 만힝이라 됴시 만일 현부지언과 ᄀᆞ치 현미 ᄒᆞ면 창ᄋᆞ의 복경이오 문호의 경시라 피ᄎᆡ 화목ᄒᆞ여 가너 창ᄒᆞ리니 엇지 깃브지 아니리오 ᄒᆞ더라 셜틱시 본부의 도라가 부인과 ᄌᆞ부 등을 디ᄒᆞ여 됴쇼져의 혼ᄉᆡ 셩젼ᄒᆞ믈

### 3면

니르니 ᄌᆞ븨 다 물의 긔특ᄒᆞ믈 일ᄏᆞᆺ고 상부인이 비록 투협ᄒᆞᆫ 셩졍이 아나나 임상셔 ᄀᆞᆺᄒᆞᆫ 쳔고 긔군ᄌᆞ 디현의 셔랑을 유시의 몸쇼 휴양ᄒᆞ여 모ᄌᆞ의 지난 졍이 잇고 다시 평싱 쇼교 셩녀로 비합ᄒᆞ여 쵸년 험익을 ᄀᆞᆺ초 겪고 이졔 계유 단취ᄒᆞ여 일싱이 안한ᄒᆞ니 ᄯᅩ다시 이런 긔이ᄒᆞᆫ 일이 잇셔 됴시의 혼ᄉᆡ 완졍ᄒᆞ믈 드르니 비록 말을 아나나 심하의 월화옹의 일업시 다ᄉᆞᄒᆞ믈 고이히 넉ᄋᆞ더라 어시의 됴어시 도라가 부인을 디ᄒᆞ여 난ᄎᆞ

### 4면

긔연을 실희와 녀ᄋᆞ로뻐 임니부의 빈실노 뎡혼ᄒᆞ믈 니르니 부인이 깃거ᄒᆞ나 임부 가법이 너모 녜즁ᄒᆞ믈 놀나ᄂᆞᆫ지라 어시 쇼왈 닉상셔ᄂᆞᆫ 쳔만고의 무쌍무젹ᄒᆞᆫ 긔군ᄌᆞ셩현이라 비록 위치 강등ᄒᆞ나 ᄎᆞ인의 빈실 되미 용인쇽ᄌᆞ의 원비 되ᄂᆞ니의셔 늣지 아니리오 ᄒᆞ더라 길긔 쵹박ᄒᆞ믈 니르고 혼슈를 셩비ᄒᆞ여 길일을 등디홀 ᄉᆡ 과연 임상부의셔 난ᄎᆞ 웅잠으로 납빙ᄒᆞ니 됴부인이 ᄌᆞ웅을 맛쵸와 보고 크게 신긔이 넉이더라 부인이

### 5면

범ᄉᆞ를 셩비ᄒᆞ여 임의 길신이 다다르미 됴부의셔 디연을 빅셜ᄒᆞ고 졔긱이 취회ᄒᆞ니 시일의 셜부 상부인이 졔ᄌᆞ부를 거ᄂᆞ려 됴부의 ᄂᆞᄋᆞ가니 됴부인이 흔연이 마ᄌᆞ 져져의 돈쳬 누지의 빗ᄂᆡ 남ᄒᆞ시믈 칭ᄉᆞᄒᆞ고 녀ᄋᆞ의 평싱이 딜녀의 쳬도ᄒᆞ미 잇시믈 ᄉᆞ례ᄒᆞ여 ᄉᆞ에 관곡ᄒᆞ고 츄밀부인 등의 아름다옴과 임셩녈의 텬지방용을 쳐음 보미 디경흠탄ᄒᆞ여 스스로 녀ᄋᆞ를 ᄀᆞ져 만고뎔식 가인인가 ᄌᆞ부ᄒᆞ던 마음이 ᄌᆞ황ᄌᆞ참

**6면**

흐믈 마지 아니코 셜부인은 흔연답스흐여 말솜이 은근흐고 됴공즈 부부의 아름다오
믈 일콧고 운화쇼져의 옥모화티 유한뎡슉흐믈 보고 쪼흔 이모흐여 됴부인긔 치하흐
더라 빈쥬 이러툿 한담흐여 쇼져의 즈장을 다스려 신낭을 기두리더니 일식이 반오의
임상세 옥면영풍의 길복을 졍졔흐고 구름 빈상의 지상의 관즈롤 붓치고 허다 위의로
은영빅마의 싱쇼고악이 휜쳔흐여 됴아의 니르러 금년보쵹 오릭 홍안을

**7면**

젼흐고 비셕의 느으가니 허다 복쳡이 홍상치숨을 셧돌고 향쵹을 줍오 신부롤 뫼셔
독좌의 느으가 붓드러 상셔롤 향흐여 스비녜파의 상세 다만 흔 번 팔을 드러 공슈읍
양홀 ᄯᆞ름이라 녜파의 동방의 느으가 즈하상을 난호미 신낭이 외당으로 느가니 만당
빈킥이 신낭의 화풍을 일코라 하셩이 분분흐니 됴부인이 이날 셔랑을 보미 디회과망
흐여 스랑흐믈 니긔지 못흐더라 이러구러 날이 져물미 긱산귀가흐고 동방향

**8면**

실을 쇄쇼흐여 임상셔롤 안둔흐니 상세 신방의 느으가 됴쇼져롤 보니 이 곳 치의홍
상 ᄀᆞ온딕 녹녹흔 녀지 아니라 옥안이 빙졍흐여 쳔틱의 웃고즈 ᄒᆞ는 부용이요 뉴미
쇄락흐여 강산의 녕슈흔 긔믹을 거두왓고 보비로온 귀밋히 일만 덕치 완연흐고 복긔
겸발흐니 활연 쎅쎅흐여 계츠군즈요 결군당뷔니 엇지 홀노 양비의 부용여면뉴엽미
와 회쇼일회빅틱싱의 비흐리오 쪼흔 방즁 긔완즙물이 졍결쇼담흐니

**9면**

가히 남즈의 쳥념흐믄 알 거시요 더옥 신인의 찰난흔 슈식즈장의 스치흐미 업셔 다
만 쵸티의 청운이 엉긘 둧흔 머리의 칠보치화관이 졍졔흐고 흔 ᄀᆞ지 구란츠로 무빈을
딘졍흐니 오치 녕녕흐고 봉뫼 ᄂᆞ는 듯흔 엇긔의 직금치화 젹의롤 착흐고 쵸궁버들이
힘업손 일쳑 셰요의 팔복홍상 나군을 경가흐여시니 젹셩시 구름이 브야흐로 엉긘 둧
의슈 스이의 향풍이 난난흐고 옥결이 낭낭흐여 옥인의 방향을 가히

## 10면

알지라 임상셔는 각별 쳔지의 별긔를 거두어 즈싱민이릭로 흔눗 긔군즈 셩현이니 일쌍 안녁의 고명호미 족히 스광지충과 니루지명의 비길 비 아니라 엇지 텬고 슉완 셩스를 아지 못호리오 일안의 크게 깃거 줌미봉안의 희쇠이 녕농호니 즈연 흐리눅은 봉졍이 기리 다졍호여 신부 신상의 빗최믈 씌둣지 못호니 낭구 쳠시의 졍관념슬호여 팔을 드러 기리 스월 만싱이 본디 쳔품이 쇼둘호여 풍뉴댱뷔 아

## 11면

니요 쏘 됴션 가법이 네즁유일돈호니 다만 가국의 일인을 돈호미 기여는 비록 황가 공쥐라도 위굴하둥호믈 면치 못호니 임의 일쳐로 닉됴를 딘뎡호여 돈당감지와 싱의 건즐을 쇼임호미 듁호니 농쵹의 무염지심을 두어 다시 번화의 쯧이 잇스리오마는 쳔연이 괴구호여 녕디인이 싱의 용우를 남우라 아니시고 화벌을 굴욕호며 규리옥화로써 흑싱의 빈관을 감심케 호니 싱이 엇지 녕돈의 지우호신 은덕을 니즈

## 12면

리오 현경은 모로미 겸공온슌호여 기리 즈싱무덕호여 평싱이 안낙호기를 싱각호라 됴쇼졔 쳥파의 크게 슈괴호여 아황이 빈져호고 빅셜홍협의 홍운이 졈졈호여 졔슈부답호니 월익이 슉는 바의 봉관이 됴츠 슉으며 옥치 즈연 기우러 셩안이 그린 듯혼지라 상셰 완이미쇼호고 야심호믈 일ㅋ라 금션을 드러 옥쵹을 멸호고 슈장을 지우며 금병을 다드미 흔연이 쇼져를 권호여 옥상 뇨의 ᄂ으가 원앙장을 혼가지로

## 13면

호니 은이 견권호미 교칠궂더라 비록 경즁심이호미 셜부인긔 밋지 못호나 그윽이 그 위인의 현슉명텰호믈 스랑호여 쏘흔 은이 경치 아니호더니 효계창명호미 쇼졔 몬져 니러 안흐로 드러가고 상셰 쏘흔 니러 관쇼호고 닉당의 쳥알호니 됴어스 부뷔 녀셔의 텬지독보혼 풍신과 만고무덕혼 용화를 디호여 두굿기고 스랑호믈 이기지 못호니 부인이 호쥬셩찬으로 상셔를 권호며 쳥오를 드리워 녀이 봉비하쳬로 마춤닉 군즈되질

**14면**

의 의탁ᄒ여 덕문명가의 평싱이 동신ᄒ기를 지삼부탁ᄒ미 ᄉ에 ᄌ못 간절ᄒ지라 임상셰 슌슌이 ᄉᄒ고 투목으로 상부인을 보미 ᄯ한 일기 한슉한 부인이라 심하의 됴공 부부의 어진 거동과 됴시의 현슉ᄒ믈 심히 깃거ᄒ고 됴공ᄌ 운이 영오쥰미ᄒ믈 년이ᄒ더라 이윽고 하직고 바로 부듕의 니르러 냥위 돈당과 부모 슉당의 뵈올 ᄉᆡ ᄯᅥ마츰 아젹 문안이라 일가 제인이 취회ᄒ여 남좌녀우를 분ᄒ여시니 취셩뎐 광실이

**15면**

둡ᄋ 엇기 ᄀ야이고 좌차 쎅쎅ᄒ더라 상셰 광미츈풍이 무루녹ᄋ 티왕모와 돈당의 야간돈후를 뭇줍고 좌의 ᄂᆞ우가 모든 군동 곤계로 안항을 일우미 빗난 안화의 화긔 영ᄌᄒ니 비컨듸 동군이 일하ᄒ니 츈일이 지양ᄒ여 만물이 부싱ᄒᄂ 됴홰 잇ᄂ지라 좌듕이 몬져 그 화긔를 보미 신인의 어진 쥴 불문가지라 티부인이 화긔 이연ᄒ여 뎡히 뭇고ᄌ ᄒ더니 상국이 믄득 닐오듸 아지 못게라 오기 본듸 녀알이 치셩ᄒ 연고로 쳡쳡이 지

**16면**

란을 붓츠미 지우 금ᄎ의 여러 슌이니 엇지 녀ᄌ의 현부를 죄오미 밧부리오마는 됴ᄋ의 현비 하여오 상셰 복슈문파의 미쳐 답지 못ᄒ여셔 쇼피 ᄂᆡ드라 눈을 금젹이고 팔을 쏨ᄂᆡ며 손을 홰홰 저어 닐오듸 노야는 뭇지 아닐 말숨도 뭇ᄂᆡ이다 상셔의 ᄂᆞᆺ 우히 화긔를 보와ᄒ니 됴쇼져의 어진 쥴 거의 짐쟉ᄒ리니 엇지 긔식을 모로시ᄂᆡ잇가 진실노 연만노혼ᄒᄉ 망녕이 발ᄒ시니가 짐줏 알고도 어린 숀ᄌ를 보치여 보려ᄒ시ᄂᆞ니가 상국이

**17면**

미쇼 왈 누의 쇼시붓터 평싱의 부언잡담 망셜을 즐기더니 이졔 나히 만하가니 부듸 가듕듸쇼ᄉ의 아니 부듸칠 일이 업ᄉ니 ᄂᆞᄂ 하 드르니 즈즐커든 ᄂ 져믄 쇼뷔들이 아니 즈굿즈굿시 넉이리오 일즉 틱틱 말숨을 듯ᄌ오니 셔모는 단졍터라 ᄒ거늘 누의 이ᄀᆞᆺ치 부허ᄒ믄 반ᄃᆞ시 쇼가의 속현ᄒ여 그 가부를 견습ᄒ미로다 쇼피 역쇼 왈 건곤도 혼셩ᄒ고 일월도 영측ᄒ다 ᄒ니 노야의 희언이 근근실실ᄒ니 역시 경시로다 슈

연이나 노야

## 18면
닉도 혜으려 보쇼셔 상셰 셕일 됴군쥬 취ᄒ고 와실 젹은 비록 됴젼의 닉즉화식이나
빗난 안상의 츄상이 번득이고 하일의 두리온 긔상이 묵묵ᄒ던 거시니 가히 됴군쥬의
불냥ᄒ 쥴 알지라 그 후 군쥐 쳔변만화를 붓쳐 변난이 가국을 솔난ᄒ 분 아니라 만고
강상찰녀로 상늉음부로 부월지쥬를 면치 못ᄒ엿더니 오늘날 긔식은 심히 화열ᄒ여
동일의 화ᄒ미 잇스니 일노써 독히 됴쇼져의 련쳘ᄒ 쥴 알지라 됴쇼져 보실 날

## 19면
이 머지 아냐시니 보아 만일 어질거든 쳔미 지인지감이 원쳔강 니슌풍 ᄀᆺᄒ믈 아르
쇼셔 션싱이 잠쇼 왈 형장이 됴시의 현부를 밧비 알고ᄌ ᄒ스 창ᄋᆞ드려 밧비 뭇거늘
누의 불문곡직ᄒ고 닉드라 공연이 남이 아슬가 넉여 탐탐이 실업슨 스셜을 무슈이
ᄒ니 진짓 드럼즉ᄒ 말도 못 듯게 ᄒ여시니 실슈 업슨 스셜 그만ᄒ여 긋치라 틱부인
이 쇼왈 여 등은 어즈러이 슛두어리지 말나 노뫼 됴시의 현불을 밧비 알고ᄌ ᄒ노

## 20면
라 도라 쇼파드려 왈 어츠어피의 됴시 현슉ᄒ면 만힝이라 네 덕담을 잘ᄒ니 노뫼 맛
당이 너를 하상ᄒ리라 드듸여 좌우를 명ᄒ여 옥비의 향온을 ᄀᆞ져오라 ᄒ여 ᄒ 잔을
부어 쇼파를 상ᄒ니 상국 곤계 크게 웃고 틱부인긔 쥬왈 누의 착ᄒ 쳬 아니ᄒ다 본듸
어진 녀ᄌ 스오납고 누의 ᄂᆞ모라ᄒ면 엇더ᄒᆯ 거시라 ᄌ위 하상으로써 누의를 쥬스
더옥 그 우긔를 도도시ᄂᆞ니가 쇼픠 듸쇼ᄒ며 줌어려 닐오듸 노야 등이 지위

## 21면
돈듸ᄒ시되 쳔미를 싀식와 틱부인 하상ᄒ시는 거슬 익둘나 ᄒ시니 요스이 년쇼ᄒ 아
기 투협ᄒ기 닐너 무엇ᄒ리잇고마는 틱부인 명녕이 게시니 현미 말을 긋치스이다 ᄒ
더라 틱부인이 상셔드려 왈 나의 셜부는 당셰의 슉녀긔완이며 녀즁셩인이니 다시
하ᄌ홀 비 업거니와 됴시 가히 ᄂᆞ의 셜련부와 엇더ᄒ더뇨 상셰 복슈쳥교의 옥면셩모
의 숭안화긔 ᄀᆞ득ᄒ여 계슈듸왈 쇼손이 식안이 용우ᄒ오니

**22면**

엇지 감히 스름의 위인을 알니잇고 연이나 져 됴시 또흔 당셰의 슉녜라 니르지 못흐나 거동의 유한흐오미 면모의 부녀의 청한흔 덕이 머무럿스오며 또흔 식뫼 가히 우물득명은 면흘 만흐더이다 퇴부인과 좌위 청파의 뒤희흐고 좌즁이 치하흐믈 마지 아니흐더라 이윽고 상셰 퇴흐여 군둥데졔로 더브러 외당의 느오니 셔동이 고왈 팔룡당 졔상공이 청흐시더이다 상셰 미쇼흐고 날호여 팔농당의 니

**23면**

르니 관셩 녀위 등 졔인이 모닷고 셜병뷔 또흔 니르럿더라 졔인이 상셔를 보고 일시의 닉드라 금포즈락을 우흐리 잡으며 꾸지져 굴오딕 이 완피용녈흔 놈으 우리 무리 즉금 기드리기를 텬상빅옥경 군션이나 하강흐는 드시 기드리고 잇기로 하마 두 눈의 아즈랑이 씨이고 현증이 날 듯 시븐지라 네 우리를 위흐여 호쥬셩찬이나 언마나 출혀 왓는다 상셰 미쇼 왈 군 등이 부귀즈데로 일싱 고량 계워 즈라시니 무슴 음식경이 잇

**24면**

시리오 고량을 너모 먹어 열이ᄂ 만커든 흔 뭉치 견분이나 어더다가 기똥물이나 흔 그릇 먹여 써달나 흐면 쉽거니와 그 밧 다른 거슨 탁쥬 흔 잔도 닐 거시 업노라 졔싱이 쳥파의 크게 웃고 어즈러이 난타흐며 꾸지져 왈 네 본딕 왕공긔경의 즈손이며 네 또 댝위 천관직녈의 이시니 부귀 영춍이 당셰의 결우 리 업스니 진젹 셕슝은 엇더턴지 모로거니와 네 누거만 직물과 혁혁흔 부귀를 가지고 두어 즁 술과 두어 반 미찬과 품을 앗겨 우리

**25면**

를 긔긔히 욕흐는다 셜병뷔 분분흐여 ᄀ로딕 이 놈이 어느 스이 혹어쇼쳐흐여 흔굿 형 등을 욕흐미 아니라 맞쳐 남을 욕흐니 이는 오미를 불셔 능경쳔딕흐미라 괘심흐니 미이 쇽이리라 상셰 옥면셩모의 화긔 영즈하여 이연쇼왈 셜의쳠이 당년의 요녀의 흉즁의 농낙흐여 아미를 실화흐여 십싱구스흔 인싱이 계유 완젼흐여시되 아 등이 다시 일쿠르미 업스믄 부인을 공경즁딕흐무로 그 오라비라 흐여 이딕흐미러니

## 26면

ᄌᄀᆡ지심이 곱ᄋ 날을 칙ᄒ니 엇지 우읍지 아니리오 혹어쇼쳐ᄒ여 이제는 뎡실을 쇼
박ᄒ리로다 좌위 ᄃᆡ쇼ᄒ고 셜병뷔 션ᄌ로 엇기를 쳐 일변 우으며 ᄊᆞ짓고 졔싱이 다
라드러 어즈러이 보치여 환셩이 여류ᄒ더니 쥬방 시녜 효쥬셩찬을 올니니 좌우 졔인
이 딘냥토록 먹고 동일 달난ᄒ여 셕양의 훗터지다 니러구러 슈일이 얼풋 지ᄂᆞ니 됴
쇼져 부례날이라 상부의셔 연셕을 빅셜ᄒ고 빈긱을 ᄃᆡ회ᄒᆞᆯ ᄉᆡ 남빈녀긱

## 27면

이 취회ᄒᆞ미 ᄂᆡ외광실이 듑ᄋ 만당졔빈의 홍상치의 슈쳔이라 각각 공후지열의 ᄌᆞ부
곳 아니면 옥당한원의 쇼년명뷔라 이늘 임부 연셕의 졔부인 셩화를 깁히 드러ᄂᆞᆫ 고
로 각별 화장셩식을 다ᄉ리며 운남쵸염과 월분연지로써 옥안을 각별 치례ᄒ여 니르
럿더니 이늘 임 쵸왕부 졔부인 졔쇼져의 셩덕광휘를 우러러 탈식ᄒᄂᆞ니 만ᄒ니 각
각 스스로 졔 몸을 도라보와 용식의 비아ᄒᆞᆫ들 붓그리니 눈이 두렷ᄒ고 입이 밤뷔여

## 28면

능히 하언을 일우지 못ᄒ여 냥구후 계유 졍신을 출혀 졔셩치하ᄒ니 ᄎᆞ시 돈당구괴
됴시의 아름다오믈 크게 깃거 각각 만면화긔 츈풍이 일워시니 좌슈우웅의 졔긱이 치
하ᄅᆞᆯ 승당ᄒ더라 상국이 드드여 금은필빅을 ᄂᆡ여 신인의 좌우를 상ᄒ니 됴부 유랑
시비 불승ᄃᆡ회ᄒ더라 동일 진환ᄒᆞ미 홍운은 몰셔ᄒ고 빅윤은 듬동ᄒ니 졔긱이 각산
긔가ᄒ고 신부 슉쇼를 홍미졍의 뎡ᄒ여 도라보ᄂᆡ고 ᄎᆞ야의 상국이 상셔를

## 29면

명ᄒ여 경계 왈 너의 슈신뎨가의 관홍ᄃᆡ도홈과 셥셰쳐신의 츙명뎡ᄃᆡᄒ믄 네 아뷔 하
등이 아니니 노쇠ᄒᆞᆫ 한ᄋᆡ비 셩현 ᄀᆞᆺᄒᆞᆫ 손ᄌᆞ를 다시 하ᄌᆞᄒ여 ᄀᆞ르칠 빅 무어시 잇ᄉᆞ
리오마는 오히려 한쇼렬의 운ᄒ신 바 인지싱셰의 어진 닐이 덕다 ᄒ고 바리지 말며
ᄉᆞ오나온 일이 덕다 ᄒ고 힝치 말나 ᄒ신 경계를 아니 싱각지 못ᄒᆞᆯ지라 문무의 셩덕
이 잇ᄉᆞ나 ᄂᆡ됴의 덕을 닙어 보익ᄒᆞ미 잇ᄂᆞ니 너의 어질옴과 셜현부의 긔특

**30면**

ᄒᆞ미 독히 고인지풍이 이실 거시오 ᄯᅩ 금ᄌᆞ의 됴ᄋᆞᄅᆞᆯ 보니 현슉통쳘ᄒᆞᆫ 녀ᄌᆡ라 일노 됴ᄎᆞ ᄌᆞ금 이후로부터 오가의 쥬동이 영챵ᄒᆞᆯ 근본이라 슌ᄋᆞᄂᆞᆫ 가지록 졔가의 공번화 평ᄒᆞ여 규문의 화긔ᄅᆞᆯ 완젼이 ᄒᆞ라 샹셰 안식이 화열ᄒᆞ여 지비슈명ᄒᆞ고 ᄎᆞ야의 홍미 각의 ᄂᆞᄋᆞ갈 ᄉᆡ 길히 홍눈당을 지ᄂᆞᆫ지라 믄득 난함옥챵의 명쵹이 ᄒᆞᆺ ᄀᆞᆺ고 쇼셩이 낭낭ᄒᆞ거ᄂᆞᆯ 난두의 올나 드르니 이 곳 미ᄌᆞ 셩녈이 졔슈졔미로 더브러 니르러 부인 으로 한담

**31면**

ᄒᆞᄂᆞᆫ지라 샹셰 모든 슈미의 니르러시믈 보고 드러가지 아니코 거름을 두루혀 신방으로 향ᄒᆞ니라 이ᄯᆞ 임셩녈이 됴쇼져의 신녜ᄅᆞᆯ 참연ᄒᆞ려 귀령ᄒᆞ여 니르럿더니 시야의 졔쇼졔로 더브러 홍눈당의 니르러 보니 의녈이 쵹하의셔 ᄌᆞ녀ᄅᆞᆯ 유희ᄒᆞ여 언쇼 ᄌᆞ약ᄒᆞ거ᄂᆞᆯ 셩녈이 좌의 ᄂᆞᄋᆞ가 낭쇼 왈 져졔 쵸년의 옥션 ᄀᆞᆺᄒᆞᆫ 찰부와 목녀 ᄀᆞᆺᄒᆞᆫ 흉악ᄒᆞᆫ 뎍뉴ᄅᆞᆯ ᄀᆞᆺ쵸 맛나 긔화ᄅᆞᆯ 경녁ᄒᆞ시고 구ᄉᆞ일싱ᄒᆞ여 도라와 계시더니 조화옹이 헌ᄉᆞ ᄒᆞ여 ᄯᅩ

**32면**

젹인이 병잉을 다ᄉᆞ려 셩하의 니르러시니 ᄎᆞ인은 셕일 쥬목 냥인의 뉘 아니라 발셔 입문쵸일의 돈당부모의 ᄌᆞ의와 거거의 은춍을 어더시니 이ᄂᆞᆫ 가히 니른바 져져의 강 젹이라 쇼미 신인의 지용덕치ᄅᆞᆯ 보니 ᄀᆞ쟝 놀납고 져져의 신셰ᄅᆞᆯ 우려ᄒᆞ여 특별이 위로코ᄌᆞ 니르럿더니 뉘 도로혀 병혁을 다ᄉᆞ려 님진뎍ᄒᆞᆯ 위무ᄂᆞᆫ 출히지 아니ᄒᆞ고 스스로 요슌의 ᄐᆡ평을 긔약ᄒᆞ시ᄂᆞ뇨 슈연이나 요슌지치ᄂᆞᆫ ᄉᆞ흉이 작난홈도 잇ᄂᆞ니

**33면**

셰ᄉᆞᄅᆞᆯ 불가칙이라 져져ᄂᆞᆫ 신인의 현슉ᄒᆞ믈 너모 미더 마르쇼셔 셜파의 낭낭이 딕쇼 ᄒᆞ니 의녈이 쳥파의 ᄉᆞ월 아황의 화긔 영ᄌᆞᄒᆞ니 츈풍이 쇼쇼ᄒᆞ여 잠쇼 왈 부인의 니르신 바 인ᄉᆞᄅᆞᆯ 불가칙이라 ᄒᆞ미 졍히 부인을 니르미로쇼이다 쳡이 본ᄃᆡ 됴미로 더 브러 지친의 뉵이 잇던 바의 금일 연분이 지쥼ᄒᆞ여 일인을 동ᄉᆞᄒᆞ여 싱즉동슈ᄒᆞ고 ᄉᆞ즉동혈ᄒᆞ리니 졍히 노둔ᄒᆞᆫ 지질노뻐 돈문딕동을 녕ᄒᆞᄆᆡ 미질의 칙임이 즁

**34면**

딕ᄒ고 군주의 졉빈딕깈의 봉슌지녜 결을키 어렵던딕 됴미 난츄의 긔연으로 금일 돈
문의 위금ᄒ니 이 졍히 군주의 지엽이 션션홀 복덕일 분 아냐 쳡의 향규마역이라 이
쳬 일심으로 돈당을 밧들고 군주를 닉됴ᄒ여 외람이 황영의 주미를 본밧고주 ᄒ거늘
금일 부인의 말숨이 이 ᄀ ᄒ시니 이는 실노 쳡의 위인을 눗비 넉이시미라 불승슈괴
ᄒ믈 씌둧지 못ᄒ고 바야흐로 관포의 지긔 만고의 ᄒ나히런 쥴 알니로쇼이

**35면**

다 셩녈이 낭연딕쇼 왈 쇼미 흔ᄀ 져져로 더브러 동긔지의 주별홀 분 아니라 실노 쇼
고의 돈즁ᄒ신 졍의를 ᄀ쵸 관념ᄒ니 금일 됴형을 보고 우리 거거의 흔연흔 긔식을
보오니 ᄉ졍의 방심치 못ᄒ니 즁야의 줌이 업서 위로코주 니르럿더니 도로혀 져져의
외오 넉이시믈 밧주오니 슈괴ᄒ믈 니긔지 못ᄒ리로쇼이다 졔쇼졔 ᄯᅩᄒ 각각 옥셩을
여러 의녈의 셩덕을 찬조ᄒ니 셩녈이 낭쇼ᄒ며 의녈이 쇼이칭ᄉᄒ여 졔인이 흔

**36면**

가지로 츅하의셔 옥음이 도도ᄒ여 화답ᄒ니 가히 요지의셔 왕뫼 금작을 늘녀 졔션을
쳥ᄒ미 아니로딕 광한의 졔션이 구름 못듯ᄒᆺ시니 흔글 ᄀ치 빗ᄂ며 ᄉᆻ혀ᄂ니 방진
츅누의 옥촉이 명낭ᄒ여 금병의 ᄇ이고 슈장을 반권ᄒ여 산호 슈졍념의 거럿ᄂᆫ딕 졔
쇼져의 옥안화틱 셔로 ᄇ이여 오치 상광이 현난ᄒ며 댱댱흔 품복의 봉관화리 화용옥
틱를 도앗고 의슈 ᄉ이의 댱댱흔 픠옥과 ᄂᆞ낭흔 향풍이 진진

**37면**

ᄒ니 이 ᄀ온딕 더욱 셜부인의 찰난흔 방용은 의의히 남훈의 오현을 화ᄒ시던 긔상
곳 아니면 완연이 쥬가 팔빅 년 긔업을 죤슈ᄒ시던 풍치라 기여 졔쇼졔 다 흔글 ᄀ치
옥장의 미홰 향긔를 먹음어 납셜 즁의 웃ᄂ 듯ᄒ니 셩녈이 좌우로 쥬비를 ᄂᆞ와 셔로
권ᄒ니 졔인이 다 일작 불음이라 계유 일빅의 각각 취ᄒ여 홍광이 빅셜을 침노ᄒ니
홍슈츄용운니월이 오ᄉ환빙이일미라 셩녈이 바라보고 아험

**38면**

의 화긔 영주하니 셩싱 쳐 영쥐 우어 왈 제부인 제쇼졔 금일 취하신 얼골이 더옥 빗
누니 의심컨디 반두시 월궁이 뷔여실 듯하고 광한의 님지 업수리로쇼이다 셩녈이 미
급답의 셜부인이 뎡식 왈 고어의 왈 날을 구르치누 니는 스싱이요 기리는 니는 슈인
이라 하니 주고로 어진 주는 반두시 덕을 일쿳고 식을 니르지 아녓누니 아등의 둄식
모와 여튼 지덕을 숙지 엇지 너모 과장하수 평일 단즁한 쳬모를 일흐시누니잇고 언
파의 말솜

**39면**

이 졍슉하고 옥식이 화평하여 혈뇨상풍의 계향이 흔득이는 듯 옥톳기 계슈변의 빗겻
는 듯 금가마괴 셤궁의 머무는 듯 쳔교 빅미 볼수록 불가형언이라 졔쇼졔 일시의 낭
쇼하여 옥화수담이 졍히 낭낭하더니 믄득 창외의 인젹이 홀홀하거늘 셩녈이 수창을
열고 보니 이 곳 다르니 아니라 동형 상셰라 알플 지나 홍미졍으로 가는지라 셩녈이
구르쳐 우어 왈 거게 신방으로 바로 가려 하면 셧녁 월앙으로 말미암을 거시여늘

**40면**

굿하여 길을 둘너 이 홍눈당 난함을 지나가니 이는 반두시 이곳의 몬져 드러와 져져
를 보고 가려 하는 거슬 아등이 이르러 공연이 남의 부부의 못거지를 희짓도다 졔인
이 다 웃고 의녈이 줌쇼 왈 쳡이 엇그졔 맛난 신인이 아니라 부인이 수로이 희롱하실
빅 아니로쇼이다 이러틋 환쇼하여 구장 야심하미 각각 훗터지다 추야의 임상셰 신방
의 드러가 됴쇼져로 더브러 밤을 한가지로 지니고 명됴의 신셩하니라 됴쇼졔 인유구
가하미 온슌

**41면**

겸공하여 둔당구고를 션수하며 군주를 승슌하고 원비를 둔경하며 슉미를 돈목하니
둔당구괴 그 현슉명쳘하믈 수랑하고 슉미 금장이 이경하며 상셰 일삭이면 십일은 홍
눈당의 머물고 오일은 홍미졍의 머물고 일망은 오운뎐의 냥위 됴부를 시침하며 군동
뎨졔로 광금장침의 훈지지낙과 실즁의 의가지낙이 관관하여 당쳬지화를 노릭하니
규문의 화긔늉늉하고 의녈이 또혼 됴시 이딕하미 골육 주미

**42면**

굿ᄒᆞ니 가즁이 칭찬ᄒᆞ며 셰쳔 셰ᄂᆞᆯ 셰현 등 졔이 됴시긔 졍셩이 친모 의녈의 감치 아니코 됴시 덕즈녀 ᄉᆞ랑이 긔츌 ᄀᆞᆺ더라 각셜 어시의 딘공ᄌᆞ 환옥이 요약으로 부왕의 셩츙을 ᄀᆞ리오고 곽녀를 췸ᄒᆞ나 마츰ᄂᆡ 져희 원ᄒᆞᄂᆞᆫ 바 쳔고 독보졀염이 아니라 그 옥이 기미 연낭의 요슐변화ᄒᆞᄂᆞᆫ 지됴를 싱각고 ᄎᆞ즐 길이 업ᄉᆞ믈 근심ᄒᆞ더니 일일은 월식을 인ᄒᆞ여 후원 고루의 올나 앙텬관이명월ᄒᆞ여 니마의 손을 언고 스스로 십녀 번다

**43면**

ᄒᆞ여 쵸창ᄒᆞ여 굴오ᄃᆡ 환옥이 어느날 풍운의 긜시를 맛나 삼싱원가 임가를 셤멸ᄒᆞ고 누의를 ᄎᆞ즈 젼셰 늣거온 과보를 필ᄒᆞ리오 언ᄆᆡ필의 홀연 난듸업슨 ᄒᆞᆫ 쎼 음운이 참참ᄒᆞ여 당젼ᄒᆞ며 변ᄒᆞ여 일위 녀지 ᄂᆞ와 닐오ᄃᆡ 현뎨야 별후 격셰의 무양호아 박명 쇼ᄆᆡ 엇지 힘힘이 풍진의 몰ᄒᆞ리오 맛당이 삼싱업원을 쾌히 갑고 평싱 쇼원을 일운 후의 죽으미 곳 아등의 쇼원이라 현뎨ᄂᆞᆫ 근심치 말나 엇지 임가를 멸치 못ᄒᆞ리오

**44면**

환옥이 놀나 보니 이 곳 일헛든 누의 연낭이라 보니 ᄯᅩ 칠팔 셰ᄂᆞᆫ ᄒᆞᆫ 쇼녀ᄌᆞ를 거ᄂᆞ려 왓더라 옥이 ᄆᆡᄌᆞ를 맛나 환회 왈 쇼졔는 그날 텬졍의 결말을 보고 원치 아닛ᄂᆞᆫ 텬뉸을 단원ᄒᆞ고 다시 져져의 흉보를 듯고 비록 져졔 참ᄉᆞ치 아닐 줄은 짐죽ᄒᆞ나 일노써 더욱 임가를 덜치ᄒᆞ더니 곽녜 ᄯᅩ한 츌뷔 되어 ᄂᆞ와 여ᄎᆞ여ᄎᆞ 허다ᄉᆞ를 다 지너고 이리이리ᄒᆞᆫ 닐노 지금 약을 써 부왕을 흐리오고 곽녀를 췸ᄒᆞ여시나 모비 가장 ᄭᅡ다로오니 근심이로

**45면**

다 연낭이 한슘지고 인ᄒᆞ여 지닌 바를 ᄃᆡ강 니르고 ᄎᆞ오ᄂᆞᆫ 옥션의 ᄯᆞ리니 기졍이 참연ᄒᆞ여 다리고 단니노라 남ᄆᆡ 시로이 깃거 연낭이 얼골을 변ᄒᆞ고 곽시를 보고 셔로 깃거ᄒᆞ미 이로 긔록지 못ᄒᆞᆯ너라 피ᄎᆞ 허다 ᄉᆞ연을 난ᄒᆞ미 인ᄒᆞ여 협실의 머무러 궁모곡계 아니 밋츤 곳이 업더라 아지 못게라 셰 요인이 어느 ᄶᅥ ᄒᆞᆫ 칼 ᄋᆞ릭 놀나는 혼빅이 되는고 말이 ᄎᆞ셰 잇ᄉᆞ니 ᄎᆞ례로 분셕ᄒᆞ라 ᄎᆞ셜 임직ᄉᆞ 경흥이 쇼년 진신으로

묘년 아망이 됴야의 진

**46면**

동호는지라 이젹의 수천합줘 쓰히 슈년이 긔황호여 니민이 도탄호고 현관이 어지지 못호니 인심이 더옥 살난혼지라 됴졍이 금문직수 경홍의 직덕을 일ㅋ라 쳔거호니 상이 됴츠스 즉시 경홍으로 수천지부를 호이시니 직식 감히 수양치 못호여 예궐수은호고 퇴됴호여 부즁의 도라와 슈일치힝홀 시 상이 또 셜희필노 수쳔 슌무스를 숨으 즉일 치힝호여 지느는 바의 닌읍슈령 현관의 능불능을 슬펴 츌쳑을 임의

**47면**

로 호라 호시니 임 셜 냥가의셔 각각 돈당부뫼 놀나 근심호나 홀일 업더라 그러나 셜싱은 슌안스로 느으가니 다만 토지널읍을 슌슈호면 즉시 도라올 거시니 비록 쳐지 잇셔도 권솔홀 일이 업고 오리면 일년이요 쉬오면 칠팔삭이니 그 환가지속이 쉽거니와 임지부는 텬지 승용치 아니신 젼은 뉵년과만이니 긔한이 심히 먼지라 셜슌무는 몬뎌 가는 고로 님별의 목틱부인과 틱스부뷔 숀을 줍고 지슴 슈이 도라오기를 일

**48면**

ㅋ고 국스를 션치호며 황명을 욕지말나 호니 슌뮈 지빅슈명호미 싱셰 십오의 니슬이 쳐음이라 광미봉안의 쳐식이 어릭여 츠마 슈이 니러느지 못호니 졔형이 위로호고 틱시 뎡식호고 경계 왈 남이 쳐셰호미 반드시 수군홀 늘이 만코 수천지일은 덕다 호니 네 즈유시로 셩현을 박남호여 거의 고스를 셥녑호리니 금일 황지를 밧즈와 몸 우희 금즈를 씌고 귀 밑히 지상의 관즈를 붓쳐시되 믄득 부모 슬

**49면**

하 써느믈 이ㄱ치 슬허호여 강보유즈의 녹녹혼 거동을 호느뇨 슌뮈 엄교를 듯즙고 불승황공호여 쇼슈로 뎜누를 녕엄호고 니셩화긔호여 슈명스죄호고 하직고 물너나 위의를 거나려 남녁흐로 힝홀 시 지느는 길히 임상부의 느으가 춍춍이 하직호니 임상부 상하 졔인이 취셩던의 모다 지부와 쥬쇼져의 원별을 슬허 분분이 힝니를 출히며 별졍이 요요호더니 셜슌무의 하직 고호믈 듯고 바로 취셩

## 50면

뎐의 쳥ᄒ여 볼시 슌뮈 월익의 흑관을 졍히 ᄒ고 봉익의 금포ᄅ롤 착ᄒ고 일요의 옥ᄃᆡ 룰 완이 ᄒ고 옥슈의 상간을 줍ᄋ 편편이 거러 드러와 승합취ᄉ호여 관퇴부인 면젼 의 네알ᄒ고 버거 녈위 돈하의 추례로 비알ᄒ고 물너 모든 쇼년 졔싱으로 항녈을 일 워 좌ᄅ룰 덩ᄒᄆᆡ 셩음이 쳔연웅원ᄒ여 졔좌의 하직을 고ᄒ니 퇴부인이 흔연이 말슴을 여러 굴오ᄃᆡ 노신이 복이 열워 현셔 ᄀ갓흔 긔ᄌᆞ

## 51면

셩현으로 숀녀의 가우룰 셩젼ᄒ엿더니 됴물이 다싀ᄒ여 신혼쵸의 괴변화란 ᄀ가온ᄃᆡ 숀녀의 ᄉᆞ싱을 모로나 힝혀 현셔의 유신ᄒᄆᆡ 됴셕의 츠즈니 비록 숀녀ᄅ를 실화ᄒ여 원앙의 쌍유ᄒᄂᆞᆫ 즈미ᄅ롤 보지 못ᄒ나 현셔의 옥안영풍을 됴모의 상동ᄒ여 우회ᄅ롤 금 억ᄒ더니 이제 머니 황지ᄅ롤 밧ᄌᆞ와 외직의 분쥬ᄒ니 엇지 결연치 아니리오 슈연이나 현셔ᄂᆞᆫ 국ᄉᆞ룰 션치ᄒ고 슈이 도라오믈 바라노라 버거 좌즁졔인이 다

## 52면

흔연이 니별을 일ᄏᄀ고 슈이 환귀ᄒ믈 니르ᄂᆡ 슌뮈 면면이 흠신숀ᄉᆞ호여 좌슈우응의 후례ᄅ롤 칭ᄉᆞ호고 쥬찬을 ᄂ노오ᄆᆡ 약간 햐겨ᄒ기ᄅ를 맛고 이의 하직ᄒᄆᆡ 도라 임지부로 슈이 보기ᄅ를 긔약ᄒᄆᆡ 힝편을 두루혀니라 추시 임상부의셔 쵸왕과 슉녈비 셜싱의 환 가지속이 비록 머지 아닐 쥴 아나 본ᄃᆡ 쳘ᄋᆞᆫ인의 원녀 심원ᄒᆫ 고로 녀셔ᄅ롤 위ᄒ여 그윽ᄒ 넘녜 방하치 못ᄒ여 ᄒ고 일기 ᄯ쏘 지부 부부의 원별을 슬허ᄒ더라 쥬

## 53면

슉녈이 경흥의 위인을 깁히 혜아리ᄂᆞᆫ 고로 그윽이 둉숀녀의 신셰ᄅ룰 넘녀ᄒ여 근심이 아미ᄅ룰 좀으ᄂᆞᆫ지라 부마ᄂᆞᆫ 본ᄃᆡ 쇼탈ᄒᆫ지라 경흥의 발호ᄒᆫ 긔상을 ᄂᆞᆺ비 너기나 실노 쥬쇼져로 금슬이 불화ᄒᆷ믄 오히려 아지 못ᄒᄂᆞᆫ지라 공쥬의 신명ᄒᆷ흠과 쇼부인의 ᄌᆞ상 ᄒᄆᆡ 엇지 싀부의 금슬지홰 불합ᄒᆷ믈 아지 못ᄒ리오마ᄂᆞᆫ 직ᄉᆞ의 위인이 호일방탕ᄒᆫ 즁 녀식의 미몰ᄒᄆᆡ 아니로ᄃᆡ 엄교ᄅ를 두리ᄂᆞᆫ 고로 긔운을 춤고 힝실을 가

다듬♀ 일동일졍이 능히 셩현유풍을 입닉ᄒ고 쥬쇼져 침쇼의 왕닉 빈빈ᄒ여 상화ᄒ
ᄂᆞᆫ 부부간 ᄀᆞᆺᄒᆞ니 비록 명흔 부형인들 엇지 그 능흔 긔상을 알니오 ᄯᅩᄒᆞᆫ 쥬쇼져의 ᄉ
름 되오미 강녈 썩썩ᄒ고 쳥고녈녈ᄒ여 빅회의 고집과 곤강의 결긔ᄒ미 잇ᄂᆞᆫ 가온ᄃᆡ
부부냥익이 심상치 아닌지라 가부의 미몰흔 거동을 보믹 역시 닝쇼불복ᄒ여 다만 일
삭의 져의 왕닉 십여ᄎᆞ의 다만 츌입의 공경ᄒ여 마ᄌᆞ나 피

치 묵묵ᄒ여 직ᄉᆞ도 각별 말업시 와상의 ᄂᆞᆼ아가 슉침ᄒ고 아츰의 ᄂᆞ가되 쇼져ᄅᆞᆯ 알
은 쳬ᄒ미 업고 쇼졔 역시 그 거동을 우이 너기고 ᄯᅩ 불복ᄒ여 혜오ᄃᆡ 닉 져의 슉직
ᄒᄂᆞᆫ 비예 아니로쇼니 졔 편히 ᄌᆞᄂᆞᆫᄃᆡ 닉 홀노 괴로이 안ᄌᆞ 경야ᄒᆞᆷ은 우읍다 ᄒᆞ여 의
상을 닙은 치 ᄌᆞ긔 침금의 ᄂᆞᆼ아가 편히 ᄌᆞᄂᆞᆫ지라 이러무로 고요 나죽ᄒ여 ᄉᆞ긔 요란
치 아니니 능히 가즁상히 그 부부의 긔식을 알 니 업ᄉᆞ니 다만 슉녈비와 두 돈괴 죰
간

긔식을 알고 잇다감 ♀ᄌᆞᄅᆞᆯ 계칙ᄒᆞᆫᄌᆞᆨ 직시 이셩화긔로 화히 웃고 쥬왈 됴흔 쇼빙은
ᄌᆞ고로 셩인의 ᄭᆞ리신 빅라 히♀와 쥬시 나히 너모 어려 고인의 가ᄎᆔ지년이 머럿ᄉ
오나니 부부호합이 그리 밧부지 아니ᄒᆞᆸ고 ᄯᅩ 히이 쥬시ᄅᆞᆯ 각별박ᄃᆡᄒ여 면목불견
ᄒ미 업ᄉᆞ오니 ᄌᆞ위 엇지 셩녀ᄅᆞᆯ 허비ᄒ시리잇고 복원 ᄌᆞ졍은 물우셩녀ᄒ쇼셔 히이
마ᄎᆞᆷᄂᆡ 부모의 맛지신 됴강지쳐ᄅᆞᆯ 박ᄃᆡ치 아니리이다 이러틋 답언이

흐르ᄂᆞᆫ 듯ᄒ고 싴위화평ᄒ니 공쥬와 쇼부인이 도로혀 어히업셔 공쥬ᄂᆞᆫ ᄉᆞ리로 경계
ᄒ고 쇼부인은 뎡싴 칙왈 너의 거동과 언시 다 빗ᄂᆞ고 니회지답ᄒ나 실즉 졔휼부졍
ᄒ미 ᄀᆞᆺᄀᆞ오니 만일 어버이 속이기ᄅᆞᆯ ᄉᆞᄉᆞ의 이ᄀᆞᆺ치 능ᄉᆞ로 안ᄌᆞ 벽벽이 함위쳔하경
박ᄌᆞᄒ여 돈당부모의 니우ᄅᆞᆯ 즁ᄒ고 가풍을 츄락ᄒ리로다 직시 ᄌᆞ교ᄅᆞᆯ 듯줍고 불승
황공ᄒ여 연망이 ᄉᆞ퇴ᄒ고 ᄎᆞ후 더옥 됴심ᄒ여 즁인쇼쳐의 쥬쇼져ᄅᆞᆯ 딕

**58면**

혹 만면화긔 다졍ᄒ여 지극히 ᄉ랑ᄒᄂᆫ 부부간 ᄀᆺᄒ니 쇼졔 그윽이 가부의 닉외 다르믈 긔탄ᄒ나 ᄉ식지 아니코 다만 외뫼 씍씍ᄒ여 싱 곳 디ᄒ면 셜상한미 ᄀᆺᄒ여 교졍을 일호도 가랍지 아니니 두 됸고와 슉녈비 직ᄉ의 닉외교식ᄒ믈 통히ᄒ나 져의 냥익이 심흔 바를 혜ᄋ리고 년쇼ᄋ비의 부부ᄉ실 은밀지ᄉ를 어룬이 다 알은 냥ᄒ미 불가ᄒ여 아른 쳬 아니ᄒ고 가줍상히 쇼졔 너므 닝담ᄒ여 가부의 은익룰 가랍지 아 닛ᄂᆫ

**59면**

쥴노 아더라 쳔만의외 직ᄉ 황명을 밧ᄌ와 ᄉ쳔지뷔 되어 외임으로 ᄂ가미 그 지슉 이 오릭지라 됸당부뫼 크게 결연ᄒ여 ᄒᄂᆫ 홀일업고 직ᄉ 쏘흔 니슬지회 악연ᄒ나 홀일업셔 분분이 힝니룰 다ᄉ려 남으로 니발홀 ᄉ 쥬쇼졔 ᄎ언을 드르미 디경실식ᄒ여 ᄌ익ᄒᄂᆫ 구고와 ᄉ랑ᄒᄂᆫ 됸당부모룰 니측ᄒ고 셔의흔 가부룰 됴ᄎ 원니홀 바룰 망극ᄒ여 이늘붓터 식음을 젼폐ᄒ고 뉴미의 시름이 만쳡ᄒ여시니 됸

**60면**

당 구괴 크게 이련ᄒ여 이의 슈일을 허ᄒ여 본부의 도라가 됸당부모와 동긔룰 니별 ᄒ고 도라오라 ᄒ니 쥬쇼졔 ᄉ례ᄒ고 즉일 귀령ᄒ여 본부의 도라가니 됸당부모와 동 긔 군동이 크게 반기고 쏘 슬허 모부인은 누쉬여우ᄒ고 틱왕부모 쥬후부뷔 쇼져의 옥슈룰 잡고 향협을 졉ᄒ고 무빈을 어루만져 니로디 네 십여 셰 동치히녀로 슉녀의 오히려 유압을 ᄉ랑ᄒ고 ᄌ모의 품을 써나지 아닐 ᄂ히여늘 믄득 옥인

**61면**

군ᄌ의 쪽이 되어 십여 셰 쵸츈의 봉관화리 빗ᄂ거늘 다시 일읍 토쥬의 실긔 되여 ᄉ 쳔 부요지지의 진슈ᄒ니 이 곳 인인의 엇지 못홀 영홰라 무어시 슬푸리오 여됴와 부 모는 아직 져머시니 빅구의 틈 ᄀᆺ흔 광음이 언마 지나치면 됴손부녜 상봉ᄒ리오마는 우리 여년이 부다ᄒ니 너의 부뷔 영화로이 환귀ᄒᄂᆫ 경ᄉ룰 다시 보며 너룰 반기기 룰 긔약ᄒ리오 쇼졔 복슈청교의 스ᄉ로 녕신흔 마음의 틱왕부모의 이ᄀᆺ치 슬허ᄒ심 과

## 62면

불길훈 말솜을 듯즈오미 굿득 니슬지회 아득훈 가온디 더욱 구장이 요요흐고 방촌이 여할흐여 즘연이 월미의 슈운이 함집흐고 셩안의 진쥬 이슬이 쌍쌍이 구으러 화싀의 연낙흐믈 씌둣지 못흐니 옥셩이 오열흐여 쇼리룰 머금고 계유 디쥬 왈 복원 틱왕모 눈 왕부모와 부모슉당을 거느리스 기리 안강영길흐쇼셔 손녜 맛춤니 잔쳔을 보명흐 여 뎐하의 뎔흐리이다 옥안이 쳑쳑흐고 어언이 즈못 쳐창흔지라 쥬후와 틱부

## 63면

인이 더욱 이런흐여 역시 함쳬흐고 친히 눈물을 씨스며 셤슈룰 어루만져 지슴 위로 흐니 왕부 쥬상셰 부모의 과이흐시믈 민망흐여 쌍파룰 흘녀 ᄋ즈룰 보느지라 동평공 이 부군의 긔싀을 보고 크게 황공흐여 녀ᄋ룰 향흐여 졍식 칙왈 인지 맛당이 됴뎐의 위안열의흐미 회라 너의 금번 힝되 환난의 분니흐미 아니라 가뷔 됴졍벼슬을 밧즈와 일방 토쥐 되여 진슈흐니 이 곳 영화로온 길이라 무어시 셜워 슈안쳑용과 눈물을

## 64면

느리와 됴당의 노리불효룰 싱각지 아닛느뇨 비록 스졍의 니친니가지회 결연흐나 ᄯᅩ흔 녀즈유힝은 원부모형뎨라 너의 미거흐미 여추흐믄 여뷔 싱각지 아닌 비로다 셜파 의 안식이 크게 불예흐고 말솜이 엄슉흐니 쇼졔 졍히 틱왕모 손을 밧들고 틱왕부의 창안을 우러러 니회 그음업고 별졍이 추아흐니 스스로 비회 교극흐여 졔어키 어렵더 니 왕부의 미안흐신 긔싀과 부군의 칙교룰 듯스오미 불승황공 슈괴흐여 즉시 옥슈로 쳥누

## 65면

룰 닝엄흐고 사죄 왈 히이 불민암약흐온지라 년쇼미거흐여 됴당의 즈이와 즈모의 유 압을 오히려 년즈흐옵거늘 의외의 쳔이의 원별을 일우니 환가지속이 머러습는지라 년쇼지심의 니슬지회 악연흐오니 능히 눈물ᄂᆞ믈 씌닷지 못흐오니 불효흐오믈 쳥죄 흐느이다 셜파의 니셩화긔흐여 비식을 감초노라 흐나 그윽이 쳥산의 슈운이 은은흐 고 봉안의 쳐위 몽몽흐니 가려훈 방용이 더욱 어엿분지라 각뇌 본디 이 ᄯᆞᆯ 스랑이 과 도흔지라

**66면**

심하의 연익호믈 니긔지 못호나 엄부 체면의 간딕롭지 못혼 고로 묵연호니 틱부인이
더옥 이련호여 쇼져를 느오혀 다시 졉셕무마호여 왈 노뫼 난벽 스랑호미 졔슌뉴의
타별호믄 창홍모를 필녀로 어더 그 스랑이 타별어턴눈호다가 녀익 구가의 도라간 후
쳡봉화란호여 그 사싱돈망을 아지 못홀 젹 만일 난벽이 아니런들 비회를 뉘 위로호
여시리오 추고로 노뫼 난벽 스랑이 즈별호고 졔 쏘 노모의게 졍셩이 간졀혼지라 졔
츌가호여

**67면**

구가의 도라간 후 일삭만 못보와도 셔로 별호를 니긔지 못호던디 이졔 텬익의 원별
을 당호니 엇지 슬허 아닐 거시라 어린 익히를 인졍업슨 말노 칙호느뇨 너희 부즈는
진실노 비인졍이라 말을 맛츠미 긔식이 불안호니 상셔 부지 크게 황공호여 불효를
사죄호더라 쇼졔 인호여 냥야를 머므러 도라가려 홀 시 틱부인이 스침의 도라보뉘지
아니코 회리의 닉익호고 금니의 아회호여 니별의 추아호믈 금치 못호니 쇼졔 틱왕모
허리를 안고

**68면**

유압을 어루만져 왕부뫼 년긔 쇠모호시미 여추호시니 그 싱젼의 즈긔 다시 뵈옵지
못홀가 슬허 ᄀ만혼 우셩이 스미를 덕시더라 각노와 모부인이 쏘혼 이셕호믈 마지
아니호더라 이러구러 쇼졔 도라갈 긔한이 다드르니 일가 상히 흔당의 모다 별졍이
분분호고 니회탐탐호더니 좌위 임지부의 닉알호믈 알외는지라 상히 흔가지로 쳥호
여 볼 시 보건디 지부의 옥면영치와 쇼져의 운빙화뫼 진실노 옥뎨 명호신 텬졍가위

**69면**

라 돈당부뫼 크게 스랑호고 두굿겨 틱부인 이하 삼디 고식이 면면이 말솜을 붓쳐 쇼
져의 년약다병호믈 일크라 은은이 평싱을 식로이 부탁호는 말솜이 간졀호더라 지뷔
좌슈우답의 슌슌비스호고 쥬찬을 권호여 날이 느즈니 지부와 쇼졔 흔가지로 도라갈
시 돈당부모 졔형이 추마 년년호여 분슈치 못호니 쇼졔 셩안의 함누호고 지슘 셩체
안강호시믈 일쿳고 인호여 취교의 올나 부뷔 흔가지로 도라가니 쥬부뇌 결혼호

**70면**

믄 니르지 말고 부인이 여실줌보호여 먼니 가도록 현망호며 초연조실호여 슬허호믈
마지 아니니 그 녀부제손 등이 다 민망호여 호언으로 위로호믈 마지 아니터라 어시
의 쥬쇼제 구가의 도라와 돈당구고긔 뵈오니 시로이 반기고 ㅅ랑호는지라 이늘 곳
지느면 명일은 원힝호는 날이라 츠야의 즁당의 쵹을 붉히고 돗글 여러 모든 제ㅅ 금
장 쇼고 등이 쥬쇼져를 작별호니 제인의 별정이 탐탐호니 츈쇠 극히 고단호더라 명
됴의 지부와

**71면**

쥬쇼제 돈당의 빅ㅅ하직호니 피츠 니정이 상하치 아닌지라 낭위 왕부와 쵸왕 등 부
숙 삼위 경계호딕 네 년쇼호딕 황명을 밧ㅈ와 일읍 토쥬 되엿시니 삼가 진심동쵹호
여 빅셩을 ㅅ랑호며 환과고독을 무휼호며 권농흥업을 힘써 탐학무거호 곳의 씬지지
말나 빅모 슉녈비와 덕모 효장공쥬와 친모 쇼부인이 은근이 쥬쇼져의 평싱을 넘녀호
여 경계호는 말숨이 근졀호니 지뷔 슈명직빅호여 명을 밧ㅈ오믹 제슈제미로

**72면**

하직빅별호고 힝노의 오르니 쥬쇼제 쏘흔 돈당구고 슉당의 빅ㅅ호고 제ㅅ 금장 등
ㅈ믹 쇼고로 분슈호여 치교의 오르니 가즁상히 결연호믹 일흔 거시 잇는 듯하고 이
늘 임 쥬 냥가 제인과 모든 친쳑 고귀 문외의 메여 젼송호는 슐위박회 남문의 메엿고
거믹 쳔승만게요 인원이 훤괄호여 우직이 기다애러라 날이 느즈믹 일가제인이 독당
친붕이 다 도라오고 임지뷔 부인으로 더브러 위의를 거느려 남녁흐로 느ㅇ가니 셜슌
무는 오일을

**73면**

압셧더라 츠시 셜의녈이 필데남 셜슌무 님힝시의 그 얼골을 보니 미간의 푸른 긔운
이 씨이고 직앙이 빗최여시믈 보고 경히호는 가온딕 이ㅅ 쥬쇼제 금번 힝도의 반드
시 직익이 젹지 아닐 쥴 혜ㅇ리믹 신녕혼 혜ㅇ림의 불승경히 ㅊ악호여 슌뮈 츌힝호
며 지뷔 니가호믹 브야흐로 가즁이 됴용훈지라 ㅊ일 황혼의 혼뎡을 파호고 침쇼의
도라와 쵹을 붉히고 야심호믹 ㅈ녀와 유ㅇ 등을 물너가라 호고 다만 녹난 벽완

화잉 계잉으로 수후ᄒ라 ᄒ고 쥬역팔패ᄅ를 버리고 녁녀ᄅ를 상고ᄒ여 두어 번 츄슈ᄒ여 패ᄅ를 어드미 필뎨 금번 힝도의 요얼이 반ᄃ시 작히홀 쥴과 쥬쇼졔 희한ᄒ 익경을 맛나 방신이 도로의 표박뉴리홀 쥴 쾌히 알미 스스로 텬니긔슈ᄅ를 가연즈츠ᄒ고 친히 몸을 니러 ᄉ창을 밀치고 텬문을 우러러 보니 슌무의 맛난 바 ᄃ익은 더옥 급ᄒ니 흑뮈 만만ᄒ고 요얼이 치셩ᄒ여 그 쥬셩을 둘넛ᄂ지라 의녈이 탄식고 독좌상냥ᄒ

기ᄅ를 냥구히 ᄒ여 말이 업스니 녹난 벽완 등이 ᄂᄋ와 고왈 비즈 등이 옥허 낭낭 교지ᄅ를 밧즈와 현비ᄅ를 앙ᄉ하오니 우츙이 일즉 몸을 죽여 갑ᄉ올 ᄯᆺ이 잇습ᄂ지라 이졔 우러러 부인의 셩심을 예탁ᄒ옵건ᄃ 반ᄃ시 큰일을 맛나신 듯 심위 우우ᄒ시되 니르지 아니시니 아지못게이다 비즈 등이 두몽ᄒ여 능히 셩의ᄅ를 앙탁지 못ᄒ리로쇼이다 ᄒ더라 ᄃ답이 ᄒ여오 츠쳥하회ᄒ라

# 임시삼ᄃ록 권지삼십이

ᄎ셜 셜의녈이 침음냥구의 늘호여 굴오ᄃ 닉 그윽이 혜ᄋ리니 졍히 여등으로 더브러 상논코즈 ᄒ되 여등이 일즉 옥허부인 션닷의 앙ᄉᄒ여 쳥졍이 머무던 바로써 연분이 지즁ᄒ여 날을 둣츳니 닉 실노 덕이 박ᄒ고 인ᄉ 미ᄒ여 일즉 여등의게 슈은ᄒ미 업스니 이졔 다시 여등으로써 먼니 도로의 구치케 ᄒ여 낭낭의 ᄉ랑ᄒ시던 시ᄋ로써 풍진의 슈고

롭게 ᄒ리오 닉 ᄎ마 낭낭의 ᄉ랑ᄒ시던 지우ᄅ를 져ᄇ리지 못ᄒ노라 녹완 등이 다시 고두비슈 왈 부인ᄋ 이 엇진 말ᄉ미니잇가 우리 옥허낭낭이 비즈 등으로써 부인을 앙ᄉ케 ᄒ시믄 ᄉ싱고락을 일쳬로 ᄒ라 ᄒ시고 근심과 우환을 난호라 ᄒ시며 ᄯᅩ 부인을 텬셔비셔로 가르치시믄 텬니시슈ᄅ를 혜ᄋ려 돈문화익을 예방ᄒ시게 ᄒ시미라

만일 부인이 명호시면 슈화ᄉ지라도 불감녁명호리이다 의녈이 졈두칭션왈 되지며 호지로다 여등

의 의협이 여ᄎ호니 엇지 이만 일을 근심호리오 금번 셜슌무의 횡익이 불쇼호고 쥬쇼졔 ᄯᅩ한 봉익홀지라 엇지 이를 알고 안ᄌ 무심ᄒᆞ며 상싱상극을 ᄯᅡ라 셜슌무와 쥬쇼져 구홀 ᄌᆞᄂᆞᆫ 임쇼졔나 규리녀지 독힝늬하오 지모냥장이 업셔 근심ᄒᆞ더니 여등의 우인지우ᄒᆞᄂᆞᆫ 마음이 여ᄎ호니 가히 여ᄎ여ᄎ호라 ᄯᅩ 상협을 열고 셔너 벌 도복과 경보를 후히 ᄀᆞᄎᆂ와 쥬며 ᄯᅩ 귀의 다혀 셔너 말을 니르니 녹완 등이 언언이 고기 묘ᄋ 슈명

ᄒᆞ더라 의녈이 바야흐로 쥬역을 셔르져 협ᄉ의 너코 야심호믈 일ᄏᆞ라 와상의 ᄂᆞᄋᆞ가 슉침ᄒᆞ니라 시야의 녹완 등이 쵹농을 들고 은실의 니르니 ᄎᆞ셜 어시의 임쇼져 션강이 운익이 긔구한 연고로 신혼 쵸야의 요녀의 괴변화란을 맛나 하며면 옥보향신이 황혼덕야의 요믹의게 홀니여 심산궁곡의 부모유쳬를 산곡암혈의 바리일 거시여놀 힝혀 신명이 복우ᄒᆞ시며 의녈부인 신명한 혜ᄋ림을 싱각ᄒᆞ미 완명이

의구ᄒᆞ고 일신이 평안ᄒᆞ나 친구 냥가 돈당의 불효를 ᄭᅵ치믈 셜워ᄒᆞ나 의녈의 가르치믈 바다 고요히 머므러 유ᄋ 시비 등으로 더브러 셰월을 보니며 녀교를 줌심ᄒᆞ여 셰ᄉ를 아지 못ᄒᆞᄂᆞᆫ ᄉᆞ룸 ᄀᆞᆺ하나 심원한 혜아림의 망셰간지갑ᄌᆞ러니 믄득 가즁 비비의 분분한 견언이 ᄌᆞ연 귀의 오ᄂᆞᆫ지라 셜ᄉ인이 ᄉᆞ쳔 슌안ᄉᆞ로 나아가며 동남직ᄉᆞ ᄉᆞ쳔지부로 진슈ᄒᆞ믈 드르며 기야의 쥬쇼졔 니르러 하직ᄒᆞ니 남별의 쥬쇼졔 임쇼져의 옥

슈를 잡고 츄연 왈 유명이 관슈ᄒᆞ니 화복이 문이 업ᄂᆞᆫ지라 쇼져ᄂᆞᆫ 그 ᄉᆞ이 옥쳬 무양ᄒᆞ쇼셔 쳡은 잔쳔이 쵸기 ᄀᆞᆺ하니 보젼ᄒᆞ여 다시 보기를 긔억지 못ᄒᆞᄂᆞ이다 임쇼졔 쳥파의 져의 어언이 불길ᄒᆞ믈 듯고 불승의아ᄒᆞ여 쌍셩을 져기 흘녀 냥구 슉시의 위

로 왈 현데 이칠홍안이 비야히라 츈식이 푸르럿고 긔질이 건강ᄒ시며 냥가 돈당이 반셕 ᄀᆺᄒ시고 구경지하의 안항이 번셩ᄒ며 쇼년명부로 봉관화리

**7면**

가온딕 부귀 영녹이 졔미ᄒ니 무슨 연고로 어언이 이딕도록 불길ᄒ시뇨 쥬쇼제 강잉 쇼왈 현져의 명논이 금옥 ᄀᆺᄒ시나 첩이 본딕 약질이라 주연 원별을 셜워ᄒ미 우연이 발언ᄒ미로쇼이다 ᄒ더라 쥬쇼제 인ᄒ여 하직ᄒ고 도라간 후 ᄉ오일이 지낫더니 일일은 야심ᄒ미 졍히 ᄌ고져 ᄒ더니 녹완 등이 이르러 뵈거늘 쇼제 경왈 녹낭 등이 심야의 ᄌᄌ지 아니코 니르뇨 녹벽 냥인이 딕왈 비ᄌ 등의 오믄 의녈 부인 교명을 밧ᄌ와 흔

**8면**

밀계를 봉승ᄒ려 ᄒ오미 졍히 쇼져로 상논코ᄌ 니르럿ᄂ이다 임쇼제 불승경오ᄒ여 문기계흔딕 녹벽 냥녜 드딕여 의녈부인 교명을 일일히 고ᄒ고 우 명야의 슈힝홀 바를 니르니 임쇼제 불승ᄎ악ᄒ나 셜부인의 신명ᄒᄆᆯ 밋ᄂ지라 팀음냥구의 탄식 왈 부녀의 도ᄂ 됴용ᄒ미 웃듬이라 닉 몸이 규리쇼녀ᄌ로 팅평셩딕의 이런 괴히흔 경계를 다 보고 빅희의 불하당을 효측지 못ᄒ니 엇지 고인의 죄인이 아니

**9면**

리오 슈연이나 의녈 져져의 명이 계시니 엇지 삼가 ᄀᆯ치시믈 밧드지 아니리오 드딕여 녹완 등이 이의 머무러 밤을 흔가ᄌ로 지닉니라 명일의 힝닉를 출혀 발힝홀ᄉᆡ 녹벽 등이 쇼져를 권ᄒ여 운환을 ᄂ리와 운고를 ᄡ고 흑ᄉ당건을 삽ᄒ고 황관을 쓰며 엇긔의 우의를 착ᄒ고 쵸요의 홍쵸딕를 두루며 일촌 ᄂ말의 운봉혜를 신기며 좌슈의 파리치를 쥐고 우슈의 쇼상반쥭션을 쥐여시니 옥모화용이 윤염쇼딕ᄒ던

**10면**

미쇼졔 변ᄒ여 앙장표일흔 관옥미쇼년이 되니 션풍이 표일ᄒ고 니질이 탈쇽ᄒ여 옥청션지 하강ᄒ미라 좌우의 뫼신 유랑 시비 불승칭예ᄒᄆᆯ 마지 아니니 녹완 등이 이의 모든 시녀 등을 분부ᄒ여 혹ᄌ 외간의 이 쇼식을 젼치 말나 ᄒ고 녹벽 등이 ᄯ 각

각 도의를 착ᄒ고 시벽효식을 씌여 퇴듕을 쩌날ᄉᆡ 일필건녀를 잇그러 쇼져를 붓드러 틱오믹 경보와 반젼을 츠고 금편을 보야 청산의 그림ᄌᆞ를 쏠오고 뉴슈의 방울을

## 11면

응ᄒ여 남녁ᄒ로 ᄂᆞ오가니 아지 못게라 금도츠힝의 졔인의 길흉화복이 하여오 츠츠 하편을 보라 어시의 연낭 요녜 진궁의 깁히 은복ᄒ여 구ᄎᆞ이 곽녀의 협실의 ᄒᆞᆫ 구셕 을 의지ᄒ여 환옥으로 궁모곡계 아니 밋츤 곳이 업ᄉ나 요녀의 암ᄉᆞ교악ᄒ믹 ᄒᆞᆫ갓 현인을 히ᄒ기만 골몰ᄒ엿시니 기녀는 넘치도상ᄒ니 무슴 넘위 잇스리오 졔 몸이 본 ᄃᆡ 황실지엽으로 이 곳 단궁ᄃᆡ교옥이라 일념을 오로지 가져실진ᄃᆡ 그 됸귀

## 12면

ᄒ믹 쳔승왕회의 잇스니 황녀 공쥬와 그리 감등ᄒ리오마는 요인의 젼신이 발셔 임문 의 던싱과보를 필보필상ᄒ여 가국을 일장쇼난ᄒ여 지셰지신이 부듸 쏘 텬쥬를 바드 려 ᄒ엿ᄂᆞᆫ지라 비록 외모 던형이 인면이나 기힝은 구미호의 더은 요신이라 졔 무슨 힝실노 삼강오상 ᄀᆞ온ᄃᆡ 두렷ᄒᆞᆫ 인의녜지와 부녀ᄉᆞ힝을 알니오 스스로 텬눈을 두셰 번 빅반ᄒ고 셩명을 여러 번 곳쳐 당낭부 닉랑쳐 ᄒ여시니 그 누츄ᄒ믹 연화

## 13면

분누의 숑구영신ᄒᆞ는 노류쳔창의 더은지라 이 곳이 져회 싱흉ᄒᆞᆫ 곳이오 부모의 슬ᄒᆡ 로ᄃᆡ 감히 부왕과 모비 슬하의 ᄌᆞ식의 도를 일우지 못ᄒ고 도로혀 머리를 슉이고 ᄭᅩ 리를 움쳐 구ᄎᆞ이 오라비 협실 구셕의 곽가의 시녀힝을 비러 드러 업ᄃᆡ엿시니 가셕 지라 단왕의 현명인덕홈과 왕비의 현슉명쳘ᄒ무로 텬되 히극ᄒ고 됴화옹이 게엄구 리 환옥난역픠ᄌᆞ와 연낭 ᄀᆞᆺᄒᆞᆫ 발부악음 요녀를 ᄂᆞ리와 현부모의 심

## 14면

우룰 씌치고 황가의 빗츨 감ᄒ게 ᄒ니 엇지 이닯지 아니리오 일일은 환옥이 곽녀와 연낭을 보아 닐오ᄃᆡ 쵸왕 임희린의 ᄉᆞ회 셜희필이 ᄉᆞ쳔 슌무ᄉᆞ로 ᄂᆞ오가고 부마 셰 린의 ᄎᆞᄌᆞ 경흥이 ᄉᆞ쳔지부로 단슈ᄒ다 ᄒ니 우리 남믹 격년궁구ᄒ여 듀ᄉᆞ야탁ᄒᄂᆞᆫ 바는 임가를 셤별ᄒ여 덕셰 복원을 갑고ᄌᆞ ᄒ미로ᄃᆡ 임가 졔인의 권춍부귀 당셰의

웃듬이라 오히려 텬히 귀슌ᄒᆞᄆᆞᆫ 협텬ᄌᆞ이녕졔후ᄒᆞ던 조아만의 지ᄂᆞ고

## 15면

당황을 협권ᄒᆞ던 니안양 등의 더으니 아등이 능히 셔어혼 계교로 싱의ᄒᆞ미 결연이 쉽지 아닌지라 굿ᄒᆞ여 일시의 다 죽여야 올ᄒᆞ리오 ᄎᆞᄎᆞ 하ᄂᆞ식이라도 몬져 업시ᄒᆞ여 가지를 ᄎᆞᄎᆞ 썩거가며 불회를 업시ᄒᆞ미 샹칙이라 맛당이 경흥이 원힝ᄒᆞᄂᆞᆫ 셕를 당ᄒᆞ여 ᄒᆞᄂᆞᆺ 협긱을 어더 보ᄂᆡ여 경흥쇼츅을 몬져 죽여 업시ᄒᆞ고 ᄯᅩ 셜희필은 무원무한 ᄒᆞᆫ것마는 이ᄂᆞᆫ 임가의 ᄌᆞ셔항이니 살나두어 부졀업ᄉᆞ니 ᄯᅩ혼 죽여 우익

## 16면

을 썩그미 올ᄒᆞ니 경흥쇼츅과 ᄒᆞᆫ가지로 입시ᄒᆞ미 엇더ᄒᆞ리오 연낭이 ᄎᆞ언을 드르ᄆᆡ 아됴아롱 곳 업것마ᄂᆞᆫ 급혼 벽녁셩이 쳥쳔으로셔 ᄂᆞ려와 만신을 분쇄ᄒᆞᄂᆞᆫ 듯ᄒᆞ니 셜운 닐 업시 교뢰 넌쥬ᄒᆞ여 연화 쌤을 덕시니 ᄉᆞᆫ을 져허 닐오ᄃᆡ 현ᄃᆡᄂᆞᆫ 말을 굿치라 임가의 말 곳 드르면 놀납고 금즉ᄒᆞ여 그ᄃᆡ 인병 급ᄉᆞ홀 듯 시베라 슈인을 죽이려 ᄒᆞ면 엇지 굿ᄒᆞ여 ᄌᆞ긱을 슈고롭게 ᄒᆞ며 지물을 허비ᄒᆞ리오 우졔 당당이 금일이라도

## 17면

져히 힝도를 급히 ᄯᆞ라가 임셜 두 ᄋᆞ히를 죽여 육장을 민들고 그 가솔을 다 죽이고 임희린과 쥬녀로 ᄒᆞ여금 앙화를 져기 알게 ᄒᆞ고 기녀로써 쳥승홀 어미를 슘ᄋᆞ 보기 실흔 꼴을 몬져 보게 ᄒᆞ고 ᄯᅩ 셰린과 쇼녀로 ᄒᆞ여금 단장지통과 역니지곡이 복ᄌᆞ하의 샹명과 한ᄌᆞᄉᆞ의 우름의 지ᄂᆞ게 ᄒᆞ리라 환옥이 딕희 왈 져졔 이ᄀᆞᆺ치 신긔혼 지뫼 잇ᄉᆞ니 엇지 보원ᄒᆞ기를 근심ᄒᆞ리오 연이나 드르니 셜희필은 슌무ᄉᆡ라 경흥의셔 ᄉᆞ

## 18면

오일 몬져 갓시니 발셔 간 지 일삭이나 되엿고 경승은 부임ᄒᆞ연지 이슌이 넘엇더 ᄒᆞᄂᆞ니 미져ᄂᆞᆫ 슈이 셜계ᄒᆞ라 연낭이 슌슌응낙ᄒᆞ고 이늘노써 힝니를 슈습ᄒᆞ여 우명일의 길 날ᄉᆡ 삼쳑비도를 씌고 경보와 반젼을 ᄎᆞ고 호풍환우ᄒᆞ여 문을 ᄂᆞ니 ᄌᆞ최 표홀ᄒᆞ여 경긱의 간 바를 아지 못홀너라 화셜 ᄉᆞ쳔 슌안어ᄉᆞ 셜희필이 황지를 밧ᄌᆞ와 쥬야 비도ᄒᆞ여 졀월을 남으로 두루허니 지나는 바의 니민치졍이 귀신 ᄀᆞᆺ고 환과고독

**19면**

을 무휼ᄒ며 원옥을 업시ᄒ니 지나는 바의 니민치졍이 귀신 ᄀᆺ고 향민부뢰 츄앙슝덕
ᄒ여 ᄃᆡ위홍슈를 다ᄉ리던 셩덕이라도 밋지 못ᄒ녀라 일노의 무ᄉ이 힝ᄒ여 월여의
비로쇼 ᄉ쳔합쥐부의 니르러는 졀월을 ᄂᆡ읍의 머무르고 미복으로 먼니 민간의 슌힝
ᄒ여 민심을 술피고 현관의 능불능을 폄논ᄒ여 츌쳑을 다ᄉ리며 합쥐 일읍이 긔황ᄒ
여 권애황무하고 니민이 도탄ᄒ며 셔로 직물을 앗고 음식을 아

**20면**

ᄉ 쥬리믈 치오니 인니도상ᄒ고 넘치 무론ᄒ여 ᄒᆫ 무리 이젹 금슈와 일체라 슌뮈 친
히 미복으로 민간인심을 슌슈ᄒ여 이 거동을 보믹 지극ᄒᆫ 지ᄉ셩심의 상연체하ᄒ여
친히 관고를 여러 미곡을 ᄂᆡ여 긔민을 딘졔ᄒ고 향민부로노유를 불너 눈물을 나리와
효유ᄒ여 글오ᄃᆡ 아등이 비록 상히 엄격ᄒ나 근본인즉 ᄒᆫ가지 셩텬ᄌ의 덕지라 이제
황명을 밧ᄌ와 ᄎ지의 니르믄 긔황ᄒᆫ 빅셩이 쥬리믈 니기지 못ᄒ여 농업을

**21면**

젼폐ᄒ고 셔로 직물과 음식을 아ᄉ 인니도상ᄒ니 이 ᄒᆞᆫᆺ 시졀의 불니홀 분 아니라
실노 관원이 어지지 못ᄒᆫ 허물이라 이러므로 ᄂᆡ 황지를 봉됴ᄒ여 녈읍 쥬군의 탐남
불법ᄒᄂᆞᆫ 관원을 졀졔ᄒ고 창늠을 여러 니민을 진휼ᄒᄂᆞ니 여등이 ᄎᆞ후 경심계지ᄒ
여 힘써 농업을 다ᄉ리며 관역을 힘뼈ᄒ며 져무니 늘그니를 공경ᄒ고 늘그니 져무니
를 ᄉ랑ᄒ고 만흔 거슬 탐치 말며 져근 거슬 난화 ᄉ랑ᄒ믈 둣터이 ᄒ라 바

**22면**

야ᄒ로 인심이 슌후ᄒ며 어진 말 귀흔 일이 스스로 불워 ᄂᆞᄂᆞ니 동시 이 마음을 곳치
지 아니면 모로는 ᄀᆞ온ᄃᆡ 반ᄃᆞ시 하늘이 벅벅이 텬화를 ᄂᆞ리와 인가의 ᄌᆡ앙이 다다
ᄒ고 화변이 풍싱홀 분 아녀 ᄃᆡ죄 즉 왕법의 ᄂᆞᄋᆞ가 텬쥬의 업되고 져근 즉 탕화의
걸녀 ᄂᆡ 몸이 괴로오리니 엇지 삼가고 됴심치 아니리오 이러틋 효유ᄒ며 쥬식과 우
양을 먹이며 모든 빅셩이 부로휴유ᄒ여 슈무둑두ᄒ며 슌무의 셩덕을 칭슝ᄒ여 눈

## 23면

물을 흘니며 고두복지호여 슈명호고 물너느니라 슌뮈 즉시 친히 퇵일호여 명산딕쳔의 단을 쏘고 우마를 잡으며 향쵹을 굿쵸와 제젼을 츌혀 몸으로써 희싱이 되여 단상의 올나 젼도단발호고 삼일 셜졔호여 쳔지일월의 우슌풍됴호믈 간졀이 츅호미 관곡호고 졍셩이 간간호여 비록 탕왕의 뉵스즈칙우상님호시는 졍셩이라도 이의 밋지 못호리니 엇지 독히 달어삼텬호믈 근심호리오 삼일졔좌의 일야지간 되위

## 24면

방슈쳔니호니 오뉵일을 년우님낙호미 바름이 슌하고 비 고로게 오니 츠시 하오월 넘간이라 젼야의 만곡쵸목이 다 젼갈호기의 미쳣더니 셜슌무의 달어감쳔호는 뎡셩을 힘닙어 감위 느리고 슌풍이 화창호니 죽어가든 쵸목이 다 살고 쇠잔호던 풀닙히 다 소라느니 거츠럿던 산식이 명낭호고 말넛던 암벽의 옥쉬 골골이 쇼스느니 슈하의 말나 죽엇든 고기 다 소라느니 빅셩의 즐기는 쇼릭 긋지 아니호여 닌읍의 젼파호여 셜슌무

## 25면

의 년쇼딕지로 이런 신긔묘략이 잇는 쥴 듯느니 아니 놀느며 칭찬호리 업더라 시야의 슌뮈 찰원 아중의 도라와 일몽을 어드니 스몽비몽간의 일위 즁년장지 드러와 안젼의 고두복지호여 통곡호거늘 슌뮈 경오호여 셩안을 드러보니 느히 계유 스십은 호여 의관 졔되 션비 복식이오 얼골이 극히 어지더라 슌뮈 우는 연고롤 무른딕 기인이 다시 니러 졀호고 울며 고왈 쇼싱은 본딕 화락쵼 낙음현의셔 소는 스롬이니 셩명

## 26면

은 낭셩이라 조션이 딕딕 명문이로딕 능히 덕덕이 업슨 연고로 싱의게 미쳐는 팔딕 독지라 됴업이 만흘 분 아냐 문지 쇼여흔 고로 공명을 구치 아호니 호고 스스로 젼장을 위업호고 농업을 다스려 가업을 일숨으니 즈연 의식이 유여호고 창고의 빅곡이 썩어나는지라 가계 이러틋 부요흔 가온딕나 싱이 져근 의긔 잇는 고로 반드시 빙흔한 즈롤 구공호고 스롬의 급흔 거슬 돌보더니 마춤 흔 결승이 뉴락호여 이 곳의 와 병이 즁호여 죽게 되

**27면**

엿거늘 싱이 의긔로써 구병ᄒ여 병이 ᄂ흐니 그 즁이 겨유 ᄂ히 이십은 ᄒ고 얼골이 미려ᄒ고 문ᄌᄅ 뎡통ᄒ거늘 근본을 무른즉 본딕 사문ᄌ뎨로 됴상부모ᄒ고 동선형 뎨ᄒ며 무타동독ᄒ니 츌가ᄒ엿노라 ᄒ거늘 싱이 불상이 너겨 졔도코ᄌᄒ여 권ᄒ여 환속ᄒ라 ᄒ고 거두어 가닉의 두고 의식을 후히 ᄌ뢰ᄒ더니 불ᄒᆡᆼᄒ여 싱의 쵸쳐 노시ᄂᆫ 극히 어진 녀ᄌ러니 계유 남녀ᄅ 두고 ᄌ녜 어려셔 노시 죽거늘 후쳐 교시 극히 음난쇠포

**28면**

ᄒ여 ᄌ녀ᄅ 심히 보칙여 상상의 미이치ᄂᆫ지라 싱이 이 연고로 교시와 금슬이 불합ᄒ여 동동 상힐이 ᄌᄌ니 교시 스스로 져의 허물을 아지 못ᄒ고 싱을 원슈로 지목ᄒ던 ᄎ 그 걸승을 즁통ᄒ여 동심모의ᄒ여 싱의 부녀 삼인을 다 업시ᄒ고 허다 가장지물을 탈취ᄒ여 져희 간부ᄅ 다리고 당구히 슬기ᄅ 도모코ᄌ ᄒ여 일일은 황혼심야의 싱의 ᄌ든 ᄯᅥ를 타 교녜 간부로 더브러 친히 햐슈ᄒ여 싱을 죽이고 이튼날 거즛 발상ᄒ고 말을

**29면**

닉되 싱이 일야지간의 홀득독질ᄒ여 급히 폭ᄉᄒ다 ᄒ고 닌니의 소문을 노코 거즛 쵸상을 다ᄉ려 영장ᄒ고 ᄯᅩ 싱의 십셰 녀ᄋ와 오셰 히ᄌᄅ 마ᄌ 죽이려 ᄒ니 싱의 ᄌ녜 비록 ᄂ히 어리나 녀이 극히 총명ᄒ지라 눈치ᄅ 짐ᄌᆨ하고 쳔고궁원지통을 셔리담고 아모됴록 다라나 원슈ᄅ 갑고 동을 업치지 아니ᄒ기ᄅ 싱각ᄒ고 제 유모로 더브러 모야의 남믹노쥬 삼인이 먼니 다라ᄂᄂ니 음부탕지 알고 힝혀 후환이 될가 두려 구식ᄒ나 텬

**30면**

되 어엿비 너기ᄉ 춧든 못ᄒ나 져희 스스로 ᄌ득ᄒ여 동셔의 거리낄 빅 업시 냥가 슈다 쳔냥을 가지고 스ᄂᆫ지라 싱이 구쳔음혼이 능히 명목지 못ᄒ여 비원을 알외니 옥뎨 딘노ᄒᄉᆞ 특별이 합쥐 일읍의 슈년지앙을 ᄂ리와 반드시 됴졍의셔 어진 명관이 ᄂ려 오거든 싱의 혼빅을 인도ᄒ여 이런 궁원지한을 할고ᄌ녀로 ᄒ여금 복원 복슈ᄒ

며 음부탕즈를 죽이고 가장 괴물을 츠져 즈녜 안신흐라 흐시는 고로 슈년을 긔황흐
니 이는 쏘

**31면**

흔 싱의 타시라 쳔싱의 연고로 됴졍 귀인이 슈그로이 하방궁읍의 욕님흐시니 지죄지
죄로쇼이다 연이나 귀인이 임의 황지롤 밧즈와 이의 니르러 계시니 일시 혼몽이라
흐여 허탄이 넉이지 마르시고 복원 노야는 복분을 붉히 쳐치흐스 원슈롤 갑하 쥬시
면 복이 셰셰싱싱의 능셩듸은을 갑습지 못홀가 흐나이다 언파의 부상의 계셩이 니러
느니 음녕이 흠신흐여 놀나 썰니 느가니 믄득 방즁의 음풍이 사긔흐고 스롬의 쎠의

**32면**

스못더라 셜슌뮈 번연흠신흐여 씨드르니 남가일몽이라 그 장즈의 어음과 거동이 안
져의 녁녁흐고 몽시 십분명빅흔지라 날이 졍히 시고즈 흐여시나 방즁이 오히려 미빅
흐엿는지라 슌뮈 인흐여 즈지 못흐고 니러나 쵹을 붉히고 시기를 기드려 쇼셰흐고
찰원의 느오가 교위의 좌졍흐니 일읍 니비하들이 문안흐고 공스롤 알외기롤 파흐고
공쳥의 드러가 됴반을 파흐미 본읍 형방 아젼이 허다 관속을 거느려 좌우 뎡하의 시
립

**33면**

흐고 녈읍 졔현관이 뫼셧더니 슌뮈 믄득 문왈 이 고을 화락촌 낙음현의 향관 냥셥이
란 션비 잇셔 의협이 긔특다 흐더니 올흐느 형방 아젼 문급이 나오와 고왈 과연 본쥐
화락촌의 냥셥이란 슈지 잇스와 부귀흐옵고 쏘 의긔 잇셔 일향 향당이 츄앙흐옵더니
그 젼쳐의 남녀롤 두고 후취흐엿더니 그 후 쇼문의 듯스오니 그 후쳬 어지지 못흐여
뎍즈녜 되졉이 심히 불슌흐니 부쳬 상힐흐여 가너 불평타 흐옵더니 오릭지 아냐

**34면**

냥슈지 일야지닉 병 업시 죽스오니 인인이 그 어진 스롬으로 의긔 쌘혀나던 쥴 닛지
못흐고 그 돌연이 죽은 쥴 고이히 넉이옵더니 쏘 풍편의 듯스오니 그 즈녜 다 일야지
간의 계모롤 긔이고 가지롤 슈탐흐여 기녜 느히 십여 셰로듸 능히 음욕이 됴동흐여

음분도쥬타 ᄒ며 혹 왈 낭싱의 후쳐 교시 음악ᄒ여 승쇽ᄒ 간부ᄅᆞᆯ 교통ᄒ여 댱부ᄅᆞᆯ 죽이며 그 젼 ᄌᆞ녀ᄅᆞᆯ 마ᄌᆞ 업시 ᄒ려ᄒ니 그 ᄌᆞ녜 년쇼ᄒ나 극히 춍명지릉ᄒ 고로 눈ᄎᆡᆨ

ᄅᆞᆯ 알고 목슘을 도망타도 ᄒ여 인언이 분분ᄒ여 진젹ᄒ 연고ᄂᆞᆫ 알 길이 업ᄉᆞ오나 딕져 의심된 ᄇᆡ 일야지간의 낭싱의 급ᄉ흠도 괴이ᄒ고 ᄌᆞ녀의 거쳐 업ᄉᆞᆷ도 이상ᄒᆞ온지라 모든 인언이 ᄌᆞᄌᆞᄒ여 의논이 분분ᄒᆞ나 ᄯᅩᄒᆞᆫ 부졀업시 ᄂᆞᆷ의 ᄀᆞ만ᄒ 죄ᄅᆞᆯ 일워 ᄉᆞ지의 너흐미 위란ᄒ여 여러 가지로 공논이 만하 결치 못ᄒᆞᄂᆡ이다 슌뮈 겸두ᄒ고 즉시 관니ᄅᆞᆯ 분부ᄒ여 교녀의 노복을 다 즙ᄒ라 ᄒ니 슈유의 관노 등이 화락촌의

가 낭가 남녀노쇼녀복을 다 즙ᄋᆞ오니라 초셜 ᄉᆞ쳔 합쥐 화락촌 낙음현의 일기 교싱이 이시니 셩명은 낭셥이라 비록 고독단신으로 부모뎨형이 업ᄉᆞ며 뉵친이 희쇼ᄒ나 됴업과 가장이 만코 낭슈지 풍치 쥰ᄋᆞᄒ고 의협이 잇셔 관인후덕ᄒ니 닌니의 빈한곤궁ᄒᄂᆞ니 뉘 아니 낭가 은혜ᄅᆞᆯ 닙엇시리오 이러무로 츄앙ᄒᄂᆞ니 만터라 쳐 노시 ᄯᅩᄒᆞᆫ 극히 현슉ᄒ여 부뷔 화락 십여년의 일ᄌᆞ일녀ᄅᆞᆯ 두어시니 녀ᄋᆞ 난경은 팔셰니 지용

과 덕힝이 극히 아름답고 남ᄋᆞ 츈경은 ᄉᆞ셰로딕 극히 아름답더니 맛츰 ᄒᆞᆫ 걸승이 근쳐로 단니며 걸식ᄒ다가 문 밧 길거리의 업딕여 병이 듕ᄒ거ᄂᆞᆯ 낭싱이 보니 기승이 ᄂᆞ히 어리고 용뫼 미려ᄒ나 ᄂᆞᆺ 우히 회쇠이 가득ᄒ여 병이 즁ᄒ거ᄂᆞᆯ 지극ᄒ 현심의 불상이 넉여 근착을 무른죽 기승이 딕왈 본이 ᄉᆞ독이니 셩명은 공견이오 됴상부모ᄒ고 가계녕졍ᄒ니 드딕여 걸식ᄒ다가 즁이 되엿노라 ᄒ거ᄂᆞᆯ 낭싱이 어엿비 너겨 쳥ᄒ여

다려다가 익낭의 두고 지극구호ᄒ여 병이 ᄂᆞ으미 무휼ᄒ여 환쇽ᄒᆞᆷ믈 권ᄒ니 공견이

드듸여 환쇽ᄒᆞ여 집의 머무니 노시 보고 불열ᄒᆞ여 닐오듸 이 ᄋᆞ히 얼골을 보니 벌의 눈과 비얌의 혀굿치니 반듸시 불냥ᄒᆞᆫ 인믈이라 가ᄂᆡ의 두지 못ᄒᆞ리라 ᄒᆞ듸 냥싱이 듯지 아너터니 노시 오릭지 아냐 죽으니 냥싱이 크게 슬허 고분지탄이 위쳐슈의 하등이 아니로듸 능히 가ᄉᆞᄅᆞᆯ 직회ᄒᆞ여 됴션봉ᄉᆞᄅᆞᆯ 밧들며 ᄌᆞ녀ᄅᆞᆯ 교양ᄒᆞ리 업

**39면**

ᄂᆞᆫ 고로 쵸상을 다ᄉᆞ려 장ᄉᆞᄅᆞᆯ 지닌 후 즉시 교시ᄅᆞᆯ 취ᄒᆞ니 교녜 부모형뎨 업셔 원독의게 의탁ᄒᆞ엿다가 냥가의 드러오니 녀공지ᄉᆞ와 계집의 힝실은 바히 업고 음악잔포ᄒᆞᆫ지라 난경남미 듸졉이 크게 ᄉᆞ오ᄂᆞ와 독히 치고 ᄭᅮ지져 바로 보지 아니니 냥싱이 노ᄒᆞ여 ᄌᆞ로 ᄭᅮ짓고 경계ᄒᆞ여 비록 닉치고ᄌᆞ ᄒᆞ나 졔 도라갈 곳이 업ᄉᆞ니 능히 츌거치 못ᄒᆞ고 마지 못ᄒᆞ여 가ᄂᆡ의 두엇시나 증한ᄒᆞ여 상상의 칙언이 긋고 쇼듸ᄒᆞ여 얼

**40면**

골을 바로 보지 아니니 교녜 듸한졀치ᄒᆞ여 흉포극악이 날노 더ᄒᆞ고 ᄯᅩ 쳥츈박명을 견듸지 못ᄒᆞ여 드듸여 공젼을 ᄉᆞ통ᄒᆞ여 일노됴ᄎᆞ 취우의 뎡덕이 난만ᄒᆞᆫ지라 난경이 눈츼를 알고 ᄎᆞ악경히ᄒᆞ여 앙텬탄식ᄒᆞ고 더욱 모친을 싱각고 크게 슬허ᄒᆞ나 감히 부친긔 고치 못ᄒᆞ고 ᄀᆞ마니 슬허ᄒᆞ더니 음녀와 간뷔 오히려 독지 못ᄒᆞ여 상의ᄒᆞ되 오릭면 우리 형덕이 픠루ᄒᆞ면 큰일이 날 거시니 피ᄎᆞ 셩명이 위틱ᄒᆞᆯ지라 맛당

**41면**

이 우리 몬져 져ᄅᆞᆯ 죽여 후환을 덜고 그 어린 ᄌᆞ식들이야 파리 목슘이나 다르리오 냥특을 몬져 죽이면 쇼ᄋᆞ들이야 넘녀ᄒᆞ리오 ᄒᆞᆫ 칼의 죽이고 만흔 지믈을 다 가지고 평안이 살니라 노복들은 ᄒᆞᆫ 무리 무식ᄒᆞᆫ 쳔인이니 만흔 지믈의 만히 먹이고 닙히면 관겨ᄒᆞ리오 이러툿 흉계ᄅᆞᆯ 졍ᄒᆞ고 일야의 ᄀᆞ마니 칼을 들게 ᄀᆞ라가지고 반야의 쾌히 하슈ᄒᆞ여 냥싱을 질너 죽이고 이튼날 말을 닉되 홀연 급ᄉᆞᄒᆞ다 ᄒᆞ고 일긔 발상

**42면**

거이ᄒᆞ고 교녜 거즛 망극ᄒᆞ여 크게 울고 쵸상을 다ᄉᆞ리니 ᄌᆞ녜 호텬호곡ᄒᆞ여 망극ᄒᆞᆷ믈 니긔지 못ᄒᆞ나 연연유약 쇼ᄋᆞ들이라 장ᄎᆞ 엇지 ᄒᆞ리오 쵸상의 식음을 뎐폐ᄒᆞ고

쥬야 호곡ᄒ여 망망이이히 부모롤 ᄯᆯ오고져 ᄒ나 완명이 능히 쵸상의 지보ᄒ미 되니 교녜 냥싱의 장ᄉ롤 지닌 후 더욱 방ᄌᄒ여 ᄌᆞ녀롤 마ᄌ 죽이고ᄌ ᄒᄂᆞ지라 난경이 ᄂᆞ히 십셰라 능히 총명ᄒ더니 이 일을 알고 ᄃᆡ경실식ᄒ여 울며 누의로 더브러 의논ᄒ고

**43면**

이ᄂᆞᆯ이야 강잉ᄒ여 유모로 ᄒ여금 ᄀᆞ마니 음식을 어더오라 ᄒ여 남ᄆᆡ 셔로 권ᄒ여 비불니 먹은 후 상협을 기우려 경보와 ᄌᆞ장을 거두어 품의 품고 ᄂᆞ치 더러온 칠을 ᄒ고 시야의 유모 원션으로 더브러 남ᄆᆡ ᄀᆞ마니 문을 나 ᄃᆡᆼ쳐업시 도망ᄒᄂᆞ라 ᄎᆞ시 하여오 하문을 분히ᄒ라 이젹의 음부 교녀의 간부 공젼이 텬지롤 무릅쓰고 신명을 두리지 아냐 궁흉ᄃᆡ악을 ᄭᅥᄌᆞ러 냥슈ᄌᆞ롤 죽이며 그 ᄌᆞ녀롤 마ᄌ ᄯᆞᆯ와 업시ᄒ여 비록 것칠 것 업시

**44면**

화락ᄒ며 냥가 허다 지물과 필빅을 마음것 훗터 ᄂᆞ롱이 무겁도록 닙고 ᄃᆡ미 염ᄒ도록 먹으나 모든 비복의 이목을 두리며 시비롤 져허 허다 지보롤 물ᄀᆞᆺ치 훗터 인심을 취합ᄒ여 져회 심복을 숨으니 비복 즁의도 간능교악ᄒᆫ ᄌᆞᄂᆞᆫ 뉴뉴롤 ᄯ로고 탐남부지ᄒᆫ ᄌᆞᄂᆞᆫ 니롤 탐ᄒ며 능히 엣 쥬인의 원쉬믈 아지 못ᄒ여 츄복앙ᄉᄒ믈 못밋츨 ᄃᆞ시 ᄒ고 기즁 츙직노셩ᄒᆫ ᄌᆞᄂᆞᆫ 그 쥬롤 싱각고 비분ᄒ믈 니긔지 못ᄒ여 ᄀᆞ마니 도망ᄒᄂᆞ지 만

**45면**

ᄒ니 남노녀복 슈십여 인이 오ᄅᆡ지 아냐 거산ᄒ고 다만 냥싱 싱시의 완노역비로 밀워 비복즁의 말예로 아던 비복 오뉵인이 남아 잇셔 음녀와 간부롤 앙ᄉᄒ여 ᄉᆞᄉᆞ의 져회 쇼욕을 치오ᄂᆞᆫ지라 젹츄와 교녜 난경 남ᄆᆡ 무거쳐ᄒᆞ믈 심히 의심ᄒ여 힝혀 후환이 될가 방심치 못ᄒ여 ᄀᆞ마니 심복을 훗터 두루 심방ᄒ여 난경 츈경 원션을 ᄎᆞᄌᆞ 드리ᄂᆞ니 잇시면 비복인즉 반ᄃᆞ시 문권방믜ᄒ고 타인이면 금빅과 가장을 쥬어 됴히 살

**46면**

게 ᄒᆞ리라 ᄒᆞ니 즁인이 ᄃᆞᆺ토ᄋᆞ ᄉᆞ쳐로 심문ᄒᆞ나 냥ᄋᆞ 남ᄆᆡ 본ᄃᆡ 머지 아닌 ᄃᆡ 숨어시되 하늘이 반ᄃᆞ시 ᄀᆞ만ᄒᆞᆫ 가온ᄃᆡ 복우ᄒᆞ시미 발그신지라 간뉘 동시 냥ᄋᆞ 삼노쥬를 ᄎᆞᆺ지 못ᄒᆞ니라 ᄎᆞ시 냥시 남ᄆᆡ 원션으로 더브러 반야의 도망ᄒᆞ여 ᄉᆡ도록 힝홀ᄉᆡ 유뫼 건장ᄒᆞᆫ 고로 냥ᄋᆞ를 돌녀가며 업어 힝ᄒᆞ여 십니ᄂᆞᆫ 가니 날이 ᄇᆞᆰ앗ᄂᆞᆫ지라 유뫼 각녁이 핍진ᄒᆞᆫ 가온ᄃᆡ 냥ᄋᆞ 남ᄆᆡ 다 긔갈을 니긔지 못ᄒᆞᄂᆞᆫ지라 이ᄯᆡ 쵸동이라 실녁시 심히 치

**47면**

우니 유뫼 냥ᄋᆞ를 그윽ᄒᆞᆫ 암혈의 안치고 냥ᄃᆡ의 셔너 ᄂᆞᆺ돈을 ᄂᆡ여 건넌 졈의 나가면 셰그르ᄉᆞᆯ ᄉᆞ다가 삼노쥐 난화 먹기를 다ᄒᆞ고 난경이 십여 셰 여ᄌᆡ로ᄃᆡ 극히 총명ᄒᆞᆫ지라 유모다려 왈 간인이 우리를 죽이려 ᄒᆞ다가 일허시나 반ᄃᆞ시 츄심ᄒᆞ여 잡ᄋᆞ 죽여 후환을 ᄭᅳᆺᄎᆞ려 ᄒᆞᆯ 거시니 우리 맛당이 먼니 다라ᄂᆞ미 올코 그러치 아니면 인가와 녀졈의 머무지 못ᄒᆞᆯ 거시니 ᄂᆡ ᄯᅳᆺ은 어ᄃᆡ 산곡암혈의 깁흔 곳을 골희여 초우를 ᄆᆡᆫ

**48면**

들고 안신ᄒᆞ미 엇더ᄒᆞ뇨 ᄯᅩ 이 산즁이 호픠 흔치 아니니 위ᄐᆡᄒᆞ믄 업슬 거시오 약간 귀ᄆᆡ의 무리야 잇신들 긔야 관겨ᄒᆞ리오 유괴 올히 넉여 셔로 닛그러 ᄉᆞ오리를 더 힝ᄒᆞ여 비운산 상봉 구뷔를 등 두어 도라 힝ᄒᆞ여 ᄒᆞᆫ 구뷔 동텬을 ᄂᆞ리미러 보니 창송녹죽이 ᄌᆞ옥히 우거진 가온ᄃᆡ 큰 암셕이 잇고 그 ᄋᆞᄅᆡ 완연ᄒᆞᆫ 셕혈이 잇셔 그 안히 너르기 ᄒᆞᆫ 간 즈음은 넉넉ᄒᆞ고 굼근 계유 ᄒᆞᆫ ᄉᆞ롬이 긔여 나들만 ᄒᆞ더라 ᄯᅩ 셕혈

**49면**

우히 츩덩울과 잡최 난만이 얽혀시니 ᄉᆞ롬이 창돌의 암혈인 쥴 아지 못ᄒᆞᆯ 거시오 ᄯᅩ 유벽은신ᄒᆞ여 인뎍이 ᄭᅳᆺ촌 곳이라 원션이 크게 깃거 이의 돈을 가지고 곳쳐 나려와 ᄃᆡ엿닙 쵸셕과 ᄒᆞᆫ닙 돗출 ᄉᆞ다가 송지를 썩거 그 안흘 쓰리치고 ᄌᆞ리를 ᄶᅡ라 쳐쇼를 ᄆᆡᆫ들고 삼인이 드러 안즈니 극히 평탄ᄒᆞ여 안쇼ᄒᆞ미 극히 편ᄒᆞ고 셕혈 우흐로 양지ᄌᆡ향ᄒᆞ니 그 안히 ᄯᅩᄒᆞᆫ 칩지 아니ᄒᆞ더라 유뫼 츈경 남ᄆᆡ를 안둔ᄒᆞ고 다시 산의 ᄂᆞ려와

**50면**

가져온 경보와 금빅을 환미ᄒᆞ여 미곡과 찬물이며 긔용을 장만홀ᄉᆡ 힘이 셴 고로 능히 만히 져다가 그 안히 숫출 걸고 싀쵸와 숑근을 ᄶᅳ더 밥을 닉히니 둑히 의지ᄒᆞ여 살너라 이러구러 겨울이 깁흐니 깁을 ᄉᆞᆺ쳐 동의ᄅᆞᆯ 일우고 금니ᄅᆞᆯ 민ᄃᆞ라 셔로 긔한의 괴로오믈 아지 못ᄒᆞ고 지닉여 이곳의셔 홀홀이 겨울을 지닉고 봄이 되니 일긔 졈졈 훈화ᄒᆞ고 츈일이 화창ᄒᆞ니 머물미 구ᄎᆞ치 아니터라 난경이 ᄯᅩᄒᆞᆫ 뎨남과 흔가지로 남의로 머믈

**51면**

며 비록 녀ᄌᆡ나 빗난 문장이 니두ᄅᆞᆯ 압두ᄒᆞᄂᆞᆫ 지뫼 잇ᄂᆞᆫ지라 됴희와 필묵을 ᄉᆞ다가 셔화ᄅᆞᆯ 쵸화ᄒᆞ여 유모로 ᄒᆞ여금 시상의 가 파라다가 싱게ᄅᆞᆯ 니으니 싱의ᄂᆞᆫ 군핍지 아니나 ᄆᆡ양 남ᄆᆡ지통은 지심ᄒᆞᄂᆞᆫ지라 화됴월셕의 셕벽을 의지ᄒᆞ여 텬이ᄅᆞᆯ 우러러 신구만한이 시시로 층가ᄒᆞᄂᆞᆫ지라 일일은 계하상슌의 미쳣더니 삼하고열의 물ᄆᆡ지리ᄒᆞ고 심산암혈의 뎍막한 슬품이 구회ᄅᆞᆯ 요동ᄒᆞᄂᆞᆫ지라 난경이 이늘

**52면**

더욱 심ᄉᆡ 불호ᄒᆞ여 야심토록 암벽의 지혀 앙쳥텬이관명월ᄒᆞ여 뉴미의 일만 창원이 밋치고 쌍셩의 진쥬 이슬이 미ᄌᆞ믈 씨둣지 못ᄒᆞ니 화ᄒᆞ여 혈쳬 만면이라 츈경과 유뫼 역음뉴쳬ᄒᆞ여 ᄌᆞ슴 위로ᄒᆞ더니 이러틋 젼젼불미ᄒᆞ여 능히 졉목지 못ᄒᆞ고 장ᄎᆞ 낙월이 셔봉의 몰ᄒᆞᄀᆡ믜 밋ᄎᆡ 겨유 진뎡ᄒᆞ여 죽침의 비겨 줌간 ᄀᆞ미ᄒᆞ니 ᄉᆞ몽비몽 간의 그 부친 냥슈지 완연이 알픠 와 닐오ᄃᆡ 오ᄋᆞᆫ 하

**53면**

셜워말나 여ᄇᆡ 교녀와 간부의 독슈의 마ᄎᆞᆷ도 이 역명야며 ᄯᅩ 젼셰업원이라 닉 젼셰의 공젼의 쳐ᄅᆞᆯ 앗고 져ᄅᆞᆯ 죽이니 이 원이 덕다 ᄒᆞ리오마는 음녀의 극흉딕악은 만고 일악이오 닉 ᄯᅩ 뎐셰의 일념을 그릇 먹고 미식을 ᄉᆞ랑ᄒᆞᄂᆞᆫ 연고로 그릇 공젼의 젼신을 죽여시나 임의 죽인 후ᄂᆞᆫ 츄연ᄒᆞ여 만금지보ᄅᆞᆯ 드려 발원졔도 ᄒᆞ여시니 명ᄉᆞ시왕이 닉의 쳐음 일을 그릇 넉이나 회심ᄒᆞ믈 긔특이 넉여 맛당이 직셰의

## 54면

공젼의 궁곤흔 거슬 구졔ᄒ여 그 일싱을 됴토록 ᄒ여 젼셰 죄과를 쇽ᄒ라 ᄒ엿거늘 공젼이 ᄉ오나와 도로혀 날을 쥭이니 샹텬이 딘노ᄒ사 죄를 도로혀 음녀간부의게 ᄂ 리왓ᄂ지라 이졔 틱셩진군이 하계의 ᄂ려 지상의 ᄋ들이 되여 됴졍명지를 바다 팔황 슌무시 되여 이 ᄯ히 니르럿ᄂ니 닉 불셔 쑴을 인ᄒ여 군ᄌ지젼의 원졍을 고ᄒ미 잇 고 ᄯ 문견을 고ᄒ리 잇셔 간인의 악ᄉ 거의 날가게 되엿시나 다만 마딕를

## 55면

ᄊ치며 근본을 희셕ᄒ리 업ᄂ지라 닉 ᄋ희는 헛도이 슬허 심녀를 허비치 말고 명일 의 하산ᄒ여 찰원부의 ᄂᄋ가 원졍을 실고ᄒ고 ᄂ의 원슈를 갑게 ᄒ라 난경이 부친 을 보미 크게 반기고 슬허 붓드러 울고ᄌ ᄒ다가 스스로 놀나 ᄭ치니 흔 쑴이라 놀이 발셔 붉기의 미쳣더라 낭지 딘딘이 늣겨 추언을 유모와 츈경다려 니르니 츈경이 ᄯ ᄒ 칠셰 동지나 가장 총명효우흔지라 크게 통곡ᄒ믈 마지 아니니 유뫼 공ᄌ남미를 위ᄒ

## 56면

여 놀이 치 붉지 아냐 됴션을 지어 먹고 소졔 유모로 ᄒ여금 몬져 하산ᄒ여 찰원부 근쳐의 가 쇼식을 아라오라 ᄒ니 유뫼 즉시 하산ᄒ여 찰원 아문의 ᄂᄋ가니 이날 마 춤 셜슌뮈 공쳥의 좌긔ᄒ고 낭가 비복을 죱히ᄂ 놀이라 유뫼 보니 아문 밧긔 무슈흔 관니 ᄉ슬을 씌고 분분이 왕닉ᄒ며 형벌긔구를 ᄀᆽ쵸와 딕령ᄒ거늘 유뫼 ᄂᄋ가 읍ᄒ 고 연고를 무른딕 관니 답왈 우리 안원 노야는 쇼년명시시로딕 신명ᄒ미 거울 ᄀᆽ고 총

## 57면

명ᄒ미 ᄉ광 ᄀᆽᄒ신지라 발간 뎍복이 귀신 ᄀᆽᄒ니 이졔 본읍의 강샹딕변이 잇ᄂ 고 로 관니를 닉여 그 집 동을 죱혀 죄를 무르려 ᄒ시ᄂ니라 우문 왈 무슨 강샹딕변인고 답왈 본읍 화락촌 낙음현의 낭슈지란 ᄉ롬이 잇더니 그 후쳐 교시 ᄉ오나와 간부로 동심ᄒ여 가부를 싀고 젼츌을 업시타ᄒ니 이 엇지 강샹딕변이 아니리오 연이나 관 장은 하쳐인이완딕 눔의 일을 져리 ᄌ셔히 뭇ᄂ뇨 원션이 이 말을 드르미

**58면**

시로이 비회 흉장이 츈츈ᄒ니 함누왈 우연이 알고ᄌ ᄒ미라 굿ᄒ여 유심ᄒ여 무를 거시 무어시리오 ᄒ더라 이윽히 셔셔 보니 뉵칠기 ᄉ름을 줍으 드러가니 이 다르니 아니라 공젼과 졔동뉴들이라 원션은 그 인인쥴 아라보나 그것들은 원션의 복식이 달나 남장을 닙어시니 몰나 보더라 유퇴 모든 인원 ᄀ온ᄃ 셧겨 아즁의 드러가니라 익셜 셜슌뮈 공쳥의 졍좌ᄒ고 냥가 비복들을 잡으드리니 슌뮈 눈을 드러 공젼을

**59면**

보니 ᄂᆺ치 희고 입이 불그나 살긔 등등ᄒ고 비암의 머리와 벌의 눈이 ᄀ장 악포음흉ᄒ여 가히 만고 음흉탕지믈 알니러라 슌뮈 본ᄃ 두눈 졍긔 퇴양 ᄀᆺ히니 신충이 묘마경의 지난지라 ᄒ 번 ᄉ일을 길게 흘니믹 이 ᄀ온ᄃ 남녀 칠팔인의 션악을 아지 못ᄒ리오 기즁의 ᄒ 츈환이 ᄂᆺ히 뉵십이나 ᄒ고 거동이 극히 흉휼간밀ᄒ 계집이니 이 곳 교녀의 골경심복이라 슌뮈 일안의 아라보고 아역을 명ᄒ여 몬져 노흥을

**60면**

형벌의 올니니 ᄃ하의 뎡긔폐일ᄒ고 위엄이 셔리 ᄀᆺᄒ여 슌뮈 팔치광미의 노식이 어리여시니 위풍이 규규ᄒ고 셜텬이 의의히 놉핫ᄂᆫᄃ 한월이 교교ᄒ여 빙상의 빗쵀엿ᄂ 듯ᄒ니 견지 지은 ᄐ 업시 비한이쳠의ᄒ여 불감앙시러라 노흥이 크게 쇼릭 질너 왈 쇼인은 하방쳔인 농녜라 일즉 냥가 비비 아니오 ᄯᅩ 안ᄃ 노야 안젼의 죄 어드미 업소오니 무숨 연고로 혹형을 더으고ᄌ ᄒ시ᄂ니잇고 슌뮈 ᄃ로

**61면**

왈 너희 음흉극악ᄒᄆᆫ 신명이 아르시ᄂᆫ니 네 일졍 냥가 강상ᄃ변을 간예ᄒ미 업ᄂᆫ다 ᄉ예ᄂᆫ 힘을 다ᄒ여 츄흉녀를 더쥬어 뎡상을 실문ᄒ라 노흥이 ᄌ작지되 잇ᄂᆫ지라 슌무의 신명ᄒ 말슴이 아ᄂᆫ 듯ᄒ믈 보믹 되간ᄃ흉이나 긔운이 져삭ᄒ여 ᄂᆺ빗치 여토ᄒ니 말을 못ᄒ더라 츄흉이 본ᄃ 인심이 업셔 ᄉ름의게 뮈인 곳이 만흔지라 ᄉ에 힘을 다ᄒ여 치니 ᄒ 믹의 피육이 분쇄ᄒ니 노흥이 엇지 견ᄃ리오 십여 장의

**62면**

미쳐는 셩혈이 좌우로 샏리는지라 흉장흔 쇼릭를 크게 질너 승복홍믈 웨는지라 명호
여 미를 긋치고 쵸스를 바드니 노홍이 울며 고왈 쳔인은 본딕 냥가 비복도 아니오 교
가 비비도 아니로딕 일쯕 져머셔 유되 풍독흔 고로 교시를 졋먹여 기르옵더니 교시
치 즈라지 못호여 그 부뫼 다 죽거늘 본시 가난호여 노비 가장이 업는지라 져의 부뷔
구몰호믹 그 원독드리 모다 감장호고 훗터지거늘 쳔인이 교녀를 드려다가 길너 졔

**63면**

원독의게 의지호엿다가 즈라거늘 냥슈즈의 후쳐를 삼앗더니 냥슈지 그 젼실 즈녀를
과이호여 교시의 불인호믈 즈로 칙호니 일노써 부쳬 불합호니 교녜 단장뉴춘지심을
니긔지 못호는 즁 공젼즈는 근본이 여츠여츠흔 걸승으로 냥가의 거두어 친비 되어
환속호여 문하의 잇더니 교녜 드딕여 스통호여 피취 졍이 깁흐믹 모야의 인호여 냥
싱을 질너 죽일시 올습고 버거 그 즈녀를 업시호려 호믹 엇지 현누호엿던

**64면**

지 기우들이 일야간 졔 유모로 더브러 간딕 업스니 춧다가 못호여 오히려 후환이 될
가 두려 냥가 만흔 직산을 훗터 인심을 결납호나 남은 비복이 오히려 복슌치 아냐 도
망호니 만코 다만 뉵칠기 복뷔 잇스오니 이는 다 냥가 비비라 져 뉘 역시 탐남불츙홀
지언졍 이런 딕계는 간셥흔 일 업습고 쳔인이 비록 져의 동이 아니나 졋먹인 졍이 잇
고 쏘 쳔인이 지우비 죽고 무즈식호여 교시의게 의탁호니 이런 궁모곡계를 다 아느
이다

**65면**

연이나 음녀의 스오나온 연괴요 쳔인의 되 아니로쇼이다 호엿더라 쵸스를 거두어 올
니니 슌뮈 간파의 더욱 희연통히호믈 니긔지 못호여 다시 공젼을 즈바 형벌의 올니
고 엄형츄문호니 공젼이 능히 혹형을 견딕지 못호여 일쳑를 다 못호여셔 복쵸호믈
웨지지니 쵸스의 왈 쇼인 공젼이 쏘흔 스문여믹이로딕 팔지 스오느와 어려셔 됴상부
모호고 친쳑이 업스니 의탁홀 곳이 업셔 단발위승호엿습더니 이 쏘히

**66면**

뉴리ᄒ와 병이 드러 죽게 되엿ᄉᆞᆸ더니 냥슈지 보고 의긔로 거두어 문하의 두어 은혜로 거ᄂᆞ리니 쇼인이 엇지 감히 빈은홀 듯이 잇스리잇고마ᄂᆞᆫ 교녜 ᄉᆞ오ᄂᆞ와 몬져 이ᄯᅳ시 잇ᄂᆞᆫ지라 쇼인이 능히 물니치지 못ᄒᆞᆫ 연고로 드듸여 ᄉᆞ정이 잇셔 던후 힝악이 노칠낭의 쵸ᄉᆞ와 ᄀᆞᆺ소오니 다시 알욀 비 업ᄉᆞ이다 ᄒᆞ엿더라 슌뮈 크게 흉히 녁여 ᄯᅩ 냥가 비복을 ᄎᆞ례로 불너 무르니 모다 일시의 쵸ᄉᆞ 왈 쇼인 등이 엇지 옛 쥬인의 원쉬믈

**67면**

아지 못ᄒᆞ리잇고마ᄂᆞᆫ 집을 ᄯᅥᄂᆞ미 의뢰홀 길히 업셔 마지 못ᄒᆞ여 복슈ᄒᆞ미로쇼이다 ᄒᆞ엿더라 슌뮈 간필의 다시 무를 거시 업ᄂᆞᆫ지라 음녀간부의 난뉸픽악지힝이 이디도록 ᄒᆞ믈 불승디로ᄒᆞ여 급히 관니를 발송ᄒᆞ여 다시 교녀를 잡으오니 임의 만고강상 음녀죄인으로 잡혀오니 머리를 푸러 ᄂᆞᆺ츨 가리오고 향박을 벗겨 흔 거리 홍삭으로 항쇄독쇄ᄒᆞ여시니 그 모양이 볼 거시 무어시리오마ᄂᆞᆫ 이쩌 당상당하의 허다

**68면**

인원과 무슈관속이 다 교녀의 상뉸픽악 음비지힝을 아니 놀ᄂᆞ며 더러이 넉이지 아니리 업ᄂᆞᆫ지라 져마다 그 얼골이나 흔 번 구경ᄒᆞ려 ᄒᆞ여 쥬목지시ᄒᆞ여 보ᄂᆞ니 만흔지라 만목이 음녀를 보니 흔ᄀᆞᆺ 슬ᄉᆞ음오흔 거동이 외모의 ᄂᆞᆺ타ᄂᆞ니 인인이 쇼벽치며 ᄎᆞᆷ밧타 디쇼 왈 하음악츄비ᄒᆞ니 얼골이나 언마나 의졋흔가 너겻더니 막보니 여오입시 쥐장식이로다 공젼 ᄀᆞᆺ흔 걸승을 맛ᄂᆞ 실시만졍 져기 밥을 바로 ᄯᅥ먹는

**69면**

ᄉᆞ룸이야 져거슬 무어시라 눈인들 거듭 ᄯᅥ보리오 가히 집신의도 싹이로다 ᄒᆞ더라 셜 슌뮈 ᄯᅩ 교녀를 엄형극문ᄒᆞ니 교녜 모든 쵸ᄉᆞ 명빅홀 분 아니라 알푸미 극ᄒᆞ니 능히 견듸지 못ᄒᆞ여 불하슈삼장의 힝악을 긔긔복쵸ᄒᆞ니 슌무로부터 닌읍졔현이 다 한심통악ᄒᆞ여 졔인이 일시의 ᄌᆞ가 등 불명ᄒᆞ믈 슌무긔 ᄉᆞ퇴ᄒᆞ더라 드듸여 셜옥홀ᄉᆞ 음부 교녀와 간부 공젼은 쳐참효시ᄒᆞ고 칠낭 흉인은 슈악이 아니

**70면**

라 ᄒ여 형장 슈츽의 뎔히의 ᄂᆞ치고 냥가 비복들은 각각 형장 일ᄎᆡ의 원지졍비ᄒ고
원근 닌니의 방붓쳐 냥가 ᄌᆞ녀를 ᄎᆞᄌ 그 부모의 원슈를 갑고 다시 가장 뎐퇴을 슈습
ᄒ여 살게 ᄒ라 ᄒ니 모든 관쇽이 쳥녕ᄒ고 믈너ᄂᆞ더니 믄득 ᄒᆞᆫ 노가인이 당젼ᄃᆡ곡
ᄒ고 왈 노돌은 이 곳 냥가 도망ᄒᆞᆫ 동이라 냥ᄋᆞ 남미를 보호ᄒ여 여ᄎᆞ여ᄎᆞ 산곡간의
슘어 간부음녀의 독슈를 피ᄒ엿ᄉᆞᆸ더니 의외 일월 ᄀᆞᆺ스온 안ᄃᆡ

**71면**

부 노야를 맛ᄂᆞ와 쥬인의 복슈를 쾌히 갑ᄉᆞ오니 노신이 금셕슈시나 무한이로쇼이다
이졔 급히 도라가 맛당이 쇼쥬인을 다리고 와 원슈를 갑흐려 ᄒᆞᆸᄂᆞ니 원컨ᄃᆡ 슈인
의 형형시킥을 멈츄쇼셔 슌미 노랑의 비원ᄒᆞᆯ 말과 츙의를 긔특이 녁여 졈두칭션 왈
네 일기 노복이나 츙의 긔셰ᄒ여 능히 위ᄐᆡ ᄒᆞᆫ 가온ᄃᆡ 어린 쥬인을 보호ᄒ여 ᄃᆡ쥬인
의 동소를 망케 아니려 ᄒ니 이ᄂᆞᆫ 긔ᄌᆞ츄의 할고지츙의 지지 아

**72면**

니토다 강상죄인을 졍법ᄒᆞᄆᆡ 엇지 시킥을 지지ᄒ리오 네 ᄲᆞᆯ니 가 쥬인을 다려 오라
유뫼 비ᄉᆞᄒ고 급급히 돈을 가지고 시상의 ᄂᆞᄋᆞ가 두 필 ᄂᆞ귀와 가동을 셰ᄂᆞ여 비운
산 암셕 즁의 니르러 곡졀을 ᄌᆞ시 니르니 냥ᄌᆞ 남미 일희일비ᄒ여 급히 힝즁을 슈습
ᄒ여 ᄂᆞ귀를 치쳐 급히 도라오니 오히려 일식이 져무럿지 아냣더라 유뫼 두 쥬인을
다리고 시상의 가니 음녀 탕ᄌᆞ를 ᄇᆞ야흐로 복법ᄒ더라 이쩍 난

**73면**

경이 남장을 ᄒ엿ᄂᆞᄃᆡ 츈경과 유모로 더브러 울며 숀으로 공견과 음부를 ᄀᆞ르쳐 ᄭᅮ
지뎌 왈 상뉸픽악지인과 비은망혜ᄒᆞᆫ 탕음난ᄌᆞ 오늘날 스스로 무상불의 ᄒᆞᆫ 죄악을 아
ᄂᆞᆫ다 여등이 비록 인면슈심이나 쳥쳔빅일지하의 이런 ᄃᆡ악을 짓고 엇지 감히 평안이
죽을가 뢰오던다 하늘이 비록 놉흐시나 슬피미 쇼쇼ᄒ니 네 임의 인간 참형을 바드
니 ᄂᆡ ᄯᅩᄒᆞᆫ 너희 간댱을 ᄲᆡ혀 우리 부친의 원슈를 갑흐리라 말노 됴

**74면**

츳 좌우의 삼디 굿치 버러 굿보던 스룸이 이 말을 듯고 더마다 타비즐미ᄒᆞ여 쑤짓는 쇼리 진동ᄒᆞ니 공젼이 긔식이 발셔 져상ᄒᆞ여 죽은 지 굿ᄒᆞ니 머리를 숙여 말을 못ᄒᆞ고 교녜 크게 쇼리 지르고 피를 토ᄒᆞ여 것구러지더라 ᄒᆡᆼ형패시 삼쳑디검을 드러 두 죄인을 ᄒᆡᆼ형ᄒᆞᄆᆡ 텬지명낭ᄒᆞ고 슌호 바름이 이러ᄂᆞ며 이ᄂᆞᆯ붓터 우슌풍됴ᄒᆞ니 츳년 후의 빅곡이 풍등ᄒᆞ고 시졀이 가음여나라 두 죄인을 쥭이니 낭가 훗터진

**75면**

비복이 모다 그 흉복을 헷치고 간과 넘통을 ᄲᅢ혀 도라갈ᄉᆡ 낭시 남미 유모와 ᄒᆞᆫ가지로 졔복을 거ᄂᆞ려 흉인의 간장을 ᄀᆞ져 바로 본부의 니르러 낭슈ᄌᆞ의 영연을 슈쇼ᄒᆞ고 지젼을 슐오며 졔문지어 원슈의 간장을 노코 셜졔ᄒᆞ여 반일을 통곡ᄒᆞ니 닌니 아니 울 니 업더라 모든 노복이 울며 위로ᄒᆞ고 가퇵을 다ᄉᆞ리니 다시 가되 흥늉ᄒᆞᆫ지라 낭시 남미 몸쇼 아문의 ᄂᆞᄋᆞ가 고두ᄉᆞ례ᄒᆞ니 슌뮈 위로ᄒᆞ더라

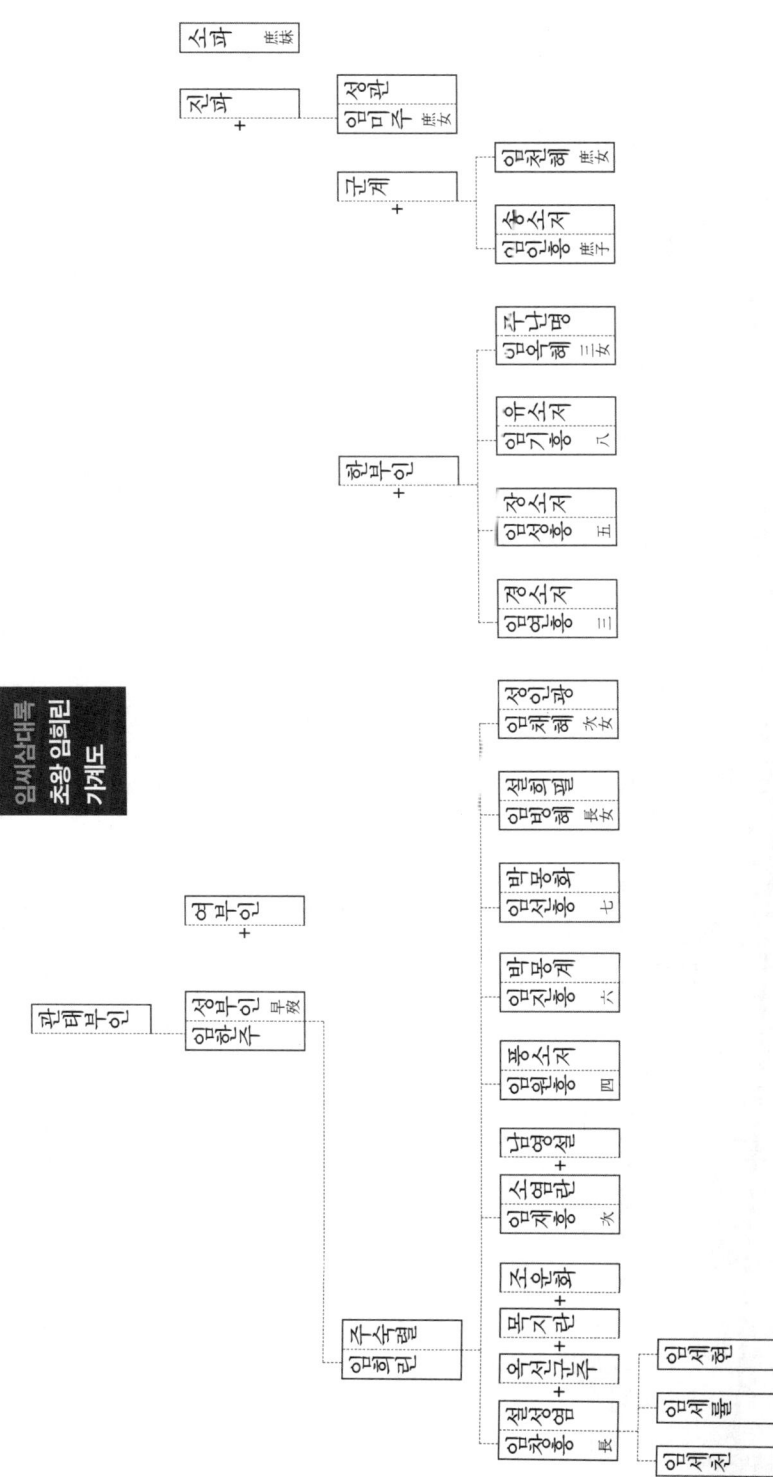

초왕 임희린 가계도

※ 임한주의 처 성부인은 『성현공숙렬기』에서 이미 죽었기 때문에 『임씨삼대록』에서는 등장하지 않는다.

※ 임희린의 六子 임진흥과 七子 임선흥은 쌍둥이이며, 그들의 처 박몽화와 박몽혜도 쌍둥이이다.

※ 소과는 임한주와 임한규의 庶妹이다.

※ 임창흥의 자녀 임세천과 임세를은 쌍둥이이다.

※ 임창흥의 三子 임세현은 『임씨삼대록』에서 임세영이라는 이름으로도 제시된다. 여기서는 작품에서 처음에 제시된 임세현이라는 이름으로 표기했다.

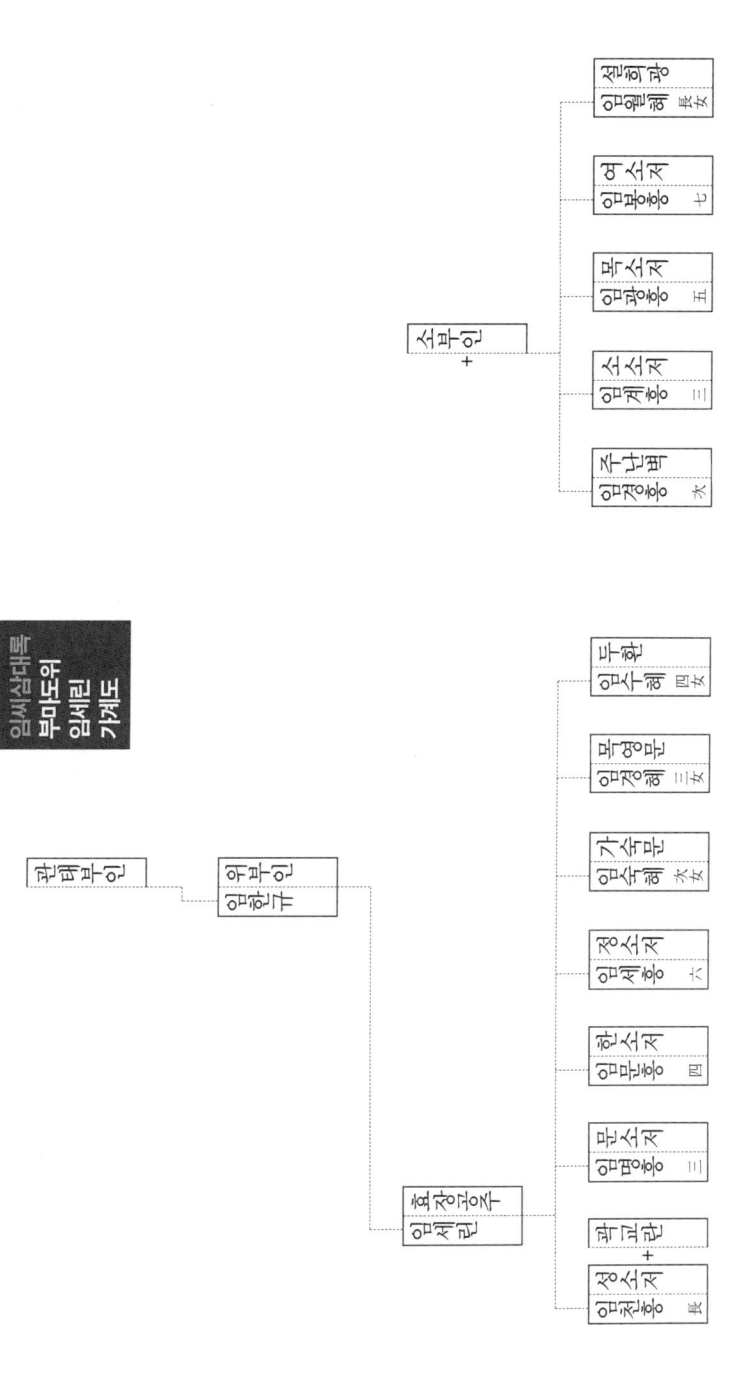

임씨삼대록
부마된 임세린 가계도

관백부인 — 위부인 임현규

효장공주 임세린 + 소부인

効長公主 임세린 자녀:
- 임천흥 정선저 + 관교란 長
- 임명흥 문선저 三
- 임문흥 한선저 四
- 임세흥 정선저 六
- 임숙혜 가숙문 次女
- 임경혜 목영문 三女
- 임수혜 두환 四女

소부인 자녀:
- 임경흥 주난빙 次
- 임계흥 임수저 三
- 임광흥 목선저 五
- 임봉흥 여선저 七
- 임월혜 설희광 長女

※ 효장공주의 次子 임명흥과 소부인의 次子 임계흥은 『임씨삼대록』에서 모두 임세린의 三子로 소개된다. 작품에서 이들의 선후관계를 추정하기가 어려운데다가, 임문흥을 四子, 임광흥을 五子, 임봉흥을 六子, 임세흥을 七子로 소개하고 있어, 여기에서는 임명흥과 임계흥을 모두 三子로 표기했다.

※ 임계흥과 임광흥은 『임씨삼대록』에서 소부인의 次子라고 소개되고 있지만, 동시에 임계흥은 임세린의 三子라고 언급되는 반면 임광흥은 임세린의 五子라고 언급되고 있어, 여기에서는 임광흥을 소부인의 三子로 제시했다.

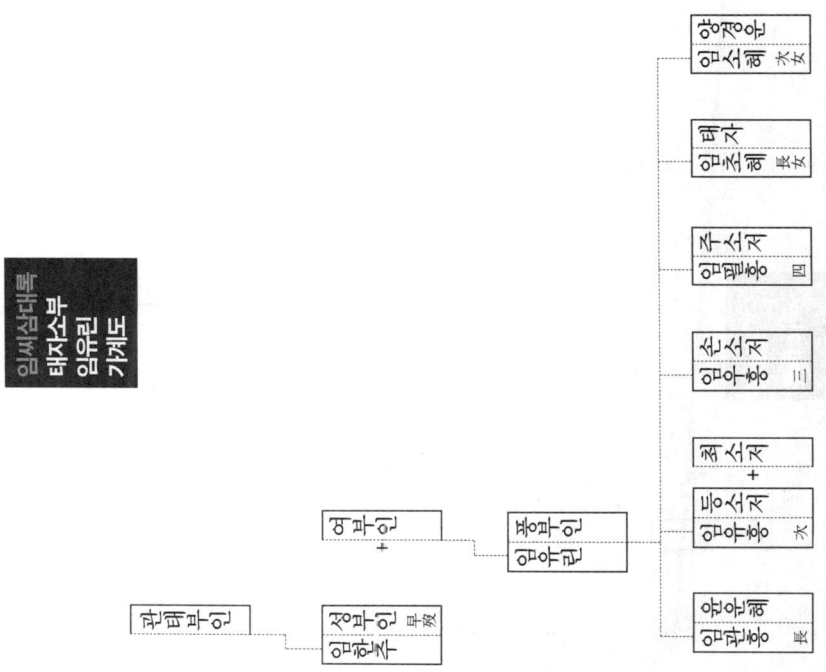

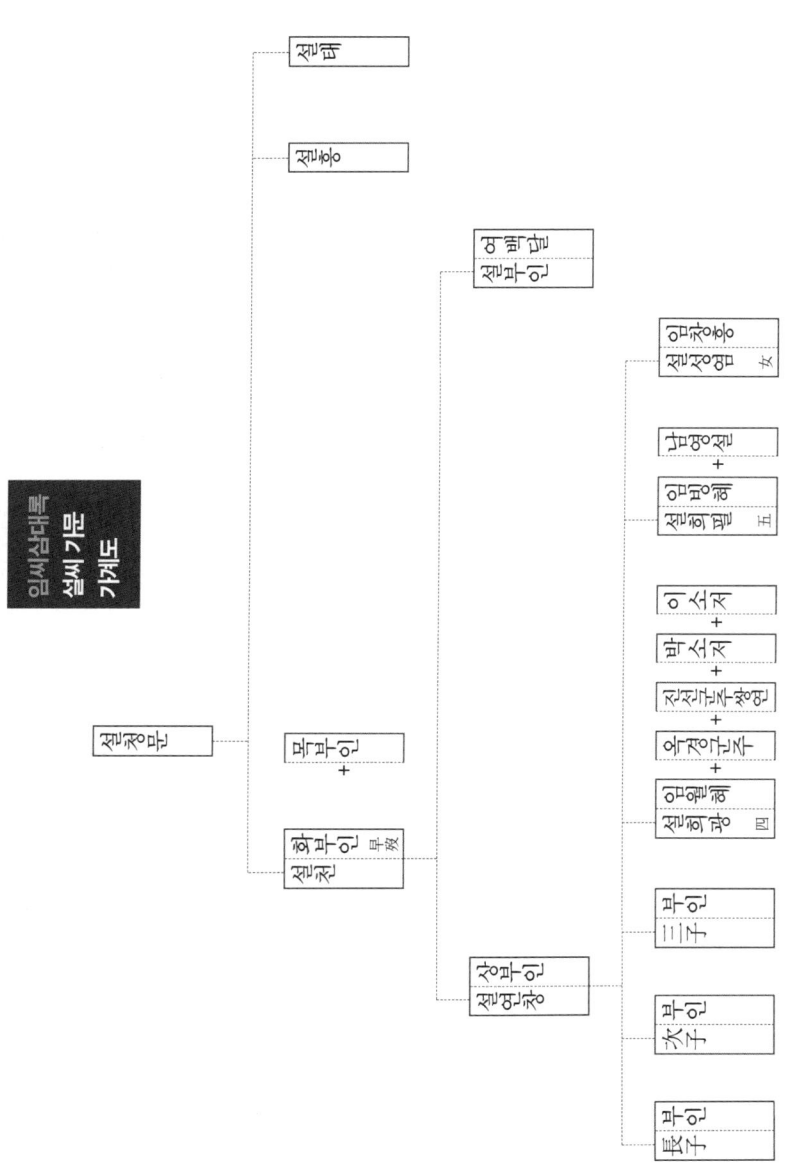

※ 『임씨삼대록』에서 설연창이 설영창의 長子, 次子, 三子와 그 처들에 대한 이름이 제시되고 있지 않기 때문에 여기에서는 그 순서와 혼인 여부만을 표시해 주었다.